新しい風景のアメリカ

Toward A New Ecocritical Vision

伊藤詔子＋吉田美津＋横田由理　編著

南雲堂

はじめに

伊藤詔子

アメリカ文学はここ二、三〇年、支配的文化の脱中心化が起こり、周縁化され声を奪われてきた人種、エスニシティ、ジェンダー、地域などが自らの位置で声を発する多文化主義の視点から、多くの作品や批評を生みだしてきた。エコクリティシズムは、こうした動きの一つでもあるとともに、ネイチャーライティングまたは環境文学という一九八〇年代にジャンル認識が確立した新しい文学分野を背景に、存在の中心にいた人間そのものを相対化し、文化構築の過程で他者化された自然や土地の視点から文学を捉え直す、さらに新たな批評的営為である。エコクリティシズムは、ネイチャーライティングまたは環境文学が、人間を生命網の目の一ネットとして再定位し相対化するとともに、どんなネットロスも全体には致命的となるエコロジー的世界観と人間観を創造したことを重視し、テキストの無意識ともいうべき自然認識と社会の関係性を把握し、ある固有の土地の個人的、集団的経験や記憶、階級、ジェンダー、地域性等から自由ではあり得ない風景の構築について明らかにしてきた。

本書は『緑の文学批評　エコクリティシズム』（一九九八）につぐ、日本におけるエコクリティシズム実践の試みの一つである。『緑の文学批評　エコクリティシズム』ではこの新しい批評の、定義、出自と歴史、他の批評との関係性、主軸となる批評的レトリック等を明らかにするため、序文「エコクリティシズムとは何か」に続いて英米の主要論者九人の論文や研究書の一部を訳出した。そこではこれまでのエコクリティシズム関連書誌なども編集して、この批評の、テキストを身体として読み解く手法や、思想史的系譜や文化についてのダイナミックな把握の方法論などを研究することが出来たかと思う。その後エコクリティシズムは、主としてアメリカで多くの研究書を生みだしてきた。本書第一四章でスコット・スロヴィックが論じるように、アメリカで集積されてきた世界のエコクリティシズムの成果は、ISLE（米文学環境学会ジャーナル）二〇冊及び『文学研究を緑化する』（*The Greening of Literary Scholarship*, 2002）をはじめとする多くの批評書などに代表的に集成されたが、日本でもこうした研究を一巻の本にすべき時期がやってきた。この間日本でも文学環境学会誌や環境文学の教科書や啓蒙書、個別作家論も数多く出版されてきたが、本書はそれらに基づき、特に最初に述べた多文化的文学状況と風景構築の関係に焦点を当てて、二〇の作家とテキストを論じたものである。ここに集う一五名の論者は、エコクリティシズム研究会（事務局、広島大学）で多くの作品や批評書を輪読・研究し、また米ネイチャーライティングの作家や批評家の講演を聴きながらエコクリティシズムの手法と視点から、従来キャノンのテキストや作家も考察してきた。

その結果多くの作家が新しい風景を創造していることに気づかされ、その新しさの共通項として「アメリカを超える」動きが見られることにも思い至り、『新しい風景のアメリカ』の下、各論を展開することになった。各部のねらいなどは編者三人（伊藤詔子、吉田美津、横田由理）による概要に記したとおりであるが、

第一部で一九世紀中葉を、第二部で二〇世紀前葉から中葉を、そして第三部で現代、新しい西部女性作家、ネイティヴ・アメリカン、チカノー、アジア系、アフリカ系アメリカ作家などの風景を論じた。期せずしてここに論じた作家たちが環境への知覚（場所の感覚）から新しいアイデンティティを築こうとし、文化と自然、社会の中心と周縁の二元対立の克服を目指す姿や、またかつての〈アメリカ的風景構築〉における視覚の圧倒的優越に対し、五感を解放して自らが環境の一部となる新しい感性も窺えた。

数年間の研究会のうち、二〇〇二年五月のエコクリティシズム研究会では、スコット・スロヴィック・ネヴァダ大學リノ校教授の来日による広島大学での講演、「九・一一以降のエコクリティシズム」（二〇〇二年五月広島大学西条キャンパス）と、二〇〇二年度アメリカ研究京都セミナー講師として来日された、ジョエル・マイヤソン、南キャロライナ大学教授の「アメリカン・ルネッサンスの作家とエコクリティシズム」（二〇〇二年八月、広島大学東千田キャンパス）を聴くことができたことは、本書の企画を大いに推進させて頂く結果に繋がった。前者は第一四章に訳出し収録することが出来たし、ジョエル・マイヤソンの洞察により、ネイチャーライティングのみならずエコクリティシズムの確実な第一歩が、一九世紀アメリカン・ルネッサンスに胎動していたことも明らかにされ、本書の三部構成を裏付けたと言えよう。更に本書の初校を待っている間にイラク戦争という九・一一の帰結とも言うべき状況に世界が揺れ、様々な想いの中で、我々アメリカ文学研究者は多文化的状況を再考する必要にも迫られ今日に至っている。風景を社会的構築物であると共に深い内面の投影として分析する本書のささやかな営為が、文学研究に一石を投ずることが出来れば望外の幸いである。

このように本書は多くの方々に支えられて出版に漕ぎ着けることができた。関係者に御礼申し上げたい。

また最後になったが本書の企画は南雲堂の暖かいご理解を得て、特に原　信雄氏の細部にわたるご高配により実現することが出来た。ここに記して深く感謝申し上げたい。

二〇〇三年六月

新しい風景のアメリカ　目次

はじめに　伊藤詔子

第Ⅰ部　アメリカ的風景　可視化への道程　9
概要　伊藤詔子　10
1　新しい地図を携えて　若きエマソンの〈自然〉論　辻和彦　12
2　ことばの中の風景　ソローとエマソンの詩学　高橋勤　36
3　ピクチャレスク美学を超えて　ソローとルーミニズム　伊藤詔子　53
4　歴史化される風景　ホーソーンの場所の感覚　城戸光世　79
5　メルヴィルと南海　三位一体をこえて　藤江啓子　103
6　フロンティアへの旅　フラーの『湖上の夏』　城戸光世　127
7　トウェインの川の表象　『苦難を忍んで』から『まぬけのウィルスン』へ　水野敦子　151

第Ⅱ部　周縁からの風景　179
概要　吉田美津　180
8　メアリー・オースティンとボーダーとしての砂漠　吉田美津　182
9　ウィラ・キャザーとアメリカ南西部　表象と歴史をめぐって　松永京子　198
10　ヘミングウェイとミシガンの森の記憶　新福豊実　221

11　潮だまりのポリティックス　ジョン・スタインベック『コルテスの海』を中心に　中島美智子　244
12　一幅の画、一巻の詩としての風景　ゲーリー・スナイダーの山水空間の創造　塩田弘　269
13　アニー・ディラードと透明なヴィジョンの解体　熊本早苗　290

第Ⅲ部　風景のなかの多文化　313

概要　横田由理　314
14　エコクリティシズムの現在　スコット・スロヴィック／中島美智子訳　316
15　ロペスの政治的無意識　先住民理解と相克と　大島由起子　337
16　アポカリプティック・ナラティヴの行方　先住民作家と核文学　松永京子　358
17　トニ・モリスンとカリブの自然　ポスト・ウィルダネスにむけて　横田由理　383
18　新しきウィルダネス　ユタから『悦楽の庭』への越境《リーブ》　伊藤詔子　409
19　汚染の言説をめぐって　「聖なる水」への回帰　横田由理　434
20　「金山《アメリカ》」を越えて　キングストンの『アメリカの中国人』　吉田美津　460

執筆者紹介　479
エコクリティシズム年表　辻和彦　487
索引　494

第Ⅰ部　アメリカ的風景

視覚化への道程

第Ⅰ部は、本書が論じる〈新しい風景のアメリカ〉の出発点に位置する。一九世紀中葉から末までの作家のうち、具体的に自然と風景をテーマ化し前景化するテキストを配置し、マニフェスト・デスティニィの国家的文化的趨勢の中で、自然と風景への意識が亀裂をおこし、身体としての自然が明確に視覚化される道程を考察する。

1「新しい地図を携えて—若きエマソンの〈自然〉論」は、エマソンの奴隷制問題やネイティヴ・アメリカン問題への発言など当時の社会体制の観点から、『自然論』再定義を試みている。『自然論』のエピファニックな「透明な眼球」の視線は、本書の多くの論が考察しているが、第一章はその視線の来歴と軌跡を膨大な『ジャーナル』により辿り、その思想の同時代的波及、とくに従来等閑視されてきたポーの詩学への影響を論じる。

2「ことばの中の風景」はエマソンとソローの詩学における言語の起原の対比に着目する。エマソンによると詩の本質は「言語を創り」「名付け」自然が言語化される原初的な風景にある。ソローにおける語源の探究はネイティヴ・アメリカンの言語への興味とともに、原初的な感覚とその身体性を回復する試みであった。ソローはエマソン的寓意の亀裂と距離を克服し、精神と身体の二極化を克服するエコロジー的世界を発見した。

3「ピクチャレスク美学を超えて——ソローとルーミニズム」では、ハドソンリヴァー派第一世代トマス・コールの確立したパノラマ的ピクチャレスクの風景美学とソロー初期の自然記述の関係を分析し、アメリカ文化に通底するピクチャレスク美学とその背後の「至高の凝視」のレトリック、およびそのディレンマの特質を論じている。一八五〇年以降、ハドソンリヴァー派第二世代ルーミニストの水平志向の破船や海などの画材や構図は、ハード・ルーミニズムと呼ばれる『ケープ・コッド』の風景と通底し、さらにそれはソロー晩年のウィルダネスとエコロジーの詩学へと発展をみる。

4「歴史化する風景——ホーソーンの場所の感覚」は、ホーソーンの初期スケッチや短編で、アメリカ東部の風景から失われつつあった野性の自然や、抹殺されていった先住民が、植民地時代の前景的風景として幻視される様を分析する。これらの登場人物は家庭や故郷《ホーム》を離れてウィルダネスへと向かうが、ブラウンやルーベン・ボーン、ヘスターらは、結局はそれぞれのホームや因縁の場所へと帰還する。「場所の感覚」を重視するネイチャーライター同様、ホーソーンは場所を歴史化し、磁場としての土地と人間の、運命的に不可分な関係を描いている。

5「メルヴィルと南海――三位一体のかなた」は、エマソンの全てを可視化する透明な眼球に対し、メルヴィルの視線が不可視の領域を宇宙に探ろうとすると論じる。キリスト教信仰に疑問を持ち続けたメルヴィルが、偶像崇拝やタブーで社会秩序が保たれ、豊潤な自然を有するポリネシアの未開社会に心惹かれ展開した新しい風景の構築により、言い難い恐怖や憂鬱をたたえる鯨の目を克服しようとする。自然・人間・神という三位一体を唱えた同時代のロマン主義や超絶主義を否定し、路上の神という言葉を残したメルヴィルは、異教徒の住む南海に都市化への批判の視座を据え多義的で複層的な逃避を試みる。

6「フロンティアへの旅――マーガレット・フラーの『五大湖の夏』」は、一九世紀アメリカ女性たちの知的指導者であり超絶主義グループの代表人物、マーガレット・フラーの先駆的ネイチャーライティング『五大湖の夏』の風景を論じる。彼女はアメリカ西部のピクチャレスクな風景を称揚するが、そこに隠されてきた、意に染まないまま住み慣れた場所を離れ、心身ともに西部で苦労する女性たちの現実を発見し、それは西部開拓のため強制移住させられた先住民たちの姿とも重なり、彼女の共感的視線は、多文化主義への道をも指し示している。

7「トウェインの川の表象――『苦難を忍んで』から『まぬけのウィルソン』へ」では、『ハック』の川の風景に伝統的美意識や権威主義から解放された生命中心主義の世界への憧れが展開し、川が川であった世界では異文化や他者を許容する寛大さが支配することを論じる。しかし、『まぬけのウィルスン』になると、「川下に売る」という言葉が象徴しているように、川は経済機構とイデオロギーとしての「風景」に転じ、風景は帝国主義の影に浸潤される。

（伊藤詔子）

辻　和彦

1　新しい地図を携えて

——若きエマソンの〈自然〉論

図1　1850年のエマソン
出典：Garvey, xxix.

一　エマソン再定義

ラルフ・ウォルドー・エマソン（Ralph Waldo Emerson, 1803-82）が揺らいでいる。

二〇〇一年に出版された『エマソンのジレンマ』（*The Emerson Dilemma*）の序章において、編者T・グレゴリー・ガーヴィー（T. Gregory Garvey）は述べる。「エマソンはアメリカのロマン主義運動の要であり、アンチベラムにおける知識人の文化を代表する鍵であり続けているが、超越主義的ロマン主義の体系そのものではないし、相矛盾する哲学的、社会的軋轢と闘った代表的人物以上の存在なのである」(xxi)。

従来の見解以上に『エマソンのジレンマ』が強調するエマソンの姿は、社会改革者としての彼の側面であり、奴隷制問題、アメリカ原住民問題、そして女性参政権問題に積極的に発言していた「行動する知識人」という肖像である。[1] しかしながらこのようなエマソン像をうち立てること自体が、彼の新たなる揺らぎそのものであるわけではなく、それは一つの側面に過ぎない。

エマソンの後世への影響、即ち「エマソニアニズム」を把握することが、「彼の主だった影響の定義づけが変化しているからだけではなく、その影響力があまりに莫大であるから」(Rowe 1)困難なのだというジョン・カルロス・ロウ(John Carlos Rowe)の指摘を待つまでもなく、その影響を含めたエマソンの全体像を捉えるのは難解であり、同様にアメリカという共同体に与えた指針としての役割は大きい。であるならば、社会改革者としての側面を強調するなど「新しい」彼の姿に光を投げかけることは、単にこの巨人に新しい顔を付与することに終わるわけではなく、エマソンという一つの点から発し、多岐の領域を横断していくことになる複数の潮流そのものを再検討する作業を自動的に産み出すことになる。

ヨーロッパのロマン主義、カント哲学に代表されるドイツ観念論、さらにスウェーデンボルグの神秘主義から大きな影響を受け、いわば「輸入されてきた思想」を合わせて練り上げることが巧みであったエマソンは、同時にそれをアメリカ独自の超越論として大成させた、紛れもない哲学者であった。同時に宗教観の違いのためにボストン第二協会の正牧師を自ら辞任したほどの宗教改革者であり、印象的な詩を残した詩人であり、生涯にわたって聴衆を惹きつけた講演者であった。つまりのところ、アメリカン・ルネッサンスと言われる文芸開花時代を演出した最も重要な文人であったのである。

そしてこうした彼の側面の中で、現在極めて注目しなければならないものの一つは、ヘンリー・デイヴィッド・ソロー（Henry David Thoreau, 1817-62）を経由し、後世に確かな影響力を与えることになった、彼の〈自然〉についての一連の論考である。[2] いわゆる環境思想が二一世紀になってますますその重要度を増していることを考慮に入れると、昨今注目されている社会改革者としてのエマソンの顔と等しく、この「自然を捉え直した」アメリカ知識人としての彼の道程も再び吟味する価値が十分にある。そうした行為がアメリカでの環境思想史とエマソニアニズムとの関係の再定義へと繋がる可能性は否定できないし、その流れが再度還元することにより、エマソンの新たなる位置づけが始まることも予測できよう。この揺らぎはエマソンに新しい生命を吹き込む可能性を持つのである。

本論では特に限定的に若き日のエマソンの思考のドラマを、主にその日記を基に辿りながら、彼が自然との直接体験を通じて独自の〈自然〉論を大成していった過程を分析し、エマソンという思想家及びそこから派生したエマソニアニズムの解体／再構成を視野に入れながら、彼の初期の〈自然〉論の地図作製《マッピング》を試みたい。

二　「神」に出逢う場所

エマソンはボストンという都市部出身であるにもかかわらず、コンコード河沿いの祖父の家を起点として、常にニューイングランドの自然に触れて育った。それは彼の学生時代並びに教師時代を通じて変わらぬものであった。一八二四年、拙い詩「さよなら」の中で、彼は次のように述べている。「茂みの中にいる人は神に出逢うやもしれません」(*Emerson, Notebooks* 2: 243)。

自然体験を宗教観にこのように直接結びつけるのは、彼が早くして獲得したレトリックであった。だがそれは単純な比喩や帰納法といったものであると断定するには、いささか複雑な要素を内包していたのである。彼の若き日の日記には、授業を抜け出て気保に森へ出かける自身の姿があちこちに記録されている。「僕は自分自身の気まぐれな思考の野原を放浪するため、このうんざりする授業から少しばかり休憩することを要求させてもらおう」(Emerson, *Notebooks* 1: 46)。「去年の夏、多くの蒸し暑い午後にラテン語や英語の授業をほったらかして、銃を持ち、兎やリスやコマドリを探しに森へ出かけたものだ」(226)。

しかしおそらくは伝統ある牧師の家系から来る重責のせいであろうか、同時にそうした「自由」な「自然」児である自我を批判的に眺める別の自我が存在していた。この点は後に彼が出会うことになるソローと比較すると、かなり異なる際立った特徴である。「時々自分が怠け者で、気まぐれで、愚かで、空っぽなことに気がつく」(39)。この二つの自我の断絶は彼が成長するにつれて、次第に深刻なものとなる。

僕は自由をたまらなく好んでいるのだが、怠惰であることを愛するほどではない。……他人を観察して分かったのだが、僕の中にはおかしな奇癖がある。つまりぶらぶら歩きへの強い性癖だ。七月の曇った昼中(もしくは午前中)、僕はゆっくりと本を閉じ、古服と古帽子を身に付けてコケモモの茂みへそっと向かう。大きな満足と共に、牛が通る細い道へ入り込む。そこで誰にも見られまいと安心する。この地点を過ぎると、僕は何時間もブルーベリーやその他の森のものを摘んだりして、樺の木の向こうにある世評から離れて愉しむのである。こういったことをする時間はかけがえのない愉しいものだ。冬にはこういうことを想い出し、春には心待ちにする。同じようなおかしなところを持つと思われる人は知らないし、それが立派なことだと考えるであろう人もやはり知らない。(Emerson, *Notebooks* 3: 136-37)

一八二八年七月一〇日に書かれたこの日記には、一方では生まれ育ったニューイングランドの自然を限りなく慈しみ、それに惹かれる彼の姿が描かれると同時に、他方ではそうした行為を堕落と捉え、若い聖職者として勤勉への忠誠を強いる厳格なもう一人の彼が垣間見られる。さらに同日の日記の続きにあたる部分で、家系の中でも才気溢れる者として期待をかけられていた弟エドワード（Edward Bliss Emerson）が、精神を病んで未来への希望を失ってしまったことを記述するエマソンは、弟の分まで家門の重みを背負わねばならなくなったことをはっきり自覚している。「僕の習慣はストイックな掟よりも、エピキュリアンなものに従っている。……弟よ、お前を思うとつらい！　どうか神が彼を救い、回復させてくださりますように！」(137)。

社会的に成功しなければならないという義務感にも似た焦燥と、四季の自然をそのまま愉しみたいという享楽主義的な気持ちとの間の断絶は深く、この頃の彼の中で〈自然〉というものはどちらともつかない、未分化な概念に留まっていた。また一八二五年二一歳の時、ハーヴァード大学神学部で神学研究に勤しんでいた際に、眼病やリウマチに罹って健康を損い、それ以降も何度か療養生活を繰り返していることも、この頃の彼の不安定な心理状態に大きな影響を与えていたといえるだろう。まさしく身体上の眼球が一時期そうであったように、彼の精神的な視野もまだ暗く濁っていたのである。

三　苦難と救済と

しかし青年エマソンの中のこうした二つの自我の葛藤は、実際には極めて短期間の間に解消され、捻り合わされて、一つのヴィジョンに昇華されることになる。皮肉にもそれは、連続してやって来ることになる厳しい苦難の季節のためであった。

一八二八年一二月一七日エマソンは一七歳のエレン・ルイザ・タッカー（Ellen Louisa Tucker）と婚約し、翌年九月に結婚する。「エレンと婚約してちょうど四日経った」（Emerson, *Notebooks* 3: 148-49）と興奮気味に日記で語る彼はこの頃幸福の頂点にあったように見えるが、しかし同時に悲劇へのカウントダウンは始まっていた。婚約した時点で彼はエレンが結核であることを知っており、二九年三月にボストン第二教会副牧師に就任し、かねてから念願の聖職者となったにもかかわらず、手に入れた家庭は安住の地ではなかった。

一八三〇年から三一年のエマソンの説教を詳細に分析したスーザン・L・ロバソン（Susan L. Roverson）の論文によると、このようなエレンの病んだ身体を思うがあまり、エマソンは彼女を霊性や精神的再生のイメージと同一視し、己と神との間にいる一種の守護天使として捉えるようになった（Garvey 6）。彼女は彼にとってメタファー、あるいは観念であり、既に身体を消去させられた抽象概念として日々の説教や日記の中で反復させられることになるのである。いわばエレンの病んだ身体（body）は、アメリカ原住民強制移住や奴隷制度など「国家的疾病」によって病んだ社会的集合体（social body）と等価であり、また儀礼に縛られた宗教組織（religious body）とも等しいものであった(12)。こうしたこと全般に対して何よりもエマソンが感じていたのは、自分が何も為せないという無力感であり、説教の中で試みられるこれらへの言及は、彼にできる精一杯の、そしてささやかな抵抗に過ぎなかった。

いずれにせよ、一八三一年二月八日にエマソンはエレンとエレンの「身体」を永遠に喪失する。このことが彼自身並びに彼の思想に与えた影響は極めて大きいと言わざるをえないものであり、先に述べた、名を揚げたいという切望と、自然の中で生きたいと二つの自我の葛藤は、両者共に衰えたがために一時的に停止することになる。彼はこの苦難の時期二月一三日付けの日記の中でこのように語っている。「もう一度外部の自然の顔、つまり朝の霧、暁の明星、花々、すべての詩といったものと、魅力溢れる友の心と命を結びつけることができるものだろうか。駄目だ」(227)。こうしたエマソンの姿は、しばしば一般に抱かれている反目しているイメージと異なり、「エレオノーラ」(“Eleonora”)、「アナベル・リー」(“Annabel Lee”) におけるエドガー・アラン・ポー (Edgar Allan Poe, 1809-49) のポジションに極めて近いものがある。

しかしながらこの時の気持ちに反して、おそらく彼の人生におけるこの最初で最大の苦難からエマソンを救ったのは、やはり「外部の自然の顔」であった。六月一五日付けの日記の中では次のような言葉が書かれている。「グリーン山脈とシャンプレーン湖を二週間歩き回ったが、愛しいエレンよ、お前はどこにもいなかったし、至る所にいた。僕は僕自身の場所に再び戻ってきたが、この眼が見た風景の幾つかを僕のページに生きた言葉で伝えよう」(257)。自然は再び彼を優しく受け入れ、今や身体を完全に無くしたエレンは、「神」と共にその中にいた。宗教的法悦にも似たこの体験は、まだ混沌とした彼の胸中の中で、一つの指針として残るのである。

もちろん愛妻を亡くしたという痛々しい出来事が、そう簡単に彼の中で完全に昇華されたはずもなく、三二年三月二九日の日記には極めて不可解な彼の行動がぽつりと記されている。「僕はエレンの墓を訪れ、棺を開けた」(Emerson, *Notebooks* 4: 7)。ここでも「ベレニス」(“Berenice”) におけるポー的感性との類似を指摘することができる。

またさらに重大だと思われるのは、ロバソンが指摘するようにこのエレンの死が、後に大きな問題となる聖餐式に対するエマソンの考え方に潜在的な影響を与えていることである。二九年の就任以来ずっと教会の形式主義に悩まされてきた彼は、三二年の六月以降本格的に聖餐式を巡って教会の有力者側と対立することになる。パンと葡萄酒を摂ることで、イエスの「身体」を食べ「血」を飲むというこの象徴的な儀式は、エマソンにとって文字通り儀礼的で形式主義的なものでしかなかった上、今や彼にとってイエスとも等しくなったとも言えるエレンのかつての「身体」を想起させ、一種のカニバリズムに対する嫌悪の情を伴ったことは想像に難くない。いずれにせよ、このような亡き妻の「身体」の問題を考慮すると、彼が何故これほど頑なに聖餐式を執り行うことを拒否したかが理解できるのである。彼が二度目に衝突した大きな壁と、エレンの死という一つ目の障壁とは大きな関連があるのであり、それであるが故に彼の悩みの深さは底知れぬものであった。

このような八方塞がりのエマソンが再び縋ったのは、またしても自然の力であった。六月二〇日、聖餐式の主宰方法を改めたいという彼の申し出に教会の集会は否定的結論を出す。その直後、修繕のため六週間教会が閉ざされることになり、エマソンはホワイト山脈の自然の中へと旅立つ。七月一日には旅先で「寒い。寒い。温度計は適温であるのに」(Emerson, *Notebooks* 4: 27) とぼやきつつも、「しかし道義的には興奮の一週間だ (a week of moral excitement)」(27) と述べる。さらに同日の日記では「良い牧師であるためには牧師を辞める必要があると考えたこともあった。この職業は時代遅れだ。時代は変貌しているのに、先祖の枯れ落ちた形式の中で礼拝している」(27) と断言して、問題の根元を見据えている。

こうした彼の直観力は自然の中へ分け入るほど増してきて、七月六日には「ここ山中では思考の翼は強くなるはずであり、愛と智慧のより平静な高みから人々の誤謬を見るべきであろう。次の日曜日に人々に伝えるべく僕に下されるメッセージは何だろう？　心にある信心とは軽信ではなく、実行の中のそれは形式ではない。信心は命なのだ」(27) と述べられ、一四日には「言うべきことはなにもない。どうしてペンがいるだろう？　僕は何かが起こることを信じている。……山に分け入ることがいいことなのは、人生を考え直せるからなのだ。奴隷制度のような普段の生活様式から離れ、距離を持って街を見つめる機会が持てる……」(27-29) と自信を持って書き留められるに至る。

一五日には「低い山々は少なく、たいへん多くの雲々が常に偉大なる山頂を覆い、森々の輪が地平線まで広がっている……」(29) とホワイト山脈のウィルダネスを描写した後、いよいよ彼は一つの道を選択する。

決断の時だ。形式を高々しく持ち上げた他人を責める人々には、馬鹿げたほどの嫌悪の念で形式自体を怖れることは、価値がないことのように思えるかもしれない。……イエスが永続する儀式を制定しようとされたとは思えず、自身の記念日なら有益であろうと意図されたと考える。……僕は最も神聖であると尊重されている制度を、無関心と嫌悪でもって習慣的に行うことができないのだ。(30)

こうしてホワイト山脈中で神託のような霊感を手に入れたエマソンは山を下り、出来上がった「主の晩餐」の原稿を、九月九日ボストン第二教会にて満堂の聴衆を前に読み上げる。その中で聖餐式の根拠の是非を徹底的に論じ、少なくとも自分自身でそれを執り行うことはないと述べた彼は、一一日には辞意を記した形式的な手紙を教会に送り、一〇月二八日にはそれが認められる。自然によって癒された彼は、同時に自然によって一つの意志を持たされた。もはや成功を望む気概と自然を愛する気持ちは相反することなく、両者は融合した。聖職者の地位を捨てたエマソンは、どちらにも傾かない第三の道を選択したのである。

四　海を渡る〈自然〉論

愛する妻を亡くし、長く念願にしてきた職であったはずの牧師を辞任したエマソンは、必然的に第三の障壁にぶつかることになる。それは以後自分が何を為すべきかという深刻なジレンマであった。もちろん三一年一二月一〇日の日記に「出鱈目に行われるものは何もない。自然の中には偶然はないのだ」(Emerson, *Notebooks* 3: 311) と書き付けたエマソンにとって、既に「自然」という概念は運命に等しい意味を持つようになっていた。従って何らかのかたちで「自然」に携わりたいという漠然とした方向は、彼の中でもはや定まっていたと言ってもよいだろう。彼が精神的な迷いと、いまいちすぐれない肉体的な衰弱の中で欧州行きを決断したのは、このような考えが背景にあったのである。

三二年一二月二五日マルタ島行きの船に乗り込んだエマソンは、三三年一月三日の日記に海上で次のような言葉を書き込んでいる。

[雲々] はヨーロッパやアフリカやナイル河で輝くような光でもって輝いており、そして僕は彼らの最も古い賛美歌に精神の耳を傾けた。彼らは言った。汝はそれほど遠くに何を探しに行くのか。絵画か、

大理石の彫刻か、有名な街か？　だがこれらの作品が湧き出る創造の流出は、新鮮に新しくとこしえに我々から流れ出ているのだ。……ヨーロッパでこれ以上その原則に近づけるものではない。それは人に命を吹き込む。それがアメリカのアメリカ性（the America of America）というものなのだ。（Emerson, *Notebooks* 4: 104）

ここには複雑で入り組んだ彼の思考のうねりが見られる。片側には職をなくし、未来への確かな指標も持てず、病みがちな青年が古い歴史を持つ大陸に渡るに際して不安に苛まれており、もう片方には自らがアメリカのウィルダネスで獲得した〈自然〉の連理を頑なに信じ、不遜にも「先進」世界のヨーロッパ文化ですら、それの擬態にすぎないと断言する男がいる。そして海上で迷いの直中にいることと、楽天的な運命観（あるいは楽天的なナショナリズム）を持つことがこのように矛盾なく両立しているところに、彼の新しい方向性が見られ、同時にこれまでそうだったように、直接体験からの直観を重んじるが故に生じる彼の二面性が、ここではさらに鮮明になってきているのである。

ともあれ無事マルタに到着したエマソンは、イタリア半島を北上し、アルプスを越えてスイスに滞在した後、六月二〇日にパリに着く。そしてこのパリで、ついに有名な宣言がなされる。七月一三日、パリ植物園博物誌（Natural History）展示室へ出かけて陳列されている剥製などを眺めたエマソンは、日記にこう書き付ける。

形式自体があれほど奇怪だったり、野蛮だったり、美しかったりするわけではなく、それに観察者である人間に固有の性質が表現されているためなのだ。それはあのサソリと人間の間にある神秘的な関係なのである。僕は自分の中にムカデを感じ、鰐、鯉、鷹、狐を感じる。不思議な共感に感動し、僕は絶えず言っている。「ナチュラリストになろう」と。(199-200)

既にあまりに広く知られた観がある一節だが、エマソン自身にとって確かにこの「ナチュラリスト」宣言は重要なものであり、後の彼の講演や本の中の至る所でこの反響が響きわたっている。またこの部分の抜粋のみではいかにも唐突に思える「ナチュラリスト」宣言も、ここまで辿ってきたように、彼の苦闘の青春時代がどのようにして乗り越えて来られたかを考慮すると、理解しやすくなるだろう。即ち、幼年から青年までの季節をニューイングランドの自然の中で過ごし、妻の死の痛手をグリーン山脈の自然に癒され、自己の良心と職業上の義務との選択に苦悩する時期にホワイト山脈のウィルダネスから霊感を受け、渡欧の際の心の迷いを海上の雲からの啓示によって打ち消した男にとって、自然の法によってすべてを位置づける自然主義者《ナチュラリスト》になることは、ある意味、必然以外のなにものでもなかったのである。

もちろん彼のこの「ナチュラリスト」宣言には他にも様々な解釈が成立するだろう。鷲津浩子は「実のところ、エマソンは「ナチュラリストになろう」と決意する以前から、既に自然誌［Natural History］における「存在の連鎖」とその「進化」を知っていたし、彼の自然観は、パリ植物園での決意以前から、そのころアメリカでも隆盛を誇っていた自然誌、しかもかなり人口に膾炙した形の自然誌によって既に格付けされたものとなっていたと考えられる」(259-60)と指摘し、エマソンのこの決意の背後に、当時の博物誌の興隆の流れが存在していたことを明らかにしている。同様に、さらにより広範囲な歴史潮流を検討するならば、この時エマソンが直観的に発した言葉は、博物誌のみならず同時代の文化的状況を広く見据えた認識眼による戦略の発露でもあるということも確かである。後の『自然論』(*Nature*)までを含めた彼の初期の著作物に関して、アニータ・ハヤ・パターソン(Anita Haya Patterson)は次のように述べる。「エマソンは自我に関する矛盾した宗教的解釈と、ロック哲学的ないしは実利的解釈を慎重に並列したのである。その結果、それらは補足性と批判性を帯びた相互関係の上に立つことになった」(57)。

こうした事柄に関してエマソン自身がどれほど意識的であったにせよ、結果的に「ナチュラリスト」宣言には様々な方向性が内包されていた。即ち、ここでは海上で雲から受けた啓示に見られるような、観念的自然観と信念的自然観の同時的な並列化が行われている。かたやジョン・ロック(John Locke)の自然法思想からの延長線上にある彼独自の超越論の片鱗が既に露呈され、対極には彼があれほど嫌悪した「形式」主義に対抗する神学的立場としての「自然」主義が透けて見える。そしていずれの方向性に対しても、「形式」で分類する博物誌のような方法論に本質(nature)でないというレッテルを貼った上で、そうであるが故の自然(nature)の有効性を暗示している。つまり「ナチュラリスト」宣言とは、哲学、宗教、博物誌、芸術、どの諸方面に対しても〈自然〉が「本質」的な議論の足場であるという自覚そのものなのであり、その意味では、かつてのホワイト山脈での彼の決意表明から直線的な進化を遂げているものなのである。[3]

そしてさらに意義深いのは、鷲津論文が暗示するように、「ナチュラリスト」であろうというこの自覚が、アメリカ固有文化の独自性の強調というもう一つの側面を持っていることである。パリに入る直前までのエマソンは数ヶ月間もイタリア半島を旅しており、ナポリ、ローマ、フィレンチェ、ベニス、ミラノといった名だたる古都を巡っていたが、この間の日記には各都市の壮麗さに戸惑う彼の姿が記録されている。[4]ヨーロッパの歴史ある文化に直面させられた彼が、文字通りの「対抗文化」としてアメリカの「自然」を前面に持ち出してくることは、極めて当然であり、それどころか、事前に予想しえたものであったとさえいえる。渡欧の海上で雲から受けた啓示に示されていたように、エマソンが自分自身のアイデンティティを探る旅は、必然的に「アメリカのアメリカ性」、つまりアメリカ国家のアイデンティティを掘り下げ、そのナショナリズムを規定する過程と二重写しになるのである。

五　風景と思考のドラマ

こうして九月六日アメリカへと帰還する船上で、エマソンは日記に書き付ける。「自然についての本が書きたい。そして何処でどうやって生きていけばよいのか知りたいものだ。神が示して下さるだろう」(237)。〈自然〉の本を書くという指針にようやく辿り着いた彼は、その後僅か三年で『自然論』を上梓するに至る。だがこれまで辿ってきた歳月と同様に、この三年間もまた彼にとって荒波にもまれる試練の時であった。一八三四年一〇月には弟エドワードがついに死亡したが、三五年九月にはリディア・ジャクソン (Lidian Jackson) と再婚することになる。そして三六年五月には元気だった弟チャールズ (Charles Emerson) が急死し、悲嘆にくれるエマソンは苦しみの中で出版の詰めの作業に取りかかる。

これまで書き貯めた論を一つのものにまとめるという仕事が決して順調でなかったことは、彼がこの頃兄ウィリアムに宛てた二通の手紙からも明らかであるが (Emerson, *Works* 1: 400)、校正の作業もまた困難なものであった。三六年八月一七日にはこう記している。「今日『自然論』の訂正すべき校正刷の初校が届いたが、新しいコートのように、気に入らないことばかりだ」(Emerson, *Notebooks* 5: 190)。九月に匿名で出版された『自然論』の初版は僅か五百部であり、そのうち多くが長く売れ残ったので、第二版が出版されたのは一八四九年のことであった(Emerson, *Works* 1: 400)。

このように紆余曲折を経て世に出た『自然論』には、不思議にも彼が日記の中で書き続けた「自然」と印象が異なる〈自然〉像が描き出されている。具体的な風景や環境はほとんど言及されず、エマソン独特の明快な語り口の上に、高度に抽象化された概念としての〈自然論〉が構築され、それに沿って論理が展開するのである。もちろんエマソンの日記には、しばしば抽象的な哲学論や神学論が直観的に記されており、必ずしも自然が率直な描写のかたちで常に現れるわけではないが、出版された『自然論』が日記のものと異質ともいえる自然観を見せていることは注意すべきであろう。

しかしながら最初期の日記におけるような、みずみずしいと表現したくなる自然の描き方がまったく姿を見せていないわけではない。三章「美」において、エマソンは自然美を三つの相に分類しているのだが、その一つ目で展開される空の描写はかつて彼が日記で示した才能を十分呼び起こすものである。「西の空の雲が分かれ、さらに分かれて、言いようのない柔らかな色合いを帯びて変化した薄紅色の層となる。大気があまりに生気に富んで甘いので、屋内に入るのがつらかったほどだ」(Emerson, *Works* 1: 17)。だがこの後も続くこうした描写は、「美しいものとして見たり、感じたりできるこのような自然美は、最も低いものである」(19)として片づけられ、「自然は根本的に似通っている形式があふれる大海であり、唯一のものでありさえする」(23)という言葉で、一つの抽象概念に帰属するものとしてまとめられる。つまり風景は些細なものとして〈自然〉という概念の下位に置かれ、全体としてさらに「神託」的な〈自然〉が支配力を強めるのである。こうした傾向はそもそも序章における「自然」と「人工」(Art)の定義付けの部分に既に見られる。「自然とは一般的に人によって変えられない本質的なものを指す。……人工とは同様のものと人の意志の混合物を指すため使われる……しかし人の働きなど全部寄せたところでまったく重要ではなく……結果を変えることはないのである」(5)。せっかく分類された「自然」と「人工」だが、結果に影響ないという理由で「人工」は「自然」の下部に分類され、最終的にすべては〈自然〉という一語によって統治されるのである。

エマソンのこうした細部に無頓着な楽観的論法は、こうして一章における次の有名な一節のような箇所では、ほとんど唯我独尊的といってよい側面を露出させている。

……人生において起ることで自然が修復できないものは何もないと私は感じる。どんな恥辱であろうと、不幸であろうとだ(私に眼が残されているならばであるが)。裸の大地に立ち、頭を快活な大気に洗われ、無限の空間へ高揚すれば、すべての卑しい自己本位は消え失せる。私は透明な眼球となる。私はなにものでもなく、すべてを見る。普遍的存在の流れが私の中をめぐり、私は神の眼目となる。(10)

「透明な眼球」という目も眩むようなイメージが、視覚による風景の占有を傲慢なまでに徹底させている。パターソンはこうした『自然論』の特質を「自我を眼球として描くというエマソンの鮮明な描写は、それ自身の具現化という問いを、持ち出すと同時に不明瞭にするのである」(44)と断罪した上で、「『自然論』並びにエマソンの全著作を通じて、民主主義的でもあり人種差別的でもある結合力のために、矛盾こそが効果的なレトリックと概念的枠組みを生産するのである」(49)と述べている。

このような傾向は、確かに『自然論』の中で「透明な眼球」の描写の箇所以外にも見られ、六章「唯心論」においてウィリアム・シェークスピア(William Shakespeare)の『テンペスト』(*The Tempest*)が引用されるくだりにも顕著である。プロスペロ(Prospero)が自慢げに島の自然を支配した様を述べるこの部分に対して、エリック・チェイフィッツ(Eric Cheyfitz)は「時間と空間を征服する帝国的表象とは、テクノロジーではなく、修辞法なのである」(31)と指摘し、笹田直人は「自然からの収奪の合理化は、自然化された他者からの収奪の合理化につながる」(野田 127)と推論している。言語権力の自然への介入のイメージが、『自然論』の主題そのものと連関しているという問題を考えるにあたって、両者の見解は極めて鋭いものであるといわざるをえないだろう。そして先ほどの「透明な眼球」がこうしたイメージの根元にあるとするならば、エマソン自身がかつて失明の危機に怯えたという事実はもう一度再検討する必要がある。先に触れたように一八二五年に彼は片方の眼を勉学のために痛め、その秋には手術まで受けている。その後視力を取り戻した彼だが、例えば『自然論』を出版した直後の三六年一一月七日の日記に眼を痛めている自身の姿が描写されていることを考え併せれば(Emerson, *Notebooks 5*: 241)、「眼球」に関する不安がまだこの頃の彼から拭い去っていないことは確かである。神学、哲学、博物誌上の「形式」を透視し、その向こうに彼にとっての「本質」を明示するのみならず、己の身体上の根元的な不安をも解消する——おそらく自身の「病んだ眼球」の恐怖の裏面にはかつてのエレンの「病んだ身体」が亡霊のように張り付いていたに違いない——そのような仮想の透視装置「透明な眼球」を彼が切望したのは、その意味でもっともなことであり、『自然論』における風景上と思想上双方の「可視化」作業に、憑依的ともいえる修辞法が使用されていても、もはや不思議ではない。「賢明な人間はこの腐敗した言い回しを見破り、言葉を再び可視的なものへ結びつける」(Emerson, *Works* 1: 30) と語るエマソンには、紛れもなく「至高権力の詩神」(imperial muse)(52) が既に内在しているのである。

そしてもはや決定的なまでに、こうした『自然論』の特質が明らかになるのは、八章「展望」における次の部分である。

博物誌展示室においては、最も不格好で異様な形式の獣、魚、昆虫に関してもある神秘的な認知と共感を私達は感じ始めるのである。自身の国では外国のものをモデルに設計された建物の景色に閉ざされているアメリカ人は、ヨーク大聖堂やローマの聖ペテロ寺院に入って驚く。これらの建物もまた擬態であり、不可視の原型に対する微かな模倣であるのだと感じるのだ。(68)

パリでの体験を基にしてアメリカの建築物がヨーロッパのものの模倣であることを前提にし、エマソンは彼特有の神学的レトリックによって、ヨーロッパの文化が「他のもの」—即ち〈自然〉—の擬態であると逆説する。そして「形式」を視ず、彼の言う「不可視の原型」を可視化した者のみが、「本質」を獲得することを暗示するのである。最終的に『自然論』で浮かび上がるのは、「アメリカのアメリカ性」が森羅万象の「本質」であるという究極のナショナリズムである。「詩、音楽、彫刻、絵画はすべて、愛国心と宗教に奉仕するためにあった」(Emerson, *Notebooks* 5: 211) と日記の中で語るエマソンは、まさしく自身がその言説の影響下にあり、同時に新しいナショナリズムのかたちを〈自然〉論で形成しているのである。

以上のようにエマソンの『自然論』を、その〈自然論〉観と国家主義観の双方から探索してみると、こうした啓蒙書がしばしばそうであるように、文面に書かれてあることよりも、書かれていないことの方がむしろ重要であるといえるかも知れない。先に去っていった弟達、亡き妻エレンの病んだ身体、自身の病んだ眼球、生まれ育ったニューイングランドの自然の風景、起死回生の思いで渡り羨望の想いで眺めたヨーロッパの伝統ある文化的風景。これらはいずれもあまり『自然論』の中で描かれていないが、『自然論』中の〈自然〉論は明らかにこのような書かれなかったことによって設定され、方向性を定められている。そしてかつて授業を抜け出して自然の中で独り遊んだ青年は、消え失せたわけではないが、もはや巧みな陥穽の深みにはまり、このような多くの他の「書かれなかったこと」と共に、神憑り的な強面の説教師の眼球の中で浮遊し、微かに揺らいでいるのが窺えるのである。

六　開かれた新しい地図

こうして新しい地図は開かれた。

エマソン個人にとって『自然論』は、四一年の「自然の方法」（*The Method of Nature*）講演、四四年の『エッセイ第二集』（*Essays, Second Series*）の中の自然論、そして七〇年の「知性の博物誌」（*Natural History of the Intellect*）講演へと繋がる一連の〈自然〉論考の始まりの地点に過ぎなかった。そして同時にまた長く苦難の道程を辿ってきたエマソンの道標が記された、紛れもない思想の遍歴の地図でもあった。

しかし地図は常に両面を併せ持つ。裏側から透かせればこの地図は、アメリカの「知的独立宣言」と評せられることになる翌年三七年の「アメリカの学者」(*The American Scholar*)講演に直結する、アメリカの〈自然〉に規定されたナショナリズムの海図でもあった。エマソンにとって自身の〈自然〉論とは、神学的論法に依存しながら、哲学や芸術の諸方面に睨みを利かせ、あらゆる文化や政治さえも「統一」的に認識できる装置であり、視えぬものを視ようとする「可視化への道程」に他ならなかった。そしてこの、あらゆる「形式」を打破する「直観」が、いかなる論理哲学より勝るという確信は、「アメリカのアメリカ性」が「至高権力の詩神」であるという彼の暗示と明確にパラレルなのであり、同時にそれはソローを通じて、後のアメリカ環境思想史に大きな影響を与えているのである。

もちろん彼の思想と論理は、しばしば冠せられるように「楽天的」な性質を往々にして示しており、彼自身の人当たりの良い性格も幸いして、多くの人にとって受け入れるのに何ら抵抗アレルギーがないものである。だがそれは裏返せば「傲慢なまでの楽天主義」ともいうべきものであって、並列して危険な側面も持ち併せている。結局エマソンが意図したにせよ、しなかったにせよ、彼の超越的〈自然〉論は一種のモンスター的要素を抱えているものであり、直接体験、もしくは「霊的」直観という原点から一段飛び越えるかたちで論理展開に結びつくため、読み手は常にどこからが「超越」なのかを見極める必要があるとさえいえる。ただこうした飛躍的論法ゆえに、ロデリック・ナッシュ(Roderick Franzier Nash)が『ウィルダネスとアメリカ精神』(*Wilderness and the American Mind*)の中で「野生の自然は神性への最も直接的なリンクを提供する」(268)という原理を「ソローとエマソンがヨーロッパのロマン主義やアジア神秘主義思想から吸収した」(268)と主張するのももっともなことなのであり、ナショナリズムの立場にせよ環境思想の立場にせよ、後に影響を受けた者達が直接体験からダイナミックに哲学的理論へ展開し、社会活動へ転換できるこのエマソニアニズムに魅了されたのも故無きことではない。

先に述べたように、『自然論』はエマソンにとってあくまでスタート地点であり、彼のその後の思想を究めるためには、彼のその後の人生を探求する必要がある。ただエマソンがあれほど年下の友人ソローを賛美し、生涯ほとんど変わらぬ親愛の情を寄せていたことについては触れておかねばならない。

一八六二年ソローがこの世を去った時、エマソンは哀悼講演を行った。その中で彼は何度も両者が共通の〈自然〉思想によって結ばれていたことを強調している。「花鳥に関する彼〔ソロー〕の関心は心深く根差しており、自然と結びついていた」(Emerson, *Works* 10: 470)。「自然の秘密と神髄の知識を〔ソローほど〕つかんでいた者は他にいない」(472)。

確かにエマソンのソロー評価は、極少数の例外はあっても、ほとんど一貫して好意的なものであったが、その根本的な理由は、ソローがエマソン思想の批判的継承者であったということ以上のものがあったと思われる。エマソンにとって、ソローは間違いなく自分自身の分身であり、もう一つのあり得たかもしれない可能性であったからではないだろうか。十代から二十代にかけてのエマソンにとって、人生で最も大切な瞬間は間違いなく、愛するニューイングランドの自然の中で独り遊ぶことであった。若いソローを見る時、エマソンはいつもその中に異なる人生を辿った自分自身を観ていたのだろう。ただソローのような生き方をするには、エマソンが背負っていたものはあまりに大きすぎた。選ばれた聖職者の家系であるという自意識は、彼に眼を痛めるまで勉学をさせるものであった。また最愛の妻エレンを亡くし、[5]自らの意志で正牧師を辞めてからは、彼自身の手で作りだした他の「運命」もその背に負っていたのである。しかしそれでも、ソローに対する憧憬の念に示されるように、彼が切り捨ててきた過去の可能性も、彼にとって生涯大切なものであり続けたのであった。「ネイチャー・ライター」としてのエマソンの可能性はソローへ託されるかたちで彼の経歴から消え失せたが、彼の内部ではいつまでもくすぶり続けたのである。[6]

いずれにせよ、この『自然論』という著書の中で超越論的〈自然〉論を展開したエマソンは、自ら創造したこの新しい地図を携えて、思想の原野をさらに歩みゆくことになる。そしてその歩みの行程こそ、一九世紀のアメリカ文芸開花時代から現代に至るまで影響力を振るうエマソニアニズムに関心を持つ者にとって解析すべき政治的「地図」そのものである。だが携えられた地図にはもう一つの違うヴァージョンがあったのかもしれないことを思うと、彼の思想の巨大な衝撃性が「単にエマソンの才に帰せられるだけではなくて、これらの思想がアメリカン・イデオロギーの本質に適合させられた結果なのである」(2)というロウの指摘が、極めて現実味を帯びて受け取られる。もしエレンが健康で長生きしていたなら。もしボストン第二教会正牧師を辞任しなければ。もしヨーロッパに独り渡ってパリ植物園に行くことがなければ。

彼の「眼球」はいかなる自然の「地図」を描き出そうとしたのだろうか。

注

＊〔作家略歴〕ラルフ・ウォルドー・エマソン（Ralph Waldo Emerson）。一八〇三年ユニテリアン派牧師の家に生まれる。二六年にハーバード大学を卒業し、二九年から三二年までボストン第二協会に勤めた後、職を辞してヨーロッパへ向かう。帰国後コンコードに住み、三六年に『自然論』を出版する。その後も講演と著作活動を続け、やがて文壇の指導的立場になり、アメリカン・ルネッサンスの旗手となる。しばしばその思想の中で注目されるのが、その後のアメリカ社会に大きな影響を与えた「超越主義」（Transcendentalism）である。

1　もちろんエマソンを現代的な意味での「行動する知識人」と捉えるにはかなり無理がある。しばしば指摘されるように、彼が公にした政治的発言は控えめなものであり、時には曖昧であった。

2　本稿では様々な意味で自然という言葉を用いざるを得なかったが、超越論的な立場を踏まえた、エマソン独特の思想に関連した用語として用いた場合、〈自然〉と表記し、それ以外に特に強調的な意味で用いた場合は「」付きの「自然」と記した。スティーヴン・エスクウィス（Stephen L. Esquith）が指摘するように（Garvey 234-54）、エマソンの自然に対する態度は社会環境へのそれと近似しており、本論では彼の〈自然〉思想をそうした前提を踏まえたかたちで論議している。

3　いずれにせよ「ナチュラリスト」（naturalist）宣言とは、エマソンがその出自であるキリスト教のエコーを纏いつつも、徹底して「形式」を嫌悪した「本質」論の立場を貫いたものであった。つまり一つの神学的立場でもありながら、博物誌、哲学、動植物研究のどの分野に対しても未分化のまま一定の勢力となりうるものなのである。OEDによればこれらすべての意味においてnaturalistは既に使用されていたが、「自然主義」という文芸用語としてはまだ使われていなかった。エマソンのこの宣言は最初の文芸用語としての使用であると解釈することも可能であろう。

4　エマソンはイタリア半島の華麗な文化に酔いしれ、イタリア語で日記をつけるまでに至った（Emerson, *Notebooks* 4: 395-419）。

5　『自然論』を出版し「アメリカの学者」講演を行うまでの初期エマソンの思想の中で、いかにエレンの死が大きい意味を持つかは、何よりも彼の日記の中の記述に現れているように思われる。エレンとの結婚記念日の前日である三六年九月二九日の日記には、「エレン」と何度も彼女の名が記されており、痛ましいまでの彼のエレンへの想いを窺い知ることができる（Emerson, *Notebooks* 5: 216）。

6　しかしながら訪欧以後のエマソンが、究極的に〈自然〉を思考するために、むしろ自然の中を歩き回ることから遠ざかることも重要だと考えていた可能性もある。一八三六年六月一日の日記にある、壷と「自然」の寓話は（Emerson, *Notebooks* 5: 167）、短いながらもそうした彼の思想の一端を窺わせる。

参考文献リスト

Chai, Leon. *The Romantic Foundations of the American Renaissance*. Ithaca: Cornell UP, 1987.
Cheyfitz, Eric. *The Poetics of Imperialism: Translation and Colonization from The Tempest to Tarzan*. Philadelphia: U of Pennsylvania P, 1991.
Emerson, Ralph Waldo. *The Complete Works of Ralph Waldo Emerson*. Centenary Edition. 1903-04. New York: AMS P, 1979. 12 vols.
____. *The Journals and Miscellaneous Notebooks of Ralph Waldo Emerson*. Cambridge: Belknap P of Harvard UP, 1960-82. 16 vols.

Garvey, T. Gregory, ed. *The Emerson Dilemma: Essays on Emerson and Social Reform.* London: U of Georia P, 2001.

Irwin, John T. *American Hieroglyphics: The Symbol of the Egyptian Hieroglyphics in the American Renaissance.* Baltimore: John Hopkins UP, 1983.

Kroeber, Karl. *Ecological Literary Criiicism: Romantic Imagining and the Biology of Mind.* New York: Columbia UP, 1994.

Mabbott, Thomas Ollive, ed. *Collected Writtings of Edgar Allan Poe.* Cambridge: Belknap P of Harvard UP, 1969-79. 3 vols.

Maddox, Lucy. *Removals: Nineteenth-Century American Literature and the Politics of Indian Affairs.* New York: Oxford UP, 1991.

Nash, Roderick Frazier. *Wilderness and the American Mind.* Fourth Edition. New Haven: Yale UP, 2001.

Patterson, Anita Haya. *From Emerson to King: Democracy, Race, and the Politics of Protest.* New York: Oxford UP, 1997.

Rowe, John Carlos. *At Emerson's Tomb: The Politics of Classic American Literature.* New York: Columbia UP, 1997.

Sealts, Merton M. Jr., and Alfred R. Ferguson, eds. *Emerson's Nature: Origin, Growth, Meaning.* New york: Dodd, Mead&Company, Inc., 1969.

市村尚久『エマソンとその時代』玉川大学出版部　一九九四年。

スコット・スロヴィック、野田研一編著『アメリカ文学の〈自然〉を読む』ミネルヴァ書房　一九九六年。

高橋　勤

2　ことばの中の風景
――ソローとエマソンの詩学

はじめに

ヘンリー・ソロー（Henry David Thoreau）が、ことばの起原や由来に深い関心を抱いていたことは周知のとおりであろう。エッセイ「歩行《ウォーキング》」（Walking）の冒頭に示された saunter の語源の解釈はその有名な一例であり、『コッド岬』（*Cape Cod*）の冒頭には、cape と cod の語源が詳しく記されている。彼の『日記』においても語源についての言及が散見され、とくに、ソローの思想の中核をなすことばについては執拗に由来や起原が探究されたように思われる。たとえば、一八五三年二月二七日の日記では、savage の語源についての言及があり、そのことばが本来 sylva（森）ということばから派生したと記されているし、同年一月一五日の日記には rival の語源が river であり、コンコード川（concord ＝調和）にはライバルどころか友人しかいないというシャレが書かれている。

むろん、ソローにおける語源への関心は、言語学的な興味によるものではなかった。それは、知のあり方、その本質をめぐるより哲学的な関心であり、その表現としての詩的言語の問題であったように思われる。本論では、ソローに見られる語源への関心を手がかりとして、ソローにおける詩的言語の探究を考察したいと思う。

一　ことばの起原

ソローは、生涯にわたってことばの由来に関する断想を日記に記しており、それを自己の思想の核心にかかわる問題だと考えていた。一八三九年十二月（ソロー二十二歳）の日記には、ソローの思想のキーワードでもある virtue ということばについて、つぎのような説明がなされている。

ヘンリー・D・ソロー　1854 年の Rowse のクレヨン画。ソロー研究所蔵。

ほんとうの男らしさというのは美徳（virtue）を意味する。というのも、美徳と勇敢さとはひとつのものであるからだ。この真実は言語のなかに長らく示されてきた。この内容に関連するおおよそのことは、ラテン語の vir(男の）と virtus（男らしさ）、そしてギリシャ語の αγαθos（良い、勇敢な）と αριθτos（最良の）から派生し類推されたさまざまなことばの中に示されている。……ことばの類推というものは、けっして気まぐれでも、

意味のないことでもなく、真の類似性を示しているからだ。(Journal 1:92)

この一節を見ても、ソローがことばの起原に関心を寄せ、「ことばの由来やいわれ」(derivation and analogies)を真剣に受けとめていたことが窺える。さらに、一八四〇年七月末の日記には、「ひとつのことばには、どんな人間よりも、またどんな文章よりも多くの知恵が隠されている。今一般に受け入れられている意味がそぐわないと思えても、その出自をたどりいわれを調べると(by descent and analogy)、その内部には確かな根拠が示されているものである」(1:160)という記述が見られるし、そのほぼ十年後の一八五一年九月五日の日記には、「私が以前から夢見てきたことは、ことばの原初的ないわれと由来に立ち返ること(a reeturn[sic] to the primitive analogical & derivative senses of words)」(4:46)であると書かれている。また、「ことばのいわれをたどることによって、他の優れた作家が見い出しえなかった真実のことばにしばしば行き着く」ものだと続けている。ソローが思想の中核をなすことばの由来をたどった背景には、その語源をさかのぼることによって、みずからの思想を深化させ、合理的に簡素化して、「真実のことば」に到達する願いがあったからではないだろうか。

前にも触れたとおり、ソローのエッセイ「歩行」の冒頭には、saunter ということばをめぐる二つの語源の解釈が示されている。ソローの説明によると、その解釈の一つは saint terre、つまり「聖地」へと向かう巡礼であり、もう一方は、sans terre、つまり根無し草の自由人ということである。もっとも、この二つの解釈は語源学的にはなんの根拠もなく、ソローによる恣意的なこじつけであった。ここで注目すべきことは、むしろ、これらの語源の信憑性ということではなく、このエッセイの主題が二つの語源の解釈の中間に位置しているということ、そして、ソローの関心があくまでも「大地」(terre)にあったという事実である。ソローの語源に対する関心は、語源学的な興味によるものではなく、「真実のことば」が見い出される場所として、あるいは「真実のことば」が書き込まれる場所として考えられていたということである。

根無し草の自由人が「聖地」をめざすというモチーフは、ソローの思想の根底をなすものであり、ソローはそうした思想をsaunterということばの背景に書き込み、そこにアレゴリカルな構図を築こうとした。これはsaunterの語源がvillageの語源(vileあるいはvillainと同根)と対比され、善と悪という寓意的な構図を創り上げていることからも推察される。いわば、ソローはsaunterということばの語源の解釈に基づいて、この「歩行」というエッセイを構成し、アメリカの「大地」をめぐる物語を語ろうとしたのだ。ここで強引附会が許されるとすれば、ホーソーンがAという記号の背景にピューリタン社会というアメリカの一つの神話を書き込んだように、ソローはsaunterという語の解釈によって、アメリカの自然(野性)というもう一つの神話を創出したとは言えないだろうか。さらに、「アメリカの大地」の神話を創り上げたという点において、ソローのsaunterは、ホイットマンのloaferと同一のものであった。ソローのsaunterが新大陸における文明と芸術の可能性を示唆したように、ホイットマンのloaferはアメリカの自然を「謳い」、そこにアメリカの叙事詩を創造しようと試みたからである。

ソローはsaunterの語源の中に、「聖地」というアメリカの物語を書き込もうとした。ソローみずからが語るように(「歩行」三一五)、全ての文学あるいは文化の基層に自然や風土に根づいた神話的な相があるとしたら、ことばの語源を歴史的に遡るという行為は、そうした神話的な相に描かれた詩的な原風景を発掘する作業であったと言えるかもしれない。

二　化石化した詩

エマソンやソローの詩学において、言語の起原つまり語源は、自然と同様に重要な問題であった。エマソンによると、詩人は「言語を創るひと」であり「名づけ親」であって、自然が言語化される、その過程にこそ詩の本質があると定義された。子供のような純粋な感性が、自然の事物に名前を与える原初的な風景に詩の本質があると考えられたのである。すると、言語の背景、つまり語源には、そうした原初的で詩的な風景がひろがっていることになる。

語源学者は、死んだことばがかつては一枚の美しい絵であったことを発見する。言語というのは化石化した詩である。この大陸の石灰石が生物の甲殻のはてしない堆積からなるように、言語もまたイメージや比喩からなり、今日ではその二次的な用法のために、本来の詩的な起原が長らく忘れられているのである。しかし、詩人はそれを見通して、名づけ親となり、他の者たちよりも一歩それ自身に近づいているのである。(『詩人論』四五七)

習慣化された記号としての言語は、あくまでも「二次的」なものであり、語源学者(詩人)の役割は、記号を「もう一歩」自然に近づけることで(つまり、シニフィアンとシニフィエとの距離をなくすことで)、その「詩的な起原」を見い出すことであった。その意味において、言語は「化石化した詩」であったわけである。

このエマソンの主張は、おそらく、ソローが「歩行」に記した「自然を表現する文学」についての断想と軌を一にするものだった。文化の根底にある自然、あるいは「野性」の意義を考察していくなかで、ソローは野性的な文学を以下のように説明する。

自然を表現する文学はどこにあるのだろう。そよ風や小川を意のままに使い、自分のために語らせることができるのは詩人であろう。詩人は、春に農夫が霜によって持ち上げられた柵の杭を打ちつけるように、ことばを原初的な感覚に打ちつけ、根っこに土くれがついた状態のまま、ページに書き写すのである。そのことばは真実を語り、新鮮で、自然のままであり、たとえ図書館のかび臭い本のなかに埋もれてはいても、春の知らせとともに蕾をふくらませるものだ。そして、周囲の自然と共感しつつ、その性質のままに花開き、年ごとに忠実な読者のために実を結んでくれるのである。（「歩行」三一四）

ソローがここで主張しているのは、習慣化された言語をふたたび「原初的な感覚」に置き直し、その自然性（身体性）を回復するということだった。図書館に眠る「書物」(leaves)が、文字どおり、「葉」(leaves)となり、本来の意味を回復して「根っこに土くれがついた状態のまま」表現され、詩的な言語として「花開く」瞬間でもあったのだ。むろん、言語の「根っこ」(roots)とは語源(roots)にほかならなかった。

ソローのこうした詩論の核心にあったものは、彼の言語観であり、言語の起原のもつ重要性であった。上に挙げた「歩行」の有名な一節の原形となった一八五二年一月二六日の日記には「すべての事柄を表現の衝動に委ねよう。そうすれば蕾はふくらみ、永遠の春が訪れ、春のゆくのを遅らせるものだ。雪解けに誰が抗しえようか」(4:291)という記述がある。ことばが文字どおり「葉」を伸ばし、自然や風土という「根」をもち、そしてひとつの真実に「花」ひらくというイメージに示されたように、ソローの詩論は「有機的《オーガニック》」なものであった。それは、言語が単なる記号ではなく「象徴」であり、指示することばと指示される自然との間に「有機的な」つながりがあることを示唆していた。さらに、ソローはこう続けている。「すべての池が、もし、浅かったとしたら、人の心に影響を与えないであろうか。もし、物理的な深淵さというものがなかったとしたら。神がこの池を深く創られたことに、私は感謝する。ウォールデンは、ひとつの象徴として、深く清らかなのだ。ことばというものは、ケルトの原語にまでさかのぼれるものこそ、自然と調和し、しっかりと根を下ろしているものである。」ケルトの自然や風土という歴史的に深遠な起原をもつことばが、「象徴」としての言語になりえたのは、ウォールデン湖がその深さゆえに「ひとつの象徴」となりえたのと同様であった。ウォールデン湖は、深さの「記号」ではなかったのだ。

ソローの語源に対する関心は、おそらく、ことばの意味の客観性ということ以上に、ことばの「いわれ」、つまりナラティブにたいする興味であり、ことばの背景にひろがるイメージや風景によせる関心であったと思われる。言語という記号を「原初的な感覚」に置き直すということは、ことばの「意味」をこえて、その背景にある物語と風景を回復する試みではなかっただろうか。ことばの起原には、自然が言語化される象徴的な過程が示されるとともに、自然の物語、つまり神話的な空間が広がっていたのである。「自然を表現する文学」の一節に続けて、ソローが神話こそ野性にもっとも近い文学であり、「世界のすべての詩人は、アメリカの神話によってインスピレーションを与えられることになるだろう」と豪語したのも、そうした思想に基づくものであったのだ。

ソローの語源への関心は、彼のネイティブ・アメリカンの言語への関心と軌を一にするものであった。たとえば、コンコード川のインディアン名 Musketaquid をソローが愛した背景には、「淀んだ流れ」ということばの「いわれ」と風景のひろがりがあったからであろう。『メインの森』(*The Maine Woods*) には、メイン州の地名の「いわれ」について、執拗なまでに、ペノブスコット・インディアンに尋ねる一節が描かれている。

その真偽のほどは別にしても、かれらの定義をここにいくつか紹介したいと思う。というのは、そうした定義はしばしば一般に受け入れられたものとは異なっているからだ。かれらは、ことばをけっして分析しようとはしない。ターマントはしばらく考え込み、そのことばを何度もつぶやいた後で、チェサンクック湖はいくつもの川が流れ込む場所の意味だ(?)と言った。……ケンダスキーグ湖については、よく知らないと前置きし、カヌーでのぼれるかなどと問うた後で、こう結論づけた。「ペノブスコット川をさかのぼって、ケンダスキーグ湖に来るだろ、そこを通り過ぎて、そっちの方角には向かわない。それがケンダスキーグ湖の由来だ(?)」(『メインの森』一四一)

クエスチョンマークに示されるとおり、これらの地名の説明は、白人文化において「一般的に受け入れられたもの」とは異なり、客観的な信憑性も希薄であった。なぜなら、ネイティヴ・アメリカンは、こうしたことばを客観的に「分析する」ことがなかったからである。そこに示されたものは、記号としての「意味」をこえた、伝承にもとづく地名の「いわれ」であり、物語の風景であったのだ。ネイティヴ・アメリカンの伝承文化において、じっさい、ことばの意味というものは、大地の地形やその地にまつわる神話と密接に関連しており、抽象的な記号であるにとどまらず、より実質的な意味のひろがりをもっていたと考えられる。つまるところ、未知の荒野をゆく体験において、抽象的で、客観的なことばの意味などなんの実用的な価値があっただろうか。

ネイティヴ・アメリカンの人名についても、同様のことが言えるだろう。メインの森への旅で、ソローは「カヌーの名手」というインディアン名を与えられた、と得意気に語っているが、インディアンの人名には、記号としての機能よりもナラティブとしての要素が重要な役割を果たしていた。ソローは、「歩行」において、インディアンの人名に対する興味をつぎのように語っている。

今日、唯一われわれがもつほんとうの名前ですらあだ名に過ぎない。……旅行者が語るところによると、インディアンにははじめから与えられた名前はなく、みずから名前を勝ち取らなければならないということだ。つまり、名前が名誉であるというわけだ。ある部族では、新たな功労を上げるごとに新たな名前が与えられるらしい。ただたんに方便のために名前をもち、名前も名誉も勝ち取ることがないというのは残念なことだ。……よく聞く名前だからといって、相手に親しみを覚えることはない。よく知られた名前というのは、森の中で勝ち取った野性の称号を内に秘めたインディアンにこそふさわしい。われわれの内には野性人がおり、野性の名前がおそらくどこかに刻まれているはずである。(「歩行」三一八)

インディアンの人名は、便宜上の記号としての名前ではなく、「森のなかで勝ち取った野性の称号」だった。

ソローが関心を抱いたのは、名前の背景にある物語であり、記号と意味が密接に結びついた形で、自然の風景の中から創成される過程であった。そして、それは「情熱やインスピレーションによって惹起される」(「歩行」三二八)詩的な言語でもあったのである。

三　言語の受肉

言語の身体性ということに着目した哲学者に、メルロ＝ポンティがいる。メルロ＝ポンティは、言語学者がするように、言語を記号つまり差異の体系として捉えるのではなく、肉声という言語の身体性に着目し、「生きられた経験空間」のなかに置き直すことの必要性を説いた。「言語の受肉」というメルロ＝ポンティの着想をさらに発展させた思想家のひとりにデーヴィッド・エイブラム(David Abram)がいる。エイブラムは、バリ島に滞在し自然とふれ合う体験をふまえて、メルロ＝ポンティの現象学をエコロジー思想へと展開し、その現代的な意義を考察した。エイブラムの著作の中にソローへの言及はないが、エイブラムの主張が言語や文化の基層としての自然ということを問題とするとき、ソローの言語観と非常に接近してくるように思われる。

われわれは、言語における身振りや、あるいは身体的側面を忘れがちであり、それらを抑圧して、厳密な辞書的意味や専門用語などの抽象化された正確さのほうを信じようとする。しかし、すべての話しことばや書きことばにおいて、こうした側面は微妙に作用しつづけており、それによってことばがなんらかの意味をもちうるものとなる。というのも、意味というのは、前にも述べたとおり、身体の感覚的な生活に根ざしており、この直接的で、感覚的な経験の土壌から完全に切り離すとなると、それは枯死するしかないからである。(Abram 80)

ソローが「自然を表現する文学」の断想で示したのと同様に、ここにおいても、ことばが草木のイメージで語られている。「根」(rooted)、「土壌」(soils)、「枯死」(withering and dying) という比喩にみられるように、言語が単なる記号(辞書的意味)ではなく、身体感覚を基盤とした有機的な現象として捉えられているのである。ソローが、ことばを「原初的な感覚」に置き直し、「真実で、いきいきとした、自然な」ものに作りかえると言うとき、「抽象化された」記号としての言語というものが、自己閉塞的であり、「枯死する」宿命にあることを洞察していたのではないだろうか。

『ウォールデン』の「音」(Sounds) という章には、朝陽のなかで小屋を掃除する印象的な場面が描かれている。早朝に起き出したソローは、数少ない家具を外に運び出すと、小屋の床に水を流し箒で掃く。この描写のなかでとくに興味深いのは、文化的な機能あるいは記号として(つまり家具として)存在したイスやテーブルが、屋外に運び出されることでふたたびその自然(身体性)を回復する様が描かれていることである。

これらの家具に陽があたり、風が気ままに吹きつける音を聴くのは楽しいものだった。こうした見慣れたものは屋内よりも屋外にあるときのほうが一層興味深く見えるものだ。小鳥がすぐ近くの枝にやって来て、ハハコグサがテーブルの下に伸び、クロイチゴのツルがその脚にからみつく。マツカサ、クリのイガ、そしてノイチゴの葉があたりに散らかっている。あたかも、自然のかたちがこういうふうに家具やテーブルやイス、ベッドの枠に移し変えられたかのように。というのも、こうした家具はかつては自然の真ただなかにあったのだ。（『ウォールデン』七六）

文化的な記号として抽象化され、身体性を喪失した樹木（家具）は、屋外においてふたたび自然を回復する。ここにおいて興味深いことは、ソローが、おそらく、プラトンの観念哲学における家具の挿話を下敷きとして、こうした描写をしたということである。プラトンの観念論において、個々の家具は観念（イデア）としての家具の模倣であり、一現象に過ぎず、真に存在するものは抽象化され、普遍化され、脱身体化された家具というイデアであると説明された。ソローの一節が示すのは、その逆の可能性であった。つまり、家具という文化的な記号、あるいは観念をいったん解体し、その形態のもつ自然（身体性）を回復することであったのだ。

プラトンの観念論との比較はけっして唐突なことではない。なぜなら、エマソンは「超絶主義者」（The Transcendentalist）というエッセイにおいて、プラトンが用いた家具の挿話を引きながら、観念論者についてこう説明しているからである。

観念論者は、あらゆる事象を問題にするとき、それらを精神として考える。むろん、感覚的な事実を否定はしないが、それだけを見るものではない。このテーブル、このイス、この部屋の壁などの存在を否定はしない。しかし、そうしたものをタペストリーの裏側、つまり反対側と見て、彼が関心を寄せる精神的な事実を補い、完成させるものと考えるのだ。このような見方は自然界の事象をそれ自身のうつろいやすい存在から意識の中へと移行させるのである。(「超絶主義者」三六七)

もし、エマソンが家具のイメージを用いることでプラトンの観念論に言及し、そうした観点から超絶主義思想を定義しようと試みたのであれば、ソローが朝の掃除の場面において示唆したことは、観念化され、記号化されて閉塞状態にある文化を、原初的な自然のなかに置き直し、両者の相互作用において、新たな創造性を見い出すことであったと思われる。むろん、そのことは言語や文学についても同様であった。言語が単なる「辞書的意味」から解放されて世界の原質に触れるとき、言語は肉声としてのリアリティを回復する。同様に、文学もまた自己言及的なことばの遊戯から解放されて、呪術に見られるような、語りの魔力を回復するだろう。朝の掃除のシーンに見られた屋内と屋外の対立は、ソローにおける「家庭的なもの」(domestic)と「野性的なもの」(wild)との対比に通底し、言語をふくめた文化の基層のあり方を問うものであったのである。ソローは、こうした思想の一端を、彼特有のシャレを用いて、『ウォールデン』の中でこう表現する。

われわれが客間(parlors)で話すことばは、活力を失った、ただのおしゃべり(parlaver)にすぎない。われわれの生活はことばが象徴するものからあまりにも隔てられ、食事が給仕用ワゴンや無口な召し使いによって運ばれるように、ことばの比喩は遠まわしで、不自然である。いうなれば、客間というものが、台所や仕事場からあまりに遠く離れているということだ。食事でさえ、一般に、食事のたとえ話(parable)でしかない。あたかも、自然と真実とともに暮らし、そこから直接ことばを引き出すことができるのは未開人だけであるかのように。そうすると、遠く北西部やマン島に住む学者は、台所の議論など理解できるはずがない。(『ウォールデン』一六二)

この一節における距離のメタファーは示唆的である。なぜなら、それは自然と言語の「距離」を示すばかりではなく、言語におけるシニフィアンとシニフィエの断絶を示唆するものであったからだ。ソローの言葉遊びを続けるならば、言語が自己言及的な言い換え(パラフレーズ)のみをくり返していた事実である。ソローにおける詩論の核心は、言語と自然の「距離」をいかに克服するかという問題であった。

四　自然という書物

言葉の意味に自然を付与したという点において、ソローの詩論が有機的であり象徴的であったとすると、エマソンにおける自然と言語との関係は寓意的であったと考えられる。少なくとも、自然のなかにきわめて宗教的な「意図」あるいは「意味」を見い出そうとした点において、エマソンの自然観は寓意的であった。エマソンにおいて、自然は神によって書かれわれわれに示された「開かれた本」(『自然論』二一五)であり、その自然の意味を寓意的になぞることが人間の使命だと考えられたのである。ソローがことばの語源をたどり草木のイメージを用いて、文字どおり「本の自然」を探究したのとは対照的に、エマソンは「自然の本」(*libre naturae*)という、西洋の古典的な認識論を基軸とした自然論を展開したのだった。

エマソンの『自然論』に「言語」(Language)という章があるのは、周知のとおりだろう。ここにおいて、エマソンは「ことばは自然の事実をしめす記号である」と定義し、言語の起原に自然が存在することを指摘する。

知的、精神的な事実を表現するために用いられることばのそれぞれが、語源をたどると、物質的な事象の外観に由来していることがわかる。正しい(right)はまっすぐであることを、誤り(wrong)はねじれていることを意味している。霊(spirit)はもともと風を意味したし、罪(transgression)とは一線を越えることであり、高慢(supercilious)はまゆ毛を上げることであった。(『自然論』二〇)

言語の起原に詩の本質が存在するという主張において、たしかに、エマソンとソローの詩論は共通していた。しかし、自然と言語の関係を考察するとき、エマソンとソローの思想がまったく相反するヴェクトルをもつことにも気づくだろう。前に述べた家具の挿話からも明らかなように、ソローの思想は、つまるところ、都会という記号によって構築され、抽象化され、形骸化された世界を自然のなかに置き直し、その身体性を回復する試みであったと言える。「野性のなかにこそ世界を保存するものがある」という「歩行」における主張は、ソローの根本的な姿勢を示していた。

いっぽう、エマソンが関心を抱いたのは、自然が抽象化され象徴化されて精神的な記号となる、そのプロセスであった。自然は「思考の表現手段」に過ぎず、「自然が人間に奉仕する」、その過程に関心があったのである。というよりも、自然そのものが、エマソンにおいては、象徴あるいは寓意としてしか存在しえなかったのである。なぜなら、自然という現象は霊の象徴であり、自然の法則は霊の法則の陰画にほかならなかったからだ。

精神には、物質的な形象をかりて顕在化する必然性があるように思われる。夜と昼、川と嵐、野獣と鳥、酸とアルカリ、こうしたものすべてが神の御心にある必然的な観念（イデア）に内包されており、精神世界における、先行作用によって、それぞれのものとなりうるのだ。一つ一つの事象は、精神の対極であり、末端である。目に見える事象は、目に見えない世界の終着点であり、周縁である。（『自然論』二五）

おそらく、ソローがもっとも恐れたのは、身体をふくめた自然のリアリティが、神というイデアのなかに収束し、抽象化されてしまうことであった。エマソンの危険性というのは、自然の物質的な側面を「実益」（Commodity）と定義し、それを自然の意味の最下層に位置づけたことである。そこに、エマソンの自然における寓意的な亀裂、つまり、精神と身体、あるいは神と自然という避けがたい亀裂が存していることだった。メルヴィル風の比喩を借りれば、帆柱に立った若者が、汎神論的な夢想にふけるうちに足を滑らせ、「デカルトの渦」へと一直線に落下するという構図であった。

ソローが試みたのは、エマソンにおけるこの寓意的な亀裂、あるいは「距離」を克服することであった。

それは、ことばの起原をたどることで象徴的な言語を見い出すという詩論の問題でもあり、精神と身体、あるいは観念と実践という哲学的な命題、さらには自然と都市という二極化された文化を克服するエコロジーの問題でもあったように思われる。言語を「原初的な感覚」に結びつけるということは、言語のなかの自然を再発見することであり、また、われわれが「実践」をとおして現実の世界に参入し、そこに新たなことばを発見し、われわれ自身のためのことばの意味を再発見することでもあったと思われる。

（注）本論は、二〇〇二年度日本ソロー学会春期大会シンポジウム「エマソン生誕二百年――コンコードの知識人たち」（酪農学園大学、五月二四日）における研究発表に加筆したものである。シンポジウムの司会を担当していただいた小倉いずみ氏、発表者の高梨良夫氏、藤田佳子氏、および、シンポジウムの発表内容を本書に掲載することをお許しいただいた日本ソロー学会会長の山本晶氏に感謝致します。

引用参考文献

Abram, David. *The Spell of the Sensuous: Perception and Language in a More-Than-Human World*. New York: Vintage Books, 1996.
Emerson, Ralph Waldo. *Emerson: Essays and Lectures*. Ed. Joel Porte. New York: Library of America, 1983.
Thoreau, Henry David. *Walden and Resistance to Civil Government*. Ed. William Rossi. 2nd Ed. New York: Norton, 1992.
——, *The Maine Woods*. Ed. Joseph J. Moldenhauer. Princeton, NJ: Princeton UP, 1972.
——, *Great Short Works of Henry David Thoreau*. Ed. Wendell Glick. New York: Harper & Row, 1982.
——, *Journal*. Eds. Elizabeth Hall Witherell, et al. Princeton: Princeton UP, 1981-.
メルロ＝ポンティ、モーリス、木田元訳『言語の現象学』、みすず書房、二〇〇二年

伊藤　詔子

3　ピクチャレスク美学を超えて

――ソローとルーミニズム

一　はじめに

一八五五年の独立記念日、ソローは三度目のケープ・コッドへの旅の途中、ボストンのアシニィーアム・ギャラリーへ立ち寄っている。（『ジャーナル』17: 431-432）もっとも船の時間待ちではあったが、そのとき同ギャラリーには、コール（Thomas Cole）やドーティ（Thomas Doughty）等ハドソンリヴァー派の画家、及び同派第二世代の代表的画家、ヒード（Martin Johnson Heade）、ケンセット（John Kensett）や、ソロー同様メインのクターディン登山により作風に革新を加え、メインの山と湖の多くの絵を残しているチャーチ（Frederick Church）も掛かっていたという（Radaker　22）。チャーチは『種の起原』と同年に出版された、オペラグラスでの鑑賞を必要とするスケールの壮大さと植物群の細密この上ない描写で有名な一大スペクタクル、「アンデスの奥地」（*Heart of the Andes*）を残した。この絵は、晩年のソローが飽きることなく繰り返す西空を黄金に染める地平線の彼方の落日や「秋の色合い」（"Autumnal Tint"）の豊かな紅葉の極彩色の描写等、神秘主義の入り混った光のアポカリプスを想起させる。毎日の夕焼け空の「パノラマが新たに繰り広げられる」様をソローは「偉大な芸術家の使う光」と述べている。（『ジャーナル』1: 319）しかしこのような比喩的表現以外にはソローは『ジャーナル』でも作品でも風景画家について言及せず、ただ芸術への愛は自然への愛に基づくべきだとして「芸術への愛と自然への愛は区別すべきである。真の芸術は自然への愛の表現である」（『ジャーナル』10: 80）とのコメントを残しているにすぎない。

しかし超絶主義的自然賛美から始まり、岩と波と"wreckage"から成るプロト・ダーウイン的な『ケープ・コッド』の海岸の記述、晩年「歩行」『野生の果実』等での沼地を礼賛するウィルダネスの美学へと、ソローのアメリカ的自然を巡る言説は、ドラマッティックな展開をみた。ソローの美学が一八二〇年から七〇年までのハドソンリヴァー派第一世代、デューランド（Asher Brown Durand）等第二世代、とくに後にルーミニストと呼ばれるようになった一群の画家によって確立されていった風景画の伝統と、並行的また逆説的に同時代精神の軸上を絡まりつつ展開したことは、殆ど疑問の余地がないと思われる。

図１　1ドル札に印刷されている米国国章の「至高の凝視」

一八二六年エリー・カナルが開通し、一八六五年南北戦争が終結するまで、草創期のアメリカ絵画を形成した一群の画家の画業を席巻した風景画のレトリックは、文学絵画共通の「文化的価値の具現にしてアメリカ賞賛のための中心的な磁場」(Clark et. al. 262) であり、「強力な自己イメージにして行動へと変容可能な道徳的社会的エネルギー」(Novak 5) でもあった。とくに若い共和国の急速に開発されるウィルダネスの帝国への変貌を、高い山の上から眺望するいわゆるヴィスタやパノラマやを生み出すパースペクティヴは、ボイム (Albert Boime) によると、時代のイデオロギーであったマニフェスト・デスティニーを鼓舞する「至高の凝視」(majesterial gaze (図-1) をもうみだしていく (Boime 1-10)。ソロー作品の描き出す風景はこうした時代精神とどのように切り結んでいったのだろうか。

二 『ウォールデン』とグランド・オペラ

▼銀行券の農夫とソロー

一八五二年発行の銀行券に、森を背に切った切り株を見つめる農夫の図像がある。(図-2) 開発時代の進歩と破壊のイコンであった多くの切り株の一つには、コインが時計のように据えられ、年輪の数は即木材の経済的価値を計る尺度でもあり、またドルそのものでもあったことを物語っている。前方右側には彼が開墾した畑と慎ましい家が有り、幌馬車も見えることから恐らく家族もいることだろう。左側遠景には山が有り原野がまだ残っているように見える。皮肉にもソローを思わせる風貌の彼は、切った木の年輪を熱心に見つめ自らの労働の成果を見積もっている。背中には荒野が広がってこれからの彼の仕事を暗示してるが、周知のように当時全米で木の需要は莫大で家屋建設、薪、枕木、牧場の柵木、西へ伸びていた鉄道建設による枕木と燃料も加わり、木と森はあっという間に消えていった。バーバラ・ノヴァック（Barbara Novak）によると「ブライアントが神の最初の神殿と呼んでいたものを平らにし」「一日当たり一二万五千フィートの材木と角材が鉱山と建設用に消費され」（Novak 157-158）ていった。『ウォールデン』でソローも森林の消失を促進する進歩思想について、枕木を「眠る人」（sleeper）とし、「ある人々がレールの上を走る楽しみを持てば、他の人々は上を轢き踏まれる憂き目にあう。枕木を轢いて眠る人を目ざめさせれば、例外であるかのように急に汽車を止めて大騒ぎをする」（『ウォールデン』93）と揶揄した。風景画の要素として固着した伐採後の切り株は、ドルとアメリカ文明とを現実にも象徴的にも表象した。

図2　作者不明　1852年発行銀行券。
出典：©Library of Congress Online Catalog No. 12592.

ソローも年輪を熱心に数えたが、それは別の目的があった。荒野の文字どおりの消失に心を痛め、切り株の年輪に「コンコードの森の歴史が書かれた、朽ちたパピルスを紐解く」（『森を読む』246）ためであった。木の年齢を調べ、その切り株の再生の可能性を知ろうとし現在の年輪学を創始した。ソローは森を「再生のための自然のたゆまぬ努力と、せっぱ詰まった人間の側の伐採という、競合する目的の歴史」（『森を読む』247）と考え、年輪と切り株の周囲の未生の本数から、いつも自然の側が勝利し森が再生する確証を得たいと考えたのだった。ソローは森に顔を向け、町に背を向け市場経済に抵抗した点でも、森に背をむけ市場のただ中にいる銀行券の農夫とは決定的に異なっている。しかしこの農夫とソローにはある意味で共通点もある。ソローはオルコットから借りた「よく切れる」斧で松を切り家を建て、農夫もまた斧で「明白な使命」を遂行しているし、ソローは消えゆく森の縁に、農夫は生まれ出る文明の先端に、つまり二人とも異なる領域の、それぞれの最前線に立っていることだ。そしてこの農夫が立っている丘は、どことなくクランチの描いたエマソンの『自然論』(*Nature* 1836) のカリカチャーにある眼球男の立つ丘に似ていなくもない。そしてこの銀行券の作者は無名ではあるが、構図と技法には明らかに当時のハドソンリヴァー派の鳥瞰的技法が生きており、人物を軸に画面の右と左が文明と荒野の二分法で、三角形の構図の隠れた頂点には「至高の凝視」が働いている。つまりソローもエマソンも農夫も同時代、森とその消失と切り株と斧からなる「アメリカのディレンマ」という一枚の時代風景の中にいて、ディレンマの各アスペクトをそれぞれに分かち持っていたといえよう。

▼ソローのパノラマ的視点

周知のように『ウォールデン』は一八四五年から出版される一八五四年、上述ケープ・コッドに出かける直前まで七回の修正を経たテキストで、『ウォールデン』の中にはすでに、大きく変質する『ケープ・コッド』の美学の胚珠も潜んでいる。しかしまず『ウォールデン』に至るまでのソローの風景のピクチャレスクな構造に注目し、それが『ウォールデン』の中および改稿過程で次第に変化していくまでの様子を考察しておきたい。

ハドソンリヴァー派の絵は、一二〇年代より始まっていた北東部の景勝地を巡るアメリカ版グランドツアーのブームを引き起こしたとされるが、キャッツキル山やホワイト山は、マサチューセッツの山々とともにソローの度重なる一生を通じての孤独な登山の目的地でもあった。このうち最初期、歩行三部作の嚆矢をなす「ウォチュセットへの歩行」("A Walk to Wachusett," 1843) は、エマソン的な精神と自然の照応の原理を山頂から展開し、中景にパストラルを配置するパノラマ的視点が、グランド・オペラの手法で国の理想を語る風景記述となっている。グランド・オペラのレトリックはアメリカの土地の過去・現在・未来を高みより一望し、それを画家の目で同一画面にシンクロナイズさせる独特のドラマを描いてもいた。そのドラマとは、西へと文明を進めていく怒濤のようなアメリカの動き、アメリカが元来出発したと唱道されたウィルダネスとその喪失のドラマであり、同時に一八三〇年当時いまだ残る、地平線の彼方の永遠に思えるほどの土地の広がり、これらを一挙に見晴るかすドラマチックな展開のことだ。次のソローの引用にはそうしたレトリックを分かち持ついくつかの要素が窺える。

ウォチュセット山の頂上に立ちその不規則な稜線を目にしたとき、それらを形造った包括的知性に思いが至らなかったが、あとで地平線にそれをみたとき、いかにもバランスよく配置されある深い中心を巡って創られているのをみて、宇宙の計画を明かされたような気がした。(中略) 向かい合う谷間には、それぞれの川に沿って定められた運命に向けて生まれたヤンキーがたくさん住んでいた。(中略)［地上の村も］山の壮麗さの影響でとぎれなき地平線を臨む頂きをもつ。(*Excursion* 148-151)

この「頂き」が構図としては「至高の凝視」に位置するものであることは「宇宙の計画」、繁栄を約束された谷間の「定められた運命」を生きるヤンキーといった語句からも窺える。ソローが時代の進歩思想や市場主義に激しく抵抗していくことは言をまたないが、『ウォールデン』以前のソローは、山上にたちアメリカ的ドラマを見遙かす時代の心情は分有していたのである。

▼『ウォールデン』と風景の所有

一八四五年の独立記念日、コンコードの実家を出てウォールデン池に移り住んでソローが描く森の風景の特質は、その視点の徹底した固定にあった。家を建てることは、常に風景の視点となる座る場所の獲得を意味し、自我のメタファーともなる家と、外部との視線が交差する「戸口」を得ることでもあった。そこから視界は無限の地平線へ向けて拡大し、自我が世界と向き合う台座を形成した。この台座からソローは清明な池を舞台に、宇宙的で壮大な風景を展開していく。

図3　ウォールデン湖と復元されたコテッジ。著者撮影。

　私の戸口からの眺めは狭いかも知れないが、私は少しも窮屈には感じなかった。私の想像力にとっては自由に彷徨う牧草地が十分にあった。向こう岸が盛り上がって灌木の茂みになっているところは、西部の大草原やタルタリーの草地に向かって拡がり、放浪する家族にとって十分な空間を与えていた。（中略）わたしはこの家が宇宙の片隅にありながら、永遠に新しく汚されることのない宇宙の一部であることを知った。（『ウォールデン』87-88）

グランド・オペラはこの時代の大様式の絵画にみられる「壮大なサイズ」「緻密な細部」「絵の鑑賞者との共同体的一体感」「画家の存在を絵のなかで思い起こさせるオペラ監督のような崇高さ」（Novak 18-24）等の特質をいうが、『ウォールデン』の池からの風景にも緻密な細部やオペラ監督のような音風景《サウンドスケープ》の自在の操りが窺える。周囲の山をすっかり写し取る池の中の映像に囲まれたときの球形の宇宙図の構築や、池の上に夜、船を浮かべ、フルートを吹くと「スズキが集まってきたが、それは私の笛の音に魅惑され、私の周りでふわふわ浮いた。すると月も、森の木々の影が破船の用に散らばった池の底をゆっくりと渡っていくのだった」（174）といったところでは、とりわけ完全に彼は視覚と聴覚の総合による風景を演出支配し、自然の全てを美的調和に配列する「オペラ監督」であった。

　そしてこうした視点の確立によって得られる「崇高な眺望」は自然の中でのセルフとくにウィルダネス・セルフの確立が前提となっていて、作品冒頭でソローは「この本では私という第一人称はあくまで維持される。自我に関するその点が他の本と違う」と述べる。そしてウォールデン池を「大地の目」とし、その目である池に自我の深みを重ねることで、私と目（“I” and “eye”）との同一を宣言したエマソンの “I become a transparent eye-ball” を実行に移しているともいえよう。「あらゆる部分を統合できる目の持ち主、つまり詩人以外には、誰一人持ち主のいない土地が地平線にはある」（『自然論』127）というエマソンの思想も、とくに小屋という固定的視点から池及びその向こうの地平線の彼方への瞑想と観察が、自我の拡大による風景の真の所有をもたらすとするソローの思想と完全に重なる。『ウォールデン』第二章では、風景の真の所有について、引用の形ではあるが「私は私の見渡す（survey）限り土地の王であり、私の権利を侵す者はこの世に一人もいない」（82）と述べ、測量技師（surveyor）として常に他者の土地を測量しつつも自らの土地を所有しなかったソローは、こうして風景の構築において、土地の詩的所有を実現したのである。

図４　トマス・コール「オックス・ボウ」

三　ロマン派のディレンマ

▼コールのパノラマ的視点

コールのヨーロッパ旅行をはさんで一八二二年から四八年までの偉大な画業は、超絶主義が文学において果たしたように、アメリカ的風景美様式の旧世界からの美学的自立を目指すとともに持続を主張し「神（Almighty）の汚れなき創造物を凝視する」（Cole 5）、一種宗教的営為でもあった。従ってその様式を定着させた原風景としての規範的作品「オックス・ボウ」（*Views from Mount Holyoke, Massachussetts, after a Thunderstorm* 1836）（図-4）が、「アメリカそれ自身が我々の目には一編の詩であり、その豊かな地勢は想像力を眩ませる」("The Poet") としたエマソンの、アメリカ的自然の独立宣言『自然論』と同年に完成したのは決して偶然ではない。この絵完成の前年コールの「アメリカ的風景について」("Essay on American Scenery," 1835) は、ウィルダネスを神の霊感を感受出来る場と賞賛し、風景画家の使命は大衆に「神の現在」を感じさせることだとする。こうしたウィルダネスのなかでの「神の現在」は、エマソンの眼球のエピファニーと同質のものであることは言うまでもないだろう。

ただコールにはそうした壮大な自然風景の消失を予感するロマン派のディレンマが濃厚であり、ウィルダネスの場所の感覚において、ソローによく似た思想を表出している。「古の予言者達は自然の孤独の地に隠棲し天の霊感を待った。ウィルダネスは今なお神について語るに相応しい場所なのだ」(Cole 99-100) と述べるが、それは「歩行」(1862) の「一つの原始林が下の方で腐っても、上の方で別の原始林が揺れている郡区――そういう町はポテトや穀物のみならず次の時代の詩人や哲学者を育てるのにも適している。ホーマーや孔子はこういう土壌で育ったのだ。イナゴと蜂蜜を食べた改革者はこうしたウィルダネスから生まれる」(『散策』254) を想起させる。ウィルダネス消失の危険は霊的領域喪失をも意味したのだ。

▼風景のダイコトミー

ソローの「歩行」でのウィルダネス賛美に先立つコールの既出の一文は、オックス・ボウの画面を大きく暗いウィルダネスの前景、明るいパストラルな中景、後景の山稜と光輝に三分するピクチャレスクな構図、パノラマ的視座と細部のナラティヴ構成を読み解くのに役立つ。ミラー (David Miller) に続いてダン・シーズ (Don Sheese) は、「オックス・ボウ」が具現するダイコトミィについて、一八三三年のスケッチから油絵仕上げの段階で、「光景のパノラマ的特質と空間の深みが強調され、山の高さが加えられ、左の雷木の細部が綿密化」することで、「ウィルダネス対文化的営為、生物中心主義対人間中心主義、無意識対自意識、先住民文化対欧米文化」等が複雑に入り組むことになったと指摘する（Scheese 3）。更に遠望される山のスロープに象形文字的に彫られた "Shaddai"（ヘブライ語=the almighty）により、この絵はアメリカと神の新しい約束を象る予型論的絵とも読める。しかし同時に、神経組織のように画面に縫い込まれた蛇行する川の描く疑問符は、無限の解釈の可能性を暗示し、手前の山に位置する画家のイーゼルとパラソルは、解釈行為そのものが商業化してしまったことのエンブレムともなり、この絵はいっそう〈アメリカ的ディレンマ〉に深く浸されているといえよう。

コールの悲劇的なアメリカ観を表明した五連作『帝国の行方』（*The Couese of Empire*）等と合わせてみると、「オックス・ボウ」はアメリカ讃歌であるとともにその消失を嘆く預言的構図ともなっている。ボエムによるとこうしたディレンマは当時の文学と風景画に広く浸透し、画家に大きな影響をあたえたブライアント（Wiliam Cullen Bryant）の詩、例えば「落日の散歩」（"A Walk at Sunset"）に典型的に表れ、ネイティヴ・アメリカンの「消滅」がウィルダネスの消滅の表象になっていったと指摘する（Boime 12-15）。

ブライアントやホイットマンらが「荒野の帝国への変容」を最終的には肯定していくのに対し、『ウォールデン』の語り手の、文明とウィルダネスの「閾の位相」（"liminal figure" Leo Marx の用語）は、最終的にはウィルダネスこそ文明の源として保持されるべきだとし、「変容」に頑強に抵抗することになる。マークスはパストラリズムの担い手である牧夫について「社会における不満や摩擦は社会からの隔絶によって解消されるという思想は、牧夫という人物が創り出されて以来ずっと備わっていた閾の機能に内包されてきた」

(Marx 43)としており、コールやソローの持つ賛歌と嘆きのダイコトミーは、そうした牧夫の閾域的伝統と見ることができる。

四　「至高の凝視」の揺らぎと喪失

▼アンタイ・ピクチャレスクの美学

ウォールデン池畔での至福に満ちたはずの生活を何故か終え、『ウォールデン』出版後、ケープ・コッドへの度重なる旅も終えた一八五八年、ニューイングランド最高峰ホワイト山に登ったときの『ジャーナル』の長い記録(11: 1-55)は、壮麗な落日とともに「厳しくごつごつした近づき難い」チョコールア山頂描写を含んでいる。ソローの地平線への長年の魅惑はきわめて両義的であり、地平線は上述のように無限の宇宙を表象し、土地の詩的所有を実現したが、次の引用では高みから眼下を見遥かす視点の固定よりも移動する視点を選び、ソローはより複雑な山の実体を掴もうとしている。

チョコールア山頂と12マイルばかり離れたサンドイッチ山脈は、耕作地帯の限界をなしているように見え、また事実そうであった。それらはこの山岳地帯全体のいわば通過不可能な南の障壁をなし、高く聳えむき出しで、北側の地平線をあなたとそれらのあいだにある広い谷と平地で満たしていた。(中略)チョコールアはどんな山頂にもまして心に残る興味深いものだ。あなたが一日中ひたすらマラソンしてみれば、その周りを周り、最初にその北側を、次に北西部、それから西側、最後に南西部を見ることになるが、常に厳しくごつごつして、近づき難く、しかもいつも遍在している。(『ジャーナル』11: 9, 12)

この記述ではウォチュセットでの超絶的照応の原理や、山の頂きからの眺望というグランド・オペラの特権的視点「至高の凝視」は感じられず、むしろルーミニストがよく画材とした「霧間に見える岩」(22) や「苔の間につきでた岩」(24)「雪の残る滑りやすい急な崖」(24) の間を歩き廻り、山の詳細な細部に目を向けている。

ソローが対象との距離を完全に喪失したのはメインの森への旅であり、「私を掴んでいるこの巨人は一体何者か? 私たちは誰か? 私たちはどこにいるのか?」と問い、ピクチャレスク美学成立の要諦であった対象と視点との一定の距離が奪われ "Contact! Contact!" (『メインの森』71) と叫ぶことになるのは、すでに一八四六年のクタードン登山においてであった。クタードンのむき出しの花崗岩は如何なる解釈の有用性も拒む「原初のウィルダネスそのもの」であった。測量技師としてこのときもソローは山の地図を作成し、絶えず数字を駆使して距離と方位を確認しつつ頂上に進んだが、実際には「敵対する雲の列に阻まれ」「絶え間なく疾走するもや」のため、彼は山頂に立ったというよりはむしろ「コーカサスのプロメテウス」(『メインの森』64) のように山頂の岩肌にしがみついたのだった。我々はこのときのソローの位置と山について「アレガッシュ川と東流」でも言及され、コールも描いた「鎖につながれたプロメテウス」(*Prometheus Bound*, 1846) を思い出してもよいかもしれない。

このとき以降ソローは測量技師的であることをやめ、測量不可能な変容する地勢や物質としての物それ自体に向かおうとする。五一年九月「作家つまり書く人はすべての自然の書記である。彼は今書いているトウモロコシであり、草であり、大気なのだ」（2: 441）として記述する物との距離を消去し一体化を主張する。測量に働く視覚の優位性を否定し、むしろ対象に触れたり匂ったりすることで対象との一体化をはかろうとする。真の対象把握を目指すこの態度を、視覚と距離を前提にしたピクチャレスクに対しアンタイ・ピクチャレスクまたはウィルダネスの美学と呼ぶとすれば、それは『ウォールデン』におけるギルピン（William Gilpin, 1724-1804）のピクチャレスク美学に対する受容と拒否の問題へと我々の思考を誘う。

▼ソローのギルピン受容と拒否

ソローがギルピンを熱心に読み始め度々引用言及するようになったのは、一九世紀後半のアメリカ出版界を席巻したいわゆるピクチャレスク本の一つ、パットナム社の『ピクチャレスク絵画ホームブック』（*The Home Book of the Picturesque*）がでた一八五二年であった。ギルピンについてはそれ以前も充分知っていたはずであることを考慮すると、ソローがギルピンを読むことになったきっかけは、大詰めにさしかかっていた『ウォールデン』第五稿以降の仕上げと関係あるのではないかと推測できる。サッテルマイヤー（Robert Sattelmeyer）の『ソローの読書』によると、五二年から五四年にかけてハーバードの図書館から主要な作品八冊をかりだし、中でも『三つのエッセイ――ピクチャレスクの美、ピクチャレスクの旅、風景描出について』（*Three Essays: On picturesque beauty; On picturesque travel; and sketching landscape*, 1794）及び『森の風景について』（*Remarks on Forest Scenery* 1791）は、ソローの樹木、池、森及び風景記述の技巧に関し教科書的役割を果したのではないかと思われる。

『ジャーナル』でのギルピン引用言及は五二年と五三年、二五回に及び、『ウォールデン』の「暖房」「冬の池」、『メインの森』『ケープ・コッド』での直接引用も多い。初めての言及では「ギルピンが雑木林や森についていっていることは、散歩者が赴く様々な場所について多くの暗示にともものだ」(『ジャーナル』3: 366)と賞賛し、『森林の光景について』も絶賛している(3: 370)。ラドカーの研究が綿密に辿っているように『ウォールデン』の五二年以降加えられた部分にはギルピンの明らかな影響の跡が窺える。詳細を述べる紙幅がないが『ウォールデン』「池」(185-6)には「不規則性」「視線と視点」「風景のグラデーション」「適切な前景」「水景」「自然にみえること」等、ギルピン美学独特の用語が出そろっているのみならず、五四年二月の『ジャーナル』記述から挿入した「住んだ所と住んだ目的」第四節のホロウェル農場は、ピクチャレスク風景画には付き物でギルピンの推奨する「くすんだ壊れかかった母屋と納屋」や「中がうつろでコケにおおわれたリンゴの木」もあった。そして『ジャーナル』版のこの風景には"picturesque"の語もあったのだ。([T]he dilapidated fences were picturesque. 6: 92)

しかし『ウォールデン』第七稿が、上の例も含め最終的には"picturesque"という語をかなりシニカルな一回(47)をのぞいて排除したという事実は見逃せない。というのも風景描写に意識的になったソローはピクチャレスクな技巧と構図を大いに取り入れるが、景観のスタティックな調和を目指すのではなく、風景が顕わす歴史的時間の堆積と霊的真実の方をひたすら求めた。次第に上述したような反ギルピン的な、対象と距離をとらないウィルダネスの美学が浮上し、「春」の雪解けの土手のようなダイナミックなシーンが加えられていったと考えられる。『ジャーナル』一八五四年一月八日の五ページに及ぶソローのギルピン批判は、『ピクチャレスク——文学的記録』(*The Picturesque: Literary Sources and Documents*, Helm Information, 1994)

図 5　*Picturesque America* Vol. Ⅱ 扉の絵

にも収録されているまとまったもので「ギルピンの風景は目にだけ訴え、ギルピンは表面にのみとどまっている」(『ジャーナル』6: 59) とソローは最終的に断じ、すでに述べた音風景への傾斜も表明している。

　ハドソンリヴァー派が樹立した〈アメリカ的自然〉のイコノロジーとそこに息づくイデオロギーは、一九世紀中葉の美学的に未熟なアメリカ社会の文化形成に決定的な影響力を持ったのみならず、印刷メディアを席巻したピクチャレスク本の出版ラッシュによる美術の民主化運動、及び南北戦争後のこのブームの集約版と目される『ピクチャレスク・アメリカ』(*Picturesque America*, New York: Appeleton, 1872-74) 創造の大いなる源泉ともなる。とくに第二巻の表紙 (図5) をみると、ピクチャレスク・アメリカがアメリカの政治、都市、自然をトータルに制御するプロパカンダ・イコンであることがよくわかる。レイニーも指摘するように、合衆国自身が今や空中に聳える完成されたばかりのキャピトルドームを支える「身を曲げて芸術のために奉仕する木々」と「威厳のある長い上り階段」「優雅な服装の市民」(Rainey 199) の、精妙に構図されたピクチャレスクであり、その原型であった目を頂点とする三角形の構図が見事にいかされている。こうしたイコンからは、あたりにいたはずのネイティヴアメリカンやアフリカ系アメリカ人等のマイノリティの姿は排除されていった。

▼ピクチャレスク美学と同時代作家

ソローのみならずアメリカン・ルネッサンスの作家達は、このように記号化された国家的イコンとなる可能性を内在させたピクチャレスクの美学様式をアメリカ的自然表象の手法とすることには、大いに異を唱えている。例えばポーの大鹿についてのスケッチ「ウィサヒコンの朝」("Morning on the Wissahicoon," 1843)は、新世界の自然風景美を「想像力の限りを尽くして思い描く楽園の夢の地上での実現」とマニフェスト的に述べ、そのような風景のひとつとして水路の利権や馬車等及ばないスクールキル川の一支流ウィサヒコンの両岸の風景を、いわゆる秘境の美として描出する。七曲がりの細流を遡ると突然開けた眺望にアメリカ的自然の過去の栄光が幻視され「崖の突端に立つエルク」と山野にいきる「インディアン」を「ピクチャレスクの趣の典型」("as an object of picturesque interest" 664) として夢想する。

しかし〈エデンの夢〉が佳境にはいったそのときに、それはアメリカの残る野性の「絵のような自然風景」("picturesque natural scenery" 665) では全くなく、近くのイギリス人の別荘にかわれた家畜であることが黒人の召使いの出現で判明する。元々ギフト誌『オパール』(*The Opal*) に載ったチャプマン (J. G. Chapman) のピクチャレスク銅版画のサタイァであるこのスケッチは、高貴な野生の生き物をめぐる文化と自然の隠蔽と抑圧と錯綜の、実に複雑な関係を提示する一編となっている。『ポーのアメリカ性』でルイス・レンザ (Louis Lenza) が鋭い考察を加えているように、作品前半で展開する視点やフレームや一定の距離や台座等ピクチャレスク美学の実践は、皮肉にもいわゆる〈絵になる絵〉の下に隠された真実を、おぼろな月光の下ではなく「昼間の太陽のぎらぎらした光」(Mabbott 664) の下に暴くアンタイ・ピクチャレスクな手法の原理となっている。ポーのような南部作家にとっては、高貴な野生はもはや失われた幻想であり、奴隷制に絡め取られた自然が、完全に社会的な構築物であることを暴いた一編でもある。チャプマンの版画が、上記ピクチャレスク本に典型的な〈懸崖からの眺望〉を構図としているのに対し、ポーの語り手は川底からそのピクチャレスクな一点を見上げ、「川岸に近づき」移動する視点で真相を掴んでいることも重要だ。ハドソンリヴァー派のピクチャレスクな手法が現実のアメリカを理想化して描いたのに対し、ポーの例えば「アルンハイムの領地」("The Domain of Arnheim") 等の幻想的風景は、蛇行する川面に身を任ねる移動する視点が生み出したものであった。

五　球形の宇宙から難破する地平への移動

▼『ケープ・コッド』の水平性とルーミニズム

水面と池を取り囲む森によって球形のコスモスを形成し、風景と音が互いに意味を啓示し合う『ウォールデン』の世界から、大西洋に張り出した腕状の砂丘をひたすら水平に歩く『ケープ・コッド』への移行は、ドラマティックな油絵とオペラの世界からモノクロ写真と静寂の世界への変化である。演出家である作者は後退しナレーターに変質し、『ウォールデン』での "I" の頻出は影を潜め岬そのものが主人公となる。この作品に登場するのは、『ウォールデン』の英雄的「神話的樵」や「宝石のような魚」ではなく、しがない平凡な岬の漁民や、打ち上げられて腐敗の始まったゴンドウ鯨等にすぎない。両作の詳しい比較は拙論「『ケープ・コッド』研究」("A Study of Cape Cod") で述べたが、ここではソロー晩年に至る風景の質的変化に焦点を当てて考察したい。

『ウォールデン』から『ケープ・コッド』への変化は、ハドソンリヴァー派内部でも一八五〇年から一八七五年までに起こる顕著な変化に窺える。それは今世紀になってルーミニストと呼ばれるケンセット、ヒード、レーン (Fits Hugh Lane) 等一群の画家に起こったものだ。ルーミニズムは、一九五四年バウアー (J. I. H. Baur) によって命名されたが、ノヴァク、ミラー、セントアーマンド (Barton St. Armand) らによると、細部の詳細さに見られるリアリズム、色彩や光のグラデーションの重視、触知可能な光の効果、大気の流動的描写等を様式的特性とする。テーマにおいては、しばしば不毛な海岸と破船のテーマ、近づく嵐がくり返される。パノラマの水平的拡がり、作者の無名性と筆致の消去も目立つ。また第一世代の大様式に対し、絵はおおむね小さめで、水平構造に合わせ横長となるが、視点的人物が後ろ向きに描かれる例が多いのも興味深く、人物のサイズは絵のサイズからすると大きく、不気味に静まり返った画面を水平地点から凝視するのだ。たとえばヒードの「打ち上げられた船」(The Stranded Boat, 1863) や「迫り来る嵐」(*The Coming Storm*, 1866) (図6) は、ハドソンリヴァー派独特の豊かな物語的コンシートとは対照的な凍り付いたような画面と、写真に近いナチュラリズムが窺える。サイズと様式の関係についてノヴァックは次のようにいっている。

図6　ヒード「近づく嵐」ボストン美術館所蔵　28×54.25インチ。

ルーミニストの絵の大気の清澄さは、空気と結晶、堅い物と柔らかいもの、鏡と虚空のどちらにもあてはまる。こうした可逆的な非物質化は、二つの自我——まず画家の、次に見る者の——を放棄させる働きをする。動きのない世界について瞑想に浸りながら、見る者は自然との言葉のない対話に入り、それは直ちに超絶的合一をもたらす独白となる。スケールとサイズはこの問題を刺激的に絡ませる。（中略）ルーミニストの絵ではモニュメント性は大きさではなくスケールで達成されているようにみえる。絵の中の対象物の割合に応じて、空間は大きなサイズの作品以上に無限の空間を印象づける。（Novak 29）

ノヴァックのいう放棄については、先に述べた『ウォールデン』の風景の強い自我認識から『ケープ・コッド』での無名の語り手への変質とも関わりがあると考えられる。ビュエル（Lawrence Buell）の『環境的想像力―ソロー、ネイチャーライティング、アメリカ文化の形成』第五章「放棄の詩学」は、ソローやネイチャーライターの風景把握の特質として「自然内部の中に人間を調和させたい」とする傾向を指摘し、「放棄の詩学」こそロマンティック・サブジェクヴィズムか

図７　ケープ・コッドのレッカーと打ち上げられた死体をテーマとした版画。
出典：Winslow Homer, *The Wreck of the Atlantic Cast up by the Sea,* 1873年「ハーパーズ・ウィークリィ」四月号。

らロマンティック・ネイチュリズム（"romantic naturism" Buell 161）への、そして人間中心主義から環境中心主義への移行をもたらしたものだと論じている。従って絵と聴衆との対話から語り手の自然の内部での瞑想へと、そして画面はオペラからリアリズムを志向する内向的技法への変質をもたらしたルーミニズムの劇的な様式的変化は、ソローの『ケープ・コッド』理解にも重要となってくる。

『ケープ・コッド』の浜辺の客観的な事物に即した淡々とした描写、とくにキーワードである"wreck"をめぐる第一章、第六章には、打ち上げられた死体や難破船や漂着物の記述が多いが、死体は肉片に、船は板切れに、着衣はぼろに分解されすべてが海岸の自然史の一環に組み込まれており、セントアーマンドはそれを「きついルーミニズム」（"hard luminism" セントアーマンド 20-30）と呼ぶ（図-7）。「フカに食いちぎられた」マーガレット・フラーの遺体も、「近づいてみるとわずかばかり肉が付着した何本かの骨片に過ぎず」、しかし海辺を「支配しているように」見える（『ケープ・コッド』84）。『ケープ・コッド』にはノヴァックが「静寂主義」（"quietism"）と呼ぶ、作者の感動を押さえ風景の中に完全に閉じこめた一見冷淡な筆致で、海辺の自然史が語られる。ミラーは多くのルーミニストの画材が不思議と海辺のリミナルな情景に集中し、破船と難破ないしは近づく嵐をテーマとしていることから「伝統的な国の使命の感覚の喪失や、南北戦争前後の不吉なイコノロジーの形成がある」（Miller 195）と興味深い解釈を展開している。

▼沼地の美学

ソローにとって両義的であった地平線は今や、彼が深く関わった奴隷制度の悪化と近づく南北戦争による風景そのものの垂直性の喪失を告げる、アメリカ世界の水平化をもたらした。視覚と景観のための一定の距離と然るべき視点からなるピクチャレスク美学に対し、最晩年のソローは、とくに沼地の奥を彷徨うなかで、『ケープ・コッド』の黒白写真の世界を補填するような〈沼地の美学〉とも呼べる新しい風景を展開した。特に「歩行」に続く『野生の果実』において、「歩行」で預言者や詩人が霊感を得るところとしたウィルダネスの奥深く歩みいることで、見る対象との一体化による新しい風景の構築にはいった。

『野生の果実』ではコンコード周辺の多くの沼地が描かれる。キハダカンバ沼、ガウイング沼、ベストウ沼、ハバート沼、ハダカガマズミ沼等だが、それらはいずれもクランベリー、ホートルベリー、ムースベリー等の緑や緋色や黄色の色鮮やかなベリーが平地や丘にはないたわわな房をみせて豊かに実り、沼の名称も実るベリーにちなむ場合が多く、ベリーもまた「沼地クランベリー」「沼地ホートルベリー」等の名称をもつ。土地と土地の生み出すものが分かち難く結合している。

　一八五六年九月三日、私は四、五クォーツの実を集めた。それからその旬の時期には、シャドブッシュ牧草地で様々な色や熟し加減の集散花序を丸ごと採った。沼沢地の一区画から別の区画へ進むにつれ、異なる茂みが提供してくれるその心地よい多様さは信じられないほどだ。それは妖精の庭園のようなもので、行ってみなければ決して見ることはできない。(『野生の果実』172)

沼地の果実は自然の活力の象徴として、特に色彩と豊かさ新鮮さが強調され「明るい緑や白っぽい色、濃いピンクや紫がかった色、それから果粉が擦れ落ちると見える濃紫や黒」といったところからは、チャーチの「カルダモン」(*Cardamum*, 1865)やヒードの「マグノーリア」(*Magnolia Flower*, 1885-95)等の静物画を彷彿とさせる。

　また沼地を描いたことでソローとの深い類縁を感じさせる画家はデューランドだ。ソローに言及はないがデューランドの絵画論「風景画についての書簡」(*Letters on Landscape Painting*, 1854-5)をソローも読んだかも知れない。デューランドの画面の親密なエコロジー体系は、時代の規範的絵画「親密な人たち」(*Kindred Spirits*, 1849)でも表明されているものでもある。この絵は、コールの死の追悼にブライアントに贈られ、その題名が暗示するようにコールの特質であった文明とウィルダネスの相克や緊張が様式化のうちに和らぎ、二人の先導者の対話に象徴される絵画と文学の親密な関係と山と岩、森と滝、空と光が、前景の樹木の求心的構図により調和をもたらされている。アメリカン・サブライムの効果に不可欠な、ポーのエルクも佇んだ〈そそりたつ懸崖〉は、この絵では平らな台地になって危険な感じは払拭され、二人の共感と、見る者との対話性を高めている。

デューランドの画材は「進歩」(*Progress*, 1853)のような劇場的なパノラマシーンも多いが、「森の中で」(*In the Woods*, 1855)(図-8)のように沼のある森の内部へ移動したものもある。よく比較される十年前の「浜辺」(*The Beech*)と比較すると、パストラルな羊と遠望される丘が消え前景を成す樺の大木の傾斜が絵の内部へと湾曲し、森は教会内部のようなドームとなっている。わき上がる沼のアトモスフィアは背後の黄金の光と結合し、すべてが親密な有機的融合のうちに濃密な瞑想の内向スペースを誘発する。ミラーの『暗きエデン——十九世紀アメリカ文化における沼地』も、沼地は真のウィルダネスの在所としてその不透過性が瞑想の内向性を具現する重要な地勢であったとする。この絵の「朽ちゆく前景の樺の樹皮のカヌーは、世代と退歩のサイクルに注目させ、画布にみなぎっている揺るぎなき自然の力を明かす」(Miller 171)とされているものは、『野生の果実』で「沼真珠」とよばれるクランベリーについてソローが確信するものと同じである。「この植物は、大気中ではなく水中でコケに依存していて、ほとんど寄生体質だと言える。コケはこの植物のための生きた土壌なのだ。それはコケの上やその間、一エーカーの海綿の上に生

図 8　デューランド「森の中で」(1855)。ニューヨーク、メトロポリタン美術館蔵

息する」（『野生の果実』300）。

ソローが『一週間』や「歩行」でも賛美してやまない沼地は、ウィルダネスの本質が宿る場所であると共にエコロジカルな聖地でもあり「私は深奥の森、町の人にとってはもっとも陰鬱な果てしない沼をもとめる」（『散策』228）とした。さらに「森の中」では、前景にどの画家も描き込んだ切り株がエコロジカルな枯木に代わっている点に注目したい。ソロー晩年の熱心な切り株への関心も次第に年輪学創出へと導かれ、やがて生態学的発展をみることになる。

（注）本論は拙論「ハドソンリヴァー派とソローの野性の美学」（『英語青年』一四四巻七号、一九九八年）に大幅な加筆と修正を加えたものである。本書への改稿収録を許可された英語青年編集部に感謝する。

引用参考文献

Boime, Albert. *The Magisterial Gaze: Manifest Destiny and American Landscape Painting C*. 1830-1865 Washington D. C.: Smithonian Institute P, 1991.

Clerk, G. S., Halloran, S.M. and Woodford, Allison. “Thomas Cole’s Vision of ‘Nature’ and the Constant Theme in American Culture.” *Green Culture*. Eds. Carl G. Hendell and C. Stuart Brown. U. of Wisconsin P., 1996, 261-80.

Cole, Thomas. “Essays on American Scenery.” *American Art, 1700-1960, Sources and Documents*. New York: Printice-Hall, 1965.

Marx Leo. “Pastoralism in America” in *Ideology and Classic American Literature* Eds. Sacvan Bercovitch & Myra Jehlen. Cambridge.UP, 1986.

Emerson, Ralph Waldo. Nature（1836） *Transcendentalism A Reader*. Ed. Myerson, Joel. New York: Oxford UP, 2000.

Miller, David C. Dark Eden: The Swamp in Nineteenth Century American Culture. New York: Cambridge UP, 1989.

.... *American Iconology*. New Haven: Yale UP, 1993.

Novak, Barbara. *Nature and Culture*. New York: Oxford UP, 1980.

Radaker, Kevin P., “Looking always what is to be seen.” Diss. The Penn State U. 1986.

Rainey, Sue. *Creating Picturesque America*. Vanderbilt UP, 1994.

Sattelmeyer, Robert. *Thoreau's Reading*. Princeton: Princeton UP, 1988.

Scheese, Don. *Nature Writing: The Pastoral Impulse in America*. Boston: Twayne, 1996.

St. Armand, Barton L. "Luminism in the Works of H.D.Thoreau: The Dark and Light." *The Canadian Review of American Studies* 11, 1980, 13-30.

Poe, Edgar Allan. "Morning on the Wissahicoon" Collected Works of Edgar Allan Poe. Ed. T. O. Mabbott. Cambridge: Harvard UP, 1985.

Thoreau, Henry David. *The Journal* Ed. Bradford Torry and Francis H. Allen. New York: Dover Publications, 1962.

____. *Cape Cod,* Princeton: Princeton UP. 1988.

____. Excurtion. Boston: Houghton Mifflin, 1907; AMS rep., 1968.

____ *Walden*. Princeton: Princeton UP, 1971.

____. *The Maine Wood*. Princeton: Princeton UP, 1972.

____. "The Dispersion of Seeds." Ed. Bradley Dean in *Faith in a Seed*（Washington D.C.: Island P, 1993）. 邦訳　伊藤詔子『森を読む——種子の翼に乗って』宝島　一九九三年。

____. *Wild Fruits*. Ed. Bradley Dean, New York: Norton 2000.　邦訳伊藤詔子、城戸光世『野生の果実——ソロー・ニュー・ミレニアム』松柏社　二〇〇二年。

城戸　光世

4　歴史化される風景

――ホーソーンの場所の感覚

私たちは極度の喪失の時代に生きている。空間の、場所の、部族の、そして種の喪失。場所における、あるいは場所への帰属意識の喪失。連続性と一貫性の喪失。私たちは人類が地球上でもっとも破壊的な勢力であるという苦痛に満ちた感覚を抱えて生きている。たとえそうだとしても、私たちが自然に埋め込まれているという事実は皮肉にも残っている。いつもどの瞬間も、私たちはその力と関わっている。それが私たちなのだ。

アリソン・ホーソーン・デミング

一　アメリカ的風景を求めて

▼若き作家の旅立ち

一八三二年の夏、二十代の終わりに差し掛かっていたナサニエル・ホーソーンは、大学卒業後に戻ったセイラムの実家で母親や姉妹と暮らしていた。この時期実家の二階にある小さな自室で過ごした日々を、彼は後に妻ソフィアに宛てた手紙の中で、「世間が自分を知ってくれるのをじっと待ちながら、時には何故もっと早く知ってくれないのか、あるいは——少なくとも私が墓の中に入るまでに——知ってくれることが果たしてあるのだろうかと考えながら、長い長い間座っていた」（Mellow 37）と、語っている。

しかしそのように隠棲めいた生活を送りながら、自分の一生の職業に文筆業を選ぼうと決心していたホーソーンは、「秋の葉が色を変えるようになって初めて、机に座って落ち着くことができ」たと告白しており、夏にはよく旅に出ていたという（Mellow 48）。ニューハンプシャーのカンタベリーやコンコードなど、幾つかのニューイングランドの地方を伯父の旅に同伴して訪れていたホーソーンは、その旅の経験を幾つかの作品に活かしているが、一八三二年に行ったニューハンプシャー、ヴァーモント及びニューヨークを周遊する旅は、彼が初めて行った広範囲に亘る長期旅行であった。彼はこのときすでに、「優しい少年」や「僕の縁者、モリヌー少佐」、「ロジャー・マルヴィンの埋葬」といった幾つかの作品を雑誌に発表していたが、この旅の目的の一つは、アメリカ各地の風景を素材としてより大きな文学的成果を生み出し、いっそう「世間が自分のことを知る」きっかけを作ることにあった。大学時代からの友人であり、後に大統領となったフランクリン・ピアス（Franklin Pierce）に宛てた一八三二年六月二十八日付の手紙で、彼はニューヨーク州を通

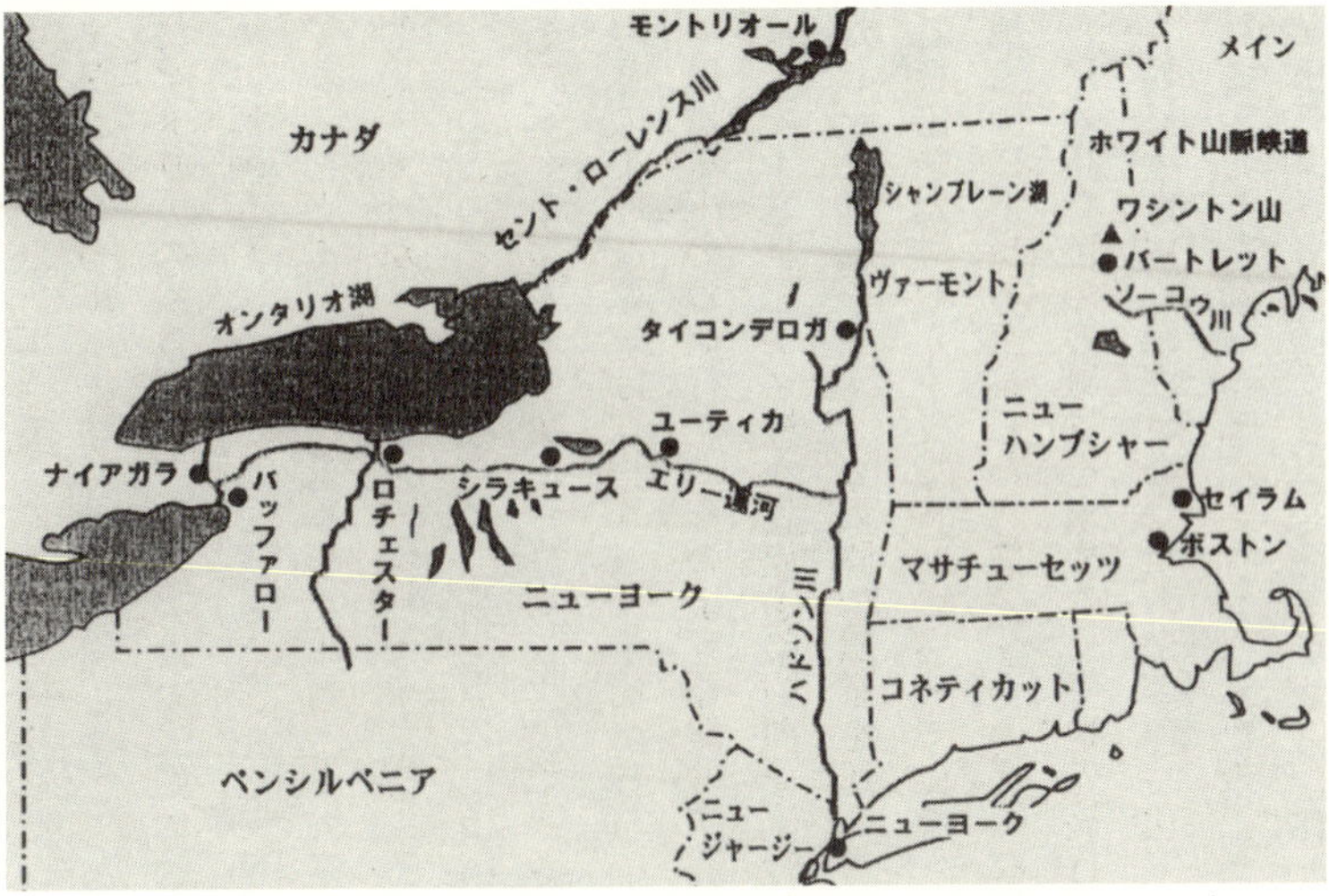

1832年　ホーソーンの旅行地域（著者作成）

ってナイアガラへ、それからカナダに向かい、ヴァーモント、ニューハンプシャーを通って帰る旅を予定していたこと、またこの旅を「大きな文学的評価を（間違いなく）得る」（*CE* XV 224）ための本を書くのに利用したいと考えている旨を告げている。実際のホーソーンの旅行道程は、情報の少なさの為に研究者の間でも一致していないが、コレラ発生のためにカナダまでの旅程は諦め、当時観光地として有名だったこのホワイト山脈やナイアガラの滝、またエリー運河まで訪れていただろうと考えられている。

▼アメリカにおける風景の流行

ホーソーンがこの旅行を行った一八三〇年代はまさに、アメリカにおいて風景に人々の関心が集まった時代であった。『場所の精神』でフレデリック・ターナーが述べているように、「初期のアメリカ文学、植民と探検の文学」は、この大陸の自然や風景について述べるという点では、「抵抗と困惑の文学か、さもなければ経済的可能性の目録」(Turner 15) にしかすぎず、「ヨーロッパ人が新大陸を初めて目にして以来二百年が経っても、まだこれらの場所の精神を呼び起こすことの出来る作家はいない」(Turner 10) と思われていた。そのようにアメリカの風景に根ざした芸術の欠如に対して、一八三四年に旧大陸のロマン主義の影響を受けてアメリカに帰国したエマソンは、人々と土地との関係を変え、新しい関係を築き上げるようなアメリカ神話が必要であると考え、一八三七年のハーバード大学神学校での講演「アメリカの学者」で、遠く遥かな場所や歴史的過去ではなく、「今ここ」にあるものを素材としたアメリカ独自の芸術を生み出す必要性を訴えた。エマソンのこのアメリカ独自の芸術、あるいは国民的アイデンティティ形成の希求は、作家や画家たちだけでなく、多くの「アメリカ人」(主に東部の白人たち) の考えを代弁したものであった。

そのような希求は、一八二〇年代から三〇年代にかけて、旧大陸にはないアメリカ大陸独自の自然の驚異や風景を求める旅行や、そのような旅に基づいた旅行記が流行した事実にも反映されていると言える。イギリスで十八世紀に裕福な貴族子弟の間で流行した崇高美を求めるグランド・ツアーの影響を受けながら、しかし十九世紀のアメリカ大陸の風景を巡るアメリカ版グランド・ツアーは、作家や芸術家、あるいは裕福な特権階級だけしか享受できないものではなかった。旅行記で描かれる各地の描写や、ハドソンリヴァー派の風景画によって流布した、アメリカの様々な場所のイメージに直接触れるために、ピクチャレスクな、あるいは崇高な自然の風景を求める旅や観光旅行が、商品化され一大ビジネスとなり、中流階級の人々に比較的容易に手が届く範囲となったのがこの時代である。そのような流行の背景には、十九世紀前半にアメリカに起こった「交通革命」、すなわち、駅馬車制度の向上、蒸気船の導入、運河や鉄道の建設など、安全で快適な旅を保証する様々な交通機関が整備された事実がある (Sears 3)。ホーソーン自身がアメリカ東北部を旅した一八三〇年代には、多くのアメリカ人がこのように改善された交通の便を享受して、旅行ガイドを片手にアメリカの風景を巡る旅を行っていた。

▼観光地化された風景への皮肉

ホーソーン自身の観光地の印象を描いたと思われる「ホワイト山脈峡道」という作品では、作品の語り手がこの小道について、「その昔、北部に住むインディアンは、この天険の山城から自分達しか知らない隘路を通って入植者に不意打ちを食わせ、その心胆を寒からしめたものだ」(*CE* X 422-423) と述べているが、彼とその同行者が苦労してやっとたどり着いたこの狭い「ロマンチックな小道」の到着点には、駅馬車に乗ってさっそうと現れる旅行者たちが登場する。語り手は、手にしたハンマーで絶壁に「手ひどい傷を与えて」(424) その欠片をしまいこむ鉱物学者や、オペラグラスを持ってバイロンを暗誦する身なりのよい若い紳士、あるいは商人や若い女性がその一行にいることに触れ、このような旅に出る旅行者たちの多様性を伝える。風景の観光地化、旅の商業化、そしてそれを消費する観光客に対する風刺は、この「記憶からのスケッチ」では控えめなものであるが、同じく実際のナイアガラ観光の体験をもとに書かれたと言われるスケッチ、「ナイアガラ行」では、商業化の波に晒され、世俗化された神聖さを風景に求めてやってくる旅行者に対する明確な風刺が見られ、それはルエックも指摘するように、語り手自身にすら向けられているほどである (Lueck 137)。

この作品の冒頭では「僕ほど熱い期待に燃えてナイアガラ詣でに出向いた巡礼はいない」(*CE* XI 281) と述べる語り手は、しかし滝へ向かう途中、様々な商業化の影響を受け観光地化された周囲の様子に期待を挫かれる。実際にナイアガラの瀑布に直面しても、頭に描いてきた「偽りの光景」が現実の光景に合わず、「惨めな絶望感」に駆られた語り手は、自分が「偉大なる滝」を見る資格はないと失望する（284）。結局一晩かけて感嘆や驚異の念を取り戻し、再びじっくり滝を眺め沈思黙考していた語り手であるが、そのそばに次々と、同じく既存の美学や先入観などに囚われ、あるいは商業的にしかこの観光地を見ることのできない観光客たちがやってくる。そこに登場するのは、「キャプテン・ホール[2]の旅行記を取り出し、本物のナイアガラをキャプテンの記述に重ねようと懸命になった挙句、とうとう何一つ新たな印象も、自分独自の感動も覚えぬまま立ち去って」（287）ゆく旅人や、あるいは印刷された本ではなく白紙を持参し、この瀑布を描こうするが、実際に位置する島や滝の幅が自分の理想に合わず変わって欲しいと文句をつける絵描き、さらには、この滝の価値は膨大な水力にあると述べるミシガンの商人などである。ホーソーンの紀行文における同時代の旅行者の描写には、明らかにそのような観光者達や商品として風景をこのように消費することへの皮肉や風刺の眼差しがある。

▼風景作家の試み

このように脅威を除かれ「飼い慣らされた」自然を見にアメリカの風景へと旅するアメリカ人が増え、大衆的な旅行ガイドからアーヴィング（Washington Irving）の『スケッチ・ブック』まで様々な旅の言説が流布し、さらにはアメリカの土着の土地を素材とする芸術の必要性が叫ばれていた、一八三〇年代という風景流行の時代にあって、作家としての「文学的名声」を望むホーソーンが、アメリカ各地の風景を描いた作品を発表しようと考えたのも不思議ではない。実際この旅の成果として、彼はニューイングランド各地の風景やそこでの人々の生活を描き、あるいはその土地に残る伝説などを素材にした、様々なスケッチや短編を集めた作品集を企画していた。『ストーリーテラー』と名付けられる予定だったこの作品集を企画した作者ホーソーンの意図は、「断念された作品からの抜粋」というタイトルで雑誌掲載された作品の一部、「故郷にて」に垣間見られる。語り手は、アメリカ各地を放浪して物語を人々に語るストーリーテラーになろうとしているのであるが、「それぞれの物語とともに、その物語がどのような状況で語られたかの説明を付け加えることにする」(*CE* X 408)と宣言する。この企画そのものは、編集者が本という形態で出版を引き受けてくれなかったことから、各物語とスケッチのいくつかが順不同でばらばらに数種の雑誌に掲載されることとなり、その再構成の試みを難しくさせている。しかし語り手が述べているように、純粋な物語部分と、語り手自身がその物語の舞台について語る額縁との、二重構造として意図されていたことは確かであろう。[3]

語り手は、むしろ物語そのものよりも、その背景となった風景を語ることの方が、「生まれ故郷の山水や、村々、肥沃な耕地を背景に人々の群像を浮き彫りにしたものになる」ので、「より値打ちのありそうな額縁」(409)となるだろうと述べるが、そのような見解は、当時のアメリカにおける風景や風景を巡る言説の人気を、ホーソーンが十分に認識していたことを物語っている。それはニナ・ベイム(Nina Bayun)が主張するように、ホーソーンが作家キャリアのこの段階で、より一般読者へアピールし、経済的に成功することを意識していたことを暗示している。だが同時に、この作品集の企画こそ、彼の作品が「歴史の研究を離れて現在の探求へ、ゴシックや歴史的ロマンスからより現実的な同時代の生活のスケッチへ」と変わる「一つのターニングポイント」(Weber 3)であると言う主張も、ある意味で正しいと思われる。確かに、研究者が一致して『ストーリーテラー』所収の作品として認めているスケッチには、前述のように、同時代の今の風景を取上げたよりリアリスティックな描写が多い。しかし果たして、ホーソーンは本当に「歴史」を離れて、目前の「今ここ」にのみ現前する「現実的な」アメリカの風景へのみ目を向けるようになったと言えるだろうか。

二　幻視される自然、歴史化される風景

▼消え行く野性への共感

同じく「記憶からのスケッチ」の一部である「運河船」のなかで、語り手はハドソン川からエリー湖にかかる運河に驚嘆し、運河船に乗って見られる運河の川面や両側の土手に見られる風景や人々、あるいは同じ船に乗り合わせた乗客たちを描写する。風刺とユーモア交じりの描写を行う語り手であるが、しかしその夜一人眠れず甲板に出ると、暗闇の中でランタンに照らし出される周囲一帯の森に、恐ろしいまでの自然の荒廃ぶりを見て取ることとなる。

水ははるか遠くまで広がり、固い塊のように黒々と密生した葉の茂みの下あたり、幹のところにまで及んでいた。だが、そんな例外を除けば、聳える幹や入り組んだ枝には一枚の葉もなく、枯れて白くなった幹や枝があたりを包む闇の中からくっきりと浮かび出ていた。かつての森の巨人が倒れて、小さな木々を何本も押しつぶし、それをおのが無残な巨体の下に敷いて長々と突っ伏している姿をしょっちゅ

う見かけた。破壊の凄まじいところでは、何百とも知れぬ幹の、粉々に砕けた己が枝の上に憩ったり、やけ気味に闇に向かって枝を突き出したまま大地に長々と伸びたり、あるいは直立したり、半分倒れ掛かった姿がランタンに浮かび上がる。姿勢は違っていても、どの幹も灰白色で葉が全くなく見る影もない混乱ぶりを呈していた。(*CE* X 436-437)

このように荒廃した景色を目にした語り手は、「荒々しい〈アメリカの自然〉は、文明人の侵入によってこの不毛の地に追いやられた」という「新たな寓意」を得る(437)。交通の発達によって旅行者や植民者が自然の奥地にまで入ることができるようになった結果、「野性の女王が見る影を無くした帝国の王座に就いているこの地にまで、ぼくたち野卑で俗利にさとい人間どもが大挙して入り込み、彼女が一人住む最後の場所に押しかける、つまり他の国なら〈荒廃〉は倒壊した宮殿の廃墟に座すけれど、わが国では森がその住まいというわけだ」(437)と気付くのである。このように言わば傍観者として自然の荒廃ぶりを伝える語り手であるが、しかしこの文明の象徴である運河船がひと時運航を停止した間に、森の中の燐光を放った老木を調べに下船したばかりに、一人この「妖気」漂う森の中に取り残されることになる。

語り手が腐った老木の松明だけを頼りに、森の中を歩いて次の目的地の町へ歩き出す最後の場面は、同じくこの『ストーリーテラー』の冒頭を飾る作品だったとも考えられている短編「七人の風来坊」の中で、語り手が出会う何人かの旅の仲間のうち、最後に一人残ったペノブスコット・インディアンを同行者に、遠くの都会を目指して歩いて行く姿と呼応しているようにも思われる。なぜならこの短編中で語り手が出会ったインディアンは、「放浪に明け暮れて歳月を無為に過ごすうちに、森は彼の歩む小道の周囲から消えうせて」

しまい、「腕からは強さが、足からは早さが、態度からは荒々しい王者の風格が、心からは野性の美徳と荒削りな力が少しずつ失われて」(*CE* IX 365) いる姿であり、白人がやって来る以前にアメリカ大陸が誇っていた大自然の野性の力強さが、今ではすっかり衰え消えつつあることを象徴する存在として登場しているからである。このアメリカ大陸の先住民への語り手の親近感は、荒廃した森でかすかに光る老木の燐光に気を取られる「運河船」の語り手同様、当時の実利主義的な社会の進歩に同じように取り残される芸術家としての共感だったとも考えられよう。しかし語り手が同時代のアメリカの風景に見出す野性の自然や先住民の姿は、このようにほとんどがテクノロジーの発達や商業化の波に晒されており、「進歩」を目指す社会から爪弾きにされ、もはや真剣に取り合うべき障害とすらも見られることなく、歴史に追いやられて往年の力を失い「飼い慣らされた」姿なのである。

同じ作品集に所収予定だったと言われるスケッチ「古いタイコンデロガ」では、語り手はかつてのフレンチ=インディアン戦争や独立戦争の舞台となった有名な要塞の廃墟を訪れる。ウェスト・ポイント出の若い将校に砦の説明を受けるものの、詩情とは全く無縁な彼の軍事的講釈にうんざりした語り手は、かつての戦争を語ってくれる老兵が通りかかってくれればと願うのだが、それが無理なら自分自身の空想こそが次善の友だと考える。しかしこの作品では、このような「辺境」にさえも野性の自然や先住民の姿は現れず、語り手は現前する要塞の廃墟の様子を伝えた後、次第に空想へ、過去の歴史絵巻へと視線を向けるようになる。その空想が最初に描き出すのは、「険しい山々、侘しい幾つかの湖、そして老いて神々しい木々」(*CE* XI 189) である。「どの木も最初の種がこの処女地に蒔かれて以来、斧の切っ先を感じたことはなく、ひたすら長い年月にわたたって成長を続けて繁茂し、歳月の重みに耐えかねて倒れては、緑の苔に埋もれ、おなじように巨大な他の木々の根を養い育てる」（189）。このように語り手が空想する豊かな未開の森に次に現れるのは、「軽やかに、湖面を切る櫂の音を響かせながら、樺のカヌーが岬を廻って滑るようにやってきて、絵の具を塗り、髪に鳥の羽を差し、ヒッコリーの弓、石製のトマホーク、燧石の矢尻がついた矢で武装したインディアンの酋長」（189）である。だがそのような野性のままの自然にはいまや、「空想」の中、あるいは過去の歴史の中でしか、語り手も読者も出会うことができないのだと暗示される。

▼失われた風景のファンタスマゴリア

この失われつつある野性の自然、あるいはその象徴でもあったインディアンの消滅という見解は、当時の旅行記や小説には無数に散見されるものであり、同時代の都会化や産業化の進む東部の白人たちの多くに共有されていたものであった。ブライアン・ディッピ（Brian W. Dippie）によれば、一八二四年から一八三四年の間に、四十冊以上もの本が先住民の大地からの消滅を想像していたと言う。いわば彼ら「消え行くアメリカ人は思考の習慣になっていた」（Dippe 15）のである。人々の脅威である野性の大自然やその「申し子」である先住民が消えて行くことを、文明の進歩の証と喜ぶか、あるいは愛惜するかの違いはあっても、それが「アメリカ」という国が進む道であり、国家の運命であると当時の東部の人々は信じていた。

このような時代にあってホーソーンが描く現実のアメリカの風景にはしばしば、リアリスティックな現実の姿に重なるかのように、過去や歴史に追いやられた野性の自然や先住民の姿が幻視され、過去や歴史がファンタスマゴリアさながら立ち現れる。それは何も、現実の旅を素材とした初期の作品に限らず、アメリカの特定の場所を描く後期の作品にも見られる特徴である。例えば一八四九年初出の「本通り」でも、「多様

エイデン・L・リプリー「ジョン・ウィンスロップに土地を売るスクウォー・サシェム」（1924）ウィンチェスター公立図書館所蔵

で多彩な過去」を読者に提供するため、同様のパノラマ方式で語り手は二百年にも亘る故郷の町の歴史絵巻を紐解いていく。ここでも最初に読者の前に現れるのは、現在の人工的な道路ではなく、「葉が撒き散った森林地」であり、「まだ白人の斧は一本の木も傷つけたことがなく、白人の足が落ち葉の一枚も踏みつけたことのない」古代の原生林である（*CE* XI 50）。しかしよく見るとその原始の森には微かな小道ができており、そこに「堂々として女王然とした」先住民の女性が現れる。彼女こそが偉大な「スクウォー・サシェム」[4]であり、その横を歩いている「赤色の酋長」が、彼女の二番目の夫であり、まじない師の「ワパコウエット」だと語り手は告げる（50）。

しかし彼らをすでに「消滅した種族」と断じるこの語り手の姿は、『七破風の家』において先住民ではなくマシュー・モール、つまり白人が、「土地の元々の所有者」と呼ばれている点にホーソーンの人種差別的意識を読み取るティモシー・B・パウエル（Timothy B. Powell）の見解に対して、また別の根拠を提供していると見なせるかもしれない。確かにホーソーンの全作品を通観してみるとき、一八三〇年の強制移住法の制定によりミシシッピ川以東から先住民が強制退去されるという歴史の渦中にあったホーソーンが、同時代の多くの東部白人たちと同様、アメリカの風景、少なくとも自分たちの周りの環境から、野性の自然や先住民の姿は消える運命にあると考えていたことは明白である。そしてそれはマドックス（Lucy Maddox）も指摘するように、エマソンやソロー、フラー（Margaret Fuller）など、アメリカ先住民の強制移住に義憤を覚え、彼らに共感的であった同時代の知識人たちもまた例外ではなかった。

▼文明の行方、循環する歴史

しかし実際にそのような見解が東部にあっては一般的であり、商業主義や産業化が同時代の風景を侵食しつつあった時代にあって、ホーソーンが特定の場所の描写において、常にその歴史や過去に目を向けていることは重要である。パウエルは「初期「アメリカの」歴史の文学的構成からネイティヴアメリカンたちを取り除くことで、彼らの場所と記憶を人々の間から除去することにホーソーンが積極的に参加」（Powell 40）していたと論じるが、実際にはアメリカの歴史から先住民を排除するどころか、セイラムにしろ、どのニューイングランドの風景にしろ、ホーソーンが特定の場所を描くとき、その現実の姿には常に、かつてその大地を支配していた野性の自然やインディアンが幻視され続ける。むしろ繰り返し現実の風景に過去を呼び起こし、いわば風景を歴史化することで、「消滅した」、あるいは「消滅しつつある」野性の自然や先住民たちをテキストに呼び込み、コラカーシオ（Michael J.Colacurcio）がホーソーンの歴史作品について主張するように、「特有のアメリカの空間と時間に普遍的な問題を設置し」（Colacurcio 35）、そこに連続性をもたらそうとしていたと言えるのではないだろうか。

しかしそのような連続性を意識した歴史観を持ったホーソーンにとって、「消滅した種族」となる運命は、先住民にのみ限定したものではなかった。それは同時に、前進を繰り返し、高度に「文明化」が進んだ同時代の社会をも待ち受ける運命なのではないかという懸念をホーソーンは抱いていた。「新しいアダムとイヴ」という短編では、「前進せよ!」(Go ahead!) という「国家の合言葉」が、「消滅した種族」となった全人類が滅亡した後の、人工物だけが残った(おそらくは) アメリカの一都市の廃墟に空しく響く (*CE* X 251)。また「幻想の広間」では、語り手は進歩した文明世界そのものが滅亡するヴィジョンを提示されることになる。語り手は破壊される大地を目にして、「人の性質の根は深くこの大地に張っているのだ。たとえ天国のより高みにある耕地であっても、植え替えられることを受け入れるのは嫌々ながらにすぎない」と呟くのである (*CE* X 182-3)。

三　世界における自己の居場所を求めて

▼出離する「異人」たち

世界そのものが滅亡する黙示録的幻想ではなくても、根を張った世界から「植え替えられ」た結果、自分の居場所を見失い自己のアイデンティティの揺らぐ人物像は、グッドマン・ブラウン、ウェイクフィールド、あるいはルーベン・ボーンなど、ホーソーン作品ではお馴染みのものだ。長編でも『緋文字』のヘスターや『ブライズデイル・ロマンス』のカヴァデールなどは、周囲の社会や共同体に対する自己の帰属意識が薄い、あるいは失っている人物だと言えるだろう。彼らが自己の居場所を失うきっかけは、多くの場合、家や故郷など自らの居場所から離れ、出離することにある。

　ホーソーンの作品では特に、同時代の他の文学作品にも見られるように、家や故郷から離れ、より広い世界を経験しようとする若者、という設定が非常に多い。そこに見られるホーソーンの場所や空間の感覚には、当時の「家」対「世界」という二元論的空間意識、二項対立的な世界観の影響があることは確かであろう。『女性の絆』の著者であるナンシー・コット（Nancy Cott）によれば、アメリカでは十八世紀末から十九世紀にかけて、商業主義、産業化や都市化といった様々な近代化の影響を受け、家庭と社会、あるいは世界を、二つの異質な空間として差別化する傾向が一般的になっていた。「外」の世界で働く男性、「内」において家を守る女性、という男女の異なるジェンダー領域が確立されたのがこの時代である。十九世紀を通じて「家《ホーム》」はまさに女性の領域であり、いわゆるドメスティック・イデオロギーが支配する場であった。この時代のアメリカ文学は、アーヴィングの「リップ・ヴァン・ウィンクル」を始め、ポーの「アーサー・ゴードン・ピムの物語」、メルヴィルの『白鯨』、あるいはトウェイン（Mark Twain）の『ハックルベリー・フィンの冒険』まで、「家」を飛び出し、そこから逃れて、自然へ、あるいはウィルダネスへと飛び出すアメリカ文学固有の若者を多く輩出した。レスリー・フィードラー（Leslie Fiedler）はそのような男性作家たちの作品傾向を、女性との成熟した関係の拒否、あるいはそれへの嫌悪として捉えたが、ホーソーンの作品中でも、そのような読みによって分析可能な作品が幾つかあり、そのプロトタイプが「若いグッドマン・ブラウン」である。

　ブラウンは結婚したばかりの妻をおいて、ある夜森へと出掛けていく。その森の中で、ブラウンは様々な共同体メンバーと出会うのだが、その出会いはことごとくブラウンの既存の伝統に根ざした価値観を揺さぶることになる。さらにブラウンの信仰の中心であり、安らぎを与えるはずの家に残してきた「家庭の天使」としての妻フェイスまでも、彼と同じように森の中で暗黒の悪魔的儀式に加わっているという疑惑は、彼を完全な人間不信に陥れることとなる。それがブラウンの夢だったのか、それとも現実のことであったのか、語り手は読者の判断に委ねているが、再び家に戻ったブラウンが、以前と同じように無邪気に家庭や共同体に対する信頼を回復させることがなかったという結末は明らかである。彼は、家や社会の内部にいながら、いわば既存の空間から逸脱した「異人」(stranger)としての位置を持ち続けることになる。

ブラウンだけでなく、ヘスターやイーサン・ブランド、ストーリーテラーのオベロン、「僕の縁者、モリヌー少佐」の主人公ロビン、あるいはルーベン・ボーンやウェイクフィールドなど、多くの他の登場人物たちもまた、自身の共同体の中で居場所を見失うという点で、「異人」だと言えるだろう。「異人」とは、「偶像破壊者、流聖者、或いは共同体のメンバーの誰一人にとっても互いに理解し合い理解しうる正当な機会を与えるに十分な一貫性、明証性、まとまりといった外観を保証する〈相対的・自然的世界観〉を次第につき崩すもの、共同体のメンバーが疑問に付さないほとんどすべてに疑問を付する者」(柄谷 42)のことだという。ホーソーンの登場人物たちも、みな様々に異なる動機によって故郷や家から出離する。彼らの多くは再び故郷や家庭へと戻ってくるのであるが、帰ってきた彼らはその社会や家庭の中で同じ「場所」を占めるわけではない。大抵の場合、孤独で、共同体内における異質な存在、異端者的立場を持つ「異人」となることが暗示される。それでは何が彼らを家や故郷に戻るよう促しているのだろうか。例えば「長く見捨てられていた恥辱の印」(*CE* I 262)を再び身につけるため植民地共同体に戻ってきたヘスターのように、あるいはちょっとした好奇心が人生における破滅的な悲劇をもたらすことになりながら結局は家庭へ戻ってくるブラウンやウェイクフィールドのように、ホーソーン作品の多くの人物たちに、一度既知の場所を離れた後で再び家《ホーム》／故郷に帰還するサイクル状の空間運動を行わせ、自身の因縁の場所、あるいは元居た場所に拘らせているものは何であろうか。

▼帰属意識と根無し草感の狭間で

エドガー・ドライデン（Edgar Dryden）は、ホーソーンの物語は認識や和解を求める家のない《ホームレス》人物たちに溢れていると指摘する。彼によれば、それはホーソーン自身が実人生において幾つもの家を転々としてきており、真に自分の「家」といえる場所をもてなかったことと関係しているのかもしれない（Dryden 147）。幼い頃の父親の死によって、ホーソーン一家は同じセイラムの町に住んでいた母方の親戚の家に寄寓することとなり、彼は五人の伯父や叔父たちと一つ部屋を共有していたと言われている。積極的に家庭の守護天使としての役割を果たそうとしなかった母親の代わりに、多くの親戚たちに可愛がられて育ったのだが、例えば彼のもっとも初期の作品の一つである「優しい少年」のイルブラヒムの描写に、少年時代の彼が抱いた孤児さながらの孤独感、拒絶された感覚、あるいは喪失感などが反映されていると考える研究者もいる。グロリア・C・アーリッヒ（Gloria C. Erlich）は、『蜘蛛の呪縛―ホーソーンとその親族』において、「想像上の理想的な母親中心の家庭と、とがめ立てする親戚たちに占められた実際の住居との間の深い亀裂が、彼にとって家《ホーム》を問題のある事柄にした」のだと主張している。彼女によれば、ホーソーンの家の概念は、彼の実人生における一連の喪失と分離によって影響を受けており、幼児期の「家庭と両親、家庭と権威、家庭と自己のこの一連の移転が、正しい場所にいたことがないという生涯続く感覚をもたらした」と述べる（Erlich 72）。

このように頻繁な移転が、彼の人生における家から家へのひっきりなしの移動や根無し草感をもたらし、「どこか別の場所の市民」（*CE* I 44）と自己を定義することに繋がっていったのかもしれない。またそれは同時に、彼の想像力において常に揺れ動くアンビヴァレントな価値体系を生み出したのだとも考えられよう。

幾つもの短編において登場人物たちが家から出て行く主な動機の一つは、彼らの「利己心」から生まれたものであり、また人間性についての冷たい好奇心から出たものである。イーサン・ブランドやブラウン、ウェイクフィールドらにとって、自分の利己的な好奇心を満たすことが、人との絆を求める気持ちよりも強くなったとき、彼らは出離し、それが彼らにとっての悲劇をもたらす。その悲劇とは、人と同じ空間に存在し、同じ場を共有しつつ、まるで異なる次元にいるかのようにその輪からはみ出し自分の居場所を永遠に見失った「異人」となることである。しかし自ら出離し、家や故郷を離れても、彼らはまた再び自らホームへと戻ってくるのであるが、以前と同じ世界の中心としての、人との交わりの基盤としての自己の居場所を取り戻すことはできない。例えば「ウェイクフィールド」において、ふとした気まぐれから留守中の妻を観察しようと家を出たまま、数十年も家に帰れなくなった主人公ウェイクフィールドについて、語り手は次のように語る。

彼は自分を世界から断絶するように自分で工作し、というよりは現実に断絶し──そこから消滅し──生きた人間との間で保つべき自分の場所も特権も放棄するめぐり合わせになり、あまつさえ、死者の仲間にすら入れてもらえなかった。彼の生活が隠遁者の生活と相似していたと言うのではない。彼は昔通りに、都会の雑踏の只中にいて、群集は彼の横を通り抜けたが、彼を見なかったのだ。（*CE* IX 138）

故郷を出たロビンが、空想の中でさえ一人家から締め出されてしまうように、一度ホームを捨てたものは二度と同じ心地よい居場所を取り戻すことはない。「人はちょっと脇道に逸れると、自分の場所を永遠に失うという恐ろしい危険に身を晒し、ウェイクフィールド同様、いわば「宇宙の見捨てられし者」になりかねない」（*CE* IX 140）という恐怖、自分の居場所がないという不安感は、ホーソーン自身にいつも付きまとっていたものだった。

確かにソフィアとの結婚後には、彼も自分自身の家庭を持ち、ある程度家がないという感情、世界に居場所のない孤児であるという感覚は薄れたに違いない。彼は一八四二年に妻ソフィアと共に、エマソンが子供時代に一時住んだこともあるという旧牧師館に住み始める。ホーソーンは当時「あまりに長い間世の中で家を持たなかった後で、自分の家に近づいていくことはなんと素敵なことだろう」と述べ、「自分が妻と家庭を持った人間として、世界における確実な存在と場所を持った人間として認められたことに嬉しい感覚」（*CE* VIII 322）を覚えたと語っている。

しかしホーソーンのホーム観を考えるうえで問題となるのは、彼が道徳的教訓と共に当時の女性小説に頻繁に見られる家庭賛美のイデオロギーを共有し（Baym 1993 xix）、家庭を人に居場所をもたらす世界の中心と考えながら、一方では矢作三蔵氏がいうように、メルヴィルら他の男性作家たちとも共通するロマン主義的な「内から外へ」を志向する、いわば「かなたへの憧れ」（矢作 8）も持っている点である。ホーソーン自身が抱いていた、一定の場所に囚われたくないというその放浪気質、根無し草感は結婚後も続いた。息子ジュリアン（Julian Hawthorne）は、父親のその定住と放浪の間で揺れるアンビヴァレントな場所感覚を証言しているが、このような安住できない精神は、国家の「明白な運命《マニフェスト・デスティニー》」と称して先住民の強制移住を促すことにもなった、十九世紀アメリカにおける西漸運動の推進力となった国民的メンタリティを彷彿させるものだ。今日でもこのように移住性を是とするアメリカ的メンタリティが浸透していることに対して、たとえば人と場所との絆を重視するウェンデル・ベリー（Wendell Berry）やウォレス・ステグナー（Wallace Stegner）、ゲーリー・スナイダー（Gary Snyder）らネイチャーライターたちは大きな懸念を表明している。

ウェイサイドの家の前のホーソーン夫妻
出典：Julian Hawthorne, *Hawthorne and His Circle*（1903）p.58

▼場所と人との絆を求めて

ステグナーは、場所の感覚や人と大地との感覚は、我々が帰属意識を持つときに確立されるのだと主張し、「場所が場所となるためには、その場所で起こったことが、歴史や物語、バラッドや伝説として、あるいは記念碑となって、記憶に刻まれる必要があるのだ」（Stegner 202）と述べる。このようなネイチャーライターの「場所の感覚」を、風景や場所に祖先や白人植民者たちの過去を呼び起こし、同時代のアメリカの風景を歴史化することで、過去と今とに連続性を与え、確固とした自己の居場所や帰属意識を希求したホーソーン自身、一部共有していたと言えるのかもしれない。『緋文字』の序文にあたる「税関」の中で、ホーソーン自身と思われる語り手は、自分の故郷であるセイラムに対して、常に変わらぬ愛情とともにアンビヴァレントな感情を抱いていたことを語る。

> 確かに別の土地にいる方がはるかに幸せなのだが、それでもなお私の胸中には古いセイラムに対する思い入れがあり、よい言葉もないまま、いまはそれを愛情と呼んでおきたい。この感情は、おそらく、私の一族がこの土地に古くから深い根を張っていることに起因する。私の名をもつ最初のブリトン人が、今でこそ都市になっているが、かつては荒涼たる森に覆われた植民地に姿を現してから、ほぼ二世紀と四半世紀がたつ。そしてここで彼の子孫たちは生まれ死に、その死体はこの土地と混ざり合い、しばし私が通りを歩いている間にも、この土地の少なからざる部分が私の肉体と共鳴しないではいないほどなのである。だから私が言及した愛着なるものも、つまるところ土が土に呼びかける感覚的な共鳴に他ならない。わが同胞にしても、この感覚の正体がわかるものはほとんどいないし、種の繁栄の為には住み場所をしばしば変更する方がおそらく好ましいのだから、そんなことを知ったところで始まらないと彼らは考えているのである。（CE I 8）

これはまた、土地への愛着よりも移住を好みがちな「同胞」のアメリカ人たちに対して、人がいかにして記憶や歴史を媒介にある特定の場所と結びつくかを語り、場所と記憶や歴史との絆の大切さを訴えている文章としても読めるだろう。

四　結び――ホーソーンの場所の感覚

おそらくは、ロマン主義的な放浪への希求や根無し草感と、世界における自己の居場所を喪失する実存主義的な恐怖を共に抱えていたホーソーンは、過去の記憶や歴史が呼び起こされた土地とそこに住む人との結びつきを、ゴシック風の短編から、アメリカの風景を巡る旅行スケッチ、そして『緋文字』を始めとする長編にいたるまで、様々な作品で描き出した。ホーソーンの作品の多くの登場人物が、自身の過去に向き合うために、かつて一度は離れた家へ、あるいは故郷へと帰還する。帰還した彼らは、共同体のメンバーや、おそらくは我々読者にも、既存の価値を問い直し教訓を与える「異人」としての役割を、多かれ少なかれ担うことになるのである。当時多くのアメリカ人が、未来へと、あるいは過去を捨てて新天地へと顔を向けていた、「前進」をモットーとする拡張主義の時代にあって、ホーソーンはヘスターやルーベン・ボーン、イーサン・ブランドらの、家や故郷への帰還を描くことで、過去の記憶や歴史の詰まった古い場所へと読者が視線を向けるよう促す。それらの過去や記憶がどんなに暗いものであっても、ホーソーンの人物たちが自らの意思で過去の土地へと戻ってゆくのは、記憶と歴史に満ちたこの過去の土地にこそ、彼らの、そして私たち自身の、「より真実な生活」(CE I 262) があるからなのかもしれない。T・S・エリオット (T. S. Eliot) が言うように、「そしてわれわれのすべての探求の目的は／旅立った場所へとたどり着くこと／そしてはじめてその場所を知ることになるのだろう」。

奇しくもホーソーンの死後一世紀半近く経った現在、彼の子孫の一人がネイチャーライターとして活躍し、場所を重視する詩やエッセイを発表している。その子孫、アリソン・ホーソーン・デミング (Alison Hawthorne Deming) は、現代人である私たちが、様々な喪失、特に場所への帰属意識や連続性を喪失していることに警鐘を鳴らす。しかし彼女も言うように、それでも「我々が自然に埋め込まれているという事実」（Deming xii）は残る。それは、社会がどんなに文明化し進歩したように見えても、あるいはどんなに立派で尊敬される外見で覆われている人でも、その下には野性の自然が秘められているのだという認識を、様々な形で虚構化していた彼女の曽曽曽祖父である一人の十九世紀アメリカ人作家の人間観と、根底で通じていると言えるのではないだろうか。歴史化された風景を描くホーソーン作品は、我々が過去や歴史と、そしてそこに埋められた自然と繋がっているという「事実」を、また風景の時間的・空間的連続性や人と場所の絆を、改めて再認識させてくれるテキストだと言えるだろう。

注

1　ホーソーンの作品からの引用は全て、*The Centenary Edition of the Works of Nathaniel Hawthorne*. Ed by Wiuiam Charvat et al. (Ohio Sate UP, 1962―）に拠るものとし、本文中では*CE*の後に頁数を記す。日本語訳は、國重純二訳『ナサニエル・ホーソーン短編全集』（南雲堂　1994―）及び八木敏雄訳『完訳緋文字』（岩波　1992）を参照し、多少の変更を加えた。

2　キャプテン・ベイジル・ホール（Captain Basil Hall, 1788-1844）は、一八〇二年から一八二三年まで、イギリスの海軍に従事し、南米等へ科学的調査や探索を目的として航海を行った。海軍を辞した後アメリカ合衆国を訪れ、三巻本の旅行記*Travels in North America*（1829）を記した。

3　この頓挫した短編集『ストーリーテラー』がどのような作品を含んでいたのかという点は、研究者によってばらつきがある。「記憶からの作品」、「断念された作品からの抜粋」は恐らくこの作品集の額縁にあたり、ホワイト山脈を舞台とした「大紅玉」や、ウィリー家の悲劇を扱った「野望の客」などが収録されるはずだったと考えられている。所収作品の分析については、Nina Baym、Nelson F. Adkinsなど何人かの研究者が行ってきており、三十二編以上の作品がこの『ストーリーテラー』に結び付けられていると言われている。その作品と舞台となった場所についての詳細は、*Hawthorne's American Travel Sketches*. 一八三―一八五頁を参照のこと。

4　植民地時代アメリカ先住民を率いていた指導者。指導者であった最初の夫の死後その地位を引き継ぎ、やがてメディシンマンであったワパコウェットと再婚する。彼女は服や靴などヨーロッパの品物と交換するため、土地の一部をヨーロッパ人に譲渡したと言われる。偉大な指導者であった彼女は、スクウォー・サシェム（Squaw Sachem）と呼ばれるようになった。Squawは女性、Sachemは賢人の意。

引用文献

Baym, Nina. *The Shape of Hawthorne's Career*. Ithaca: Coarnell UP, 1976.

____. *Woman's Fiction: A Guide to Novels by and about Women in America 1820-70*. Ithaca: Cornell UP, 1978: pbk. Urbana, Illinois: U of Illinois P. 1993.

Colacurcio, Michael J. *The Province of Piety: Moral History in Hawthorne's Early Tales*. Durham: Duke UP, 1995.

Cott, Nancy F. *The Bonds of Womanhood*. New Haven: Yale UP, 1977.

Deming, Alison Hawthorne. *Temporary Homelands*. San Francisco: Mercury House, 1994.

Dippie, Brian W. *The Vanishing American: White Attitudes & U.S. Indian Policy*. Lawrence, Kansas: UP of Kansas, 1982.

Dryden, Edgar. *Nathaniel Hawthorne: The Poetics of Enchantment*. Ithaca: Cornell UP, 1977

Erlich, Gloria C. *Family Themes and Hawhorne's Fiction: The Tenacious Web*. New Brunswick, NJ: Rutgers UP, 1984: pbk, 1986.

Lueck, Beth L. *American Writers and the Picturesque Tour: The Search for National Identity, 1970-1860*. NY: Garland Publishing Inc. 1997.

Mellow, James R. *Nathaniel Hawthorne in His Times*. Baltimore: Johns Hoplins UP, 1980.

Powell, Timothy B. *Ruthless Democracy: A Multicultural Interpretation of the American Renaissance*. Princeton, NJ: Princeton UP, 2000.

Sears, John. F. *Sarcred Places: American Tourist Attractions in the Nineteenth Century*. Amherst: U of Massachusetts P, 1989.

Stegner, Wallce. "The Sense of Place" in *Where the Bluebird Sings to the Lemonade Springs: Living and Writing in the West*. NY: Modern Library, 2002.

Turner, Frederick. *Spirit of Place: The Making of an American Literary Landscape*. Washngton D.C.: Island Press, 1989.

Weber, Alfred, Beth L. Lueck and Dennis Berthold. *Nathaniel Hawthorne's Ameican Travel Sketches*. UP of New England, 1989.

柄谷行人『差異としての場所』講談社　一九九六年。

ルーシー・マドックス『リムーヴァルズ―先住民と十九世紀アメリカ作家たち』丹羽隆昭監訳　開文社　一九九八年。

矢作三蔵『アメリカ・ルネッサンスのペシミズム―ホーソーン、メルヴィル研究』開文社　一九九六年。

藤江　啓子

5　メルヴィルと南海

——三位一体をこえて

一　『タイピー』の中のメルヴィル

▼放浪者

『タイピー』(*Typee: A Peep at Polynesian Life*, 1846)は作者ハーマン・メルヴィル(Herman Melville)の一八四一年から一八四四年までの四年間にわたる船旅のうち南海ポリネシアのマルケサス諸島、ヌクヒバ島で過ごした四週間の体験を素材にした作品である。作品では語り手であるトンモが四ヶ月間そこで暮らした話を、アメリカのニューヨークへ帰国後執筆したという形がとられている。作者が現在は都会の喧騒の中にいることが、作品において次のように述べられている。

パイパイのちょうど向こう、家の入り口の前に三角形をなして三本の堂々としたパンの木があった。今でも私はあの細い幹や気品のある皮の起伏を思い出す。孤独な物思いのなかで、毎日私の目はこの木の上に止まっていたものだった。とりわけ苦悩する時に、無生物が我々の愛情の中に巻きつくように入ってくるのは不思議だ。私が住んでいる誇り高く忙しい都会の雑踏のなかにいる今でさえ、あの三本の木のイメージが、あたかも現実に立っているかのように私の目の前に生き生きとあらわれる。そして、木のてっぺんの枝がそよ風に優雅に揺れるのを何時間も何時間も見ていた時の静かな心をなだめるような喜びを私は今でも感じる。(244)

エイサ・トィッチェル、『ハーマン・メルヴィル』、1847年頃。メルヴィル・ルーム、バークシャー図書館所蔵。

パイパイとは巨大な石の礎の上に建てられた島民の住まいである。そのパイパイの向こうにあった三本のパンの木に人食い人種であるタイピー族と暮らした当時の感情が移入され、現在のあわただしい都会生活が対照されているのである。いかに南海での生活とそこでの自然が作者にとって印象的であったかがわかる。南海での自然との交感は次の鳥の描写にも現われている。

鳥が―明るく美しい鳥が―タイピーの谷の上を飛ぶ。おしの呪いがかかっていて谷にはさえずる鳥が一羽もいない。…
私は今もなぜかわからないのだが、これらの鳥は一般には喜びの使者なのに、いつも私をメランコリーに抑えつけていた。彼らは物言わぬ美しさで、私が歩いている時に私のそばを舞ったり、葉陰からじっと好奇の目で私を見下ろしたりするので、私は彼らが異邦人を見つめているのだということを知っており、異邦人の運命に同情しているのだと想像したくなった。(215-216)

ここでは食人種の間で異邦人として暮らす白人の運命とさえずることのない鳥のメランコリックな共感が記されている。これは『白鯨』において語り手イシュメルが文明国アメリカで暮らす「憂鬱」を晴らすために船旅に出るという出発点を思い出させる。作者はその船出においても航海途中においても、そして帰国後もメランコリーを晴らすことは出来なかったのである。

また、トンモがタイピーの谷において異邦人であったのは彼がマーヌー同様、タブーであったことにも起因する。トンモはタイピー族の王、メヒヴィによって手首にトルコ織のかがり糸を巻いてもらい、タブーの宣言を受ける。ちょうどこれは、マーヌーが非常に美しい肉体ゆえにタブー視され、敵対する部族間を自由に行き来できる異邦人であるのと同じ境遇である。そして、タイピーの人々から親切にされながらも、彼らが人食い人種であるという恐怖に絶えず怯えていたトンモは決してタイピー族に帰属することはなく異邦人としてとどまり続けた。いよいよ彼の顔に入れ墨を入れて、彼を改宗させタイピーの仲間に引き入れようとした瞬間、トンモはかたくなにそれを拒否する。「もしなにかの不運の時には、私はこんな風に醜い姿にされ、機会があったとしても帰って同国人に会わせる顔がなくなる」(219)と思うからである。その後、彼らが人食い人種であることを確信する出来事に遭遇するに至って、タイピーの谷からの脱出を固く決意し、実行に移すのである。トンモはポリネシアの未開社会に心引かれながらも、所詮異邦人でありアウトサイダーでしかなかった。文明社会においても未開社会においてもアウトサイダーであった作者は文明においては未開を、未開においては文明を心に抱くメランコリックな放浪者であったといえよう。ちょうど次作のタイトルである『オムー』的な存在であり、オムーは「漂泊者あるいは島から島へ放浪する者を意味する。ちょうどタブー・カナカとして同国人の間で知られる数名の原住民も同じ意味である」(xiv)と定義されている。

▼複眼的ヴィジョン

長期間に渡る船旅はメルヴィルを世界の放浪者とし、文明人の目のみならず、野蛮人の目をもつちかわせた。『白鯨』においてメルヴィルはイシュメルに「キリスト教国や文明から長く流浪していると、人間は神が置いた境遇、すなわち野蛮と呼ばれるところへ戻っていくことは避け難い。真の捕鯨人はイロコイ族と同じぐらい野蛮人だ。私も野蛮人だ」(270)と語らせる。ここには野蛮人となることにむしろ誇りを持った文明人の姿がうかがえる。これは文明と野蛮に優劣や高低をつけ、中心と周辺という二項対立を促すものではなく、両者を同じレヴェルにおく、複眼的ヴィジョンに基づくものである。この複眼的ヴィジョンは同じく『白鯨』に描かれる鯨の持つヴィジョンにモデルをとることはできないであろうか。というのも鯨の両眼についてては、その複眼性が特に強調されているからである。

鯨の両眼の特殊な位置は、何立方フィートというがっしりとした頭によって効果的に分かたれていて、ちょうど二つの谷間の湖が巨大な峰によって分かたれるようなものだ。そこで、もちろん個々の独立した器官が与える印象は全く別のものになる。だから鯨は一方の側である明確な絵を見、他方では別の明確な絵を見ており、その中間はすべて深い闇と無に違いない。(330)

鯨のように二つの異なるヴィジョンを持ち、世界を放浪するメルヴィルはコズモポリタンであり、多文化主義者であったといえる。そしてその精神は中間地帯にやどる闇と虚無と、そして悲しみではなかったか。ナサニエル・ホーソーンの次の書簡は、信仰と不信仰を揺れ動いたメルヴィルの精神を、単調で荒涼とした砂漠にたとえた。

私が彼を知って以来、そして恐らくずっと以前から、我々がすわっている砂丘と同じぐらい荒涼とした単調なこの砂漠を彼がさまよい続けているのは不思議だ。彼は信じることができないし、不信仰のなかで心休まることも出来ない。彼はあまりにも正直で勇気があるのでどちらか一方を選ぼうとしないのだ。もし彼が宗教的な人間だったら、彼は最も信仰深い人間であったろう。真に信仰があり恭しい人間であったろう。彼は非常に高貴で気高い性質を持っており、我々のほとんど誰よりも不滅に値する人だ。(163)

メルヴィルの中の文明人の目はキリスト教信仰の目と重なり、野蛮人の目は異教の目と重なりをみせる。この二つのヴィジョンをたずさえ、地理的にも精神的にも彷徨するメルヴィルの精神はすでに砂漠という自然にたとえられているが、その彼が南海の自然をいかに捉えたかに、考察を加えていくのが本稿のねらいである。

二　神・人間・自然の三位一体とそのかなた

▼ロマン主義的サブライム

「神、人間、自然の三位一体は一九世紀の宇宙の中心であった」(47)という、バーバラ・ノヴァックの指摘を待つまでもなく、一九世紀のロマン主義者にとって人間と神と自然は一体であった。イギリスのロマン派詩人にとってこれら三者を結びつけるものは、神の側の創造力であり、詩人の側の想像力であった。ハズリットは「ガスト」「シンパシー」「パッション」を、キーツは「同一化」「美と真実」を、シェリーは「愛」を、そして自然詩人として代表的なワーズワスは「力強い感情の自発的流出」を提唱し、主体から流れ出る想像力をそれぞれ謳歌した。M・H・エイブラムはこの主観的な力、すなわち、魂の美しさ、崇高さ、そして偉大さをA・D・一世紀頃のロンギノス(Longinus)の『サブライム』に起源を遡ると論じる(Abrams 72)。例えば、次の一節は後のロマン派に先行する句と捉えられる。「我々の魂は真のサブライムによって高揚する。それは誇り高き逃避である。そして喜びと高慢に満たされる」(Bate 65)。

現実からの誇り高き逃避として捉えられた崇高な魂の投影である自然もまた崇高な景観を呈する。なかでも魂の自然との交流を描く詩を多く書いたワーズワスの『プレリュード』の一節はこのサブライムを軸として人間・神・自然の三位一体をよく表したものと思われる。

私は一個の世界を領有していたからだ。
その世界こそ私だけのものであり、私が創造した世界だった。
なぜなら、それは私と私の心をくまなく見通してしまう
神だけに生きている世界なのだから。(第三巻、一四二―一四五行)

人間の側の想像力は神の側の創造力と一つとなり、世界を、そして自然を見通す透明なヴィジョンとなるというこの節は、同時代のエマソンの『自然論』の次の一節と重なるとみてよいだろう。「私は一個の透明な眼球になる。私は無、私にはいっさいが見える。普遍的存在の流れが私の中をめぐり、私は神の眼目となる」(39)。二人の類縁についてはバーバラ・ノヴァックも「アメリカの一九世紀の初期において、自然は神なしにはありえず、神は自然なしには明らかにありえなかった。一八三六年にエマソンが『自然論』を執筆した時までに、「神」と「自然」はしばしば同じものであり、取り替え可能であった」(Novak 3)とする。エマソンはユニテリアン派の牧師であり、キリストの神性に異議を唱え、父と子と聖霊の三位一体を否定した。キリストの奇跡は「花咲くクローバーや降り注ぐ雨」(114)といった自然と同義であるべきだとし、父なる神と自然の一体を主張する神秘主義の立場をとった。そして人間は真理を直観すなわち理性によって知りうるというカント哲学にもとづいた超越主義を提唱し、人間と神と自然という新たな三位一体を確立

した。

▼エマソン的三位一体の否定

そのような時代にあって、メルヴィルがホーソーンに書き送った次の書簡ほどこの新たなエマソン的三位一体を否定した文章はないであろう。

我々は神は自らの秘密を説明出来ない、そして神は自らいくつかの点でわずかばかりの情報を好むと考えがちである。我々人間は神を驚かせ、神は我々を驚かせる。しかし、それが事の存在である。そこに我々が窒息する結び目がある。私、神、自然と言ったとたんに腰掛から飛び降りて、梁から首をつるんだ。そうだ、その言葉が絞首刑執行人だ。神を辞書から取り出せ、そうすれば路上に神を持てるだろう。(186)

「路上の神」と神を天国から、あるいは遠くに見える山をはじめとする景色から街路へ引き寄せ、かつ引き摺り下ろしたメルヴィルの意図は謎である。ハンス・バーグマン(Hans Bergmann)は彼の著書に『路上の神』(*God in the Street*)というタイトルを与え、副題『ペニー本からメルヴィルに至るニューヨークでの著述業』(*New York Writing from the Penny Press to Melville*)が示す通り、文学の市場経済下におけるメルヴィル作品の商品価値としての位置づけを行っている。いずれにしろ、直観や唯心論的なものよりは、現実的で即物的なものを感じさせる。大文字の神(God)を小文字の神(god)に読むことに無理はあるが、それを偶像崇拝やタブーで社会秩序が保たれ、豊潤な自然を有する異教徒の住む南海ポリネシアの未開社会に想定することも可能ではないだろうか。エマソン的直観に疑問を持つ姿勢は『白鯨』の「懐疑であれ否定であれ、それと共に直観を持つものは少ない。地上的なすべてのものへの懐疑、天上的な何ものかへの直観、この二つの結合は信仰者も不信仰者もうみださず、人はそれによって、両方を平等の目で見るようになるのである」(374)という一節にも表れている。

三　路上の神

▼タイピーの谷の宗教

では、路上の神の特質と思われる、タブー、偶像崇拝、豊潤な自然とはいかなるものであろうか。これらは、いずれもキリスト教信仰とは相容れぬものである。語り手自身、「本当にまじめな話、谷の宗教をどう考えてよいのかわからなかった」(177)と認め、さらに「タイピーの人々は彼らの行動が示す限りにおいて、人間の法にも神の法にも従わず、いつもはなはだ神秘なタブーに従うのだ」(177)と要約する。タイピー族のあいだで観察されるタブーには、黒い豚、ある年齢までの子供、妊娠中の女性、顔の入れ墨が進行中の男、夕立が降っている谷のある場所、マーヌーやトンモなどある種の男たち、煙草を他人の頭越しに手渡すこと、製造中のタパ布に男が手を触れること、女性がカヌーに乗ることなどが事例として挙げられる。なかでも、女性がカヌーに乗ってはいけないという掟については、トンモは「ばかげている」(133)と思い、ファヤウェイをカヌーに乗せることを要求し、実現させる。

偶像崇拝については、モア・アチュアという白のタパのぼろきれで包まれ、真赤な布のひらひらでかざりたてられた滑稽な小さい像が島で一番の神だという。この偶像を祭司が拝む様は「子供が集まって人形やおもちゃの家で遊んでいるのに似ていた」(176)と述べられる。また、コリコリが丸太のような偶像を木の枝でたたく場面においては、トンモは彼の神を敬わぬ姿に少なからず衝撃を受ける。そして島民は宗教的怠惰に沈んでいると次のようにコメントする。「実際、私はタイピーの人々を堕落する世代だと考えている。彼らは宗教的怠惰に沈んでいて霊的な復活が必要だ。パンの木とココナツの長い繁栄がより高い義務の履行において彼らを怠惰にした。木を腐らせるような病が偶像の間で広がり、祭壇の果物はいやな臭いがし、寺そのものも屋根を葺き替える必要がある。入れ墨を入れた牧師はあまりに気楽で怠惰—彼らの羊は迷っている」(179)。熱心に崇拝するもしないも、偶像崇拝はトンモにとっては彼岸の宗教であり、滑稽な印象を与えるのみである。トンモは島の偶像や寺を破壊する文明国のキリスト教徒を批判したが、偶像崇拝自体は彼にとって理解の出来ない宗教でありまた愚かな風習にすぎなかったのである。タブーに至っては、彼自身がファヤウェイとカヌーに乗って楽しみたいがゆえに、島の掟を破る文明人と化すのである。

▼豊潤な自然

タイピーの人々を怠惰に導くパンの木に代表される豊潤な自然は、彼らの宗教の履行においても障害となったが、何よりもキリスト教道徳の妨げとなった。それは、次のような『オムー』の一節からも明らかである。

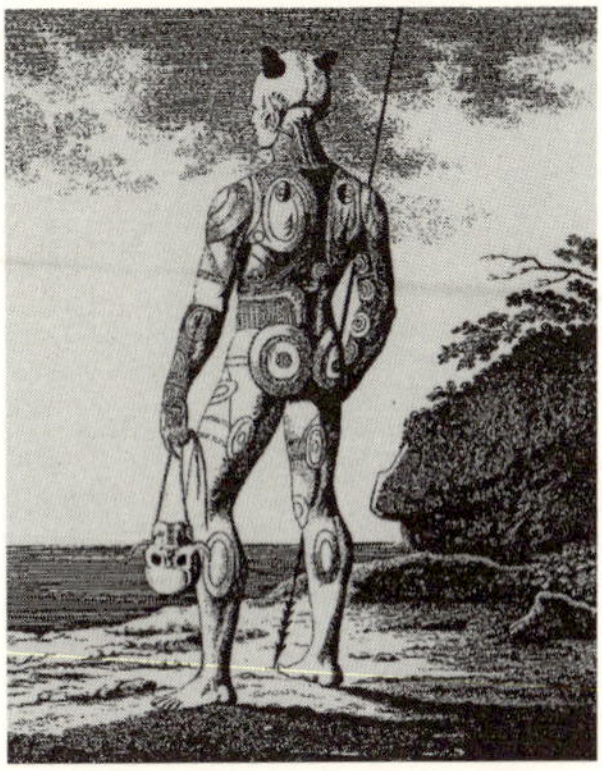

図1 『入れ墨を入れ終えないヌクヒヴァの若者』
ジョージ・フォン・ラングズドーフ、『世界の様々な地域への航海と旅』1813。再版、ニューヨーク：ダ・カーポプレス、1968。

> 事実、地上の人種で南海の人民ほどキリスト教の戒めを生来受け入れないものはおそらくないであろう。…彼らの態度の物柔らかさ、明らかな純真さと従順さが最初は誤解を招いた。しかし、これらは肉体的精神的怠惰や官能的欲望、束縛への嫌悪の付随物に過ぎない。しかしながら、それらは熱帯の豊潤な自然環境に適したものではあったが、キリスト教の厳しい道徳には最大の障害となるのだ。（175）

熱帯の豊潤な自然環境のもと、怠惰と肉欲のままに暮らすポリネシアの人々の生活は、節制、勤勉、貞節といった道徳規律を課すことによって、より幸せな楽園を手に入れることが出来ると考えるキリスト教とは相容れないものがある。『タイピー』においても次のような記述がある。

> 人間の堕落に対する罰はタイピーの谷には非常に軽くのしかかってくるだけだ。というのは、火をおこすという唯一の例外を除いて額に汗をするような仕事をするのをほとんど見たことがなかった。生計のために穴を掘ったりするなんていうことは全く未知のことだ。自然はパンの木とバナナを植えた。そして時が来れば熟し、怠惰な野蛮人は手を伸ばして食欲を満たす。(195)

原罪を犯したがゆえに「額に汗をする労働」を強いられ、それによって楽園回復を願うキリスト教は進歩や前進の宗教である。そうした厳しい道徳律によって「窒息」することなく、自然の性のまま怠惰と肉欲に暮らす島民に進歩や前進はなく原始時代の生活のままである。(図-1)

そしてそこでの自然は常緑の美しさを備えながらも、「逆戻り」(backslidden)(179)し、朽ち果てるのみである。偶像の木が朽ちる様子は先にも引用した通りであるが、アタイというとてもおいしい実をつける木の実が朽ちている様子は「悔しいことにそれらはとても腐っていた。皮は鳥によって部分的に開けられ、中身は半ば食い荒らされていた」(67)と語られる。つまり、その自然は時の浸食に任せるばかりであり、船から見た景色は「この湾の堂々とした景色に勝るものはない。港の中央に停泊している船から見ると朽ちた巨大な自然の円形劇場の様相を呈しており、ツタに覆われ、その中腹に溝をつける深い谷が時の破壊によって引き起こされた大きな亀裂のように見える」(24)と描かれる。老いた島民の入れ墨も時の経過と共にどす黒い緑に変わる。それは老いと共に人間が朽ち果て自然に帰するかのようである。例えば、「これらの人たちの体は一様に鈍い緑色で、その人が年を取るにつれて入れ墨が次第に帯びる色合いになる。皮膚はぞっとするような鱗の様相をし、その独特の色と相まって、彼の手足を緑青のくすんだ標本に少なからず似たものにしていた」(92)という描写がある。

図2 『ヌクヒヴァ島の住民』
ジョージ・フォン・ラングズドーフ、『世界の様々な地域への航海と旅』1813。再版、ニューヨーク：ダ・カーポプレス、1968。

コリコリと歩いていると出会った朽ちた偶像については、「彼の神格は文字通り緑の老齢に達している」(178)と述べられる。島には新鮮な若葉のイメージはない。六ヶ月という長い船旅の果てにトンモが求めたものは新鮮な緑であった。「ああ、一枚の草の葉の爽やかな眺めがないものか。一握りのロームの土の香りをかげないものか。あたりに新鮮なものは何もないのか。何か緑はないものか。そうだ、我々の舷しょうの内側は緑に塗られているが、なんといやな胸の悪くなるような色なんだ。陸からうんざりするほど離れたところでは緑らしきものも繁茂しないとは」(3-4)とトンモは物語の冒頭において述べる。だが、島にある緑はトンモが船の中で求めた新鮮で爽やかな緑ではなかった。あまりにも強烈な常夏の緑であり、また朽ちていく緑である。宇宙の中心であるキリスト教的自然観も辺境の地、南海の異教的自然もメルヴィルの心を満たすものではなかったといえよう。(図-2)

四　悪の認識

▼邪悪な目

エマソンが透明な眼球によってすべてを可視化する力を人間に与えたのに対し、メルヴィルは不可視の領域が宇宙にはあることを認識していた。「この目に見える世界は愛によってつくられ、目に見えぬ世界は恐怖によってつくられているようだ」(195)と『白鯨』で述べられる通りである。また、エマソンが悪を非存在であるとし、自然は真・善・美という「永遠の三位一体」(255)が宿るところとみなしたのに対し、メルヴィルは悪を認識し直視した。自然に宿る悪とそれに伴う恐怖は次のような南海の紺碧の海を泳ぐ鮫の邪悪な目の描写によってあらわされている。

空は最も繊細な青さの澄んだ広がりをみせており、ただ水平線の縁に沿ってのみ、その形も色も決して変えることのない青白い雲の薄い帳が垂れ込めていた。長い調子の整った挽歌のような太平洋の波がうねり、表面は小さな波が砕け太陽の光のなかで輝く。時々、飛び魚の群れが船のへさきに砕ける波に驚いて、空中に飛び上がり、次の瞬間には海へ銀の雨のように落ちた。それから壮麗な鰹が輝くわき腹を見せ高く飛び、しばしば弧を描いて降下し、水の表面に消える。ずっと遠くでは鯨の高い潮吹きが見られ、近いところでは、悪党の海の追いはぎ、鮫がうろつき、こそこそやってきて用心深く距離をとり、その邪悪な目で我々を見るのだった。時折、深海の形なき怪物が海面に浮いてきて、我々が近づくと紺碧の海にもぐり、視界から消えてゆく。しかしその風景の最も印象的な特徴は空と海を支配するほとんど破られぬ沈黙だった。(10)

この邪悪な目はエマソンの透明な眼球と真っ向から対立するものである。そして「ほとんど破られることのない沈黙」や先に引用した「もの言わぬ鳥」と共に言い難い恐怖や憂鬱を見るものに抱かせる。鮫の邪悪な目は、獲物を狙う食人種の目が投影されたとも、また彼らを植民地化しにやってきた文明人に対する警戒の目が投影されたとも考えられる。前者をとれば悪は野蛮の側に、後者なら文明の側に悪がある。いずれにしても敵対関係をあらわす憎悪の目であり、また周縁にあり抑圧されたものが持つ目である。悪は食人種側にあるのか、文明人側にあるのか。「タイピーかハパか」「タイピー・モアターキー（＝good）」（71）と島民の間でも、人食い人種とそうでない人種の善悪の混乱が語られるが、島民と文明人と、どちらが獰猛な野蛮人か作品を通して問いかけられる。「白人の文明人は地上最悪の獰猛な動物」（125）とか「蛮族という語は、僕が思うに誤って使われている」（125）と、トンモは文明の側の悪を痛烈に批判し、「原始の社会では、生の喜びは…清純無垢である」（124）とタイピーの人々を擁護する。タイピーの谷は地上楽園にたとえられ、そこに住む島民に対する迫害は「汚染」（contaminate）という自然破壊のイメージで語られる。例えば「海のただ中の、どこか未発見ではあるが人々が住む島で、白人に汚染されるような接触を持ったことのない人々は非常に幸福ではないか」（15）といった記述がある。他方、トンモが島民に対して抱く警戒心と恐怖は、絶えず「人食い人種の手中にある」（94）ことを意識し、「何か悪を懸念する」（93）気持ちに表れている。

▼蛇のイメージ

こうした悪の認識は作品各所に見られる蛇のイメージによっても複層的に表現されている。「ポリネシアのすべての島にはいかなる毒蛇もいないことで評判が高い」（48）と明言されているように、タイピーの谷には実際には毒蛇は全くいない。しかし、キリスト教的楽園には悪の象徴である蛇がいるように、楽園に見立てられたタイピーの谷の物語には蛇のイメージが多用される。島民の側の悪を意識した蛇の存在は、トンモがタイピーの谷に着いてまもなく熱病と足の痛みに悩まされた時、「なにかの毒蛇にでも咬まれたのだろうと半ば疑った」（48）という記述に表れている。トンモとトビーが谷を進んでいく時には、トビーが「びくっと毒蛇に刺されたかのように身を引くのが見えた」(68)とも語られる。また、コリコリが火をおこす場面は、「手から逃れようともがく小さな毒蛇を突き刺そうとするかのよう」(111)と描かれる。ジョン・ブライアント(John Bryant)が指摘するように(168)、この場面が自慰行為であるとするならば、蛇のイメージはキリスト教が悪と考える肉欲そのものであるといえる。

他方、文明の側の悪をあらわすのにも蛇のイメージは用いられる。島民が蛮族と化すのは、文明人が彼らに与える残虐行為ゆえであるとし、両者が出会う場面は「ああ死の抱擁!彼らはそのひと刺しが彼らの喜びすべてを毒してしまうような毒蛇を胸に抱く。そして彼らの本能的な愛はもっとも辛らつな憎しみにまもなく変わる」(26)と描かれる。またトンモが、タブーを破って原住民の頭越しに煙草を渡すと、その原住民は「毒蛇に刺されたかのように」(221)恐怖を抱き飛び上がる。島の娘たちが作るタパ布にトンモが触れると、娘たちは恐怖に怯えながら、「毒蛇」(222)が隠れているかのように彼を指さす。これもまたタブー破りであり、トンモは島の掟を破る文明人であり、異邦人なのである。そして、島にしのび入るトンモとトビーが山腹をはうように滑って進む様子が「二匹の蛇」(39)にたとえられたりもする。「真実とは中央に位置することを好むものだ」(205)と語られるごとく、文明と未開のいずれにも悪と恐怖を見、「新しい光」(126)を照射することによって、陰陽、明暗、善悪を反転させるメルヴィルの視野はまさしく鯨の複眼的ヴィジョンであったといえよう。

五　帝国主義的進出

▼西部開拓と南海進出

ここで興味深いのは、トンモとトビーがタイピーの谷へしのび入る様子が、蛇にたとえられただけでなく、「西部開拓者」(38)にもたとえられていることである。ここで、南海への進出と西部開拓の通底する関係について考察してみよう。

『タイピー』出版当時のアメリカは西部開拓のまっただなかにあった。西部開拓において、自然は闘う対象であり、破壊し、切り開くべきものであった。バッファローを殺戮し、先住民であるインディアンを迫害し、開拓を続けることが、文明化であり、また神より与えられた使命だと考えられていた。「荒野への使命」とか「明白なる神意」のもと悪魔の住む暗黒の原生林を切り開き光をあてることは神の意図するところであった。また先住民であるインディアンは悪魔の子供と呼ばれ、彼らを迫害することは悪魔を退治することであるとして正当化された。鉄道と電信は物質文明の発達をあらわす象徴となり、一八六〇年に早馬便は電信に取って代わり、一八六九年には大陸横断鉄道が完成するに至った。東部でも、個人主義と自由放任の下、近代資本主義が確立すると同時に、その弊害も問題化していた。ホーソーンは「天国行き鉄道列車」を描き、マーク・トウェインは『ハックルベリー・フィン』において筏に衝突する蒸気船を描き、こうした物質文明や機械文明に警鐘を鳴らした。メルヴィルもまた、「独身男たちの楽園と乙女たちの地獄」においてボストンの製紙工場で劣悪な労働条件で働く女性たちの苦境を描いた。『レッドバーン』では自由放任主義下のイギリスの貧困を描き、『信用詐欺師』では信用経済を逆手にとり、詐欺を働く人物を描いた。

南海への進出は、辺境地の開拓、文明化、そしてキリスト教化という点で、西部開拓とパラレルをなす。当時の南海は欧米諸国による植民地化とキリスト教改宗の下にあり、トンモがマルケサス諸島を訪れた時は、フランスがそこでの領有を宣言してからわずか数週間後のことであった。アメリカでは、海への進出と西部開拓はいずれも「海の支配者としての帝国」と「米大陸の内陸部を占める未来の人口密度の高い社会としての帝国」という二つの帝国像となり、ヘンリー・ナッシュ・スミスも「両者は異なった経済的基盤に根ざし、異なった政治方向を意味するものであったとしても、両立しがたいものではなかった」(12)と指摘する。そうした帝国主義的進出にあって、白人のキリスト教徒は自らの行為を善、滅ぼすべき対象を悪であるとし、自らの支配的行為を正当化した。

『タイピー』においても両者のパラレル的進行があり、トンモがトビーと共に島の山腹を進む様子が、「西部開拓者」に例えられ、ドリー号は「海の駿馬」(19)に例えられる。しかし、作品の特徴は前にも述べたように、開拓者側が必ずしも善とみなされず、むしろ悪とみなされていることである。また電信については、島民たちの声から声へ情報が信じ難い速さで伝達される様が「声の電信」として述べられる。電信という物質文明がなくても不便ではないことが言いたいのであろうか。物質主義を必ずしも肯定しない態度は死んだ酋長の呪いの人形に対する次のようなコメント、「漕いで霊の国に行くがいい。物質主義者の目で見ればあなたは少しも前進していないが、信仰の目で見れば、あなたのカヌーが、パラダイスの薄明かりの岸辺に砕ける輝く波の間を行くのが、私には見える(173)」にも表れている。

北米インディアンと南海の島民の文明化については「野蛮人を文明化せよ。だが、悪ではなく恩恵があるように文明化せよ。異教は破壊せよ。たが、異教徒を破滅してはいけない。アングロ・サクソンの蜂は北米大陸の大部分から異教を一掃した。だがそれと共に彼らは赤い人種の大部分も撲滅した。文明は次第に地球上から異教の址を根絶しつつあるが、同時に不幸な礼拝者の萎縮する姿も一掃している」(195)と述べられている。メルヴィルは野蛮を文明化すること自体、また異教をなくすこと自体に異議を唱えなかったが、北米インディアンの迫害等、それに伴う悪に対しては反対を表明した。

▼原始的無垢と恐怖

メルヴィルが未開の西部の自然をどのように捉えたかを考える素材は少ないが、未開の荒野を悪魔の住む原生林と捉えたピューリタンたちとは違い、むしろそこを堕落以前の無垢の宿る所と考えた。次の『白鯨』からの一節を見てみよう。

あの堕落以前の西部の世界の非常に堂々とした大天使のような幻影、それは老いたわな師や猟師の目には、アダムがこの力強い子馬のように恐れを知らず額をそびやかし神のように堂々と歩いたあの原始時代の栄光がよみがえるのだった。…どんな様相を呈している時でも、この白馬は最も勇敢なインディアンにさえも震えるほどの畏敬と畏怖の対象であった。この高貴な馬の伝説的記録からは、彼を神聖さで覆っているのは、主に霊的な白さであることは疑いもなかった。それは崇拝の念を起こさせるが、同時にある種の名づけ難い恐怖を強いるものが、この神聖さのなかにあった。(191)

未開の西部を堕落以前の無垢と原始時代の栄光の場所と捉え、そこにいる白い子馬の神聖さに言い難い恐怖が宿るという。これはトンモが南海の自然を原始的無垢の地上楽園としながらも、そこに恐怖を抱くのと全く同じである。所詮、歴史的時間を生きる我々人間にとって原始的過去へ戻ることは出来ないのであろうか。この点はD・H・ロレンスも「我々に後戻りは出来ないのだし、メルヴィルにもそれは出来なかった。彼は彼の知る文明人というものを非常に憎悪したけれども、野蛮人に戻ることは出来なかった。彼はそれを願いもしたし、戻る努力もしたけれども、戻ることは出来なかった」（146）と指摘する。機械文明と産業社会を呪い、またヴィクトリア朝的道徳に反発し、人間の肉をおとしめて霊による支配を説くキリスト教的人間観・世界観に反発したD・H・ロレンスが同じ人間観・世界観を抱いたメルヴィルに大きな共感を抱いたのも当然であった。

六　メルヴィルのピクチャレスク

▼現実逃避

D・H・ロレンスは『古典アメリカ文学研究』においてさらに「太平洋の中心は巨大な真空地帯のようで、そこでは蜃気楼のように大昔の生活が続いている。我々の年表からすれば石器時代に死んだはずの人間の幻だ。魅力的な南海―それは幻であり幻想のような現実の錯覚だ」（141）と述べる。『タイピー』はその副題、*A Peep at Polynesian Life* が示すようにポリネシアの生活をのぞき見た物語である。それは、裸体で暮らす女性への興味を示すと共に、都会の文明生活に飽き足らぬ一人の人間の幻覚とも現実逃避を示すともいえよう。のぞき見をするスペクテーター的視点は、作品を一つの絵のようなスペクタクルやスケッチ、そして劇の場面に仕上げる。次のタイピーの谷の描写は地上楽園が「おとぎ話に出てくる呪いにかけられた庭」のごとく一つの夢想であり、一つの絵画的スペクタクルであることを示している。

しかし恐らくあの沈黙の滝ほど印象に残る風景はなかった。その細い糸のような水は、険しい崖を落ちると谷の豊かな緑の中に消えていく。風景の上には最も静かな休息が支配し、おとぎ話に出てくる呪いにかけられた庭のように、ただの一言でもその呪いをとくのではないかと私は恐れたほどだ。…私はあたりを見つめ、どんなふうにしてそんな光景のスペクテーターに私がなったのか理解出来ないままだった。(49)

再び沈黙の光景が現われる。そしてこうした熱帯の風景を背に文明国フランスの兵士と原住民が入り乱れる様も又、一幅のピクチャレスクとして「私はいまでもあの光景の特徴をはっきりと思い出すことが出来る。会見が行われた陰影の木陰、光輝ある熱帯の植物―兵士と原住民が入り乱れた絵のような配置―そしてその時、私が持っていた黄金の色をしたバナナ。そして、私は前述の哲学的思索をしながらそのバナナを食べていたものだ」(29)と描かれる。

前述の哲学的思索とは、「進歩的文明と洗練」をそなえた文明人と「同じ時の経過を経ながらも改良への生涯を一歩も前進していない」蛮族を比べて蛮族の方が「二人のうちでは幸福と言えるのではないか」(129)というものである。作品各所に同じ様な思索が見られるが、所詮はバナナを食べながら見る絵に対するもの

『タイピー』から『マーディ』への航海
J. M. W. ターナー流、W.R.スミス作『ティーズ川の鎖橋』
版画（イングランド、ウェールズ、1838）大英博物館所蔵。

であったといえるのである。またコリコリの入れ墨については「鳥や魚、その他説明の出来ないような生物の絵で至るところ覆われ、絵画博物館や「ゴールドスミスの生きた自然」のイラスト入り版を思い出させる」（83）と描写される。不思議な青い目とすべすべしてやわらかい肌を持つファヤウェイの美しさについては、その姿を生き写しにすることは不可能であるとし、「この絵は思いつきによるスケッチではなく、描かれた人の最も生き生きとした回想から描かれたものだ」（86）と述べられる。トンモはあくまで観察者であり、都会の文明人として、未開社会に対してパノラマ的距離を置いているのである。また港の中央に投錨した船から眺める景観は「巨大な自然の円形劇場」に見立てられ、そこでくり広げられる島民の生活の様子は「私は年期奉公の小僧が剣で斬ったり突いたりする悲劇を期待して芝居に行ったところ、上品な喜劇に涙の出るぐらい落胆したように感じた」（128）と観劇にたとえられる。

▼絵画の世界

以上考察してきたように、メルヴィルは南海の自然を、文明に汚毒されずに息づく無垢な原始的生命と捉えたが、その周縁の世界に踏み込むことは恐れてしなかった。あまりにも正直で勇気があったからであろうか。彼がなしたことは、進歩も前進もない、いわば無時間を生きるタイピーの人々と風景に文学を通して額縁をはめ、絵にすることによって、あるいは劇に仕立てることによって、その風景を有する世界を不滅の夢の世界に仕立てたことである。文字通り絵のようなピクチャレスクの世界である。そして、「もの言わぬ鳥」「破られぬ沈黙」「沈黙の滝」は無時間性と共に絵の世界の特質を表している。その絵の世界をのぞき見ることは、文明国の都会の喧騒に生きる人間にとって、癒しであり逃避であるとも言えよう。その意味においてピクチャレスクはロマン主義的サブライムとなんら変わらぬものがある。それはまた覚醒すべき幻想であり錯覚でもある。父と子と聖霊の三位一体を否定し、自然、人間、神の新たな三位一体を提唱した超越主義、そのかなたにある三角形に配置された三本のパンの木もまた新たな三位一体であり、なつかしく思い出すものであっても決して現実ではありえないものなのである。

引用参考文献

Abrams, M.H. *The Mirror and the Lamp: Romantic theory and the Critical Tradition.* New York: Oxford University Press, 1971.

Bergmann, Hans. *God in the Street: New York Writing from the Penny Press to Melville.* Philadelphia: Temple University Press, 1995.

Bryant, John. *Melville & Repose: The Rhetoric of Humor in the American Renaissance.* New York: Oxford University Press, 1993.

Emerson, Ralph Waldo. "An Address Delivered Before the Senior Class in Divinity College, Cambridge 1838," Selected Essays. Ed. Larzer Ziff. Harmondsworth: Penguin Books, 1982.

———. *Nature,Selected Essays.* Ed. Larzer Ziff. Harmondsworth: Penguin Books, 1982.

———. "The Transcendentalist," *Selected Essays.* Ed. Larzer Ziff. Harmondsworth: Penguin Books, 1982.

Hawthorne, Nathaniel. *The English Notebooks 1856-1860. The Centenary Edition of the works of Nathaniel Hawthorne,* Vol. XXII. Columbus: Ohio State University Press, 1997.

Kelley, Wyn. *Melville's City: Literary and Urban Form in Nineteenth-Century New York.* New York: Cambridge University Press, 1996.

Lawrence, D.H. *Studies in Classic American Literature*. Harmondsworth: Penguin Books, 1978.

Longinus. *On the Sublime*, quoted in *Criticism: The Major Texts*. Ed. W.J.Bate. New York: Harcourt Brace Jovanovich Inc., 1970.

Melville, Herman. *Correspondence. The Northwestern-Newberry Edition.* Evanston and Chicago: Northwestern University Press and The Newberry Library, 1968.

____. *Moby-Dick; or, The Whale. The Northwestern-Newberry Edition.* Evanston and Chicago: Northwestern University Press and The Newberry Library,1968.

____. *Omoo: A Narrative of Adventures in the South Seas. The Northwestern-Newberry Edition.* Evanston and Chicago: Northwestern University Press and The Newberry Library,1988.

____. *Typee: A Peep at Polynesian Life, The Northwestern-Newberry Edition.* Evanston and Chicago: Northwestern University Press and The Newberry Library, 1993.

Novak, Barbara. *Nature and Culture: American Landscape and Painting 1825-1875.* New York: Oxford University Press, 1995.

Smith, Henry Nash. *Virgin Land: The American West as Symbol and Myth.* Cambridge: Harvard University Press, 1981.

Wordsworth, William. *The Prelude, or Growth of a Poet's Mind (Text of 1805).* New York: Oxford University Press, 1970. 邦訳　ウィリアム・ワーズワス『ワーズワス・序曲』岡三郎訳、国文社、一九八〇年。

城戸　光世

6　フロンティアへの旅

――フラーの『湖上の夏』

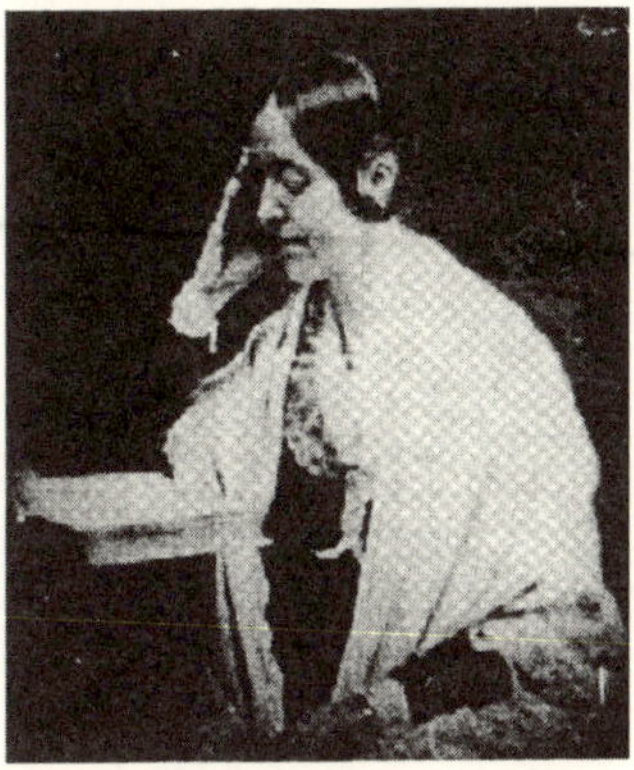

マーガレット・フラー
出典：Charles Capper, *Margaret Fuller* (Oxford UP, 1992) 表紙より。

序

一八四三年夏、批評家や翻訳者、雑誌編集者として当時既に活躍していたマーガレット・フラーは、念願であったヨーロッパ旅行の代わりに、友人ジェイムズ・フリーマン・クラーク（James Freeman Clarke）らから金銭的援助を受け、ジェイムズとその妹サラ・クラーク（Sarah Clarke）らと共に西部へと向かう旅に出発した。この旅は彼女が初めてニューイングランドとニューヨークを越えて行う旅であり、ナイアガラから五大湖を通ってシカゴへ、そこからウィスコンシン・テリトリーへ向かうものであった。かつてウィリアム・H・チャニング（William Henry Channing）へ宛てた一八三八年の手紙で、「私はいつも西部に関わりたいという願いを持ってきた」（*Letters* I 354）と述べたフラーは、東部の保守的で伝統を重んじる社会を離れ、慣習に縛られずその才能を発揮できる場所として西部を捉えており、幾つかの手紙の中で「西部に行きたいという願望」（*Letters* I 221）を表明していた。

フラーはこの旅の直前、編集長をしていた超越主義グループの機関誌『ダイアル』（*The Dial*）に掲載する論文、「大いなる訴訟―男対男たち、女対女たち」を書き上げていた。この論文は加筆修正され、二年後に『十九世紀の女性』（*Woman in the Nineteenth Century*）として出版されることになるのであるが、すでにこの旅以前から、男女の性差は自然によって決められたものではなく、文化的社会的産物なのではないかと考えていたフラーは、西洋白人文明の境界域である西部のフロンティアへ向かうこの旅の中で、独立後ようやく落ち着けたアメリカという国家の辺境に位置していた、中西部の風景や「周縁」に生きる様々な人々と接し、自分が旅行者として後にしてきたアメリカ東部の社会や文化の慣習と改めて向き合うことになったのである。

その彼女の旅の成果が、女性として初めてハーバード大学の図書コレクションを使用し、西部を巡る旅の言説やアメリカ先住民たちについて書かれた既存テキストを参考にして書き上げた『湖上の夏』（*Summer on the Lakes*, 1843）である。翌一八四四年に出版され、小部数のみが売れた程度でほとんど省みられなかったこの作品は、フラーが一八五〇年ヨーロッパから帰国途中、嵐に遭って船が難破したために急死した後、弟アーサー・フラー（Arthur Fuller）によって大幅に編集を受けた改訂版が出た。一九九一年になってようやくイリノイ大学から彼女のオリジナルテキストの復刻版が出版され、後により深まって行く彼女のフェミニズム思想の萌芽として、あるいは旅行記ジャンルの一例として、また最近では女性作家によるネイチャーライティングの初期作品として、多くの注目を集めている。この拙論では、様々な彼女の思想と過去の文化遺産のコラージュであり、さらには人種やジェンダー、ナショナリティなど当時のアメリカが抱える様々な問題を扱ったジャンル混淆的なハイブリッド・テキストでもあるこの『湖上の夏』に表れた、十九世紀中葉に西へ西へと拡大を続けていた国家の辺境にフラーが見出した風景と、そこに住む人々に向ける彼女の眼差しの意味を探ってみたい。

一　「この世の巡礼者」

▼教育の功罪

サラ・マーガレット・フラーは、ハーバード出身の弁護士であり政治家でもあった父ティモシー・フラー（Timothy Fuller）と母マーガレット・クレーン・フラー（Margaret Crane Fuller）の七人いた子供の第一子として、一八一〇年マサチューセッツ州ケンブリッジに生まれた。幼児期に、当時の女児教育としては珍しい厳格な古典的教育を父親から受けて育ったフラーは、この幼い時期に施された厳しい教育を後の自伝的エッセイで批判している。[2]しかしこのような古典教育と外国語の習得、更には幅広い読書などにより高い教養を身につけたお陰で、自立心や批判的精神を育んだ彼女は、一八三四年にはドイツ文学の翻訳や雑誌への寄稿などにより文学的キャリアの第一歩を踏み出そうとしていた。しかし翌年、幼少時からヨーロッパの文学や文化に親しんでいた彼女が実際に旧大陸へ行こうと計画していた折、父親がコレラで死亡し、フラー家の長女として彼女は病弱な母親と弟妹の面倒を見ながら、収入を得る手段を探さなければならなくなる。

父親に連れられて移住して以来家族と共に住んでいた田舎の農場を離れ、当時白人女性が就けたほとんど唯一の職業であった教師になる決意をした彼女は、一八三六年にボストンに居を移し、超絶主義の代表的人物の一人、ブロンソン・オルコット（Bronson Alcott）が経営する実験的学校を始めとして、ラテン語やフランス語などを教える経験を積んでゆく。しかしこの教職は、彼女に家族を養う収入は与えたが、同時に文学的生産に従事する精神的余裕を奪うものだと気付いた彼女は、教職を辞めることを決意し、前掲のチャニングに宛てた手紙では、「もう一度教えたいとは全く希っていない」（*Letters* I 354）と吐露する。しかし同じ手紙で、「女性たちへの教育については夢も希望もないわけではない」（354）と告げる彼女は、実際翌一八三九年、ボストンの有力な女性たちを対象とした「会話」（Conversations）と呼ばれる一連の討論会を開き始める。この「会話」でフラーは集まった二十人以上の女性たちに、「何をするために我々は生まれたのか、どうやってそれを行えるのか」と問いかけ、ギリシャ神話や美術など様々な教養的題材を取上げげつつ、「女性たちが他人の経験や切望から援助を得られるのではないかと期待しながら、自分たちの悩みや苦労を話せる場所」を提供しようとした（von Mehren 115）。この討論会は当初よりフラーの期待以上の成功を収め、後にエリザベス・キャディ・スタントン（Elizabeth Cady Stanton）はそれを、「女性の考える権利の弁護における一つの道標」（Von Mehren 119）と称賛している。

しかしフラーにとって、このように彼女に「考える権利」を授けた、論理的思考を養成する幼児期の特異な教育は、諸刃の剣のように功罪相半ばするものであった。彼女が受けた古典中心の教育は、ほとんどの女性たちが受ける家庭的なそれとは異なっており、そのため彼女は幼いときから自分が普通の女性の運命とは異なる道を歩むだろうと考え、同時代の女性たちのほとんどと切り離されているようにさえ感じていた。フォン・フランクは、彼女の受けた教育は「非常に深いが同時に非常に狭く、非常に厳しいが、結局は非常に皮相的な」ものであると断じ、彼女に「苦痛を与えるほど、他の人間との交際を「会話」の様式化された交換に変えてしまったのだ」(von Frank 13) と断じる。常に「時代と場所への不適応感」(*Memoirs* 1 149) を覚えていたフラーは、自分が「この世の巡礼者であり逗留者なのだ」(*Memoirs* 1 99) と考え、「自身のアウトサイダー的立場をどこにも家のない旅人のそれと例えていた」(Cooper 172) が、その彼女が同時代のアメリカ社会に生きる一人の女性として、他の女性たち、さらには同じように社会の周縁に生きるアメリカ先住民たちの運命に共感を覚え、自身の立場と同一視しながらその状況を考察する契機になるのが、ほかならぬこの西部フロンティアへの旅であった。

▼ナイアガラへの巡礼

フラーの『湖上の夏』は、ナイアガラ観光の記述で始まる。ナサニエル・ホーソーンがナイアガラを訪れ、観光地化された風景に皮肉な目を向けた一八三四年から約十年が経った一八四三年の夏、フラーが訪れたナイアガラ瀑布は、アメリカの風景の雄大さや崇高さを国内外に示し、国家の「逆らうことのできない進歩」(Boime 60) を示す象徴的な存在、あるいは「聖なる場所」として、益々多くの観光客を惹きつける巡礼地となっていた。エリザベス・マッキンジー (Elizabeth Mckinsey) によれば、一八三〇年代には既にナイアガラ詣での経験はクリシェとなっており、数々の絵画や書き物で描かれ記述されてきたナイアガラの滝を表現する言葉も定型化されていたという。フラー自身、「ここに来た時には静かな満足感しか感じなかった。絵画やパノラマなどが、私にここのあらゆるものの位置や大きさについて、はっきりとしたイメージを与えてくれていたのだ。私は全てのものについてどこを探せばよいか知っていたし、それらは全て私がそうだろうと思っていた通りに見えた」(*SL* 4)と述べる。フラーと自然との関係を皮相的なものだと見なしたエマソンと同様に、ローレンス・ビュエル(Lawrence Buell)も、「マーガレット・フラーは「短い田舎の散策を喜んだ」が、あまりにも近視眼的で、不健康かつ都会的だったため、見るものに対する旅行者の熱意以上のものは伝えられなかった」(Buell 145)と主張する。実際その言葉を裏付けるかのように、彼女が初めてニューイングランドの比較的穏やかな自然を離れ、アメリカの大自然の象徴であるナイアガラの滝を訪れたときの最初の反応は、崇高やピクチャレスクの風景美学に自然や風景を見る眼差しを規定されていた東部のアメリカ人旅行者以上のものではないように思える。

Rembrandt Peals, *General View of Niagara Falls*, 1831　ロウ美術館所蔵。

そのような風景観察上の慣習がいかにフラーの風景への視線を縛っていたかは、先住民に対する既存のイメージに支配された次のような表現にも明らかである。

絶え間ない水の轟音が感覚を圧倒していた。どんなに近くであっても他の音はいっさい聞こえないだろうと思った私は、びくっと驚いては敵がいないか背後を振り返っていた。このように水が圧倒的な力で流れ落ちている自然の雰囲気と、インディアンがこの同じ大地で生まれた自然の雰囲気は、同じものなのだと実感する。なぜなら繰り返し私の頭の中に、以前には決して考えたことのない、裸の野蛮人が石斧《トマホーク》を振り上げて私の背後から忍び寄ってくるという、ありがたくないイメージが現れたからだ。この幻影は何度も何度も繰り返し現れ、思い直し振り払おうとしても、はっと驚いては振り向くのが止められなかった。(*SL* 4)

さらに実際に滝の傍までやってきてその威容を眺めたときも、「その壮大さや崇高さについて私は記述や絵画で心構えをしていた。それらが視界に入ってきたときにも、私はただ、「ああ、そうだ、ここに滝がある。絵で見たのとまったく同じだ」と感じただけだった」(*SL* 8)と述べる。シアーズが言うように、十九世紀の巡礼旅行者にとって、ナイアガラの滝は壮大な感情的宗教的経験を与える存在であり、それが自分たちをより神に近づけてくれると信じられていた(Sears 13)。同じようにフラーも、この「自然が神のために建てた聖堂」に超越経験を期待していたが、「ほとんど失望感を抱いて、私がこの光景に超越的な感情を何も感じないことが間違いではないか確かめるため、他の鑑賞地点を探す」(*SL* 8)ことになる。

『湖上の夏』の冒頭近くで既に、「景色と音との絶え間ない緊張」に神経が耐えられないと感じ、「我々はここに八日間いたが、私は喜んで離れる気持ちになっていた」(*SL* 4)と述べていたフラーは、ナイアガラの観光記述の最後でようやく、待ち望んでいた「心からの称賛の念」と、ナイアガラの滝を含めた全てのものを設計した創造主に対する「謙虚な敬愛の念」を覚えることになる(*SL* 9)。ナイアガラの滝を噂に聞く以前に見たかったと嘆息したホーソーンの語り手のように、フラーもまた、「偶然この光景に出会い、自身の感情以外に左右されることなく、ナイアガラを最初に発見した人は、どれほど幸せだったことか」(9)と述懐する。

過去の芸術遺産や文化的慣習、また風景美学の様式が、いかに自身の感情やものの見方を束縛するものであるかをフラーは実感していた。ジェフリー・スティール(Jeffrey Steele)は、フラーのナイアガラ観光の描写は、男性芸術家たちによって称揚されていた崇高の美学──エドマンド・バーク(Edmund Burke)やカントの理論、ワーズワースの詩、ターナー(Joseph M. W. Turner)やワシントン・オルストン(Washington Allston)らのピクチャレスク絵画などによって影響を受けた、男性的風景鑑賞の文化的装置──のささやかな改訂版だと述べたが、しかし彼が言うように、「崇高」と「ピクチャレスク」という二つのありふれた風景描写の様式を採用し、模倣することで、自然に対する「帝国主義的イデオロギー」(Steele xxiii)に彼女が関わり、「裸の野蛮人」の脅威という「植民地幻想」(Gilmore 207)に無意識に加担していたことは否定できない。しかし同時に、彼女はそのような既存の様式に縛られた自分を意識し、ナイアガラで見かけた鎖に繋がれた鷲の姿に自身を投影することで、白人男性の崇高やピクチャレスクの美学という伝統的表象の枠組の無批判な代理人ではなく、その犠牲者に近い位置に自分を位置付ける。ピクチャレスクな眼差しがいかに観察者である自分と観察対象とを心情的に切り離すものなのかを、すなわち見る主体と客体との間にどれほど大きな心的距離を与えるのかを彼女がよりはっきりと認識するには、東部から物理的心情的にもずっと離れた、当時のアメリカ国家の辺境に位置するはるかな大平原を旅する必要があった。

二　ピクチャレスクな眼差しの呪縛

▼「前進」という名の侵略

ナイアガラを出発したフラーは、列車、蒸気船、駅馬車など、当時最先端の交通機関を使って、いよいよ西部へと入ってゆく。この西部旅行の同行者であり、スポンサーでもあったジェイムズ・クラークは、もともとこの旅の前にフラーに西部のイメージとその現実を伝えた友人たちの一人でもあった。牧師としてオハイオ峡谷に派遣されたクラークは、一八三四年ルイヴィルからフラーに宛てた手紙で、「君は僕が何故西部に来たか知ってるね。僕はここに思想と意見の自由があると思ったのだ。…そしてここで僕はそれを見つけた。ここでは僕らは思ったことは何でも自由に話せる—それは間違いない。…ここは、大胆で冷静な精神が足を踏み入れ、感情や感覚を基盤に新しく力強い思想の建造物の礎を築くべき場所だ」(Rosowski 126) と語っていた。クラークは西部における無秩序、理想と現実のギャップや、そこに住む開拓者たちへの失望も同時に伝えていたが、ロゾウスキーが言うように、それでもフラーは、慣習による束縛のない自由と新しい思想の源泉として、西部へ期待を抱き続けていた。西部の「力強い意味を恭しい信念によって得ること」、「新しい秩序、新しい詩をこの無秩序から呼び起こすべき法則を予見すること」(SL 18) ができるのではないかと考え、フラーは西部へ向かったのである。

折りしもフラーが西部を旅した一八四三年は、アメリカ西部全域へのほとんど唯一の通路であったとも言われる、全行程二百マイル（三二〇〇キロ）にもわたる街道オレゴン・トレイルを通って、開拓者たちが西部へと押し寄せた「大移住」(Great Migration) の年であった。元々最初に陸路を通ってオレゴンまで踏破し

「オレゴン・トレイル」Albert Bierstadt, *Emigrants Crossing the Plains,* 1867
出典: Tom Robotham, *Albert Bierstadt*（Brompton Books Co., 1993 p. 42）

たのは、ジェファソン大統領（Thomas Jefferson）の密命を受けた探険家ルイスとクラーク（Meriwether Lewis & William Clark）であった。彼らは一八〇五年十二月、約一年半かかって大西洋までたどり着いたが、それは馬車で通ることの不可能な、移住者には困難なルートであった。しかしその五年後、実業家アスター（John Jacob Astor）がスポンサーとなった、ロバート・スチュアート（Robert Stuart）率いる探検隊が、ロッキー山脈に幅約二十マイルの広さの裂け目を見つける。その裂け目となっていた高原を通る比較的簡単なルートが、後のオレゴン・トレイルとなったと言われる。ブームとなったのはちょうどフラーが西部を旅したこの一八四三年であったが、一八六九年に大陸横断鉄道が完成するまでの約二十五年間に、五十万人以上もの人間が、土地を求めて、あるいはカリフォルニアで金が発見されてからは金の発掘を夢見て、この街道を通り西部へ移住していったと言われる。[3]

西漸運動がこのように最盛期を迎え始めた時期に西部へと向かったフラーは、その旅の途上、西へと向かう開拓者たち、あるいは既に西部に定住している同胞たちの姿を何度も目にすることになる。船上から先住民の姿を初めて見かけたフラーは、「本当に西部に近づいたのだと初めて感じ」(*SL* 12) るが、しかし同じく西部に向かう船上のほとんどの乗客たちが、富を求めるばかりであることに失望する。実際ジェイムズ・クラークやチャニングら友人たちが西部から送ってきた手紙を読んでいたフラーは、「「前進せよ」が唯一のモットーである場所」(*SL* 18) では、開拓地が雨後の筍のように急激に成長しているだろうと予想し、そのような急激な進歩が周囲の環境への配慮を失っていることで、穏やかでピクチャレスクなこの土地の景観を破壊してしまうことを危惧していた。「古い道標は打ち壊され、大地は一季節の間、征服の激しさと日々の必需品以外の何も生み出さない。その露営の篝火はもっとも美しい森林の空き地を暗くしている」(*SL* 18) と慨嘆するフラーであるが、しかし「平和的な行進は、戦闘的侵略の行進よりもずっと無情ではない」(18) と述べる彼女にとって、荒野への文明の行進自体は疑問視されるものではなかった。事実フラーは、「新しい知的成長という形」で現れる未来のためには、自然が犠牲となることはやむを得ないことだと感じ、「全てこれら高貴な木々がこの土地から既に消えてしまっていることを嘆くことはないだろう」と記述する (*SL* 18)。

▼理想の風景との出会い

そのように文明の粗野な行進にたいして、嘆きと諦念と楽観主義とが複雑に交じり合った感情を抱いたフラーは、旅の途上で文明と自然が調和した理想の楽園的風景に出会う。商業や交通で活発に賑わうシカゴから数週間の遠出で、彼女は自然と共生する人々と出会い、文化的でありながらその場所をよく知り、その土地の美しさを鑑賞しつつ平和に暮らす人々を知り、その自然と文明との調和を賛美する。文化と自然が穏やかに融合した、そうした理想の家を森の中に見出した彼女は、次のようにそれを描写する。

それは、この新しい国にしては、大きく美しい住居だった。その周りには納屋と農場があり、牛や鶏がいる。木々に囲まれたこれらは、とても絵画的《ピクチャレスク》で快い効果をもっていた。その外見には文化と粗野の融合があり、それは混乱ではなく自由を示している。…人のこの住処はまるで草むらに置かれた巣のようで、建物と人が世話する全てのものが、自然と完璧に調和している。背の高い木々が背を曲げ、周囲一帯で囁いている。まるで彼らと共に住もうとやって来た人間たちに愛情を示し、歓迎しているかのように。(*SL* 24)

さらに、「英国人のように、生活の全ての装飾的技術、特に景観造園術に熟達した国民が住む国の特徴を一般に帯びている」(*SL* 27) と言われるイリノイにやってきたフラーは、鹿や牛の群れが穏やかに散在し、柔らかな芝や花壇、壮麗な庭園が、品の良い人の手によって整えられた絵画的な土地を見出す。アイルランド人の紳士が提供してくれたその逗留地は、ギリシャの楽園エリュシオンに例えられ、三日間そこで過ごした日々をフラーは、「交じり気なく曇り一つない幸せな日々」(*SL* 29) だったと告げる。一方途上で目にした、物質欲に駆られて西部にやってくる定住者たちの「住居のだらしなさや、周囲のものを扱う乱暴なやり方」に嫌気がさしているフラーにとって、彼ら開拓者たちのこの土地への前進は、既存の異文化を破壊して進む野蛮な「ゴート族の侵略」(29) のようだと感じられる。そのような「野蛮」さを垣間見せる開拓者たちと比較して、この土地の美しさを認め、そこを住居に選び、自然の外見を侵略しない習慣の持ち主である先住民こそが、この美しい土地の「正当な主」だと断じるのである。

しかしこの美しい土地の正当な持ち主である先住民が、「土地の自然な表情を跡形もなく壊す」白人定住者たちの暴力的な侵攻に対して、成す術もなく追われてしまうのは、「不可避であり、宿命」なのだとフラーは考えており、「我々は不満を言うのではなく、よい結果を期待しなければならないのだ」と主張する（*SL* 29）。ルーシー・マドックスが述べるように、彼女は「外から移植された白人の開拓者たちよりも、彼らの側にアメリカの荒野の正当な所有権があると気づく」（226）のであるが、「既存のインディアンたちの運命は既に決定」（228）していると疑わなかったのである。フラーにとって現実の西部に見出す理想のピクチャレスクな風景には、先住民の居場所はなく、彼らは過去の歴史やバラッド、物語の中でその神話的姿を現すのみなのである。西部に足を踏み入れたばかりのフラーは、いわば時代の支配的なピクチャレスク美学の眼差しに囚われたまま、自身と見る対象、語る対象との間に、越えることのできない距離を取っているのだと言えよう。

第三章では、前の停留地より一層美しいと感じたイリノイ州のオレゴンで、フラーたち一行はその土地を追われてまだ間もない先住民たちの古い村に足を踏み入れるが、今ではもうこの土地にいない彼らを、フラーは古のギリシャのアポロ神が示す壮大さや美しさに例える。そのように過去の栄光としての先住民の姿が幻視されるこの土地の景色の美しさに、彼女は「確かにアメリカで生まれたことをこれほど幸せに感じたことはないと思う」（*SL* 33）が、そこにはこの土地の美しさから排除された先住民に対する罪悪感はほとんど見られない。高野氏が言うように、「フロンティアという自然は、こうして、インディアンに好意的な白人たちの意識の中でも、ただひたすらに白人のためだけのものに変貌していく」（高野 17）のであり、ここでの彼女は、いわばピクチャレスクを尺度とする眼差しに映った「アメリカ国家」という、ベネディクト・アンダーソン（Benedict Anderson）言うところの「想像の共同体」しか見えていないのだと言えよう。そのような「想像の共同体」にとって先住民は過去の歴史の一ページに過ぎない。フラーが真に伝統的表象の枠組みを超越し、「この地域のピクチャレスクの美を描くことにもっぱら向けてきた」（*SL* 65）関心を、審美的な価値判断からはみ出したものたちへ、すなわちフロンティアに住む女性たちの苦境や先住民たちへ向けるようになるのは、テキストの後半に入ってからのことである。

三　見えない風景を物語る

▼場所への不適応

『湖上の夏』の全七章ある語りの中で、ちょうど中間に当たる第四章は、フラーの視点が、もっぱら風景や人々に対する理想的なピクチャレスクな美の追求から、西部の開拓者、定住者の妻や娘たちという、これまで西部を巡る表象から疎外されてきた女性たちや先住民たちの苦しい現実へと転換する節目となっている（Steele xxvii）。第三章でのフラーは、まだ男性的ピクチャレスクな眼差しにしっかりと捕らえられていたが、同時に美しい風景に隠された陰にも気付き始める。それは「女性たちが自らの新しい運命に適していない」（*SL* 38）という現実であった。西部行きを決めるのは主に男性で、女性たちは愛情からそれに従うだけのことが多く、ほとんどの場合、自らの選択や信念で西部に来ることが最善だと思って来ているのではないという事実を、彼女はいまや認識する。男性たちが簡単に畑仕事に手伝いを得ることができ、狩猟や釣りに楽しみを見出すことができるのに比べ、女性たちは家事仕事に援助を求めることはできない。都会での教育はフロンティア生活で必要とされる力も技術も与えてこなかった上、文化は都市生活の中で生まれ育った彼女たちを「社会の飾り」とするためのもので、「ダンスはできても絵は描けない。フランス語は話せても、花の言葉については何一つ知らない」(*SL* 39) のである。慣習から解放され、思ったことはなんでも好きに話せる自由な社会を期待してやってきたフロンティアで、フラーが出会う女性たちの姿は、「時代と場所への不適応感」をずっと抱えてきたフラーと同様、男性たちに連れられてきた環境に適応できず、「あまりにもしばしば落胆と疲労に陥り」(38)、身も心も疲弊しきっている姿であった。

このように自身を取り巻く時代と環境との不適合ゆえに、最後には先住民同様滅び行く運命を負う女性たちの例を、フラーは第四章と第五章で多くの頁を費やして紹介する。その一つの例は、フラーの学友として紹介される「マリアナ」という女性の挿話であり、またもう一つの例は、ドイツのプレフォルストの女予言者についてである。フラーはイリノイのホテルで毎日のように新顔の滞在者に出会っていたが、そのうちの一人が、マリアナの伯母Z夫人であった。フラーが彼女に友人マリアナの消息を尋ねると、「あれほど生気に溢れ」、「今まで出会った中でもっともエネルギーに満ち鮮やか」(*SL* 51) だったマリアナが亡くなったという話を聞き、その半生をフラーはこの旅行記に書き留めることになる。スペイン系クレオールの血が混じった南部出身のマリアナは、学校教育を受けるため東部に送られ、寄宿学校に入る。彼女はその新奇な行動や才気、情熱で学友たちを魅了し、「仲間たちの間で女王のように君臨していた」が、ある晩餐時に悪戯をしかけられ、全校の学生や教師たちにさえ馬鹿にされたと感じた彼女は、「全世界を憎む」ようになる (*SL*

54)。故郷に戻ったマリアナはシルヴェインという若者と恋に落ち結婚するが、「彼は彼女に家庭の長となってもらいたがったが、彼女は自分の心を彼の家にしてもらいたかった」(SL 59)。精神的な繋がりを情熱的に求めていたマリアナは、夫に合わせ家庭の天使として優雅に振舞うことを期待され、精神的に衰弱してしまう。そうして亡くなってしまったマリアナに対して、フラーは「この弱さにも関わらず、私は彼女のことを、宮殿としての家庭に光と生命を与えるために生まれた女性のいい例だと思う」(SL 61)のである。

多くの研究者が、この知的かつ個性的で、深い精神性を求めるマリアナを、フラーに重ね合わせている。彼女のエピソードは、トンコヴィッチ(Nicole Toncovich)が指摘するように、いかに女性がその環境や教育、あるいは文化の伝統的様式によって決められてしまうのかを示すために挿入されている。女性を社会の飾りとして受身的に見ているアメリカの東部社会を出て、より自由に活動的に生きている女性像を期待していたフラーがアメリカ西部のフロンティアに見出した女性たちは、慣習的でない女性の行動に対する寛容さではなく、東部同様に幅をきかせた因習によって縛られ、環境に適応できず居場所を失った女性たちであった。

▼「コンタクト・ゾーン」での新たな発見

同じく自らの場所と切り離され、アメリカ東部から見て物理的にも文化的にも周縁であった西部フロンティアで、居場所を失いつつあるとフラーが感じたのが、西部に住む様々な先住民たちであった。『湖上の夏』第六章は、マッキノーという美しい島に滞在したフラーが、年一回の政府代表との会合の為集まってきたチペア族とオタワ族に会い、彼らの姿を観察しながら、その物語を紹介し、また彼らの文化や将来について考察を行っている章である。

フラーはマッキノーにたどり着くまえ既に、先住民は自然と調和して生きる賛美すべき生き方をしていたが、洗練されたローマ人ではなく野蛮なゴート族のように暴力的に西へと進んでいくアメリカ文明によって、その生活を脅かされ場所を失い、今では去り行く運命にあるのだと考えていた。そのような「野蛮な」文明の前進の名残を留める西部を巡って、八月の最後の週にたどり着いたこの島で彼女が初めて目にした光景は、既に島に到着していた二千人もの先住民が野営を行い、彼女たちの乗った船が島に入るとき放たれた大砲に非常に興奮した彼らが、岸で叫び廻る陰鬱なものであった。しかしこの島で彼女は砦の下に広がる古いフランス人の町を目にし、「この国の他のどこでも目にする、自然のままで粗野な家並みを見た後では、落ち着いた色彩で、周囲のものと自然に同化し、ゆったりした成長によって調和の取れた効果を見せている」(*SL* 107) その町の姿を目に快いものと賛美する。その町の通りでは「インディアン、フランス人、混血、その他の人々が、アメリカの他の町で見られるような、商売に追い立てられるかのようにではなく、趣味や好みに合わせた生活をしている人らしくゆったりとした足取りで歩いて」(107) おり、異文化の人々が環境と調和して平和的に暮らすという、いわばフラーの理想とする風景があった。

またその砦の反対側の海岸沿いには先住民たちのテント小屋が広がっており、それを高台から眺めている彼女は、「私はこれ以上に魅力的な絵を見たいとは決して思わない」(107) と述べる。先住民の女性たちが食事の支度をしていたり、子供たちが半裸で遊びまわっていたり、あるいは若い娘たちが笑いさざめいているその光景を、遠くから眺めているフラーは、「それは理想の美しい光景だった。これら野性の者たちがそ

旅の同行者 Sarah Clarke による挿絵, *Mackinaw Beach*, 1834『湖上の夏』p.152

れを飾っており、彼らはその中でとても寛いでいるように見える。全員が幸せそうに見えた」（*SL* 108）と述べる。私の目は常にこれら「ピクチャレスク」な集団に惹きつけられるのだと述べるフラーは、確かにまだコロニアルな風景美学の呪縛に囚われ、観察者として彼らの姿と自分との間に物理的心情的に大きな距離を設けているのかもしれない。

しかしフラーはその後続いて、「私は彼らのもとに歩いて行きその間に座るのをとても好んだ」（108）と語り、実際に彼らの間に入って、先住民の女性たちとジェスチャーによる交流を行う。フラーは彼らを、「目を除けばほとんど一様に粗野で醜く、足取りもぎこちなく重荷によって背も曲がっている」（108）と観察し、安定して堂々とした先住民の男たちの足取りに比べて、頼りない彼女たちの足どりやその粗野な姿は、彼女たちが占める地位の低さを示しているのだと結論づける。先住民の女性たちは、同じ人種の男性ばかりか、ヨーロッパの文明国家の女性たちに比べても低い位置を占めていると気付くフラーは、西部フロンティアで苦労する白人女性たちよりもずっと辛い労働と苦痛を耐え、二重に抑圧された先住民女性たちの地位の低さに読者の目を向ける。しかしフラーの同行者で、実際に先住民と接した同時代の白人女性たちにとって、彼らはそのような共感や同情の対象ですらなく、いかにぞっとするほどの嫌悪や憎悪を向けられていたかをフラーは次のように伝える。

どうやって私が、埃やインディアンたち特有の匂いや彼らの住居に耐えられるのかというのが、知り合いのご婦人方の目には大きな驚異として映っていた。彼女たちがそのために私を不快そうに見るので、実際私も何故彼女たちが私に呆れ果ててしまわなかったのか不思議なくらいだった。「行っておしまい、このインディアンめ」というのが、大地の不運な持ち主たちに対する、口には出さないまでもその顔に浮かべている表情だった。彼らの主張も、彼らの悲しみも全て、その埃や黄褐色の肌や、白人が彼らに教え込んだ悪癖に対する嫌悪の前に忘れ去られた。(*SL* 113)

エマソンやビュエルとは違い、フラーを「人と自然界の関係の思慮深い観察者」(Stowe 30)と見なし、『湖上の夏』のテキストをネイチャーライティングとバケーションライティングという二重のコンテクストで読み直すストウ(William Stowe)が言うように、休暇中の観察者としてフロンティアの自然を称え、人々の自由な思想と非慣習的な女性への寛容さをそこに見出そうと期待してやってきたフラーは、パストラルな楽園に見えたものが幻想に過ぎず、「もっとも魅力的なパストラル風景が、もっとも悲惨なものを内包している」(Stowe 34)ことに徐々に気付いてゆく。先住民の伝説の長い挿話は言わば、そのように幻想に覆い隠されていた「見えない風景の輪郭を目に見えるようにする」(Ryden 211)フラーの試みの一つなのかもしれない。既存の西部や先住民を巡る言説、あるいはプラット(Mary L. Pratt)の言葉を借りるなら、「コンタクト・ゾーン」という、「異なる文化が出会い、衝突し、つかみ合う社会的空間であり、通常支配と従属の関係が表れる」(Pratt 4) 異文化接触領域としてのフロンティアを描く、従来のコロニアルなテキストの中にこれまで隠されていた風景を、フラーは暴きだしていると言えるだろう。

四　結び——地方主義《プロヴィンシャリズム》を超えて

アネット・コロドニー (Annette Kolodny) は、白人・先住民女性の生活に、共通の抑圧者、すなわち男性的特権を指摘した点が、フラーのもっとも洞察力のあるところだと主張する。フラーはこのフロンティアでの旅で、今まで違和感や距離感を持っていた同時代の他の女性たちとの間に共通点を感じるようになるのだが、それは、環境に適応するために苦労し、父権性社会の中で、あるいは既存の言説の中で、彼らの奪われた声を取り戻し、彼らの代理としてそれを語る行為へと繋がってゆく。それはこの旅行記では、例えばマリアナやドイツの女予言者の半生を物語ることであり、先住民の生活や寓話を紹介することであった。

しかしこの二人の女性のエピソードや先住民の伝説などの挿入は、フラーのこの西部旅行とは無関係なものであるため、本筋からの「逸脱」として、弟アーサーが彼女の死後大幅に編集し省略したものであり、フラーのこの旅行記のスタイルを単に「だらしない」(Myerson 6) と超絶主義者オレスティス・ブラウンソン (Orestes A. Brownson) に書評で非難される一因ともなったものだった。だが最近になってストウやクーパー、トンコヴィッチ、アダムスなど多くの研究者が主張するように、フラーは旅行記という、ジャンル越境や逸脱を許容する比較的緩やかなコンヴェンションを持つこの文学ジャンルを意図的に利用し、これまでの社会の中で抑圧され、テキストから排除されてきた様々な声を記録し、記憶と歴史に留めようとしたのではないだろうか。

風景から失われつつあるものを記憶に留めさせる記録者としての役目は、しかしマドックスが指摘するように、「インディアンというテキストを通してその根底にある崇高さの残滓を知覚する力を有した者」(Maddox 231)、すなわち、フラー自身のように教養と知性と詩的感性とを併せ持った東部人でなければならないと彼女は考えていた。そしてこのように声を奪われた「サバルタン」たちの代理人を自認することは、フラー自身の特権的意識や、西洋文明の優位を疑わないヨーロッパ第一主義を露呈させているのは否定できない事実である。フォン・フランクは、フラーの精神や職業を形成するのに貢献したあらゆる状況の中でもっとも決定的だったのが、彼女の環境の地域性、その地方主義だと断じる(von Frank 1)。ニューイングランドで生まれ育った彼女のこの地域性こそが、ヨーロッパへの憧憬と、先住民を既にアメリカの風景から消えゆく運命を持った種族だという結論を育んだものだったと言えるだろう。

しかしフラーは同時に、ヨーロッパが、あるいは自国アメリカが、大地の所有者である彼らから土地を奪っていったという歴史を痛烈に認識していた。


私はインディアンたちについて、いかに彼らが不正に扱われ、急速に消滅しているかという考えに心を動かされたとしても、感傷的に書こうとは思っていなかった。私はこの土地を手に入れたヨーロッパ人たちが、文明の優位さや宗教的思想によって、自分は正当化されているのだと思っていることを知っている。もし彼らが本当に文明化されており、真のキリスト教徒であったならば、二つの種族の衝突によって生じた闘争は避けられたかもしれない。しかし人が集団となって起こす運動では、このようなことは期待できない。時は人の思想を発展させるかもしれないが、群集がこれまで深い人間性を示したことは決してないのだ。(*SL* 143)

このように語るフラーは、少なくとも同時代の東部人としては異例なほど、文化相対主義的な公正さの持ち主だったと言えるのではないだろうか。当然彼女は、ある文化を他の文化に暴力的に押し付ける文化帝国主義の危険性にも気付いていた。『湖上の夏』出版の翌年、ホレース・グリーリー (Horace Greeley) に『ニューヨーク・トリビューン』の記者として雇われた彼女は、チャールズ・ウィルクス (Charles Wilkes) が書いた『アメリカ探検記』に対する書評で、「正しい知識がなく、あるがままの姿で未開の人を公正に理解しないために、善良で寛大な人でさえ彼らを援助することができず、ヨーロッパとの接触をこれほど広範囲に祝福ではなく呪いとしてしまっているのだ」(Chevingny 344) と述べる。時代と環境による限界を示しつつも、「ある人に話しかけたいのであれば、先ずはその人の話す言葉を学びなさい。木を生やしたいのであれば、植えたい場所の性質や気候を学びなさい」(344) と語るフラーは、自国のフロンティアで隠されていた風景を発見することで、ジェンダーや人種といった様々な既存の境界を踏み出し、多文化主義へ向かうその第一歩を読者に示している。

注

1 フラーの作品については、書簡は *The Letters of Margaret Fuller* Ed. Robert N. Hudspeth (Cornell UP, 1983-1994) に拠るものとし、引用括弧内には以降 *Letters* と表記、頁数を記す。また『湖上の夏』の引用は一九九一年イリノイ大学から出版された *Summer on the Lakes in 1843* に拠るものとし、引用括弧中では*SL*と表記、後頁数を記す。

2　フラーが一八四一年に書いた「伝記的ロマンス」（Autobiographical Romance）というスケッチでは、父親が仕事から帰ってきて行われる厳しい教育の為に、睡眠が削られることとなり、そのことが彼女の夜毎の悪夢や身体の成長の阻害、恒常的な頭痛をもたらしたと述べられている。

3　天野元・藤本雅樹・藤谷聖和『オレゴン・トレイル物語—開拓者の夢と現実』。（英宝社　一九九七）

引用文献

Adams, Stephen. "That Tidiness We Always Look for in Woman': Fuller's *Summer on the Lakes* and Romantic Aesthetics." *Studies in the American Renaissance* (1987): 247-264.

Boime, Albert. *Magisterial Gaze: Manifest Destiny and American Landscape Painting c. 1830-1865*. Washington: Smithonian Institute P, 1991.

Buell, Lawrence. *Literary Transcendentalism: Style and Vision in the American Renaissance*. Ithaca: Cornell UP, 1973.

Chevigny, Bell Gale. *The Woman and the Myth: Margaret Fuller's Life and Writings*. Revised and Expanded Edition. Boston: Northeastern UP. 1994.

Cooper, Michaela Bruckner. "Textual Wandering and Anxiety in Margaret Fuller's *Summer on the Lakes*." *Margaret Fuller's Cultural Critique: Her Age and Legacy*. Ed. Fritz Fleischman. NY: Peter Lang, 2000. 171-89.

Fuller, Margaret. *The Letters of Margaret Fuller*. Ed. Robert N. Hudspeth. 6vols. Ithaca: Cornell UP, 1983-1994.

——. *The Memoirs of Margaret Fuller Ossoli*. Ed. Ralph Waldo Emerson, William Henry Channing, and James Freeman Clarke. Boston: Phillips, Sampson & Co., 1851.

——. *Summer on the Lakes in 1843*. Chicago: U of Illinois P, 1991.

Gilmore, Susan. "Margaret Fuller 'Receiving' the 'Indians'." *Margaret Fuller's Cultural Critique: Her Age and Legacy*. Ed. Fritz Fleischman. NY: Peter Lang, 2000. 191-227.

Kolodny, Annette. *The Land Before Her: Fantasy and Experience of the American Frontiers, 1630-1860*. Chapel Hill: U of North Carolina P, 1984.

Maddox, Lucy. *Removals: Nineteenth-Century American Literature and the Politics of Indian Affairs*. NY: Oxford UP, 1991.

McKinsey, Elizabeth. *Niagara Falls: Icon of the American Sublime*. Cambridge: Cambridge UP, 1985.

Myerson, Joel. *Critical Essays on Margaret Fuller*. Boston: G.K. Hall & Co, 1980

Pratt, Mary Louise. *Imperial Eyes: Travel Writing and Transculturation*. London: Routledge, 1992.

Rosowski, Susan J. "Margaret Fuller, and Endangered West, and *Summer on the Lakes" Western American Litearture* 25.2 （1990-91）: 125-44.

Ryden, Kent C. *Mapping the Invisible Landscape: Folklore, Writing, and the Sense of Place*. Iowa City: U of Iowa P, 1993.

Sears, John F. *Sacred Places: American Tourist Attractions in the Nineteenth Century*. NY: Oxford UP, 1989.

Steele, Jeffrey. Introduction. *The Essential Margaret Fuller*. By Margaret Fuller. New Brunswick: Rutgers UP, 1992. xi-xlix.

Stowe, William W. "'Busy Leisure': Margaret Fuller, Nature, and Vacation Writing." *ISLE* 9.1 （Winter 2002）: 25-42.

____. "Conventions and Voices in Margaret Fuller's Travel Writing." *American Literature* 63.2 （1991）: 242-262.

Tonkovich, Nicole. "Traveling in the West, Writing in the Library: Margaret Fuller's *Summer on the Lakes." Legacy* 10.2 （1993）: 79-102.

Von Frank, Albert J. "Life as Art in America: The Case of Margaret Fuller." *Studies in the American Renaissance* （1981）: 1-26.

Von Mehren, Joan. *Minerva and the Muse: A Life of Margaret Fuller*. Amherst: U of Massachusetts P, 1994.

高野一良「額縁の中の自然、インディアン―マーガレット・フラーたちが見たアメリカの風景」『アメリカ文学評論』17（2000）: 1-20.

水野　敦子

7　トウェインの川の表象

――『苦難を忍んで』から『まぬけのウィルスン』へ

はじめに

図1　15歳の時のマーク・トウェイン
John D. Evans, *A Tom Sawyer Companion*

ミシシッピ川南西部流域のフロンティアで成長したマーク・トウェインにとって、故郷の風景は彼の文学的想像力の源流であった。ヘンリー・ナッシュ・スミスも指摘するように、『トム・ソーヤーの冒険』(*The Adventures of Tom Sawyer*, 1875) と『ハックルベリー・フィンの冒険』(*Adventures of Huckleberry Finn*, 1885) のセント・ペテルスブルグから、『まぬけのウィルスン』(*Pudd'nhead Wilson*, 1894) のドーソンズ・ランディング、『ミステリアス・ストレンジャー』(*The Mysterious Stranger*

一八九七年から一九〇八年にかけて執筆）のエーゼルドルフまで、川沿いに位置するこれらの舞台は作者の故郷ハニバルであろう。しかし、『トム・ソーヤー』や『ハック』のパストラルな風景は晩年の作品になるにつれ、ゴシック的な陰鬱な風景に変わる。こうした風景は川に象徴的に投影されているが、川に託した作者自身の夢は晩年になるにつれ、悪夢へと変わっていくのである。本論では、対象と言葉と歴史を軸に、『ハック』から『まぬけのウィルスン』に至るトウェインの川の表象を探っていく。まず、作者の自然とのかかわりの原点とも言える『苦難を忍んで』（*Roughing It*, 1872）からみていきたい。

一　環境と多文化的視点と正義の萌し――『苦難を忍んで』

▼人間を翻弄する自然

南北戦争勃発時、マリオン遊撃隊を脱走して銀鉱熱に沸くネバダにやって来た若きサミュエル・クレメンズ（Samuel Clemens）は、西部の雄大な風景を「崇高《サブライム》」、「絵《ピクチャー》」といった常套語を駆使して語る。しかし、南部という過去から逃走して「激しい自由の感覚」に酔い痴れながら一攫千金を夢見る「文字どおり自由を金で買う資本主義的イデオロギーの体現者」（Cox 7）となったクレメンズは、自然風景へ陶酔することもなく金儲けに邁進する。このような金の亡者となった彼の自然表象もまた資本主義的イデオロギーを帯びているが、それを示すのが山火事の描写であろう。

銀鉱堀りは銀鉱がありそうな場所を占拠し、銀鉱を掘り尽くすとまた次なる銀鉱に移る流れ者で、彼らにとって土地は投機と搾取の対象でしかない。クレメンズは採木の権利を確保しようと湖畔に小屋を建てなわばりを宣言するが、山火事を起こし、小屋も何もかも焼き尽くしてしまう。彼はこのとき、「背の高い炎が猛烈な速さで進むのは見ていて素晴らしかった」と自然の破壊力に魅入られる。猛烈な勢いで燃え広がる山火事は湖面にも映し出されるが、「両方の絵が崇高で、両方が美しかった。しかし、湖に映し出された方は目を魅了する圧倒的な豊かさがあり、より強い力で目を引きつけて離さなかった」(176)と続けるのである。山火事を目の当たりにして「素晴らしい《ワンダフル》」、「崇高《サブライム》」で「美しい《ビューティフル》」と言う感覚には、自己の視覚的快楽のみを追う利己心や男性的な暴力が透けてみえる。そこには自然破壊へのエコロジカルな視点はなく、あるのは単に自己の欲望のみである。土地の占有と自然破壊と富への執着、これらはみな資本主義的かつ帝国主義的な意識を反映したものである。

しかし、クレメンズは山火事を目の当りにしたとき、人間を翻弄する自然の恐ろしさにも目覚めている。この山火事は、夕食の支度をするために熾した火が一瞬目を離した隙に燃え広がったものであるが、彼は自然の猛威の前にただ立ちつくすだけであった。彼はさらに銀鉱を求めて旅をするうちに洪水や吹雪に遭遇する。吹雪に襲われたときには、大雪の中を方向もわからずさまよい歩き、寒さと疲労で死を覚悟するまでに追い詰められる。しかし、翌朝晴れ上がってみると、彼は宿屋の回りをただぐるぐる回っていただけであった。

マネー／シルバーに狂奔する自己の本性《ネイチャー》／欲望《ディザイア》を正直に語る資本主義イデオロギーの体現者クレメンズは、こうして自然に翻弄される人間の卑小さに目覚めると同時に、自然を通して深い人間観に達する。それは、川底を浚って取った金が実は金ではないことを年長者から聞いた時である。

ミスター・バルーはまださきがあると言い、私の知識の宝庫にそれを加えてくれた、つまり、光るものは金ではないというのだ。それで私はその時以来、天然の状態の金は冴えない、飾らない物質であり、卑しい金属のみがそのけばけばしい輝きで無知な者の称賛をかきたてることを学んだ。しかしながら、他の世間の人と同様、私はいまだに金の人物を過小評価し、雲母の人を賛美し続けている。(Ch. 28:208)

クレメンズは、表層に踊らされる軽佻浮薄な自己の愚かさを反省し、リアリストとしての目を養っていくが、こうした表層にとらわれない信念は、この作品後半の多文化的視点の萌しにつながっていく。クレメンズは一八六三年、リンカーンによる奴隷解放宣言が行われた同じ年、ここネバダにおいてマーク・トウェインとなり、アメリカの正義を代弁する国民作家として生まれ変わる。以後、新生トウェインの「正義」は研ぎすまされていくのである。

▼環境と多文化的視点

西へと進んで行ったトウェインは西海岸に達し、そこで環境破壊を目の当たりにする。カリフォルニアのサクラメント盆地は銀鉱熱に浮かれた人間たちによって大地が掘り返されて地形が変形し、ゴーストタウンと化している。「何も生き物がいず、家もなく棒切れも石も廃墟のかけらさえもなく、休息日の静けさを破る音も囁き声さえも聞こえない」(414)。まるでレーチェル・カーソン(Rachel Carson)の『沈黙の春』

（*Silent Spring*, 1962）のような終末的世界が広がる。カーソンは、生産性を上げるための農薬散布による環境破壊を告発し、トウェインは金銀に熱狂した人間の欲望がうんだ自然破壊を明らかにしているが、これらの根底にあるのはアメリカ資本主義の金銭第一主義である。

人間の金銀への欲望と自然に対する搾取を見たトウェインは、白人の搾取がサンフランシスコの中国人やサンドウィッチ諸島先住民にも及んでいることを発見する。中国人が大陸横断鉄道建設や港湾建設に携わり、アメリカ経済の発展に多大な貢献をしたことは史実において明らかである。こうした貢献にも拘らず、彼らは土地の所有を許されず、そのため、白人たちの搾取によって廃墟となった土地を借地するが、白人たちはそれにも賄賂を要求する。何も無駄にせず土地だけでなく缶やゴミまで再利用するエコロジカルな中国人の自然に対する態度は、勤勉で慎ましやかな彼らの日常生活に反映されていよう。しかし、彼らは白人から故なき暴力や搾取を受けるのである。トウェインはこうした事実を淡々と語っていく。

また、サンドウィッチ諸島の先住民たちは、衣服を着ず、子供がふえると生きたまま埋め、死にたいときに死ぬという自然に従った生き方をしているが、白人宣教師たちは彼らに「干渉し」（482）てこうした風習をやめさせる。西部で自然に翻弄され支配される人間の姿を発見した新生トウェインは、ここでは逆に先住民の自然状態を支配する宣教師たちの姿を発見するのである。

トウェインは宣教師たちの「正義」に異議を唱える。彼は不要な赤児を生き埋めにすることは「ロマンティックな方法」であると言う。また、宣教師たちが女性を解放して男女平等にしたことに対しても、彼はサンドウィッチ諸島先住民の女性たちが「分をわきまえる」ことを教えられ、働いて殴られても我慢し、食事の用意をし、夫の夕食の残りで満足していたことを「満足すべき取り決め」（482）だと述べるのである。自

図2　宣教師の家を訪れるサンドウィッチ諸島の女たち
出典：*Roughing It*, p. 484

然の理／法に従った未開人の文化を尊重するトウェインの態度は、先住民を野蛮視し、彼らを教化／統制すべき他者とみる宣教師たちのオリエンタリズム的発想とは違うのである。しかし、トウェインは作品前半部でゴシユート・インディアンの野蛮さをゴリラやドブネズミなどの動物にたとえて徹底的にこき下ろしているように、アメリカ先住民に人種的偏見をもっていることも事実である。アメリカ先住民に対する偏見は「インディアンのなかのハック・フィンとトム・ソーヤー」（"Huck Finn and Tom Sawyer Among the Indians" 一八八四年頃執筆）にもみられる。しかしこうした作者自身の限界はあるものの、概してこの作品中での中国人やサンドウィッチ諸島先住民などの有色人種への眼差しは暖かい。

西部の風景を銀鉱掘りの、搾取する眼差しでしか見なかった若きクレメンズは、金銀に踊らされる自己の愚かさや採鉱によって自然破壊を行う白人のエゴに目覚め、環境保護と多文化的な視点を習得し、トウェインという「正義」の体現者となる。こうした視点には作家活動の当初より、再生神話と歴史との緊張感があったことは注目されてもよい。彼は、「新大陸」アメリカを道徳的再生の場と考える再生神話への信仰と、産業主義と帝国主義の歴史のなかで苦悩した作家で、以後「正義」を軸にした自然と文明の問題が彼の作品のテーマとなっていくのである。

二　ハックの語りと風景

▼ミシシッピ川と白い歴史

『ハック』の舞台となるミシシッピ川は、カナダ国境のミネソタ州イタスカ湖を源流にカナダ南部とアメリカ三一州を含む世界第三位の流域面積をもつアメリカの母なる大河である。蛇行しながら国土を縦断して流れる川は、トウェインが『ミシシッピ河上の生活』（*Life on the Mississippi*, 1883）でも述べているように、「途方もなく大きくジャンプして狭いくびれた土地をぶち抜き、流れをまっすぐにして、短くし」（23）、「常に身体ごと棲息地を変える」（24）ほどの力強さと自由奔放さをもつ。（図-3）

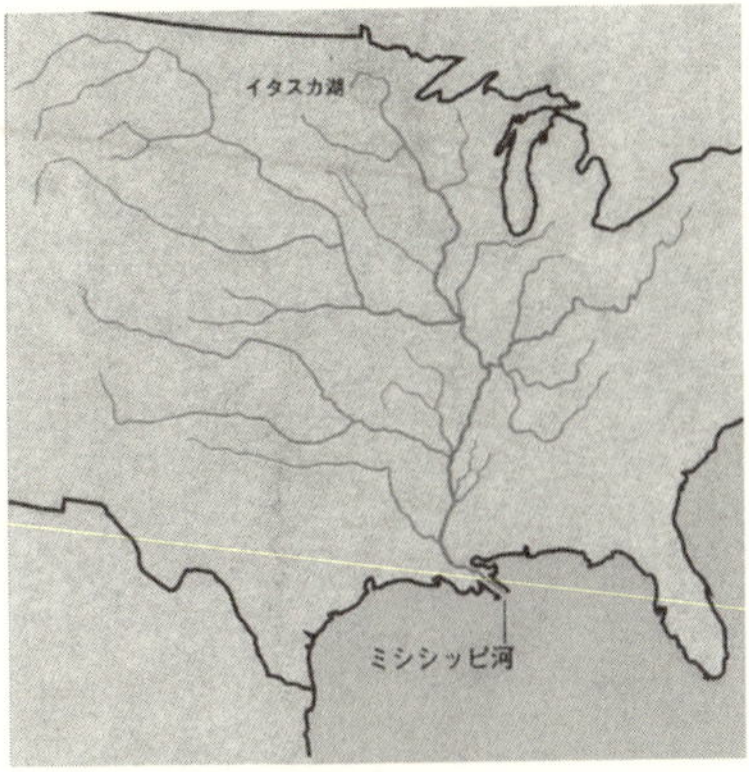

図3　ミシシッピ川流域『トム・ソーヤとハックルベリー・フィン―マーク・トウェインのミシシッピ河』求龍堂、p.47

また、この川は多くの支流をもつため、そこから流れ出した雪解け水や降雨によって度々洪水を起こし、「平均的に七年に一回の割合で洪水が発生している」[1]（福岡 1）。ジェイムズ・トービン（James Tobin）によると、「一九世紀後半まで」、洪水のための「堤防建設や補修の重労働は黒人労働者によって行われ、……白人監督が銃と黒人用心棒を使って彼らを管理し、……こうした堤防で働く南部黒人の労働歌がブルースの起源となった」（Tobin 22）。しかしながら、黒人たちの血と涙の結晶とも言える堤防も一時しのぎでしかなかった。堤防によって堰きとめられた水は下流に流れ込みそこで被害を与えるのである。ミシシッピ川の洪水はテクノロジーが飛躍的に進歩した二一世紀アメリカにおいても未だに克服できない自然災害で、テクノロジー万能の社会で自然の脅威を忘れがちな現代人に対する警鐘にもなっている。

このミシシッピ川は「新大陸」発見の半世紀後にあたる一五四一年にスペイン人エルナンド・デ・ソート（Hernando De Soto）によって「発見」され、トウェインによると、フランス人ラ・サール（La Salle）（図-4）と宣教師たちが「賛美歌」と「十字架」によって先住民を騙してミシシッピ川を「窃盗」し、「腐敗王ルイ14世」へ献上した（*Life on the Mississippi*, 37）。一八〇三年にはトマス・ジェファソン（Thomas Jefferson）がミシシッピ川以西のルイジアナをフランスから購入し、ここからアメリカの西部拡張政策が始まる。一八九〇年フロンティアを征服するやそのエネルギーは海外へと向かい、一九世紀末のアメリカ帝国主義へと突き進んでいく。その一方で、荒このみも指摘するように、「ミシシッピ川の向こうの領域は、統治者にとっては問題解決の、いわばごみ処理場だった」（荒 153）。「アンドルー・ジャクソン大統領は、東部や南部に住むインディアンをミシシッピ川の西側に、強制的に移住させたし、リンカーン大統領は、解放した黒人奴隷の行き着く場所に、ミシシッピ川の西側を思い浮かべ」（荒 152）たのである。こうした有色人種を劣悪な環境に追いやり犠牲を強いる傾向は、現代の環境と正義の問題[2]にもつながっている。ミシシッピ川の歴史は、フランス帝国主義侵入の歴史であると同時に、黒人や先住民を排除し白い文明を推進しようとするアメリカ帝国主義台頭の歴史でもあったのである。

図４　ラ・サール　Daniel Spurr, *River of Forgotten Days*, p. 8

▼ハックのアメリカ的精神と風景

征服と搾取という人間の織りなす歴史のなかで人間の支配力を越えて流れる広大なミシシッピ川ほど力強いイメージを喚起するものはないが、冒頭でも述べたように、トウェインは川を軸に想像力を培い、かきたてていった。彼は川の流域で生活し奴隷制下の南部人であった前半生と東部に移住しアメリカの正義の代弁者となった後半生との亀裂を生きた作家であったが、その亀裂を修復する役目を果たしたのが人間世界を超越して悠然と流れるこの川であったのではなかろうか。そもそも、ロデリック・ナッシュも指摘するように、トウェインはパイロット時代に川を通して領域を超越するコスモポリタン的性格を身につけていた。「川で働く男たちは、ある意味で南部も北部もない人々」で、「彼らの仕事は両領域にまたがり、彼らは長距離の通商や通信から思考することに慣れていた」(Nash 285) のである。作家としての名声と申し分ない家庭の両方を得、東部社会の一員として幸福な生活を送っていたトウェインは、『ハック』において社会の周縁に生きているため南部社会からの影響が少ない「無垢な」少年ハックを彼自身のペルソナにし、作者自身が少年時代を過ごしたミシシッピ川の風景を捉え直そうとした。それは、南部と北部の亀裂を生きた作家の川を通した「過去の再構築」(Cox 5) の作業でもあったのである。

ハックは窮屈な文明社会から川へ逃走するや次のように言う。「月の光を浴びながら横になっていると見上げる空はえらく深えもんだ。今までそんなことを知らなかった」。お上品な文明社会のなかで迷信を否定され、泥んこになって遊ぶことを厳しく叱責されていたハックはこのように川のなかで自然との関係を回復するが、それはまた彼自身のアイデンティティの回復でもあった。彼は川のなかで自然の懐に抱かれたような安心感を得、続いて「遅いように見えた。遅いような匂いがした」(42) という印象的な言葉を言う。この第六感とも言うべき体感で捉えた風景は、常識に囚われず、自分自身の感覚と言葉によって風景をとらえようとする彼の精神が表れている。こうした常識や伝統にとらわれない自由な精神が、彼の風景の「発見」につながっていくのである。

嵐の場面では、ハックは洞窟のなかで暖かい毛布にくるまりながら、嵐が木々を激しく揺さぶって猛威を奮う外の風景に魅せられる。

> こんなに風が吹くのをみたことがねえ。いつもの夏の嵐だった。ひどく暗くなったもんで外が濃い青にみえて、きれえだ《ラブリー》。雨がたたきつけるように降ってちっとばかし離れた木々が……クモの巣のように見えた。突風が吹いて木々がお辞儀し、葉が裏返って色が薄くなった葉裏の方が見えた。……雷がものすげえ音をたてて落ちてきて、……まるで空き樽が長い階段を転がりながら地球の反対側へ……落ちたみてえだった。（Ch. 9 : 59-60）

トニー・タナー（Tony Tanner）も指摘するように、ハックは「分析を加えず、フィルターにかけ」ず、風景を「細部」にわたって「偏見なく注視」（Tanner 124）していく。空き樽の比喩には、使い古しの常套句を使わず、彼自身の言葉で表現しようとするハックのアメリカ的な精神が表われている。空き樽の比喩で彼は風景を日常的な言語で表現しているが、そこには、タナーが言うように「あらゆる人間がそのイメージや言葉遣いに反応するような……強い民主主義的底流」（同 124）をうかがうことができる。

こうした対象を鋭く観察するリアリズムの精神や民主主義精神は、有名な第一九章の夜明けの風景にもみられる。ハックは、川に足をつけて文字通り風景の一部となって、静から動の世界へと刻一刻と変化する自然を周遊する目で捉え、それをひとつ残らず語っていく。森や花の新鮮な香りや鳥のさえずりとともに腐ったダツの悪臭が共存する風景は余りにも有名であるが、見たままを語ろうとするリアリズム精神の前には、伝統的美意識といった文化装置による風景の取捨選択はありえないのである。つまり、「意識的、美的に風景を閉じこめる」(Byerly 53) ピクチャレスク的な風景の占有はない。彼はまた、「ペテン師の手になったものか、どこからでも犬を投げ込めるような隙間だらけの丸太小屋」(157) まで風景として語る。こうした卑俗な比喩には、空き樽の比喩と同様の自分自身の言葉で語ろうとする姿勢や民主主義的底流を認めることができるし、隙間だらけの丸太小屋を清々しい夜明けの風景に共存させるリアリズム精神もみられる。彼はまた、蒸気船が行ったあとで彼の乗った筏に押し寄せる小波の最後の消え行くエコーから、筏の上で斧が打ち下ろされ、しばらくしてカーンという音が聞こえてくるまでを詳細に語る。ハックは大人と違い、ありふれたことに驚き、ありふれたことをすばらしいものに変えるのである。

ところで、柄谷行人は彼の風景論のなかでリアリズムについて次のように論じている。「リアリズムの本質とは、見なれているために実は見ていない物をみさせること」であり、「リアリズムとは、たんに風景を描くのではなく、つねに風景を創出し……それまで事実としてあったにもかかわらず、誰も見ていなかった風景を存在させるのだ」(柄谷 30)。柄谷が言うように、これまで風景から除外されていた平凡なものや意味のないように思われていたものが、ハックのリアリズム精神によって、風景のなかに意義深いものとして表れるのである。

ハックは、大筏の上で法螺話に興じる男たちの笑い声、難破船の中のギャングたちの罵りあい、船着場で世間話をする男女の声もひとつ残らず語る。あらゆる自然物、あらゆる人間の声が風景のなかに現れるとき、その風景は粗野でたくましい民主主義国家アメリカの縮図となるのである。

ハックは自分自身の目で確かめなければ信用しない実存的な少年である。これは、「本」の世界を盲目的に信じる権威主義的なトム・ソーヤーと決定的な違いであるが、こうした反権威主義や民主主義的な精神は彼の語る風景のなかに忠実に現れている。こうした精神によって発見された風景はイデオロギーに先導された風景ではない。

▼方言と文体と風景

ハックのイデオロギーを介在させない「風景」に方言と文体は切り離すことができない。ハックは、ハニバルの南にあるパイクス地方の方言で語るが、その方言はハックの語る風景に多義性を与えている。ハックの言葉が場所に属しているという意味で彼の風景は「場所の感覚」を有しているが、方言まじりの冗長な語り口は、蛇行する川をのろのろと進む筏のリズムと調和しており、彼の風景は二重の意味で「場所の感覚」を有していると言えよう。また、方言はそれだけで反体制的であるが、彼がイギリス起源の標準英語ではなくアメリカ方言で語ることは、ポストコロニアル的な反帝国主義的意味合いをもち、権威や伝統から解放された彼自身の精神の自由を反映している。

ハックの卑俗な方言は、必然的に破格の文法を伴う。夜明けの場面は、ハックの風景と文体との関係を論じる際に必ず取り上げられる箇所であるが、ここでは、動詞複数形にすべきところが単数形になり、時制の不一致やひとつの文章中での時制の混在、二重否定による否定表現など多くの文法的誤りがみられる。こうした誤りは彼の無学や周縁性、あるいは「黒さ」[3]を浮き彫りにしている。一方、ローレンス・ホランド(Lawrence Holland)は、時制と法(モード)の混在のなかに時の解体を読み、一八四〇年代のことを一八八五年に執筆した作者自身のアイロニーを示唆している。ホランドは、作者は現在(「今ここで」now and here)と過去(「その時そこで」then and there)とを「互いに挑戦させ、交戦させ」、「時の危険な連続性」(Holland 74)を示唆していると論じる。ホランドが指摘するように、時制と法の混在によって、川の幻想的で刹那的な風景が立ち現れてくるのである。

また、レオ・マークスは、この第一九章の自然描写の素晴らしさを次のように説明している。「おれたちはこんなふうに過ごした」と言って語られ始める風景には、自然のあらゆるものが「流動的」で「何も固定したものはなく、絶対的なものも完全なものもない」。ハックは「日が、昇る」、「青白さがあたりに広がる」などと「自然を過程の中で」とらえ、そこでは「あらゆるものは生きており、あらゆるものは変わりつつある」のである。つまり、「現実の存在場所は、少年でも川でもなく、言葉でも自然でも、主観でも客観でもなく、それらの間にある果てしない相互作用である」(Marx 359-60)。ハックの生と文体は対自然の過程と相互作用を忠実に反映しているのである。

オギュスタン・ベルク(Augustin Berque)は、西洋近代において「自然に対する未曾有の技術支配が進み、客体に対する主体の物理的支配」が確立し、「主体の、客体との現象・物理的な連動は一顧だにされなくなったと述べる」(Bergue 50)。こうした技術の自然支配による環境破壊が指弾され、再び人間と自然との共生、生命中心主義が叫ばれている現在、主体と客体との相互作用を風景のなかで描写したトウェインは、時代に先駆けた作家であったと言えよう。

▼白い霧

白い霧が川のなかに発生したとき、ハックは視界を遮られ砂州や沈み木にぶつかりながら急流のなかを流される。科学者でナチュラリストのE・C・ピルー（E.C. Pielou）は「川はベルトコンベアー」（Pielou 142）であると言うが、ミシシッピ川流域には全米有数の豊かな森林地帯が広がり、またこの泥川は「軟らかい堆積物を河道」（同 143）としているので、川底には川の流れによって崩された森林の木々が沈み木となって沈んでいるのである。視界が遮断されたなかをハックは「オーイ」という声だけを頼りに進むが、声はいつも場所を変え、近づこうとすると逆に遠ざかる。「霧の中ではいつものように見えることもいつものように聞こえることも」（100）なく、「音が軽く動き回って、すぐにあちこちに場所を変え」るのである（101）。ハックはこうして自然に翻弄された挙句、櫂を投げ出し自然との闘いを放棄する。

この白い霧の場面はストーリーの重要な転換点となっている。ハックとジムは白い霧によって自由の地ケーロを通過してしまい、「自由の探求」という旅の目的は頓挫する。ストーリーを推進するのは、主人公ではなく川なのである。しかし、ハックはここで自然のなかに生きる少年として大きな成長を遂げる。彼は表面的な現象の下に隠れたものを認識し、水面を書物のように読むパイロットの洞察を得る。この章のあとの夜明けの場面で彼は、川面に浮かんだ「筋」（156）を、「沈み木が急流にぶつかってそんなふうに見えるのだ」と水面下の事実を捉えることができるようになる。また、心ない悪戯でジムを怒らせたハックはジムの怒りのなかに「人間」としての威厳を認めるが、自然のなかでの人間の無力さを知ったハックは人間中心主義のみならず白人優越主義をも克服するのである。『苦難を忍んで』では、大雪のなかをさ迷った若きクレメンズは酒もタバコもやらないと更生の誓いをたてるが、命拾いをするや「肉体の欲求」には勝てず元の木阿弥となる。ここで、クレメンズは人間の性格改造の可能性を否定しているが、トウェインは文明社会のコードの入り込まない川のなかでハックの人間的成長を企画しているのである。

三　川と文明——自由と正義

▼冷たい世間と文明

ハックは川のなかで「自由と快楽と怠惰な生活」という彼にとっての至福の時を過ごすが、同時に「寂しい」と言って両岸の世界へ冒険に出る。逃亡者にして逃亡奴隷幇助の罪人という二重の罪意識を抱えるハックは、風景の中に没入する余裕はないし、また活動的な少年にとってジムとの生活は退屈なのである。彼の冒険の場となるミシシッピ川流域の南西部フロンティア社会は、銃声が轟き、暴徒化した民衆がリンチに集まり、百面相の詐欺師が跋扈する男の世界である。

南部貴族グレンジャーフォード大佐は、今では原因もわからなくなったような宿怨で同じ南部貴族と殺し合いを続けている。彼は、「騎士道」や「名誉」といったコードによって殺人を正当化し、息子たちを野蛮な殺し合いに駆り立てる。彼にとって「騎士道」や「名誉」は、「モラル」であり、「法」であり、「正義」なのである。「目が痛くなるような真っ白な」（142）背広を着、眼光鋭く子供たちを威圧する大佐は、南部騎士道精神という中世ロマンティシズムの虚構の「風景」のなかを虚勢を張って生きている。

ロミオとジュリエットの如き両家の恋人たちは対岸に渡って自由を獲得するが、この駆け落ちをきっかけにして始まった決闘で、追い詰められて川へ飛び込んだバック少年は、流れののろい川のなかで敵の格好の標的となり、射殺されて川に死体を浮かべる。川に浮かぶ少年の死体は騎士道精神というロマンスの虚構を暴き、南部家父長制の冷酷さを映し出す「風景」となっている。「名誉」を傷つけられたと無邪気な酔っ払いを射殺するシャーバーン大佐もまた、南部支配階級の男の非人間的な残酷さを表しているが、こうした南部の男たちと対置されているのが「王様」と「公爵」と称する二人の詐欺師である。南北戦争前に民族大移動の波がミシシッピ川まで及び、流域にはヤンキー行商人といういんちき物売りが横行したが、南部人を田舎者とばかにしてカモにする彼らは北部からの流れ者であろう。彼らは人の心理を読むことにたけ、弱点を巧みについて金を巻き上げ、素早く逃げ出す。彼らにとって川は詐欺行脚の道でしかないのである。筏に乗り込んできた彼らはハックとジムに食事の給仕や筏の見張り番をさせ、自分たちはハックたちのマットを奪って小屋でのうのうと寝るばかりか、ジムを縄で縛り、彼を売り払う陰謀まで企む。彼らのこうした行為は、自己の欲望を膨らませ、奴隷や浮浪児などの社会的弱者を搾取する冷たい世間を映し出し、彼らは川のなかに文明の「風景」を持ち込んでいるのである。

詐欺師たちは同時に、彼らのカモになる民衆の「愚かさや偽善、興奮への飽くなき欲求」(Fetterley 449)をも浮き彫りにしている。民衆は詐欺師たちのお涙頂戴の話を真に受け、わんわん泣き、信心深さを誇示して我先に献金し、卑猥な芝居に殺到して詐欺師たちの術中にはまる。陸の風景は虚構を暴く、人間喜劇である。

▼ジムとハックの豊かな世界

冷たい陸の文明が必然的にもつ「風景」と対照されているのが、ハックとジムが形成する川の「風景」である。黒人奴隷ジムは人間として扱われていない被差別人種であるが、川に入るや「高貴なる野蛮人」としての真の姿を現す。彼はさまざまな自然の兆候を読み、民間療法に通じた生活の知恵をもつ者であると同時に、白い霧の場面では、「黒んぼ」をからかって喜ぶハックを「人間の屑」(105)だと厳しく叱責して人間としての威厳をみせる。

ジムは自分の運命に従順である。自由の地ケーロを通り過ぎたときは、ヘビのたたりだと自分の運命を淡々と受け入れ、そこには、自然のなかの不可思議な力を信じて生きる謙虚さがある。彼はまた、詐欺師たちに縄で縛られて筏の上に一日中転がされたり、フェルプス農場では解放劇を気取るトムに無理難題を押し付けられるなどさまざまな迫害を受ける。しかし、これに対しても「白人のなさることだから」と唯々諾々と従う。ベティ・ジョーンズ(Betty Jones)はジムのもつ多面的な性格を指摘しているが、トムの解放劇に「心からの礼」を言うジムは、「無邪気で子供のような人間」(Jones 155)でさえある。脱走劇で負傷したトムを、自分の自由を放棄して介抱し最高の自己犠牲をみせるジムは、自分の利益よりも他人を思いやるという意味でまさに「永遠の子供」と言えよう。白人たちの暴力と欺瞞の犠牲者でありながら、そうした白人の罪をも包み込む素朴で豊かな人間性をみせるジムの生き方の根底にあるのは、サンドウィッチ諸島先住民と同じ自然の理/法に従った生き方である。

一方ハックは柴田元幸も言うように「筏という楽園に流れ込んでくる社会を何とかかわしていく……事なかれ主義者」(12-13)である。詐欺師たちは彼にとって大いに厄介者であるが、しかし、彼らが筏へ乗り込んできたときも、「筏のうえで何より大切なことは、みんなが満足して、お互いに裏表なく親切にすること」(165) と言って彼らを迎えいれる。こうした不自由を忍び、他者と共生するハックの姿勢は、西部の中国人やサンドウィッチ諸島先住民の生き方を尊重し、「不自由を忍んだ《ラフィング イット》」トウェインの生き方にも重なり合うが、ハックやトウェインにあるのは、他者の生き方を尊重し彼らを排除しない自然の理／法に従った生き方である。ハックのこうした精神は、平凡なものも意味のないように思われるものもすべてが平等に美しく、相互に作用してより豊かな世界を作り出していく彼の語る川の風景に表れていよう。

しかしハックは単なる「事なかれ主義者」ではない。柴田も言うように「事なかれ主義者とはいえ、脅威があまりにも大きくなればハックも黙っていない」(14)。ハックにとって女神のごときメアリー・ジェーンが全財産を奪われそうになると詐欺師たちを裏切るし、ジムが詐欺師たちによって売り払われたときには「地獄行き」の覚悟をしてジム救出の決意をする。アウトサイダーとして文明の外側に生きるハックであるが、他人が自由の危機に襲われたときには闘う勇気をもった少年でもある。こうした勇気もまた自然から受けた属性である。

そもそも、「女嫌い」の「権力」指向の文化伝統のなかで、自然を捨て、文化の形だけのコードを必死で守り続ける南部における男性支配の社会を正確に観察した作者は、ハックを前方の土地へ逃走させざるをえなかった。この作品が発表された数年後の一八九〇年代にはフレデリック・ターナーのフロンティア理論及びフロンティア消滅という事態もあり、ハックはすでに行き場がなくなっていた。ハックは権力が標榜する「正義」を捨てて神話の世界へと逃亡するのである。その作者の態度は『ジャンヌ・ダルクの個人的回想』(*Personal Recollections of Joan of Arc*, 1896) で典型的に示されることになる、語り手ド・コントと歴史家・

作者との亀裂への一歩であった。川と文明との亀裂はトウェインの「正義」の行方を定めたと言えよう。そこで、次に『ジャンヌ・ダルク』に先立つ作品『まぬけのウィルスン』における川という自然のもつ文化表象の意義に眼を転じてみよう。

四　『まぬけのウィルスン』の川

▼虚構の風景

トウェインは『ハック』を発表して十年後、同じ南北戦争前のミシシッピ川流域の町を舞台にした『まぬけのウィルスン』を発表した。舞台となっているドーソンズ・ランディングはセント・ルイスから蒸気船で半日下った南部の町で、「法と慣習」によって一滴でも黒人の血が入っていれば「黒人」とみなされるという虚構の上に成り立った社会である。この作品は二三年前に黒人世界から白人世界へパッシングされた「白人」青年トムの殺人事件を追う弁護士探偵ウィルスンの物語であるが、このパッシングのきっかけとなったのが、白人支配者が黒人奴隷を支配するために使う「川下に売る」という言葉である。

白人支配者は「川下に売る」という言葉で黒人奴隷を支配しようとするが、黒人は自分たちの権利を「盗んだ」のは白人であると、白人の物を窃盗することをやめない。白人にとって黒人は財産で、南部の風景の一部でしかないが、一見平穏そうにみえる田舎町の風景の深層には黒人の不満と不服従が渦巻いているのである。

南部名門を誇る支配階級は「名誉」を守ることが「正義」だと信じる。彼らの根拠となるのが「血」であるが、皮肉なことにこうした名門の一員に黒人トムがパッシングされ、養父ドリスコル判事との虚構の親子関係のもとに、「息子」の名誉が汚されたと決闘が行われ、遺産相続をめぐって殺人事件が起こる。虚構のうえにさらに虚構が重ねられるのである。ウィルスンは長年の指紋収集によって判事殺しのみならず二三年前のパッシングの事実まで解明し、正義を実行して町に「秩序」をもたらし、市長にまでなる。しかし、東部からやって来た彼もまた南部の虚構の風景に目覚めることなく、最後に作者はアメリカ発見の意味そのものを問うのである。

こうした虚構性は冒頭の町の風景に象徴されている。町には同じような上品で美しい家並みが続き、白く塗られた塀は植物が覆い被さっているために見えない。柵で囲まれた前庭には花が植えられ、窓には「燃え立つ炎」のような真っ赤な花が飾られ、猫が安眠をむさぼっている。白く塗られた塀は悪の隠蔽を象徴しているようであり、この塀がさらに植物で覆われているのは二重に真実を隠蔽しているようでもある。また、柵で囲われたこぎれいな庭や安眠をむさぼる猫は、他者を排斥して自己満足している社会を表わし、真っ赤な花は虚構の社会のなかで今にも爆発しそうな社会の真実が蠢いていることを象徴していよう。ここにあるのは箱庭的な人工の自然である。

また人々は自然との結びつきをなくしている。指紋収集に没頭するウィルスンは南部特有の土地への愛着も家族的結びつきもなく、支配階級も奴隷保有者となって土地との結びつきをなくしている。それどころかトムの「父親」などは投機に熱中し、「我が子」が取り替えられたことさえ気づかず、投機失敗で借金を残して死んだことにより、「我が子」を川下に売るというアイロニカルな結末を用意することになる。こうした自然との結びつきをなくした白人たちにとって、川下の風景は奴隷制維持のための方便へと変わる。

▼イデオロギーとしての川

「白人」トムの人生はミシシッピ川とともにあり、川との結びつきが強いのは白人より黒人の方である。彼は、川下に売られる黒人の運命に絶望した実母ロキシーとともに川に投身自殺するところであったが、『王子と乞食』(*The Prince and the Pauper*, 1882) のごとく、衣装を代えることで人の目をごまかすことができると知った母によって主人の子と入れ替えられ、白人社会にパッシングされる。彼は「生まれ《ネイチャー》」か「育ち《ナーチャー》」か判然としないものの、子供時代から邪悪な性格で、体面をつぶされたと彼と入れ替えられた「黒人」の子を川で殺傷する。そこには子供時代の黒白共存の神話さえないのである。彼は自分が「黒人」であると知ってからも「黒人」への残忍非道な行為は変わらず、実母ロキシーを「川下に売る」ということまでする。王子と入れ替わったトム・キャンティが哀れな実母の嘆きをみて反省し王座を返還するような人間的成長の希望は、トムにはないのである。トムはセント・ルイスへ行ってはギャンブルや飲酒癖を身につけ、その借金のために故郷で盗みを繰り返し、ついには「叔父」の家に盗みに入り、殺人まで犯すことになる。そしてその「黒さ」が判明した途端、財産として川下に売られ、川は地獄への道へと変わる。かくて、川はイデオロギーに侵食された「風景」に転じる。

『ハック』の川は、自由と正義の原則から自由になったハックが他者との共生を実現した新世界のユートピアであった。一方、『まぬけのウィルスン』の川は、白人にだけ許された自由と「正義」の虚構のなかで、土地とも人間ともつながりをなくし、表層や物質のみに固執した孤独な個人の殺伐たる心象を投影する風景となっている。

五　帝国主義のゲームと歴史と正義

▼寛容な国

林康次は、トウェインは「ミシシッピ川へ文明が侵入した歴史を自己の創作の核に据えた」（林 273-4）と述べているが、トウェインにとって川の風景の発見は歴史の発見でもあった。『ミシシッピ河上の生活』では先述したように、作者はミシシッピ川へのフランス帝国主義侵入の歴史を述べているが、彼はここで一九世紀アメリカの歴史家フランシス・パークマン（Francis Parkman）の次のような言葉を引用している。「フランス王国は、羊皮紙の上に途方もない領土の増加をみた。……これはすべて、半マイルも届かない一人の人間のか細い声のおかげであった」。ローレンス・ハウ（Lawrence Howe）は、トウェインがパークマンの言葉を引用した意図を次のように解説している。「川の〈真の記録文書〉は、ラ・サールのか細い声が象徴する「特権的な利益を有する狭量な偏見」によって書かれたものではなく、放浪の酔っ払いの声や、慣習といったものを笑い飛ばす懐疑的な笑い声など、「アメリカ言語のたくましく時に不協和な」、「多くの声で語られ」（17）るものであるとトウェインは言いたかったのである。

『苦難を忍んで』から『ハック』までの作品をみると、ジョナサン・アラック（Jonathan Arac）も指摘するように「トウェインの風景のなかには、アメリカ少数民族、銀鉱掘り、筏乗り、詐欺師など人種や階層を超えてさまざまな人間が登場」し、トウェインは「国家主義に疑問を抱き、ローカルであると同時に国際的」（82）な作家であった。ここにも二〇世紀の多文化的な文学の先駆けとなるようなトウェインの新しさがみられる。

トウェインは宇宙の広大さのなかでの人間の卑小さにまで言及した作家であったが、こうした異文化／他者との共生の背景には、自然の雄大さと人間／文明の卑小さという作者自身の〈自然観〉があるのではなかろうか。マネー／シルバーに狂奔するクレメンズは山火事や吹雪に翻弄され、自由を求めるハックは白い霧や重力に従って南下する川によってその意思が砕かれる。こうした自然のなかでの人間の無力さの認識が自然と人間の両方に対する謙虚さをうんでいよう。また、彼の作品では自然のなかですべてが平等で互いに相乗効果を発揮する生命中心主義の世界が広がる。こうした自然のなかにある反帝国主義言説がトウェイン／ハックに正義や原則といった人工のものを拒否し、あらゆる信条や生き方を受け入れ他者と共生する術を身につけさせた。「アメリカ人をラベルづけできるようなひとつの人間的特徴などない」（*Collected* 168）と言うトウェインは、多民族国家アメリカはひとりよがりの「原則」や「正義」といったものに固執せず、他者の生き方を認める寛容さが必要であることを主張しているのである。

しかし、『まぬけのウィルスン』の「法と慣習」が幅をきかせる社会は、多様性を許さない不寛容な土壌を作り上げ、その結果、「白い黒人」という虚構の風景を生じさせている。こうした奴隷制のフィクションはやがて白い文明という虚構を世界に広げていく。作者はアメリカ帝国主義を発見するのである。

▼帝国主義のゲーム

このアメリカ帝国主義について、トウェインは「暗闇に座する人へ」（1901）で他民族、他国家への干渉を「ゲーム」と呼んで警鐘を鳴らしている。トウェインはアメリカのフィリピン領有の経緯を挙げて、イギリスの圧政から自由を求めて独立したアメリカは、圧政に苦しむ人々の希望の灯となるはずであったが、自由と正義の名のもとに、「人を騙し、人を利用し、友人を裏切っている」と弾劾するのである。

ハックは白い霧の場面でジムをからかったとき、その白人優越主義に裏打ちされた卑劣さを罵倒される。彼はジムから「人を騙し、人を利用し、友人を裏切る」卑劣さを弾劾されたのである。ここでハックは人を愚弄するゲームの世界から離れる。一方、トムはフェルプス農場でジムが既に解放されているという事実を隠し、ハックとジムという弱者を犠牲にして解放劇を楽しむ。彼もまた「人を騙し、人を利用し、友人を裏切」るが、しかしながら彼の場合は「母親」たちをはらはらさせて喜ばせ、少し叱られるだけである。なぜならトムが迷惑をかけたのはハックやジムといった取るに足らない弱者であったからである。こうした弱者に犠牲を強いるということがアメリカ帝国主義の根底にある。そして、未だにこうした帝国主義的な傾向は変わらない。ハックと対照的に語られたトムのゲーム感覚とアメリカ帝国主義の間にそれほどの距離はないのである。

▼正義の可能性

川と文明を成立させてしまう世界、それが『苦難を忍んで』から『まぬけのウィルスン』にいたるトウェインが立会ったイデオロギーを介在させてしまった川の「風景」が成立する世界なのである。かくして、川は人工の、虚構としての「風景」に転じてしまう。川が川としてあった世界の現出をうたう〈ハック〉から取り残されていく作者の絶望が始まる。彼にとって、「正義」とは、ミシシッピ川の〈真の報告書〉を体現したハックであり、真実の歴史を作ろうとしたジャンヌであり、彼らの住む世界はイデオロギーとしての「風景」とは無縁であった。やがて、その風景に帝国主義という影がしのびよる。「事なかれ主義」という妥協が通じなくなってしまったのである。歴史と再生神話との間を漂流してきた作者の「正義」は遂には〈大いなる暗黒〉に呑みこまれていく。こうしたトウェインの漂流の軌跡を読みながら、我々は「風景」から「正義」を取り戻す可能性を模索していかなければならない。彼の絶望への軌跡を辿り直すことにより、同時多発テロから始まった二一世紀への方向を見定めていかなければならないだろう。その時、我々はトウェインが必死で守り通そうとした正義の可能性にかけてもよい。

　ミシシッピ川の自然を愛し、多文化主義的視点や人間が自然界の一部であるという生命中心主義的世界観をもつトウェインは、「ピクチャレスク」を越えた道を歩んでいたかもしれなかった。しかし、生命中心主義的世界観は自然と文明との二元対立の世界の克服を意味するが、産業主義時代に身を置く作者は『ハック』においてこの二元対立を克服できなかった。[4] テクノロジーや帝国主義の進展のなかで、作者にとってこの二元対立はますます大きくなり、眼前の風景を物語ることができなくなった。不思議な少年が独白する広大な宇宙のなかでの人間の卑小さの認識が彼自身の〈自然観〉となり、彼は晩年観念世界に進んでいったが、「もっとよい夢」を願う少年の叫びになおも「正義」を希求し続ける作者自身の姿がみられるのである。

注

1　トウェインがハニバル時代の思い出を書いた“Tupperville-Dobbsville”（1876から1880に執筆、*Mark Twain's Hannibal, Huck & Tom*. Ed. Walter Blair. Berkeley: U of California P, 1969, 54-57）にも年二回の洪水が起きていたことが述べられている。

2　ジィオバナ・ディ・チロ（Giovanna Di Chiro）は、“Nature as Community: the Convergence of Environment and Social Justice”（Willian Cronon, ed. *Uncommon Ground: Rethinking the Human Place in Nature*, Norton, 1995）で現代の「環境と正義」の問題について論じている。

3　シェリー・フィッシャー・フィッシュキン（Shelly Fisher Fishkin）が*Was Huck Black?: Mark Twain and African-American Voices*.（NY: Oxford UP, 1993）でハックの英語に黒人英語の影響を指摘していることは周知のとおりである。

4　黒沢眞理子は『アメリカ田園墓地の研究――生と死の景観論』（玉川大学出版部　二〇〇〇年）のなかで、一九世紀アメリカにおける川の文化的表象を論じて川が聖と俗を隔てる役割を果たしたことも指摘している。

引用文献

Arac, Jonathan. *Huckleberry Finn As Idol and Target: The Functions of Criticism in Our Time*. Madison: U of Wisconsin P, 1997.

Byerly, Alison. “The Uses of Landscape: Picturesque Aesthetic and the National Park System.” *The Ecocriticism Reader: Landmark in Literary Ecology*. Ed. Fromm, Harold & Glotfelty, Cheryll. Athens: U of Gerogia P, 1996, 52-68.

Cox, James. M. “*Pudd'nhead Wilson Revisited.*” *Mark Twain's Pudd'nhead Wilson: Race, Conflict, and Culture*. Ed. Susan Gilman and Forrest G. Robinson. Durham: Duke UP, 1990, 1-21.

Fetterley, Judith. “Disenchantment: Tom Sawyer in *Huckleberry Finn.*” *Adventures of Huckleberry Finn*. Norton Critical Edition. Ed. Sculley Bradley, et al. NY: Norton, 1977, 440-50.

Holland, Laurence B. “A ‘Raft of Trouble’: Word and Deed in *Huckleberry Finn.” American Realism: New Essays*. Ed. Eric J. Sundquist. Baltimore: John Hopkins UP, 1982, 66-94.

Howe, Lawrence. *Life on the Mississippi*. Ed. Shelley Fisher Fishkin. NY: Oxford UP, 1996.

Jones, Betty. “Huck and Jim.” *Satire or Evasion?: Black Perspectives on Huckleberry Finn*. Ed. James S. Leonard. Durham: Duke UP, 1991, 154-72.

Marx, Leo. *Machine in the Garden: Technology and the Pastoral Ideal in America*. NY: Oxford UP, 1964.（邦訳レオ・マークス『楽園と機械文明――テクノロジーと田園の理想』榊原胖夫、明石紀雄訳　研究社叢書　一九七二年）

Smith, Henry Nash. "Mark Twain's Images of Hannibal: From St. Petersburg to Eseldorf." *University of Texas Studies in English* 37 (1958) : 3-23.
Tanner, Tony. *The Reign of Wonder: Naivety and Reality in American Literature.* NY: Cambridge UP, 1965.
Tobin, James. *Great Projects: The Epic Story of the Building of America, from the Taming of the Mississippi to the Invention of the Internet.* Simon & Schuster, 2001.
Twain, Mark. *Adventures of Huckleberry Finn.* Ed. Victor Fischer and Lin Salamo. Berkeley: U of California P, 2001.
——. *Life on the Mississippi.* Ed. Shelley Fisher Fishkin. NY: Oxford UP, 1996.
——. *Pudd'nhead Wilson and Those Extraordinary Twins.* Ed. Sidney E. Berger. NY: Norton, 1980.
——. "To the Person Sitting in the Darkness." *Following the Equator.* Ed. Shelley Fisher Fishkin. NY: Oxford UP, 1996, 1-16.
——. *Roughing It.* Ed. Shelley Fisher Fishkin. NY: Oxford UP, 1996.
——. "What Paul Bourget Thinks of Us." *Mark Twain: Collected Tales, Sketches, Speeches, & Essays:* 1891-1910. NY: Library of America, 1984, 164-179.
E・C・ピルー『水の自然誌』河出書房新社　二〇〇一年。
オギュスタン・ベルク『現代思想――風景生態学』青土社　一九九二年九月号
ロデリック・ナッシュ『人物アメリカ史（上）』足立康訳　新潮社　一九八九年。
荒このみ『西への衝動――アメリカ風景文化論』NTT出版　一九九六年。
柄谷行人『日本近代文学の起源』講談社　一九八〇年。
柴田元幸『アメリカ文学のレッスン』講談社現代新書　二〇〇〇年。
福岡捷二「一九九三年ミシシッピー川の洪水災害とその教訓」『東京工業大学土木工学科研究報告』第四八号、一九九三年。一―三二頁。
林康次「ミシシッピ川の夢と幻滅」『アメリカがわかるアメリカ文化の構図』松柏社　一九九六年。

第Ⅱ部　周縁からの風景

第II部「周縁からの風景」は、二〇世紀を通じて書かれた様々なテキストの風景が、文化的、社会的、政治的そして時には経済的な概念構造の中で構築されていくことに注目しながら、自然を観察し風景を描写する者は、自然との接触によって自身をも変化させるということを考察している。言うなれば自然や風景についての記述は、それを観察し、そして記述する者についてこそ多くを語るのである。とりあげる風景は、カリフォルニアの砂漠地帯からアメリカの南西部、ミシガンの森からカリフォルニア湾、さらに「山水画」の心的空間と生き物のミクロの世界と多岐にわたる。これらは必ずしも一般に考えられる風景でないかも知れない。作家との特殊な接触によって創造された、周縁に位置する風景であると言ってもよいだろう。このような見慣れない風景は、自然と文化、自己と他者、文明と原始といった従来の二項対立的な概念の再考を迫り、むしろ対立の無効を示唆する。

砂漠という周縁化された風景に注目した8「メアリー・オースティンとボーダーとしての砂漠」は、二〇世紀の初頭カリフォルニアの砂漠地帯に住んだオースティンの作品『雨の降らない土地』と『境界の失われた土地』をとりあげ、オースティンが、砂漠に「神の意図」を見いだす記録者からいかに物語る者へと変化したかを論じる。この変化は彼女が永遠なるものから有限なるものへ視点を移したことを示す。

9「ウィラ・キャザーとアメリカの南西部——表象と歴史をめぐって」は、オースティンとも親交のあったキャザーの南西部についての表象を、当時ポピュラーカルチャーとして流布した岩窟居住者の遺跡やメサの風景の商品化との関連で論じる。キャザーの『雲雀の歌』や「トム・アウトランドの物語」に描かれる南西部は、場所についてのひとつの表象的イメージが複数の歴史的コンテキストを希薄化させることを教える。

10「ヘミングウェイとミシガンの森の記憶」は、「ビッグ・トゥー・ハーティッド・リバー」に描かれるミシガン、シーニーの自然に注目する。ヘミングウェイは、シーニーのマツの群落をニック・アダムズの癒しの場として描いたが、一方で彼が執筆時にはすでに自然環境の破壊が進んでいた。シーニー一帯の自然破壊の歴史を考えるなら、ヘミングウェイは作品に失われた「場所の感覚」を創造しようとしたと言える。

一方、11「潮だまりのポリティックス――スタインベック『コルテスの海』を中心に」は、レイチェル・カーソンの洞察にも言及しながら、スタインベックが潮だまりの観察を通じて人も自然の生態学的相互関係性の中にあることを認識し、その認識が彼の戦争批判やエコロジー意識を培ったことを明らかにする。スタインベックが人間を「人という種」と捉えることによって相対化しようとしたとすれば、詩人ゲーリー・スナイダーは絵画と詩を融合させることによって「自我」の相対化をめざす。12「一幅の画、一巻の詩としての風景――ゲーリー・スナイダーの山水空間の創造」は、スナイダーが山水画と山水詩を基調として新しい風景を詩集『終わりなき山河』にどのように創造しているかを論じる。スナイダーの創造する風景は、人間と風景が渾然一体と融合する曼陀羅に共通するひとつの世界観を示しており、自我を起点とする「近代的」風景を相対化する。

俯瞰する特権的なまなざしを相対化しようとしている点はアニー・ディラードも同様である。13「アニー・ディラードと透明なヴィジョンの解体」は、ディラードの代表作『ティンカークリークのほとりで』や他の作品を引用しながら、エマソンの「透明な眼球」に対してディラードが「半透明」な自然対象を描くことを考察する。ディラードの自然描写は、彼女にとって「自然を見る」ということが、自分の「透明な眼球」を意識することではなく、「半透明」な生命の物質的実在を認知することであることを教える。第II部は、以上のように扱うテキストは多岐にわたるが、「見る」という行為が見る者をも変化させずにはおかない事実を考察する。風景は人間の想像力が土地と接触し、相互に作用し合った結果、創造される。したがって風景の造型は、見る者について多くを語るのである。

（吉田美津）

吉田　美津

8　メアリー・オースティンとボーダーとしての砂漠

一　オースティンと砂漠

メアリー・オースティン（1919年）
出典：*Beyond Borders*, 表紙。

「シエラ山脈の東、パラミントとアマゴーサの南、その間の測量できない何マイルもの広がりが境界の失われた土地である」で始まるメアリー・オースティン（Mary Hunter Austin, 1868-1934）の『雨の降らない土地』（*The Land of Little Rain*, 1903）は、彼女の多くの著作が忘れ去られたあとも読みつがれてきた。一九七〇年代、女性作家研究や地域・エスニック研究の広がりによってオースティンへの関心が高まり、九〇年代に入ってオースティンのエッセイや小説そして自伝の再出版の動きが加速している（Ellis 3）。この再評価の高まりの中でもやはりカリフォルニアの砂漠地帯を素材にした『雨の降らない土地』と『境界の失われた土地』（*Lost Borders*, 1909）は二〇歳代から三〇歳代にかけてのオースティンが作家としての自己形成をおこなった時期の作品として重要である。

ペンギン版の『雨の降らない土地』の序文を書いたテリー・テンペスト・ウィリアムスは、この作品には「いかに自然が「私たちの魂を解放する」かをよく知っている、その地に住む人の観察によってのみ書くことのできる文章」（xiii）が散見できると言う。オースティンは自然の営みに人間の生活や生き方を重ね合わせて思索する作家であると考えてよいだろう。『境界の失われた土地からの作品群』（*Stories from the Country of Lost Borders*）を編集し、そして序文を書いたマジョリー・プライス（Marjorie Pryse）は、オースティンは執筆することで「字義通りにも、文学的にも彼女を含めた私たちの意識の地図を作ろう」（xx）としたのだと言う。特に「砂漠について書くことによってオースティンは彼女自身の内的な感応を探していた」（xix）のだと言い、「彼女自身の意識を通じて体験の道程を定義」（xx）しようとしたのであると述べる。プライスはオースティンの初期の作品が彼女の実体験と密接に関連していると暗示する。したがって、オースティンの『雨の降らない土地』と『境界の失われた土地』にはその後の彼女の行き方や作家として何をどのように描くかというオースティンの問題意識を読み取ることが可能であるだろう。

▼追憶と乾き

このように考えると、一九〇三年出版の『雨の降らない土地』を執筆していた時期に、オースティンは自身のそれまでの人生を反芻し、まだ見いだしえないこれからの人生の「道程」と新たな「境界」を見いだそうとしていたと考えられる。『雨の降らない土地』には過去の回想に呼応するかのような追憶の趣がある。「人は砂漠について書く時、物悲しい調子に落ち込んでしまう」(7)と語り手は言う。『雨の降らない土地』は、オースティンが失われたユートピア世界を描こうとしたものだと論じるマーク・シュレンズ(Mark Schlenz)は、「『雨の降らない土地』における悲劇的な喪失の感覚…それは愛すべき場所と時がもはや回復できないという喪失の感覚である。それらが読者を動かすのである」(198)と述べる。オースティン自身も「いかに読み書きを学んだか」("How I Learned to Read and Write")において『雨の降らない土地』の執筆について「私はその場のまさに中心にいながら、雨の降らない土地についてそれが何か最も愛され、そして今や消え去ってしまったものでもあるかのように書き始めていた」(150)と言う。カリフォルニアの砂漠を観察するオースティンの目は、同時に彼女のそれまでの過去の記憶にも向けられている。彼女自身の生き方を探しあぐねていたオースティンの乾きは、不毛とされる砂漠の乾きと共鳴したのである。

ペンギン版『雨の降らない土地』

オースティンの乾きとは、経済的にも精神的にも自律したいという強い願望である。彼女は二三歳でスタッフォード・ウォーレス・オースティン(Stafford Wallace Austin)と結婚し、数年後に離婚するまで、二〇世紀初頭の多くの女性と同様彼女の人生は、家族や夫の意向に左右されていた。イリノイからカリフォルニアのベーカーズフィールドの南三〇マイルの砂漠地帯に、公有地払い下げ法により土地を所有した兄と母と共にオースティンは移住した。その時もオースティンは移住について事前に相談をうけたことはなかったと言う（Pryse xi）。この時オースティンは地元の大学を卒業したばかりであった。孤独なオースティンは、期待された兄とは異なり母親からは低い評価しか受けてこなかった（Pryse x）。自身のことを三人称で語る自伝『アース・ホライゾン』（*Earth Horizon*）には次のような一節がある。「メアリーの場合は、あらゆる側から押し付けられる考えを拒否できないという点でさらに惨めだった。それは彼女が感じるいかなる不満も彼女自身が持って生まれたものが原因であるということ、つまり彼女は存在するすべてのすばらしいものに対して鈍感であり、風変わりであり、そして恩知らずだという考えである」（108）と。オースティンは家族や社会と自身の間の齟齬を長い間感じていたと思われる。

ウォーレスとの結婚は、頑迷な母親と家父長的な力を誇示する兄からオースティンを解放するかに見えた。しかし夫ウォーレスは経済的に家族を養うことができず、オースティンは短期の教師の職を探さねばならなかった。結婚の翌年生まれた娘は、精神的な障害を持っていた。娘の誕生から四年後母親はオースティンとの確執を残したまま世を去る。夫と別居をくり返しながら、オースティンは障害のある娘を施設に預ける。それ以後彼女は一度として娘に会うことはなかった。その時二〇歳後半のオースティンはシエラ山脈の見えるインディペンデンスの家で『雨の降らない土地』を書き始めるのである。

カリフォルニア中央・南部

▼砂漠と人里を可視化する

その時オースティンの前に広がる砂漠は、文字通り茫漠と広がる、境界の見いだせない彼女自身のこれからの人生と重なって見えたことであろう。オースティンは、一九世紀に生きる女性が選べる、限られた人生の選択肢から大きく逸脱してゆく自分を感じていたに違いない。オースティンは未知の未来に向かう自分を砂漠の中に分け入る自分とだぶらせていたかも知れない。砂漠は彼女にとってまだ何も記されていない白い紙であり、彼女の「体験の道程」を記す地図的空間であったとも言える。

『雨の降らない土地』でショショーニ族の生活に言及しながら、語り手は「土地の風土がそこの生活の習慣を形作る。そしてその土地ではその土地の様式においてのみ人は生きることができる」(33) と言う。オースティンは法や町の約束事の及ばない領域へ入っていくと宣言しているのである。したがって人が住まない砂漠で、「淑女らしく」振まうことに積極的な意味はない。『境界の失われた土地』の「歩く女」("The Walking Woman") の語り手は、「淑女のような身のこなしなので大目に見られるということに真実があるとするならば、ここではそのようなことは機能しない。…(町では) 毛布と黒いかばんにほとんど空の財布を持って、荒くれて孤独な男どもの出入りする場所をエスコートもなく自分の足で歩き回ることは淑女らしくないのである」(256) と言う。オースティンは「淑女のように振るまう」ことが、町の生活の単なる約束事にすぎないと暗示している。しかし、オースティンは人里を捨てたわけではない。『雨の降らない土地』の語り手は、「人は寂しい土地の中心部へと果敢に挑むことはできるだろうが、生と死が存在しないところまでは行けないのである」(5) と言う。オースティンは法や町の約束事を相対化できるような場所として砂漠を捉えているのであり、砂漠と一体化しようとしているのではない。

オースティンにとって砂漠が魅力のある場所であるのもそのような理由のためである。『雨の降らない土地』の語り手は「空気がどれほど乾燥していようと、土地がどれほど質の悪いものであろうと、生命がまったく存在しないということはない」(1) と言う。土地の有用性の観点から言えば、砂漠にはそれほどの価値があるとも思えない。砂漠には「愛すべきものはほとんど何もない」(2) かも知れない。しかし、そこでは人里では計り知れない自然の営みがある。「一度離れれば必ず戻ってこざるをえない土地でもある」(2) と語り手は言う。オースティンは町の生活を捨てて、砂漠地帯の住人になるべきだと言っているのではない。むしろ彼女は、砂漠が町の約束事や常識がもはや力を持たなくなる場所であることを暗示し、町と砂漠を越境する行為に意味を見いだしている。

二　自然の摂理から物語へ

オースティンにとって人生や自然には隠された意味や「様式」、そして「意図」がある。自伝『アース・ホライゾン』で彼女は「他の人の場合にあてはまるかどうか分からないが、私は人生の三分の一を生きてきた時点で、ある様式が私のために用意されており、その主な道筋が明確に示され、その重要な形跡が明らかであったと私は信じている」(vii) と言う。オースティンはこの「様式」について「大自然 (Nature) と呼ぶべき全体性」とか「より深い自我から立ちあがった私自身」(viii) と述べている。彼女のこの「内在的な様式」とは具体的に何であるかは分かりにくい。しかしそれは「神の意図」にも似た絶対性を持ち、彼女の人生が生きるに値すると納得できるところの感覚であろう。自伝が出版されたのはオースティンが六〇代の中頃である。彼女が人生の三分の一を生きた時にすでに彼女のいう人生の「様式」を認知したのであるから、その時彼女は二〇歳代のはじめであったと思われる。つまりオースティンがカリフォルニアの砂漠地帯に移り住んだ頃である。オースティンが彼女の人生の「様式」を見いだした頃、彼女は不毛の地とされている砂漠の新たな捉えなおしを試みていたことになる。

事実、『雨の降らない土地』には、自然の営みに明確な「神の意図」を見いだそうとするオースティンの志向が強い。『雨の降らない土地』は砂漠地帯の動植物の調和のある営み、そしてネイティヴ・アメリカンの風土に根ざした生活様式、さらにシエラ山脈から平野の排水溝に至る水脈の循環性を描いている。この調和のある自然の営みは最終章「葡萄の木のある小さな町」("The Little Town of the Grape Vines")に描かれるユートピア的な共同体の記述で終わっている。しかしもう少し詳しく見ると、オースティンの「神の意図」への志向が彼女の持つ現実的な感覚と共存していることが分かるのである。

▼失われたユートピア世界

オースティンは、シエラ山脈の冷たく荘厳な美しさに圧倒されたことを記す。「それは恐ろしいと言っていいとも思える。光沢のある峰のいただきが雨のあとの濡れた夕映えへと変化する時、神の意図はどれほど年月を経ており、そしてどれほど不動なものかをあなた方は理解するだろう」(70)と述べる。しかし語り手はこの場合の「神の意図」とは具体的には何かを説明しない。人知を超えた神の業が見られると言うことかも知れない。「神の意図」は人知を超えているので説明は難しいだろう。このあとすぐ語り手は、「山の小道を登るのは夏至の頃が最も良い季節だと言われていることを信じてはいけない」(70)と読み手の方を向

シエラ山脈を臨むカリフォルニアの風景
出典：*The California Landscape Garden*（U of California P, 1999）p. 184

き、具体的な事柄へと話題を変える。このようにオースティンは「神の意図」と言う時空を越えたものを伝えようとするが、語り手にそれについて詳しく語らせることはない。ウィリアム・シェイック（William Sheick）は具体的なものから常に飛翔しようとするオースティンのこの傾向について彼女には「一時的なもの」の中にある「永遠なるもの」を求めようとする志向があると言う（38）。しかしながら、オースティンは飛翔しようとしたあと必ず現実に戻る。先の「神の意図」への言及に次いで語り手は「山の小道」に話題を移し、そしてさらに語り手は砂漠の良さを理解するには「できるだけこの土地のものを食べ、ここで生活することだ」（70）と読者に呼びかける。オースティンは最終的には自然ではなく読者との共感を求めようとすると言える。

さらに、オースティンは砂漠にユートピア世界を描出しながら、そこに彼女自身を同一化しない。「虹のかかった丘、穏やかな青みを帯びた霧、陽光をうけた湖水の輝き、これらはその実を食べると浮世の苦しみを忘れると言うロータスの魔力を持っている。それらの美しさは時の観念を狂わせる」（6）と語り手は言い、そして「神の国であればどこでも呼吸することのできる神聖で清らかな空気がここにある」と続ける。しかし、砂漠で「時間の観念」を忘れると死に至る。オースティンは出現したユートピア世界に入ることなく、それを外から眺めている。「人々はこの地に魅了され、不可能なこともやってみようという気になるのである」と語り手はユートピア世界に距離をおく。このようにオースティンはユートピア世界に魅了されるかに見えて、一方で強固な現実感覚も持ち合わせている。オースティンは語り手が描く砂漠のユートピア世界のすばらしさを人々が理解するには時間がかかることを知っている。だから「いつか世界は風の強い丘の頂きにあるこの小さなオアシスが倦みつかれた人々を癒す避難所となることを理解するだろう」(6)と語り手に未来形でこの文を結ばせるのである。自然の営みに人知を超えた「神の意図」を捉えようとするオースティンの志向は、常に彼女の強い現実感覚と共存している。オースティンの現実感覚は、「永遠なるもの」よりも「一時的なもの」、生命を持つ有限なものに向けられる関心である。

▼他者としての自然

自然の摂理から言えば、生命体の死も大きな循環運動に包摂される。『雨の降らない土地』の「腐食動物」("The Scavengers")では、生命体の死は「自然界の効率のよい秩序」(18)の一環として描かれる。それらの死には感傷も邪悪さもない。しかし、オースティンは理想郷を描いた最終章「葡萄の木のある小さな町」の前章「他の水の境界」("Other Water Borders")で葦の生い茂った沼地の未開地、トゥラリスについて語り手に語らせる。そうしながら死が持つ暗く謎めいた面に言及している。「トゥラリスは神秘とマラリヤに満ちている。それは、そこを探索しようとして今まで私たちがそうしなかった理由である」(91)と語り手は言う。語り手は続けて「人は望むだろうが、この葦の生い茂った沼地が飲み込んでしまった鳥たちのさえずりを近くで聞くことはないのである」(91)と言う。オースティンにとって葦の沼地は死の気配が漂う不気味な場所である。「鳥たちはそこで何をするのか、そして何を見つけるかはトゥラリスの謎である」と語り手は述べる。「魚も鳥も入って行けない」葦の沼地は、シエラ山脈と同様人知を超えた謎である。しかし、オースティンは明らかにシエラ山脈の美しさとは違うものを葦の沼地に見ている。

シエラ山脈の美しさはオースティンにとって好ましい「神の意図」の具象である。一方、葦の沼地は足を踏み入れたくない謎である。この場所にどのような「神の意図」があるのかオースティンには分からない。葦の沼地は謎としてオースティンに立ちはだかる。自然から隔てられている感覚は「雨の降らない土地」の最後にも見ることができる。「星たちは夜空のそれぞれの軌道を巡りながら、この世の苦労にいらだっている者たちを斟酌することはない。空を見上げて横たわっているあなたも、そしてそばの茂みで遠ぼえする痩せたコヨーテも夜空の星にとっては何の意味もない」(8)と。葦の沼地のように、夜空もオースティンにとって「入って行けない」謎として立ちはだかっている。生き物に対する夜空の圧倒的な無関心を前にして、オースティンはむしろコヨーテに親近感を抱いている。同様に彼女は、葦の沼地に分け入るよりもそこで失われた鳥のさえずりに耳を澄まそうとしている。オースティンは自然の大きな摂理の中に動植物の生命の営みを捉えようとしながら、同時に個々の生命体固有の声に引かれているのである。それは、彼女のもつ強固な現実感覚に根ざしていると言えるだろう。

三　境界の失われた物語

▼記録者から物語る者へ

オースティンの鋭い現実感覚は、『境界の失われた土地』における砂漠の捉え方の変化に見ることができる。『雨の降らない土地』の砂漠が自然の大きな摂理を示す砂漠であるとするなら、『境界の失われた土地』の砂漠は、法や人里の約束事が機能しない場所であり、時には人を惑わせる領域として捉えられている。オースティンは砂漠地帯に住むことによって砂漠が標識や地図によって捉えられないことを身をもって実感していたのだろう。「法は境界と共に効力を持つのであって、境界を越えて効力を持つのではない。… 人は感覚を確認するために規則によって自身を締め付け、組織の中で人としてのまとまりを持つのである」(156)と語り手は言う。砂漠では人も同様に、町の人とは異なる。「砂漠では、法と境界標識が役に立たず、人の魂は二つの割れた桶から水が漏れるように、境界線のかなたに霞んでゆくのである」(156)と語り手は述べる。砂漠では人も同様に捉えがたいものになる。

したがって『境界の失われた土地』の語り手は、『雨の降らない土地』の「記録者」としての語り手とは異なる。『雨の降らない土地』の語り手は、「みなさんは私が単なる記録者であることをよく理解されていると言うのは読者が何を一番に求めているかを私は知っているからである」(42)と言う。オースティンはこの語り手には砂漠を観察し報告する能力が備わっていると暗示しているのである。一方、『境界の失われた土地』の語り手は、語ることに対して意識的である。この語り手は、記録者の持つ権威を捨てて、首尾一貫した物語をあえて語ろうとはしない。語り手は、「ここに記したことは、境界の地に住む人々が考え、そして感じたことである。… しかしローリングがどうなったかとか、サンド・マウンティンの嘆きの穴に降りた男に何が起こったかを語らねばならないとすればその保証はない」(157)と言う。ローリングも穴に降りた男についても他に言及はない。つまりオースティンは『境界の失われた土地』の語り手が「読者が何を一番に求めているかを知っている」語り手ではないと言っているのである。オースティンは砂漠に境界を記すような横暴な力を語り手にできるだけふるわせず、その限界のある視点を意識した語りをさせている。オースティンは自然の摂理という枠組みではなく、限られた視点から限られた現実を語ろうとする。

オースティンが持つ語ることへのこのような意識は、『境界の失われた土地』の語り手が創り上げたネイティヴ・アメリカンの女性像に対する心の痛みとなって表れる。語り手はショショーニ族が使っていた陶器の破片をもらう。粘土に金が含まれているため壷の破片は輝いていた。「これについて物語を見いだすべきだ」(158)と言われた語り手は、金の混じる砂のある川や壷、さらにそれほど美しくはない「インディアン」女性に思いをめぐらした。雑誌に載った話を読んだ男が、話の中の「スクォー」を知っていると言った時、語り手は「良心の呵責」を感じた。「私は自分でもこの話を信じ始めていた。しかしテネシーがこの話のスクォーその人を知っていると思うと言った時、私は良心の呵責を感じた」(158)と語り手は言う。語り手は自分が創造した「インディアン」女性が現実に生きる「インディアン」女性に当てはめられてしまうことに、作家としての責任を感じたのである。語り手は最後に、「どちらにしても境界の失われた土地をよく知っていると言う人の話は信じない方が良い」(159)と読者に念をおす。「物語は霞の中の夏の小島のようにおぼろげである」(204)からである。「沈黙する広大な砂漠」(167)を前にオースティンは記録者としてではなく、「入って行けない」自然を前にする読者と同じ位置にいると言える。

▼女性のスフィンクス像としての砂漠

オースティンは法の定義や人里の約束事にとらわれない砂漠を『境界の失われた土地』において不屈の精神力を持った力強い女性のスフィクス像に近いものとして描いている。この女性像は、オースティンの現実感覚と「永遠なるもの」への希求が一体化した具象と考えられる。語り手は言う、「砂漠が女性であるなら、彼女はどんな人かを私はよく知っている。豊かな胸と広い腰を持ち、褐色の肌をして、褐色の髪の毛を持ち、その髪の毛は胸と腰にそってつややかにたわみ、スフィンクスのような豊かな唇を持っている。しかしそれはスフィンクスのように重くはなく、目元は空の宝石のように不動である。彼女を求めることなく奉仕しようとする気持ちを男たちに持たせる顔つきをしている。心が広いので男たちの犯す罪は彼女にはとるにたらず、情熱的で忍耐強い。たとえ地上のすべてを与えると言っても、彼女自身の欲望の他に彼女をその褐色の髪の毛の幅ほどにも動かすことはできない」(160)。大地と女性を同一化することは抽象的であり具体性を欠くが、西部が男性の領域とされていた時代にオースティンは新しい砂漠のイメージを提示したと言える。キャロル・ディクソン(Carol Dickson)は『自然と国家』(*Nature and Nation*)の中で、オースティンの砂漠の捉え方は庭としての自然のイメージがもつ家庭性を排除した、当時では斬新な捉え方であると言う。ディクソンは「オースティンにとって西部の砂漠は庭としての西部のイメージ、つまり家庭のイメージからはより自由な環境のイメージを女性に対して提示している」(149)と言う。

メアリー・オースティン
(1900年代初期)
出典:*A Mary Austin Reader*, p.35

砂漠で生きたオースティンの実感が砂漠を女性のスフィンクス像として捉えさせたのであろう。

砂漠を象徴する女性のスフィンクス像は「歩く女」のウォーカー夫人と呼ばれる女性に近い。ウォーカー夫人は「男性が敬意を持って接するようなタイプ」(255)の女性で、「病を治すために歩き始めた」(257)と言う。病の他の心配事もあったようだと語り手は暗示する。ウォーカー夫人にはかつて夫となる人と子どもがいたが、今は砂漠地帯を放浪している。「彼女は社会の既存のあらゆる価値観を歩きながら捨ててゆき、彼女にとって最良のものが訪れた時に、それを自分のものとすることを知っている」(261)のである。語り手は彼女と会ったにもかかわらず、彼女の具体的な容貌はあいまいで、居場所も特定できない。私たち読者はここでウォーカー夫人とは語り手の背後にいるオースティンその人ではないかという気持ちを抱く。私たちにそう思わせるのは、ウォーカー夫人が語り手に夫と共に働き、相手を慈しみ、そして子どもを育てることが人生で最も大切なことだと告げるからである(261)。それらは、オースティン自身がなしえなかったことである。彼女は自分の分身をウォーカー夫人に託していると考えられる。

砂漠としての女性のスフィンクス像は、しかしながらネィティヴ・アメリカンの女性には当てはまらない。『雨の降らない土地』の「バスケット・メーカー」("The Basket Maker")の「インディアン」女性セヤヴィ(Seyavi)は籠作りの名人である。砂漠の風土にあった生活をするセヤヴィには確かに「複雑な文明の中で使われないために退化してしまった一種の本能」(88)があるかも知れない。しかし年老いて目の見えないセヤヴィは、女性のスフィンクス像とは似ていない。さらにこのスフィンクス象は『境界の失われた土地』の「良心に関する事件」("A Case of Conscience")において英国人に捨てられる「インディアン」女性タワセ(Turwhasé)とも異なる。英国人の夫から子どもを取り返したタワセは「本当にインディアンそのものであった」(173)と誇り高いタワセを語り手は読者に印象づける。しかし女性のスフィンクス像のようにタワセは、「彼女を求めずして奉仕しようとする気持ちを男たちに持たせる」ことはできなかった。ウォーカー夫人とは異なり彼女たちは自らを語ることはない。語り手の「良心の呵責」にも関わらずセヤヴィもタワセも語り手によって造型された「インディアン」女性であると言える。

女性のスフィンクス像にはこのような人種的偏りが見られるものの、オースティンは人里の約束事では捉えがたい砂漠を女性のスフィンクス像で表す。スフィンクスは頭が女性で胴体がライオンであり、その背につばさを持った怪物である。人間であるのか動物であるのかの境界が明確ではない生き物である。スフィンクスが人間と動物の境界を越えた生き物であるとするなら、ウォーカー夫人も社会から押し付けられた「淑女」としての限界に果敢に挑みながら、町と砂漠の境界を自由に横断する女性である。このように、女性のスフィンクス像とウォーカー夫人には法や町の約束事を相対化する力がある。そして、そのウォーカー夫人がオースティン自身を彷彿とさせるとすれば、当然女性のスフィンクス像がオースティン自身に近いと言う事である。そうであれば、自然から隔てられていると感じるオースティンはスフィンクス像に近い女性として砂漠との新たな親近性を創造しえたことになるのではないだろうか。オースティンの強固な現実感覚は飛翔への衝動を相対化し、生命体が紡ぐ有限の物語に引かれる性質を培った。その感覚は物語ることに付随する力の働きにも敏感であった。しかしながら、自然の摂理に「神の意図」を見いだそうとする意識や自身の人生に「内在的な様式」を読み取ろうとする志向、さらに超越への希求が消えうせたわけではない。それらは、オースティンの現実感覚と共に女性のスフィンクス像としての砂漠の表象にひとつの像を結んだと考えられるのである。

参考・引用文献
赤嶺玲子「自然とジェンダー——メアリー・オースティンによる砂漠の表象」『文学と環境』第三号　ふみくら書房　二〇〇〇年

四一―四七頁。
Austin, Mary Hunter. *Beyond Borders: The Selected Essays of Mary Austin.* Ed. Reuben J. Ellis. Carbondale: Southern Illinois UP, 1996.
____. *Earth Horizon: Autobiography.* 1932. Reprint. Albuquerque: U of New Mexico P, 1991.
____. "How I Learned to Read and Write." *A Mary Austin Reader.* Ed. Esther F. Lanigan. Tucson: U of Arizona P, 1996. 147-151.
____. *The Land of Little Rain.* 1903. Reprint with an introduction of Terry Tempest Williams. New York: Penguin, 1997.
____. *Stories from the Country of Lost Borders.* Ed. Marjorie Pryse. New Brunswick: Rutgers UP, 1987.
Dickson, Carol Edith. *Nature and Nation: Mary Austin and Cultural Negotiations of the American West, 1900-1914.* Dissertation. U of Wisconsin-Madison, 1996. Ann Arbor: UMI, 1996. 9634892.
Schlenz, Mark. "Waters of Paradise: Utopia and Hydrology in *The Land of Little Rain.*" *Exploring Lost Borders: Critical Essays on Mary Austin.* Ed. Melody Graulich and Elizabeth Klimasmith. Reno: U of Nevada P, 1999. 183-201.
Scheick, Williams J. "Mary Austin's Disfigurement of the Southwest in *The Land of Little Rain.*" *Western American Literature* 27(1992): 37-46.
山里勝己「砂漠と人間――Mary Austinの*The Land of Little Rain*――」『英語青年』第一四〇巻　第十一号　研究社　一九九五年　五六三頁。

松永　京子

9　ウィラ・キャザーとアメリカ南西部

――表象と歴史をめぐって

キャザーの南西部小説における環境的想像力を語る際に無視できないのが、一九世紀末の社会的コンテクストに影響を受けたキャザーの場所表象であろう。キャザーの場所表象は作家の南西部体験を通じて変化し、またその時代に浸透する場所の「イメージ」を露呈する。本論は「魅惑の絶壁」『雲雀の歌』「トム・アウトランドの物語」といった作品を中心にキャザーの場所表象の形成過程を辿ると共に、その歴史的文化的意義を探る。

一　はじめに

▼キャザーと南西部

一九世紀末アメリカにおいて、西へ西へと向かうパイオニア精神は、まさにナポレオンのエジプトへの侵略が一八六九年スエズ運河完成へと繋がっていったように、政治や資本と不可分である巨大な鉄道建設プロジェクトへと反映されていった。一八八〇年代までに鉄道はツーリズムのために西部を解放し、それに伴って「美、壮観、ピクチャレスク、エキゾチックといったロマンチックな概念の裏付けとなる記録資料」(Nies 315)が必要とされるようになるのだが、まさにこれにうってつけだったのが紀行文やポストカード、パンフレットや展示会といったポピュラーカルチャーによる南西部表象であった。その結果、一八八〇年から一九一〇年代までには、南西部の土地や人々に関する言語的、視覚的イメージがアメリカ東部の至るところで見られるようになっていった。

この時代、アメリカ中西部のネブラスカを中心に国際色豊かな移民のパイオニア世界を描いたことで知られるウィラ・キャザー(Willa Cather)(図-1)も、南西部に深い関心をよせた作家の一人であった。キャザーの友人でありルームメイトでもあったイーディス・ルイス(Edith Lewis)は、南西部の岩窟居住者(Cliff Dwellers)についての物語は子供達が無意識のうちに知るようになっているアメリカ西部の「ネイティヴ(native)神話」の一つであると述べているが、キャザーも例外にもれず、幼少期から弟達といっしょにプエブロ・インディアンの祖先であるといわれる岩窟居住者についてあれこれと想像をめぐらせたのだった(Lewis 81)。また、一九一二年には念願の南西部旅行も果たし、その後もたびたび南西部へと足を運んだ。

後年になってキャザーは南西部を自身の「芸術の源泉」(the artistic birthplace)(O'Brien 417) と見なしているが、南西部はネブラスカ同様作家にとって極めて重要な場所であったといえる。

▼南西部小説再考の意義

ネブラスカ大学のキャザー研究家スーザン・J・ロゾウスキー(Susan J. Rosowski) は『アメリカ文学研究の展望』(*Prospects for the Study of American Literature: A Guide for Scholars and Students*) のなかで「これまでの批評家がキャザーやキャザーの人生について書いてきた」のに対し、現在の研究においては「キャザーを通して現在の我々に重要な概念や関心について言及する」(219) ことが必要であると述べているが、キャザーの作品を通して私達は、私達自身の文化や社会を見直す機会も与えられているといえるだろう。二〇世紀以降の環境問題は、一九世紀末におけるパイオニア精神とビジネスとの融合に顕著な、北米のあるいはグローバルな資本主義、商業主義社会のあり方と密接に結びついているからである。

図1　ウィラ・キャザー
写真：Rineheart-Marsden

　カナダのパシフィック鉄道が完成するまでを叙事詩的に描いた長篇詩「最後のスパイキへ向けて」("Toward the Last Spike") は、自然を敵対視し征服しようとしたパイオニア精神が政治や資本と密接に絡み合って鉄道建設を可能にしたことを露呈しているが、特に一九世紀末のアメリカは、鉄道によって西部との接触が直接的あるいは間接的に可能になったために人々の南西部に対する意識が急激に変化しはじめた時代でもあった。キャザーは南西部を訪れる以前に「魅惑の絶壁」（"The Enchanted Bluff," 1909）を執筆し、一九一二年の南西部初訪問直後には『雲雀の歌』（*The Song of the Lark*, 1915）、そして一九一五年のメサヴェルデ（Mesa Verde）体験後にはそれをもとに「トム・アウトランドの物語」（"Tom Outland's Story"）[1]を仕上げているが、これらのキャザーの一連の南西部小説にもこのような場所に対する国民的意識が投影されているといえる。本論では、以上の三編のキャザーの南西部小説に注目し、作家の場所表象の発展的段階を明らかにするとともに、作品の場所表象や自然観に刷り込まれた歴史的あるいは文化的意義を考察する。そうすることで一九世紀末から今日まで続く、アメリカ文化の環境意識に根付いた矛盾や混乱が、少しは見えてくるのではないかと思う。

二　「魅惑の絶壁」

▼表象と歴史のギャップ

「魅惑の絶壁」のモデルともいえるコロラド州南西部にあるメサヴェルデ[2]は、一九世紀末にはすでに様々な目的のために「発見」され「探索」されていた。デビット・ハレル（David Harrell）が論文「ウィラ・キャザーのメサヴェルデ神話」（"Willa Cather's Mesa Verde Myth"）の中で述べているように「一八八八年までにメサヴェルデは——あるいは少なくともメサヴェルデの一部は——すでに団体や個人によって探索されていた。遺物は取り除かれ、キャニオンや廃虚は測量され、実地調査され、写生され、撮影され、そして描写されていた」(136)。また発見され探索されたメサヴェルデは、写真や文字となって一般の人々の目にも触れるようになっていた。一八八八年にメサヴェルデのクリフ・パレス(Cliff Palace)を「発見」したことで知られるリチャード・ウェザリル(Richard Wetherill)についての記録や、ウェザリルの後にメサヴェルデを探検したスウェーデン人グスタフ・ノーデンスキョールド(Gustav Nordenskjold)の著作などは、いずれも一八八〇年代から一八九〇年代の間に出版されており、ものによっては図書館で手に取って読むことも可能であった(Harrel 11-13)。[3] また、当時人気のあった雑誌やジャーナルなどにも南西部はしばしば登場し、例えば一八八〇年の『ポピュラー・サイエンス・マンスリー』には、すでにコロラドの岩窟住居地についての詳細な説明がなされており、一九〇四年の『スクリブナー・マガジン』には、まさに「魅惑のメサ」("The Enchanted Mesa")と題されたトラベルライティング調のエッセイが二枚のメサの写真とともに掲載されている。さらに、文字や写真の書物に限らず、アメリカ東部の展示会などにも南西部は出現した。一八九七年にピッツバーグのカーネギー博物館では、マウントビルダーズの遺物のコレクションやモンテスマの井戸のモデルなどとともに、岩窟居住者のモデルハウスも展示された。このように、印刷物や展示会のなかで表現された南西部は、岩窟居住者の遺跡やメサの風景を中心としたポピュラーカルチャーとして一般市民の手に渡り、人々の興味や想像力をかきたてたのであった。

考えてみれば、実際にキャザーが南西部を旅行したのは一九一二年であり、一九〇九年に出版された「魅惑のメサ」を創作するのに手に入れることのできた南西部のイメージは、以上に述べてきたような文書や人

南西部を旅したときのキャザー
写真：Philip L. & Helen Cather Southwick Collection Archives and Special Collections, University of Nebraska-Lincoln.

伝等による二次的なものでしかあり得なかった。キャザーは一九一六年のエッセイのなかで南西部を探検したウェザリルとノーデンスキョールドに言及し、彼等の功績を称えているが(82-86)、このエッセイからも推測できるように、キャザーが彼等の作品について南西部旅行以前に知っていた可能性は十分にあり得る。[4] また大学では一時医学を専攻し、一八九三年から一九一二年の間ジャーナリストでもあったキャザーなので、『ポピュラー・サイエンス・マンスリー』や『スクリブナー・マガジン』等の雑誌から南西部について学んだ可能性も少なくないといえよう。カーネギー博物館で岩窟居住者のモデルハウスが展示されたときには、この展示会がどれだけ幅広い一般市民に開かれていたかということをキャザーは『ホーム・マンスリー』という雑誌のなかで述べている（14）。このように、当時耳にした南西部にまつわる話、目にした資料や写真、あるいは訪れた博物館などから入手した南西部のイメージが、キャザーの南西部表象に大きな影響を与えていたといえる。

けれども興味深いことにキャザーはこのような文化的表象を可能にした歴史上の「発見」の事実を作品のなかで見事に一掃してしまった。すなわち、「魅惑の絶壁」と呼ばれるメサがいまだかつて植民者によって発見されたことのない「未踏」の地として描かれているのである。「魅惑の絶壁」に登場する少年達は、ネブラスカの大地でニューメキシコのメサを想像するのだが、少年達は実際に南西部を訪れたことはないし、また二〇年後大人になってからも訪れることはない。そして少年の一人が指摘しているように、この「大きな赤い岩」(416)のメサは、かつて白人で登ったものは誰もいないために「魅惑の絶壁」といった壮麗な名で呼ばれたのだった。このことを念頭において短編「魅惑の絶壁」を再読してみると、作品における南西部表象が、実際の南西部の風景からではなく、ポピュラーカルチャーによる南西部表象とさらに作者になじみの深いネブラスカの風景から影響を受けていることが見えてくる。

▼ネブラスカ化される南西部

ところはネブラスカのサンドタウン。夏の間だけあらわれる川底の乾いた砂でできた砂州で、六人の少年達がかがり火を焚いている。それはこの年最後のかがり火で、翌週になれば主人公の「僕」は、ノルウェー人地区の地方学校で教鞭をとるために、サンドタウンを離れてディヴァイドの町へ向かわなければならない。この砂州を囲む川と六人の少年達とは、シンビオウシス(symbiosis「共同生活」)の関係にあるといえる。彼等は釣りやスケートを目的に川にでかけていく他の少年達とは違い、「この川を通じて友人」となったのであり、しかも「川の精神に契りを結ん」でいるのだ。とりわけハスラー(Hassler)兄弟は、あまり頻繁に川で過ごすので「川そのものみたいに茶色で砂色」の肌をしているし、兄のオットー(Otto)となると春学期が始まるやいなやまるで「川が彼なしではやっていけない」かのごとく学校から姿を消してしまう。サンドタウンを離れようとしている「僕」もすでにホームシックにかかっており、友人とこの川の風景をなごり惜しむ気持ちでいっぱいである。「これまでずっと一緒に遊んできた少年達とこの川から離れることを思うと、そして風車小屋ととうもろこし畑と広大な牧草地でできたあの風の強い大草原に行くことを思うと、僕は早くもホームシックにかかってしまうのだった。そこには強情で手におえない風景は見られないし、川に沿ってできる新しい砂州や、珍しい鳥を見ることだってできないのだ」(421)。

このように相互に補足的関係にありながら、川は少年達の想像力を育成し、助長するという重要な役割を果たす。川の形成する砂州は、物理的にも精神的にも「俗世界」から切り離された空間を少年達に与え、ストーリーテリングという空想の世界に入り込むための雰囲気を準備する。夜の帳がおろされると、「水流のゴボゴボという音がだんだんと重みを増して」いき、水の「声」がまるで相づちのように少年達の物語のなかに入り込んでくる。ネブラスカの自然に囲まれた、川と川、そして過去と未来の狭間で少年達の想像力は飛翔する。コロンブス、ナポレオン、スペインの探検家、アステカ族、そしてニューメキシコの岩窟居住者へ。ストーリーテリングの空間が満たされていくなか、チップ(Tip)が南西部の「魅惑」のメサについて語りはじめると、少年達はこの場所に魅了される。何百マイルもサボテンと砂漠しかない場所に唯一そびえたつ、赤い花崗岩でできた絶壁。何百年も前に衣服や陶器をつくって生活していた古代インディアン部族と彼等の衰退。そしてそれ以後だれもそこにのぼったものはいないといわれるメサ。少年達は皆、いつかはこのメサに登ることを夢見るのであった。

少年たちの南西部のイメージは、ネブラスカの川と砂州の風景に呼応する。ネブラスカの砂州は、水に囲まれた「からっぽの砂漠の風景」として描写されているが、これは砂漠にありながらもその周りだけは十分な水や草があるという「魅惑」のメサのイメージによく似ているのである。チップは他の少年達にメサを次のように説明する。「いずれにせよ、風変わりな場所なんだ。何百マイルもずっとサボテンと砂漠しかないのに、絶壁の真下にはきれいな水もあるし草もたくさんある。だからバイソンがよくそこへ行ったんだ」(418)。このようにネブラスカと南西部の風景が重なりあうことで、少年達はこれまで見たこともない風景に感情移入できるのであった。

キャザーが幼少期に遊びと空想のために隠れ家とした場所に、屋根裏の自分の部屋ともう一つ、弟達と発見したリパブリカン川(the Republican River)の砂州の島——ファー・アイランド(Far Island)——がある(O'Brien 84)。リパブリカン川は、ネブラスカ州南部のウェブスター群、すなわちディヴァイド(The Divide 分水界)と人々に呼ばれる土地を囲んだ二つの川の一つで、ヴァージニアから家族と一緒に移ってきた幼いキャザーは、ここで弟達とキャンプをしたり、たき火をしたり、あるいは冒険小説を演じたりした。[5] エリザベス・S・サージェント(Elizabeth Shepley Sergeant)は、キャザーが短編「魅惑の絶壁」の少年達のように「木立、トネリコバカエデ、ヤナギに囲まれた大草原の浅い川を、自分達だけの隠れ家」(80)に変えてしまったと述べているが、このリパブリカン川の砂州は、まさに「魅惑の絶壁」のサンドタウンに住む少年達の砂州でもあった。

キャザーは南西部の風景をネブラスカの自然環境に近付けることで、実際に目にすることが不可能な南西部の風景をより親しみをこめたレベルで描写することに成功した。けれどもそれはあくまで想像上でしかなかったことを再度強調しておく必要があるだろう。少年達はメサを「発見」したいと夢見るものの、実際は誰もこの夢を実現し得なかった。そのためメサをめぐる物語は実際の場所と交わることはない。到達されず、探索されなかった物語上の南西部空間は、歴史上の場所と違っていつまでたっても「未踏」のままなのである。

▼風景から消された歴史

「魅惑の絶壁」に描かれた南西部に特徴的なのは、「からっぽの砂漠の風景」といった描写にも見られるように、人間と人間の歴史の欠如した場所のイメージであった。確かにメサの描写には、古代インディアンがどのようにそこで生活し、衰退していったかということがこと細かに書かれてはいる。けれども十九世紀末のアメリカ先住民と植民者の歴史はその風景から完全に消去されてしまっているのである。このことは同時代のポピュラーカルチャーに表象される南西部全般にも見られる傾向であった。

メサヴェルデを歴史、科学、考古学にわたって詳細に調べあげ、よりリアリスティックなメサを記録しようとしたノーデンスキョールドでさえ、このようなイメージから完全に逃れることはできなかったようだ。「私が到着した時代は、建設中のものが一本あったのを除くと、ドゥランゴ（Durango）から西部への鉄道は一つもなかった」(1)という序文にはじまる、人里離れた未開の地として南西部を描いたノーデンスキョールドの著書は、まったく人間のいないメサヴェルデの風景の写真――あるいは人物がいたとしても探検家らしい人物が岩や廃虚の上にノスタルジックに座りこんでいたりする――を含むことによって、この場所が古代インディアンの文明が発達し衰退していった後は、少なくとも筆者が足を踏み入れるまでは「空白」であったことを印象づける。また、現実の南西部先住民のスケッチがなされているとはいっても、一六世紀の先住民とスペイン植民者の歴史が述べられているくらいで、作品が書かれた当時（一八八〇から九〇年代まで）のウンデッド・ニーでの虐殺や強制移住といった平原地方を中心としたアメリカ大陸全般に渡る先住民と植民者の葛藤の歴史は、ほとんどといってもいいくらい言及されていない。[6]

ジョセフ・R・アーゴ（Joseph R. Urgo）は『ウィラ・キャザーとアメリカ人口移動の神話』（*Willa Cather and the Myth of American Migration*）のなかで、「フィルムやキャンバスに創られたイメージや文字になったイメージは、人間の意識のなかで直接の現実と空間を共有する。なぜならそれらのイメージ自体が直接の現実の一形態なのだから」（26）と述べているが、ポピュラーカルチャーによって創られるイメージは南西部の外側にいる人間の直接の現実の一形態ではあったにしても、当然のことながら南西部や南西部の歴史そのものではなかった。南西部を表象してはいたものの、限られた視点からの場所のイメージしか与えてこなかったのである。アーゴは「イメージと表象の間にある空間から、芸術形態が想起する意識中の心象が生まれる」（26）と述べているが、「美」「壮観」「ピクチャレスク」「エキゾチック」といった南西部の「ロマンチックな概念」は、まさにこのような場所表象と「現実の歴史」とのギャップから生み出されているといえよう。

三　『雲雀の歌』

▼「芸術の源泉」としての南西部

キャザーが実際に南西部の風景と接触するのは、前述したように「魅惑の絶壁」から三年後の一九一二年になってからのことであった。一九一二年四月、ニューヨークを離れてキャザーはアリゾナ州に住む弟ダグラス（Douglass）と共に初めて南西部を旅行した。このときキャザーは、『雲雀の歌』に描かれているパンサー・キャニオン（Panther Canyon）のモデルともいうべき、ウォールナット・キャニオン（Walnut Canyon）を訪れるのだが、岩窟居住者の遺跡の残るウォールナット・キャニオンでの経験はキャザーの想像力に多大なインパクトを与えたようだ。イーディス・ルイスは「古い、けれども強烈に似通った文明と実際に接触」したことで、キャザーが「深く心を動かされ」、その土地での経験が「彼女の脳裏に根付いて芸術的想像へと花開いていった」（81）と述べている。「魅惑の絶壁」の少年達が成し遂げることのできなかったネブラスカから南西部への移動を、キャザー自身はニューヨークからアリゾナへ、『雲雀の歌』の主人公ジーア・クロンボルグ（Thea Kronborg）はシカゴからアリゾナへ移動することで成し遂げた。こうしてようやく辿り着いた南西部は、キャザー自身にとってそうであったようにジーアにとっても、芸術的インスピレーションを与える重要な場所となったのである。

▼南西部の自然とエピファニー

『雲雀の歌』では、アリゾナ州のパンサー峡谷にある岩窟居住者の廃虚にやってくることが、後にオペラ歌手となるジーア・クロンボルグにとってのターニングポイントとなる。というのも、古代インディアンの遺跡と峡谷の自然を通して、ジーアは自らの声が「生命力」や「肉体の快活さ」あるいは「血流中の突き動かすような力」そのものであることを理解し、一度はあきらめかけていたオペラ歌手の夢へと再び突き進んでいくからである。

ある日峡谷で水浴びをしているジーアは、小川、そして陶器で水を運ぶ古代インディアンの女性を想像し

「メサヴェルデ」
写真：United States National Park Service

ながら、歌うということは「喉と鼻孔の容器」を使って、自然の音階の中で「流れ／小川」（stream）を捉えることだと気付く。つまり、歌うということは、人間の肉体という陶器のように壊れやすい物体を使って、「生命の連続性」ともいうべき自然の「流れ」（すなわち「声」）を一瞬の間だけ捉えることだと認識するのである。キャザーは「アドービの壁にかかる光」（"Light on Adobe Walls"）というエッセイの中で、「どのような芸術も偉大な自然の力や根源的で抑えがたい非凡な情緒の前ではどうすることもできない」（124-25）と述べているが、「声」を人工の儚い芸術としてだけでなく、「根源的で抑えがたい非凡な情緒」や「自然の力」と結び付けることで、ジーアの歌はより本質的なものとして存在することが可能になるのである。

ここで注目したいのは、このような芸術に関連したエピファニーを通して、ジーアが限られた人間世界に対応する、恒久的な自然界というものを感知する点である。日中と夜とでその様相を変化させる小川の「声」を聞きながら、ジーアは自然と人間の関係を「それはまさに、人間世界の下に地質学の世界があって、寡黙ではかり知れない、人類には無関心な働きを操作しているかのようであった」（286）と感じる。矮小な人間ドラマの枠組みに捕らえられていたジーアが、南西部の自然と接することでそこから解放され、よりマクロコズミックな「自然観」を持つようになるのである。ローレンス・ビュエルは『エコロジカルな想像力』のなかで、環境志向の文献の要素の一つとして「非人間の環境が、単に枠組みとして存在するだけでなく、人間の歴史が自然の歴史に含まれていることを示唆する存在としてある」(7)ことを挙げているが、キャザーの作品における人間存在の一時性と自然の継続的生命力の関わりはまさに、「人間の歴史」が「自然の歴史」の中ではスクラッチ(ひっかき傷)程度の存在にすぎないことを呈示しており、環境的想像力の貯蔵庫としてのキャザー作品のさらなる可能性を予告しているといえよう。

▼つくられる南西部表象

けれどもキャザーの南西部小説におけるエコロジカルな視点にだけ注目し、文化/歴史的コンテクストを軽視して読みすすめてしまえば、「キャザーの自然」や「場所」の描写についてを「スクラッチ」程度に探ることはできるかもしれないが、言及されているキャザーの「自然」/「場所」の表象に、ある特定の文化や歴史がすでに刷り込まれてしまっているという事実を見過ごしてしまう可能性も生じる。

ウォーレス・ステグナーはよく知られた「場所の感覚」("The Sense of Place")というエッセイのなかで、「そこで起った出来事が、歴史、民謡、ほら話、伝説、あるいは記念碑として記憶されるまでは、場所は場所にはなりえない」(202)と述べているが、アメリカ文化においてしばしば「場所」は、ヨーロッパ人が「新世界」に到着して、物事に名前を付け始めてから初めて意味を持ちはじめた「場所」、もしくは特定の物語、歴史が抜粋されて刷り込まれた「場所」でもあった。したがって、「場所」や「自然」が名付けられ、創られた概念であるという認識のもと、作家が言及している「場所」や「自然」がどのような社会的コンテクストから生まれ、どのような物語、文化、歴史がその「場所」に内包されているのかを探ることが重要になってくる。なぜなら「もしも我々が自然から歴史を奪い続ければ、魅力的だけれども一つの場所の感覚しか創り得ない」し、「それは潜在的に我々が大切にしようとする場所を他のものから奪い続ける」(Handley 2) 危険性にも繋がってしまうからである。

そこでもう一度、文化と歴史のコンテクストから『雲雀の歌』を読み直してみると、キャザーの南西部表象に関わる別の側面が浮かびあがってくる。すなわち、実際の場所は侵害されながらも、その場所のイメージは創られていくといった逆説的な「場所」のあり方である。ジーアの南西部でのエピファニーは環境的志向を読者に促すが、一方で南西部への旅自体は鉄道産業と観光産業の協同によって可能となった「場所の商品化」として成り立っているのである。

また、ジーアのエピファニーを再考してみると、自然や自然に触発される芸術を強調することが場所の歴史の重要性を希薄化しているという事実にも気付かされるだろう。ジーアは古代インディアンの陶器の破片を見つけて、古代の人々の芸術が移り行く生命そのものを捉えようとする人間芸術全般の努力と繋がっていることに注目した。そして過去のインディアンと現代の自分の芸術を小川を通して結び付けることで、人間の芸術が小川と同様、普遍的なものなのだということを呈示する。けれどもジーアの視線はジーアが実際に生きた時代の先住民や先住民の苦難には向けられない。『雲雀の歌』の南西部表象は、その自然描写と主人公との関わりを通して芸術と自然の恒久性といったものを呈示しながらも、人間の歴史の一部が不可視化された、限られた南西部表象でもあるのだ。

四　「トム・アウトランドの物語」

▼キャザーのメサヴェルデ体験

キャザーは一九一四年に入ってからも南西部へ旅し、一九一五年の夏にはルイスと共に、初めてで最後のメサヴェルデ旅行を遂行した。キャザーとルイスはメサヴェルデでの一週間を、岩窟居住地の廃虚やクリフ・パレスを登ったりしながら過ごしたのだが（図-2）、このときルイスとともに峡谷に残され救助された話は有名で、ルイスの『ウィラ・キャザー・リビング』（*Willa Cather Living*）のなかにその様子を詳しく読むことができる。また、キャザーによるメサヴェルデ体験がもっとも身近に記録されたものとしては「トム・アウトランドの物語」の起源でもある前述した一九一六年のエッセイがある。

メサヴェルデは北米で最も多くの岩窟居住地があることで知られているが、キャザーとルイスが訪れるまでにこの場所はすでに観光地として利用されはじめていた。一九〇六年には国立公園が作られ、二二三の部屋を持つ名所クリフ・パレスはその数年前に観光客に開放されていた（Woodress 263）。

キャザーのメサヴェルデ体験において重要なのは、この体験がキャザーの南西部表象に新しいイメージを付したことであった。すなわち、これまでの作者の南西部表象に、アクセスが容易になった場所というイメージと、近代アメリカ文明からの避難の場所としてのイメージが付け加えられたのであった。このことを探るために、メサヴェルデの旅以降に書かれた一九一六年のエッセイと「トム・アウトランドの物語」を見ていきたい。

▼商品化される南西部

キャザーのエッセイと先のノーデンスキョールドの著作を比較してみると、ノーデンスキョールドの著書が前項で述べたように場所の「空白」のイメージを強調するのに対し、キャザーはアクセスの容易になった南西部に注目していることに気付かされる。このことはこのエッセイのために書かれたキャッチフレーズにも見て取れる。「メサヴェルデ・ワンダーランドへ行くのは簡単、作者が見たままのコロラドのショープレイス／ずっと前に旅行したアドヴェンチェラスな若いスウェーデン人もこの場所についての本を書いた／手軽に旅行して、忘れられた人種の遺跡に魅了されることうけあい」(82)。また、エッセイの本文では、鉄道によっていかにメサヴェルデへの旅が容易になったかが記述される。「ノーデンスキョールドの時代に困難だったメサヴェルデへの旅は、今ではとても簡単になった。鉄道はメサから三〇マイル以内の領域を走っている」(82)。

図2 「クリフ・パレス」
写真：United States National Park Service

ノーデンスキョールドとキャザーの作品の間には二五年という歳月のギャップがあったが、キャザーの南西部体験が前任者である探検家の「発見」物語と比べてさほど稀な出来事ではないと強調されている点は示唆深い。事実、一八九〇年代にはロッキー山脈をめぐる風景のツアーがデンバー&リオグランデ（D&RG）鉄道によって広く宣伝され、南西部の商業化はすでに始まっていたわけだが（*From Mesa Verde* 11）、キャザーは南西部がこのように、旅行という形で商品化されていたことを敏感に察知していたようだ。場所に影響を及ぼす近代化の波は「トム・アウトランドの物語」の中でも明確に示されており、それはトムの場所の「発見」「発掘」「喪失」の過程に詳しく見ることができる。

ニューメキシコのパーディで牛を放牧させていたトムは友人のロドニー・ブレイク（Rodney Blake）とともに絶壁に囲まれた「青いメサ」（Blue Mesa）を発見する。このメサで古代プエブロ・インディアンの遺物を発見した二人は、場所に名前をつけたり記録を取ったりしながら発掘作業をすすめる。作業が進行するなか、二人の見つけた遺物について考察をしていたドゥシェイン牧師（Father Duchene）の助言に従って、トムはワシントンDCのスミソニアン博物館の役人ドクター・リプリー（Dr. Ripley）を訪ねることになる。それはメサの価値を理解し、「すべての秘密を掘り起こすことができる者」（202）をメサに連れ帰るためであった。けれどもワシントンDCでトムが出会ったのは、コートにつける勲章のリボンを手に入れることのできるフランスには喜び勇んで行くものの、「死んでいなくなったインディアン」（212）には見向きもしようとしないスミソニアン研究所の役人たちであり、また、近代アメリカに巣食う物質主義の陰鬱な現実でしかなかった。さらに追い討ちをかけるように、トムがメサに戻ってみると、友人のロドニーが遺跡を四〇〇〇ドルでドイツの考古学者に売ってしまっていた。皮肉にもロドニーはトムのためを思って遺跡を売ったのであり、手に入った四〇〇〇ドルはトムの大学資金のためにトムの名義で銀行に預けられていたのだった。結局「寡黙で美しいこの場所を俗悪な好奇心にさらしたくない」（183）というトムの心情は、物質主義者や考古学者といった近代思想の産物によって、見事に裏切られてしまうのだ。

▼近代社会からの避難

近代化の影響を受ける南西部のイメージはキャザーのエッセイと「トム・アウトランドの物語」の中に明瞭に描出されているけれども、商品化された南西部よりもむしろ、現代社会から逃れるための場所としての南西部をキャザーは強調したかったようだ。エッセイの中でキャザーは南西部を、近代社会の醜さと対立するシンプルで自然な場所として描く。「絶壁のアーチの中にある石の村は、醜いものから逃れること――おそらくそれ自身は何もしないで――に成功している。色、シンプルさ、空間、乱雑さの欠如、メサヴェルデにある今日のプエブロ・インディアンの家々、そして彼等の祖先の家々、こういったものは、我々が住んでいる乱雑な世界を叱咤する」(84)。近代の社会は「醜いもの」で、インディアンの住居等を含む南西部の風景は「そこから逃れ得た美しいもの」であるという言説に、メサの風景表象が近代化によって可能になったにもかかわらず、実際の南西部は近代の「醜さ」とは超越したところにあるのだとする、作家の複雑な場所に対する感覚がここに読み取れるのではないだろうか。

これは、ロドニーが去り、メサの遺跡を失ったトムがメサで経験するエピファニーにも通じる。「何かが僕のなかでおこり、調和と単純化することが可能となった。…所有…僕にとってメサはもはや冒険といったものではなくなり、宗教的情緒といったものに変わっていた。…以前それは他の目的といっしょくたになっていたけれど、今はそれらもなくなってしまい、僕は純粋な幸福を感じた」(226-27)。ここでトムが感じた「純粋な幸福」とは、物質的な意味での「所有」の概念を超えた、「調和」や「簡素さ」を示すような場所との精神的な接触であった。けれどもトムのメサでのエピファニーは、完全に「純粋」であるとは言いがたい。というのも、エピファニーを通じて所有という概念が「醜い」物質的なものから「崇高」で精神的なものへと変換されると同時に、搾取による所有の醜さも消し去られてしまうからだ。

同様のことが、自身の「発見」を植民者の「発見」ではなく、古代インディアンによる「オリジナル」な場所の「発見」として見立てようとするトムの態度にも見られる。メサに居住しクリフ・シティを発掘するかたわら、トムは自らの発掘を古代インディアンの岩窟居住地建設と比べる。「この人々（岩窟居住者）についで僕達が知っていることの一つは、彼等が自分達の町を急いでは作らなかったということだ。すべてが彼等の我慢強さと慎重さを示している」（190）。また、友人のロドニーがメサの遺品を売ってしまうと、「あれ（メサ）は他の祖先からは何も受け継ぐことのない君や僕のような少年達のものなのに」（219）と、自分達の祖先は植民者ではなく古代インディアンであることを主張する。トムのこのような「感覚」、「文化」、「記憶」は発見者と先住民の境界を曖昧にしてしまうばかりか、「すでに先住民文化が刻まれた場所をゆがめ」（Goodman 71）てしまう。皮肉にも、このような歪みを利用してようやく、トムはヨーロッパ植民史以前の「オリジナル」な景観に辿り着いたのであった。

ハマイオニ・リーやカルッシュも示唆しているように、トムの「発見」や「発掘」といった行為は、まぎれもなく植民者の略奪の歴史をくり返している。しかもやっかいなことに、トムが「古代インディアン部族を略奪する近代版の残虐な侵略者」であるという事実は、トムの「クリフ・シティの美と威厳の賞賛」によって隠蔽されてしまっているのだ（*The Voyage Perious* 133）。近代社会の堕落からメサを守ろうとしたトムであったが彼でさえ、場所の搾取の陰謀から完全に逃れることはできなかった。

▼「人間の記録」を読み直す

キャザーは「『教授の家』に関して」（"*On The Professor's House*"）という随筆のなかで、『教授の家』に「トム・アウトランドの物語」を挿入したのは人間の「つまらない執着心」から解放された、新鮮で一掃された空気を吹き込むためであったと語る（31-32）。窒息しそうなほどの人間存在を感じさせる第一部と第三部に対し、メサヴェルデに吹きつける南西部の爽やかな風を彷彿させる第二部「トム・アウトランドの物語」は、確かに新鮮な風景描写でもって読者の心を捉える。けれどもこの物語も、場所の歴史や文化を歪め、また歪んだ歴史や文化の上に場所の概念を構築させようする人間ドラマを描いていることを考えれば、人間のエゴイズムの世界から完全に解放されてはいるとは言いがたい。このことはキャザーの南西部小説に一貫してみられる特徴でもあるといえよう。

「魅惑の絶壁」『雲雀の歌』「トム・アウトランドの物語」と作品が進むにつれ、キャザーの南西部表象はより現実の場所に近づき複雑となる。これは実際の南西部体験に基づいた、キャザーと場所との近さであるといえよう。けれども場所へのこういった「近さ」が逆に、場所の表象と現実の場所との境界を曖昧にし、あるいは現実の場所を不可視化していることも否めない。キャザーの場所表象における歴史や文化の欠如と歪みに注目することは、これまで「純粋」な自然として捉えられていたものを、特定の人間文化と歴史の刷り込まれたものとして、また当時の文化的傾向を多分に反映した表象として見直すことでもあるのだ。

一九一六年のエッセイの中でキャザーは「人間の記録は、例えほんの僅かであれ私達の心を深く動かすものであり、そのような記録のない国は、どれほど美しくても愚かである」（85）という言葉を載せているが、まさにキャザーの場所に刷り込まれた「人間の記録」を読み直すことが、現在のキャザー研究に必要とされているのかもしれない。

注

1ジェームズ・ウッドレス（James Woodress）によると、おそらくキャザーは後に「トム・アウトランドの物語」となる「青いメサ」（"The Blue Mesa"）を一九一六年に書き始め、一九二二年に書き終えたようだ（281-82）。これは一九二五年『教授の家』（*The Professor's House*）の第二部として出版される。

2ノーデンスキョールドの著書は、ピッツバーグ、ワシントン、ニューヨークといった場所の図書館に所蔵されていたため、キャザーがこの本を入手した可能性は高いとデビット・ハレルは指摘している（13）。

3メサヴェルデには峡谷と洞窟があくさんあり、その岩石でできた地形は周りが崖で上が平ら。

4このエッセイはキャザーのメサ体験が、ノーデンスキョールドやウェザリルにまつわる歴史的事実も絡めて旅行記のスタイルで論じられている貴重な資料である。これまで埋もれていたこのエッセイは近年まさに「発掘」され、一九八四年にスーザン・ロゾウスキーとバーニス・スロウト（Bernice Slote）の説明とともに「ウィラキャザーの一九一六年のメサヴェルデ・エッセイ――『教授の家』の起源」（"Willa Cather's 1916 Mesa Verde Essay: The Genesis of *The Professor's House*"）として出版された。

5キャザーはヴァージニアに生まれ、九歳のときに家族と共にネブラスカへ移住した。ウェブスター群の開拓地にしばらく住んだあと、レッド・クラウド（Red Cloud）の町へ移った。

6あえて一九世紀末の先住民と植民者の葛藤の歴史について述べている箇所をあげれば、以下の序文の一文であろう。「これらの地域の山々に、金と銀の豊富な鉱脈が発見され、徐々にインディアンは彼等の祖先に所属していた土地を捨てることを余儀なくされた」（Nordenskjold, Gustaf. *The Cliff Dwellers of the Mesa Verde*. 1893.）。

引用文献

Buell, Lawrence. *The Environmental Imagination: Thoreau, Nature Writing, and the Formation of American Culture*. Cambridge: Harvard UP, 1995.

Cather, Willa. "The Carnegie Museum." *The Home Monthly.* March 1897: 1-4.
____. "The Enchanted Bluff." *Collected Stories*. New York: Vintage, 1992. 411-20.
____. "Light on Adobe Walls." *Willa Cather on Writing*. Lincoln: U of Nebraska P, 1988. 123-26.
____. "On *The Professor's House*." *Willa Cather on Writing*. Lincoln: U of Nebraska P, 1988. 30-32.
____. *The Professor's House.* 1925. New York: Vintage, 1990.
____. *The Song of the lark.* 1915. New York: Vintage, 1999.
____. "Willa Cather's 1916 Mesa Verde Essay: The Genesis of *The Professor's House*." Ed. Susan J. Rosowski and Bernice Slote. *Prairie Schooner* 58.4 （Winter 1984）: 81-92.
Handley, George. "A Postcolonial Sense of Place and the Work of Derek Walcott." *ISLE* 7.2 （Summer 2000）: 1-23.
Harrell, David. *From Mesa Verde to The Pröfessor's House*. Albuquerque: U of New Mexico P, 1992.
____. "Willa Cather's Mesa Verde Myth." *Cather Studies* 1 （1990）: 130-43.
Karush, Deborah. *Innocent Voyages: Fictions of United States Expansion in Cather, Stevens and Hurston*. Dissertation. Yale U, 1996. Ann Arbor: UMI, 1996. 9713671.
Lee, Hermione. *Willa Cather: Double Lives*. New York: Pantheon, 1990.
Lewis, Edith. *Willa Cather Living: A Personal Record*. 1953. Lincoln: U of Nebraska P, 2000.
Nies, Judith. *Native American History: A Chronology of a Culture's Vast Achievements and Their Links to World Events*. New York: Ballantine Books, 1996.
O'Brien, Sharon. *Willa Cather: The Emerging Voice*. 1987. Cambridge: Harvard UP, 1997.
Rosowski, Susan J. *The Voyage Perilous: Willa Cather's Romanticism*. Lincoln: U of Nebraska P, 1986.
____. "Willa Cather." *Prospects for the Study of American Literature*. Ed. Richard Kopley. New York: New York UP, 1997. 219-40.
Stegner, Wallace. "The Sense of Place." *Where the Bluebird Sings to the Lemonade Springs: Living and Writing in the West*. 1992. New York: Wings Books, 1995. 199-206.（邦訳　ウォーレス・ステグナー「場所の感覚」結城正美他訳『フォリオａ』ふみくら書房　一九九三年）
Urgo, Joseph R. *Willa Cather and the Myth of American Migration*. Urbana: U of Illinois P, 1995.
Woodress, James. *Willa Cather: A Literary Life*. 1987. Lincoln: U of Nebraska P, 1989.

新福　豊実

10　ヘミングウェイとミシガンの森の記憶

一　失われた森

▼作品の「場所」の歴史

一九一九年、アーネスト・ヘミングウェイ（Ernest Hemingway, 1899-1961）は旧友二人とともにミシガン湖とスペリオル湖のほぼ中間に位置する町シーニー近くを流れるフォックス川を訪れた。彼らは七日間に渡って釣りを楽しみ、およそ二〇〇匹の鱒を釣り上げた。ヘミングウェイがこの旅の体験を基に彼の代表的短編「ビッグ・トゥー・ハーティッド・リバー」（"Big Two-Hearted River"）を書き上げたのは一九二四年のことであった。ヘミングウェイはこの年に「インディアンの村」

アーネスト・ヘミングウェイ

（"Indian Camp"）や「医師とその妻」（"The Doctor and the Doctor's Wife"）など、後に短編集『われらの時代に』（*In Our Time*）に収録される九つの作品を完成させている。一九二四年は初期ヘミングウェイにとってまことに実り多い年であった。ヘミングウェイは後に削除されることとなる結末部を除けば「ビッグ・トゥー・ハーティッド・リバー」の出来に満足し、自分の最高の作品と呼びうるものだと考えていた。作品が完成した後、ヘミングウェイはガートルード・スタイン（Gertrude Stein）に宛てた書簡の中で次のように述べている。

セザンヌのように田舎を描こうと苦労しています。多少はなんとかものになりつつあります。（中略）一〇〇ページぐらいの長さで何も事件は起こりませんが、田舎が素晴らしいのです。自分で全部作り上げたものなので全部よくわかっていますし、いくらかは然るべき姿で描けています。魚に関するところが素晴らしいのです。それにしても作品を書くのは大変な仕事ですね。（Baker 132）

この時点でヘミングウェイが田舎（country）と釣りを作品の主たるテーマとして意識していることは明らかである。シーニーの自然は主人公ニック・アダムズの胸中に、過去を振り返る懐かしい想いや押さえがたい興奮を呼び起こす。「ビッグ・トゥー・ハーティッド・リバー」に描かれる自然、特に森と川の描写は簡潔にして見事なものであり、読者の胸中にも言語をもって形容し難い、ある種独特の感慨をもたらす。

一見したところ何の事件も起こらないこの作品の中に悪霊を払うための儀式を見出したのはマルカム・カウリー（Malcolm Cowley）であった。[1] フィリップ・ヤング（Philip Young）は第一次世界大戦で心と体に傷を負った青年の自己再生の物語として「ビッグ・トゥー・ハーティッド・リバー」を読み解いて見せた。[2]以来、多くの研究者がニック・アダムズの内面のドラマに焦点を合わせ、戦争による心の傷を癒そうとする青年の物語としてこの作品を解釈してきた。その一方で、この作品に描かれる自然や風景は、十分な関心が払われてはきたものの、依然として作品の背景以上の位置を与えられていないようにも思われる。「ヘミングウェイの言語は場所に根ざしており、彼の本質は自然にあるのだ」(Williams 17)とテリー・テンペスト・ウイリアムスは指摘している。私たちはいま一度「自分が作り上げた田舎の物語である」という作者自身の言に耳を傾け、ニックが歩いて旅するシーニーの自然と風景に改めて注目してみる必要があるだろう。自然と風景を前景化し、エコクリティシズムの視点から本作を検討するとき、そこにヘミングウェイが作り上げた新しい風景が立ち表れるのではないだろうか。

▼シーニーの森と製材業

ヘミングウェイは「田舎が素晴らしい」と言うが、本作冒頭部で描かれる「田舎」は「素晴らしい」という形容に値するものとは到底思われない。作品の冒頭部分を引用してみよう。

汽車は再び線路を登り、木々が焼き払われてしまっている丘をまわって視界から消えた。ニックは荷物係が荷物車のドアから降ろしてくれたキャンバスと毛布の束に腰をおろした。町は無かった。線路と焼け焦げた土地以外何も無かった。シーニーの通り沿いに並んでいた十三軒の酒場は跡形も無かった。マンション・ハウス・ホテルの礎石が地面から突き出していた。土台の石は火災で焼かれて欠けたり割れたりしていた。シーニーの町に残っているものはそれだけだった。大地の表面さえも焼け焦げていた。[3]

ニック・アダムズはシーニーに汽車で到着する。ニックを運んできた汽車は木々が焼き払われてしまった丘を越えて視界から消えてゆく。「素晴らしい田舎」はそこには存在しない。大火によって破壊され尽くした町がニック・アダムズを待ち受けている。「ビッグ・トゥー・ハーティッド・リバー」が単なる自然礼賛の物語でないことは冒頭のパラグラフから既に明らかである。この「不自然」な、あるいは悲劇的な自然の在り様は作品後半で描かれる、美しく豊かな自然と著しい対照を成している。本作における自然表象を検討する上で、作品冒頭に描かれるこの「不自然」な風景を無視することはできない。シーニーの町も自然も完全に破壊され尽くされており、さながら現代の荒地の観を呈している。ニックを運んできた「楽園の中の機械」は牧歌的な楽園を駆け抜けはしない。それは人間によって破壊され遺棄された荒地を走る機械なのである。

ニックと三人称の語り手は、既に跡形も無いにも関わらず十三軒の酒場がかつてこの町に存在したことを知っている。作者同様、ニックもかつてこの町を訪れたことがあるのだろうが、彼をかつてシーニーに運んできた汽車は牧歌的な楽園を駆け抜けたのだろうか。シーニーの歴史を振り返る際、線路と焼け焦げた大地が重要な鍵となる。一見淡々と描かれる荒涼とした風景の背後に、シーニーの歴史という下絵が隠されているのだ。鉄道の到着とともにシーニーの町が生まれ、鉄道とともに町の最盛期は去っていった。シーニーの地理的位置がこの町を製材業者と木材を運ぶ鉄道の重要な連絡駅にしたのである。シーニーは一八八一年頃にセント・イグナスとマルケットを結ぶ鉄道沿線の開拓地として始まった町であり、そもそもシーニーという町の名自体、鉄道会社の重役の一人ジョージ・シーニー（George Seney）にちなんで名づけられたものであった。

シーニー一帯はホワイトパインを主とする広大な森林地帯であったため、製材業者にとっては大きなビジネスチャンスの場であった。シーニーの町が生まれた翌年、一八八二年には大手の製材業者アルガー・スミス社が森林の伐採を開始し、他の製材業者も後に続いた。シーニーは突然活気に満ちた林業の町となったのである。切り出された木材はフォックス川にも運ばれ、春の雪解け水とともに下流の町へと運ばれた。川は切り出された木材を製材所へと運搬する重要な輸送路として機能していたのである。ヘミングウェイとニック・アダムズが釣りを楽しんだ川が、自然破壊につながる収奪型林業に結果的に一役買っていたのは皮肉なことである。

メイン州を始点とするいわゆるランバーフロンティアは、やがて五大湖地方、南部、そして太平洋岸へと西漸していった。十九世紀のアメリカ林業は国内市場の拡大とともに成長し、一八〇九年当時四億ボード・フィートであった木材生産量は、ヘミングウェイが生まれた一八九九年には約三五〇億ボード・フィートに増加している。これはほぼ現在の生産量に等しい数値である。十七世紀当時から既に森林の減少が問題視され、森林伐採が災害の原因となりうることが認識されていたが、森林は農業開拓の障害物だとする考え方が当時は支配的であった。こうして増大する国内の木材需要に応えるべく、ランバーフロンティアは西漸を続けていった。一八四〇年頃までには国内にパイン材を供給していたメイン州とニューヨーク州の森林地帯が、増大する木材需要に応えられなくなり、木材を求めて製材業は西へ、隣接するミシガン州へと移動していった。五大湖地方の木材生産の中心はホワイトパインで、一八九二年に生産量のピークを迎えている。五大湖地方は木材生産量全体においても、一八六九年から一八九九年まで合衆国第一の生産量を誇っていた。[4] ランバーフロンティの西漸にともない、ミシガン州における林業はまもなく州で最も重要な産業のひとつとなり、やがてシーニーも州の主要な林業の町のひとつとなったのである。町の人口は最盛期には約三千人に達し、二十軒以上の酒場が大勢の客で賑わった。ヘミングウェイは故意に酒場の数を十三とし、この林業の町の不吉な運命を暗示しようとしたのであろう。森林の伐採はおよそ十五年間続いた。やがて鉄道はさらに北へと伸び、鉄道とともに林業はシーニーから去っていった。鉄道や林業とともに人も町を去り、人口は最盛期の約十分の一に減少した。そして後には荒廃した自然と風景が残された。二十世紀の到来を待たずしてシーニーの町は見捨てられてしまったのである。[5]

製材業者たちは彼らが搾取した土地に対してほとんど関心を払わなかったので、切り株と切り払われた枝はいたるところに散乱し、山火事の原因となった。夏の乾燥した時期に火事は発生し、周辺の未だ伐採されていない森林を火事に巻き込むことさえあった。一八九四年の夏は特に乾燥しており、ミシガン州、ウィスコンシン州、ミネソタ州で大規模な山火事が発生した。製材業は森林を破壊しただけでなく、結果的に大規模な山火事を誘発し、地域の自然と生態系に広範かつ深刻なダメージを与えたのである。シーニーでは一八九一年と一八九五年に山火事の発生が記録されている。しかし町を焼き尽くすほどの大火は記録に残されていない。焼き尽くされた町の風景はヘミングウェイの創作なのである。ヘミングウェイは製材業の最盛期が去った後に、破壊された自然とともに町が見捨てられてしまった事実を強調するために、周辺の地域を襲った大火後の惨状をシーニーの風景に投影したのであろう。

ヘミングウェイはミシガン州における製材業の最盛期の終わり近くに生まれ、その余波の時代に少年期を送った。少年期の彼はワルーン湖畔にあるウィンダミアと名づけられた別荘で自然に親しむことができたのだが、同じ時期に近隣の地域では大規模な自然破壊の経験を経て自然保護運動が盛り上がりつつあった。ワルーン湖畔が自然を愛する心をヘミングウェイの中に育み、自然保護運動の高まりが環境に対する意識を育んだのであろう。荒れ果てた環境を淡々と描く「ビッグ・トゥー・ハーティッド・リバー」の冒頭部は、戦争から傷ついて帰還したニックの荒涼とした心象風景であると同時に、歴史化されたシーニーの風景でもあり、環境破壊に対するヘミングウェイの警鐘でもある。見捨てられた町や黒く変色したバッタの描写の背後には、エコロジカルなヘミングウェイが氷山の八分の七となって沈んでいるのである。

ウィンダミア外観
出典：http://www.michigan.gov/hal

二　「場所の感覚」による癒し

▼架空の森

荒んだ風景はやがて豊かな自然へと姿を変える。破壊され廃墟と化した町を後にして歩き始めたニックは、やがて大きなマツの群落に出会う。人間の手による破壊も山火事も逃れたのであろうこの大きな森で、ニックは足を止める。ヘミングウェイは例によって余分な形容詞を極力排した簡潔な文章で、森の様子を詳細に次のように描写している。

マツの群落の中に下生えはなかった。木々の幹はまっすぐに伸びたり、お互いに向かってわずかに斜めに傾いて伸びたりしていた。幹はまっすぐで茶色く枝はなかった。枝は上のほうの高い位置に生えていた。枝はところどころで絡まりあい、茶色い森の地面に濃い影を投げかけていた。森の周縁には何も生えていない空間もあった。茶色の柔らかい地面をニックは歩いてみた。地面にはマツの葉が重なり合っており、高いところにある枝の広がりよりも広い範囲に広がっていた。木々が高く伸び、枝も高いところに移動したので、かつては影で覆われていたこの場所が剥き出しのまま日なたに残っていた。森が終わる辺りからニオイシダの群落が始まっていた。

ニックはザックを降ろすと木陰に横たわった。仰向けになってマツの木々を見上げた。体を伸ばすと首も背中も腰もくつろいだ。大地が背中に心地よかった。彼は枝越しに空を見上げやがて目を閉じた。再び目を開き、空を見上げた。高い枝の間を風が流れていった。彼は再び目を閉じると眠りに落ちた。(166)

マツの群落に抱かれ木影に横たわったニックは、緊張から解き放たれ、落ち着きを取り戻し、眠りに落ちる。戦地で不眠に悩む「身を横たえて」("Now I Lay Me")のニックとは異なり、マツの群落に身を横たえる彼は穏やかな眠りにつく。ニックは戦地で負った心身の傷を暫し忘れ、戦後故郷で感じたであろうストレスからも解放されているようである。

しかし、ニックがこの古い大きなマツの森に足を踏み入れることは現実には不可能だったのである。この部分に関してフレデリック・スヴォボダ（Frederic Svoboda）は、ニックが原初の森へと時をさかのぼってゆくようだと指摘している。[6] 先に述べたようにシーニーでの林業の最盛期は既に過ぎ去り、ニックが町を訪れた頃には周辺の自然は既に破壊されてしまった後なのである。少なくともニックが町の跡地から短時間で歩いて行ける範囲内にこれほど大きな森が残存する可能性はきわめて低いと言わざるを得ない。スヴォボダが指摘するように時をさかのぼらない限りこのようなマツの群落に足を踏み入れることはできないのだ。ニックが古くて大きなマツの群落で癒されることは事実上不可能だったのである。それでは何故ヘミングウェイは自身の分身をこの架空の森で憩わせたのであろうか。

▼記憶の中の森

この架空のマツの群落は、ヘミングウェイが少年期に定期的に訪れ、豊かな自然に触れたワルーン湖畔の風景を思い起こさせる。ワルーン湖畔の別荘は豊かな自然に囲まれており、そこでの暮らしは文明の力を借りぬ質素なものであった。ヘミングウェイは湖水で遊び、マツ、カバノキ、ヒマラヤスギの森を散策して夏の日々を過ごした。ヘミングウェイ家の別荘の裏手にある道の両側にはベリーが実った。マツの群落は、自然に親しく触れたワルーン湖畔での日々にそのルーツを持つのであろう。エコクリティシズムの用語を借りるならば、架空のマツの群落はヘミングウェイの「場所の感覚」の表象なのである。ケネス・リン（Kenneth Lynn）は、ヘミングウェイが少年期を過ごした北ミシガンは「魔法の場所であり、幼かったとはいえ彼が少年のように振舞うことを許された場所であった」（Lynn 50）と指摘している。ヘミングウェイの両性具有的な生育歴についてここでは詳述しないが、ヘミングウェイは北ミシガンの自然の中で少年として

少年時代のヘミングウェイ
出典：*Ernest Hemingway: A Life Story*

の自己同一性を獲得し始めたと言ってよいだろう。[7] 北ミシガンとワルーン湖は、ヘミングウェイが幼いながらも男性としての自己同一性を確立し始めた「魔法の場所」だったのであり、この地で彼の「場所の感覚」が形成されたものと考えられる。北ミシガンでの日々を想起させる場所は、自己を回復するためにヘミングウェイが帰って行くことができる「魔法の場所」だったのである。

「兵士の故郷」（"Soldier's Home"）の主人公ハロルド・クレブスは、戦地から帰還したものの故郷にも家族にも馴染むことができない。ヘミングウェイも戦地から帰還した後、故郷と家族に疎外感を覚える。彼らは帰るべき場所を見出すことができない。故郷オーク・パークに帰ったヘミングウェイは、戦争の英雄として暖かく熱心な歓迎を受けはしたものの、家族、特に母親との間に摩擦が絶えなかった。一九一九年の夏、ヘミングウェイと母親グレース（Grace Hall Hemingway）の間には常に緊張があった。グレースは家の仕事も手伝わず無為に日々を過ごす息子に強い不満を感じていた。ヘミングウェイもまた口やかましい母親に閉口していた。その後アグネス・フォン・クロウスキー（Agnes von Kurowsky）との恋に破れた傷心のヘミングウェイは、ホートン・ベイ近くの「マツの荒地」（Pine Barrens）と呼ばれる地方に釣りの旅に出かける。この地方は池が点在し、鱒が豊富な三本の川が交差している「まったく自然のまま」（wild as devil）の場所であった。ヘミングウェイは五日間一軒の家を見ることも無ければ、人の手が入った場所を見ることも無かった。「マツの荒地」はまさにウィルダネスそのものだったのである。ヘミングウェイは人間の手で汚されていないこの場所を好み、その後シーニーへ鱒釣りに出かける前に再度この地を訪れている。彼は同年の夏から秋にかけてウィンダミアにも滞在し、傷の癒えた脚でマツの森を歩き、鱒釣りを楽しんだ。[8] これらの場所を訪れることによって、傷心のヘミングウェイは自身の「場所の感覚」を取り戻したのであろう。ウィルダネスへの旅とウィンダミアでの日々こそがヘミングウェイにとっての真の帰郷だったのである。

帰るべき場所を見出したヘミングウェイは、彼の分身ニック・アダムズのためにも帰るべき場所を用意した。それが架空のマツの群落に象徴される北ミシガンの自然なのである。戦争によって心身に傷を負ったニックも作者同様帰るべき場所を必要としていたに違いない。ニックのシーニー行は「場所の感覚」によって心と体の傷を癒すための旅なのである。ヘミングウェイは自分の場合と同じく、ニックが帰るべき場所として自然を用意した。ただし、それはどこにでもある自然ではなく、作者とニックの「場所の感覚」に根ざした特別な自然でなければならなかったのだ。

マツの群落を後にしたニックは川沿いに野営に適した場所がいくつもあったにも関わらず、慎重にテントを張る場所を探しつづける。マツの群落で「場所の感覚」を取り戻したニックは、野営を張り自然の中で一夜を過ごす「場所」にもこだわるのである。彼は最高だと思える場所が見つかるまで歩きつづけ、ついに納得できる場所を見つける。それは小高い地面に木の生えた砂地で、草地と川の流れと沼地が見渡せる場所であった。樹木、川、そして沼地という三つの要素が揃うことによってニックの「場所の感覚」が満たされたのであろう。こうして帰るべき場所にたどり着いたニックは、儀式を執り行うような注意深さをもってテントを張る。豆とスパゲッティと四枚のパンを平らげたニックは「これくらい空腹を感じたことは前にもあったが、こんなに満ち足りた気分を味わったことはない」(168)と感じる。彼の心には旧友ホプキンズを思い出す余裕さえ生まれている。食後のコーヒーを楽しみながら旧友を懐古するニックは、確実に戦争に赴く以前の自己を回復しつつある。こうして「ビッグ・トゥー・ハーティッド・リバー」の第一部は、冒頭の荒涼とした風景とは対照的な風景の中で穏やかに幕を閉じるのだ。

テクストは短い中間章を挟んで第二部へと移行する。第一部と第二部の間に配置された中間章は、サム・カーディネッラという名の死刑囚が絞首刑に処せられる残酷な場面を描いたものである。死刑囚は樫材と鋼鉄でできた、ボールベアリングで下に開く仕掛けの足場の上で椅子にしっかりと固定されている。彼がくくりつけられている椅子はおそらく木製であろう。木は森から切り出されて命を失い、やがて加工を施され無機物である金属と組み合わされ死刑囚の命を奪う残酷な道具に姿を変える。一見何の脈絡もなく配置されているように見えるこの中間章は、木あるいは木材という要素で「ビッグ・トゥー・ハーティッド・リバー」とつながっている。ニックは自然と「場所の感覚」によって癒されたが、読者はこの中間章によって再び緊張を強いられ不吉な予感に襲われる。夜が明けるとニックは川へと向かい、緊張と興奮の中フライ・ロッドを振り、鱒の命を奪う作業に取り掛かるのである。

三　沼地が表象するもの

▼悲劇的な冒険

第二部で注目すべき「場所」のひとつは沼地である。翌朝ニックは釣りの餌となるバッタを捕まえ、朝食を済ませるとフライ・ロッドを手に鱒を釣り始める。やがて大きな鱒を二匹釣り上げたニックは、日陰の丸太に腰を下ろし眼前に広がる沼地に眼をやる。「場所の感覚」と自然による癒しを求める旅の最後の地点で沼地がニックを待ち受けているのである。沼地が見渡せる場所で野営を張ったニックにとって、沼地は「場所の感覚」を構成する要素の一つだと考えられるのだが、ヘミングウェイはいかなる意図をもって物語を締めくくる重要な場面に沼地を配置したのであろうか。まずはニックを待ち受けていた沼地がどのような「場所」であったかを見てみることにしよう。

　前方で川幅が狭くなり、沼地へと流れ込んでいた。川面は滑らかで深く、沼地にはヒマラヤスギが一面に生えていた。幹と幹の間に隙間もないほど木が密生しており、枝もしっかりと茂っている。あんな沼地を歩いて通り抜けるのは不可能だろう。枝がとても低い位置に伸びている。ほとんど地面すれすれに身を伏せないと動き回ることはできまい。枝をへし折りながら前へ進むことはできないだろう。だから沼地に住む生物はあんな形をしているんだ、とニックは思った。（179-80）

この沼地は人間が容易に侵入できそうな場所ではない。むしろ人間を拒むような場所である。周囲の自然を大規模に破壊した人間の手もこの沼地には届きそうもない。沼地の中へ入って釣りをしようとはしないニックは、容易に人間を受け入れぬ沼地の気配を敏感に感じ取っているようである。眼前の沼地から川下に目を転じると、そこでも川が沼地に流れ込んでいる。

ニックは沼地に今は入っていきたくなかった。腋の下まで水に浸かって沼地の中を歩き、引き上げる場所も無いところで大きな鱒を釣り上げるのは気が進まなかった。沼地の中の土手には何も生えておらず、大きなヒマラヤスギが頭上で密集して太陽の光を遮っており、木漏れ日だけが差し込んでいる。深くて流れの速い水に浸かり、薄暗い中で釣りをするのは悲劇的だ。沼地での釣りは悲劇的な冒険なのだ。ニックはそのような冒険は御免だと思った。今日はこれ以上流れを下りたくはなかった。(180)

ニックは沼地での釣りを「悲劇的な冒険」だと考える。沼地が悲劇的な冒険の舞台だとすると、ニックの眼前に広がる沼地は自然のユートピアの如きマツの群落と著しい対照を成すことになりはしないだろうか。ヘミングウェイは癒しの物語の最後に何故わざわざ悲劇的な空間を配したのであろうか。

▼「エッジ」としての沼地

神話や民話のレベルにおいて沼地は不吉な暗示を持つ場所であり、ミラーが指摘するように、ニックは無意識に沼地をめぐる根源的な不安に囚われているようである。[9] しかし沼地が喚起する根源的な不安の他にも、ニックが沼地での釣りを躊躇する理由があるのではないだろうか。ニックが沼地という空間をどのように認識しているかをさらに検討してみる必要があるだろう。薄暗く木々が密生した沼地は確かに陰気で不吉な印象を与える場所だが、その本質において不毛な場所とは言いがたい。陸と水が混在する場所である沼地は、海辺の潮溜まりのようにある種の境界域であり、陸地の生命と水中の生命が混在する「エッジ」である。周辺領域であると同時に融合境界領域でもある「エッジ」は、ネイチャーライティングでしばしば取り上げられる特徴的な場所である。「エッジ」は植物、水棲生物、陸上動物、両生類、昆虫類など多様な生命を育む生態学的に豊かな注目すべき場所で、この複雑系の小宇宙では異なる生態系の生物が混在し、新たな進化の可能性が生まれる。晩年沼地への傾倒を深めたソローは、沼地を神聖な場所と見なし「そこには自然の力と真髄がある」（Thoreau 228）と述べている。ソローは沼地が豊かな可能性の場であることに気づいており、それゆえに気晴らしのために「もっとも陰気な沼地」（Thoreau 228）を求めて散歩に出かけるのである。

ソローとは対照的にニックは沼地での釣りを悲劇的な冒険と見なし足を踏み入れようとしない。伊藤は「エッジ」は「時間と空間の融合領域であり、『コミュニティ』の有機性原理を最もあざやかに例証するゾーン」だと指摘している（伊藤 217）。ヘミングウェイは、戦地から帰還した後、地域と言うコミュニティに対しても、家族と言うコミュニティの最小単位に対しても違和感を覚え溶け込むことができなかった。作者の分身たるニックがコミュニティの有機性原理を最もあざやかに例証するゾーンでの釣りを悲劇的だと考えるのはある種の必然なのである。

ヒマラヤスギが密生し歩いて通り抜けることもできなければ、枝をへし折って進むこともできないこの沼地は、人間の進入を易々と許し破壊されてしまったシーニーの森や、ニックを暖かく包み込むマツの群落とは好対照をなしている。それは人間の進入を許さぬ場所であり、容易に人間の利己的な欲望の犠牲とはなりえない。人間がこの沼地に入り込むためには、沼地に住む生物と同じように地面すれすれの低い姿勢をとる必要がある、とニックは考える。そこでは直立して歩行するという人間特有の行動は許されず、人間も沼地に住む生物と対等の立場に立たねばならないことをニックは認識しているようである。

「エッジ」は、生態学ではギリシャ語で移行帯またはテンションベルトを意味する「エコトーン」とも呼ばれる。「エッジ」は語源通り緊張と葛藤の場でもあるのだ。そこは豊かな可能性の場であると同時に、残酷な生命のドラマが展開する場でもある。「エッジ」は平和なユートピアではない。「エッジ」は他の生命を奪い自らの命をつなぐ場でもあり、同時に自らの生命が深刻な危機に曝される場でもある。沼地では人間としての特権を放棄し、沼地の生態系の一部として行動しなければならないとニックが認識しているとするならば、彼は沼地という空間の本質を多少なりとも理解していることになる。

ニックは「沼地で釣りをする日はこの先いくらでもある」(180) と思いつつ沼地を後にする。沼地で釣りを試みることは、彼自身が沼地の生態系の一部としての立場を受け入れ、「エッジ」で展開される緊張と闘争の世界に参入することを意味する。ニックは沼地が優れたエコシステムであることに気づいてはいるものの、未だこの出会いと闘争の複雑系の「コミュニティ」に参入する準備ができておらず、ニック自身そのことを自覚しているのであろう。

▼沼地の悲劇

シーニー一帯の沼地には悲劇的な歴史が隠されている。ニックがシーニーの歴史を承知しているならば、沼地の悲劇的な歴史も彼の知るところであったに違いない。一九一一年頃、森林が伐採された後に残ったシーニー近くの沼地を開発しようとする試みがなされた。シーニー一帯は元来沼地の多い場所で、建物の多くは高さ六フィートほどの礎石の上に建てられるほどであった。森林資源が搾取され尽くした後にそのままでは利用価値が乏しい湿地帯が残ったのだが、貪欲で利己的な人間の手は森林を破壊しただけでは満足せず、さらに湿地帯へと手を伸ばした。開発業者は沼地から水を排出し、土地を乾燥させて農地として売り出そうと計画したのである。しかしながら事は彼らの目論見通りには進まなかった。干拓された沼地は農地としては役に立たず、土地を購入した者たちは翌年には土地を捨ててしまったのである。沼地と沼地の生態系は失われ、跡には見捨てられた土地だけが残り、シーニーの環境破壊はさらに進行した。沼地の不毛な開発から八年後にこの地を訪れたヘミングウェイは、この悲劇の跡を直接目にしたのかもしれない。ニックの眼前に広がる沼地はこの悲劇を免れたのであろうが、シーニーの歴史を知るものにとっては沼地を襲った悲劇を思い出させる場所なのである。それはヘミングウェイによって歴史化された沼地の悲劇の風景でもあると言ってよいだろう。

四　環境への意識とヘミングウェイ

▼ミシガン州と環境保護運動

ヘミングウェイが誕生した一九〇〇年頃は、アメリカ国内で環境保護への意識が高まった時期であり、一九〇〇年から一九四〇年までのおよそ四十年間に環境保護を目的とする多くの団体が組織されていった。アメリカ自然保護運動の父と言われ、『はじめてのシエラの夏』（*My First Summer in the Sierra*）の作者でもあるジョン・ミューア（John Muir）が、環境保護運動の指導者の一人として活躍したのもちょうどこの時期である。シーニーとワルーン湖が位置するミシガン州は特に森林の保護に熱心な州であった。ヘミングウェイが生まれた一八九九年に議会は森林保護地区の設立を正式に認可し、山林管理委員会を設置して森林の再生を監視することとした。一九二〇年代までには従来の手作業による植林に代わって機械を用いた植林の技術が普及し、荒地となってしまった土地に緑が再生されていった。森林の再生はその後も順調に進み、現在ミシガン州にはミシシッピ川以東で最大の公有林が広がっている。ミシガン州は野生の動物を保護するために狩猟監視員を正式に任命した最初の州でもあり、一九二〇年代には狩猟監視員が環境保護官を兼ね啓蒙活動にも従事するようになった。[10] 毎夏北ミシガンの自然の中で日々を過ごしたヘミングウェイが、これらの環境保護運動の動向に全く無知であったとは考えられない。同時代を生きた人々の環境保護への取り組みが、自然を愛する父クラレンス（Clarence Hemingway）の影響ともあいまって、ヘミングウェイの中に環境に対する意識を育くみ、その意識は一部「ビッグ・トゥー・ハーティッド・リバー」に色濃く反映されたと考えられる。

▼ニック・アダムズの限界

この作品に環境に対するヘミングウェイの意識が反映されているとはいえ、ニックが自然や他の動植物に対して「優しい」とは言い難い行動をとることもまた事実である。例えば沼地に関する「悲劇的な」洞察の直後、ニックはおもむろにナイフを取り出し、丸太に突き立てる。釣ったばかりの鱒を処理するニックの手際は鮮やかなものだが、鱒の首を叩き折りナイフでさばく姿は冷酷なものにも映る。丸太に突き刺されるナイフはかつてシーニーの森の木々を切り倒した斧を連想させる。テントを設営する場面では、斧を取り出し二本の根を断ち切り、マツの切り株から板を削り取りテントを固定するためのペグを作る。夕食の準備に取り掛かる際には、斧を振るってマツの切り株を割り、薪を作る。二本の長い釘をマツの幹に打ち込み、ザックと水の入ったキャンバスのバケツを吊るす際には斧の背が使われる。ニックの姿は森の木々を次々に切り倒していったアメリカ入植者たちの姿を連想させはしないだろうか。

テントの中に紛れ込んだ一匹の蚊は、安眠を確保しようとするニックによってマッチの火で「心地よい音をたてて」(169) 焼き殺されてしまう。黒いバッタを見つけたニックは「心中の思いをはじめて声に出して『さあ行け。どこかに飛んでゆけ。』」(165) と言って放ってやるが、翌日には鱒釣りの餌にするためにバッタを五十匹ほど捕まえ無造作に壜の中にしまう。捕まえられたバッタは釣りの場面では次々に針に刺され、幸運の唾をつけられた後、川に投げ入れられる。ニックにとって自然や他の生物を有益に利用することは当然のことなのである。そこに感傷の入り込む余地は無い。

人間による大規模な生態系の破壊を憂える一方で、ニックは自然を利用することに躊躇しない。生態系が緊張と葛藤の場である以上、ニックの行動は当然とも言える。しかし沼地に踏み込むことを望まないニックは、他の生命と対等な存在として生態系に参入しようとしてはいない。「エッジ」での生命のドラマを「悲劇的だ」と考えるニックは、「奪う」ことに躊躇しないが、「与える」ことには躊躇せざるを得ないのであろう。もちろん自然を利用するばかりで、自然に何も与えないわけではない。鱒をさばいた後ニックは、いずれミンクが見つければよいと思い臓物を岸に放り投げてやるのだか、彼がシーニーの自然に与えたものは僅かに鱒の臓物のみであったとも言える。ニックは生態系のメカニズムを熟知し信頼しているようであるが、人間が自然の自己回復能力を過信し、結果的に回復不能のダメージを与えてきたことを十分に自覚していないようにも思われる。経験を積んだアウトドアズマンらしいニックの振る舞いの中に、アメリカ人が自然を搾取し破壊した際の仕草が不用意に反復されてしまう危険性が潜んでいることを見逃してはならないだろう。

▼そして現在へ

幸いにしてヘミングウェイは「マツの荒地」やワルーン湖畔に帰るべき場所を見出すことができた。ニック・アダムズもマツの群落で「場所の感覚」と心の平和を取り戻すことができた。しかしながら、このマツの群落は現実のものではなかった。作者とニックの「場所の感覚」を呼び覚ます自然が失われてしまったがゆえに、ヘミングウェイは古くて大きなマツの群落という風景を創造せざるを得なかったのである。帰るべき場所としての自然が早晩現実の世界から、少なくともアメリカからは消滅してしまい、虚構の世界のみに存在するようになるのではないか、というヘミングウェイの危機感がこの風景の中に垣間見える。

自然や生態系は寛大な一面と残酷な一面、言わば「ふたつの心」をあわせ持つ。「ビッグ・トゥー・ハーティッド・リバー」は、「場所の感覚」回復による癒しの物語であると同時に、自然や生態系の「ふたつの心」を沼地を通して体験する物語でもある。この作品に描かれる自然と風景は、ヘミングウェイが「場所の感覚」に基づいて現実の風景と架空の風景を融合したものであり、同時にシーニーの歴史化された風景でもあった。「ビッグ・トゥー・ハーティッド・リバー」は自然をめぐる嘆きと賞賛のレトリックを超え、ヘミングウェイが場所の歴史の底に横たわるエコロジカルな洞察から北ミシガンの風景を新たに描き直した作品だと言えるだろう。

現在のシーニーは穏やかな北ミシガンの町のたたずまいを取り戻している。町の周辺には広大な国有林が広がり、蘇った緑を見ることができる。一九三五年に設立されたシーニー野生動物保護区は、現在では二百種以上の鳥類、二十六種類の魚類、そして五十種類の哺乳類のサンクチュアリとなっている。全体の約三分の二が湿地からなるこの保護区は九五、四五五エーカーの面積を持ち、草原、林、沼地がモザイク状に広がっており、ニックがかつて目にした風景とは様変わりしている。木々も沼地も人間の手を借りてとはいえ蘇ったのである。しかし、シーニー野生動物保護区を訪れた者は、この広大な自然のモザイクが実は自然のままの姿ではないことを思い知らされることになる。訪問者はニックのように重いザックを背負い、延々と徒歩で森を抜け、川をさかのぼる必要はない。保護区内には七マイルに渡る自動車用の簡素な周回路が作られており、訪問者は自動車に乗ったままで自然を楽しむことができる。途中に三ケ所の展望台が設けられており、備え付けの望遠鏡で保護区内に生息する鳥類を観察することもできる。現在のシーニーを訪れる者の多くは、自動車や望遠鏡というテクノロジーの力を借りて自然に触れることができるのである。無計画な伐採によって失われてしまった森は、架空のマツの群落を思い出させる虚構の森として蘇ったようである。

シーニー野生動物保護区
出典：http://www.exploringthenorth.com/seney/seney. html

注

1　カウリーの解釈については Malcolm Cowley, Introduction to *Hemingway*（New York: Scribner's, 1944）, ix. を参照されたい。

2　ヤングの解釈については Philip Young, *Ernest Hemingway: A Reconsideration*（University Park and London: Pennsylvania State UP, 1966）, pp.43-47. を参照されたい。

3　Ernest Hemingway, *The Complete Short Stories of Ernest Hemingway*（New York: Scribner's, 1987）, p.163. 邦訳は高見浩訳『へミングウェイ全短編』（新潮社、一九九六年）を参考にした。以下本稿における引用は本文中の括弧内に原著のページ数のみを記す。

4　ランバーフロンティアの西漸および合衆国の木材生産量については餅田治之『アメリカ森林開発史』（古今書院、一九八四年）八八―九四頁を参照した。

5　シーニーの林業の歴史および沼地の干拓事業の経緯については Frederic Svoboda, "Landscape Real and Imagined: 'Big Two-Hearted River'," *The Hemingway Review*, Vol. 16. 1（1996）: 33-42. に詳しい。

6　Svoboda は作品中の風景が想像上のものであることを示す一例としてこの場面を挙げている。詳細は前掲の論文を参照されたい。

7　ヘミングウェイの両性具有的な生育歴についてはMark Spilka, *Hemingway's Quarrel with Androgyny.*（Lincoln: U of Nebraska P, 1990）に詳しい。

8　ヘミングウェイは一九一九年の七月と八月にPine Barrensを訪れている。詳細はCarlos Baker, *Ernest Hemingway: A Life Story*（New York: Scribner's, 1969）, pp. 60-61.を参照されたい。

9　詳細は David C. Miller, *Dark Eden: The Swamp in Nineteenth-century American Culture*.（Cambridge: Cambridge UP, 1989）, p. 214 を参照されたい。

10　ミシガン州の環境保護運動の歴史に関してはMichigan Environmental Councilのホームページ（http://www.mecprotects.org/）を参照した。

引用文献

Baker, Carlos. *Ernest Hemingway: A Life Story.* New York: Scribner's, 1969.

Lynn, Kenneth. *Hemingway.* Cambridge: Harvard UP, 1987.

Thoreau, Henry David. *The Writings of Henry David Thoreau.* Boston: Houghton Mifflin, 1906.

Williams, Terry Tempest. "Hemingway and the Natural World." *Hemingway and the Natural World.* Ed. Robert F. Fleming. Moscow, Idaho: U of Idaho P, 1999.
伊藤詔子「コミュニティ・エッジ・エピファニー」『ユリイカ』第二十八巻　第四号　青土社　一九九五年。

中島　美智子

11　潮だまりのポリティックス
——ジョン・スタインベック『コルテスの海』を中心に

一　はじめに

本稿では、環境学的に非常に興味深い生態系である潮だまり（tide pool）を巡るジョン・スタインベック（John Steinbeck）の言説に込められたポリティックスを、エコクリティシズムの観点から検討することによって、彼のエコロジー思想の形成にあたって潮だまりが果たした重要な役割について考察していく。

アメリカ文学研究にエコクリティシズムなる語が用いられ始め、批評の一体系として捉えられるようになったのは、ネイチャーライティングが独立した文学ジャンルとしての地位を確立したことに関係する。そこで、主にネイチャーライティングの特質に焦点を当て、その際、同じく潮だまりについて特別な注意を払ったネイチャーライターであるレイチェル・カーソン（Rachel Carson）の作品を指標とすることで、スタインベックのネイチャーライターとしての側面を浮き彫りにしていきたい。

ネイチャーライティングは場所に根ざす文学であり、場所への思索は時として深い政治的なメッセージを発する。スコット・スロヴィック（Scott Slovic）は、バリー・ロペス（Barry Lopez）の言葉「この文学ジャンルは、いずれアメリカ文学の中心的勢力となるだけではない。それはまたアメリカの政治思想を再編成する基盤ともなりうるだろう」（Lopez 297）を引き合いに出し、ネイチャーライターたちが今ここにある潜在的な環境の危機を認識するにつれて次第に政治的にならざるを得ないと述べている（Slovic 24）。ネイチャーライターたちは、何か見過ごしにできない環境的危機が迫っていることにいち早くに気付いた時、作品を通して環境破壊に関する政治家や一般の人々の無知や無関心を指摘しないではいられないのである。

実際、これまでもネイチャーライターたちは、作品に強いメッセージ性を含ませて、政治上の改革を強く要求してきた。例えば、カーソンの著書『沈黙の春』は、現代環境保護運動の基礎を創始した本とも言われ、殺虫剤DDTを始めとする化学物質が地球の美しさと生命の源をいかに破壊しつつあるかを告発している。この書物に触発された時のアメリカ大統領ケネディは、ホワイトハウスで環境保全会議を開いた。またウォレス・ステグナーは、一九六〇年の公開書簡によって「我々はただ単に利用できる原生地が必要だというわけではない。たとえその周辺を自転車で回って見るだけでもそれが必要なのだ。それは生き物としての我々の心の健康を取り戻す手段、希望の見取り図の一部となり得る」（153）とアピールし、一九六四年「原生自然法」の制定に多大な貢献をしたと言われている。これらの事例は、ネイチャーライティングのポリティックスを示している。

スタインベックは、危機の三〇年代を代表する作家の一人として、当時のアメリカが抱える政治的及び社会的問題に敏感であり、作品中に政治的課題を展開した。彼は「持ち前の無政府主義（anarchism）が興奮する」（『チャーリーとの旅』76以下『チャーリー』と略記）と語るように無政府主義に共感を覚え、政府に対して不信感を抱いていた感がある。このことは、「政治は汚く、策略を弄し、不正直な職業であり、政治家はみな悪者だ、とアメリカ国民は確信している」（『アメリカとアメリカ人』35以下『アメリカ』と略記）と述懐していることからも確認することができる。また「政府の不平等、不正直などの、はっきりした強奪行為に対しては、「政府と闘え！」というのが合い言葉である。もちろん、闘っても無駄だ、という意味もある。それでも我々は政府と闘い、勝ったこともしばしばであった」（『アメリカ』138）と記しているように、自ら不正な政治に対して闘うことをためらいはしなかった。メキシコ戦争反対の姿勢を、人頭税の支払い拒否で示して投獄されたヘンリー・デヴィッド・ソローの姿を想起させる。

自然探求を志向するネイチャーライティングには、同時にカウンターカルチャーとして主流社会の価値観を疑うという傾向も強い。この傾向は、ネイチャーライターの祖と仰がれるソローから既に始まっている。ウォールデン湖畔で自給自足の生活を送った時の記録を綴ったソローの著書『ウォールデン』は、自然を賞賛し、自然との共生の意味を問いかける作品である。しかし、ウォールデン湖畔で生活する以前から、人頭税の支払い拒否という姿勢を見せていることからも分かるように、ソローの自然観は、反体制ないし「市民的不服従」という政治的立場と切り離すことはできない。したがって、彼は山奥に隠棲したというわけではなく、メキシコ戦争と奴隷制容認の政府に対する不服従を唱えたのである。ソローがウォールデン湖畔で生活を送った人物としてあまりにも有名になりすぎたために、その後の歳月にはあまり目が向けられないが、ドナルド・オースター（Donald Worster）が指摘するように、逆説的ではあるが、晩年のソローはウォールデンにいた時よりも自然に深く親しむようになったという見解も看過ごすことができない（87）。つまり、ソローの自然観と「市民的不服従」という政治思想は相互に浸透しており、その結果、自然に関するパラダイムが、あるべき社会の原理を志向するポリティックスを構成しているとみなすことができる（伊藤 213）。このような意味で、ソローは現代ネイチャーライターや環境保護運動に思想的基盤を与えているのである。このように自然を主人公とする文学であるネイチャーライティングは、自然の立場から社会・政治改革を提唱するジャンルでもある。

二　ネイチャーライターとしてのスタインベック

▼スタインベックの自然観

スタインベックは、一九〇二年カリフォルニア州サリーナスに生まれ、幼少の頃からニューヨークに移り住むまでの大半をサリーナスおよびモントレーで過ごし、この地域を舞台とし、そこで生きる人々を描いた作品を数多く残した。彼は、とりわけ生物学について関心が強く、多様な生物が生息している潮だまりを頻繁に訪れていた。そのような経験と観察を通じて、スタインベックは人間も他の動物と同じく生命の網の目の一部を形成する存在にすぎないという考え方を明確に持っていた。この点については、スーザン・シリングロー（Susan Shillinglaw）も「スタインベックはそれぞれの作品中において人間中心的世界観を拒否し、相互に結びついた全体の中での共生的な関係を描いた」（9）と指摘している。さらに、スタインベックは

ジョン・スタインベックと愛犬エンジェル（1965年5月、ザクハーバーの別荘で）中山喜代市氏提供。

『怒りの葡萄』の冒頭に描かれているダストボール（Dust Bowl）の原因に関して、「大量生産を目的とする我々の農業は失敗である」（「彼らの血は強し」33）と明記しているように、自然災害というよりも人間の誤った土地利用から起こった人災であるという認識を持っており、比較的早い時期から、作品を通じて我々に「人間が自然を破壊している」という普遍的なメッセージを送りつづけた。エコロジカルな思想と自然環境に対する強い関心が融合されたスタインベックの自然観は、ネイチャーライティングの思想と伝統に連なっている。

▼ネイチャーライティングの思想的系譜

スタインベックをエコクリティシズムの観点から考察する上で核となる作品は『コルテスの海』（以下『コルテス』と略記）である。これは一九四〇年、スタインベックの生物学上の師とも言うべき海洋生物学者エドワード・リケッツ（Edward F. Ricketts）と共に海洋無脊椎動物を採集するためにカリフォルニア湾へ出かけたときの記録で、この土地の自然と人間をめぐるノンフィクションである。当時、コルテス海とその周辺は、文明社会に汚染されておらず、変化に富んだ自然と豊かな生命に満ち溢れていた。そのため、コルテス海沿岸は海洋生物採集には最適な場所であり、「海洋生物学者たちの間で実質上まだ知られていないこの場所で採集した海洋生物の半分は全く新しい種、もしくは知られている種の重要な変種」（Tiffney, Jr. 5）であった。この採集旅行が、スタインベックの自然観や生物観の形成にとって、いかに有益なものであったかが想像される。

現代ネイチャーライターの一人であるアリソン・ホーソン・デミングは、『コルテスの海航海日誌』(『コルテスの海』にリケッツへの追悼文を追加し一〇年後に出版された)は、その地域の海洋生態の科学的な調査を入念に記録していると同時に自然史と個人的な回顧録の傑作でもあると賞賛する(Deming 28)。これは『コルテスの海』が優れた科学的な記録であると同時にネイチャーライティングの傑作であることを裏付けている。またスーザン・ビージェル(Susan F. Beegel)は、アメリカ文学に占めるスタインベックの位置について、幸いなことに、文学流行の車輪の向きが変わったために、スタインベックは「ドライボール」(dry ball)生物学者でないのと同様に「ドライボール」作家でもなく、若い世代の西部作家エドワード・アビー(Edward Abbey)、イヴァン・ドゥーイング(Ivan Doing)、リック・バス(Rick Bass)、グレーテル・アーリック(Gretel Ehrlich)、ウィリアム・リースト・ヒート・ムーン(William Least Heat Moon)、レスリー・マーモン・シルコー(Leslie Marmon Silko)、テリー・テンペスト・ウィリアムスの重要な祖であることが認められるとともに、彼らの作品は激化する環境危機に注意を促すことでアメリカ文学の様相を変化させるに至ったと論じている(Beegel 23)。「ドライボール」生物学者とは、スタインベックがホルマリン漬けになった標本だけで研究する研究者を真の生物学者でないと批判する呼称として用いている語である。したがって、「ドライボール」作家とは、ネイチャーライターと相反する存在である。なぜなら、ネイチャーライティングにおいて重要視されるのは、既成観念にとらわれた自然理解ではなく、実際に自然の中で得られる体験であるからだ。これは、スタインベックの自然観がとる立場でもある。このように『コルテスの海』はスタインベックの自然観を理解するのに重要であるだけでなく、ネイチャーライティングの流れにおいても重要な作品として位置づけることができる。実際、ビージェルが例に挙げている作家の大多数は、現在最も有力なアメリカンネイチャーライターたちである。

西部を中心としたネイチャーライターたちのスタインベックに対する評価も高い。スタインベック生誕百周年を記念して『スタインベック生誕百年――アメリカ作家たちによる回想』(二〇〇二年)が出版され、ネイチャーライターを含む四六人の作家が寄稿している。その中でニューメキシコ出身のチカノ(メキシコ系アメリカ人)文学の父として知られるルドルフォ・アナヤ(Rudolfo A. Anaya)は、スタインベックの作品は我々の多くに影響を及ぼし、影響を与え続けており、それは人間が受け取ることのできる最大の贈り物であると述べている(4)。さらにバロウズ賞を初めとして各種の主要な文学賞を受賞しているロペスは、スタインベックからの影響は、一つの転機のようなものだったと思われると語っている(60)。さらにユタ州ソルトレイク市に生まれ、独創的な西部観を展開するウィリアムスはその影響をより具体的に、「スタインベックの作品のうちでとりわけ『知られざる神に』は、私の考え方、その結果として私の作品に大きな影響力を持った」(96)と述べている。ウィリアムスが『知られざる神に』を評価する理由は、それが家族と場所との関係性や木を崇拝する一人の男についての物語であるからだと言う。場所の文学とも言われるネイチャーライティングのキーワードの一つに「場所の感覚」があり、それは人間と場所との深い結びつきを意味する。右記のウィリアムスの言及は、スタインベックの場所の感覚がウィリアムスのネイチャーライターとしての思考に深く影響を与えたことを示唆している。これらの証言にみられるように、スタインベックの思想と作風がネイチャーライターたちに影響を与えていること、すなわち、スタインベックがネイチャーライティングの思想的系譜と深く結びついていることは明らかである。

▼コルテス海への巡礼

ネイチャーライターたちは自然本来の姿を求めて巡礼する。その巡礼地はさまざまであるが、「そこがある地理的領域の辺縁と別の領域の混じり合う、境界、周辺領域（edge）」（伊藤22）という点において共通する。スタインベックにとっての巡礼はコルテス海であり、そこで目にした潮だまりというエッジに彼は重要な意味を見出していく。

スタインベックは『コルテスの海』の冒頭で、「潮だまりの中で我々がひっくり返す岩は、我々を真に、そして永久にその地域のエコロジーの一要素にする」(3)と語っている。

潮だまりをひっくり返した岩の下には原始の面影を残すかのような世界が広がり、その世界を目の当たりにすることでわれわれは悠久の歴史に触れ、豊かな生命のネットワークの中に立ち返ることができる、というのである。そして彼は自らもネットワークの一部としてその地域のエコロジーに溶け込もうとする積極的な姿勢を示している。『コルテスの海』を書いたスタ

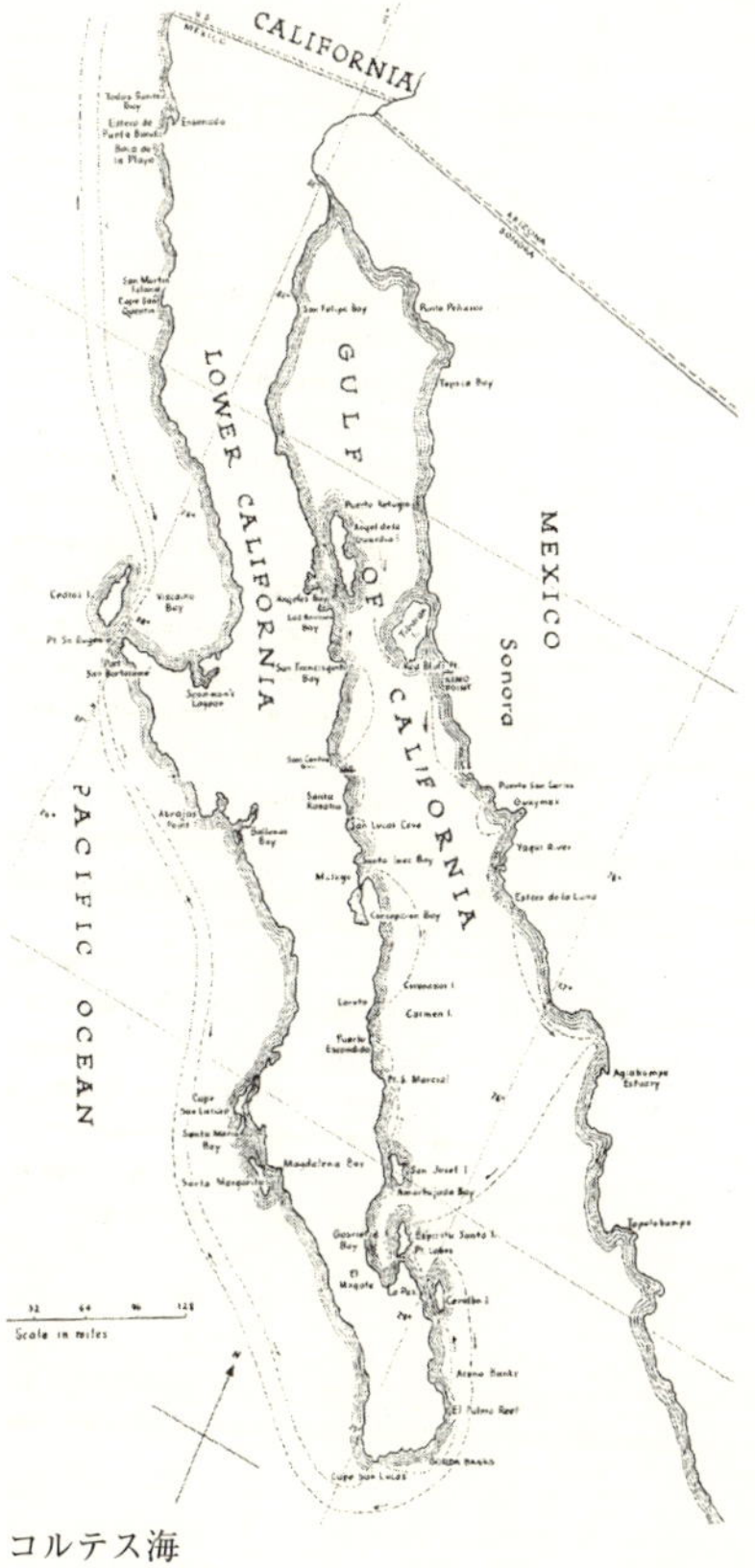

コルテス海
出典：*The Log from the Sea of Cortez*（Penguin, 1995）

インベックには、人間を頂点としたピラミッド型の権力構造を排した、生物に対する深い共感と洞察が認められる。

スタインベックは採集旅行に出かける直前、親友カールトン・シェフィールド（Carlton A. Sheffield）に宛てた手紙（一九三九年一一月一三日付け）で、潮だまりについて「スターリンやヒトラー信奉者、民主党員、資本主義の混乱やヴードゥーよりも理解しやすいものが潮だまりの中にある。…経済学者や社会学者たちは、どうしてその事実を予知できなかったか、なぜ理解できなかったか、と嘆き悔やむ日がくるものと、私は考えている」（『書簡集』193-4）と記している。この手紙は彼の潮だまりという場所に対する強い関心を示している。彼は採集旅行以前から、潮だまりを手がかりに人間とそれを取り巻く生物界との関わりについて熟考していたことが窺える。さらに、彼は当時の社会が抱えていた諸問題の解決に際して、潮だまりが重要な役割を果たすことを確信している。長い間スタインベックの中で温められていた、人間と生物との関係をめぐる潮だまりを通じての思索は、リケッツとの採集旅行によって、潮だまりのポリッティックスへと、また、エコロジーの概念へと結実していくのである。

三　潮だまりからの発想

▼スタインベックの潮だまり

採集旅行から戻ったスタインベックは、潮だまりの観察を通じて期待していた通りに、人間とそれを取り巻く生物界との関係についての深い洞察を得た。その中で、人間存在の小ささを強く認識して次のように述べる。

人間は潮だまりを覗き込み、小さな生き物たちが餌を食べ、繁殖し、食を求めて殺し合いをするのを見てきた。そして生き物たちに命名をし、その描写をし、長期にわたる観察結果からその習性について何らかの結論に到達すると「この種は典型的にかくかくしかじかのことをする特徴がある」と記述するのだ。しかし人間は、一人ひとりについてはかなりよく知っているにもかかわらず、ヒトという種を種として客観的に見ようとしない。人々が他人にもっと親切になり、もう再び戦争は起こるまいと見極めたら、わが種の記録を不問に付そう。(『コルテス』16-17)

スタインベックは、我々人間が他の種に関しては詳細に知っているにもかかわらず、ヒトという種に関しては種として客観的に見ようとはしないと論じる。そして、二匹のザリガニが出会うと必ず闘うというザリガニの特性が突然変異(mutation)でもない限り失われることはないのと同様に、ヒトという種を客観的に観察すると、精神面での突然変異が起こらない限り、ヒトが戦争をやめることはないだろうと批判的に推論する。

このように、潮だまりからスタインベックが見出した政治的含意の一つは戦争である。この当時彼は、右記の引用文からも窺えるように「なぜヒトは訳も分からずに戦争をするのか」と悲嘆に暮れ、戦争を批判的にみていた。『コルテスの海』は一九四一年一二月五日に出版されたが、ヨーロッパでは既に第二次世界大戦が始まっており、アメリカでも戦争に対する危機感や不安感は増幅していた。さらに出版の次の日、十二月六日には皮肉にも日本軍による真珠湾攻撃が勃発し、アメリカはその翌日に対日宣戦布告書を送った。その後ドイツ、イタリアがアメリカに宣戦布告を行い、アメリカは第二次世界大戦に正式に参戦する運びとなった。宣戦布告なしに行われた真珠湾攻撃は、多数のアメリカ人の命を奪っただけでなく多数の艦船や飛行機を破壊し、アメリカ国民に大きな衝撃を与えた。スタインベックは、アメリカ人なら誰もが鮮明に覚えている事件として「真珠湾攻撃とジョン・F・ケネディの死」（『アメリカ』46）を挙げているが、彼にとっても真珠湾攻撃がいかに衝撃的な事件であったかが窺える。『コルテスの海』でも、戦争の愚かさについての言及が随所にみられる。「だれも戦うことを望んではいないし、また戦争をして得をする者もいないはずなのに戦争は起こっている。夢遊病者たちの無意識の戦いに似ていて、知性のコントロールが全然効かずに進行している。…戦争はきっとまだまだ続くに違いない。おそらくこれもすべて突然変異のプロセスの一部であり、突然変異によってヒトという種はいずれ絶滅するであろう」（『コルテス』88-89）。ヒトは、愚かな戦争によって自分自身を破壊している、とスタインベックは切々と訴えているのである。

スタインベックが潮だまりから見出したもう一つの政治的含意は、環境破壊である。戦争に伴って必ず環境破壊が起こる。彼は、ヒトの突然変異について思索にふけりながら、動物の中で自分以外のものに興味や欲求を示すのは人間だけであると断じ、ヒトが地球環境に及ぼす影響を思考する。「リケッツとスタインベックは、我々が今日使っている環境、環境保護論者、環境科学という用語を明確に理解しなかったであろう」(Tiffney, Jr. 3）が、また、環境保護がまだ政治的な力になっていなかった時代ではあったが、スタインベックは環境破壊の問題についても明らかな懸念を抱いていた。これについて、彼は「人間は地球を掘り起こし、切り刻み、破壊している。植物相は取り除かれ、変化を蒙っている。山は崩され、平地も人間生活から出てくる廃物で汚染されている。しかも地球にこの変化がもたらされたのは、人間のなかに本来備わっていた能力によってではなく、その欲望が能力をつくり出したせいなのである」(『コルテス』87)と述べ、人間が自分の抑制できなくなった欲望を満たすために自らの環境を破壊していることを嘆いている。人間は、文明が発展するにつれて、自然を資源として搾取の対象とみなしてきただけでなく、自然を征服すべき対象としても考えてきた。つまり貪欲で無責任な人間は、他の生物を無視し、自らの生存と繁殖しか考えなかったのである。この人間中心主義的考え方が環境破壊を引き起こし、それは自分自身を破壊することにつながっていることをスタインベックは私たちに訴えていたのである。

▼カーソンの潮だまり

スタインベックが潮だまりから自然と人間に関する深い洞察を得たのと同様、カーソンも潮だまりを観察し、そこから多くのことを学んだ。彼女は一九〇七年、ペンシルヴァニア州スプリングデイルに生まれた。彼女の名を一躍世に広めたのは『沈黙の春』であるが、作家としての地位を築いたのは、海洋学や海洋生物学に関する一連の作品を通じてであり、これらの著作はベストセラーとなった。カーソンの海の三部作は、海の叙景詩そのものであり、その美しさを余すところなく映し出している。『海辺』(一九五六年)では、海辺の潮だまりにまつわる自然史やそこに棲む生き物の生物学的様相が描かれており、潮だまりをめぐるポエティックな作品と言える。彼女は潮だまりを「小さな海」(『海辺』73)と描写する。彼女にとって潮だまりとは、海をミクロ化した、この上なく美しい生物が棲んでいる場所であり、彼女はそこに見られる個々の

レイチェル・カーソン
出典：ポール・ブルックス、上遠恵子訳『レイチェル・カーソン』（新潮社、1992）

生き物たちに魅了されるとともに、生き物たちの多彩な進化の過程を目撃した。カーソンは「潮だまりには、微妙な色合いの緑や黄土色、ヒドロ虫類の真珠のようなピンク色が散りばめられている。ヒドロ虫類は、壊れやすい春の花園のように立っている。ツノマタのもつ青銅色の金属的なきらめき、サンゴ色の藻類のバラのような美しさが、潮だまりにいっぱいにあふれている」（『海辺』40-41）と述懐する。この記述には色に関する描写が非常に豊富であると同時に、詩的な表現に溢れている。彼女が筆を執ると、潮だまりの生き物たちの姿はまるで花園のようにその様相を変え、美しさを呈している。

ところが、一見すると叙景詩のような『海辺』にも「漂着物の中には、生物のかけらに混ざって、材木、ロープの切れ端、瓶や樽、さまざまな箱など人間が残していったものもある」（『海辺』183）というように、人間による環境汚染に対して怒りを込めた告発がなされている。実際、『海辺』には『沈黙の春』の精神がこだましており、カーソンは早い時期から自然観察の中から政治的含意を汲み取っていた。「それは、角の形をしたフトヘナタリガイであった。それを見た時私は、オーデュボンが一世紀ほど前に見た光景を自分も見たいというノスタルジックな思いにかられた。というのは、この小さな巻貝はかつてこの岸辺にたくさんいたフラミンゴの餌であったからだ。軽く目を閉じると、華麗な炎のような鳥の一群が入り江を紅に埋めつくし、餌をついばんでいる光景が鮮やかに浮かび上がった」（『海辺』6-7）といった描写には環境汚染に対する彼女の怒りが端的に表れている。このようにカーソンは、海岸の美しさを強調しつつ、同時にその美がたえず失われる危機感をも表明している。スロヴィックもこの箇所を引いて、カーソンの描写は自然がもつ繊細さと脆さが強調され、著者の視線が注がれているのは「現存する」美しさとは対照的な「失われつつある」美しさであり、『沈黙の春』で発せられる政治的発言を予感させると論じている（Slovic 82-88）。

カーソンは、「潮だまりをのぞくと暗い森を見ているような気持ちになる」（『海辺』64）と述べているように、海と森とを同一化する傾向がある。つまり『海辺』を書いている際の、自然が汚染されてきているという嘆きの中から、『沈黙の春』が生み出されたとも言えるのではないだろうか。カーソンもスタインベック同様に潮だまりが着想の源となり、後の思想に大きな影響を与えたのである。『海辺』で予感されていた海の汚染について、『沈黙の春』では具体的に論じている。地表の半分以上が水、すなわち海であるのに、水もその他の生命の源泉と同じように人間の無関心の犠牲になってしまった、とカーソンは嘆く。このように彼女は、自らの著作の中で政治的なメッセージを発することによって、あらゆる生命の尊厳を守りとおそうとしたのである。

一九六〇年代は、環境問題が大きな社会問題として顕在化した時期であり、カーソンは科学者としてこの問題にいち早く警鐘を鳴らし、最初の一撃を与えた。しかし、地球の生物やそれを取り巻くものすべてが一つの生命体であるという考え方は、ロマン派詩人によって既に詠われていた。『沈黙の春』の序章「明日への寓話」は、イギリスロマン派詩人ジョン・キーツの「つれなき美女」のエピグラフ「湖のすげの葉は枯れ果て、もう鳥も鳴かなくなったというのに！」という箇所を一九六〇年代のアメリカ社会の予言として使ったものである。特に序章は、ロマン派詩人からの着想も多く、カーソンが科学者でありながら、同時に文学的想像力にも訴えかけようとしているかということが窺える。彼女がポスト・ロマン派の一人と言われる所以である。『沈黙の春』が多くの人々の心を捉えたのは、緻密な科学調査もさることながら、文学的な質の高さが評価されているからである。

よく知られているように、『沈黙の春』では、我々人間が地球資源を危険な速さで使い尽くしているばかりでなく、有害な化学薬品の広範な使用は我々自身を殺しかねないと主張して、アメリカ史上類がないほどに環境問題に対する国民の意識を向上させただけでなく、世界中にセンセーションを巻き起こした。

スタインベックの警告はカーソンの時ほど強いインパクトを与えなかったかもしれないが、潮だまりを媒介にした観察の結果、人間は恐るべき力で自然を作り変えようとし、その人間中心的な行動に自らの生存が脅かされていることについて認識し、警鐘を鳴らしている点で共通している。

▼二つの「突然変異」

前述したように、スタインベックは、一方で「精神面での突然変異が起こらない限り、ヒトが戦争をやめることはない」と論じておきながら、他方で「突然変異によってヒトという種はいずれ絶滅する」と述べている。この二つの命題の間には矛盾はないのだろうか。

有史以来、ヒトという種に突然変異は起こっていないと言われており、また信じられている、とスタインベックは述べている(『コルテス』87)。このことは、豊かな大陸を乱暴に向こう見ずに扱うといった人間中心主義的考え方がアメリカ開拓の当初から存在しており、現代のアメリカ人も、その考え方を受け継いでいることからも明らかである。したがって、自然破壊や戦争をやめるようになる「精神面での突然変異」

とは、人間中心主義的考え方からの脱却を意味しているように思われる。

また、スタインベックは『コルテスの海』の別の箇所で、ヒトの突然変異は、その欲求の赴くところ、言い換えれば、かかわり合いをもつ外的な物（財産、家、金、権力）の中に求められるだろうと述べ、産業革命こそが真の突然変異であり、それは種の欲求、あるいは最も関心のある方向で起こるにちがいないと指摘している（『コルテス』88）。彼は産業革命が生じ科学が成熟したものになったことを突然変異と呼んでいるのである。産業革命後も科学技術はめざましく進歩し、初期の入植者たちには到底考えられなかったことが現実になっている。科学技術の発達は、驚異的な成功を収め、その快適さと利便さは確かに人間に幸福をもたらしてきた。しかし、一方では、科学技術の過度の発達により、人間そのものの危機を招きつつある。そして進歩した技術は、遂に「原子爆弾」のようなものを生み出してしまった。このように科学技術の進歩を突然変異のプロセスの一部と呼び、ヒトという種は核兵器によっていずれ絶滅してしまう可能性がある、と彼は考えている。『チャーリーとの旅』と『アメリカとアメリカ人』の中で「核問題」について多くの紙面を割いていることからも、彼の主要な関心事の一つは「核問題」であったということができる。科学技術の進歩の結果生じた核兵器に強い危機感を抱いていたのである。スタインベックにとってまさに「進歩は自殺に向かう道」（『チャーリー』174）なのである。

このように、スタインベックにあっては、突然変異をめぐって、両義的（アンビヴァレント）な理解がなされている――ヒトは「精神面での突然変異」を必要としている一方で、「産業革命のような突然変異」は排除せねばならない、というわけである。

▼環境破壊の原因

『コルテスの海』における環境破壊の個別的指摘として、スタインベックたちがグアイマス付近で出会った日本の漁船の事例がある。日本の漁船はエビを獲っているのだが、船員たちがエビだけではなく、毎日何百トンもの魚を殺して無駄にしているのを目の当たりにしたスタインベックは、メキシコの人々にとって大切な食料資源が枯渇してしまうのではないかという危惧の念を抱いた。彼は、日本の船員が自然や人類の最終的な幸福に対して恐るべき罪を犯していると単に非難しているのではなく、資源の濫費に警鐘を鳴らしているのである。現在のグアイマス付近の実態に関する研究によると、スタインベックが危惧したように、この地域のエビ資源は枯渇してしまった（Gladstein 161-175）。資源の濫費について「アメリカでは固有の資源や森林、耕地や魚をさんざん破壊してきた。わが国を恐るべき例として取り上げ、持続可能な経済基盤を目指す政府と国民はこの轍をふまないでほしい。固有の資源を浪費してきたわが国のこの愚かな行為の傷跡は簡単には消えまい」（『コルテス』250）と激しい調子で論じている。この資源の濫費をめぐる問題は、現代社会においてますます深刻さを帯びてきている。近年、世界の漁獲量が頭打ちになっていることに事態の深刻さが現れている。彼の警告に耳を傾け慎重な配慮がなされておれば、このような事態は起こらなかったと言えよう。

以上述べてきたように、スタインベックが潮だまりから見出した政治的含意としての環境破壊は、人間が「潮だまりや星の現実の姿をねじ曲げて自分の望む形に作り変えた」（『コルテス』208）結果として起こったことなのである。このような状況を改善するためには、人間は非目的論的な論法から導かれる、時には残酷にも見える考え方を敢えて実行しなければならない場合がある。ここでいう非目的論的思考とは、自然淘汰も含め、すべてをありのままに受け入れる考え方である。自然の営みを故意に変化させようとすることがいかに無意味であるかをノルウェーの重要な猟鳥カラフトライチョウを例に次のように彼は説明する。

ある時この鳥が絶滅の危機に瀕した。早速保護規制を設け、カラフトライチョウにとって一番の天敵である鷹を大量に駆除したが、カラフトライチョウはますます減る一方だった。不審に思った当局が調査をした結果、予測もしなかった事実が明らかになった。コクシジウム症という寄生虫による病害がカラフトライチョウに蔓延していたのである。この病気の初期にはカラフトライチョウの飛行速度が低下する。そのため、カラフトライチョウは鷹にとって格好の餌食になっていたのだが、その結果、健康な鳥に病気が伝染するのを抑えるという役割も果たしていた。しかし、人間が鷹を殺したために、この抑止効果がきかなくなり、カラフトライチョウの間に病気が蔓延してしまったのである。鷹はカラフトライチョウの敵どころか実は味方だったのである。カーソンも『沈黙の春』の一一章「自然は逆襲する」の中で、困ったことに、我々は天敵を殺してしまった後で、初めて彼らが害虫の駆除に貢献していることを知るのであると嘆いている（『沈黙の春』249)。両者ともに人間が自然にいたずらに介入することに対する懐疑的な見方を示している。

スタインベックが目指すところは非目的論的な考え方に基づいて行動することであるが、このように行動する人は少ないと彼は慨嘆している。なぜなら人間はとかく自分にとって都合のいいように、事柄を解釈するからである。スタインベックとリケッツが信条とした非目的論的思考は、あらゆる事柄についての打開策であり、彼らは理由に対するこだわりを一切払拭して事柄をありのままに見るよう訴えている。カーソンもまた『沈黙の春』最終章「別の道」の冒頭部分で「我々は、今や分かれ道にいる。…もう一つの道は、あまり人も行かないが、この道を行くときこそ、我々は自分たちの棲家が守れる。それはまた、我々が身の安全を守ろうとするならば、最後の唯一のチャンスと言える」（『沈黙の春』277）と訴え、殺虫剤ではなく別の道が選択できるといういくつかの例を紹介している。このような議論を通じて、彼女は現代社会に生きる我々に対してあるべき姿に立ち返るための示唆を与えていたのだ。

このように、政治的な意味を多分に含んだカーソンの『沈黙の春』を指標とすることによって、われわれは『コルテスの海』から、スタインベックが潮だまりに見出した政治的含意を読みとることができるのである。

四　スタインベックのエコロジー思想

▼潮だまりの中の森羅万象

スタインベックは、潮だまりに戦争と環境破壊という政治的含意を見い出したが、同時に彼は潮だまりからエコロジーとは何かの発想も汲み取った。彼は、エコロジーについて「潮だまりはどの方向にも広がりをみせる。電子のレベルまで遡ることも空間を越えて宇宙に飛び出すことも、時間を越えて概念外の時に歩み出すこともできる。その時エコロジーは森羅万象になるのだ」（『コルテス』85）と述べている。すなわち、スタインベックのエコロジーは、生命と非生命を一体として捉え、森羅万象とみるところに特徴がある。グラッドスタインは、何もかも他のものと結びついている、というのがスタインベックのエコロジーの第一法則であり、地球を「ガイア」というそれ自体が有機体である地球生命圏として捉えるというジェームズ・ラブロック（James Lovelock）の提唱した「ガイア仮説」の思想に通じると論じている（Glandstein 164）。生命と非生命を一体として捉え、森羅万象を貫くスタインベックのエコロジー思想の表明を宇宙論的に考察するとき、地球全体を一つの生命システムとも見なすことができる。スタインベックにとって、その宇宙観のモデルとなったものが、潮だまりであった。前述した人間は他の動物と同じく生命の網の目の一部を形成する存在にすぎないという考え方も潮だまりから生まれたエコロジー思想に端を発している。潮だまりにエコロジーと生命の原理を見出した点は、カーソンと全く異なると言える。スタインベックはマクロ的視点で、一方カーソンはミクロ的視点で、潮だまりという小宇宙を考察の対象にしているのである。

▼ファランクス論と超越主義

スタインベックが海洋生物を採集し、生物の生態学的相互関係を観察していくうちに、最も興味を抱いたことは、あらゆる生命体の関わり合いだった。彼は、生態学的集団に注目することによって、個の独立性に対する考え方が徐々に薄れたとし次のように述べる。

私たちの関心は動物と動物の相互関係にあった。相関的な立場から観察すれば、種は文中の単なる句読点にすぎないし、それぞれの種はピラミッドの頂点であると同時に底辺であり、すべての生命体はアインシュタインの相対性原理的なものが出現するほどにまで深い相関関係にあることが明らかになるように思える。そうなると、種の意味だけでなく、種についての概念もあいまいになってくる。一つの個体が他の個体に溶け込み、群れは生態学的な群れの中に溶け込んで、ついには生物として知られているものと無生物と思われているもの——フジツボと岩、岩と大地、大地と木、木と雨と大気——が交わり、融合する。（『コルテス』216）

これは言わば、スタインベック版エコロジー宣言と言えるだろう。彼のエコロジー思想は、ファランクス論に集約される。ファランクス論とは、全体は個の総和以上であるという考え方であり、人間と他の生物や自然との関係に対するスタインベックの強い関心から生まれた思想である。

このような個と全体の関係に注目するファランクス論は、個と全体の関係を自然の再定義の中で捉え直したラルフ・ウォルド・エマソンの「大霊」（"The Over-Soul"）を彷彿とさせる。エマソンは、「我々は世界を、例えば太陽、月、動物、木というように断片的に見ているが、しかしこれらのものを輝ける部分にしている全体は魂なのだ」（「大霊」269）と述べ、それぞれの個は独立したものではなく浸透し、一つの魂となって結実すると考えている。エマソンにもスタインベックの場合と同様、生命と非生命は一つに融合とする概念が読み取れる。エマソンにとって、魂が集結したものが自然あるいは大霊である。エマソンによれば「大霊」とは、「万人の個別的な存在をことごとく内部に含み、ほかのすべての存在と一体にしてしまうあの一なるもの」（「大霊」268）であると言う。エマソンの大霊は、スタインベックが潮だまりから見出した森羅万象に通じているのではないだろうか。

エマソンが牧師職を辞任し、新進思想家・講演者としての道を歩み始めた頃のアメリカ社会は、キリスト教の伝統に則した人格神的な神概念が一般的であった。そのような風潮の中、エマソンは「神はすべての中に存在する」という考え方に立って、それまでのピューリタン的神概念を覆した。エマソンら超絶主義者たちが信奉した神とは、「本質的に善良で、人間中心的でない神であり、神の力は宇宙、自然、人間のそれぞれの中に存在し、この三つはすべてこの神の創造的な力の表明であった。もはや自然は神や人間から切り離されたものでなく、相互に連結していたのである。なぜなら自然はそもそも神の創造的な力の表明であり、神が自然の中に内在したり、存在したりするのだから、自然を学ぶことは、神を学ぶことになる」(Myerson 6) とあるように、エマソンは自然の中に神を見、神と人間の関係をヒエラルキーではなくネットワークとして捉えていた。徹底的な個人主義を生み出す基となった超絶主義とファランクス論は、その結果からすると、一見相反するように見えるが、神・自然・人間のネットワークの概念は通底するのではないだろうか。スタインベック自身、「二〇世紀に生きるわれわれに明白となった物理的要素も、そこからこぼれ落ちる心的、精神的要素も、すべからく森羅万象にはパターンの存在が認められる。…エマソンが百年前に『大霊』の中で明らかにしたように知り尽くすことはできない」(『コルテス』150) とエマソンに言及していることは、スタインベックがエマソンの思想を汲み取り、それを二〇世紀に応用したことを示唆している。

五　結び

スタインベックにとって潮だまりが、人間と生物に対する洞察を育む場であり、エコロジー思想や政治的な考察を深める瞑想の場としての役割も果たしていることをみてきた。本稿で明らかにしたように、スタインベックは、ネイチャーライティングの系譜に連なる『コルテスの海』を始めとする著作の中で、戦争や環境破壊といった政治的課題についてメッセージを発していた。カーソンの海をめぐる思考と瞑想もまた社会と自然の調和ある在り方を求めてアメリカ社会に大きな警告を発したのである。このようにスタインベックとカーソンは、潮だまりを媒介として、環境問題という新たなパースペクティヴを切り開いた。

一九四三年、スタインベックは住み慣れたモントレーを離れニューヨークに移り住んだ。一九六〇年、『チャーリーとの旅』の執筆のため愛犬チャーリーと共に再びモントレーを訪れた。彼が住んでいた頃のモントレーは、イワシ漁の漁港として大変な賑わいをみせ、通称キャナリーロウと呼ばれる大通りに沿って、缶詰工場が所狭しと並んでいた。しかし彼の思い描くキャナリーロウはそこにはなかった。かつてあれほど栄えたイワシ漁は姿を消し、すべてが観光地化され変わり果てたキャナリーロウを見て、スタインベックは「故郷に裏切られた」と嘆いた。それは「トマス・ウルフ（Thomas Wolfe）の言葉「汝再び故郷に帰れず」は正しい」（『チャーリー』179）をしみじみと実感する瞬間であった。同時に『コルテスの海』を始めとする自分の警告に耳を貸さなかった政治や社会に対する怒りと悲しみを実感する瞬間でもあったはずである。

※本稿は第二六回日本スタインベック学会（二〇〇二年五月二七日、於札幌大学）において口頭発表した原稿に加筆修正を施したものである。

参考文献

Beegel, Susan F., Susan Shillinglaw and Wesley N. Tiffney, Jr., eds. *Steinbeck and the Environment: Interdisciplinary Approaches.*Tuscaloosa: U of Alabama P, 1997.
Carson, Rachel. *The Edge of the Sea.* Boston: Houghton Mifflin, 1955.
——. *Silent Spring.* Boston: Houghton Mifflin, 1962.
Deming, Alison Hawthorne. *The Edges of the Civilized World—A Journey in Nature and Culture.* New York: Picador USA, 1999.
Emerson, Ralph Waldo. *The Complete Works of Ralph Waldo Emerson.* Boston: Houghton Mifflin, 1979.
Gladstein, Clifford Eric and Mimi Reisel Gladstein. “Revisiting The Sea of Cortez with a ‘Green’ Perspective.” *Steinbeck and the Environment: Interdisciplinary Approaches,* 161-175.
Myerson, Joel. “Re-viewing the American Renaissance: An Emersonian Perspective.” Key Notes Speech at the Kyoto American Studies Seminar in 2002.
Lopez, Barry. Contribution to “Natural History: An Annotated Booklist.” *Antaeus* (Fall 1986) :295-97.
Slovic, Scott. “Epistemology and Politics in American Nature Writing: Embedded Rhetoric and Discrete Rhetoric.” *Green Culture: Environmental Rhetoric in Contemporary America.* Ed. C.G. Herndle and S.C. Brown. Madison: U of Wisconsin P, 1996.
Steinbeck, Elaine and Robert Wallsten, eds. *A Life in Letters.* New York: Viking P, 1975.
Steinbeck, John. *Their Blood is Strong.* 1938. Kyoto: Rinsen Book, 1985. Vol.16 of *The Complete Works of John Steinbeck.* Ed. Yasuo Hashiguchi. 20 Vols.
——. *The Log from the Sea of Cortez.* 1951. Vol.17
Stegner, Wallace. “Wilderness Letter.” *The Sound of Mountain Water.* New York: Doubleday, 1969.
Shillinglaw, Susan. ed. *John Steinbeck: Centennial Reflections by American Writers.* Center for Steinbeck Studies, San Jose State U, 2002.
——. “A Steinbeck Scholar’s Perspective.” *Steinbeck and the Environment: Interdisciplinary Approachs,* 8-13.
Tiffny, Jr. Wesley. “A Scientist’s Perspective.” *Steinbeck and the Environment : Interdisciplinary Approaches,* 1-7.
Worster, Donald. *Nature's Economy: A History of Ecological Ideas.* New York: Cambridge U P, 1985.（邦訳　ドナルド・オースター

『ネイチャーズ・エコノミー――エコロジー思想史』　中山茂／成定薫／吉田忠訳　リブロポート　一九八九年）
伊藤詔子『よみがえるソロー――ネイチャーライティングとアメリカ社会』　柏書房　一九九八年。
スコット・スロヴィック／野田研一編『アメリカ文学の〈自然〉を読む』　ミネルヴァ書房　一九九六年。
ハロルド・フロム、ポーラ・G・アラン、ローレンス・ビュエル他『緑の文学批評』　伊藤詔子／横田由里／吉田美津他訳　松柏社　一九九八年。

塩田　弘

12　一幅の画、一巻の詩としての風景
——ゲーリー・スナイダーの山水空間の創造

一　一幅の画、一巻の詩としての風景

▼山水画と詩画一如

カンバスに描かれた風景画と詩に表現された風景とを同じ視座で比較することは困難であるとされてきた。しかし、古代から中国や日本には、詩と美術を一体のものとして捉える「詩画一如」の伝統があり、自然の景色を筆と墨で描いた山水画と、自然の風景美を詠みこんだ漢詩である山水詩には、表現媒体の相違を超えた多くの共通項がある。アメリカの詩人ゲーリー・スナイダー（Gary Snyder, 1930~）は、このような伝統に着目し、山水画と山水詩を基調とした新しい風景の創造を試みている。それは、スナイダーが一九五六年から一九九六年にわたって書き進めた詩集『終わりなき山河』（*Mountains and Rivers Without End*, 1996）

の中心的テーマとなっている。

　山水画は中国の六朝時代（3-6世紀）に基本理念が確立し、北宋時代（960-1127）に全盛期を迎えた。当初から山水画は詩と密接な関連があり、自然の天地運行の原理を詩に表現した陶淵明や山水の美を詩に再現した謝霊運は、山水画に共通する風景を表現した代表的詩人である。日本では、山水画は中国の影響を受けながら飛鳥時代（593-628頃）に始まり、鎌倉時代や室町時代に栄えた。ことに雪舟は、中国画の模倣から脱し独自の日本的山水画を描き、その伝統は長く受け継がれている。多くの場合、山水画の余白や継ぎ足した紙に詩が書かれ、「詩画一如」の境地が高められる。そして、その多くには自然と人間を一体とする世界観が表されている。

　日本の代表作家、夏目漱石も山水画の伝統を受け継ぐ一人である。漱石は山水画を自ら描き、その画の余白に詩を書き込んでいる（図-1）。また、漱石は山水画に共通する風景を、小説『草枕』（1906）としても表現している。『草枕』では、画家である主人公が、山水画的な風景の見方を希求して「景色を一幅の画と

図1　「漱石山人詩画」
出典：『俳人の書画美術（八）漱石』
p.38

して観、一巻の詩として読む」(8)と述べ、「余もこれから逢う人物を―百姓も、町人も、村役場の書記も、爺さんも婆さんも―悉く大自然の点景として描き出されたものと仮定して取りこなして見よう」(12)と述べる。小説の中には、古代中国の漢詩や、主人公の作として漱石の漢詩などが数多く載せられているが、漱石は『草枕』を「俳句的小説」(「余が『草枕』」211)と位置づける。『草枕』は、小説全体で景色を「一巻の詩」として読むものであり、それは「一幅の画」に共通する風景を言葉によって表現しようとする試みであった。

『草枕』において主人公の画家は、結局絵画を描かずに終わるが、その後『草枕』は松岡映丘などの日本画家によって、三巻二十二メートルに及ぶ絵巻『草枕絵巻』(1926)に再現される。漱石が小説によって表現した山水空間を、後の時代の画家が絵画に再現したのである。

日本での滞在経験が長く、日本文化とのかかわりが深いスナイダーは、漱石と同様に山水画に表現される風景の伝統を取り入れた。山水画に詩を書き込む伝統に呼応するかのように、『終わりなき山河』の最初のページに見開きで山水画があり、その延長としてスナイダーの詩集全体が構成されている。巻頭の詩「渓山無盡」("Endless Streams and Mountains")は、詩集の扉にある中国の北宋時代頃の山水画『渓山無盡圖巻』に対応した詩であり、詩集は画に書き添えた「題画詩」あるいは「賛」(画賛)として読むことも可能である。特に巻頭の詩は、山水画の鑑賞法「臥遊《がゆう》」に基づいた詩となっていて、人間が風景をどのように見るかを決定する文化的枠組みが用いられている。

二　画図と遠近法

▼山水画の世界観

二〇〇二年七月五日に東京で行われたスナイダーのポエトリー・パフォーマンス『終わりなき山河』（図-2）で最初に朗読されたのは、鎌倉時代の禅僧、道元の『正法眼蔵』であった。そこには「最高の悟りもすなわち画図、描かれた絵なのである。一切の宇宙も空間もすべて画図なのである」という一節がある。詩集にも収められたこの引用は、『終わりなき山河』に込められたスナイダーの意図を簡潔に表している。すなわち、スナイダーは「一切の宇宙と空間を体現した画図」を表現することを目的として、山水画の世界観を詩に表現するのである。したがって、山水画『渓山無盡圖巻』を理解することが詩集を読む出発点となる。

山水画とは、墨を主顔料として、その濃淡や潤渇、筆勢の強弱によって風景を描き出すものである。そして、およそ山水画は「臥遊」と呼ばれる鑑賞方法を前提としている。「臥遊」とは、固定された視点から風景を見るのではなく、実際に風景の中を周遊しているつもりで風景と一体になり風景を楽しむのである。その際には視点は常に環境に包み込まれており、風景は自我に対峙する対象とならない。その結果、山水画に用いられる遠近法は独特のものであり、多くの場合は視覚における「線遠近法」（liner perspective）の欠如という形をとる。そして「線遠近法」とは全く異なる「心的遠近法」（psycho perspective）が表現技法として用いられる場合がある。

遠近法とは、三次元の空間を二次元の平面上に表現する方法であり、「線遠近法」が現在では一般的である。この「線遠近法」とは、十五世紀のイタリアで発明されたとされるものであり、主体と客体を分けて考

図２「終わりなき山河」ライブパフォーマンス
「第18回〈東京の夏〉音楽祭2002：音楽と文学」資料提供：アリオン音楽財団。

えることを前提とし、見る主体の視点を中心として風景を描いて空間を計量化する。それは光学機器の発明によって実現した「近代的」見方であり、自然を物の世界として対象化する「近代的自我の視覚」によって成立する（阿部 177-85）。一方、「心的遠近法」とは、「内と外とを主体的な表現行為によって連続するトポロジーの遠近法であり、時間を内在した遠近法であり、生成の遠近法である」（高橋162-3）と定義される。中世西洋や東洋の伝統絵画では「線遠近法」に基づかない絵画が描かれるが、「心的遠近法」とは、前近代や東洋的といわれてきた芸術の手法を一般化し、方法的にとらえることを目的に提唱されたものである。この「心的遠近法」では、人間の内面と外面を連続したものとして描き、時間の流れや実際に目で見ることは出来ない場面も描かれる。

画図の表現技法として用いられるこれらの遠近法は、単に空間を紙面に再現する技法ではなく、人間が空間を認識する際の世界観を反映したものである。人間は風景をありのままに認識するのではなく、伝統と文化的な関心によって形成された枠組みに基づいて風景を見る。風景とは地形学や生態学によってのみ決定される客観的なものではなく、意味と情動を付与された諸解釈の錯綜である（コルバン10-11）。その結果、時代や地域によって異なる空間の解釈があり、様々な風景の可能性がある。山水画で描かれる風景は、近代西洋の風景画に描かれることのない風景であり、異なる解釈に基づく空間である。したがって、山水画の風景は英語で風景を意味する「ランドスケープ」という単語の意味とは異なる。山水画での風景とは、空気の動きである「風」と、光をあらわす「景」を合わせたものであり、生成し変化する自然の現象を意味する（青木3）。これに対して、「ランドスケープ」は対象としての自然を意味するが、それは十六世紀から十七世紀を経て、科学的・写実的な視線が自然に向かい、自然が眺められる対象となることで生まれた概念である（阿部169-170）。このように、風景という概念は解釈によって異なるものである。

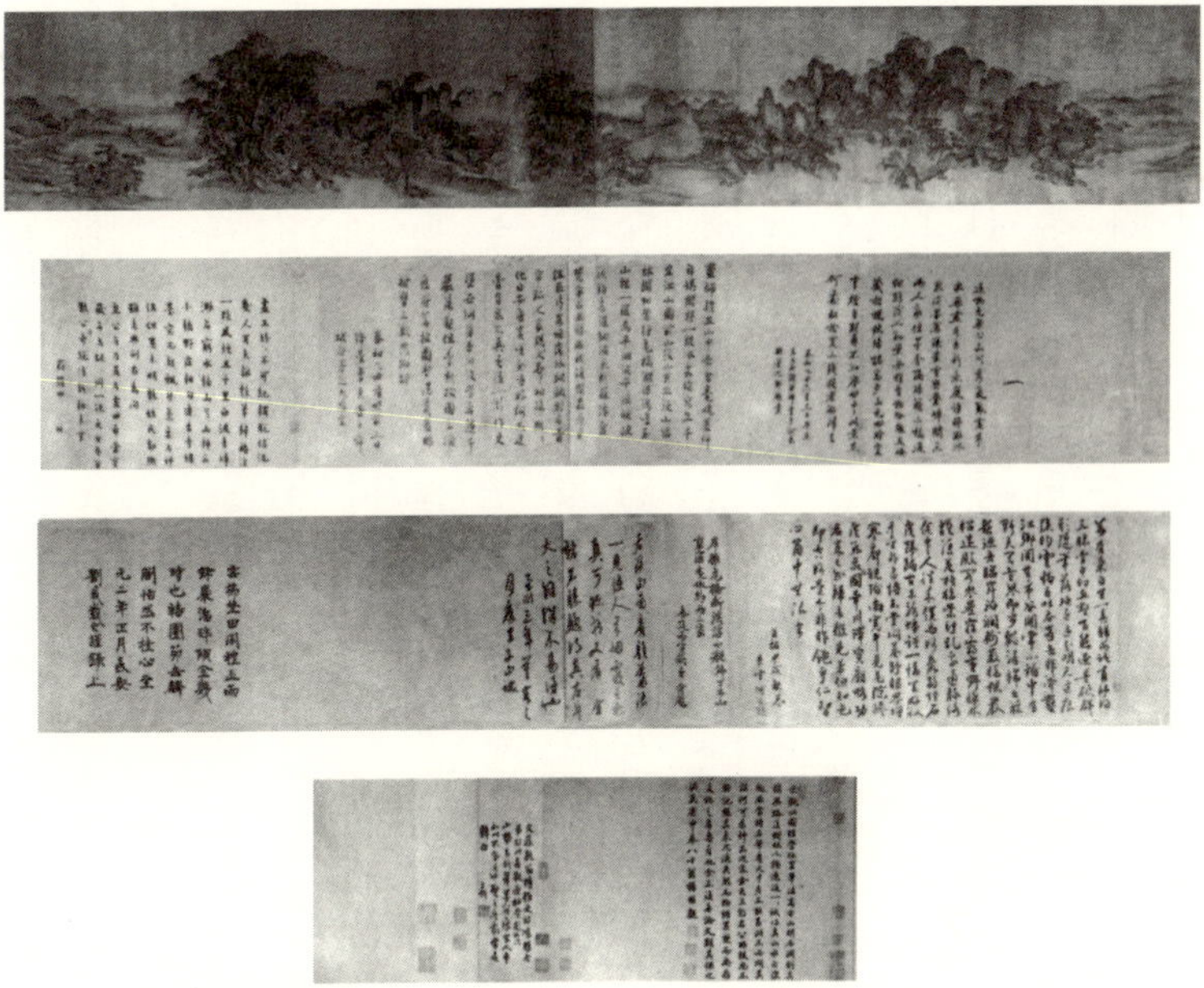

図3 『渓山無盡圖巻』
出典：*Comprehensive Illustrated Catalog of Chinese Paintings Vol.1.* 264-5

▼スナイダーの山水画理解

スナイダーは山水画の独自の世界観について次のように述べている。

> 美術館と本の山水画を通じて、霧のエネルギー、白く泡立つ水、岩壁の層、大気の渦—すべてがしかるべき場所に在る混沌とした世界—が東アジアの絵画の世界の大半を占める肝要な要素であることに私は気づくようになった。（*Mountains and Rivers Without End* 153）

ここでは、東アジアの絵の世界が「全てがしかるべき場所に在る混沌とした世界」と述べられる。山水画は「線遠近法」によって計量化された空間ではなく、「心的遠近法」に共通する手法によって描かれている。一見すると混沌とした画面構成であるが、「すべてがしかるべき場所に在る混沌とした世界」とは、あらゆる存在が「気」によってつながっている独自の世界であり、それはスナイダーが古代中国の山水画家について解説したエッセイにも述べられている。

雲、流れる水、霧、上昇する霞、巻きつく植物の成長、光のパターンの様々な効果、を観察することによって、芸術家達はエネルギーの流れを描き始めた。("The Brush" 314)

大気現象と地形と生きもの描いた山水画の風景をスナイダーはエネルギーの流れとして捉える。山水画に描かれた大地と水や光、そして「気」の表象である雲や霞に包まれた山など、それぞれの存在はつながっていて、そこに描かれた山は、気が湧き出すエネルギーに満ちた場所なのである。

このような山水画の世界観と自作の詩との関連性をより強固なものにするために、詩集に山水画が挿入され、詩と山水画とのコラボレーションによって、独自の風景と自然観が表現されるのである。山水画に対応して、それを言葉に表現したのが巻頭詩「渓山無盡」であり、ここでは、山水画と同様に、崇高で絶対的な風景は出てくることはない。一見すると、さまざまな要素が羅列されているに過ぎないが、この詩は山水画の鑑賞法「臥遊」に即して構成され、「全てがしかるべき場所に在る混沌とした世界」の風景を表現している。ここでは主体と客体とを分けて考える「線遠近法」の枠組みが解体され、山水画に特徴的な風景の見方「臥遊」による世界観の構築が試みられている。

スナイダーの詩集に挿入された中国の十二世紀ころの山水画『渓山無盡(圖卷)』(図-3)は、幅二十五・九センチ、長さ三七六・五センチの巻物状の細長い水墨画であり、本来は左手で押さえ右手で開き、見終わったものを巻きながら見ていく。こうして右側から順番に絵を見ることによって、絵が単に二次元空間の芸術であるだけではなく、巻物の文章を読む構成になっており、そこには限りなく続く空間と時間の流れが描かれる。山水画の遠近法としては、「高遠」「深遠」「平遠」という「三遠の法」というものがあるが、これは西洋画の「近景」「遠景」ではなく、画家は遠く離れ、あるいは近寄って対象の「気」をつかみ、これを写そうというものである。ここにも、固定された視点ではなく、自由に移動する視点によって風景と一体となり、天地運行の原理と大地と天空を流れる気を生き生きと表現するのである。

三 「渓山無盡」の山水空間

▼山水画と詩の連携

山水画『渓山無盡（圖巻）』は、右から左へと一定の順序で風景を見ていく仕組みになっているが、スナイダーの詩も同様に、風景を目で追うように構成されている。『渓山無盡（圖巻）』に対応した『終わりなき山河』の巻頭詩、「渓山無盡」は五ページの長さがある。詩は次のようにはじまる。

Endless Streams and Mountains

（*Ch'i shan wu Chin*）

Clearing the mind and sliding in
to that created space,
a web of water streaming over rocks,
air misty but not raining,
seeing this land from a boat on a lake
or a broad slow river,
coasting by.

（*Mountains and Rivers Without End* 5）

「渓山無盡」（*Ch'i shan wu Chin*）
精神をとぎすませ、その創造された
空間に滑り込む
網のような水の流れが岩を覆っている
大気はかすんでいるが、雨は降っていない
湖上で、あるいは広大でゆるやかな流れの川から
舟に乗ってこの土地を眺める
岸に沿って流れに身をまかせながら。

詩の題名となっている「渓山無盡」は、山水画『渓山無盡（圖卷）』の題名と同じものであり、そしてタイトルに並んで表示された“*Ch'i shan wu Chin*”とは、『渓山無盡』の中国語の発音を表記したものである。“*Ch'i*”という言葉については「内在するエネルギー、気、精神」に相当する中国語であるとスナイダーは説明をしている（“The Brush” 314）。大地を生きた存在と見なし、大地の織り成すエネルギーの流れが山水画に表現されていることがこの題名に示唆されている。

スナイダーの詩の一行目には、「精神をとぎすませ、その創造された空間に滑り込む」とあり、画面の空間のなかへと読者の視点を滑らかに導く。ここでは精神をとぎすませて山水画の世界に溶け込む準備がされる。これは山水画を描く際の要諦の最初の段階に共通する。十世紀前半の山水画家、荊浩《げいこう》の唱導した山水画を描く要諦は、精神（気）をとぎすませ、心のリズム（韻）を整えて、構想（思）を定め、そのうえで絵画技法（筆墨）をふるう、というものである。荊浩が主張するように、「精神」は「気」と同一のものであり、山水画で描かれる風景は「気」を表現したものと解釈できる。「気」とは、天地の間に遍満して流動変化するとともに、人の身体の中にも満ちている。それは天地万物を形成し、生命力や活動力の根源であると元来中国人によって考えられたものである。

山水画の鑑賞法「臥遊」に即して、詩集に挿入された山水画『渓山無盡（圖卷）』の画面上を右から左へと視点を動かすと、そこに描かれているのは「心的遠近法」を前提とした絵画空間である。「心的遠近法」では、見る主体が見られる絵画空間へ入り込んだり出たりする。その空間表現は時間をも内在し、作品自体と鑑賞する者とを連続したものとして見るものである。このような風景の見方がスナイダーの詩に織り成され、風景の中を生きる人間の視座が示される。

山水画で入り組んだ地形を水が流れる様子を、詩では「網のような水の流れ」と表現することで、水が孤立した物体ではなく、網のように繋がっていて循環する存在として描く。これはまさにエコロジーの原理そのものであり、この点について、スナイダーのエッセイ集『野生の実践』(*The Practice of the Wild*, 1990) では、「水が循環するのは明白であり、山水が、互いの関わりによって存在しているのも事実である。水は高地では凝結し、それが溶けて流れ下る過程で、侵食や堆積により地形を変える。そして、沖の大陸棚に堆積物を加えて、最後には海底を更に隆起させるのだ」(101-2) と述べている。循環する水によって山と川と海とが相互に作用して、風景を作り出すというのである。

詩の二行目では、「大気はかすんでいるが、雨は降っていない」と書かれ、循環する水が気体として大気を巡る様子が表現される。空間は大気の気配に満たされて、蒸気となった水が「気」のエネルギーとして山水空間を循環する。

引き続き、山際と水面とが微妙に入り組んだ地形を小道を歩く画中の人物の視点から風景を眼で追いかけていくうちに、いつのまにか風景を周遊している気分にさせられる仕組みになっている。気がつくと気持ちよさそうな水面に船を浮かべる姿があれば人影も動いている。山水の中に配された小屋と人物は見るものの視点をそこへ引き込み、絵の中の人物に乗り移って風景を見るために描かれたものだとされている。そこで、詩では「舟に乗ってこの土地を眺める／岸に沿って流れに身をまかせながら」と書かれている。山水画を鑑賞する人が画中の人物や川面に乗り移って山水を楽しむのである。このような「臥遊」に即した鑑賞法を通じて、「空間への仮想の参画」を果たし、見るものが風景と一体化し、人間を自然の一部に位置づける風景の可能性を提示している。

更に山水画を「臥遊」に即して右側から左側に見ていくと、山や水、建物や旅人が描かれている。風景の流れが詩に描かれていき、山水画の風景を辿るようにして詩が書かれている。スナイダーは、日本や中国の多くの詩を英語に翻訳しているが、これと同様に山水画を言葉によって翻訳しているともいえよう。

▼心体に連続する山水画

中国や日本では、山水画を鑑賞した人によって詠まれた詩が書き加えられる「詩画一致」の楽しみ方があり、「賛」(画賛)を寄せ書きするのが通例であった。そして、山水画の画趣に相応しい詩が書き込まれた。この山水画でも、風景を愛でる詩や心境を詠う詩、あるいは当時の所有者が絵を入手した経緯を語った詩などが山水画に継ぎ足されて書かれている。スナイダーの詩の後半では山水画に共通する風景描写に続いて、山水画の歴代の所有者によって書き加えられた中国語の「賛」が英語に翻訳される。これらの詩を辿っていくことは、何百年にわたる山水画の鑑賞者たちと風景を共有する作業であり、年月を越えて風景の臨場感が高められる。更にスナイダーの言葉で、この絵が何百年にわたってさまざまな人の手に渡りクリーヴランド美術館に所蔵されるに至る経緯が詩の中で説明される。ここで芸術作品である山水画が、水の流れのように循環し、時代とともに歩んでいることが意識される。

ここまでのところでスナイダーの詩では、「私」"I"などの自我を意識する単語は出てくることがない。山水画を見ている間は、スナイダー自身の自我は絵の中にあり、確固とした視点としての自我は意識されない。スナイダーの詩の中では、絵を見終わって美術館の外に出る時に初めて"I"という単語が用いられ、その時にようやくスナイダーの自我が意識される。それは「—僕は美術館から出てくる—湖の上には低い灰色の雲―ひんやりとした三月の微風」(8)と述べられる時であり、ここではスナイダーの頭上に低くかかった雲の下で、三月のひんやりとした風を肌で実際に感じ、身体の感覚によって自分自身の存在を認識する。スナイダーは、自分の身体を取り巻く風景を山水画の画面に連続するものとして捉える。もはや美術館を出て歩く実際の風景は山水画の世界の延長であり、時代や空間を超えて循環する風景の一部となる。

四　『終わりなき山河』の山水空間

▼時空を超える山水詩

山水画の世界の延長として描かれた巻頭詩「渓山無盡」に引き続き、詩集全体にわたって山水画の風景は演出されている。何百年にもわたる山水画の鑑賞者によって書き足された山水詩の延長のように、スナイダーの『終わりなき山河』では、四十年近くの長い年月にわたって三十九編の詩が作り上げられていく。そして詩集の結末は、次のように締め括られる。

The space goes on.
But the wet black brush
tip drawn to a point,
　　　lifts away

Marin-an 1956—Kitkitdizze 1996

（152）

空間は限りなくつづく。
しかし墨を含んだ筆先は
点を残して
　紙面を離れる。

一九五六年、マリン庵——一九九六年、キットキットディジー

「墨」「筆先」「点を残して／紙面を離れる」とあるように、あたかも詩集が山水画の巻末であるかのように表現される。ここで再び、詩集全体が山水画の延長であることが示唆され、山水画に描かれた風景の空間的・時間的延長として、詩集の風景が位置づけられる。最後には、作品に描かれた時間（一九五六年——一九九六年）と空間（マリン庵——キットキットディジー）が明記され、限られた紙面と時間に収まらない無限に続く空間と時間の存在が暗示されて作品は終わる。

このように、山水画の延長として風景が表現される様子は、詩集の全体に及んでいる。例えば、スナイダーがアメリカ大陸をヒッチハイクで縦断した様子を描いた「夜のハイウェイ99号線」（“Night Highway 99”）では、カナダのブリティッシュ・コロンビアからメキシコのバハ・カリフォルニアまでの太平洋沿岸を道に

沿って旅している様子が書かれている。これは、山水画の画中で小道を沿って旅する人間と風景の、空間的・時間的延長の世界として解釈できる。また、船員として世界を旅する様子が書かれた「百万年の船」（"Boat of a Million Years"）では、タンカーに乗って海を渡り、天空の太陽と海の中のイルカとともに移動する旅人が詩に描かれている。「背中にこぶのある笛吹き」（"The Jump-backed flute player"）では、時代を超えて登場する背中に荷物を背負った旅人（バックパッカー）が登場する。これらの詩を、山水画の鑑賞法「臥遊」に共通する方法で読んでいくと、そこには風景の中を移動していく旅人の姿と、時代を超えて描かれた山水空間を想像することが出来る。それは、空間と時間を超えた一枚の山水画の延長線上にある連続する風景なのである。これらの詩では、崇高で絶対的な風景は出てくることはなく、さまざまな要素が羅列され、「気」の流れを表現した「全てがしかるべき位置にある混沌とした世界」の山水画の風景が表現されるのである。

その他に、「古い骨」（"Old Bones"）のように、土地にまつわる伝説や生命の営みについて表現した詩では、古い時代から続く生物と地球の営みを詩人が想像する様子が描かれている。また、「新月の舌」（"New Moon Tongue"）では、動植物すべての生きものの営みが讃えられている。このように『終わりなき山河』で描かれる風景は、対象としての自然ではない。そこで描かれる風景とは、見るものとそれを取り囲むすべての営みであり、それは空間と時間を表現した山水画的風景の一部なのである。

スナイダーは詩集『終わりなき山河』について、「この作品は本でなく、活きたパフォーマンスとして自然をうたったものである」（「詩人によるプログラム・ノート」）と述べている。パフォーマンスにこめられた人間のエネルギーと風景とが相互作用を及ぼし、作者は作品に表現される風景の一部になる。ここで、見る主体である人間は風景の一部となり、対象としての自然の存在はなくなる。このようにスナイダーは山水画の画法の中に、場所を生きる思想の表現を見出していくのである。

五　風景と曼荼羅

▼エネルギーと山水画

スナイダーが山水画の世界をどのように捉えていたかは、同じく『渓山無盡』という題の屏風に描かれた山水画を見た際に詳しく述べている。曼荼羅《マンダラ》とは、密教の法具の中心で仏画のジャンルに入り、教理に従って仏や菩薩や図形などを模様のように描いた絵であり、サンスクリット語で「本質を所有するもの」「本質を図示・図解するもの」の意である。ここでスナイダーは、山水画が曼荼羅に共通する役割を果たしていたと次のように指摘する。

　北インドやチベットの仏教が曼荼羅をつくり、内なる意識の様相や、因果関係のつながりを絵画化したり、図式化して、布教用の視覚教材に使った。（あえて指摘すれば）中国（とくに南宋）の禅の伝統でも、風景画を使って同様なことが行われた。仮に屏風を一種の中国的曼荼羅と見なせば、そこに登場する人物は、それぞれ、人間の自我の表れであり、崖や、木や、滝や、雲は、人間の変化と位置を表す。…それぞれの生態的システムは、それぞれ独自の曼荼羅となっていて、連想するものはそれぞれに違う。

（*The Practice of the Wild* 107）

山水画では、曼荼羅と同様に内なる意識や因果関係のつながりが描かれる。そこではあらゆる存在が一体のものである。このような思想を受け入れることによって、主体と客体を分離させる二元論は力を失い、対象としての自然は消滅する。風景と自我との境界線がなくなるのである。山水画を言葉で表現したスナイダーの詩は、古代中国の風景に対する考えを反映しているが、これをもっとも鮮明に表しているのが、巻頭詩「渓山無盡」の最後に書かれた二行であり、スナイダーによってイタリック体で強調されている。

Walking on walking,
under foot earth turns.
Streams and mountains never stay the same.
（*Mountains and Rivers Without End* 9）

やむことなく歩み続ける
足の下では　大地がまわる。
渓山は同じ場所にとどまる事はない。

ここでは、人間のみが歩くのではなく風景そのものが歩いていることを指摘して、人間を自然界のエネルギーの流れの一部として位置づける。この一節はさらに、詩集の中で何度も繰り返される。特に詩集の最後の「心の中に空間を見つける」("Finding the Space in the Heart")の後半でも繰り返され、限りなく続く自然の反復と、人間だけではなく風景そのものが歩いていることが強調される。大地をエネルギーを持った生きた存在として見なすのである。

同様に、『野生の実践』では、道元の『正法眼蔵』の次の一文を引用して、「歩く」意味を探る。

もし山が歩くことを疑うならば自分自身が歩くことも知らないことになる。(もし山の運歩を疑著するは、自己の運歩をもいまだしらざるなり)(*The Practice of the Wild* 103)

スナイダーは『正法眼蔵』の引用に書かれた「山が歩く」という意味の解釈において、生成する「山水」と人間とを関連付けている。そして次のように説明する。

道元が述べる山水とは、この地球の生成過程であり、存在のすべて、過程、本質、行為、不在であって、存在と非存在を動かすものである。山水は我々そのものであり、我々は山水そのものである。(103)

スナイダーの説明によると、山水とはこの地球の生成過程であり、つかの間の存在があらゆる形で相互に関わりあっている。すべての存在があらゆる対立を越えて大自然全体の中に含まれる。したがって、風景とは我々そのものであり、我々が山水そのものだという発想が生まれる。スナイダーの描く風景は、単に風景を再現するためのものではなく、時間を越え、主観と客観を超えた世界観を表したものである。そこには、見る主体である人間は風景の一部となり、対象としての自然の存在はなくなる。「見る存在であるのと同時に、見られている存在」[1]が前提となり、地域の存在すべての中に人間を位置づけるのである。

山水画に共通する風景描写によって人間と風景を一体となす可能性を探るスナイダーの『終わりなき山河』は、単に非西洋的な風景を表したのではない。それは、自我を起点とした「近代的」見方を相対化する見方によって風景を捉えなおすものである。言い換えれば、あらゆる対立を超えて、その両者が影響しあい融合する新しい風景の見方を提起するものでもある。

＊訳文中、既出邦訳のあるものは参照させていただいた。訳文の一部には変更を加えた箇所がある。

＊本稿の執筆に当たっては、既発表の拙稿「風景の遠近法：Thoreau の *Walden* から Snyder の "Endless Streams and Mountains" への風景描写の展開」（『九州英文学研究』十九号）の一部を加筆・改稿のうえとり込んだことをお断りしておく。

注

1　スナイダーの初期の詩「パイユート・クリーク」("Piute Creek") において "A Clear, attentive mind / Has no meaning but that / Which sees is truly seen"「明瞭で注意深い精神は／見るものこそ真に見られるのだ」と述べられている (*Riprap and Cold Mountain Poems* 8)。この箇所については、スナイダーが二元論的思考に対して反論を唱えていることと指摘される (Murphy 50)。

参考・引用文献

Murphy, Patrick D. *A Place for Wayfaring*. Corvallis: Oregon State U P, 2000.

Smith, Eric Todd Smith. *Reading Gary Snyder's Mountains and Rivers Without End*. Boise: Boise State U, 2000.

Snyder, Gary. *Mountains and Rivers Without End*. Washington, D. C.: Counterpoint, 1996.（邦訳　ゲーリー・スナイダー『終わりなき山河』山里勝己／原成吉訳　山と渓谷社　二〇〇〇年）

——. "The Brush." *The Gary Snyder Reader*. Washington, D. C.: Counterpoint, 1999. 313-8.

——. *The Practice of the Wild*. New York: North Point Press, 1990.（邦訳　ゲーリー・スナイダー『野生の実践』重松宗育／原成吉訳　山と渓谷社 二〇〇〇年）

——. *Riprap and Cold Mountain Poems*. New York: North Point Press, 1965.

Suzuki, Kei. ed. *Comprehensive Illustrated Catalog of Chinese Paintings vol.1*. Tokyo: U P of Tokyo, 1982.

青木茂『自然をうつす』岩波書店　一九九六年。

阿部一『空間の比較文化誌』せりか書房　二〇〇〇年。

アラン・コルバン『風景と人間』小倉孝誠訳　藤原書店　二〇〇二年。

鈴木敬『中国絵画史上』吉川弘文館 一九八一年。

ゲーリー・スナイダー「詩人によるプログラム・ノート」第十八回〈東京の夏〉音楽祭　二〇〇二年。

瀬沼茂樹・福田清人『俳人の書画美術（八）漱石』集英社 一九七九年。

高橋亨「心的遠近法」若杉準治編『絵巻物の鑑賞基礎知識』至文堂　一九九五年　一六二―三頁。

夏目漱石「草枕」1906『漱石全集 第三巻』岩波書店　一九九四年　一―一七一頁。

——.「余が『草枕』」1906『漱石全集 第二十五巻』岩波書店　一九九六年　二〇九―二一二頁。

熊本　早苗

13　アニー・ディラードと透明なヴィジョンの解体

アニー・ディラードは、その作品において、十九世紀的自然観を継承しつつ、二十世紀的ともいえる新たな自然観を提示している。本論文は、ディラード作品における、ラルフ・W・エマソンの「透明な眼球」を想起させる「半透明」な自然対象に注目し、環境文学における視覚中心主義的な局面は現代においてどのように展開しているのか、そして、「半透明性」の強調によって浮上するまなざしとはいかなるものだろうか、という問題のもとに、ディラードのノンフィクション作品が描く複眼的まなざしの世界を考察してゆく。

一　透明な眼球から、不透明な黒いアスファルトへ

一九四五年にペンシルベニア州に生まれたアニー・ディラード（Annie Dillard）（図-1）は、作品におい

て、人間が自然風景を見るとはどういうことなのかを追及している。なかでも『ティンカークリークのほとりで』(*Pilgrim at Tinker Creek*)は、一九七四年にピューリッツァー賞を受賞した作品として有名である。これはノンフィクション形式で十五章から成り、タイトルが示す通りに、ティンカー・クリークのほとりでの自然観察や昆虫世界の寄生や捕食に関わるリアルな描写が展開されている。そこにおけるディラード作品の特徴とは、近隣の自然を舞台とした、一見極めて平凡で日常的に見える風景や空間に、非日常的なドラマを見出すことにある。実際の風景を見ながらも、その現実風景に神秘主義的な世界を創り出してしまうのである。ディラードは、いわば昆虫の持つ複眼的な視線を自分のものにしたうえで、それを通して日常的な風景を眺め、そこにおける小さな、しかし確固たる自然の残虐さや崇高美を、拡大鏡を通して見える光景のようにわれわれに提示している。そこに描写される世界は、ソローやエマソンなどが担ったアメリカン・ルネッサンスの伝統を継承し、かつその思想を現代に再現したものと捉えることができる。

図1 http://www.wesleyan.edu/wesmaps/

▼視覚中心の自然描写

ガソリンスタンドで車に給油している間、コーヒーカップを片手に山を見上げている語り手は、実に何気ない日常的な風景の中で、突然、自然との一体感を覚える瞬間に気づく。「これなんだ、とわたしは思う。これなんだ、たったいま、現在、この空っぽのガソリンスタンド、ここ、西風、舌の上のコーヒーの苦い味、そして私は子犬を撫でている。私は山を見ている。脳の中でこの意識を言語化した瞬間、私は山を見ることをやめ、子犬に触れることをやめる。私は黒いアスファルトほどに不透明だ」(80-81)。ここで、自分自身が地面のアスファルトのように不透明になってしまう感覚が「私は山を見ている」という視覚に訴える描写を伴っていることに注目しよう。つまり、視覚描写が自らの不透明性の発見を促しているのであり、このことは、まさしくラルフ・エマソンの有名な「眼球」を想起させる点で興味深い。

アメリカン・ルネッサンスの旗手としても名高いエマソンの『自然論』(*Nature*)には、ボストン・コモンを横切った際の瞬間が視覚への示唆である「眼球」という言葉を用いて述べられている。

「むき出しの大地に立っていると——私の知力はすがすがしい空気を浴びて、限りない宇宙にまで高められ——自己という中心が跡形もなく消えてゆく。私はひとつの透明な眼球になる。自己というものは存在しない。私はすべてを見る。普遍的な存在の潮流が私のなかを巡っている。私は神の分かちがたい一部なのだ」。(24)

この一節は、詩人であり芸術家でもあるクリストファー・クランチ(Christopher Pearse Crunch)が見事にカリカチュア化して描いている。(図-2)裸足でむき出しの地面を確かめ、内なる神聖な神を具現化するような裸眼で世界を見通すその姿は、超絶主義の象徴ともなっていった。

エマソンとディラードにはいくつかの共通項がある。その一つが、視覚中心の自然描写である。身体の中でも特に視覚が持つ力、そして見る行為にまつわるメタファーが多い。そして、両者共に、「見る」行為は、

図2　Caricature of lines from Emerson's *Nature*（1838）

「見えない」状態への恐怖や盲目になる可能性を経ることによって、その重要性を浮き彫りにするのである。

　エマソンの両眼は、一八二五年の初めに数度の手術を受けなければならないほどに弱っていた。弱冠二十二歳で失明の危機を経験した彼は、その後、健康回復を試みるために一八二六年から二七年にかけて南部旅行をしている。生来の虚弱体質の他に結核性の病気を抱えていたエマソンにとって、自然とのかかわりの前提となるのが、何よりも健康な「見る行為」であった。夜空を見上げて、星が雲に覆われて見えなくとも、それが失明の前兆ではないと知るときの安堵感、それは、時代を経てディラードが共有するものでもある。一九七一年、ディラードは二十五歳で肺炎のために生死をさまよい、失明の恐怖を経験した。奇跡的に病から生還した際、ディラードは、後の人生をより充実したものにしようと決心したという。彼女がその直後からティンカークリークの四季を日記に綴り始めたのは、健康を回復し、生命を謳歌するためでもあった。視力が薄れていく恐怖、さらには死への恐怖を経験した後に書かれた初のノンフィクション作品として、ディラードの『ティンカークリークのほとりで』は、生きている証を確認するかのように、自然界の小さな出来事にさえ着眼している。すなわち、両者共に、見る行為に対しての執着が作品中に見られるのは、失明しかけた経験の後なのである。

▼森のなかへ

こうした自然を見るという行為には、人間が自然界に属しているという認識と、移り変わる自然界の中では、時が来れば蛇が脱皮するごとくに、生物が生まれ変わるという信念とが伴っているように思われる。エマソンはそれを次のように表現した。「森の中で、私たちは理性と信頼に立ち戻る。そこにいると、人生ではいかなる悪しきことも自分に振り返ってはこないのだと感じられる――いかなる恥辱も、いかなる不幸も、（ひいてはこの私の眼でさえも）自然によって回復されえないものはないのだと」（20）。ディラードは、『ティンカークリークのほとりで』の第二章を「見ること」とし、「見えるものがすなわち手に入るもの」と述べている。そして、「あいにく自然とは、いま見える、か、あるいはいま見えないもの」（22）であると繰り返す。視力の貴重さ、見えるということの恩恵、まるで「自然を見ること」が神からの贈り物であるかのようなその語調には、婉曲ながらも、自然の営みを目撃できることの喜びが読み取れる。また、「ヴィジョンとは意図的な贈り物」（23）ともあるように、見る行為によって導かれる精神の高揚、想像力、覚醒の瞬間の重要性にも言及しながら、読者を視覚中心の風景世界へといざなう。

二　裸眼からカメラへ

▼技術革新と環境文学

ディラードも、エマソン同様、自然観察の際に時代のテクノロジーを意欲的に用いている。ディラードは、エマソンが科学やテクノロジーの利用に意欲的であったことを、次のように述べている。

野生人のエマソンでさえ、古い科学の哀れなまでに誤った考えをそのまま受け入れて、人生も終わりに近づいたころには、「顕微鏡が改良されれば、細胞が分析できるようになるだろうし、あらゆるものが電子か何かであることがわかるであろう」と不承不承書いている。私たちは道具と方法とを完璧なものにしさえすればいいのだ。そうすれば、物理的な原因から物理的な出来事を予測するための情報を、糸にくっつけた鳥でおびき寄せるみたいに充分集めることができるはずだ。(196)

エマソンの時代には発見不可能であったことが、科学とテクノロジーの進歩によって、ディラードの時代には観察することができるようになる。エマソンが裸眼で自然風景を透視しようとしていたとすれば、ディラードはカメラ的視線を自然界に向け、光の屈折によって影響を受ける――いわば不透明なレンズを通して――自然界を見ている。

第二章「見ること」において、ディラードは二つの観察方法があると述べる。一つは、「分析したり詮索したりする方法」である。二つ目は、「なるがままにまかせる方法」である。この方法によって「我を忘れる」ことができるとしている。そして、この二つの方法の違いを、「カメラを持って歩くか、持たずに歩くかの違い」と述べている。「カメラを持ち歩くときは、ひとつのショットから次のショットへ、メーターに表示される光を読みながら歩く。カメラを持たないときは、私自身のシャッターが開いて、その瞬間の光が私の銀の臓腑にプリントする。この第二の方法で見るとき、私は何にもまして無節操な観察者となる」(37)。

この第二の方法、すなわちカメラを持ち歩かない時には、自らがカメラになるイメージがここで明確に示される。カメラのレンズが人体の器官とすりかわり、そこで捉えた瞬間の映像は、「銀の臓腑」に焼き付けられる。エマソンの生きた十九世紀と比較するならば、ここには、科学技術が進歩し映像文化が発達した二十世紀の表現が読み取れる。

▼レンズ越しの自然

内なるカメラで自然を捉えるというディラード作品における「見る行為」には、少なくとも二つの特徴がある。その一つは、見る行為の不確実さである。スーザン・フェルチ（Suzan Felch）によると、「もし二十世紀の科学がディラードに教えたことを一つだけあげるならば、それは、われわれが自らの眼を信じることができないことである。そのように彼女は確信していた」（Felch 10）という。実際、ディラードの「見る行為」の描写には、裸眼での自然観察よりも、顕微鏡や望遠鏡など、何らかのレンズを通して観察する場合が多い。そしてそれは、彼女にとっては一種の「精神修養」となる。「顕微鏡をのぞく行為は、わたしにとっての精神修養だ。わたしが額をくっつけている顕微鏡は一種の聖句箱みたいなもの、つまりすぐに忘れてしまう「創造」についての事実をいつも思い出させてくれるものなのだ」（120）。

ディラードは、科学技術の発達によって生み出された観察機器を、生命の創造の過程をふりかえる神聖な存在として捉えながらも、しかし、それらの機器を無条件に信頼しているわけではない。人間の裸眼は、光の屈折によって見え方が異なってしまうように、最新の視覚技術を以ってしても見えないものは存在し、また見る方法によっては、同じ物体でも違う局面を見せることも理解している。だからこそ、ディラードは見る者と見られる者の距離感、あるいは見る主体とみられる客体の位置関係について考察していくのである。

　ディラードのカメラ的まなざしの特徴の第二は、エマソンが示した透明なヴィジョンの解体である。先に触れたように、エマソンの「裸眼」の象徴は、透明性であり、何の媒介物も透さずに自然の中における神の存在を把握することが重要とされていた。神からの直接の啓示、あるいは自己の内部にある聖なる部分で神と交信することを目指していた。そこには、十九世紀という時代に生きたエマソンが、三十三歳にしてハーバード大学の哲学・神学の教授達に向けて『自然論』を公表することを目論んでいたからであろう。エマソン研究者のジョエル・メイヤーソン（Joel Myerson）は、当時のエマソンの社会的位置について詳しい考察をしている。すなわち、一八三六年当時のエマソンはハーバード大学卒業の肩書きがあったとはいえ、牧師職もなく、発表した出版物はマサチューセッツ州コンコード市の歴史を記述した一冊のみで、文筆家としても思想家としてもまだ無名であった。そんなエマソンが、伝統や格式を重んじる神学界に挑戦し、自らの『自然論』に説得力を持たせるためには、伝統よりも自己洞察、歴史よりも神の啓示を主張することが必要だったのである。

　当時、自然に関するイメージは、スケッチブックのような図版集でしか存在しなかったこともあり、エマソンは、誰かが描いた自然像で

Camera obscura, in cutaway view, 1646. Engraving, International Museum of Photography at George Eastman House, Rochester, N.Y. Rita Gilbert, *Living with Art*, p.237.

はなく、自らの眼で実際に見る自然の方がより真実に近いのであることを伝えたかったのだとも考えられる。したがって、伝統や格式、あるいは他の人が描いた自然解釈などの媒介物を通さずに、直接的に自然と向き合うこと、そして、直に神の啓示を受けることこそがエマソンの主張であった。この世界観においては、透明性こそが無媒介の象徴であり、透明な状態こそが真あるいは善となる。エマソンは、その透明な眼でみる行為を強調する為に、社会が荒廃している様子を「不透明」という言葉を用いて述べ、それを悪の象徴として見なしていた。

一方、ディラードは、エマソンが悪とした半透明性にこそ真実が隠れているという姿勢を作品で示すことによって、逆説的にエマソンと同様の効果を出そうとしたのではないかと考えられる。ディラードにとっての透明性は、見られる対象のみに光をあてた一面的な見方でしかない。そこには、「見る―見られる」の距離感や、見る側の主体についての言及が入り込めない。ディラードにとっては、むしろ、透明なヴィジョンを解体し、半透明なヴィジョンが見せる世界を描くことこそが、現代の自然環境と人間の関係を描く上で必要となってくる。

三　ディラードの半透明性

「半透明」という語は、ディラードの作家活動全般においてのキーワードとなっている。一九八九年に発表された『ライティング・ライフ』（*The Writing Life*）の中で、書く行為とそのヴィジョンについてディラードは次のように述べている。「最初に、投影される芸術の枠組みを築く。（中略）その骨組みは、光を通し、半透明である。そこから、世界が見えてくる」(584)。ディラードにとっては、作品執筆に重要であるヴィジョンそのものがまず半透明であり、そこから他の世界も透けて見えることから、半透明である事は、そこから一つの事象を通して世界を理解する手段となっていると考えられる。また、それが完全な無色透明ではないために、ちょうど、マジック・ミラーがそうであるように、ディラード自身の姿もそこに投影することが可能になるであろう。では、ディラードは、光を受けて半透明となるヴィジョンを通して、どのような世界を描こうとしたのだろうか。

▼透視絵の役割

『ティンカークリークのほとりで』では、全十五章にそれぞれ「半透明」あるいは「不透明」な対象が描かれている。各章に散在する半透明な対象だけを拾ってゆくと、第一章から第六章までは、光に照らされて緑色に変化する水面、川、スズナリ、アメーバ、ポリュフェーモス蛾の眼状斑点等のように次第にミクロな世界へと近づいていくことが分かる。ミクロな世界を追及するのには理由がある。なぜならば、科学者ドナルド・カー(Donald E. Carr)の主張である「もっとも単純な動物だけが宇宙をありのままに知覚している」という言葉を引用し、単細胞動物の知覚は未編集のまま把握することをディラードは述べているからである。つまり、本の前半で語り手は、顕微鏡を駆使してミクロの世界を見ながら、プレパラート上の「小さな一滴にあるジャングル」を見るかのように、ミクロな世界の中に、マクロな世界を見ているのである。

しかしながら、本の構成の中心をなす第六章「現在」において、ミクロからマクロを見るヴィジョンは一変する。その対象は「黒いアスファルトほどに不透明なわたし」となり、ここで初めて、見る主体そのものが「半透明」となる。そして、第七章「春」からは、金魚の尾びれ、セミの幼虫、ワムシの腸、洪水で氾濫したクリークの水、などのように、半透明な対象は、アメーバより大きな生物へと、さらには洪水という自然の驚異的な力にまで移り変わり次第にマクロな世界を見せる。つまり、「黒いアスファルトのわたし」が描かれている七章以下の「半透明性」の特徴として、昆虫の眼、甲殻類が羽化する前の幼虫の状態、動物の内蔵、さらには洪水に巻き込まれたカエルやゾウリムシなど、マクロな世界におけるミクロな存在を常に意識して自然風景が語られている。

こうした半透明な対象は、一見、何のストーリー性も持たずに、あるいは自然界の美を表現するように散在しているように見える。しかし、前半のまとめであり、構成の中心ともなる第六章「春」において、語り手は、「わたしたちの重層的な意識とは、めちゃくちゃにつなぎ合わされて何本ものリールに巻かれたフィルムのようなものだ。それぞれのリールが、まぶしく、かすんだ、半透明の影絵を、一生涯映しつづける」(86) と述べている。これまで前半の章に散在していた「不透明」なイメージが重なり合い、まるでコラージュのように一つの絵となってゆく様が見え始める。また、後半のまとめに入る章とも考えられる第十章「繁殖力」においても、「結局、わたしがずっと追い求めてきたのは、説明ではなく、一枚の絵だ。死への道を歩みはじめた恒星からの光に照らされた祭壇と盃、これが世界のありようなのだ」(174) と述べられている。「半透明」な対象を通して浮かび上がるイメージ、そしてそこから見えてくる一枚の絵、それは一体どのようなものなのであろうか。

▼見る主体と見られる客体の逆転

半透明性の特徴とは、見る主体が見られる主体にもなりうるという、視点の逆転効果である。ディラードは、自らの幼少期から思春期を振り返って自然風景とのかかわりを描いた『アメリカン・チャイルドフッド』(*An American Childhood*) の中において、精神の目覚めに関して次のように記述している。「それはわたしが、観察者であると同時に他から観察される者であること。目覚め始めたわたし自身の自己発見の対象であるということだった」(25)。これが作品中で最も具体的に表現されているのは、『石に話すことを教える』(*Teaching a Stone to Talk*) に収められている「プロヴィデンシアの鹿」("The Deer at Providencia") においてである。

「プロヴィデンシアの鹿」とは、アマゾン河流域プロヴィデンシア村で、語り手を含める白人旅行者が目撃した瀕死の鹿をめぐる物語である。その村に通じる土手を登って最初に目にしたのは、草の生えた空き地にロープでつながれている瀕死の鹿であった。鹿がもがき苦しむ様子を彼らは眺めていた。その後、一行は丘の上のレストランで鹿肉の昼食を食べる。その夜、一行の中で唯一の女性である語り手が、他のメンバーから、まるで鹿を眺めるような目つきで「見られて」いたことに気づく。「その夜、われわれが鹿を見ている間、他の人々がわたしを見ていたことに気づいた」。(81)

この作品において鹿は、「見られる対象である」ことにおいて、「わたし」と分身的な位置へ置かれている。ジャングルを訪れていた一行は、旅を重ねるごとに親近感とはまた違う「親近感」(intimacy) を持つようになっていたと語られている。この「親近感」という語には性的親近関係という意味合いも含まれることを考慮するならば、「わたし」を見ていた三人の北米男性は、鹿を食するような欲望、あるいはもがいている鹿を見殺しにするような好奇心のまなざし、そして彼らの性的欲望を抱いたまなざしで「わたし」を見ていたとも考えられる。まさに、「わたし」は、「見る者」から、「見られる者」に転じているのである。

作品中において自ら望まない死に瀕するのは鹿だけではない。語り手の部屋の鏡台の傍らに貼られた新聞記事の顔写真の男アラン・マクドナルドもまたそのひとりである。この「鏡」という小道具は、それが自己像を反射して見せるという意味において、半透明な装置となる。二度もの火事に遭遇したアラン・マクドナルドは、全身火傷のために薬液を体内に留めておく皮膚さえもない。部分的に薄い粘膜のような皮膚しかなく、痛みを和らげる術もなくベッドに横たわっている姿は、やはり薄い皮をもった鹿が、草の上で為す術もなく死に行く姿を連想させる。すなわち、作品の後半に新聞記事の写真としてのみ登場する火傷の男マクドナルドの皮膚は、前半に登場した鹿の「半透明」な皮膚を連想させるのである。半透明な対象を通して「プロヴィデンシアの鹿」を考察すると、瀕死の鹿の皮膚、食肉の鹿を見つめる女性である「わたし」、そして瀕死の火傷の男というように半透明な対象は移ってゆく。ここには、半透明な対象に共通する死と生命を巡る関係を見ることができる。すなわち、ジャングルの内に生きる鹿から始り、自己を含めた人間にいたるまで、およそ生命を与えられた存在が、なにかしらの死を契機として「見る」あるいは「見られる」という視線の交錯の中に置かれているのである。こうした命あるもの全般を対象とするとき、『ティンカークリークのほとりで』においては、原初性を象徴する単細胞のミクロな世界から、生命の進化の過程を象徴する動物などのマクロな世界へいたる。それは、命あるものを網羅的に論じる方法といえる。

四　ディラード作品から見える風景

▼ミクロ世界からマクロ世界へ

では一体、ミクロからマクロへの移行は何を意味しているのであろうか。あるいは、なぜディラードは最初にミクロの世界に注目するのであろうか。ディラードは、外見が異なる様々な生き物たちに共通する、極めて原初的な生命の原点に回帰しようとしているのではないかと思われる。現存する全ての生物は、熾烈な生存競争を生き抜いてきた「生還者」であり、また、細胞レベルまで掘り下げれば、生き物は皆共通する要素を持つ。その意味において、人間などの「高等動物」がアメーバなどの単細胞生物より優秀であるとは限らないという意図が浮かび上がるのである。そして、「高等」であるはずの人間の視力の不確実さと比較すれば、「単細胞」であるアメーバなどの知覚の方が、脳の編集に影響されることなく、「宇宙をありのまま把握できる」唯一の存在であるとまで『ティンカークリークのほとりで』において述べている。

また、同作品では、いかに自然の生物そのものが、ミクロな世界の積み重ねによって成立しているかを、日常的な金魚鉢の風景から紐解いている。

　ということは、金魚鉢のなかにある小さな世界は、同時に極めて大きな世界なのだ。仮に金魚鉢のなかにある一個の原子の核がサクランボの種と同じ大きさだとしよう。すると、もっとも近くにある電子は、サクランボの種から一七五ヤード離れた円周上をまわっていることになる。（中略）魚が食べたミジンコには眼と関節のついた脚がある。ミジンコの食べる藻類には緑色の細胞があり、その細胞はチェッカーの駒みたいに積み重なっているか、螺旋階段みたいに渦巻き状になった細いリボンになって、空洞の円柱をつくっている。（中略）わたしたちはまだ、まったく加工されていない鉱物の原石みたいに、創造されるまでもなく最初から存在しているような極限の点というものを見つけていない。（206）

ここには、マクロな世界や巨視的な風景にはミクロな世界が不可欠であること、そして、細胞や電子などのようなミクロなものも、集まることによって大きな風景を、より進化した生物を形作っているという構図が見える。それはすなわち、日常の中で忘れがちになる生命の神秘についてわれわれに再確認させることでもある。さらには、科学技術が進化した現代においてもなお、自然界や生命に関しては未だ多くの神秘が隠されており、未知の分野が残されていることへの示唆でもある。

ミクロ世界からマクロ世界への移行は、『石に話すことを教える』に所収されている「レンズ」（"Lenses"）及び「岩の上の生命」（"Life on the Rocks"）においてより鮮明になる。「レンズ」では、ピッツバーグにある自宅の地下室で、顕微鏡でクルマムシやアメーバなどの微生物をのぞき込む十二歳の「わたし」が描かれている。その「わたし」は、不慣れさから顕微鏡附属の五ワット電球を壊してしまい、代わりに七十五ワット電球で微生物を観察し始める。過熱された電熱で微生物は五分もたたぬうちにプレパラート上で熱せられ焼死してしまう。「わたし」は、微生物が焼死する寸前に猛スピードで逃げ回り最後まであがきながら茹でられ不動のまま焼死する姿を見ることに興奮を覚え、その一連の動作を何度も繰り返す。ここにおいて、顕微鏡で観察される対象である微生物が、半透明なものとして提示されている。

「岩の上の生命」は、「レンズ」の直後の章として構成されており、実際には二章で単一の物語世界を作り上げている。それは、「レンズ」の後半、あるいはマクロな世界の風景と考えられるのである。成長した「わたし」は、「岩の上の生命」においては、ガラパゴス島に立っている。そこで「わたし」は、人間も動物もみな地殻プレート上に乗っている生命体であると認識する。それらは全て同じ運命にあり、いわば岩の上の生命は、いつそのプレートに放り投げ出されるのかわからないのである。ここで、ガラパゴス諸島は「形而上学的実験室」という比喩を用いて表現され、「レンズ」に描かれる地下室の「実験」を読者に想起させる。地下室で顕微鏡からのぞいたプレパラート上の生命と、ガラパゴスという大きな地殻プレート上の生命が、パラレルに描かれているのである。「レンズ」では、地下室の微生物は七十五ワットの電球で熱せられ、その結果生きながらにして焼け焦げた。一方、「岩の上の生命」における「わたし」は、わざわざ全長七十五マイルの島の上に立っていることを述べ、赤道直下の太陽の光を浴び乾燥した地帯にいることをほのめかしている。そこには、環境破壊による温暖化で生きながらにして死の道を辿りゆく多くの生命が直面する危機感がほのめかされている。すなわち、『ティンカークリークのほとりで』において、プレパラート上の「一滴(にある)ジャングルを見る」という行為が、「レンズ」と「岩の上の生命」において、具体的に表現されているのである。

▼内なるヴィジョンから見る心象風景

自然をいかに見るのか、という問題を追及しているディラード作品には、見えない者、それも何らかの強制的な力によって視力を失ってしまった人物や動物が多く登場する。「プロヴィデンシアの鹿」に登場する食用の鹿は、衰弱によって「眼もうつろ」であり、まともに見ることは出来ない。また、二度もの火傷を負った男マクドナルドも、顔中が包帯で巻かれている状態のため、ほとんど見ることはできない。すなわち、「わたし」以外の半透明な対象、あるいは「わたし」の分身的役割を担う存在は、能動的、主体的には「見ることができない」という特徴がある。このことは、『ティンカークリークのほとりで』においても同様に重要な点となっている。

『ティンカークリークのほとりで』には、先天性白内障によって生まれつき視覚能力がない少女の挿話がある。その少女は、手術の成功によって生まれて初めて視覚を得た際に、それまで把握していた世界と、実際の眼で見る世界の違いを表現する。そこで、視力を奪われていた者が、いかに世界を「見て」いたのかが明らかになる。

目が見えるようになった人の多くは、世界をうまく言い表して、私たちの視力がいかに鈍いかを教えてくれる。ある患者は、人間の手をそれとは知らずにこう表現した。「なにか明るくて、穴のあるもの」。ブドウの房を見せられた少年はこう叫ぶ。「黒っぽくて、青くて、キラキラしていて、(中略)たくさんの出っ張りとすき間がある。」少女が庭へ出る。彼女はひどく驚いて、質問にもほとんど答えられない。木を正面にして言葉もなく立ち尽くしている。その木をつかんでやっと口を開く。「中から光っている木」。(51)

語り手がティンカークリークで探し求めているものとは、まさにこの「中から光っている木」であった。あるいは、彼女が追い求めているのは、それを見ることが出来る、心の目なのである。このような木のヴィジヨンを何年も探し求めていた彼女は、ようやく「中から光っている木」を見つける。

医師が少女の包帯を取り去って彼女を庭へ連れ出したとき、もう盲人ではなくなった少女は「中から光っている木」を見た。私が、夏の桃園を通り抜けながら、秋から冬、そして春の森のなかを何年も探し求めたのは、この木だ。そしてある日、ティンカークリークのほとりを何も考えないで歩いていたとき、中から光る木を見た。（中略）力に満ちて、変形し、ひとつひとつの細胞がめらめらとわき立っていた。（中略）それは、見るというよりも、はじめて見られている、力強いまなざしに打ちのめされて息もつけずにいる、という感じだった。(59)

ここにおいてディラードは、内なるヴィジョンによって初めて見ることができた自然界の崇高美を表現している。しかもそれは、一方的に見る立場としてではなく、超越的な存在に「見られている」という感覚において成立している。そして重要なのは、そのヴィジョンは、「見えない」者の「見る行為」から学んだという経緯であろう。

ディラード作品における神話的要素を分析しているパトリシア・マグネスは、作品において重要な役割を担う視覚障害者の存在に言及し、その起源を古代ギリシャ神話のテイレシアス（Teiresias）の神話に遡っている（Magness 30）。テレイシアスは、盲目でありながら、町や人々の将来を見事に予言した賢人として有名であり、エディプスの運命さえも言い当てた存在として位置づけられている。エディプスは、盲目の預言者の提言を無視したことによって、父を殺し、母を妻とし、後に真相を知って自らの眼をくりぬいたのである。

ディラードは、作品において、半透明なヴィジョン、すなわち、はっきりとした視力で見る行為ではなく、心の眼で風景を捉えるヴィジョンを持ち備えることで、初めて自然の本質を見抜くことができると語っているように思われる。ディラードの作品における半透明性とは、自らの心象風景さえも映しだす、鏡であり、かつ物事の本質を把握するためのフィルターなのである。

五　透明性と半透明性

▼死と生の円環

ディラード作品に見られる「半透明な対象」という概念を最も明瞭に提示している例として、『ホーリー・ザ・ファーム』(*Holy the Firm*) における一匹の蛾の死の場面がある。ディラードは、『ライティング・ライフ』の中で「最も好きな作品」として『ホーリー・ザ・ファーム』をあげている。それは、一語一語に多義的な意味を込め、自然・死・生命・言語をめぐる思索が丹念に綴られている作品である。ページ数はわずか七六ページだが、ディラードは約十五ヶ月かけて執筆している。内容はワシントン湾沖での三日間の生活を描いたものだが、後になってディラードは当時のことを振り返り、その執筆期間は生まれて初めて「孤独」になった日々であったと回想している。

その第一部に、蜘蛛の挿話がある。ワシントン州のピュージェット湾近くに住む語り手の「わたし」は、スモールという黄金色の雌猫と暮らしている。彼女の洗面所には、蜘蛛と六インチのクモの巣がある。その蜘蛛のあでやかな表皮は「半透明」である。その傍らには、頭部が欠損したままの蛾の死骸が十六匹も重なるように横たわっている。蜘蛛の半透明性を透して、「わたし」は、故郷ヴァージニア州のブルーリッジ山脈でキャンプをした際に、テントのロウソクに飛び込んで燃え続けた蛾へと思いを馳せる。蛾は、ロウソクの炎の中で黄金色にきらめきながら、瞬く間に焦げ落ちた。後にはキチン質（外殻）だけが燃え続け、ロウソクのロウが外殻を被うまで上り詰め、より大きな炎を燃やしていた。

そこで「わたし」は、ロウソクの炎の中で最初に頭部が焼け落ち抜け次に外殻だけとなったまま燃える蛾から、フランス印象派詩人のアルチュール・ランボー（Arthur Rimbaud）の制作活動を想起する。なぜなら、「わたし」は、ランボーについて書かれたジェームズ・ウルマン（James Ullman）の小説『炎の日』（*The Day on Fire*, 1959）に大きな影響を受けていたからである。夏のキャンプの目的は、実はこの小説を再読して、作家としての情熱を取り戻すことにあった。蛾の犠牲的な死による炎のもとで読書する「わたし」からは、ロウソクの二つの芯、似通った高さの二つの炎が互いに燃えているのが見える。自らの命を燃やして明かりをともす蛾と、自らの命を削りながらも創作活動に望むランボーの姿は同一化していく。

ここで注目すべきは、ディラードの蛾は夜の蛾であり、その燃える姿は暗闇の中で炎となり、読書の明かりを提供していることである。そして、その犠牲の炎によって、語り手は作家としての命を燃やそうと再出発するに至る。ここにおける作家は、社会から遮断された一人暮らしの孤独の状態で静寂のただ中に存在しているが、それはあたかも尼僧の生活を描いているかのようである。そして、予期せぬ死を強いられた「半透明な対象」である蛾は、静寂の中、殉死の象徴となり、さらに、犠牲の炎は語り手に作家としての生命と、創造性を与える希望の光として燃え続ける。蛾の死が、生の光となり死と生の円環が描かれているのである。

ディラードの作品における炎によって表象される死と生の円環は、『ティンカークリークのほとりで』のエピグラフに遡ることができる。炎に関するヘラクレイトスの次の言葉が、作品のエピグラフとなっている。「それは、過去・現在・未来を通じて絶えることない火であり続ける。消えていくものがあれば、それを補うかのように新たな炎が燃え上がる」。このエピグラフは、ディラードの世界観をわれわれに垣間見させてくれる。すなわち、炎は生命の象徴として時空を越えて燃え上がるものである、ということを。

▼二項対立を越えて

これまで考察してきたように、ディラードは、エマソンから自然観察のまなざしについて影響を受けている。しかし、十九世紀に特有であったエマソンの手法を現代にそのまま持ち込んだのではない。エマソンが求めながらも得られなかった、進歩した科学技術の恩恵を利用しつつ、透明なヴィジョンを解体し、半透明なヴィジョンを構築することによって、ディラードはエマソンの精神を現代に再現している。

ディラードの半透明なヴィジョンが示唆しているのは、透明性が「善」であり、半透明が「悪」であるという二項対立的自然観あるいは世界観を越えようとする姿勢である。生と死、文明対自然というように、二つを分けて対局のものとして捉えるのではなく、炎が死と生の両方を現わすように、光が水面と水底を照らし出すように半透明な対象は二項対立的なヴィジョンを解体していく。そしてそれは、見る主体を映しだす鏡のようにも機能することで、「見る―見られる」という対立する関係を越えて、「観察するもの」が「観察されるもの」にもなりうることを示している。

冒険家のようにマクロな世界の自然風景を描くのではなく、日常的に存在するミクロな世界をもパラレルに描くことで、ディラードは、命や創造の神秘の原点そのものにわれわれの意識を向かわせ、ミクロな世界がマクロな世界と同等の位置にあることを示唆する。そして、常にミクロな視点を失わないディラードは、昆虫の持つ複眼のようなまなざしで、世界のあらゆるものを見ようとしているのかもしれない。そのまなざしは、身近なところに、小さき世界に、偉大な生命の創造の神秘が存在していることを示している。

引用文献

Dillard, Annie. *Pilgrim at Tinker Creek*. New York: Harper's Magazine Press, 1974.（邦訳　アニー・ディラード『ティンカークリークのほとりで』金坂留美子／くぼたのぞみ訳　めるくまーる　一九九一年）

Dillard, Annie. *Holy the Firm*. New York: Harper & Row, 1977.

Dillard, Annie. *Teaching a Stone to Talk: Expeditions and Encounters*. New York: Harper & Row, 1982.（邦訳　アニー・ディラード『石に話すことを教える』内田恵美訳　めるくまーる　一九九三年）

Dillard, Annie. *An American Childhood*. New York: Harper & Row, 1987.（邦訳　アニー・ディラード『アメリカン・チャイルドフッド』柳沢由美子訳　パピルス　一九九二年）

Felch, Susan M. "Annie Dillard: Modern Physics in a Contemporary Mystic," *Mosaic*. Spring 1989. 1-14.

Legler, Gretchen. "'I Am a Transparent Eyeball': The Politics of Vision in American Nature Writing," Ed. John Tallmadge. *Reading Under the Sign of Nature*. Salt Lake City: U of Utah P, 2000. 243-250.

Myerson, Joel. "Re-viewing the American Renaissance: An Emersonian Perspective"（於広島大学　二〇〇二年八月一日　エコクリティシズム研究会講演原稿）

Myerson, Joel. *Transcendentalists & Friends: An Exhibit Selected from the Joel Myerson Collection of Nineteenth-Century American Literature*. Thomas Cooper Library, U of South Carolina, 2001. 20.

Richardson, Robert Jr. *Emerson: The Mind on Fire*. Berkeley: U of California P, 1995.

Smith, Linda. *Annie Dillard*. New York: Twayne Publishers, 1991.
Tallmadge, John, ed. *Reading Under the Sign on Nature.* Salt Lake City: U of Utah P, 2000.

第Ⅲ部　風景のなかの多文化

第三部では一九七〇年代から現在までの作品を論じるが、二〇世紀後半の多文化主義の隆盛を反映して、ネイティヴ・アメリカン、アジア系、アフリカ系、ラテン系などのマイノリティ作家による作品を対象に、従来のアメリカ主流文化の色濃いエコクリティシズムに、周縁化されたグループの視点を導入した作品分析や、人種的葛藤が生み出す社会的歴史的視座からのエコクリティシズム批評が集められている。

ＡＳＬＥ（文学・環境学会）の創始者であり、以来多方面にわたる環境批評の中心的な論客であるスコット・スロヴィックによる14「エコクリティシズムの現在」では、九・一一を契機としての社会と環境文学及びエコクリティシズムとの関係が考察され、エコクリティシズムの変遷と現在の環境研究における更に学際的な文学研究の必要性が主張される中で、メキシコ系アメリカ人作家ルドルフォ・アナヤの作品を例に「異なる世界観や信条に対しても温和で強調的な姿勢を取る」人物の描出が指摘される。また常に新しい理論的・実践的パラダイムを追求するエコクリティシズムの最新情報が語られる。次に白人ネイチャーライターと先住民社会の関係をテーマに、15「ロペスの政治的無意識」では、代表的なネイチャーライターとして評価の高いバリー・ロペスが、エスキモーとの交流を描いた作品『極北の夢』を中心に、先住民の自然観を取り込んだ複眼的視点から風景とそれにまつわる物語を、いかに捉え理解しえたかを、「巡礼者」「特権的観察者」としての近代的白人の視点という限界を認識しつつ検証する。

16の「汚染の言説を巡って」では、南西部の代表的ネイティヴ・アメリカン作家、レスリー・マーモン・シルコーの作品に描かれた水を巡る言説に注目し、それと対峙する汚染された水（放射能汚染など）を中心とするトキシック・ディスコースについて自然科学的視点を交えて考察する。同じく南西部の「核の風景」を取り扱った17「アポカリプティック・ナラティヴの行方」では、シルコーの作品に加えアコマ・プエブロ族のサイモン・オーティーズ、チェロキー族のアウィアクタの作品を取り上げ、デリダによって文学批評に結び付けられた核問題が、核の被害者である先住民作家の声により核体験として定位され、終末論的な言説を有効な修辞的戦略としてきた核文学と核批評が、先住民的視点へのシフトによってアポカリプスを超えたグローバルで包括的な環境意識と「詩的な」科学思考を伴った肯定的言説となる可能性を検証する。

18「あたらしきウィルダネス」では中世の宗教画家ヒエロニムス・ボッシュの名作、三幅祭壇画『悦楽の園』を風景と見てその細部への巡礼を試みようとする作品『リープ』を中心に、T・T・ウィリアムズが風景を人間精神の地図と捉え自己の内部を探求する様を分析し、魂と身体の旅を描いた一連の作品が時と空間とジャンルを越境する新しいネイチャーライティングとして定位される。19の「トニ・モリスンとカリブの自然」ではカリブ海を中心に植民地主義のもたらした自然破壊と人種的抑圧の考察を通して人間社会と自然を含めた物理的環境との関係を人種という視点を加えて再考することの意義を明らかにし、自然文化史と密接するフォーク・カルチャーの重要性を指摘する。同じくアメリカ社会の周辺に位置する「他者」として抑圧の歴史を生きてきたアジア系アメリカ人を論じる20「『金山』を越えて」は、代表的アジア系作家マキシン・ホン・キングストンの作品を通して人種差別や法的規制によって規定された中国系移民のアメリカの自然との関係を歴史的に検証し、移民が向かうコミュニティ「金山」において、アメリカを越境する新しい地勢図の創造を読み取ろうとする試みとなっている。

このように、ポスト植民地主義のアメリカで語られる多様な新しい風景を、スロヴィックも指摘した異文化共存の視点により、従来の環境文学的視点をも超えて再定義することが第Ⅲ部の狙いとなっている。（横田　由理）

スコット・スロヴィック　中島　美智子　訳

14　エコクリティシズムの現在

スコット・スロヴィック氏
伊藤詔子氏撮影

二〇〇一年九月一一日、私はテキサス州ヒューストンにあるアパートにいた。ライス大学の秋学期に、アメリカ南西部の現代環境文学やエコクリティシズムの課程を教えるために、三週間前にネヴァダ州リノから移り住んでいたのだった。ご存知のように、私は通常ネヴァダ大学の英米文学科で教えており、特に、文学と環境に関する大学院のプログラムを担当している。この大学院プログラムは、一〇数名の教員と全米さらには世界中から集まった約三〇人の学生たちから成る、専ら、環境批評理論や環境文学、またそれらに関連のある専門分野に焦点を合わせたプログラムである。ヒューストンでの滞在は、普段、環境文学やエコクリティシズムといったテーマに出会う機会のない学生たちに、ネヴァダ大学と同様の機会を提供するという私の平素の活動の一部であった。実際、私は二〇〇一―二年度、同じ目的のためオーストラリアのブリスベンにあるクイーンズランド大学に滞在している。またオーストラリアの学者や作家、学生たちと、環境研究に関する現在の学術的、文学的動向について語り合うために各地を旅している。今回の日本訪問は、オーストラリアでの六ヶ月に渡る滞在期間の最中に行われた。

前述したように、私は九月一一日の朝、ヒューストンのアパートで、現代のネイチャーライターであるオレゴンのジョン・ダニエル（John Daniel）に関する論考を執筆していた。この論考は「クレドシリーズ」―ミルクウィード版のために私が編集しているシリーズで、重要な環境作家たちが、いかにして、またなぜこのような仕事をしているのかを書いた本が集められている――と名付けられた選集中のダニエルの本に収められることになっていた。朝の一〇時頃、突然妻のスージーがネヴァダから電話をかけてきて「テレビをつけて。私たちが攻撃されているの。アメリカが攻撃されているのよ」と言った。テレビには、炎に包まれた世界貿易センターの恐ろしい映像が映っており、一機目の飛行機がそして次の飛行機が世界貿易センターに突入し、火の玉が流れ、ガラスが落下し、そして建物が倒壊する場面が繰り返し流れていた。私はその日一日、エコクリティシズムの仕事、ジョン・ダニエルの生涯と作品の研究に戻ることは困難だったと言わなければならない。

九月一一日の火曜日には、ライス大学での授業はなかった。その日はアメリカにとって奇妙で恐ろしい一日だった。おそらく世界中の他の場所でもそうだっただろう。実際のところ九月一一日の攻撃がもたらしたものについて明確な考えを持っている人は誰もいなかった。これらの出来事がテロリズムのしわざだと明確になったのかどうか私には定かではない。ご存知の通り、アメリカでは数日間にわたってすべての航空便が欠航となった。多分、日本でさえもそうなったことだろう。攻撃がなされた九月一一日に続く一二、一三日は、不気味なほど静かだった。私のアパートから数ブロック離れたダウンタウンのほとんどが、大手石油会社のオフィスである摩天楼の上を時おり警戒飛行している軍のジェット機を除いては、ヒューストンにもその他のどんな場所の上空にも飛行機は飛んでいなかった。

さて、九月一一日（今後は九・一一と表記）に続く恐ろしくも奇妙な日々の中で、私はライス大学の学生たちと会い続けた。一二日と一四日の午前中に授業があった。環境文学を含む文学を議論する仕事は続いた。今再びライス大学の学部生用シラバス（「南西部環境文学」）を見返してみると、テロ攻撃が起こったその週は、ルドルフォ・アナヤの一九七二年の小説『ウルティマ、ぼくに大地の教えを』（*Bless Me, Ultima*）について話していたことを思い出した。その本は、一九四〇年代と一九五〇年代のニューメキシコ州の田舎町を舞台に、ある少年が成長し、無垢な幼少期から脱け出して、トラウマや人生の悲劇を認識するに至る物語である。この作品の中には、主人公たちが、田舎町の自然の様式や、季節の移り変わり、そして地域の人間的ドラマと絶えず取り組んで生きようと努めるという陰鬱なモチーフがある。しかし語り手アントニオの兄たちは、第二次世界大戦で戦うために徴兵され、数年後村に帰ってくるが、性格が変わってしまい冷淡になり、もはや村での簡素な生活に満足できなくなっている。この作品のメッセージの一つは、世界の出来事がニューメキシコ州の辺境にさえも行き渡るということのように思われる。

このことから考えると、たとえエコクリティシズムといえども、テロリズムや社会的な不安といった世界の文脈——恐ろしく、また望ましくもない文脈だが——から離れることはできないと私は示唆したい。九・一一の出来事を導き、ここ何ヶ月も続いている中東やその他の場所での言葉と爆弾による戦闘へと至った険悪な緊張感は、いまだに消滅していない。九・一一へと繋がる問題点や、九・一一に関連した、あるいは無関係のその他の社会的闘争について、全ての思慮ある人々が憂慮し取り組む必要がある。環境文学批評家や環境文学作家たちは、歴史的、政治的真空の中で仕事をしているわけではない。実際、九・一一の攻撃の約二週間後には、著名な環境文学作家たちによる九・一一に対する一連の雄弁な反応がオリオン・ソサエティのウェブサイトに公開された。まだこれらの論議を *www.orionsociety.org* で読むことができると思う。

『ウルティマ、ぼくに大地の教えを』は、語り手であるアントニオ・マレスという名のメキシコ系アメリカ人の少年が、学校に行く直前の六歳頃から、高校生くらいまでの自らの物語を語っている作品である。物語のクライマックスは、アントニオ（あるいは「トニイ」）が様々な対立する力、すなわちカウボーイの父の家族と農家の母の家族、田舎町の無垢な幼少期と田舎の向こうにある世界の魅惑、特にカトリック教会に代表される世界観と土着の人々の汎神論的でアニミズム的な信仰の間でいかに悩み苦しむかというところにある。トニイは彼の人生にふりかかるさまざまな影響を調和させようとしたり、一見対立するイデオロギーから成る自身にとって意味のあるアイデンティティーを創造しようと努力したりする。この小説の語りのスタイルは、多くの対照的な視点に対して、温和で協調的なアプローチをとり、豊かな感受性と話し合いの姿勢を示している点に特色がある。いかなる世界観も信念も別の世界観や信条に場所を空け渡すために破壊されるようなことはない。私の環境文学の授業では、（民俗生物学的な知識を含む）土着の場所の感覚がどのようにして現代小説の中で表現されているのかの一例としてアナヤの小説を用いることが多いのだが、九・一一の勃発によって、この小説は今日の世界における対立するイデオロギーに対して我々がどう感じるべきか重要な教訓を提供しているように思われる。アメリカ政府は、アメリカやアメリカが象徴する全てのもの

ルドルフォ・アナヤ
www.twbookmark.com

を憎む人々を弾圧し消滅させると断言することによって、九・一一のテロリズムに即座に応答したが、一方、アナヤの小説のメッセージは、異なり対立しさえする世界観に対して、我々が敏感であるよう努力すべきであり、また寛容であるよう自らに諭し、激怒や恐怖や苛立ちを憎しみに高めてはならないと説いている。我々が「環境文学」や「エコクリティシズム」と呼ぶものの多くは、「他者」に対する感受性や理解を深めることについて描いているように私は思う。従って環境文学の他の多くの例と同様に、『ウルティマ、ぼくに大地の教えを』は、この憂慮すべき日々を通じて、我々が考えるべき非常に重要なテクストだと言うことができるだろう。

私はエコクリティシズムや環境文学は社会的文脈の中にあると提唱してきた。つまりエコクリティシズムや環境文学の活動や考え方と意思の疎通のあり方は、九・一一の出来事やその結果を考慮し認識しつつ、文脈の中になければならないということである。それにもかかわらず、環境文学作家たちは、自然界に関する個人的な経験の微妙なニュアンスを探究し続けており、自然と関連した人間の振舞いに関して幅広い科学的、社会的な含蓄を探究し続けている。そして環境文学批評家は九・一一以降も仕事を続けてきた。社会正義や戦争、グローバリゼーション（おそらく九・一一の攻撃にインスピレーションを与えたものの一つ）などの問題に明確に携わる人もいれば、あたかも九・一一が暦上の通常の一日であったかのように環境文学批評の仕事をしている人もいる。

私自身の生活は九・一一の攻撃にかなり影響を受けたと先に述べたが、それにもかかわらず、私は多くの進行中のプロジェクトを継続した。九・一一の攻撃が起こった時、オーストラリアに出かける計画を中止しなかったし、九・一一に関する議論を取り入れるために研究や授業を大幅に変えたりしなかった。エコクリティシズムと環境文学はともに、本質的な意味で、人間社会にとって重要な問題を考える方法であると私は信じている。我々はこの惑星上で首尾良く持続可能な生活を送るためには、エコクリティシズムと環境文学がもっと必要なのである。二〇〇一年九月一一日以前にも、また八ヶ月後の現在も存在し続けている社会的な闘争が意味するものを理解するためには、我々にはこの種の作品や学問研究が必要なのである。

読者の多くは、エコクリティシズムとは何かについて、それなりの理解を持っているかもしれないが、この分野の最新の動向について簡単に紹介したい。よく知られているシェリル・グロットフェルティー(Cheryll Glotfelty)は、一九九六年に『エコクリティシズムリーダー　文学的エコロジーの里程標』(*The Ecocriticisim Reader: Landmarks in Literary Ecology*)のなかで、エコクリティシズムを文学と自然環境との関係の研究と幅広く定義している。「エコクリティシズム」という言葉は、ウィリアム・リュカート(William Rueckert)の造語で、一九七八年の彼の論文「文学とエコロジー　エコクリティシズムの実験」で最初に使われたが、多くの環境文学批評家たちは一九九〇年代中期になり、『エコクリティシズムリーダー』が出版されるまで、この言葉の使用をためらっていた。しかし今日では環境志向の文学研究者たちは、自らを「エコクリティックス(環境文学批評家)」と呼ぶのに躊躇しない。

グロットフェルティーのこの有名なエコクリティシズムの定義は、その導入から『エコクリティシズムリーダー』に至るまでこの分野で最も広範に引用されたものかもしれない。しかしPMLA一九九九年一〇月号の環境文学特集に寄稿した論文の中で論じたように、私はより一層包括的なエコクリティシズムの定義を考えている。この定義は、ＩＳＬＥの編集者として、また自分自身の批評の仕事で私が使う定義である。私は環境文学批評の領域には、人間と人間以外のものとの関係を取り扱っている文学作品の研究を含むだけでなく、どんなジャンルの文学作品にもその環境的な含意を見つけようと努めながら読むことも含まれると論じたい。すべての文学作品は「緑の」観点から読むことができるし、また文学以外のすべての学問分野において発展した、言語学的、概念的、また分析的な枠組みを、環境文学批評的な読みに取り入れることができるのではないかと私は信じている。この分野に関するこのような幅広い概念は、増え続ける数多くの研究論文から生まれた。これらの研究論文は、ネイチャーライティング、環境志向のカルチュラル・スタディーズ、あるいはエコクリティシズムの理論と実践に関して、方法論的、批評的、専門分野的な「境界」の「地図を描こう」と試みている。年に二回発行されるＩＳＬＥの各号には、このような新しい論文が一〇編から一二編掲載される。これらのうち一九編が、私とマイケル・ブランチ（Michael Branch）とが共同編集した『ＩＳＬＥによるエコクリティシズムの最初の一〇年　境界を描く』（*The First Decade of Ecocriticism from ISLE: Charting the Edges*）という新しい書物に収録される予定である。

今ではアメリカや他の国々で出版された評判のよいエコクリティシズムの論集がいくつも存在する。文学・環境学会（ＡＳＬＥ）の最初の二つの大会における研究発表は、それぞれ次のような論文集となって出版された。マイケル・ブランチ、ロシェル・ジョンソン（Rochelle Johnson）、そしてダニエル・パターソン（Daniel Patterson）と私が共同編集した『地球を読む　文学研究と環境における新たな傾向』（*Reading the Earth: New Directions in the Study of Literature and the Environment*）、及び、ヘンリー・ハリントン（Henry R. Harrington）とジョン・タルマッジ（John Tallmadge）が共同編集した『自然のきざしを読む』（*Reading*

Under the Sign of Nature）である。野田研一と私は日本で初めてのエコクリティシズム論集『アメリカ文学の〈自然〉を読む　ネイチャーライティングの世界へ』を共同編集した。主要な環境文学批評に関する最初の参考書はジョン・エルダー（John Elder）の二巻本『アメリカのネイチャーライターたち』（*American Nature Writers*）であり、多くの国に焦点を当てた最初の環境文学研究はパトリック・マーフィー（Patrick Murphy）の『自然の文学　国際的な原典資料集』（*The Literature of Nature: An International Sourcebook*）である。リチャード・ケリッジ（Richard Kerridge）とニール・サムエルズ（Neil Sammells）は、一九九八年にイギリスのゼッドブックスから『環境を書く　エコクリティシズムと文学』（*Writing the Environment: Ecocriticism and Literature*）を出版した。さらに新しいところでは、カーラ・アームブラスター（Karla Armbruster）とキャスリーン・ウォレス（Kathleen Wallace）が編集した『ネイチャーライティングを超えて』（Beyond Nature Writing）やデーヴィッド・メイゼル（David Mazel）の『初期エコクリティシズムの一世紀』（*A Century of Early Ecocriticism*）があるが、後者は一八六四年から一九六四年までを扱ったもので、エコクリティシズムの起源を一瞥しており役に立つ。ジョニ・アダムソン（Joni Adamson）、レイチェル・スタイン（Rachel Stein）、メイ-メイ・エヴァンズ（Mei-Mei Evans）が共同編集した『環境的正義——政治学・詩学・教育学』（*Environmental Justice: Politics, Poetics, and Pedagogy*）が間もなくアリゾナ大学から出版されることになっている。さらにはスティーブン・ローゼンデイル（Steven Rosendale）の『文学研究の緑化——文学・理論・環境』（*The Greening of Literary Scholarship: Literature, Theory, and the Environment*）は、環境文学批評に対する様々な理論的アプローチを論じており、アイオワ大学から出版されることになっている。

私の論点は、環境志向的な読みや作品解釈には今や豊富な事例があるということである。多くの新たなエコクリティシズムの論集に加えて、広島大学の伊藤詔子教授や、環境文学についての研究書を出版した北京のホン・チェン（Hong Cheng）教授のようなアジアの学者による最近の書物を含めて、多くの新しいエコクリティシズムの専門書がある。つまり過去一〇年間だけを取ってみても、そのような書物は多数出版されているのである。私自身が一九九二年に出版した『アメリカのネイチャーライティングにおける認識の探求』（*Seeking Awareness in American Nature Writing*）は、ソロー、アニー・ディラード、エドワード・アビー、ウェンデル・ベリー、バリー・ロペスという五人の主要な作家の作品を、知覚心理学的な探究として読んでおり、現代エコクリティシズムの伝統における初期の研究書の一つである。興味深い最近の出版物には、ハーバード大学英米文学部長のローレンス・ビュエルの『環境的想像力』（*The Environmental Imagination*）と『危機に瀕した世界のために書く』（*Writing for an Endangered World*）や、パトリック・マーフィーの『自然志向の文学研究を外れて』（*Afield in the Study of Nature-Oriented Literature*）やジョニ・アダムソンの『北米インディアン文学・環境正義・エコクリティシズム』（*American Indian Literature, Environmental Justice, and Ecocriticism*）がある。ビュエル、マーフィー、アダムソンは、エコクリティシズムや環境文学の基本文献に的確な解説を試みている。彼らの著作を通じて、アメリカにおけるエコクリティシズムの最近の主要な傾向を知ることができるが、これらの傾向を国際的な学問的趨勢に適用することの是非については判断を差し控えたい。ビュエルは『環境的想像力』の中で、アメリカの環境文学においてヘンリー・デーヴィッド・ソローが中心的な存在であると力強く論じている点で、また、「放棄の美学」（人間が主体、観察者、あるいは行為者であることを断念する、あるいは放棄するという前提に立った語りの戦略）、さらには、「そこでは見ないことの美学」（ある場所を別の場所の観点から描写するという、環境文学のいくつかの重要な作品に見られる傾向であり、語り手がそこで生き暮らしている場所との緊張した関係を表現する一つの方法）のような表現を展開している点で注目される。またビュエルのさらに新しい著作『危機に瀕した世界のために書く』では、都市を舞台にした環境文学や有毒物質の問題を取り上げた文学――今日他の環境文学批評家にとって共通の題材となっている――が、どの章においても語られていることに注目すべきであろう。ゲイリー・スナイダーの研究者として、また、おそらく「男性」エコフェミニストの第一人者として知られているマーフィーは、最近の彼の著書『自然志向文学の研究を外れて』の中で、環境文学の批評家たちはノンフィクションのネイチャーライティングから、すべての文学ジャンル、特に詩やフィクションなどのジャンルにみられる環境上の問題点や経験の探究に視野を広げてゆくことが大切だと論じている。このことは、我々が環境文学の多文化的側面を理解しようと思うなら特に重要なことである。なぜなら博物学的エッセイはヨーロッパ系アメリカ人の作家たちが得意とする手段であるが、一方、ネイティヴアメリカン、ラテン系アメリカの人々、あるいはアフリカ系アメリカ人の作家たちは、詩やフィクションを好む傾向があるからである。最後にアダムソンの『北米インディアン文学・環境正義・エコクリティシズム』は、環境文学批評にかかわる言説を西洋の学問的観点から切り離すよう強く求めている点で、また、環境的経験の意味や文学作品をアメリカ南西部の保留地生活者のようなアメリカで比較的権利を剥奪されてきたコミュニティーのために強調している点で注目される。

私が数ヶ月前オーストラリアのクイーンズランド大学でエコクリティシズムについての講義をした時、「英文学・メディアスタディーズ・美術史研究科」の同僚の一人が、質疑応答の際に、現代のエコクリティシズムにおける重要な論争について私に概括するよう求めた。その時に私が答えたことをここで繰り返したい。

先ず韓国の大学で教えているイギリス人の環境文学批評家サイモン・エストック（Simon Estok）が、『オーストラリア大学言語文学会誌』（*Journal of the Australian Universities Language and Literature Association*）の二〇〇一年一一月号に掲載した、「エコクリティシズム展望」（"A Report Card on Ecocriticism"）という論文の中で、最新のエコクリティシズムにおける論争をめぐっていくつかの論点を紹介していることを指摘せねばなるまい。サイモンは、私がこれまで述べてきたのと同じような問題、「文学と世界との関係」とは何か、芸術と行動主義（activism）との関係とは何かに関心を持っているようである。サイモンや他の環境文学批評家たちは、環境文学批評にかかわる言説と現在の社会的、環境的困難との間の直接的で切迫した関係を見出すことに関心を抱いている。他の研究者たち（私もここに含まれるだろう）は、文学的表現や文学研究が社会的進化に対応し、これを導くやり方は、より間接的で長期にわたるものだと理解している。サイモンはまた、より批判的な理論をエコクリティシズムに組み込む必要性を感じていると詳しく論じて、この方向に向かおうと努力しているグレッチェン・レグラー（Gretchen Legler）、ステファニー・サーバー（Stephanie Sarver）、マーフィーなどを引用している。一方、グレン・ラヴ（Glen Love）やデーヴィッド・ロビンソン（David Roberson）のような他の批評家たちは、エコクリティシズムの美点の一つは、それが理論的な専門用語や混乱から比較的自由なことだと論じるだろう。いずれにせよ、これらの事柄を詳しく論じたサイモン・エストックの最新の論文に直接当たってみる必要がある。

最近論議を呼んだもう一つの問題点は、文学・環境学会の名称にある「文学」という言葉についてである。米文学・環境学会の現会長ランドール・ローダ（Randall Roorda）は、この学会を「言語・環境学会」と改名するよう提案した。カルチュラル・スタディーズ、言語学、修辞学、創作に興味をもっている多くの研究者や学生たちを積極的に受け入れることによって、この分野をより開かれたものにするためということである。文学それ自体の枠の中で仕事をしている環境文学批評家が、テレビ、映画、漫画、広告に至る、あらゆるものを研究する学者と多くの共通点を有していることは間違いない。今やほとんどすべてのものを「テクスト」として読み、解釈できるからである。しかしながら文学そのもの、すなわち高度に美的な洗練さを備えた著述や口承は、環境に関する人文学的研究において特に意義深い研究分野であり続けている。そして現在の環境文学批評家の大多数は、たとえ彼らがカルチュラル・スタディーズや創作研究のより広い側面に興味があったとしても、文学的表現に主たる関心を寄せているし、また人間世界を越えた文脈の中で我々が自分自身について考えるために文学がいかに役立つかについて関心を抱いている。そういうわけで、私はエコクリティシズムの分野におけるこの主要な組織の名前を変えるべきではないと論じてきた。その上、文学研究以外の分野の多くの人々にとっては、「言語と環境の研究」が何を意味するのか理解困難なのではないだろうか。

最近、クイーンズランド大学の同僚が、あらゆる文学、あらゆる芸術は、人間の想像力によって必然的に創り出されたものであり、従ってある意味で人間的視点に縛られているのに、環境文学の作品の中には、人間中心主義的世界観を越えることを要求しているように思われるものがあるという、不可避のパラドックスについて疑問を呈した。私自身この疑問には強い共感を覚える。文学や哲学における、いわゆる「生物中心主義的」で「地球中心的」な言い方、換言すれば、ジョージ・セッションズ（George Sessions）やビル・ディヴァル（Bill Devall）、アルネ・ネス（Arne Naess）やその他の多くの人たちによって主張されている「ディープ・エコロジー」に帰せられる視点に、不誠実さを感じるからである。ＩＳＬＥの最初の一〇年間からマイケル・ブランチと私が選んで編集した新しい論集に収められている論文の一つは、有名な「土地倫理」を著作の中で展開したアルド・レオポルドの人間中心主義的視点について論じたハロルド・フロム（Harold Fromm）の論文である。アルネ・ネスは、ディープ・エコロジー運動の設立文書とも言うべき、有名な論文「浅いエコロジーと深い、長期的な幅を持ったエコロジー運動——要約」（"The Shallow and the Deep, Long-Range Ecology Movement: A Summary"）の中で、「汚染や資源枯渇に対して」闘い、主に「開発途上国の人々の健康と豊かさ」（95）の維持を目的とする、浅いエコロジー運動を公然と批判している。ネスはその代わりに、人間中心主義的な行動によって生じた環境破壊を克服することを目指した世界観、すなわち「生物圏の原理的平等主義」（95）という概念を提案する。しかしながら、哲学者や作家はしばしば生物中心主義やディープ・エコロジーに対して、口先だけの敬意を払うことが多く、こういった見解に固執する多くの人々は、自身の生活のなかでは、真のディープ・エコロジストというより、ネスの言う浅いエコロジストのように私には思える。最近の環境文学批評運動や環境哲学運動を生み出してきた国々が、比較的裕福で生活するのに快適な国々だというのは偶然ではない。現時点で、ジンバブウェやスリランカでは、エコクリティシズムはほとんど見られない（もっとも、私はニューデリー、カルカッタ、インド南東部のアンドラ地方に住む環境文学批評家を何人か知っている）。

これまで、シェリル・グロットフェルティーによる「文学と物理的環境との関係の研究」というエコクリティシズムの定義を提示するとともに、明示的に環境的なテクストを「何らかの」批評的視点から研究すること、あるいは、「何らかの」文学上のテクストの読みに様々な環境的視点（環境心理学、環境倫理、環境正義、科学エコロジーなど）を適用するというエコクリティシズムに関する私自身の幅広い定義を提示してきた。つまり私に関する限り、環境文学批評的な解釈を完全に免れるような文学作品は（おそらく芸術作品も）存在しない。私が時々学生や作家やその他のグループと一緒にする室内ゲームの一つは、自然と全く関係のないように思われる文学作品を思い浮かべて、これらの作品の環境文学批評的な読みを案出するというものである。私が理解する限り、エコクリティシズムや環境文学批評的な活動に関する以上のような基本的な定義は、九月一一日以降も実際変化していない。

二〇〇二年三月を通じて、私は先ほど述べたエコクリティシズムに関する新しい書物の原稿を完成させるために、UNR（ネヴァダ大学リノ校）の同僚であるマイケル・ブランチと一緒に仕事をしていた。この間、我々は、九・一一についてはっきりと認識していなかったのだが、環境文学批評に関わる企画について我々の手助けを求めて連絡をとってきた、ブラジルやスウェーデンのような遠くの国の学生とのEメールを通じての最近の交流について語ることから序文を書き始めていた。私はこのことが、環境的な観点から文学を読むというアイデアがより国際的な傾向になってきているということを暗示していると思う。私はこれを望ましい健全な傾向だと思っている。本論を終えるにあたって、マイケル・ブランチと私がこの分野の主要な学会誌であるISLEの最初の一〇年間から選び出して論文集をまとめる際に使用したエコクリティシズムに関する一般的な分類を述べさせていただきたい。この分類は、現代のエコクリティシズムの主要な傾向を要約してくれるはずである。今までに出版された一六冊の学会誌と、印刷予定の二冊に目を通すと、ISLEにおける環境文学批評的な論文が達成しようとしてきたものを定義する三つの傾向が観察できた。我々は、書物のセクションの表題としてこの三つの傾向を用いた。「再評価」、「学問領域を越えて」そして「新しい理論的・実践的パラダイム」である。

第一部「再評価」の諸論文は、よく知られた環境保護作家の新しい（時に革命的な）読み方を示すとともに、通常、緑の観点から考察されてこなかった作家や文学的伝統についての新しい環境的観点を提供している。アルド・レオポルドとゲーリー・スナイダーがアメリカの環境文学の伝統において、重要な人物だという事に異論を唱える人はほとんどいないだろう。しかしながら、レオポルドの人間中心主義に焦点を当てたハロルド・フロムは、「土地倫理」の創始者に対して挑戦的で新しい解釈を提起している。一方、山里勝己によるスナイダーの「再定住」の詩学、そして、それを宣言する建築的な形式についての詳細な説明は、この詩人の場所に根ざした、故郷志向の作品を読むための決定的なレンズを与えてくれる。グレッチェン・レグラーは、よく研究されるもう一人のアメリカ人環境作家グレーテル・アーリックの作品を通じて、現代環境文学と前衛的な「ポストモダン・パストラル」——一九九〇年代までほとんど認められなかったポストモダンな語りとパストラリズムの混合物——を結びつけた。レグラーがポストモダニズムに焦点を当てる一方で、キャロル・キャントレル（Carol Cantrell）は二〇世紀初頭に我々を連れ戻し、また、場所に関するヴァージニア・ウルフ（Virginia Woolf）の「モダニスト」的なビジョンに我々を連れ戻す。キャントレルの研究は、明らかに「環境的」とは言えない作品を環境的観点から再読することの価値を証明している。トマス・ジェファソン（Thomas Jefferson）やウィルダネス崇拝についてのゴードン・セイヤー（Gordon M. Sayre）の論文は、文学史をさらに遡る。一八世紀美学の言説をめぐるこの論文は、マイケル・ブランチが初期アメリカ環境文学の新しいアンソロジーのタイトル『ルーツを読む　ウォールデン以前のアメリカのネイチャーライティング』（*Reading the Roots: American Nature Writing before Walden*）で用いている意味での「ルーツを読む」という重要なエコクリティシズムの流行の優れた例である。題材は互いに異なっているように見えるが、アーシュラ・ヘイズ（Ursula Heise）、アンドリュー・ファーマン（Andrew Furman）、ナイオール・ビンズ（Niall Binns）らはみな、それぞれの論文の中で同種の幅広い再評価のプロセスを示している。ヘイズはSFというジャンルが（「人口過剰や空間、人間優位主義」のような主題にたびたび焦点を当てることで）環境的な表現の重要な形式として機能していることを明らかにしている。ファーマンは、都会的で自然に無頓着であるというステレオタイプで括られてしまうユダヤ系アメリカ文学が、自然表象や自然的思考に満ちていると主張している。ビンズは、ラテンアメリカ詩に見られる環境問題を巡る関心を広く調査して、環境文学批評家のアメリカ中心的な視野を広げるよう促し、国家や言語的な境界を超えるという、エコクリティシズムの重要な方向を提案している。実際、私は近いうちに、オーストラリア文学や他の国々の文学の環境文学批評的な読みが急速に高まるだろうと期待している。例えば、日本における環境文学批評家は今や、英語圏の文学から日本文学に関心を移し始めているように思われる。

ＩＳＬＥの頭文字は「文学と環境の学際的な研究」を表している。この学会誌は、当初から、環境にかかわる諸学問における様々な専門分野や方法論の間の交流を促進するために、作品分析の伝統的様式の限界を超えることを熱望してきた。第二部「学問領域を超えて」では、ＩＳＬＥに掲載された環境文学批評的な研究に見られる強い学際的な傾向を表そうとした。例えば、学会誌の創刊号に掲載されたリサ・レブデュスカ（Lisa Lebduska）の論文は、マーケティングの文脈に適用されたカルチュラル・スタディーズの方法論の価値を示すことによって、環境保護広告の言説のテクスト分析を行っている。ナンディータ・バトラ（Nandita Batra）の研究は、ジェンダー化され人間中心主義的な言語の証拠を求めて、ロマン主義時代の動物学の言説を探求しており、エコフェミニズムという大きな研究プロジェクトに重要な貢献をしている。ランドール・ルアダのケネス・バーク（Kenneth Burke）の作品から引き出した言語やテクノロジー、「メタ生物学」の理論は、プロトポストモダン思想の大胆な探求を表現していることを明らかにするとともに、バークの環境的視点と、フーコー（Foucalt）、デリダ（Derrida）、ローティ（Rorty）や、その他めったに環境保護論者として読まれることのない思想家たちの見解との間の驚くべき連続性を明らかにした優れた研究である。アイアン・マーシャル（Ian Marshall）は、言語哲学から狩猟の人類学的な分析に転じることによって、（口承および著述両方の）環境保護論的なテクストに関する一人称の語りと批評的な注釈を生き生きと結びつけている。人類学を用いることは、マーシャルが伝統的な文学批評を超える上で重要な点である。しかし、彼の「語りの学問」の実践も、環境文学批評家が伝統的な作品分析を超えて、語りの言説と学問的言説を結びつける際に非常に有効な方法であることを示している。最近のＩＳＬＥには、教育論のセクションはないが、この学会誌には教育を扱った論文が定期的に掲載されている。例えば、フィールドワークを通じてウィルダネスとは何かを学ぶという教育の将来に関するエド・グランバイン（Ed Grumbine）の論文は、新しい世代の学生に野生の場所の価値を教え理解させるために体験学習を用いるにあたって、環境文学は重要な役割をもつことを示唆している。最近スコット・マクドナルド（Scott MacDonald）は、映画やビデオ作品の中での自然の取り扱いについて考察した記念碑的な著書『機械の中の庭』（*The Garden in the Machine*）を出版した。新しい論集『ＩＳＬＥによるエコクリティシズムの最初の一〇年』に収められた彼の論文は、実験映画という媒体の中の「都会的」な場所の表象に焦点を当てており、その結果、文学と映画（もしくは、他の芸術メディア）を併せて議論しようとする環境文学批評家に有益なモデルを提供してくれる。

第三部は「新しい理論的・実践的パラダイム」である。もちろん、第一部及び第二部に収められた多くの論文もエコクリティシズムの境界線を広げる理論的、実践的パラダイムを提示している。ところが第三部に収められた論文は、それらが描く概念的、方法論的な領域にとって特に重要である。ASLE内部の、また一般的に学問領域内部における建設的な論争の一つが、教育と研究は社会改革に役立つようなものであるべきだと考える人々と、学問的研究は政治的、社会的な課題を超越するべきだと考える人々との間にある。ポール・リンドホルト（Paul Lindholt）の論文は、読者が研究したり教えたりする文学の社会的文脈に反応するよう提案するとともに、文学や創作の教育を活性化するためには、特定の主張に基づく環境文学批評的な研究の可能性を考えるべきだと提案している。ロバート・カーン（Robert Kern）の論文は、あらゆる文学テクストは、環境文学批評的な観点、すなわち新しい論文集の第一部に収録されたいくつかの研究にとって本質的な理論的、実践的なスタンスから実りのある読みができるだろうという考え方を詳しく検討している。生きた経験から学んだ洞察を学問的な著述へ導入することの価値が、タルマッジの「読書の博物学」についての考察の焦点となっている。実際この研究は、第二部に収められているマーシャルとグランバインの論文で示された、研究と教育へのアプローチに対する理論的な基礎として読むこともできよう。環境文学批評家と環境文学作家たちは、私たちの多くが住む都市空間での自然の意味について、ますます注意深く考えつつある。ローレンス・ビュエルの最近の著書『危機に瀕した世界のために書く』の論点の一つは、「都市に再定住する」という概念である。マイケル・ベネット（Michael Bennett）の「エコクリティシズムに対する都会の挑戦」（urban challenge to ecocriticism）は、交通の音と鳥のさえずりが同時に聞こえてくる中でエコクリティシズムを実践することに伴う特別な困難とその重要性について考察している。環境的な認識を排除するほど、ジェンダーやエスニシティといった問題点に焦点を当てている文学研究者もいるが、シェリル・ルーズリー（Cheryl Lousley）の論文は、西部大草原を舞台にしたカナダ文学の例をいくつか用いて、フェミニスト的およびポストコロニアル的な理論概念は、特定の文学テクストの環境文学批評的な読みに非常に役立つことを示している。

代表的なエコクリティシズムの新しい論文集のために我々がＩＳＬＥから選んだ論文はすべて、二〇〇一年九月一一日以前に書かれたものである。私は九・一一の含意を明確に探究した環境文学批評にかかわる研究プロジェクトを知らないが、アメリカや他の場所の研究者たちが過去半年間にそのような研究に取り組んできたということはありえることである。人々がどのような関係を見出したかを知りたいものである。

エコクリティシズムや環境文学が、アメリカで、また日本、韓国、イギリス、オーストラリアなど、この分野が急速に発展している国々で、将来どうなるかを私が推測するなど僭越であろう。私が言えることは、数多くの研究者がこの分野で研究を続けているということ、また、多くの大学院生を含めた若い研究者が、将来のエコクリティシズムの仕事にとって重要となるであろう、新しい言語や新しい理論概念を案出する道を切り開いているということである。エコクリティシズムは、他の分野で研究を進める文学研究者によって、また、環境分野の他の領域――歴史や哲学から自然科学まで――で仕事をする学者によって、急速に受け入れられるようになった。環境にかかわる諸学問は、特定の地理的場所における特定の問題に対応しがちな環境思想、環境研究とは異なり、社会進化における間接的で長期にわたる役割を演じ、人間コミュニティーとこの惑星との間の公正で持続可能な関係を深く考察し、それに向けて徐々に働きかけるよう人々を促す。

本稿を通じて多くの情報を提供した。読者が、今日この分野で重要ないくつかの語彙、知的傾向、作家の名前やテクストについて、少なくとも予備的な感覚を獲得したと考えたい。また、私の研究が九・一一によってどのように影響を受けたか、一方、ある面では、私の研究は、この悲しい日の異常な出来事によっても変化しなかったかについて、ある程度お分かりいただけたのではないだろうか。

＊この論文は広島大学での二〇〇二年五月七日に行われた講演に基づき拡充したものである。

引用・参考文献

Adamson, Joni. *American Indian Literature, Environmental Justice, and Ecocriticism*. Tucson: U of Arizona P, 2001.

Adamson, Joni, Rachel Stein and Mei-Mei Evans, eds. *Environmental Justice: Politics, Poetics, and Pedagogy.* Tucson: U of Arizona P, 2002.

Anaya, Rudolfo. *Bless Me, Ultima.* 1972. New York: Warner, 1994.

Armbruster, Karla, and Kathleen Wallace, eds. *Beyond Nature Writing*. Charlottesville: U of Virginia P, 2001.

Branch, Michael P., and Scott Slovic, eds. *The First Decade of Ecocriticism from ISLE: Charting the Edges.* Athens: U of Georgia P, 2003.

Branch, Michael P., Scott Slovic, Rochelle Johnson and Daniel Patterson, eds. *Reading the Earth: New Directions in the Study of Literature and the Environment.* Idaho: U of Idaho P, 1998.

Buell, Lawrence. *The Environmental Imagination: Thoreau, Nature Writing, and the Formation of American Culture.* Cambridge: Harvard UP, 1995.

____. *Writing for an Endangered World: Literature,Culture, and Environment in the U.S. and Beyond.* Cambridge: Harvard UP, 2001.

Elder, John . *American Nature Writers.* Scribner's, 1996.

Estok, Simon. "A Report Card on Ecocriticism." *Journal of the Australasian Universities Language and Literature Association*（Nov. 2001）: 220-38.

Glotfelty, Cheryll, and Harold Fromm, eds. *The Ecocriticism Reader: Landmarks in Literary Ecology.* Athens: U of Georgia P, 1996.

Harrington, Henry R., and John Tallmadge, eds. *Reading Under the Sign of Nature.* Salt Lake: U of Utah P, 2000.

Kerridge, Richard, and Neil Sammells, eds. *Writing the Environment: Ecocriticism and Literature.* New York: Zed, 1998.

Mazel, David. *A Century of Early Ecocriticism.* Athens: U of Georgia P, 2001.

Murphy, Patrick. *The Literature of Nature: An International Sourcebook.* London: Fitzroy Dearborn, 1998.

____. *Farther Afield in the Study of Nature-Oriented Literature.* Charlottesville: U of Virginia P, 2000.

Naess, Arne. "The Shallow and the Deep, Long-range Ecology: A Summary." *Inquiry* (1973) : 95-100.

Rosendale, Steven. *The Greening of Literary Scholarship: Literature, Theory, and the Environment.* Iowa: U of Iowa P, 2002.

Slovic, Scott. *Seeking Awareness in American Nature Writing: Henry Thoreau, Annie Dillard, Edward Abbey, Wendell Berry, Barry Lopez.* Salt Lake: U of Utah P, 1992.

Winkler, Karen J. "Inventing a New Field: The Study of Literature about the Environment." *The Chronicle of Higher Education* (9 August 1996) : A8+.

大島　由起子

15　ロペスの政治的無意識
――先住民理解と相克と

一　北米先住民との関わり

▼〈ホームコスモグラフィー〉の実践

バリー・ロペスはニューヨーク州の町ポートチェスターで生まれ、幼くして南カリフォルニアに引っ越し、自然を愛しつつ育つ（図-1）。一一才でニューヨークはマンハッタンに移ると、自然から切り離されたような寂しさを味わう。高校卒業後にヨーロッパを廻ったのを契機に、旅を愛する生涯を送っている。進むべき道が見つからなかった頃にオレゴン大学大学院での民族学の教授と出会い、北米先住民の文化に没頭してゆく。その後は作家、フリーランスのノンフィクションライター、ジャーナリスト、雑誌編集者などとして活躍している。彼が敬愛するネイチャーライター、ウェンデル・ベリー同様に、精神面をも含む「場所の哲

図1　バリー・ロペス
作者ロペス近影 ——『北アメリカ再発見』裏表紙より

学」（philosophy of place）を信奉している。

ロペスは一九七〇年からはオレゴン山中のマッケンジー川ほとりにある原生林に囲まれたフィンロックを〈自分の場所〉と思い定め、世界各地に赴いてはオレゴンに帰って執筆するリズムを崩さない。本人は文字どおりの実行こそできなかったが、かつてネイチャーライターの祖ソローは『ウォールデン』の「結び」で、ウィリアム・ハビングトン（William Habington）を引きながら、比喩的に「ホームコスモグラフィー」を実践する夢を見た（Thoreau 353）ソローの夢を実践していると言えよう。世界のあちこちに出かけるロペスであるが、異文化との接触の最たるものは、北米先住民やエスキモーから吸収した英知であり、あくまでも北米の大地と関わる。それは彼が母方から一六分の一コマンチ族の血を汲んでいることと無縁ではないだろうが、それだけではむろん、説明がつかない。

▼先住民理解という柱

ロペスの随筆「会話」（"Conversation"）では、語り手が、政治家になったかつての級友が利益優先の環境破壊に手を染めていることを戒め、「僕と交した会話が、君にとってのルビコン川となりティピカヌー川となるだろう」（59）と別れを述べる。ルビコン川は周知のように、古代ローマのカエサルが決断の時に渡ったことで有名な川であり、ティピカヌー川は、一八一一年に北米先住民のショーニー族のテカムセと弟が率いた諸部族が団結して戦った戦いで知られている。こうしたふとした言葉からも、作者の中で西洋文明の礎と北米での人種抗争が並列していることが窺える。ロペス作品の両の柱が白人の自然観と先住民の自然観であることは、よく指摘されている通りである（野田 161-2, Adamson 87, 362）。

似た立場で書いているネイチャーライターにリチャード・ネルソン（Richard Nelson）、ゲーリー・スナイダー、ピーター・マシーセン（Peter Matthiessen）がいる。スナイダーとマシーセンには東洋宗教という、いま一つの柱がある点で、ロペスとは一線を画す。また、マシーセンは政治的にも先住民に深く関わる。『クレイージーホースの精神で』（*In the Spirit of Crazy Horse*）は先住民政策を告発したために、サウスダコタ州知事も二度勤めたウィリアム・ジャンクローに一九八三年に名誉毀損で起訴され、作者勝訴までの七年間、実質的に発禁処分にされた。

ロペスの随筆を覗くと、「鳥がくれた英知」（"The Passing Wisdom of Birds"）で作者は、白人は自然観を培うにあたって先住民から直感を磨くことを学ぶべきだと述べる（198-9）。「白い雁について」（"A Reflction on White Geese"）では、間接的ながら自分をネイチャーライティングへ誘った寡黙な白人が「鳥に対する敬意と責任感を持っている慎み深い」（34）エスキモーの英知を解していたと述べる。「台所にいたニグロ」（"The Negro in the Kitchen"）では、ある日、自宅の台所にいたアフリカ系の男性との対話を述懐する。この闖入者は、都会育ちの自分は真に北米を知らないと反省して、全てを投げ打ってかれこれ七か月、コネチカットから野宿をしながら太平洋岸に向かって歩いている旅の途中だと言う。この人物は中産階級に生まれ育ち何不自由のない人生を送っていたはずだったが、先祖のアフリカに出向いても大地との繋がりは実感できなかった。そういった頃に手にした北米先住民についての古典が心に染み入り、北米こそ自分が求めていた風景だと悟ったそのとたんに北米の風景と「再び結び付けたと感じた」(79-80) のだと言う。スナイダーは『亀の島』(*Turtle Island*) で、先住民のほぼいなくなった北米への非先住民による「再定住」を提唱したが(山里 321-34)、非先住民が北米の大地と親密さを感じるには先住民の英知を知ることが糸口でありうると唱える「台所にいたニグロ」は、スナイダー思想とも響き合う。

ロペスが北米先住民から何を吸収したかも、むろん重要であり、これまでにも高く評価されてきた。しかし彼が、長年にわたる先住民との関わりで、何を手放そうとしなかったかも見落としてはならない。本稿は、ロペスが北米先住民およびエスキモーから学んだことと、そして敢えて拒んだことを探る。まず、白人だけでなく北米先住民の価値観も盛った彼の複眼ぶりを見てゆきたい。結論を先取りすれば、ロペスが先住民から吸収したものは、自然界との謙虚でしかも親密な関わり方、そして、自然との親密さを生みだすためだけではなく、人が絶望を退けて生きていくための土地にまつわる物語の大切さである。ただ、ロペスは原始主義者ではない。彼には近代以降を手放すつもりはなく、土地との親密さといっても、何かしら距離を置いた関わり方となっている。

二 〈被爆〉した先住民の笑いと恐怖の理解

▼笑いの理解

ロペスは先住民の笑いまで理解している。格好の手掛かりを与えてくれるのは、論じられることもまずないようだが、選集『雷鳴を生み娘と寝る』(*Giving Birth to Thunder, Sleeping with His Daughter*) であろう。ロペスは四〇以上におよぶ部族からトリックスター物語を採集した。「北米先住民に捧ぐ—我々があれだけ涙を流したのだから、そろそろ笑いも少しは分かち合えるように」(xviii) という選集の献辞に篭めているのは、両人種の共存への祈りだ。扱われているのが西部の部族ということもあり、トリックスターとしてコヨーテが登場するのだが、トリックスター物語は、民話のように口伝であるため、本来ならば、録音や活字化は邪道であるし、特定の物語に限定することも許されない。先住民のバリー・トルキン (Barre Toelken) は序文で、収録内容にふさわしく、実に愉快にロペスを紹介する。ロペスは先住民に対して幾重もの罪を犯していると、まずはロペスの罪をあげつらい、一転して、よほど親密でないかぎり先住民が部外者に教えるはずのないこういった物語をロペスが先住民から「盗んだ」こと自体、いかに彼が信頼されているかの証だと褒めちぎる。トリックスター物語に対する読者の反応は様々だろう。一読してにやりとする者もいれば、狐ならぬコヨーテに包まれてしまって抱腹絶倒どころか物語の不道徳さに怒り出す者もいるかもしれない。ロペスの短編小説「川の在りか」("The Location of the River") で、主人公の白人が自分は何年間もポーニー族のふりをしたスー族にかつがれていたのかもしれないと悩む場面もあるように、ロペスは大がかりないたずらや揶揄が先住民の特徴であることも把握している。

図2『カラスとイタチ』表紙

動物物語絵本『カラスとイタチ』(*Crow and Weasel*) では、主人公たち(名前も顔もカラスとイタチ)(図-2) は、ビーズや獣皮を身につけた先住民らしいいでたちである。動物と人間が同じ言葉を話していた頃のこと、平原南部の若者がヴィジョン・クエストに出かけた。部族のために部族の誰も行ったことのないほどの北を探検してみようというわけである。彼らは、長老のマウンテンライオンの了解を得、恐怖を克服し、森林地帯を抜けてツンドラまで赴き、イヌイット族（エスキモーの一部族）にもてなされる。そうして無事、北についての広範な知識を授かる。穴熊に物語の大切さを教わったりもする。イタチの毛が真っ白に変色した頃、二人は、雪に足を取られながらも帰郷を果たし、指導者としての将来が約束される。自分たちに属す場所と人々がいることこそが生きる歓びであるという帰属意識が確認されて、物語は閉じられる。一読しただけでは先住民の手になるかと見紛う作品に仕上がっている。

▼恐怖の理解

代表作『極北の夢』（*Arctic Dreams*）でロペスは、エスキモーや極北の地を広島・長崎の被爆者と重ねた。「同情をこめて、私はエスキモーを「被爆者」になぞらえる。エスキモーは今もって続いている、緩慢に進行する破壊に囚われている。彼らの古き良き生き方は失われつつある」（410）。この視点に立てば、北米先住民全体も〈被爆者〉と形容できるはずであり、比喩の凄惨さは、不吉な予言と相まって特に日本人の脳裏に焼き付く。

ロペスは博物学的な記述にも長けているが、『冬かぞえ』（*Winter Count*）をはじめとする一九七〇年代の作品には幻視を見せてくれるものが多い。平原には一年の出来事を野牛の獣皮絵で表したり、大声で口伝したりする部族もあり、そういった思い出のひとしきりは冬かぞえと呼ばれている。この表題そのものが読者を、獣皮絵に描かれたような遥か昔の大平原にさらう。『冬かぞえ』には厳冬に野牛の群が凍死したことを扱った「バッファロー」("Buffalo")も収められている。白人移住者が大平原に押し寄せていた最中、白い野牛二〇頭ほどが死の歌を歌いながら高い山頂に登った。この不思議な群を追って来て数日間何も口にしていなかったアラパホ族が一頭を殺したところ、死体が空高く上り、残りの野牛が続いたという。彼は敵部族からも、自分が目撃した不思議について教えを乞う。そして、これが野牛が自分たちに空への上り方を教えてくれた最初だったと考えるに至る。このように、幻視は部族の垣根すら度外視して解釈を試みられるほど重要であることも、ロペスは心得ている。語り手は、一八四五年には忍び寄るものから逃れようとしていた野牛たちが他にもいただろうと考える。これは、当時の平原部族側から見て、白人が大挙して押し寄せてくる歴史のうねりからの逃避願望と解釈できよう。つまり作者は、一九世紀半ばに南ワイオミングの部族が味わったであろう恐怖を白い野牛たちに仮託したのだと考えてよく、これまた先住民の手になるとみなしてもおかしくない印象を残す。

ノンフィクション『オオカミと人間』(*Of Wolves and Men*)も重要である。白人が平原部族の息の根を止めるために野牛をほぼ絶滅させたことはよく知られているが、同様の殺戮が狼に対してもなされた。その徹底ぶりは、狼が家畜を襲うからというだけでなく、西洋での悪魔表象をも利用した底知れぬ先住民憎悪めいたものだった。そもそも先住民は白人には狼と重ねて考えられることが多く、先住民を〈狼(狩猟民族)〉から〈飼い犬(農夫)〉にしなくてはならないというのが、合衆国の官民をあげての政策であった(Lewis)。ロペスは述べる。「一九世紀末には、対先住民戦争も狼撲滅運動も区別がつかなくなっていた」(171)。「狼を絶滅寸前まで追い詰めた責任は我々白人の全員が負うべきである。一九世紀に、大平原の先住民が狼は兄弟だと言っていた頃、我々は、白人勢力を全米に広めるのは「マニフェスト・デスティニィ」だと唱えていた。「マニフェスト・デスティニィ」に代わりうる福音がいまだに明示されていないことを考えると、胸が痛む」(138)。また、狼との経験で「私自身が狼に偏見を持っていたこと、自分が受けた動物についての教育に欠陥があったことを知り、野生動物が置かれた理不尽な境遇に対してあわれみと怒りと無力感を抱くようになった」(279)とも。このように、人は教え込まれてきた価値体系の制約を被っていることをふまえた上で規制観念から自らを解き放とうと努めるのが、ロペスの身上である。

『北アメリカ再発見』(*The Rediscovery of North America*)は、レイチェル・カーソンに捧げられ、講演を基にしているからであろうか、ロペスには珍しく声高な書となっている。コロンブス以来、アメリカの大地を白人が傷めつけてきたことをロペスは批判する。短品ながら四頁にわたって、絶滅の危機に瀕している動植物名に続けて、五〇を超える先住民の部族名が延々と列挙される。そして、こういった、ひっそりと滅びに向かっているものたちに鑑みても、北米が今だに新世界と形容するに足る未知を残しているのだと主張する。白人アメリカ人が罪を償っていくためにも、まずは土地の声に耳をそばだて、先住民や元奴隷であるアフリカ系の声にも真摯に耳を傾けることから取りかかり、真に北米を再発見しなくてはならないとロペスは説く。見てきたように、ロペスは時として先住民の笑いも白人に対する恐怖も分かち合う稀な白人作家と言える。

三　ロペスの視座の再検討

▼先住民理解の限界

数なすネイチャーライターの中でもロペスはとりわけ崇められている感がある。例えばスーエレン・キャンベル（SueEllen Campbell）に代表される批評家は、ロペスが「文明化された風景と無人の荒野という区別を消滅させる」（72）とか、「ロペスは「自分たちと原始人の心の底に共通して存在する真の意味での原始的で狂暴な欲望、倫理的欠陥に眼をつぶろうとしている」と述べる時、彼は「文明人と原始人との間にあるとされる差異などあるのだろうか」という疑問を投げかけている」と手放しに称える。エコクリティシズムの第一人者スコット・スロヴィックにしても、ロペスを「現代ネイチャーライターの中でも最も有力」とみなし、ロペスが、自分は無知で限られた認識しか持ち合わせていないという前提で、じっくりと思索を深めていく書き手であることに賞賛を惜しまない（*Reader* 362）。こういった作風は、筆者も高く評価するものである。ただ、ロペスにも種々の相があり、礼賛一色では割り切れない側面もあるのではないだろうか。以下では、いささか常道を逸するが、敢えてロペスの先住民理解を再検証したい。真にあぶりだしたいことは、私たち読者も超えなくてはならない限界である。

さすがのロペスも、先住民のトリックスター物語の秘める転覆力までは掴みきれなかったとみえる。先の『雷鳴を生み娘と寝る』の序でロペスは、たしかに白人の理解を超えるものではあるが、それでも非先住民読者はトリックスター物語に挑戦された気になったりせず気楽に読むようにと誘う（xviii）。むろん、読ませるための方便ではあろうが、諸作品に照らしてみても、ロペスが先住民の、白人にとっては不愉快な転覆力や怨念まで見据えた形跡はない。一方、先住民側に言わせるなら、トリックスターは、かろうじて白人に収奪されることなく残された宝なのでもあって（Vizenor 1-10, 49-51, 91）、ロペスのように読んでしまうと、トマス・キング（Thomas King）やジェラルド・ヴィゼナー（Gerald Vizenor）などの転覆力を持つ現代トリックスター作品に繋がる、先住民の生き残りが掛かった部分は掬えなくなってしまう（Blaeser 136-63, Smith 58-75, Purdy 110-117）。白人に敵対的な視点はロペスの死角となっているようだ。

視点をずらせば、先の『カラスとイタチ』にしても、奇妙にも白人の探検隊の様相を呈した、先住民らしからぬヴィジョン・クエストという他ない。北から部族にもたらされる知識を特徴づけるものは、探検家や地図作製者が得意とするような遠隔地に関する地誌学的な情報である。そもそも助け合い精神や、慎重さ、部族への忠誠といった美徳だけを体得したいのであれば、近くの丘の上などで独り行う従来の通過儀礼としてのヴィジョン・クエストで事足りたはずだ。『北アメリカ再発見』にしても、終結部になると、海図なき荒海を渡ったコロンブスを天才だと褒めそやし、「いかに狂った不道徳なものであったにせよ、力強いヴィジョンを持っていた」（56）ので、断罪していたはずのコロンブスを「許す余地も価値を認める余地もある」（同頁）と口調を変える。挙句に、ロペス本人も認めるように「曖昧さ」（57）を残しつつ「麻痺（paralysis）」（同頁）状態で筆を置く他ない。

▼エスキモーの自然との親密さ

こういったロペスの先住民観のぶれは、全米図書賞ノンフィクション部門を受賞した『極北の夢』にも認められる。ロペスにとって、探検であろうと科学技術であろうと、知は力である。先住民の生き方から学ぶといっても、ロペスには近代の力も快適さも手放す覚悟などなく、たとえばリチャード・ネルソンのようには前近代を生きている先住民の〈あちら側〉に越境してまで自然と一体となろうというのではない。

伝統的なエスキモーにとっての自然界との親密さの最たるものは狩猟であり、「相互の義務と礼儀」をもって、狩る動物と「神聖な関係で結ばれている」(199)。ロペスは、エスキモーにとって狩猟というものは心の在り方だと捉える。

狩猟は、衣をまとうように土地を身にまとうこと。狩猟は、土地と言葉なき対話を交すこと。話に夢中なあまり、同行の仲間と話す余裕すらなくしてしまうこと。狩猟は、あることが「何を意味するか」という理性的な態度から自分を解き放ち、あるがままに全てを受け入れること。(中略)カリブーに矢を放ったり銃を撃つことは、大声で話しかけることである。(199-200)

このように、自然や動物との対話や親密さといっても、鑑賞でも娯楽でもなく、特に自然の猛威に身を晒しながら大型動物を狩る時には、殺し殺され、食べ食べられる関係にある。

ロペスは、エスキモーは白人文化に背を向ける代償を、存在のよるべなさとして引き受けているので、「エスキモーのような狩猟文化で人が、自然と完全に調和し均衡がとれているなどと考えるのは早計である」(201)と洞察する。こういった怖れが張り付いた暮らしを反映して、エスキモーの口伝も悪夢めいたイメージで一杯で、かつて若きロペスが集めた、コヨーテがいたずらをしてまわるような合衆国西部の大らかな物語世界とは、自ずから異なる。

エスキモーの生活のための狩猟の在り方を、ロペスは頭では分かっている。それでも、「動物の殺戮という行為は私の神経を高ぶらせる（jars me）」（408）と嫌悪する。彼が同行した狩りでは、引き上げられ解体されるセイウチやアザラシの血が一面の雪原や氷を染め上げ、腑分けされた肉塊とともに人もまた、小さな犬ぞりに乗せられる。これはもう現場に身を置いた者にしか分かりようのない鮮烈な視覚・臭覚的イメージが伴ったはずだ。そうではあっても、ロペスは聖書のエサウの話まで持ちだして、狩猟はいけない（つまり白人の家畜文化や農耕が良い）と宣教師めいた物言いをする（409）。白人全員が菜食主義者であるならまだしも、誰にもエスキモーが刻苦して猟で生きていることを批判することまではできないはずだが。

▼科学技術と地誌学の魅力

極北では、石油・ガスなどの開発が急ピッチで進み、大地を巨大なパイプラインが走る。ロペスがエスキモーやアラスカの地が〈被爆〉し、滅びに向かっているとみなす由縁でもあるのだが、ロペスは自分が産業開発の「全ての場所に、どうしようもなく惹かれていた」（397）と述べてもおり、理由としてまず「科学技術の洗練ぶりに感じる魅惑（fascination）のない交った気持ち」（397）を挙げる。たしかに彼は現行の極地開発に否定的ではあっても、自然破壊を批判するのはこの直後にすぎない。科学技術の洗練ぶりに感じる魅惑というのは、白人のことを「自然を変える人たち」と呼んで怖れるエスキモーであれば感じようのない魅惑だ。

こういった知の重視は、作者が探検家の日誌や評伝に血沸き肉踊らせてきたことと照応する。かつてアジアに抜ける北西航路を探していたヨーロッパ人探検家の偉業を、ロペスはこう抗弁する。「ゆめゆめ探検の純真さを見失ってはならない。未知のものを知りたいという欲望は偉大である。いかに曲解されようとも、新たなる知によって人類が恩恵を受けるようにしたいという願いも、これまた西洋文明の恵みである」(357)。むろんロペスにしても、およそ探検というものの「目的が、人類の地理知識を増やすためだけ、などという利他的なものであったためしは、まずなかった」(309)こととも、極地探検時代の「しょっ端から、金銭的報酬の約束は最も強い動機だった」(311)ことも承知の上である。それでもなお、本章を「修道士たちの意図」と題し、粗末なつくりの船でやって来た若き水夫(《修道士》)たちは知識欲に衝き動かされていたのだと、探検の崇高さを称えてやまない。

▼風景というもの

同様の白人ならではの感覚は、ロペスの風景観にもちらつく。作品序文では美しい比喩が目を引く。「極北のツンドラは、最初は他の風景（landscape）と同じように不毛に見えはするが、それと関わり（intimacy）を持とうとすると花冠のように急に花開く」（xxiv）。アラン・コルバンなどを援用するまでもなく、「風景というのは距離を前提にする」（56）わけで、「風景の歴史は、空間に意味と象徴と欲望を付与するやり方に影響するもの全ての分析を前提にしている」（55）。ここでは便宜上、白人にとっての、見る者の欲望を投影する対象としての〈風景〉と、先住民にとっての〈土地〉とを峻別し、風景という概念の問題点を論じたい。ロペスはこう述べた。「我々白人はあらゆるものを名づけてきた。そして「自分たちが作った」地図や目録を手に、まずは完璧な記述をした気になってしまっている。しかし、土地は絵画ではないので、イメージをこのように完結させせてはならない」（172）。「土地は絵画ではない」と明言するロペスは、土地を風景として眺めることの危うさを意識に上せてはいる。だが、本人が作品副題でも「風景」の字を踊らせていることや、後述のように終盤で展開していく風景論では、いささか矛盾をきたす。

シャーマン・ポール（Sherman Paul）と結城正美は、ロペスの限界をも指摘した稀な批評家である。そして後述するがスコット・スロヴィックも。ポールは、ロペスは風景を見るのであって、先住民とは違って風景の中で生きるのではないと述べ、「彼は今だにあまりにも観察・記録者であって、十分に風景の中にはいない」（71）と喝破する。そして先住民レスリー・シルコーも引きながら、風景芸術はロマン主義の芸術であり、一望できる土地に対して力を示すのだという（71）。シルコーといえば、かつてスナイダーの先住民理解を批判し、白人には踏み込めない世界を痛感させた傑物でもある。結城は、自然を身体で感じようとして近づき、身を浸すようにして一体化する類のネイチャーライター、テリー・テンペスト・ウィリアムス（Terry Tempest Williams）と対照させつつ、ロペスが広い展望を得ようとしてむしろ対象から身を引き自然を概念化する点が、両者の違いであると述べる。つまりはロペスの自然との親密さを疑問視している（19-20, 52）。

土地と一体となっているために、伝統的なエスキモーは土地を客体であるというように距離を置いて眺めたりはしないし、できない。つまり土地を風景としては眺めない。土地もろともに自分たちも消滅の危機に見舞われるという運命共同体としての認識であるし、現に、環境破壊によって、そうなりつつある。初めてその場所を訪れた時に何をするかと尋ねられてエスキモーがこう答える。「まず、土地が何を言っているのか聴きます。（中略）そのように敬意を払いながら入ってゆくと、土地が自分に向かって開かれるのです」（257）。続けて、ロペスは一九世紀のハドソンリヴァー派について述べている。この画派はヨーロッパから独立した画風で知られ、アメリカの手付かずの大自然を画面後景に、手前には人間の参入の兆しを描き、結局は森林伐採をも是とした。大自然に神を見るとともに当時の合衆国の領土拡張主義と連動していたわけで、この点は、ロペス自身がルーミズムとの関連で言及していた美術評論家バーバラ・ノヴァクの説でもある（Novak 157-65, 245）。つまりロペスが述べていた土地に対する謙虚さと、直後に配したハドソンリヴァー派賛美とは矛盾を来すはずなのだが、土地への侵入の奨励が自然破壊と表裏一体となっていることについてロペスは認識不足という他ない。

最後に極北を去るにあたって、ロペスは北に向かって深々と頭を垂れ、自分がこの地で見たものは「風景にせよ動物にせよ、夢の果てで見つけたもののようだった」（414）とうっとりと総括する。おぼろに夢想していたものに形を与えてくれたことに感謝しつつ土地を辞する姿は、一見つつましく、そしていかにもロマン的である。彼は白紙の風景に自己投影しやすいというのが極北の魅力であると感じ、「人と無縁であれば、風景は、人の個性を示したり、科学や経済の理論を示したり、国家やら個人の力を競わせたりする場所（stage）である」（358）と極北を賛えるが、これまた人間中心主義を露呈させている。

さらに、エスキモーは氷の世界とオーロラにすら畏怖の念やら恐れしか抱かないと述べられるあたりでは、ロペスがあたかも白人だけがオーロラを美しいと感じているように響く。科学技術を持たないがゆえに、また狩猟という血生臭い生業ゆえに、先住民にはせっかくの幻想的な美を愛でる力がなく、宝の持ち腐れだとでも言いたげで、狩猟民族など土地を持つ資格がないといった白人の言説とも類似していることも想起させずにはおかない。白人は極地に内省の旅に出向き、かの地で自己を見詰め直したり美に打たれて精神が高揚し浄化される快感を得ようとしている。しかし、こういった自然への向い方は、エスキモーには風景が分からないと言わんばかりの見解とあいまって、中産階級の贅沢として響きかねない。ロペスは白人が、先住民がいまだに狩猟をしていると批判をすることについて一応こう述べている。「我々白人には、先住民の狩猟はあまりに野蛮に見える。そこで、我々は狩猟文化を蔑んでは、エスキモー文化が陰っているのは「避け難い」と考える。しかし、両文化を観察した人々の証言を通して、先住民には価値があることは知っている」(410)。だがそうは言っても、作家本人の狩猟への嫌悪やコロンブスへの両義的反応を読んでしまった以上、何かしら歯切れの悪さを拭払できないのは筆者だけだろうか。作品エピローグは、結局、人には、二律背反や恐怖を解決する手だてはなく、他者に寛容に接し、こういった矛盾を丸ごと抱えて生き抜くしかないと言う。このような良く言えば悟りにも似た、悪く言えば妥協とも響く境地を、代表作の結論として引き出さざるをえなかったところに、ロペスの苦渋があると思われてならない。

別の作品についてではあるがシャーマン・ポールも指摘するように、ロペスは「文明」から一時退き「文明」に帰還する、あくまでも「巡礼者としての」「特権的な観察者」である(73)。勿論、だからこそ一般読者は彼の声を安心して聞ける。スコット・スロヴィックの次の言葉もポールの指摘と似ている。「『極北の夢』を読むと極北の風景について理解を深めることはできる。ただ、ロペスは具体的かつ上手に極北のことを語ってはいても、作品を読了しても、読者は自分が親密さとして極北を真に理解できたかとなると、おぼつかなく感じてしまう」(*Seeking* 149)。このように歯に衣を着せたような言い方に止めてはいるものの、ロペスの賛美者である、かのスロヴィックですら、ロペスが極北と親密な関係を築けたかどうか危惧しているわけである。ここで極北は、「最初は他の風景と同じように不毛に見えはするが、それと関わりを持とうとすると花冠のように急に花開く」(xxiv)という序文に立ち返ってみれば、ロペスが風景と親密さを達成できていないとすれば、風景は彼に向かって真に花開いたことはなかったのではないだろうかと疑いたくなる。公正を期すために繰り返すが、ポール、結城、スロヴィックいずれの批評家も全体としてはロペスを評価している。しかしなお、三者共につぶやくような形で懸念をロペス批評に滑り込ませずにはおけなかった。こういった留保は、ささやかなようでありながら、ロペスの白人としての視座が、いかに自然との親密さを阻む根源的要因となってしまっているかを覗かせる。

▼先住民側の警戒心

ここで眼をロペスの先住民との関わりの出発点に近い、若き日に転じたい。彼は博士課程修了後のフィールドワークで、南西部のナヴァホ族の所に赴いた。ナヴァホといえば、かつては武勇を誇り、今もって伝統的な生活様式を大切にして暮らしている部族である。この体験はロペスには期待はずれな部分もあったようで、部族の一人でよいから、自分の白人としての価値観を熱心に知りたがってほしかったものだと、無い物ねだりをしている。好奇心さえ示してくれたなら、自分はもっとナヴァホのことを「真に知的な仲間」であると思えたし、自分の文化に幻滅するどころか惚れ直せたのにと残念がる（"The Entreaty of the Wiideema" 9）。同様の不満をロペスはインタビューでも、こう漏らしている。

北米先住民と暮らした経験者であれば誰でも同じことを言うでしょうが、彼らといると、こちらは自分の文化に対して強い自負を持たされます。また、私の体験では、そこまで追い詰められていない限り真の意見交換など始まりません。こちらが彼らに似てきて、興味をつのらせると、かえってあちらは興味

を失うのです。先住民は、こちらが彼らのようにはなれっこないと知っているのです。(Lueders 15)

先住民が白人文化に惹かれなかったから同化を拒んだというのが、連綿と続いてきた両人種の交渉とそれが生んだ悲劇であった以上、こういった言葉は自分の限界を晒していると感じられてならない。先住民が部外者に真のところで心を許さないというのは、歴史や、保留地の現状に鑑みて、むしろ理解しやすい。先住民の価値観を取り入れようとしてきたロペスのような作家の営為の難しさが痛感される。一方、テリー・テンペスト・ウィリアムスはノンフィクション『白い貝殻―ナヴァホの土地への旅』(*Pieces of White Shell: A Journey to Navajoland*)で、自分がナヴァホ族の女性や子供との儀式や踊りにまで加わっての交流によって大きく変わる様を描いているが、彼女のしなやかさとロペスの不満との落差は、ジェンダーの違いによるものであろうか、それとも作家としての資質のなせる業であろうか。

▼課題と展望

見てきたように、ロペスの諸作品には、白人と北米先住民との双方の見方の、驚くほどに複眼的だと思える箇所も多々あるものの、先住民を拒み、拒まれる部分もある。本稿は、一人ロペスに見られる限界を指摘したかったのではない。そうではなく、彼ほど先住民を解する作家ですら、風景の見方において、そして知や進歩の絶対視において規制概念を超えにくいことを胆に命じたかった。自然界の秘める凶々しい力に殺される恐れがまずない、先進国に生きる人間の多くは、野性からはすっかり遠ざかった。払った代償は、自然との乖離である。北米先住民にしてもエスキモーにしても、近代を拒んだ果てに、犠牲を伴いつつ自然との親密さを愛しみ続ける道を選び取った。自然界との親密さを近代以降を手放すことなく享受する道など、そうそう容易には見つけられない。この難しさは、文学範疇や人種を超え、先進国に暮らす読者一人ひとりが受け止めるべきであろう。ひいては、ごく最近までネイチャーライティングが、いまひとつ非白人を強烈に取り込む力をもっては展開してこなかった事態とも連動するはずである。かつて岡島成行は述べた。「アメリカの環境保護運動は基本的に白人の市民運動である。（中略）どのように国民全体の運動に繋げていくかが最大の課題だろう」（30）。これは、シェリル・グロットフェルティ（Glotfelty xxv）も述べた課題であった。

近年、こういった期待に応えるかのように、ジョニ・アダムソンのような、エコクリティシズムに先住民の視点も取り込む画期的な批評家も現れてきた。ロペスがどうしても超えられなかった障壁を軽々と超えて行くようなうねりの萌しであろう。更なる広がりを注視したい。

注

いずれも、作品からの引用箇所は既訳を参考にさせて頂いた。

参考文献

Adamson, Joni. *American Indian Literature, Environmental Justice, and Ecocriticism: Middle Place.* Tucson: U of Arizona P, 2001.
キャンベル、スーエレン「ディープ・エコロジーとポスト構造主義の出会い—意味から生命のネットワークへ」『緑の文学批評—エコクリティシズム』松柏社　一九九八年。
コルバン、アラン『風景と人間』藤原書店　二〇〇一年。
Glotfelty, Cheryll. "Introduction: Literary Studies in an Age of Environmental Crisis." *The Ecocriticism Reader: Landmarks in Literary*

Ecology. Ed. Cheryll Glotfelty & Harold Fromm. Athens: U of Georgia P, 1996.

King, Thomas. *Green Grass, Running Water*. Boston: Houghton Mifflin, 1993.

Lewis, David Rich. *Neither Wolf nor Dog: American Indians, Environment, and Agrarian Change*. New York: Oxford UP, 1994.

ライアン、トーマス・J. 『この比類なき土地―アメリカン・ネイチャーライティング小史』英宝社　二〇〇〇年。

Lopez, Barry. *Arctic Dreams: Imagination and Desire in a Northern Landscape*. New York: Bantam, 1986.（邦訳　バリー・ロペス『極北の夢』石田善彦訳　草思社　一九九三年）

____. *Crow and Weasel*. Farrar: North Point, 1990.　（邦訳　バリー・ロペス『カラスとイタチ』金原瑞人訳　アスラン書房　一九九三年）

____. "A Reflection on White Geese", "The Passing Wisdom of Birds." *Crossing Open Ground*. New York: Scribner's. 1988.

____. "Conversation", "The Negro in the Kitchen", "The Entreaty of the Wiideema." *Field Notes:The Grace Note of the Canyon Wren*. New York: Avon, 1994.

____. *Giving Birth to Thunder, Sleeping with His Daughter: Coyote Builds North America*. New York: Avon, 1977.

____. *Of Wolves and Men*. New Yrok: Scribner's, 1978.（邦訳　バリー・ホルスタン・ロペス『オオカミと人間』中村抄子・岩原明子訳　草思社　一九八四年）

____. *The Rediscovery of North America*. New York: Vintage, 1990.

____. "Buffalo", "The Location of the River." *Winter Count*. New York: Vintage, 1976.（邦訳　バリー・ロペス『冬かぞえ』菅原克也訳　パピルス　一九九五年）

Lueders, Edward. ed. *Writing Natural History: Dialogues with Authors*. Salt Lake City: U of Utah P, 1989.

Matthiessen, Peter. *In the Spirit of Crazy Horse*. 1980, New York: rpt. Penguine, 1991.

野田研一「バリー・ロペス『極北の夢』」『たのしく読めるネイチャーライティング作品ガイド―一二〇』高橋勤・高田賢一（編）ミネルヴァ書房　二〇〇〇年。

Novak, Barbara. *Nature and Culture: American Landscape and Painting 1825-1875*. New York: Oxford UP, 1980.

岡島成行「環境保護運動とネイチャーライティング―アメリカの経験から」スロヴィック、スコット／野田研一（編）『アメリカ文学の〈自然〉を読む―ネイチャーライティングの世界へ』ミネルヴァ書房　一九九六年。

Paul, Sherman. *For Love of the World: Essays on Nature Writers*. Iowa: U of Iowa P, 1992.

Purdy, John. "Tricksters of the Trade: 'Reimagining' the Filmic Image of Native Americans." *Native American Representations: First Encounters, Distorted Images, and Literary Appropriations*. Ed. Gretchen M. Bataille Lincoln: U of Nebraska P, 2001.

Smith, Carlton. *Coyote Kills John Wayne: Postmodernism and Contemporary Fictions of the Transcultural Frontier*. Hanover: U P of New England, 2000.

Slovic, Scott. "Nature Writing and Environmental Psychology: The Interiority of Outdoor Experience." *The Ecocriticism Reader*. Ed. Cheryll Glotfelty and Harold Fromm. Athens: U of Georgia P, 1996. 351-70.

____. *Seeking Awareness in American Nature Writing: Henry Thoreau, Annie Dillard, Edward Abbey, Wendell Berry, Barry Lopez*. Salt Lake City: U of Utah P, 1992.

Thoreau, Henry David. *Walden. The Writings of Henry David Thoreau.* Vol.Ⅱ. Boston: AMS P, 1968.

Vizenor, Gerald. *Fugitive Poses: Native American Indian Scenes of Absence and Presence*. Lincoln: U of Nebraska P, 1998. （邦訳　ジェラルド・ヴィゼナー『逃亡者のふり―ネイティブ・アメリカンの存在と不在の光景』大島由起子訳　開文社　二〇〇二年）

Williams, Terry Tempest. *Pieces of White Shell: A Journey to Navajoland*. Albuquerque: U of New Mexico P. 1983.

山里勝巳「ゲーリー・スナイダーと再定住―人間中心主義を超えて」スロヴィック／野田（編）『アメリカ文学の〈自然〉を読む』ミネルヴァ書房　一九九六年。

Yuki, Masami Ranker. "Towards a Literary Theory of Acoustic Ecology." *Soundscapes in Contemporary Environmental Literature*. Ann Arbor: UMI, 2000.

松永　京子

16　アポカリプティック・ナラティヴの行方

――先住民作家と核文学

第二次世界大戦以降アメリカの核文学と核批評は核戦争による地球破壊を前提とすることで核の脅威を示してきた。このような終末論的言説は環境志向の文学において一つの重要で有効な修辞的戦略であるといえる。けれども核の言説においてアポカリプス的要素を強調しすぎることは多様な文化における環境的アプローチの幅を狭める可能性も含む。本論は終末論的思想を超えたところで核の問題を解決しようとする三人の先住民作家にスポットをあてる。

一　核文学と終末論

▼エコロジカル・アポカリプス

アポカリプスのナラティヴないしは終末論といえばこれまでアメリカ文学の主要なテーマの一つとして考えられてきたが、[1] 最近では環境文学論や環境保護論争において「進歩のイデオロギー」に対抗する「強力な修辞的手法」として、あるいは「一般大衆の心と想いとを勝ち取る衝撃的戦法」(Killingsworth & Palmer 224-46) として注目されている。例えばM・J・キリングスワース (M. J. Killingsworth) とJ・S・パーマー (J. S. Palmer) が「ミレニアム・エコロジー」と呼ぶアポカリプスのナラティヴは、近代技術と資本主義社会の崩壊を予言し、「自然をコントロールしようとするうぬぼれた欲望の結果としての世界の終わり」(21) を呈示する。[2] またローレンス・ビュエルは、絶滅を回避するために絶滅を創造する手法としての「エコロジー的アポカリプス」を論じる。

エコロジカル・アポカリプスのテクストの典型としてしばしば取り上げられるのが、レイチェル・カーソンの『沈黙の春』(*Silent Spring*) であるが、この作品は核のレトリックに潜在するアポカリプスの要素が非／意図的に示されているという点において重要である。キリングワースとパーマーは、化学薬品による汚染が核戦争による破壊と同等の危機を人類に与えるとカーソンが認識している点に注目し、想像力のレベルで冷戦時代の核の脅威と農業の技術進歩への懐疑が一致していることを指摘した (27-28)。カーソンは戦争と農業が科学テクノロジーと密接に結びついていることを証明しながら、核兵器や危険な化学製品を可能にした近代アメリカ社会のあり方を問う。このような言説のなかでカーソンが示唆しているのは、核が生命を脅かすというイメージ、あるいは核戦争が終末をもたらすという確信が、すでにエコロジカルな終末的語りの前提に置かれているという事実であった。

一方で核文学・核批評にみられるアポカリプティックなレトリックの特徴は、核戦争が一種の「寓話」、あるいは、「かつて起ったことのない出来事」として扱われてきたことであった。批評家デリダが、「核戦争という寓話」を現実の核兵器の蓄積や資本化の問題と区別し、「核戦争はこれまでに前例がない。それ自身これまで決して起ったことはなかったし、それは未発生の出来事（non-event）である」（23）と述べているように、核に言及する多くの文学が核戦争を未曾有の体験と定義し、想像力を駆使しながら様々な核戦争による「終末」を創造してきた。[3] 冷戦時代カーソンの終末論的ナラティヴが大きな反響を呼んだように、核戦争を未曾有の出来事として扱うことによって、終末的ナラティヴの核文学は、エコロジカルな危機感を民衆に呼び起した。

▼環境的視点の多様性

冷戦時代に浸透していた核のアポカリプス的イメージを利用してカーソンがエコロジカルな終末的想像力を呈示したのに対し、ジョナサン・シェル（Jonathan Schell）は『地球の運命』（*The Fate of the Earth*）のなかで核戦争とエコロジーを直接結び付けた。環境文学批評家としても知られるジョン・エルダーは、核時代における人類文明への警告を促すと同時に、自然の再生の力をもその作品のなかで予言しているとしてシェルのエコロジカルな視点を高く評価しているが、連載記事として『ニューヨーカー』誌に掲載されたシェルのこの作品は、ヒロシマの惨事を伝えただけでなく、放射性降下物による環境的な影響や核の破壊に対する哲学的考察を記述することで、原子力時代の諸問題に人々の関心を引き付けた。

シェルの『地球の運命』が証明しているように、エコロジカルなアポカリプスの修辞的用法は核文学においても有効な手段であるといえる。しかし、エコロジーと核の問題をさらに有意義に考察するためには、エルダーも認識しているように、ユダヤ／キリスト教の伝統上にあるアポカリプスの解釈を超えて、より非専制的な、あるいはより包括的な見解を持つ必要があるように思われる。エルダーはシェルのエコロジカルな終末的視点の補足として、先住民や仏教の伝統など複数の文化的視点をその自然観に取り入れたスナイダーの詩を付け加えた。スナイダーの先住民文化表象が適切であるかどうかという問題はここでは措くとして、このような脱ヒエラルキー的あるいは脱中心的観念は、核のような現代のローカルかつグローバルな環境問題を論じるうえで必要不可欠となってきている。なぜなら核の問題には核兵器や核エネルギーを使用する文化だけでなく、核の製造や使用のために搾取される文化も含んだ複数の視点が介在するからである。本論では、エコロジカルなアプローチにおける多様性の真価を認めると共に、サイモン・J・オーティーズ（Simon J. Ortiz）、レスリー・マーモン・シルコー（Leslie Marmon Silko）、マリルー・アウィアクタ（Marilou Awiakta）といった先住民作家を紹介することで、これまでのアポカリプス中心の核文学に新たな核意識と自然観を付け加えたいと思う。

二　コロニアリズムと核――サイモン・オーティーズの「ファイトバック」

▼アメリカ南西部と核の風景

フォーコーナーズエリア（ユタ、アリゾナ、ニューメキシコ、コロラド州の交わる場所）を中心とした南西部の土地は従来からナバホ、アコマ、ラグーナ、ホピといった先住民部族の居住地であった。けれども一九四〇年代以降、「人里離れた不毛の西部」であり「少数のインディアンしか住んでいない」場所（Ortiz 354）であるという理由から核産業や核軍事に関わるプロジェクトがこの土地に密集するようになる。一九四〇年代前半、ナヴァホ、ホピ、プエブロ、ユート族の土地がウラニウム採掘と製造のために使われ、この土地で搾取されたウラニウムはプエブロの土地に隣接するロスアラモスで開発された原爆の原料となった。一九四五年には初の原爆実験がメスカレロ・アパッチ族保留地の近く、アラモゴードで行われ、五〇年には西部ショショーニと南部パイウーテ族の土地がネバダ実験場として利用された。さらに低、中、高レベルの核廃棄物収容施設が、パイウーテ、ショショーニ、プエブロを含む多くの先住民保留地におかれている（Kuletz 12）。ヴァレリー・L・クーリッツ（Valerie L. Kuletz）は先住民コミュニティーの文化圏でありながらもう一方で「国家の犠牲の地」（National Sacrifice Area）である南西部の土地を「核の風景」と呼び（Kuletz xiv-xv）、この地域において先住民と核の風景が「ウラニウム採掘、核実験、核廃棄処理に至るまでの核のサイクルのほとんどの地点で出会う」（12）ことに注目した。

このいわゆる「国家の犠牲の地」あるいは「核の風景」は一九七〇年以降、オーティーズやシルコーといった南西部の先住民作家によって小説や詩やエッセイの中で描かれてきた。これらの作家は、原民喜、大田洋子、栗原貞子等日本の原爆作家がヒロシマ、ナガサキの原爆を自らの経験を通して描いたのと同様、アメリカ南西部の核の脅威を実体験として取り上げたのだった。

▼土地、人々、核のコロニアリズム

デリダが核戦争を文学理論に結び付ける一方で、ニューメキシコ州アコマ・プエブロ族出身のサイモン・オーティーズは、部族の、そしてアメリカの核問題を詩と散文という形で呈示する。『ファイトバック――人々のために、土地のために』(*Fight Back: For the Sake of the People, For the Sake of the Land*)[4]は、一九五〇年代にウラニウム採掘と製造の場に変えられた部族の土地でウラニウム鉱山夫として働いたオーティーズの体験に基づいた詩集であるが、この中でオーティーズは核の現実が先住民コミュニティーの生活に経済的にも文化的にも密接に結びついていることを明らかにする。

この詩集はまた、土地と人々のために書かれた現代社会批評でもある。詩集の初めにオーティーズは、鉄道で働いていた父親の世代とウラニウム鉱山や製造所で働く自分達の世代とに言及し、従来から続いてきた土地と人々がいかに資本主義社会アメリカから影響を受けてきたかを述べながら、このような社会に詩とストーリーとで対抗する意志を示す。

グランツ鉱山ベルトとして知られるウラニウム抽出産業と加工産業は巨大だった。この土地で、すなわち私達のホームランドで働くことに関わってくるのは、人種問題も含めた多くの社会的経済的な要素や問題であった。以下の詩や物語は、人々のため土地のために代弁したものである。Hanoh eh hahtse kuutseniah――人々のファイトバックが今、必要とされている。(293)

オーティーズの詩は、南西部の核の問題に人種、階級、環境の三つの要素が複雑に絡む。その中でも特に、アメリカのマイノリティーグループを中心とした人種差別が環境破壊に深く関わっていることにオーティーズは注目する。詩編「それはあのインディアンだった」("It Was That Indian")は、一九五三年にグランツの西部でウラニウムを発見したナヴァホ族のマティーネーズ(Martinez)と彼の発見に伴ったウラニウムブームにまつわる詩であるが、この詩のなかでオーティーズは、資本主義社会がいかに特定の人種をその目的のため利用し、かつその事実を隠蔽しようとしているのかを、アイロニーとアンダーステイトメント(控えめな表現)を用いて、けれども疑問の余地なく書き示している。マティーネーズはウラニウム鉱石を発見し、その地方にブームを巻き起こしたとして商業会議所(Chamber of Commerce)に祭り上げられるが、ウラニウム産業による汚染や健康の問題が浮上すると、今度はこれらの問題を引き起こした張本人として責任をなすりつけられる(295-96)。オーティーズはエッセイ「我々のホームランド、国家の犠牲の地」("Our Homeland, A National Sacrifice Area")の中で、資本主義社会におけるこのようなアメリカ先住民の扱いをコロニアリズムとして批判し、次のように述べる。「いや、ウラニウムを発見したのはあのナヴァホの男ではない。莫大な利益をつくり、世界を恐ろしい窮地へと追いやったのは、アメリカ政府そして経済軍事関連の産業であり、これらが植民地化された領土でのウラニウム発見を可能にしたのだ」

サイモン・オーティーズ
写真：David Burckhalter

（354）。

▼労働者の視点

核のコロニアリズムはさらに、人種を越境し、経済的に社会の底辺に属する民衆を結束させる。ウラニウム産業で働く多くのナヴァホ、ラグーナ、アコマの先住民、そしてオクラホマやヴァージニア西部出身のプアホワイトは、危険で、健康の保証がされないにもかかわらず、家族を養うためにウラニウム鉱山や製造所で働くことを余儀無くされた。詩編「よい方法で変えること」（"To Change in a Good Way"）では、ウラニウム鉱山での仕事を通してラグーナ出身のピートを知るようになったオクラホマ出身のビルが、ピートの妻メアリと自身の妻アイダも含めた家族ぐるみの交流の中でアメリカの実状を学ぶ。弟スリックがベトナム戦争でアメリカ軍の地雷を踏んで戦死すると、ビルは経済的に社会の底辺にあるものが常に国家の犠牲となるというアメリカ民主主義社会の矛盾に直面するのだ。

他の誰かがいった／誰かが犠牲にならなきゃいけないんだ／民主主義の自由やら何やらのために、／スリックはそのために死んだ。／スリックはアメリカへの務めを果たした、／昔の人たちをみてごらん／どれだけ耐えて／厳しい時をすごしてきたか／家を建てるためにインディアンと戦い／新しい土地で私達が／今のように発展した安全な暮らしを送れるようにと／…／夫婦の親戚はそう言い／助言したのでビルは言いたかった／それが彼を悩ましているのだと、地雷は／スリックが踏んだ地雷はアメリカのものだった／そしてスリックが危険な場所にいたのは／彼が軍隊にいたからで／その軍隊はアメリカのもの、彼にはそのことと／親戚のいっていることが同じには思えなかった／昔の人がインディアンと／民主主義のために戦ったということが／そしてそれはなぜだか正しいことに思えなかった。（315）

「よい方法で変えること」では、プア・ホワイトであるビルやスリックが、先住民と対立する植民者としてではなく、先住民同様アメリカの軍事／民主主義／資本主義に搾取される労働者として描かれている。ウェズ・ジャクソン（Wes Jackson）は『この場所でネイティヴになること』（*Becoming Native to This Place*）のなかで、もともと植民者は「余剰人口」として扱われてきた「レッドスキン（軽蔑的な意味でのアメリカ・インディアン）」の征服者であったが、世代を経た今や、植民者の子孫達自身もが「余剰人口」、すなわち「新しいレッドスキン」として扱われる社会へと移行したと述べているが（14-16）、オーティーズはアメリカの民主主義／資本主義に搾取されてきた労働者階級に目を向けることによって、人種の問題であると同時に階級的な問題でもある新たなコロニアリズムの側面を露呈しているといえよう。

▼オーティーズの提案

以上のような核のコロニアリズムに対して、オーティーズは詩集のなかで二つの提案をする。一つ目は「資本主義」（capitalism）が何を意味するのかを理解すること、すなわち、アメリカの底辺や中産階級にいる人々が、どのように自分達がアメリカ先住民と同様、資本主義者や政治家に支配された国家によって利用されているのかを理解するということであり、そしてもう一つは、搾取ではなく与えること、つまり「土地に返す」という思想を持つということであった。二つ目の提案は、マイケル・ポーラン（Michael Pollan）

やジョニ・アダムソン（Joni Adamson）が「ガーデン倫理」（garden ethic）と呼んでいるものにも繋がってくるが（Adamson 67）、これは愛情をもって食物を育て、食べ、利用したあと土地に戻すことで生命が生き続ける、といったオーティーズが父親から代々受け継いだ思想でもある（Ortiz 330-31）。このような社会と土地の理解がなければ決して不必要な犠牲をなくすことはできないのだと、オーティーズは詩集を通して読者に訴えかけている。

三　アポカリプスを超えて―レスリー・マーモン・シルコーの『儀式』と『死者の暦』

▼ラグーナとウラニウム鉱山

アメリカ先住民、白人、メキシコ人の混血であるレスリー・マーモン・シルコーはニューメキシコ州アルバカーキに生まれ、ラグーナ・プエブロ保留地で育った。ラグーナには、一九八〇年まで世界で最も大きなウラニウム鉱山として知られていたジャックパイル―パグウィット（Jackpile-Paguate）鉱山があり、一九五二年から一九八二年までアナコンダ会社によってウラニウム採掘作業が行われた。作業は危険なばかりでなく、大気、水、人体をも含めた深刻な環境汚染をもたらし、さらにウラニウム採掘後には大きな穴と放射性物質がその土地に残された（Kuletz 24, Zamir 398-99）。シルコーの作品と核との関係で注目すべき点は、オーティーズの作品と同様、核が土地や人々を破壊する資本主義やテクノロジーの最先端として描かれているということであろう。ウラニウム採掘にまつわる近代の経済や政治がどのように部族に浸透していったのかをシルコーは『死者の暦』（*Almanac of the Dead*）の中で次のように述べている。一九四九年、冷戦を前に合衆国政府は新しい武器を生産するためにウラニウム鉱を必要とした。パグウィットの近くでウラニウムが発見されると、ラグーナの人々の懸念や反対にも関わらず、合衆国政府はウラニウム鉱山の開発を促進する。鉱山によって部族の人々は仕事を得たものの、同時に彼等は「土地にひどいことをすることによって富を得た」最初のプエブロ族となったのである（34）。

シルコーは小説『儀式』（*Ceremony*）と『死者の暦』の中で核のコロニアリズムによる部族への社会的、環境的影響を明らかにしながら、核の風景が人々の精神面においても深い影響を与えていることを示唆する。またシルコーは、核のナラティヴを部族の口承伝統に組み入れることで、「絶対的」終末のナラティヴを循環的自然システムの一部へと置き換えた。エッセイ集『イエローウーマンと精神の美』（*Yellow Woman and a Beauty of the Spirit*）の中でシルコーは次のように述べる。「ラグーナの人々は土地の変化に強い反応を示す。ウラニウム鉱以前の風景も現在のウラニウム鉱の風景同様に鮮明だ。ウラニウム鉱山も、その土地になされた暴力や醜さによって、ラグーナの人々の歴史や風景をつくりあげる物語に内包されていく」（44）。シルコーの核の視点は土地と人々と物語が相互に関連しあうラグーナの世界観に根付いたものであるが、このような相互関連性のパースペクティヴはテクノロジーや科学、軍事力に象徴される直線的でアポカリプティックな核時代に新たな視点を加える。さらに太平洋を超えたヒロシマやナガサキの原爆に言及することで、部族の土地中心の文化意識がグローバルで包括的な環境意識にまで広がっていることにも注目してみたい。

▼グローバルな核の風景

オーティーズが労働者階級の白人と南西部の先住民を核のコロニアリズムを通じて結び付ける一方で、シルコーは核の破壊を通じてネイティヴ・アメリカとアジアを結び付ける。ビュエルは『エコロジカルな想像力』の中で、「すべての生き物の運命」は、遠く離れた文化の窪み、すなわち、既に周縁化された人種の中でも周縁的な影響を持つ小さなプエブロの部族の中で起きる取り引きしだいである」(286)と述べ、『儀式』においてもっとも注目すべき点の一つは「地域主義と地球主義の融合」であると指摘しているが、この融合は原爆の「製造」と「使用」によって南西部と日本が結ばれていると認識することによって可能となる。主人公タヨの祖母は巨大な閃光をラグーナの南東部の空に見(一九四五年七月一六日ホワイトサンドの初の原爆投下と思われる)、「どうしてあんなものを作ったんだろう」(245)とタヨに問うが、この問いへの答えをタヨが得るのは象徴的にも部族のウラニウム廃坑であった。タヨはウラニウムの廃坑にたどり着くと、自分の立っている場所が最初の原爆が落とされたトリニティ・サイト、原爆が製造された極秘の実験所、そしてロス・アラモスに囲まれているという事実—すなわち、核兵器製造過程にまつわるほとんどの破壊の形が、南西部のこの地域に集中しているという事実—に気付く。そして同時に南西部の「核の風景」が、核兵器の最終目的としての破壊を経験した日本にも繋がっていることを理解する。

レスリー・マーモン・シルコー
写真：William Stafford

そこには終わりはなかった。境界もなかった。タヨはあらゆるものの運命、土地の運命さえもが置かれる収束点に辿り着いたのだった。タヨは夢にみたジャングルで、なぜ日本人の声がラグーナの声と、ジヨサイアやロッキーの声と混ざりあったのかを理解した。あらゆる文化と世界の線が、白く明るい砂の上に平べったい黒い線で引かれ、妖術の最後の儀式である砂絵の真ん中へと集まっているのだった。
(『儀式』246)

フィリピンのジャングルで日本兵が叔父にみえたり、日本人の男の子が従兄弟のロッキーに見えたりと、作品のなかで繰り返し日本人と先住民が交錯するが、これは原爆と原爆にまつわる破壊によって日本とアメリカ南西部が人種と地理と国境を超えて繋がっていることを示す。南西部における土地のダイナミックな変化は、太平洋を横断し、ラグーナからアジアへと拡大する。このような原爆の関連性は、ネイティヴ・アメリカの「妖術」に説明されると同時に、ビュエルが指摘するエコロジカルな「網の目」でもあるのだ。

なお『儀式』では日本人とラグーナの顔が交錯しあう背景にフィリピンの「バターンの死の行進」という歴史的事実が置かれているが、このことは先住民アメリカ兵としてのタヨが第二次世界大戦におけるアメリカと日本の占領合戦を目撃するという点でも意味深い。『儀式』から四年後、小田実は小説『HIROSHIMA』の中で原爆投下時にヒロシマに在住していたアメリカ兵捕虜、韓国人、南方特別留学生、日系アメリカ人等の人種とナショナリティーが原子爆弾爆発の一時に集約する模様を描いたが、小田もまた、ヒロシマの原爆投下に南西部の核問題の影が潜んでいることに無関心ではなかった。あとがきの中で小田が述べているように、原爆の問題はアメリカ南西部であれ日本であれ「侵略、植民地支配、抑圧、差別、収奪の歴史」(421)

を辿る。自国によるコロニアリズムを経験する南西部の先住民と帝国主義のもとアジア諸国を占領していく日本が原爆の経験によって結び付けられているという事実は、帝国主義、植民地主義の歴史をも内包する原爆の多義性をも明らかにしているといえよう。

▼文化的環境的視点の転換

核へのグローバルな視点と同様に重要なのは、核に対する文化的環境的視点のシフトである。物語が進んでいく中で、核は否定的存在から肯定的存在へと変わっていくが、これは近代テクノロジーや資本主義社会の一環として捉えられていた核が、ネイティヴ・アメリカンの神話や物語の一部へと組み込まれていくことに関連しているように思われる。ポーラ・G・アレン（Paula Gunn Allen）は「どの物語、歌、儀式も、生き物の一つ一つは生き物全体の一部であり、お互いに関連しあっていて、このことは全体としての存在に参加することで成り立っているいうことをインディアンに教える」（60）と述べているが、部族の物語の一つに組み込まれることによって、すべての破壊へと導く絶対的かつ直線的核のナラティヴが柔軟で相互関連的なエコシステムの一部に変換される。ナヴァホ出身のメディスンマン、ベトニーは、白人や白人のテクノロジーはアメリカ先住民の「妖術」の物語から生まれたのだとタヨに教えているが、現代人の思想に強く根付く核のアポカリプティックな視点を転化するためにシルコーが用いたのは、西洋のアポカリプスのナラティヴをも内包する「妖術」や物語といった部族の視点であった。この部族の視点を通じてタヨは、複眼的な核の考察力を身につける。ウラニウム廃坑で鉱石を見つけたタヨは、破壊者によって利用されたウラニウム鉱石が実はもう一つのパースペクティヴをもっていることに気付くのだ。

タヨは跪いて鉱石をみつけた。花粉のように明るく輝いた黄色のウラニウムの粉が、灰色の石に筋を作っていた。この黄色の筋がすすのように黒い筋と一緒に線を作って、石の上に山脈や川を作り出すのだった。けれども彼等はこの美しい石を地中深くから取り出してしまった。そしてぞっとするような模様に並べ、彼等にしか考え付くことのできないような大規模な破壊を実現した。（381）

シルコーはここで、破壊のために利用された鉱石が一方で生命そのものであることを主張する。ビュエルはこの模様を適切にも「エコ・デザイン」と呼んだが、人間文化の一部としての核を自然の一部として捉え直すことで、タヨの文化的環境的視点のシフトが完了し、さらには個人の、部族の、地球の健康回復へと繋がっていく。またこのような視点の転換はタヨが最終的にストーリーテラーとなることからも裏付けられており、部族の文化継続において重要な役割を果たすストーリーテラーとなることでタヨ自身がコミュニティーの中で肯定的要素へと転化するのだった。このような自然本来のあり方を尊重するシルコーの視点は、『死者の暦』の中でも繰り返されることになる。

▼シルコーの自然観

『死者の暦』はこれまで悲観的で暗鬱な作品として批評されてきたが、クレッグ・S・ウォマック（Craig S. Womack）が『レッド・オン・レッド』（*Red on Red: Native American Literary Separatism*）の中で述べているように、『死者の暦』の中心的メタフォーを「エントロピィー」としてでなく「エネルギーの再分配」として捉えることで、より肯定的なシルコーの環境的ヴィジョンを読み取ることができよう（Womack 252-56）。すなわち、資本主義社会や近代テクノロジーの結果としてのエネルギーの終結ではなく、世界規模のエネルギーの移動が長い歴史を通して広範な形で行われた末、土地が先住民の手へと取り戻され、もともとの姿に大陸が戻されていくというより動的な構図が『死者の暦』に含まれているのである。ウォマックの指摘する「エネルギーの再分配」は、先住民の暦、予言、汎インディアンの結集にも見られるが、特にこれが象徴的に描かれているのが、スターリング（Sterling）によるウラニウム廃坑での啓示の場面であろう。

六〇以上もの登場人物のなかでも特にタヨのアンチ・ヒーロー的存在ともいえるスターリングは、部族とウラニウム鉱山との関わりにおいて重要な役割を果たしている。スターリングはハリウッドのクルーをウラニウム鉱山にある「巨大な石の蛇」（Great Stone Snake）から遠ざけておくことができなかったという理由で、ラグーナから追放されトゥーソンにやってくる。「巨大な石の蛇」とは、一九八〇年の春、ジャックパイル・ウラニウム鉱山の近くで実際に発見された蛇の形をした地形のことだが（*Yellow Woman* 126）、トゥーソンから戻ってくるとスターリングはまず、この石の蛇のあるウラニウム廃坑へと向かう。スターリングのウラニウム鉱山での啓示は一見悲観的である。教育を受け、英語を学び、鉄道の仕事を得、ラグーナの外での生活を享受してきたスターリングは、破壊と毒の地であるウラニウム鉱にやってくることで、いまや人生が破壊へと向かうベクトルの上に成り立っているのだと気付くからである。けれども同時に次のように瞑想することで、スターリングは近代テクノロジーや資本主義社会の破壊のナラティヴを超えた循環的な自然のあり方を理解する。「蛇はウラニウムの廃石など気にしていなかった。人間は鉱山によって自分達を冒涜してきたけれども、大地を冒涜してはこなかったのだ。焼かれようが、放射能で汚染されようが、全ての人間が死んでしまおうが、大地は神聖であり続ける。大地を冒涜するには人間はあまりにも無意味なのだ」(762)。

タヨが人間と土地との調和的な共存の道へ至ったのに対し、スターリングが辿りついたのは人間の有無にかかわらず生き続ける大地中心の世界であった。一見対照的な結末に見えるけれども、二つの作品が示していることは一致する。すなわち、人間は自然に影響を及ぼすには余りにも矮小な存在であり、そのため人間が生き残るには自然への順応が必要だという事実である。このような思想は登場人物の一人、レチャ(Lecha)の語るラコタ族の予言の中でも繰り返されている。国立公園や野性動物保護区にすむバッファローの群れがゆっくりと増え続け移動しはじめる。一方でグレート・プレーンは再び、バッファローの大群とその乾燥した地域に適応することのできる人々を受け入れる。五〇〇年以上先のことになるかもしれないが、それは起る(758-59)。ラコタ族の予言とは、つまり、循環していく自然のあり方を示したものであり、それによると近代テクノロジーや経済に頼る人々は消滅するが、土地は変わらず存在し続け、そして土地のエコロジーに順応することのできる動物や人間だけが生き残ることができるのである。

シルコーは自然の一部である核が、西洋近代思想に利用され破壊的なものへと変換されたことに無関心ではなかった。けれども同時に、ストーリー自体は西洋的アポカリプスの観念に陥ることから免れているように思われる。『儀式』と『死者の暦』は、人間文明が自然をコントロールし壊滅することができるとするアポカリプス的な思想を覆し、人類がどれだけ自分達を破壊へ導こうと自然は全く無関心であるというよりリアリスティックな自然観を呈示しているといえよう。

四　「融合」へ向けて―マリルー・アウィアクタと原子が出会うところ

▼チェロキー、アパラチア地方、科学

一九四〇年代、「インディアンの保留地ではなく原子の保留地」（*Selu* 30）に育ったマリルー・アウィアクタはチェロキー・インディアン、アパラチア、科学の三つを自己のヘリテッジとする詩人である。[5] 東部チェロキー族の血を引きながらテネシー州ノックスヴィルに七世代目アパラチア地方人に生まれたアウィアクタは、一九四五年、九歳の時に同州のオークリッジへ移った。当時オークリッジは核施設を中心とした新興の町で、アウィアクタの父はそこで働いていたが、「原子は私の幼少時代の友人であった」（*Selu* 31）とアウィアクタが述べているように、オークリッジで幼少期を過ごしたことが作家の自己形成に大きな影響を与えているようだ。詩集『アパラチア山脈に住む―山と原子が出会うところ』（*Abiding Appalachia: Where Mountain and Atom Meet*）はチェロキー、アパラチア、原子に対する作者の複雑な心情と、この三つが作家の中で出会うことを表した作品だが、エッセイ「原子の母の心を明かす」（"Baring the Atom's Mother Heart"）と共にアウィアクタ特有の核意識、あるいは原子意識が綴られている。[6] アウィアクタは詩の中で、自己と原子の関係を次のように述べる。

> 原子は私の幼少時代の詩―イメージやリズム。それはミステリアスで危険な美の存在。…まるで山のように。私は原子も山もどちらも愛した。それから原子はおかしくなる…見知らぬものへと変わった。なぜか私は原子から遠ざかってしまっていた。でも今では分かる。問題なのはどういう風にそれが語られ

たかなのだ。彼等は当時、原子核を分裂した。きちんと、正確に、うまくコントロールして。それから重たい具体的な散文で描写した。でもその言葉はうまくはまらない。具体的ではだめなのだ。(『アパラチア山脈に住む』79)

カーソンと同様、アウィアクタは原子が人間の手によっていじりまわされ、不自然な破壊力を持ち得ることを認識する。けれどもカーソンが原子の破壊的イメージを強調するのに対して、アウィアクタの興味はむしろ、もともとの原子の姿に含まれる神聖さや生産力、あるいは自然界における原子の本来の姿にあるようだ。またアウィアクタは、「原子を分離する」科学には反対しながらも、科学そのものを否定したのではなかった。

▼「詩的」な科学

原子は一九、二〇世紀の科学者によって、理論化され、隔離され、構造化されてきた。アウィアクタは、最小の粒子をつきとめることで人間が物事の秘密を見抜き、すべての生命を機械のように制御できるとする「直線的」科学を批判し、その変換を要求する。そしてこのような科学のあり方に対抗してアウィアクタが呈示するのは、自然の美やミステリーを認識する「詩的」な科学のあり方であった。アウィアクタは原子を描写するのに「科学における新しい言語の使用法」が必要だとする。なぜなら「私達の感覚では類似においてしか核の世界を経験することができない」(Selu 68)からだ。そのためアウィアクタが注目したのは、アインシュタインの相対性理論やデンマークの物理学者ニールス・ボア(Niels Bohr)の言葉、「原子となると、言葉は詩の中でしか語られない。詩人も、事実を語ると言うよりは、イメージを想像し、精神的つながりを作ろうとするのだから」(68-69)に代表されるような「抽象的」で「詩的」な原子の性質であった。これらの科学者の言葉は、アウィアクタの母の言葉を思い起させるものだった。原子は何であるのか、人を傷つけることができるのかという幼いアウィアクタの質問に、母親は次のように答えている。

マリルー・アウィアクタ
写真：Fulcrum Press

それを使って皆を傷つけることは可能なんだよ、マリルー。それは何万人というヒロシマとナガサキの人々に死をもたらした。けれども原子そのものはどうだろう。原子は人の目には見えないもので、最も小さな粒子。お前の手も、洋服も、お前の飲んでいるミルクも、全てが何百万という原子でできていて、動き回っているんだよ。でも原子が何を意味しているかと言うと―。そうだね、まだ誰も分かっていないだろうね。私達は原子の本来の姿に敬意を示して、原子と調和して生きていくことを学ばなくちゃいけない。(66)

母親、そしてアインシュタインやボアといった科学者から原子を学んだアウィアクタは、「詩的」な科学へ至るために、次のような原子の性質を理解する必要性を説いた。㈠原子の性質や動きが環状(circular)であること㈡(星の爆発を除けば)通常、核エネルギーは分裂によってでなく、融合によって作用する「育成的エネルギー（nurturing energy））であること㈢原子は潜在的に獰猛な性質を持っていること。このようなエコロジカルな原子の理解によって、「詩的」な科学への思考が生み出されるのである。

▼分裂から融合へ

以上に述べてきたように、アウィアクタは科学と自然の融合を計ろうとしているのだが、この「融合」というキーワードは作家の核意識にも反映されている。核問題の解決策としてアウィアクタは核賛成派と反対派といった極端な対立の姿勢をとるのではなく、双方の主張の交わりを尊重する中庸な立場をとった。

抗議や訴訟は核の濫用を止めるために重要である。けれども核賛成派と反対派の人々の間の完全な対立は単純すぎるし危険だ。核エネルギーを信用する人すべてが破壊へ向かっているとする考えは正しいとはいえない。そして核に反対する人すべてが「嫌われ者」で「進歩に反対」であるというわけでもない。このような直線的、極性的考え方はどちら側にも怒りを引き起こすし、そうなれば穏当な解決を見つけることができる場合においても合意の風潮がなくなってしまう。（70-71）

原子のあり方についてアウィアクタは、人間の操作によって核を分裂することは不自然であるし、「生産的で安全であるためには、原子はその調和的な自然のパターンを取り戻さなければならない」（68）と述べているが、ここでアウィアクタの擁護する核問題における中庸の姿勢は、分裂ではなく融合にあるとする原子の本来の姿に反映されているように思われる。分裂ではなく融合、摩擦や闘争ではなく協調と相互理解。このような姿勢がアウィアクタの核のレトリックに一貫してみられる特徴であるといえよう。

▼エコロジカルなレトリックとは

核文学に見られるアポカリプスのナラティヴは、通常、「直線的」で「進歩的」でかつ「悲劇的」なモードで描かれてきた。SF作家であり批評家でもあるアーシュラ・ルグウィン(Ursula K. Le Guin)は、近代科学やテクノロジーが主役となる物語は人間にとって勝利的(人間が地球や自然を征服する)でありながら、かつ悲劇的(人間が作りあげた文明による自己破壊)であると述べたが(153)、エコロジカルなアポカリプスも同様に人類滅亡という悲劇的シナリオを基本としてきたように思われる。けれどもこの悲劇モード中心の言説自体がホモセントリックな思想から生まれていることはこれまであまり論じられてこなかったのではないだろうか。自然界における喜劇と悲劇のバランスの重要性を主張したスザンナ・K・ランガー(Susanne K. Langer)に続いて、ジョセフ・W・ミーカー(Joseph W. Meeker)は、西洋文学(特にギリシア文学)の産物ともいえる悲劇が人間中心的である一方で、喜劇は生命のバイオロジカルな状態から成り立っていることに注目した。「生産的で安定したエコシステムは破壊的な攻撃性を最小限におさえ、多様性を最大限に促進し、その多様性のなかでの均衡を保とうとする。そして本質的にこれと同じことが文学的喜劇のなかで起る。生物学上の進化そのものが、喜劇にみられる柔軟性すべてを呈示しており、悲劇に独特の一枚岩的情熱はほとんどみられない」(Meeker 160)。

オーティーズ、シルコー、アウィアクタは、このようなエコロジカルなレトリックを継承しており、悲劇的形式で描かれてきたこれまでの核文学のレトリックを打ち壊しているといえる。またビュエルは、危機的な状態を逃れ部族の平安な状態へ戻っていく『儀式』の結末を「牧歌的」あるいは「ユートピア的」といった言葉で表現しているが、このことはアポカリプスのナラティヴも含めた西洋的環境用語の限界をも示しているのではないだろうか。なぜならビュエルが「ユートピア的」と理解しているものは、シルコーやオーティーズやアウィアクタといった先住民作家の視点からすれば、これまでずっと存在してきた自然本来の姿であり、これからもそうあり続けるエコロジカルなリアリティーであるのだから。

注

1 キリングスワースとパーマーは注釈のなかで、聖書の「聖ヨハネの黙示録」を語源とし元来単純に「啓示」を意味してきたアポカリプスという概念が、現在ではほとんどの場合「ハルマゲドンの破壊力」との関連で用いられていることを説明する（42）。またキリングスワースとパーマーはアポカリプティック・ナラティヴを継承する文学者として、サクヴァン・バーコヴィッチ（Sacvan Bercovitch）やフレデリック・ジェームソン（Frederic Jameson）等を挙げている。

2 以下訳文中、すでに邦訳のあるものはそちらを参考にさせていただいた。

3 デリダの論文は核批評の重要性を説く一方で、冷戦構造を文学理論のなかで明らかにする。またデリダは核戦争の「寓話」と核時代の「現実」を区別しながらも、現実の核兵器の問題はもともと核戦争の寓話の上に成り立っているという理由から、言語と現実のスペースを完全に断絶することからもまぬがれている（23）。

4 本論におけるオーティーズの引用はすべて『編まれた石』（*Woven Stone*）からである。『編まれた石』は以前に出版された詩集『ファイトバック』、『雨を求めて』（*Going For the Rain*）、『よい旅』（*A Good Journey*）の三部から成るオムニバス形式の詩集である。

5 アウィアクタというミドルネームはチェロキー族の言葉で「鹿の目」を意味する。アウィアクタが重要とするヴィジョンに「リトル・ディア」があり、後に自分の名前とこのヴィジョンの関連を意識しはじめてからは、マリルー・トンプソン（Thompson）ではなく、マリルー・アウィアクタを使うようになる。

6 「原子の母の心を明かす」はエッセイ集『セイルー——コーン・マザーの知恵を求めて』（*Selu: Seeking the Corn-Mother's Wisdom*）に含まれている。

参考文献

Adamson, Joni. *American Indian Literature, Environmental Justice, and Ecocriticism*. Tucson: U of Arizona P, 2001.

Allen, Paula Gunn. *The Sacred Hoop: Recovering the Feminine in American Indian Tradition*. Boston: Beacon, 1986.（邦訳　ポーラ・G・アレン「聖なるフープ―エコフェミニズムと新しい物語の可能性」　横田由理訳　『緑の文学批評―エコクリティシズム』ハロルド・フロム／ポーラ・G・アレン／ローレンス・ビュエル他著　伊藤昭子／横田由理／吉田美津他訳　松柏社　一九九八年）

[Awiakta] Thompson, Marilou Bonham. *Abiding Appalachia: Where Mountain and Atom Meet*. Memphis, TN: St. Luke's, 1978.

Awiakta, Marilou. *Selu: Seeking the Corn-Mother's Wisdom*. Golden, CO: Fulcrum, 1993.

Buell, Lawrence. *The Environmental Imagination*. Cambridge: Belknap P of Harvard UP, 1995.　（邦訳　ローレンス・ビュエル　「エコロジー的アポカリプス―シルコーとカーソンの神話と回復と予言の文学」　横田由理訳　『緑の文学批評―エコクリティシズム』　ハロルド・フロム／ポーラ・G・アレン／ローレンス・ビュエル他著　伊藤昭子／横田由理／吉田美津他訳　松柏社　一九九八年）

Derrida, Jacques. "No Apocalypse, Not Now（full speed ahead, seven missiles, seven missives）." *Diacritics* 14.2（1984）: 20-31.

Elder, John. "Seeing Through the Fire: Writers in the Nuclear Age." *Writing in a Nuclear Age*. Ed. Jim Schley. Rpt. Special Issue of *New England Review and Bread Loaf Quarterly* 5.4（1983）: 223-30. Hanover: UP of New England, 1984.

Jackson, Wes. *Becoming Native to This Place*. Washington, D.C.: Counterpoint, 1994.

Killingsworth, M. Jimmie, and Jacqueline S. Palmer. "Millennial Ecology: The Apocalyptic Narrative from *Silent Spring* to *Global Warming*." *Green Culture: Environmental Rhetoric in Contemporary America*. Ed. Carl G. Herndl and Stuart C. Brown. Madison: U of Wisconsin P, 1996. 21-45.　（邦訳　M・J・キリングワース　J・S・パーマー　「『沈黙の春』から『地球温暖化』にいたる終末論的語り」　伊藤昭子訳　『緑の文学批評―エコクリティシズム』　ハロルド・フロム／ポーラ・G・アレン／ローレンス・ビュエル他著　伊藤昭子／横田由理／吉田美津他訳　松柏社　一九九八年）

Kuletz, Valerie L. *The Tainted Desert: Environmental Ruin in the American West*. New York: Routledge, 1998.

Le Guin, Ursula K. "The Carrier Bag Theory of Fiction." *The Ecocriticism Reader*. Ed. Cheryll Glotfelty and Harold Fromm. Athens: U of Georgia P, 1996. 146-54.

Meeker, Joseph W. "The Comic Mode." *The Ecocriticism Reader*. Ed. Cheryll Glotfelty and Harold Fromm. Athens: U of Georgia P, 1996. 155-69.

小田実　『HIROSHIMA』　講談社　一九八一年／講談社文芸文庫　一九九七年。

Ortiz, Simon J. *Woven Stone*. Tucson: U of Arizona P, 1992.
Silko, Leslie Marmon. *Almanac of the Dead*. New York: Simon and Schuster, 1991.
____. *Ceremony*. New York: Viking, 1977.（邦訳　レスリー・マーモン・シルコー　『儀式』　荒このみ訳　講談社文芸文庫　一九九八年）
____. *Yellow Woman and a Beauty of the Spirit*. New York: Simon and Schuster, 1996.
Womack, Craig S. *Red on Red: Native American Literary Separatism*. Minneapolis: U of Minnesota P, 1999.
Zamir, Shamoon. "Literature in a National Sacrifice Area: Leslie Silko's *Ceremony*." *New Voices in Native American Literary Criticism*. Ed. Arnold Krupat. Washington, D.C.: Smithsonian Institution P, 1993. 396-413.

横田　由理

17　トニ・モリスンとカリブの自然
――ポスト・ウィルダネスにむけて

一　はじめに

一九九四年、ノーベル文学賞を受賞したトニ・モリスン（Toni Morrison, 1931- ）が授賞記念講演で語った寓話の中に、厳寒の中、荷馬車に乗って逃亡する黒人奴隷たちの姿を語った描写がある。声を潜めて歌う彼らのその息と「区別がつかないほど」彼らの上に「やわらかく」降ってくる雪も、馬の吐いた息がひずめの下の雪を溶かす時には、凍えながらそれを見る奴隷たちにとっては「うらやましさ」を引き起こすものとなる（Lecture 29）。このリリシズムに富んだ簡潔な描写を通して、モリスンは奴隷の置かれた苛酷な状況を伝え、自然と人との関係はその歴史的社会的背景から決して逃れられないものであることを指摘している。

このように、モリスンの作品の中では、自然の叙情的な記述の中に、アフリカン・アメリカン[1]の複雑な自然体験の表象が見られる。「自然界に対する相克する文化的認識を表象することによって、モリスンは、人間の自然に対する認識は文化的に創られたものであるということを強調している」（Wallace and Armbruster 213）と指摘されるように、アフリカン・アメリカンと自然界及び彼らを取り巻く物理的環境との関わりは、その文化的異相を伝えると共に、歴史性社会性を浮かび上がらせるものとなる。

アフリカン・アメリカンのウィルダネスとの関係も、ヨーロッパ系の白人とは異なった歴史的背景によって構築されてきた。環境思想の主要概念の一つである「ウィルダネス」は、一九世紀中葉までは否定的に受け取られていたものの、やがて「ウィルダネス」と呼ばれる空間が減少するにつれて価値あるものとなっていく。近代産業社会の発展につれて、ウィルダネスは人間社会の「文化の外にあるもの」、「文化が与えないもの」として、「逃避の場所」や「癒しの場所」となる。しかし、そうした自然の中に見る美しさや心地よさ、そこから生まれる憧憬や癒しは人種的な抑圧状態に置かれたアフリカン・アメリカンのものとはならなかった。奴隷制度の下、自らの肉体さえ「動産」として扱われた奴隷たちにとっては、『ビラヴド』（*Beloved*, 1987）のポールDが「霧もキジバトも日の光も赤茶色の土も月も―全てが銃を持った男たちのものだった」（162）と語るように、プランテーション内の自然の一つ一つが皆、白人所有者たちのものであるという意識から免れようもなく、その特異な抑圧状況のため、彼らの自然に対する感情・感覚は複雑な様相を呈するものとなる。「世界でもっとも美しいスズカケの木」（6）は首吊り用の木としてリンチ殺人の道具でもあり、セサの背中に広がるムチで打たれた傷跡の「チョークチェリーの木」（17）は、生涯消えることのないリンチの記憶を留めている。物理的観念的に抑圧の道具として使用された自然との和解が、奴隷という身分からの開放と人種差別撤廃の歴史と平行して長い年月をかけて行われなければならなかった。「場所」との関わりにおいても、命をかけてその生活の「場所」からの開放を望む逃亡奴隷にとって、ウィルダネスは、逃亡した身を一時的に隠す境界の領域に過ぎなく、そこには平安も癒しもなかった。「我々の自然に対する認識や評価は緑の世界に対する単なる「自然な」反応ではなく、その下にある人種的政治学に対する反応である」(Wallace and Armbruster 225)と指摘されていることの歴史的裏付けの一例であると言える。

モリスンの作品の中ではある特定の地理的な風景が重要な働きをして、読者を物語世界の共同体の空間に引き込むのに役立っており、強い「場所の感覚」が認められることを、ステップトウ(Robert B. Stepto)は「場所の中の親しいものたち」("Intimate Things in the Place")と題されたトニ・モリスンとのインタビューの中で指摘している(473)。モリスンはそうした場所の一つとして家や部屋の例を挙げ、女性が強い存在感を感じるのは自分が暮らす部屋であり、場所であり、家であると述べている(473)。家や部屋という個人にとっての特定の場所、帰属感を持てる場所における人の感覚・意識が場所との関係のさらなる視点を提供するものとなる。

家・土地の所有の問題もアフリカン・アメリカンの特異な歴史的コンテクストの中にある。土地を所有することへの欲望が自然を物質化し、自然とそれに関わる人間の劣化や崩壊を導くという捉え方が、エコロジカルな視点を導入した解釈によって明らかにされてきた。しかし、ディアスポラの歴史を背負い、自分自身が奴隷として他人に所有されていた過去を持つ民族集団にとっては、土地の所有も又、別の意味を持つことになる。土地の所有は、奴隷という拘束された身分からの脱出、奴隷制度という拘束の歴史からの解放の証しであり、一人の自立した人間として存在する場所を取り戻すことでもあった。『ビラヴド』の主人公セサが身を寄せる、開放奴隷として自由の身となった姑ベビー・サッグズが手に入れたブルーストーン通り「一二四番地」は只の地理的記号以上のものを示していた。

奴隷制とそれに引き続く人種差別という抑圧の歴史が生み出したアフリカン・アメリカンの自然体験の特異な伝統は「かつて何もないと思われていたところにある伝統」(Wallace and Armbruster 226)として認められるとき、アメリカの環境言説をより多様で豊かなものにする。本稿では、舞台をカリブ海に移したモリスンの第四作『タール・ベイビー』(*Tar Baby*, 1981)に見られる人と自然の関わりを、主に黒人の登場人物に焦点を当て、先に述べたような視点を中心に検証して見たいと思う。

二　カリブのプランテーションと環境破壊

▼カリブの砂糖プランテーションと自然破壊

モリスンは第四作の『タール・ベイビー』の主な舞台を、初めてアメリカ中西部から海外へカリブ海(図-1)へと移動させた。ネリー・マッケイ(Nellie McKay)とのインタビューの中で、その理由として、作品の舞台となるのは「大都会で人々が持っている非難ルートへのアクセスが無い場所」、「登場人物が圧力鍋の中のように皆一緒になっている」場所で、そこは「合衆国の外でなければならなかった」(417)と語っているが、主要舞台のカリブ海への移動はそれ以上の重要性を持つことになる。

カリブ海に浮かぶ架空の島を中心舞台に、フランスとアメリカの経済の中心地パリ、ニューヨークと物語は展開していくが、中心舞台となる架空の島は"Isle des Chevaliers"(騎士の島)というフランス語の名前から明らかなように、フランスの植民地として開拓され、新たにアメリカの資本とハイチからの労働力によっ

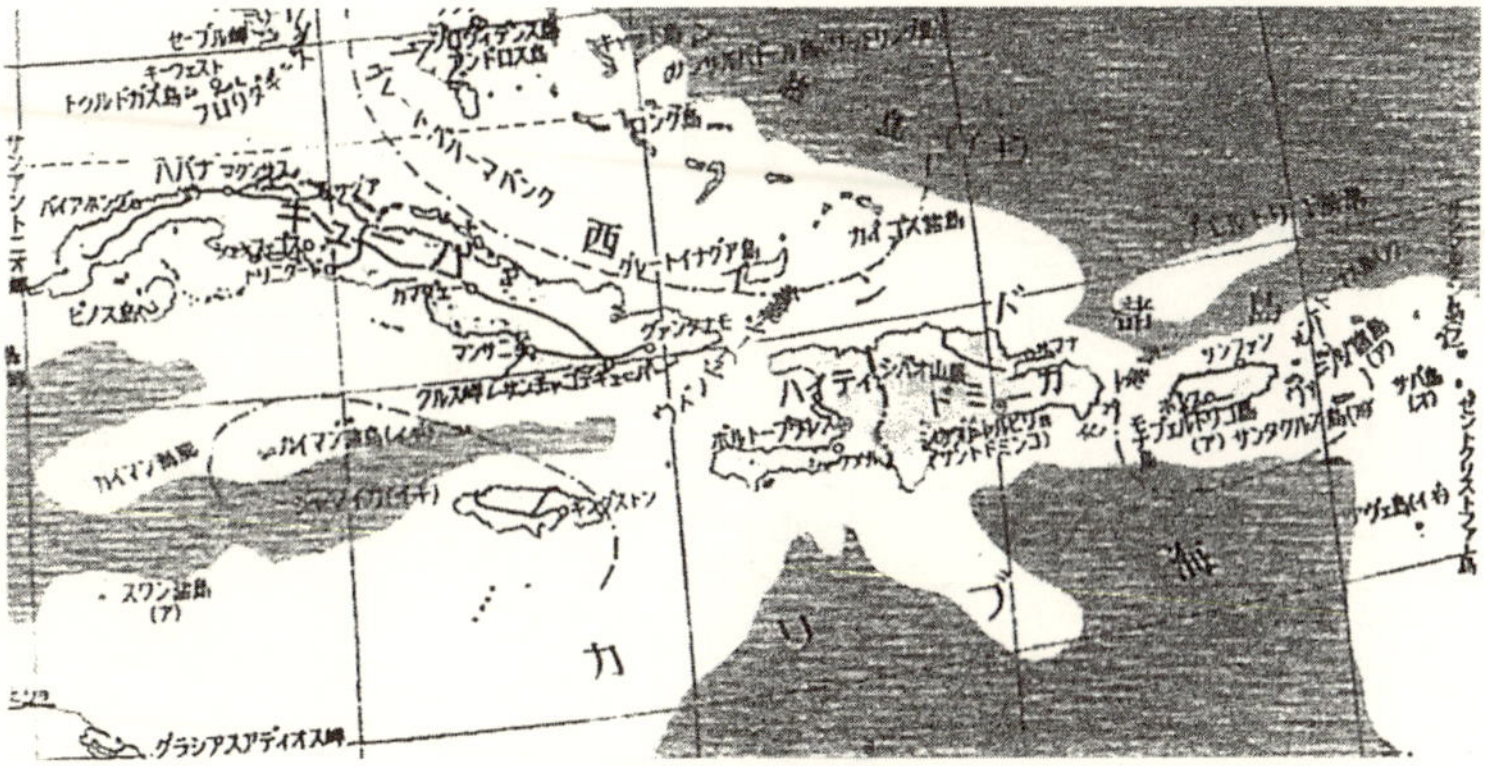

図１　カリブ海周辺

て開発されたカリブ海の島の一つという設定になっている。

海洋性熱帯気候のカリブ海の島々は、一六世紀に始まるヨーロッパ列強の植民による、主に砂糖キビを中心とするプランテーションの開拓によって大規模な生態系の変化をこうむった。砂糖キビ栽培に適した平坦地の原生林は急速に消失し、この地域の主要な栽培植物となる砂糖キビ、バナナ、コーヒーなどの大部分が非原産種であったため、植物相にも大きな変化がもたらされる。砂糖生産の拡大に連れて労働力の不足からアフリカからの労働力が奴隷という形で導入され、奴隷貿易を生むこととなり、カリブの島々は近代世界システムの最初に「周辺化」された地域となった（石塚 2-18）。

そうした歴史の目撃者として、カリブの自然が白人の侵略者たちによって搾取され破壊されていくことに抗議するかのように、『タール・ベイビー』第一章の冒頭部分は擬人化された自然のあげる悲嘆と憤りの声から始まる。「雲や魚は世が終わりとなったことを悟り…野生のオウムは同意して大騒ぎを起こす」（9）。川が人間の手にかかって自然な流れを阻害され、ついには疲れ果てて病を負って悲しむ様子を雲が集まって見下ろす。やがて「大きく目を見開いて叫びながら」（10）デイジーの木も倒れ、ランもそれに続いて地上に屈する。こうして「永遠に存在することになっていた二千年の年月を経た熱帯雨林」(9)も絶滅の運命を余儀なくされる。自然の地形や生態系を無視した宅地開発による環境破壊を、このように自然に声を与え、人間でないものの視点から語らせることによって、「自然は人間の活動によって大いなる影響を受けるが、それ自体の生命と視点を持っている」(Wallace and Armbruster 212)という自然の権利と自律性を主張すると共に、モリスンはこの島を神話的世界を残したアニミスティックな空間に作り上げることに成功している。「島では全てが誇張される。多すぎる光。多すぎる陰。」(68)と描写されるように、生き残った自然は力強い生命力を維持し、色も形も全てが鮮やかな明瞭さを帯び、生き生きとして人々と共存し続けている。

▼カリブの奴隷貿易と盲目の「騎士」の伝説

島の神話的世界の中心となるのが、島の熱帯雨林を馬に乗って駆け回ると言う盲目の男たちの伝説である。「騎士の島」という名前からも推察されるように、島にいる白人たちの間では、その男達はフランス人の騎士たちということになっている。島を所有するものが命名の権利も所有しているのである。しかし、その地域の昔からの住民である黒人奴隷の子孫達の間では、伝説の馬に乗った男たちは、奴隷貿易によってアフリカからドミニカへと運ばれてきた奴隷の子孫であり、彼らの先祖は「三百年前、その島を見たとたん目が見えなくなった」(8)と語り伝えられている。奴隷船の座礁によって海に投げ出された奴隷のうち、少し視力を残したものは船にたどり着き奴隷として生き続け、完全に盲目となったものは流された馬と一緒にこの島の反対側に乗り上げて生き延び、今もその子孫たちがその丘を馬に乗って駆け回っているというのであった。

この馬に乗った盲目の男たちの伝説はある史実を想起させる。一五世紀から一九世紀の間にアフリカから約一千万人が奴隷として強制連行されたが、そのうちの四〇パーセント以上がカリブ海の島々に労働力として導入された（石塚 10）。この奴隷貿易によってアフリカ人たちが「中間航路」を通って強制連行された奴隷船での劣悪な状況をこの伝説は示唆しているのである。アフリカから西インド諸島までは一月半から二ヶ月の船旅であったが、奴隷船の船倉という真っ暗闇に長時間置かれてきたものが「多すぎる光」（*Tar Baby* 68）と描写される熱帯のカリブ海の強烈な明るさを目にした時、一時的にせよ目が見えなくなることは想像に難くない。伝説の「馬に乗った男たち」が裸でいるのも、奴隷船上では、奴隷の男たちは害虫が湧かないように殆ど裸の状態にされていた（メイエール 70）ことを想起させる。「歴史それ自体に、恐怖がぎっしり詰まった船倉がある」（シーガル 80）。ムバリア（Doreatha Drummond Mbalia）は伝説の「馬に乗った男たち」が盲目であることを、自由から奴隷という身分へというあまりに大きな変化に打ちのめされて、その抑圧的な環境を自ら見えないようにしたと解釈している（98）。いずれにせよ、「馬に乗った盲目の男たち」はこの作品の中でカリブの過去と現在、史実と伝説をつなぐ重要な媒介として機能していると言える。カリブの先住民に及んだ抑圧と共に、アフリカから強制連行された奴隷の植民地主義の犠牲者としての体験は、口承伝統を通して語り継がれその痕跡を残していくことになる。シーガルも「ブラック・ディアスポラ」の集団的意識に、記憶、神話、隠喩として入り込んだ人々の経験は埋もれることはあっても、決して消えはしなかったことを指摘しているように（80）、黒人共同体のフォークロアは情報を伝える一つのモードとして黒人社会で重要な役割を果たしてきた。征服者の輝かしい騎士の勇姿と盲目の奴隷達の子孫が裸で馬に乗って駆け巡る姿の対比は、二つの異なる伝説の存在と同様に、カリブの島という自然を背景にその歴史を巡る抑圧者と被抑圧者という相対する立場を象徴するものとなっている。

▼ヴァレリアンの「帝国」・「パラダイス」

ブーゲンビリア、アボカド、ポインセチア、バナナ、ココナッツと熱帯雨林最後の「チャンピオンの木々たち」が豊かに繁る中に立ち並ぶ白人の冬期休暇用の家々の中で「最も古く、最も印象的」(10)なのが「十字架の木」と名づけられたヴァレリアン・ストリートのバロック風の大邸宅である。ローマ皇帝と名を同じくする、退職してフィラデルフィアから移住してきた白人のヴァレリアンは、自分が買収したこの「騎士の島」と呼ばれる異国の島に帝王のごとく君臨する。又、モリスン自身の作品舞台を「ある種のエデンのような場所」(McKay 417)にしたかったという言葉を反映して、この「帝国」を一つの「エデン」と捉える批評家も少なくない。リグニー(Barbara Hill Rigney)はヴァレリアンの「帝国」を「白人のパラダイス」(66)と呼び、バイヤーマン(Keith Byerman)は「ゆがめられたエデン」(208)と捉え、ルポー(Lauren Lepow)も彼を「他人の運命をコントロールする神のような存在」(367)と解釈しているが、いずれもヴァレリアンが島とその住民に及ぼす絶対的な権力を表象していると言える。合衆国を「エデン」と捉えた言説と同じく、植民地主義の巧妙なレトリックを喚起させる解釈と言えよう。

カリブの過去から現在への抑圧の歴史を象徴するかのように、ヴァレリアンは菓子製造業者としてカリブの安価な労働力によって生産されたカカオと砂糖を使用して長年利益を蓄積してきた。一七世紀から一九世紀にかけて、アフリカから強制連行された奴隷を使って製造された砂糖が、ヨーロッパ、アフリカ、アメリカを結ぶ三角貿易によって、巨額の富を植民地主義国にもたらすことになり、一九世紀末以降も、砂糖産業は近代化の中軸産業としてカリブ諸国における輸出経済の主導的役割を果たしていく（大貫186）。

只同然の安価で手に入れたこの島に、メキシコ人の建築家によって設計されハイチの労働者によって建てられたヴァレリアンの家は、「「デザインされた」ように見えないようにあらゆる努力が払われた…カリブ海で最も見事に表現され、しかもありがたいほどに誇張したところの無い家」（11）であった。この家に象徴されたヴァレリアンの欺瞞性をさらに明確に表明しているのが、ヴァレリアンが島での生活のほとんどの時間を過ごす温室である。「そこで死を迎えるため、常に花の咲いている生活となるように制御された場所」（35）である温室は、ヴァレリアンの行使する統制と自然の誤った秩序の象徴でもある。温室ではアジサイやアネモネといった非熱帯産の植物が育てられ、ヴァレリアンの欲求を満足させるための人工的な空間が作り上げられている。野生の命に満ち溢れた熱帯の島で、自然な植物の発育とリズムを無視して温室の中で植物の生長を制御することは、この島における「ヴァレリアンの存在と全く同様に不自然」（Furman 50）である。自然の持つ自律性を認めず、自分の気が向くままに自然を改変させていくヴァレリアンは「土地の命を奪い土地を汚し土地の上に排泄し、更に排泄するために土地を切り開く…野生の動物の威厳」（203）さえもっていない連中の一人と糾弾される存在でもあった。

「圧力鍋の中のように登場人物が皆一緒になっている」（Mckay 417）ヴァレリアンの大邸宅は、合衆国の縮図のような白人と黒人の関係が展開される「人種的に定義された空間」（Baker 158）でもある。「再生がヒエラルキーの強化の原理である」（Harding and Martin 132）と指摘されるように、白人の地主が黒人の労働力によって経営するかつての南部プランテーションがこのカリブの地で再生される。それは、又、カリブのフランス人による砂糖プランテーションの構図と同類のものでもあったが、白人地主のストリート夫妻、家の中で働く黒人の使用人のシドニーとオンディーンの夫婦、家の外で働く黒人の現地住民である雑役夫のギデオンと洗濯などの雑用をするテレーズの三組の男女は合衆国南部のプランテーションの人間関係をそのままなぞっている。

白人地主のストリート夫妻はその人種的社会的経済的権力で黒人たちを意のままにする。「フィラデルフィアのニグロ」(163)を自称する執事のシドニーは「君たちがお互いを見分けるためにまだ顔に切傷を入れている間、私の先祖はドラッグストアの店主になったり、学校で教えるようになったりしていたんだ」(163)と述べて、「ニガー」と呼ばれるカテゴリーから自分を引き離し、自らの優位性を主張する。ヴァレリアンの彼らへの経済的援助もあってか、抑圧も搾取も感じていないシドニー夫婦は、「チャイルズ」という苗字が示すように、雇用主ヴァレリアンの「子供」としてその価値観を共有し、ヴァレリアンと同様のプライドと傲慢さを土地の使用人に対して示す。彼らとは対等な人間関係を持とうとする意志もなく、親和関係を築こうともしない。その結果、ギデオンはその職業名の「ヤードマン」で呼ばれ、テレーズも個人として認められないで、島のほとんどの女はその名前の一部にメアリーが入っているということから「メアリー」と呼ばれることになる。「原住民の代わりに連れてこられたアフリカ人たちは島の最も好ましい場所から追い出された」(Kubitschek 102)ため、彼らは隣の「フランス王妃島」と呼ばれる島から舟でこの「騎士の島」に通ってくるのである。カリブ海における植民地時代の抑圧の歴史を色濃く残すこれらの島々を舞台に、同様のディアスポラの歴史を生きた合衆国の奴隷とその子孫たちがたどった「周辺化された」民族の過去が渾然一体となって提示されていく。

三　「帝国」の崩壊と抑圧されたものの回復

▼サン・グリーンの侵入と「パラダイス」のリンゴと「罪人」の追放

この邸宅への侵入者として登場するのがウィリアム（通称サン）・グリーンであるが、サンは「息子」というその名が示すようにこの作品の中で黒人文化の継承者としての役割を負っており、又、「グリーン」が象徴するように、額と眼に「サヴァンナを湛えた」（158）アフリカの自然を具現した人物でもある。サンは前コロニアル時代の「そのままのまっすぐ外に現れる野生」（192）を引き継ぐ存在で、その侵入が「十字架の木」の住民たちの表面的な調和を損なわせ、人種的階級的な緊張関係を露呈することになる。

このサンに仕掛けられる「タール・ベイビー」[2]がシドニーとオンディーンの姪で、母親の死後シドニー夫婦の養女となり、ヴァレリアンの経済的援助によってヨーロッパで教育を受けたジャディーンである。主人夫婦と共に夕食のテーブルに着き、シドニー夫婦にかしずかれるジャディーンはその状況が示すようにアイデンティティも不確かな状態にある。タール人形の民話に照らし合わせると、温室で植物を育てていること、パトロンとしてジャディーンを現在の彼女に作り上げたことで、ヴァレリアンがタール人形を作った農夫ということになる。タール人形のジャディーンをしかけられるウサギどんがサンである（図-2）。

図 2　*Brer Rabbit and the Tar Baby*
www.wkonline.com

ヴァレリアンの「パラダイス」のリンゴがギデオンとテレーズ

によって盗まれ、二人は「法の裁き手」であるヴァレリアンによって解雇・追放されるという事件がおこる。フランスで育った果実や野菜だけが売られるために「リンゴはドミニカには運び込めない輸入禁止品」(109)となっており、「楽園のリンゴ」は島の住民には文字通り「禁断の実」であった。この解雇に際し、シドニーは「リンゴが問題なのではない、自分たちが知らされるべきだった」(204)と自分に彼らの解雇の相談がなかったことを、ヴァレリアンの自分の地位に対する挑戦と受け取って憤慨する。しかし、サンはその解雇の不当性を次のように主張する。

まるで彼は手を振るだけで解雇することが出来るかのように、その砂糖とココアで、彼が帝王にふさわしい快適さの中で年老いていけるようにしてくれた人々を解雇したのだった。サトウキビを刈ったりカカオ豆を採ったりすることがこどもの遊びであって何の価値もないかのような報酬しか与えず…その砂糖とカカオをチョコレートに変え、それを子供たちに売って富を築き…彼らの労働力をさらに使って宮殿を建て、自分ができない仕事をもっとやらせるために彼らを雇い、又してもサタンさえも憤慨させるような賃金しか支払わなかったばかりか、彼らが自分が欲しがったもののほんのわずかを欲しがったというだけで、つまり、クリスマス用にいくつかのリンゴを取ったというだけで手を一振りして首にしたのだ。(202-3)

そして、「ここにそれ(リンゴ)をもってくるために一八マイルも船を漕いできた」(205)のはヴァレリアンではなく彼らなのだということを思い起こさせ、傲慢な資本主義者であり植民地主義者であるヴァレリアンに対し、テレーズとギデオンに道徳的判断を下す資格がないと告げる。サンの糾弾の道徳的権威は、ヴァレリアンは彼らからもっと多くのものを、すなわち、島という場所を盗んできたということ、そして、その土地を受け継ぐのはこの島にかつて連れてこられたアフリカからの奴隷たちの子孫である自分たちであってヴァレリアンではないという理由に拠っている（Furman 51, 60-61）。黒人共同体から乖離したエリート黒人であるシドニーに見えていない搾取の構図をサンははっきり認知しているのである。

▼ヴァレリアンの「帝国」の崩壊

ヴァレリアンの欺瞞的なリベラリストとしての仮面も剥がされ、特にマーガレットの息子マイケルへの幼児虐待の秘密が暴かれた後、「無知な人間は神の前では罪」（243）ということを理解したことがヴァレリアンを突然の老化に追い込むことになる。知ろうとしなかったこと、無知のままでいることを選択したことは一種の逃避であり、彼の罪は「意図的な無知」（Furman 56）であったと言うことになる。しかし、ヴァレリアンの無知であることの罪の深さは、もっと本質的なところ、すなわち、菓子製造業者として富を蓄積できたのも、カリブの自然と島民への搾取から成り立っていたことを知らなかった、知ろうとさえしなかったことにあった。家庭内における息子の虐待さえ認めようとしなかったヴァレリアンには、島とその住民（一部の白人を除いて）に対する抑圧者である自分の立場など理解できるはずもなかった。今や食べ物をシドニーによって口に運んでもらうようになったその姿に、生存さえ執事であるシドニーに頼らざるをえなくなった主人ヴァレリアンと執事シドニーとの間の主導権の逆転を見ることができる。しかし、権威の失墜は新たな癒しと力をもたらすものともなる。再び温室を訪れるようになったヴァレリアンは自分を取り巻く自然を新たな視点で見始める。

人生のある時点で、世界の美しさはそれで十分と思えるときがやって来る。… 世界はいつもそこにあるものなのだ。眠っているときもそこにあるし、起きたときもそこにある。だから、眠ることができるし、目覚める理由もある。枯れたアジサイも咲いているアジサイと同じように複雑で美しい。荒涼とした空も日の光と同じように魅惑的だし、花も実もつけてないミニチュアのオレンジの木も欠陥があるわけではない。そうあるだけなのだ。だから、温室の窓を開けて外気を中に入れればいい。扉の掛け金をはずしたままにし、（アリ防止の）モスリンの布もはずせばいい。なぜなら、兵隊アリも美しいし、アリたちが何をしようと、それも又、自然の一部なのだから。（242）

あるがままの自然を受け入れるようになったヴァレリアンは、もう温室の中の何にも手を加えることはない。

オンディーンは自分の長年の貢献と忠誠心が報われなかったことを知ってマーガレットの秘密を暴露したわけであるが、ヴァレリアンに対しても、料理人である自分が「人間でもある」（207）ことを思い出させ、一方、マーガレットとオンディーンの間にも長年の確執を越えて和解が生まれる。

サンはヴァレリアンのシクラメンの花を咲かせ蘇生させたエピソード（148）からも明らかなように、自然の力を具現した「癒し手」であり、「ニセのローマ皇帝ヴァレリアンが自分の周りに築いたまやかしの寺院」（Harding 133）を粉砕するために、「クリスマスにやってきた黒人のメサイヤ」（Harding 133）でもあっ

された。サンの侵入事件を経過して「十字架の木」と呼ばれるこの邸宅にある種の「贖罪」と「癒し」がもたらされる。

▼島の自然の再生とアフリカン・アメリカンの土地との絆の回復

ヴァレリアンが温室をあるがままにしておこうと思うようになった後、温室も生来の自然の姿を取り戻そうとする。様々なものたちが「好きな所で好きなように成長し、枯れ、死にゆき、「騎士の島」は元々そうであったような空間で埋め尽くされるようになる」(242)。自然の成長と衰退のサイクルが戻り、生来の自然が取り戻されて島の自然も再生へと向かっていくのである。美しい島に外来者である自分の存在と権力を出来うる限り押し広げ、ネズミや蛇など自分にとって有害な動物は駆除するなど、自然の固有の存在を無視して意のままに自然を変えていったかつてのヴァレリアンの傲慢さが、こうした形で攻撃され反撃されているとも言える。しかし、実際にカリブの島々の長期にわたる植民地支配からの回復が困難なように、「騎士の島」の自然の回復も、作品最終部における登場人物のそれぞれの運命と同様に、不確かなあいまい性の中に置かれている。

「ディアスポラ」と「移住」というアメリカ黒人社会の歴史を追体験するサンはモリスンの言う「放浪する男」であり、「どこかに長い間留まることの出来ない」(166)「逃亡者」でもある。妻を誤って殺したことから故郷を追われ、複数の名前を使用しながら職を転々とするサンは「本当の元の名前を殆ど覚えていない」(139)。「放浪していて、自分の故郷についての記事を新聞の市外版のページで読む」(166)男たちの一人なのである。こうして逃亡・放浪を続けているサンは、奴隷時代の身分証明書も持てなかった「逃亡奴隷」の

「逃亡」と「アイデンティティの欠如」という体験、その民族の歴史を語り直す存在でもある。

故郷のフロリダにある前近代的な黒人村落共同体であるエローにノスタルジックな夢を描いてジャディーンを連れて行くが、いつもきれいに見えていた島の女たちが「おろかで無骨で頭が悪く死んだように見える」(273) ようになることからも明らかように、故郷のエローもサンの中でロマン化された幻想の地でしかない。

フランスで教育を受け、ファッション雑誌エルの表紙を飾るモデルでもあるジャディーンにとっては、ニューヨークが「くすくす笑いたい気分にさせる」(221) 居心地の良い場所である。現在の生活の場であるパリでも、自分が育ったボルティモアでもフィラデルフィアでもなく、このニューヨークが「ここが故郷」(222) と感じられる場所である。サンとニューヨークを訪れたジャディーンは自分の愛するニューヨークを二人のものにしたいと望む。しかし、「ニューヨークは彼女の関節に潤滑油を注し、油を注されたように体が動くようになる」(221) 場所で、足もここでは長くなったように感じられ、「首が胴体と頭部を確かに接続された」(221) ように感じるというジャディーンの言葉は、大都会の消費文化による人間の物質化・機械化を象徴的に語ったものでもあると言える。都会の喧騒と刺激が人を興奮させるが、コスモポリタンな大都会は先祖の過去から切り離された近代的な不安定な空間でもある。そうした場所のひとつであるパリにおいて、そもそもジャディーンは自分が「本物でない」(48) と感じて「騎士の島」にやってきたのであった。ジャディーンも大都会をロボットのように忙しく機械的に動き回る一人の「放浪者」なのである。

白人社会の価値観に同調するシドニーとオンディーンの夫婦は黒人共同体からも先祖の地からも切り離されている。夫婦の間でヴァレリアンの家のあるフィラデルフィアを懐かしむが、現在そしておそらく未来においても雇用主ヴァレリアンの「帝国」に閉じ込められたままである。シドニーが抱く少年時代を過ごしたボルティモアやフィラデルフィアへの郷愁とジャディーンがニューヨークに抱く憧憬は、二〇世紀初頭、南部農村社会から北部の都市社会へ移住していったアフリカン・アメリカンの民族移動の歴史を追認するものである。「文明化された」土地の魅力が都会の躍動感や自由さとあいまって北部へと多くの南部出身者を移住させたが、そこでは、又、新たな人種差別による階級的社会的な問題が形成されていくことになる。奴隷制とそれに引き続く過酷な過去の記憶の残る南部という土地からの離脱は、そうした歴史からの開放感をもたらすと同時に、土地に根差した先祖や共同体との絆の断絶を意味するものでもあった。白人社会にそれぞれの関わり方でつながりつつ、帰属する土地を持たないこれらの黒人主人公たちの土地とのつながりの回復は、先祖の地アフリカからのディアスポラの歴史と決して無縁ではない。

雑役夫のギデオンもこうした「放浪者」の一人として、若い頃ケベックに渡りカナダの農夫となったが、次の二〇年はアメリカで過ごし、テレーズに頼まれた一二個のリンゴとレジャースーツだけを携えてアメリカを後にしたとき、結局残してきたものは「アメリカの国籍だけだった」(109)と感じる。そして、「あの寂しいアメリカの土地ではなく、コーヒーの育つ丘で死ねることを思うと、とても幸せな気分になって、鬱憤や怒りも一時間と持続できない」(110)と語る。放浪の後、家族と故郷の土地との絆に支えられた心の平安を取り戻したギデオンの姿に、「放浪」から「帰属」へという人と土地との関係の修復に向けての一つの選択肢を伺うことができる。

四　タール・ベイビーとフォークカルチャー

▼昔からの財産を知る人々とタールの結束力

かつて、ヴァレリアン夫妻の息子のマイケルはジャディーンに自分の歴史と民族を捨てようとしていると非難したことがあった（72）。そんなジャディーンを「孤独で本物でない」（48）と感じさせ、何かが欠けていることを暗示したパリのスーパーマーケットで出会ったアフリカ女性と同様、ジャディーンを「昔からの財産」を知らないものと認識するのが「沼の女たち」である。蚊さえも近寄らない濃い物質がしみ出ているため「魔女の乳房」と呼ばれているタールの沼に住む女たちは、「神聖な財産」（183）を守って島の抑圧の歴史を生き延びてきた。沼の女たちは沼に足を捕られたジャディーンを家出した娘が帰ってきたのだと勘違いして歓迎しようとする。この女達のジャディーンに対する母性的な反応は、奴隷時代の抑圧された非人間的な家族関係から今日まで綿々と続くアフリカン・アメリカンの不安定な家族関係の在り方を彷彿させる。沼の女たちに激しく抵抗するジャディーンは、女たちの黒人女性としての「特別な女らしさ」（183）を認めようとせず、自分とのつながりも認知しない。「黒人女性の歴史」を生きていないジャディーンは沼の女たちとは「別の何かになろう」（183）として必死になっており、それが女たちを驚かせる。又、沼に引きずり込まれることに極度の恐怖感を感じているジャディーンには自然そのものへの恐怖が認められる。ニューヨークを「島の丘のように自分を怖がらせない場所だ」（222）と感じるジャディーンはその恐怖感に示唆されるように自然そのものからも乖離している。沼に入りこむ恐怖から木にしがみつく様子に、沼の女たちについて親しみを込めて語る島の黒人達とは全く異質の白人的価値観を身に付けていったジャディーンの姿が伺える。
サンがジャディーンの夢の中に吹き込もうとした（120）タールの匂いとその黒く輝く粘りを所持するタール沼の女たちは、共同体を一つにする力の象徴でもある。モリスンはルクレアー（Thomas LeClair）とのインタビューの中でこのタールという物質について次のように語っている。

タールというものは、西洋の物語の中では、奇妙なものに見えましたが、アフリカの神話の中に「タール・レディー」がいるのをみつけたのです。私はタールについて考え始めました。かつて、タールが出る穴は神聖な場所だったのです。少なくとも大切な場所でした。なぜなら、タールはものを作るのに使われたからです。タールは大地から自然に湧いてきます。タールはモーセの小さな舟やピラミッドに使われたように、ものをくっつけます。私にとってタール人形はものを固く結びつけることのできる黒人女性を意味するようになったのです。（122）

「タール人形」の民話で、タールがウサギを捕る「ワナ」として使われたそのネガティヴな含みを取り払い、黒く輝く美しい物質、粘着力のある、役に立つ物質という肯定的なものに読み替え、更に人を結びつける力へと昇華させ、主流文化の解釈を改定していく作業は、黒人言語文化の中で重要な位置を占める、ゲイツ（Henry Gates Jr.）の提唱する「シグニフィケーション」（主流言語・言説の読み替え・書き換え）の実践となっている。タールへの想いは先祖の地アフリカの歴史に遡り、その文化的な遺産を誇りを持って継承するものとなっていく。又、それは人種差別の対象であった自分たちの肌をタールのように「黒く輝く美しいもの」と主張していく民族の誇りの回復にもつながっている。自分たちの自然なそのままの在り方に自信を持ち、人種による多様性を肯定する姿勢は、自然における多様性を認め自然全体と調和していく「共生の自然観」につながっていく。タールの出る場所を自然の恵みと受け取り、「神聖な場所」「大切な場所」とした先祖の知恵は、タールが人が手を加えたものではなく、大地から「自然に」湧き出たものだという言葉を添えたモリスンの同様の自然観と共鳴するものとなっている。ピーチ（Linden Peach）はジャディーンの足がタールでひりひりするのは「オークションで傷を隠すために奴隷の肌に塗られたタール」（83）の記憶でもあることを指摘しているが、それはタールの持つ苛酷な過去の「民族的記憶」として、ジャディーンのような黒人共同体との絆を断ち切ろうとするものにも同様の痛みをひきおこすものとなっている。

ジャディーンが年老いた叔母夫婦を置き去りにしてパリに向けて島を旅立った夜、熱帯雨林の中では「夢を見る間もなく」（290）働き続ける兵隊アリがいる。まっすぐに前方に向かって行進していくアリたちはほとんど全てがメスである。「厳格な組織と完全な犠牲を要求される」（290）メスのアリ達には「山ほど仕事があるのだ」（290）。次の世代へと受け渡す命のために「夢を見るまもなく」自己を犠牲にして働くアリたちの姿は、自分だけの夢を求めて飛び去って行くジャディーンの「唯我論」（Peach 91）の実践と対極を成している。飛行機で飛び去って行くジャディーンには、『ソロモンの歌』（*Song of Solomon*）の中で歌われた、先祖の地アフリカに「飛んでいくアフリカ人」のような帰っていくべき安住の地は見つかってはいない。

▼サンと神話的世界への回帰

ラスタファリアンスタイル[3]の髪型で登場したサンは「アフリカの息子」（Rigney 43）でもあるが、そのサンにとって黒人共同体とのつながりは黒人女性の持つ母性や養育の力と深く関わっている。ギデオンがヤードマンと呼ばれていることに対してサンは、「皆がまるで（ギデオンが）誰かの子供ではないかのように、ギデオンをヤードマンと呼んでいることが気になった」（161）と述べて、自己アイデンティティと母子関係の重要さを主張する。

作品の冒頭部分で、クイーン・オブ・フランス号からタールのように「黒い海」（4）の中に身を投げたサンは「水の女」に抱きしめられ、「騎士の島」へといざなわれる。作品の最終場面では、いつまでも母乳の出る魔法の乳房を持った「先祖の象徴」でもあるテレーズがサンにジャディーンの後を追いかけるのを辞めさせ、霧の中、舟をこいでサンを島の反対側に連れていき、伝説の馬に乗った盲目の男たちの元にいざなう。馬に乗って駆け回る盲目の男たちの一族と目されているテレーズは、中年に達すると盲目になるという言い伝えにあるように眼が不自由であるが、サンを最初から伝説の馬に乗った男たちの子孫であると見抜き、歴史的現実世界と神話伝説の世界との媒介者として、歴史的史実を超えた神話的世界へと黒人文化の継承者であるサンを導いていく。

> あの男たちが丘でお前を待ってるんだよ。裸で、しかも目も見えない。でも、あの男たちは疾走するんだよ。熱帯雨林があって、チャンピオンのデイジーの木々が今も育っているあの丘の上いっぱいに、天使のようにあの馬たちを競走させて。（306）

島の木々たちもテレーズに同調し「まるである種の男のためには道を進みやすくするかのように」（306）退

いていく。作品の最終部は「全速力で、わき目もふらず、全速力で」（306）と「全速力で」（"Lickety-split"）という言葉が何度も繰り返され、そのリズミカルな語感がウサギが逃げていく姿の擬態語的表現となって、「全速力で」逃げないと捕まってしまうことを恐れるかのように必死に走っていくサンの姿で締めくくられている。奴隷時代、命をかけて「全速力で」逃亡した「ウサギ」たちにも「テレーズ」の存在があった。

神話的世界に生きる「民族の記憶の守り手」として、「神話伝説の語り手」として、抑圧の時代を生き延びた「アフリカの残存者」として（Rigney 67）のテレーズの存在は、ノーベル賞受賞記念講演の中で、モリスンが寓話として語った物語に登場する盲目の年老いたグリオを想起させる。自分を哄笑しようとする若者達の意図を見抜いた心眼の持ち主で賢者でもあるグリオは、モリスンの各作品で重要な自然表象となっている「鳥」を用いて黒人共同体の言語文化を中心とする伝統文化の継承の重要性を伝えている。

サンが神話的過去に統合されていくことは、公式のものとして記録された歴史の外に、又それを超えたところにある「ワイルドゾーン」（Rigney 67）に閉じ込められた民族の過去を継承する一つの有効な手段としての民話・伝承の役割を確認するものでもある。批評家達もこの作品を「バースの神話理論がアフリカン・アメリカンの民族伝統と結びついているポストモダンのメタ神話」（Werner 151）と捉えたり、又、「モリスンはこの作品を通してフォークロアと神秘主義を、精神的なものと物質的な世界を、過去と現在を結合させるマトリックスとして使った」（Rigney 92）と指摘して、この作品における神話的言説の持つ多様性と融和性（Hardning 11）の有効さを認めている。

五　ポスト・ウィルダネスにむけて

「騎士の島」の自然破壊と島民への抑圧を是認するイデオロギーを結びつける時、従来の白人中心の環境思想における自然やウィルダネスの概念とは異なる、アフリカン・アメリカン独自の自然体験や自然観が持つ歴史性社会性が明らかとなる。

「タール人形」の民話が「農園」という「文明化」された空間から茨の茂みという制御されない自然の空間に帰っていくという「ウィルダネスへの回帰」を物語ったものでもあったように、「人と場所との関係」というテーマは、「ウィルダネス」という象徴的な場所を中心として、その人種的な歴史性や社会性を明らかにされていく。白人のネイチャーライターの先駆けであったソローのウォールデン湖畔、エドワード・アビーの南西部の砂漠への「逃避」は、文明化された社会空間からの「逃亡」として、タール人形民話の「ウサギどん」や奴隷制時代の逃亡奴隷の生死をかけた「逃亡」と対比させるとき、その人種的社会的な特権性が明らかとなる。タール人形の物語という黒人共同体で継承されてきた民話を通して、この黒人共同体が集団的な意識として継承してきた「逃亡」の記憶は、前植民地時代の、祖先の地アフリカでの自然体験へとさらに遡っていく。「ブラックアフリカの伝統的宗教は、人間と環境との相互的な関わりから主として生まれたもの」（シーガル 770）であったため、「自分たちにとって特別な霊的意味を備えた場所から引き離されるという恐怖」（シーガル 770）がディアスポラの体験を一層苛酷なものとしたということも、人と土地との関係を中心概念とするエコクリティシズムによってより深い意味を与えられることとなる。

『タール・ベイビー』においても、その神話的世界を支えるのが、熱帯雨林やタール沼という象徴的な場所を含む、抑圧の歴史を生き抜いてきた島の「自然」であった。「独身のおばたち」（62）のように言い争う人々を部屋の片隅でじっと見守る「霧」や窓の外から部屋の中の様子をうかがう「蝶」(81)のように、島全体がアニミスティックな空間として悠久の時を刻む中で、島における一時的な存在としての人の生き様を見届けているかのような自然がある。こうした黒人共同体の宇宙観に基づく超自然と自然界を含めた現実世界が渾然一体となって作り出されるモリスンの作品世界で中心となるのが、時を超越した先祖の存在である(“Rootedness” 342-43)。「先祖と接触を保たなければ道に迷ってしまう」(“Rootedness” 344)と述べるモリスンは歴史とのつながりとその連続性の重要さを指摘する。

このように、アフリカン・アメリカンを含む様々な民族共同体の歴史によって多様化する、異なった又は相反する自然の解釈を確認・検証する作業が必要となる。白人主流文化の定義によって狭められていた従来のウィルダネスの概念を解体するとき、人種という視点を加えたポスト・ウィルダネスに向けての模索が始まる。

「搾取と抑圧の歴史の解体」「多様性の受容」という重要なキーコンセプトを共有する多文化主義批評理論とエコクリティシズムは、基本的理念である差異と存続について検証し、共通の目標である「生き残り」のためのレトリックを志向するものとなっていく。そのひとつの可能性の実践として、モリスンが『タール・ベイビー』において示したように、「野生は静止した文化史、自然史の体系におしこまれるより祖先の伝統とフォークカルチャーに統合され、それを生きることを通して表現されなければならない」(Wallace and Armbruster 223)と指摘されるように、野生および自然全体は、祖先の記憶や伝統文化が融合された民族の集団的意識の継承装置である民話・伝説といったフォークロアの援用によって、土地と人とを結びつけた、より的確な表現形式を得ることになる。モリスン自身も「人種差別的な家をどのようにして人種の特異性のある、しかし非人種差別的な家庭にするか」（Home 5）という課題を投げかけているように、多様な民族集団の特異な自然体験を通して明らかにされるそれぞれのエスニシティとその自然観の差異を共に尊重しつつ統合していく言説の在り方が、環境言説の重要な課題の一つとして問われているのではないだろうか。

注

1 本稿においては、登場人物としてカリブ海のアフリカ系住民も含まれるため、先祖をアフリカ人とする人々全体を「黒人」という言葉で表現し、その中でアメリカ出身の人たちを「アフリカン・アメリカン」とした。

2 アフリカ民話から派生したアンクル・リーマス物語にもある民話を「タール人形」、モリスンの作品を『タール・ベイビー』と呼ぶことで両者を区別した。

3 一九三〇年に誕生したラスタファリ運動は、エチオピア皇帝ハイレ・セラシエ一世となったラス・タファリを生ける神として崇め、白人の権力・物質主義の「バビロン」に挑戦する政治的・宗教的運動であった。（シーガル 778）

参考引用文献

Baker, Houston A. Jr. and Patricia Redmond, eds. *Afro-American Literary Study in the 1990s*. Chicago: U of Chicago P, 1989.

Byerman, Keith E. *Fingering the Jagged Grain: Tradition and Form in Recent Black Fiction*. Athens: U of Georgia P, 1985.

Furman, Jan. *Toni Morrison's Fiction*. Columbia: U of South Carolina P, 1996.

Harding, Wendy, and Jacky Martin. *A World of Difference: An Inter-Cultural Study of Toni Morrison's Novels*. Westpor: Greenwood, 1994.

石塚　道子編　『カリブ海世界』　世界思想社　一九九一年。

LeClair, Thomas. "The Language Must Not Sweat: A Conversation with Toni Morrison." *Conversations with Toni Morrison*. Ed. Danille Taylor-Guthrie. Jackson: UP of Mississippi, 1994. 119-28.

Lepow, Lauren. "Paradise Lost and Found: Dualism and Edenic Myth in Toni Morrison's Tar Baby." *Contemporary Literature* 28（Fall 1987）:363-77.

Kubitschek, Missy Dehn. *Toni Morrison: A Critical Companion*. Westport: Greenwood, 1998.

Mbalia, Doreatha Drummond. “Tar Baby: A Reflection of Morrison’s Developed Class Consciousness.” *Toni Morrison:Contemporary Critical Essays*. Ed. Linden Peach. New York: St. Martin’s, 1998. 89-102.

McKay, Nellie. “An Interview with Toni Morrison.” *Contemporary Literature* 24（Winer 1983）: 413-29.

メイエール、ジャン　『奴隷と奴隷商人』猿谷　要監修　国領　苑子訳　創元社　一九九二年。

Morrison, Toni. *Beloved*. New York: Knopf, 1987. （邦訳　『ビラブド』　吉田迪子訳　集英社　一九九〇年）

____. “Home.” *The House That Race Built: Black Americans*, U.S. Terrain. Ed. Wahneema Lubiano. New York: Pantheon Books, 1997. 3-12.

____. “Lecture and Speech of Acceptance, upon the Award of the Nobel Prize for Literature, Delivered in Stockholkm on the Seventh of December, Ninetten Hundred and Ninety-Three.” *Toni Morriosn*. New York: Knopf, 1994.

____. “Rootedness: The Ancestor as Foundation.” *Black Women Writers, 1950-1980: A Critical Evaluation*. Ed. Mari Evans. New York: Anchor P, 1984. 339-45.

____. *Tar Baby*. New York: Knopf, 1981. （邦訳　『タール・ベイビー』　藤本和子訳　早川書房　一九九五年）

大貫　良夫他監修　『ラテン・アメリカを知る事典』　平凡社　一九八七年。

Peach, Linden. *Toni Morrison*. New York: St. Martin, 1995.

Rigney, Barbara Hill. *The Voices of Toni Morrison*. Columbus: Ohio State UP, 1991.

シーガル、ロナルド　『ブラック・ディアスポラー世界の黒人がつくる歴史・社会・文化』　富田　虎男監修　明石ライブラリー　8　明石書店　一九九九年。

Stepto, Robert B. “Intimate Things in Place: A Conversation with Toni Morrison.” *Massachusettes Review* 18（Autumn 1977）473-89.

Wallace, Kathleen R. and Karla Armbruster. “The Novels of Toni Morrison: ‘Wild Wilderness Where There Was None.’ *Beyond Nature Writing: Expanding the Boundaries of Ecocriticism*. Ed. Karla Armbruster and Kathleen R. Wallace. Charlottesville: UP of Virginia, 2001. 211-30.

Werner, Craig H. “The Briar Patch as Modernist Myth, Morrison, Barthes and Tar Baby As-is.” *Critical Essays on Toni Morrison*. Ed. Nellie McKay. Boston: G.K. Hall, 1988. 150-67.

伊藤　詔子

18　新しきウィルダネス

――ユタから『悦楽の園』への越境《リープ》

私はフクロウを見つめる。フクロウが見つめ返す。二つの目はゆっくりと溶け一つになり、暗闇と光が旋回し大地が生まれ出る。瞬きをする。フクロウはまだ救い主イエス・キリストの後ろにいて、燃えるようなまなざしを注ぐ。

（ウィリアムス『リープ』42）

新たな「明白な宿命」がアメリカを襲っている。経済至上主義が精神の避難所だった西部を永久に変えてしまった。

（『怒れる西部』15）

一　はじめに

『リープ』（*Leap*, 2000）は、中世の宗教画家ヒエロニムス・ボッシュの名作、プラド美術館の至宝、三幅祭壇画（triptych）『悦楽の園』（El jardin de las delicias）を風景とみて、風景の細部を巡礼する物語である。ユニークな世界観を持つ自然史家でもあり、ブリューゲルと並ぶ中世最大の魔術的画家ボッシュ（図—1）の作品には、鳥や昆虫や動物や果実が、鉱物やロボットを思わせる人間とのハイブリッドで、異形の怪物またはキメラが無数に描かれている。中でもボッシュ、ウィリアムス（Terry Tempest Williams, 1955-）（図—2）共通の、人間よりも大きなフクロウの扱いは特権的だ。エピグラフの一文は「天国」の奇怪な塔内部の目として『悦楽の園』を凝視し見下ろす『リープ』第一部「天国」最後のシーンで、フクロウの目はウィリアムスの目と一体化し生成し、ボッシュの森の風景は作家の身体に受肉し、『リープ』第二部以降の壮大な物語、全身浸礼的な新しい風景の創造をもたらす。

図１　ヒエロニムス・ボッシュの肖像（16世紀の逸名の画家の素描）アラス市立図書館蔵の肖像画集 “Recueil d’Arras”より。

この三幅祭壇画は、美術史や文化史の中でこれまで実に様々な解釈が施されてきた。「見る者に知の限りを尽くした解読を迫る難解な哲学」（神原 8）と評されたり、「超現実的な視界を切り開き……異端芸術の嚆矢をなす」（中野 34-5）とも位置付けられている。ウィリアムスにとってはそれ自身魂の極限的表象で、その豊かな形象や色彩や文化的重層性から、ユタの荒涼たる砂漠の対立項でもあり、人間精神と肉体の深みに降り立ち人類の運命を予言する、大いなる別種のウィルダネスでもあった。ウィリアムスはこの新しい「砂漠」を前に、ほとんど和解不可能なまでに変容した自然を凝視する。つまり『リープ』は、自然やウィルダネスの概念枠そのものを大きく越えるボッシュとの出会いから、人間を謎めいて統御する倒錯的な自然をテーマ化し前景化しているのだ。

ところで風景とは、メイニング(D.W.Meining)やラルフ(E.C.Ralph)が定義するように、個と共同体の物理的、生態的、文化的意味の親密な混淆が生み出すもので、アイデンティティ形成の場でもあって、風景形成にはジェンダー、階級、信仰、追憶などが複合的に作用する(Kowalewski 3)。[1] ことにウィリアムスの南西部砂漠地帯の過酷な風景は、今世紀半ばまで白人男性作家のアウトサイダー的視点からしばしばアメリカ西部神話の枠内で論じられてきたが、この地域が国内的植民地主義の対象としてアメリカ政府に支配搾取されてきた歴史的地理的状況が、『怒れる西部』(*The Angry West*, 1982)他新しい多文化的地域研究の進展により明らかになってきた。[2] それとともに、「無垢と光り輝くウィルダネス」といういわゆるウィルダネス神話のなかでマスキュリンな想像力が処女地的風景としてきたものは、その虚構性が暴かれ、南西部の砂漠自身に声を与えてきたインサイダーの女性作家、本書第二部、第三部で論じられるメアリー・オースティン、レスリー・マーモン・シルコーなどによって西部の風景は大きく変容してきた。つまりそこは永遠に人間の手が加わらない聖地だから魅力的なのではなく、「地図上の空白」として人間の手により搾取されてきた他者だからこそ、他者化されてきたネイティヴ・アメリカンや女性的自我と重なる共感の場なのである。

もちろんウィリアムスの風景との関わりには、こうした政治的地勢だけでなく大地の生態系への敬意に満ちた環境中心主義の思想に付随する多くの要素がある。大地との合一への願望はエロス的衝動を抜きにしては語れないし、人間のアイデンティティの本源であるエロスの有り様は、信仰やジェンダーの在りかた、家族・州・国のコミュニティの特質などと絡み合いながら構築される。ウィリアムスの場合風景の意味は、とくに彼女の土地への信仰とモルモニズムとの関わりにも集約的に問題化されるだろう。『新創世記——土地とコミュニティについてのモルモンリーダー』（*New Genesis*, 1998）ではスミスの教義と大地の神学の融合を提唱し、モルモニズムの現代化による新しい神学の樹立も模索しようとする。

ウィリアムスの代表作『鳥と砂漠と湖と』（*Refuge*, 1991）、続く『デザート・クァルテット』（*Desert Quartet*, 1995）も、こうした新しい西部の、新しい女性地域主義（female new regionalism）の作品と捉えることができる。[3] 9冊目の作品である『リープ』とともにこの三作は、風景を人間精神の地図と捉え、巡礼により自己の内部を探求し魂と身体の旅を描いた一連の作品といえるだろう。一見三作は形式も場所も隔っているため相互の関連についてはまだ考察がないが、語り手と風景との一体化作用による土地のジェンダー化、愛の対象としての土地のエロス化、また魂と身体の病からの治癒あるいは修復のプロセス、モルモニズム体制内改革など多くの共通テーマがある。あたかも三幅聖画のようにも見えるこの三作を、それぞれのジャンルの問題にも注目しながら、時と空間とジャンルを越境する新しいネイチャーライティングとして定位してみたい。

二　ジェンダー化される風景――『鳥と砂漠と湖と』

▼非・自然史への越境

ウィリアムスほどネイチャーライティング・ジャンルのハイブリッド性や、越境性を感じさせる作家も少ない。『鳥と砂漠と湖と』が「クリエイティヴ・ノンフィクション」と呼ばれたのも、ネイチャーライティングという用語ではこの作品の多様なジャンル的特性を表現できなかったからだ。しかも最近はサイバー空間でのアートとして詩や朗読や対談などにも意欲を見せている。勿論こうした動きは個人技というよりは、メディアのなかにウィリアムス・インダストリーが形成されている事も示すが、当初より風景の感覚的把握を第一の特質としていたウィリアムス文学のジャンル越境性にも起因している。『鳥と砂漠と湖と』はこれまで論じられてきたように、塩湖とベア川河口鳥類保護区の鳥についての自然史であり、その湖岸の異常水位とネヴァダ核実験場の核爆風の「風下の住民」として癌に冒された一族を物語る伝記的小説でもあり、砂漠の自然の瞑想と祈りの書でもある。さらに「市民の不服従」を実行して核実験場の立ち入り禁止区域に抗議デモをする政治的主張の書であるが、この「不服従」にはソローや環境保護運動のモットーのみならず、モルモニズムの第一の徳目「服従」への反抗もある点が重要だ。

図２　T.T.ウィリアムス
ホームページ（注）より

しかし今までその奇妙な副題に、こうしたジャンル混淆の意味が隠されていることは指摘されなかった。副題「家族と場所の不自然な物語」(*An Unnatural History of Family and Place*)について、一般的に、一族の八人の女性同様癌に侵されて時ならずして死んでいく母を看取るこの一家の歴史は決して自然なものではなく不自然なもので、それは湖の異常水位に対するコミュニティの対処法にもいえて、モルモニズムと州政府の父権的体質には土地の自然の有り様をそのまま認めようとはしない不自然な行政の歴史があったと解釈されてきた。一九九五年のラジオ対談で作者も次のようにいっている。「死は生命の自然な作用です。(中略)不自然というのはこのサイクルに何かが強要されているからです。州は六千万ドル投じて湖の水をポンプで砂漠に汲み出そうとしていますがこれは自然な事でしょうか。核実験場の風下の住民にとって乳癌は自然でしょうか。」(インターネット情報「ウィリアムスとの会話」)こうした作家の意図に加え、unnatural historyとは従来の自然史(natural history)を「自然を内景として捉え直すネイチャーライティング」(スロヴィックの定義)へと組み替えた、旧来の自然史ならぬ〈新しい自然史〉とも読める。元来自然史はある土地や特定の種について科学的手法で調査・探求し、客観的に物語る。自然史が建国期には国家史(national history)として作用したことも周知の事実であり、主として男性作家によって担われ、国家史に奉仕することも多かったのに対し、『鳥と砂漠と湖と』に見られるのは、土地の歴史を語り手の家族の歴史と接合し、そこに深い同一性を発見し、土地が客観的存在ではなく家族の主体形成に深く関わることを伝える。のみならず語り手は土地を大胆に自己と重ねジェンダー化し「私は湖を、飼い慣らされることを拒絶している『女性』として」(92)見ると述べる。第一章で、「女性の身体と地球の身体は採掘され続けてきた」(10)とし、土地に加えられる開発の政治的力は女性の身体への暴力として認識されていく。

こうした態度は、自然史の精妙な秩序を主観を交えない叙述によって組み建てる作業とは真っ向から対立するもので、土地は冒頭からすでに語り手の内景であり詩的空間として措定されている。「私が人生を立て直そうとしているときその湿地も再建され始める。（中略）仕事をする書斎に散らばったジャーナルの苦しみの文章にはさまれたページからセージの小枝や鳥の羽がこぼれ落ち、嗅覚を呼び覚まし生まれ育った土地と、それがいかに私の人生を形作ってきたか」(3)を語る。ここではセージの香りによる嗅覚の先鋭化が一種の共感覚を引き起こし、ページ（荒野の詩を書き留める場でもあるsageとの音の類縁）が喚起する様々の苦しみや人生と土地への想いと結合している。共感覚と五感の解放はデーヴィッド・エイブラムも論じるように、エコロジー的感受性の特質となっていて、国家の歴史に組込まれやすい自然史の限界を崩し、『鳥と砂漠と湖と』を次節で述べるように自然史ではなく非自然史へと脱構築させているのだ。

▼五感の解放と十字架の希求

第一章の「アナホリフクロウ」の章は特に従来型の自然史方法論を意識的に採用しつつ、ユタ砂漠の土地と塩湖生成の地理的歴史および生き物の生態と食性と営巣法等を述べ、それを非自然史へと拡大深化させる様が典型的に窺える。ソローのいう「自然に語らせる」「大地の言葉」としてのこの砂漠のテキストは、アナホリフクロウの雛の声“Tttss! Tttss! Tttss! (9)の鋭いs音から始まり、すでに述べた部分の同音反復によるリズム感覚による語りで推進されていく。(“[S]and cracks their spiens, and sprigs of sage pressed between passages of pain heighten my sense of smell.”5) ウィリアムスのS音の偏愛は、それがこの土地の砂の最もありふれた音だからだろうし、本書の頻出語、sacred, sanctuary, solitude, soil, sand, sanddune等の頭音とも反響し合うからだろう。結城正美は“spirit”と“sage”の結合についても論じている。(Yuki 95)

『リープ』の特質でもある風景と身体感覚の一体化は、視覚によって対象から一定の距離を置いて構成する従来的風景の距離の原理を解体することでもあり、距離が保証していた視覚による対象把握をやめて風景の中に歩み入り、他の感覚、嗅覚や触覚、聴覚のようなより身体的な感覚で風景を体験し、何よりもそれを固定ではなく生成として捉え物語ることでもある。母の死をなんとか克服できた語り手は今や祖母の死さえも「匂う事ができる」(261)とし、母を看病しながら語り手は、死を観念としてではなくまた怖ろしい現実でもなく、ある種の感覚、「はかなさと肉の結合したもの」として、「誕生や性愛のように涅しく現実的で様々な匂いと音と体液に満ちている」(219)と捉える。

母の死を予表するかのように湖の側で死んだコハクチョウを、死の儀式に相応しく十字形に整えるとき、聴覚は一種の超絶的直感に高められている。「私はその亡骸の静けさに耳傾けようとした。夕まぐれのなか、私は砂の上に十字架となったコハクチョウをあとにした。私はふりかえらなかった」(122)とし、母の死の意味を語り手の中で受難として意義づける。コハクチョウの、元より言語化されえない言葉に聴き入った後語り手が後にした風景には、放射能被爆で乳癌に冒され十二年後卵巣癌で時ならずして死んでいく母の死の意味、続く伯母と祖母の死、コハクチョウの長い飛跡と天への旅立ち、砂の上の白い十字架といった宗教的図像への瞑想が内包されている。母が病んだ、生命の始まりであり恵みのトポスとしての卵巣は「悦楽の園」の論者が皆注目する卵のなかの恋人達への深い思索へ発展していく。ウィリアムスにとり魂そのものである鳥の持つ最も重要な意味の一つは、帰天を目指す十字形にあるが、十字架がモルモニズムでは禁止されていることが『リープ』で言及されており、十字形の天と地への双方向性、受難の極性とその和解への洞察は、ウィリアムスをモルモンの地から旧教の地へと向かわせた要因のひとつかも知れない。「ボッシュの庭には青い十字架があり、東西に流れる青い川が天国と地獄と融合し、十字架と交わっている」(224)とする。このように女性的身体としての塩湖と砂漠の再解釈、そしてボッシュの『悦楽の園』の文学化は、ウィリアムスの密かな信仰確認を感覚の解放で実現したものでもあることがわかる。『鳥と砂漠と湖と』の風景のジェンダー化についてはさらに多くの考察を必要とするが、それは別稿に譲り、先に進みたい。

三　エロス化される風景——『デザート・クァルテット』

▼詩から絵画への越境

『鳥と砂漠と湖と』のジャンル越境は、『デザート・クァルテット』ではもっと明確な形で表れている。エロティック・ランドスケープと副題されたこの作品は、ソルトレークから少し離れたキャニオンランド国立公園の赤い砂岩キャニオンを歩く物語で(図—3)、「土地とのエロス的な関係を核として、またそれを意識的にネイチャーライティングの領域に持ち込んでその新たな可能性を探ろうとした実験作」(木下　㉓)だ。湖から巨岩の屹立するキャニオンランドへの移動は、それ自身女性的ランドスケープから男性的空間への移動でもあり、語り手の身体の女性性を鮮明に意識化する。六二ページのこの作品は、メアリー・フランクの五枚の油絵とモノクロ三九ページに及ぶ挿し絵で、詩、散文、絵画のジャンル融合は一段と進んでいる。

『デザート・クァルテット』の身体としての風景との合一への願望と悦びは、土地のジェンダー化とエロス化というエコフェミニズムが問題視してきた一種のタブーとも関わるが、これも風景の眞の把握がエロテ

図 3　キャニオンランド，キャピタルリーフ。同国立公園サイトより

イックな投企を必要としたからに他ならない。絵画と詩という融合形態はネイチャーライティングのメッセージ性を高め、読者に五感の解放を求め、文学作品を一種の感覚体験へと変質するものでもある。ボイド・ピーターソン（Boyd Peterson）は、この作品をモルモンの聖者ジョセフ・スミスの『教義と契約』にも無邪気に引用されている「雅歌」（“Song of Songs”）と比較し、両者の蛇行する言説（meandering discourse）を、シクスーの〈エクリチュール・フェミニン〉だと論じている。T・S・エリオットの『四重奏』を意識したこの作品は、エクリチュール・フェミニンとして文化の家父長的産物である言語の知性的使用法を破ることで、抑圧的な文化構造を打破する企図を持つ。シクスーの「女性が鳥に似ているのは偶然ではない」を、『リープ』は引用し（215）、さらに注でシクスーが「父権制社会の中で声をあげる勇気を鼓舞し、女性と男性が異質な言語で話す事を認識させた」（306）とその影響を認めている。エリオットの愛の欠如への嘆きに対し土地へのエロス的愛を謳うことで、ウィリアムスはフェミニストの信条「私的なものは公的なもの」を書き換え、「霊的なものと政治的なものは一つであり、両者に分離はなく相互依存がある」（ロンドンとの対話）とし、霊的なものを政治的なものへ越境させている。

▼エロスの解放

このような風景現出に最も重要なのは、対象を客観的に見るのではなく直接ふれる触覚による土地の把握であろう。砂岩の割れ目という「聖なる回廊」を歩く『デザート・クァルテット』では、風景は身体として触覚され太古の岩との愛の営みがエクスタシーをもたらす。また自らの息を度々見つめ、「荒野の吐息」である岩から垂れ下がるクジャクシダからの水滴を、キャニオンという男性の身体からの愛液として「口で受け止め、喉の奥深く飲み込む」(11)ような愛の動作も頻出する。草原のチョウ、カゲロウ、ゲンゴロウ、オタマジャクシなど多くのいきものは、四大に向かって感覚的に生き、砕け散る水音、暑い日の光、しっとり濡れた岩場で生命を謳歌しており、この太古の地は愛の場として息づいている。奇岩が造り出す様々なエロティックな形象を語り手は愛の対象として描出し、コロラド川に全裸で身を任せ「水の中で溶けていく」。荒野の夜のたき火の炎も情熱の形象として見つめられ、四大が調和する「聖なる地」での大地との合一の悦びと生命の根源的なエロス的有り様を謳い上げている。この〈愛の場としての砂漠〉という一種パラドックスの風景は、『リープ』の、様々な愛に満ちた風景解釈を準備したと見ることもできる。

以上のような風景のジェンダー化やエロス化については、しかしながら、アネット・コロドニー(Annet Kolodny)やカサンドラ・カーチャー(Cassandra Kircher)によって、西欧思想に伝統的な〈女性=自然〉対〈男性=文化〉の二元対立論の復活であり、エコフェミニズムの立場からは抑圧的な男性的思考の産物として批判もされてきた。特にカーチャーは「『鳥と砂漠と湖と』のダイコトミーを再考する」のなかで、作品中の女性と土地の連帯や、制度や組織と結びついた男性への敵対を、男性作家が常としてきた文化と自然のダイコトミーによる素朴な土地の女性化であり、「女性を処女または大地の母と同一視する古い男性的レトリックを復活させている」（Kircher 160）と論じる。たしかにウィリアムスの自我形成は、基本的には家族の絆を重視するモルモニズムの霊肉二元論の中で始まり、次第に家父長制からくる様々な女性抑圧への抵抗の中で生成されてきた。したがって土地と身体を結びつける彼女の新種のエコフェミニズムには、体制内改革的資質が強く反映し、上記の批判にも繋がることは否定できない。

しかし『デザート・クァルテット』でのエロティック・ランドスケープは、その背景にモルモン社会での男性支配への異議申し立てがある事は明確だ。水の章で象徴的に述べられる少年たちのカエルを投げつけて遊ぶ振る舞いへの記憶は、「私の体」を「遊び場」にした弟や従兄弟ら男性社会と、語り手が自然の側に立って対抗してきたことを物語っている。今やそのカエルの死骸を新たなる首枷、ネックレースとし川に身を浮かべる語り手は、そのような社会では達成できなかった愛の解放を果たそうとする。「愛へと導き、もう一度社会のならわしから逸脱させ、挑むようにと進めるもの、それは荒野にほかならない」（46）とし、『リープ』で言及されるモルモン教会が展示を禁じたロダンの彫刻「Kiss」さながら、キャニオンランドの赤い砂岩の「裂け目に口をかぶせる」と、「眩暈がし、快楽に酔いしれる」（57-58）。カーチャーによると『鳥と砂漠と湖と』のなかのウィリアムスとモルモニズムの関係は、批判と賞賛が相半ばし、「父権制への強い告発はなく、片足をモルモニズムへ片足の慰めを自然界に求めている」（Kircher 161）ということになるが、『デザート・クァルテット』のエロティシズムには明確な抵抗の表明がある。そして『リープ』でのウィリアムスは、「静かな希望の動作でアーマンの夢と両立する大地の神学を押し進める」（『新しき創世記』216）として、モルモニズムとの新しい関係を企図しようとしている。

四　『リープ』と新しいウィルダネスの発見

▼中世宗教画への越境

ソルトレークからキャニオンランド、そしてスペイン、プラド美術館へと移動巡礼して書かれた『リープ』には、風景の体験が絵画的芸術様式と分かち難く結びつくという前作の発想が重要な柱を形成している。作品中に書かれているように、作者はこの絵と一九九二年夫ブルックスとのスペインへの旅でたまたま遭遇したが、三幅祭壇画の常として、左右の翼に天国（Paradise）と地獄（Hell）が描かれ、中央の本体を構成しているのが「悦楽の園」であった。二枚扉の表は「世界の創造」（Creation of the World）と題され「創造三日目」が、錬金術の卵の図象によって描かれている。この名画の本体に出逢ったとき、『鳥と砂漠と湖と』の低奏音であり『デザート・クァルテット』の主奏音であったエロスの問題は、一挙に問題の全景を顕わし、ウィリアムスを驚愕・圧倒することになった。ウィリアムスは西部のみならずアメリカが封じ去ったはずの過去ともいうべき中世に深く降り立ち、自らの魂の奥深くに畳まれ、ユタの土地と自然との交歓の中で育んできたテーマの、重層的瞑想に入っていった。

その絵の左右の両翼の絵のプリント版は、ウィリアムスの祖母ミミの家のベッドの上に無造作にピンで止めてあり、意味不明のまま何となく心惹かれながら幼いウィリアムスはよく目にしていた。ミミは『鳥と砂漠と湖と』に描かれるように、ウィリアムスに土地と人間の関係を教えた存在であるが、この絵に最も重要な本体があるとは何故か教えなかったため、ウィリアムスは天国と地獄を罪の応報を説くモルモニズムの教えと照応させてきた。エロティシズム故にモルモン社会の検閲で隠されていた「悦楽の園」との遭遇は、したがってそれ自身、彼女の天国地獄概念そのものの大いなる欠落を埋めるミッシング・リンクとして機能したし、これまでユタでは決して見ることのなかった「悦楽の園」の、複雑にして錯雑なソドム的エロスの放逸や蕩尽の世界を一挙に見せられることになった衝撃は大きい。『リープ』で作者は、モルモニズムの体制内で和解して生きた祖母の影響の下で書かれた『鳥と砂漠と湖と』から出て、モルモニズムの源を中世の聖画に読み込み、土地の思想と接合することになった。

タイトルとなったこうしたさまざまな飛躍について、作者は「このタイトルはオーデンの詩『見る前に飛躍を』("Leap before You Look")から来ています。この詩の最後の一行は『私たちの安逸の夢は消えねばならない』です。安逸は天国のように幻想で、多くの宗教制度やその正統も、偽りの安逸の上に成り立っています。リスクを負うこと。見知らぬ領域へと移動し、飛躍すること。私のホームランドはユタ、モルモンです。スペインのボッシュの絵を前にして、私はリープしたのです」(homepage of T.T.Williams)と述べている。実は「私たちの安逸の夢は消えねばならない」のフレーズは既に『鳥と砂漠と湖と』(273)に出ており、本論エピローグに掲げたフクロウも、同ページでミミの死に際し「一羽のフクロウが私に向き合い飛び立つ。もう一羽が向きを変えて私たちは向き合う」と描かれている。二作品を繋ぐのは永世の表象でもあるフクロウで、『リープ』のフクロウはさらに語り手のペルソナとして他の鳥にない特権的存在となっている。

近代を通りすぎて旧世界中世の代表的宗教画への没頭に関しては、第四部「修復」でウンベルト・エーコを引用した文章の注で、「中世には現代の重要な問題すべての根元があり、自らの源を探す時はいつでも中世に舞い戻る」(306)と、時の飛躍の必要を述べている。『リープ』はオーデンだけでなくリルケの「生きた神学の必要性」、世紀末芸術、ダンテの「地獄篇」、中世異端審問裁判など多くのヨーロッパ的素材を

「砂漠の詩学と政治学」と融合している。ボッシュは、古代の原始信仰が絶えることなく闇に潜んでいた中世という時代の、秩序と混沌のせめぎ合いの中で生まれた怪しいまでの美の表現者とされ、キリスト教の正統には満足しない錬金術的アウトサイダーであった。『リープ』ではハロルド・ブルーム（Harold Bloom）の「いかにして私は神又は真理と独自の関係を持ちうるか」を引用し（148）、その注で、「ブルームはヘルメス主義を異なる秘教的伝統の融合と定義したが、それはスミスの教義と私自身の経験の神学を理解するのに役立つ」（296）とし、ウィリアムスのボッシュへの関心が、とくに「秘密の石」や「不老長寿の薬」（144）などモルモニズムとも結縁するヘルメス的図像にもあることも示している。[4]

▼死を描く「天国」

天国の風景そのものは、子細に見つめ細部へ進むと、これまで気付かなかった多くの理解をこえたものに出逢うようになる。第一章「天国」の調査・追憶・追体験の多様な叙述レベルは、聖書や意識の流れ技法の顕著なヴァージニア・ウルフ（Virginia Woolf）の『波』（*The Waves*）の長い引用を混じえて続く。「天国」では、イヴの白い服と閉じた膝の従順さが、従順を筆頭の徳目に据えるモルモン教会で八歳のとき受けた洗礼式、父が頭に置いた手の圧力、その日以来楽園の子供として生きてきたことなどを思い起こさせ、著者は信仰の基礎が築かれた子供時代に再び入っていく。するとアダムとイヴの後ろのこんもりした森で「一心に祈っている一人の若い男が膝まづいて」いるのを見る。ある日この若者が啓示をえて「緑の予言者の石を目に当て、そこにみたものに震えおののく」とし、モルモンの聖者ジョセフ・スミス（Joseph Smith）が一八二三年九月二一日ニューヨーク、パルミラで得たとされている啓示の書が引用されている（21-22）。

『悦楽の園』プラド美術館所蔵。

図4「天国」(Paradise)　図5「悦楽の園」(Garden of Delights)　図6「地獄」(Hell)

『新創世記』と『リープ』ではモルモニズムの基礎をなすスミスの啓示への言及と、スミスの教義再評価が至るところで行われるが、スミス研究書『初期モルモニズムとその魔術的世界観』(D. Michael Quinn, *Early Mormonism and the Magic World View*) も注で触れられる (294)。ウィリアムスは自分の土地の基盤を形成しているモルモニズムの歴史に真正面から向き合い、現代のモルモニズムからするときわめて異教的な楽園にスミスその人を見いだすことで、モルモニズムの土地に根ざす秘教的特質を強調し、その抑圧的体質の根拠付けをスミスではなく、後継者となったブリガム・ヤングと初期設立者達の攻撃的な体質に探っている。そうすることで、モルモニズムの原理的肯定を引きだしているのだ。[5]

さてこの「天国」には死がいたるところにあり、遠方に「シカをむさぼっているライオン」「ハイエナを追いかけるイノシシ」手前の黒い沼地から「鼠をくわえた猫」が出てきているのにも気づく (31)。さらに沼からは、首の三つある大きなサギのような鳥、カエルをくわえた鳥と爬虫類のハイブリッド、小さなクジラ、沼のカヌーで本を読んでいるカラス状のもの、巨大な蟹、怪物亀などが描かれているが、いずれも幻想的ハイブリッドであり性の力を象徴する異常な程伸びた尾が特徴だ（図―4）。天国中景を成す青い湖にも、多様な鳥と哺乳類、恐竜やハリネズミなど異形のものが無数に見え、神と同じピンク色のファブリックなトロフィが池から奇怪な図像となって空に伸びて立ち、「悦楽の園」では三つに増殖し形が膨らみ崩れていく。

楽園とは対立概念であった死や性からこの「天国」は成り立ち、楽園と生命力の根元としてのウィルダネスが、この絵では一つとなり両極が結合している。ユタでの洗礼式にあった楽園はウィルダネスを排除した楽園であった。天国から始めたこの絵の旅の第一部は、この風景が形をかえたウィルダネス、より真性のウィルダネスに他ならないという認識に至る。「絵は祈りになりうるだろうか。／ウィルダネスは祈りになりうるだろうか。／私はリンゴを齧ることを選んだイヴを責めはしない。彼女に感謝する。私たちの目を開いてくれたことに。／絵の額縁は消える。／ウィルダネスの境界はみえなくなる。／私はボッシュのエデンに帰り、彼の森を彷徨う」(42) というエデンでのウィルダネスの遍在という逆説で閉じられている。

▼動植物が人間を支配する「悦楽の園」

ボッシュのウィルダネスでは、鳥、果実、動植物は決して聖性といった単一なものの象徴ではない。「悦楽の園」ではとくに自然本来に備わる大きな力が誇張歪曲して描かれ、快楽追求の飽くことなき連続性の寓意としても使われている。自然は、産業革命後の近代の自然のように決して人間の征服の対象として人間の領域から分けられ、都市空間の背景に退却させられてはいない。むしろ裸体の人間、つまり社会性や階級を剥がされ、等しく快楽を求める生き物のレベルの男女群像の、欲望や衝動の目に見える形として、人間と同等の資格で交わり、否むしろその力に応じた巨大さで人間と同等に戯れるさまがが描かれている。その性は必ずしも異性愛とは限らず、ボッシュの時代には犯罪として禁じられていた、同性間や多数の組み合わせまた黒人も描かれ驚くほど今日的だ。ウィリアムスはモルモン社会のタブーでもある同性愛についても「ユタ社会の同性愛に対する恐れは、愛と想像力の欠如である」とし、恐れているものを提示するのが「芸術の本質だ」(183)とする。果実、鳥、木々など自然のもつ魔術的秘境的力の寓意図が人間を支配し、恋人は卵の中やリンゴや貝やエビの甲羅の中にいて、人間は小さく包まれ、鳥や魚に見つめられ、異様なほど自然が前景化し人間を制御し主役となっている(図―5)。

なかでもチェリーは画面全体に散りばめられ、シーンのほとんどの人物が、圧倒的な大きさのチェリーを捧げ持っていたり、足に挟んで倒立したり、巨大化した熟れたチェリーに凭れ掛かったりしている。各章を構成する三七種の鳥から成る『鳥と砂漠と湖と』との最大の類似点である鳥は、塔の窓から空に向けて煙のように群れなして描かれたり、前景の池の周りでは大きな人間の乗り物になっている。ウィリアムスは絵をバードウオッチングし三四種まで数えて、それらをページ縦に図像的に並べる。「ツバメ、アカトキ、オオサギ、小サギ、セキレイ、アオイワツグミ、カッコー、ヘラサギ、シロペリカン、サギ、アオサギ、コウノトリ、ワタリトキ、コクマルガラス、ノビタキ、シロビタイジョービタキ、ミヤマガラス、キジ、ジェイ、マガモ、オカヨシガモ、ヤツガシラ、キツツキ、カワセミ、コマドリ、カササギ、オウゴンヒワ、オオシジュウガラ、五種のフクロウ、ヒドリガモ」(17-18)。実際ベヤ川河口の鳥類保護区は世界各地の様々な鳥が羽を休める鳥類図鑑の具現のような印象もあり、その意味では「悦楽の園」は『鳥と砂漠と湖と』の鳥を絵に閉じこめた庭で、別種の避難所であるともいえる。

さらにこの絵は現代のエコロジカルな世界観と通底しているとさえいえて、その意味で予言の書でもある。ボッシュの絵の自然表象は美術史上でも「自然に対峙する科学者の思い」(神原 二)を構築しようとしたとされ、つまり自然の驚異的観察者であるボッシュは自然の野性的力を表象化し、自然史が人間の歴史を支配する構図を浮かび上がらせる。「地獄」は人間の奢りが招いたエコロジカル・アポカリプスの図像とも読める。この絵のこうしたエコロジカルな人間といき物の融合の意匠及び予言性にウィリアムスは驚異と悦びを見いだしている。

一人の男が草の上にうつぶせになって、鹿が首を舐め、腕を頭の上に突き出している。これが今私が「悦楽の園」に見ているもの。動物たちと人間は一緒。ボッシュは一つのコミュニティを創造して、発見したコミュニティを賞賛している。肉体の交わりはそれ自身祈りの形式なのだ。
私はもはや一人で生きているのではない。私はイヴ。私は大地。私は隠れていて急に見つかったフクロウ。私はアザミの上に羽ばたく楽園の森の蛾なのだ。アオアザミが肉体の上に弓なりになる。アザミの棘は肉体に招かれる全ての苦しみと祝福。(169-70)

ウィリアムスは色彩豊かなボッシュの欲望の池を、塩湖の一見不毛に見えるウィルダネスと対置させながらも、絶えずボッシュの風景の奥に地球の連鎖としてのユタ砂漠を見つける。一例として「ムラサキガイの中の恋人は並んで真珠を生みだしている。私は園に落ちる青い真珠を拾い集める、つぶれた真珠は赤い砂と一緒になった。海は私の手の中で砂漠に加わっていく。(中略)さあ、ユッカの石鹸に灰を混ぜて。泡立ってきた。近くに来て、横たわり、おなかを暖かいつるつるした岩にのせて」（189）とある。この後には『デザート・クァルテット』の岩と川と火と風の擬人化による大地との性愛の描写が続き、「真珠と砂、海と砂漠は一緒になって流れ去り、私たちの死んだ皮は涙の洪水に乗って流れ去り、浸食してまたやってくる」と、コロラド川のカエルのイメージに接合される。ウィリアムスにとってこの絵の風景は、あらゆる両極を結ぶグローバルな意義を持って読み込まれていく。

▼「地獄」の構造

かつてウィリアムスに会いにソルトレークを訪れたとき、信者以外は入場を禁じられた世界に冠たるあの大聖堂の前で、世界最大の聖歌隊の声とオルガンの音だけ漏れ聞いたことがあった。この建築物や音楽は、おそらくモルモニズムの世界でのあり方の表象だろう。一方ボッシュの地獄の前景を成すのは、リュート、マンドリン、ギターの拷問具、十字架のように伸び火を噴く笛を背負われた男、鳥やカエル、ネズミ、魚の怪物、大ウサギに逆さ吊りされた人間、人間を飲み込むドラムと結合した巨大鳥人間、人間の上に乗るカブトムシ恐竜や巨大鳥人間、手前の尼僧の被り物をした太った豚と楽器の下のピンクの豚、また楽隊を思わせる多くの悲鳴を上げる群衆と怪物や動物による殺戮の図だ。楽器の表象については「ひのかげ芸術研究所」ホームページに掲載されている次の解釈が参考になる。「キリスト教によって多様な価値体系が一元化されていく中で、「賤民」と位置づけられる構造が成立していくこととなる。賤視といっても権力や能力を持った者が劣ったものを軽視するということではない。結論から言うと賤視という意識の中には「畏怖」の感情が伴っている。（中略）ここで重要なもののひとつは、賤視された民でもあった放浪の楽師についての考察、および、音の世界についてである。注目したいのは、弦楽器や打楽器の存在である。その楽器を背負っていたり操ったりしているのが、怪物や動物、あるいは賤視されている側言い替えれば異人としての民であった」(「美の呪力」「ひのかげ芸術研究所」ホームページより)。つまりこうした楽器は、前述したモルモン聖堂のオルガンやハープシコードによるグレゴリオ聖歌など教会音楽へとやがて精錬されていく前の、いわゆる「悪魔的楽器」であり、教会からは排斥された、自然の力から音を回収して楽とする、きわめて野性的な自然に近しいものであった(図—6)。もしこの解釈が成り立つとするなら地獄は、自然と自然の民である被支配者側のキリスト教への逆襲の図ということになる。

中景には船から伸びた樹幹人間(ボッシュだとされる皮肉な笑みを浮かべた男)、矢のささった巨大な耳と2本の巨大な光る包丁などがある。この包丁はキリスト教とデカルトによって完成された二元論と考えると、それが遠景の、近代以降の崩壊する燃えあがる世界を生みだしたことになり、ボッシュの予言の射程の広さは驚異的だ。砂漠と風や鳥の声など野生の音楽の側に立つウィリアムスが、遠景の燃える地球と燃える森、焼け落ちる橋を渡る無数の兵士に自らを重ねるのは、当然の帰結といえよう。

　私は地獄の高みにまで登り、熱を避けた。すると今まで見たこともない物を見た。二つに裂けた地の滴る心臓が、逆さまにホロウ・マンの帽子の白いつばに吊り下げられていた。それはピンクのバグパイプ、中世の楽器の変形のようにも見える。(82)

「地獄には北という方角はなく、友人もいない」(53)とするウィリアムスは、地獄に鳥や果実など自然表象が消えて怪物化した責め具に図象化したウサギ、アオオガエル、ヨーロパヨタカなどしか居ないことにも注目し、この地獄図をエコロジカルな終末図とみる解釈を展開する。ヨタカによる裁判を待つ地獄を、「頭部のない鮭」「戦争後の残留毒素による生き物の死」「蛍の遺伝子を組み込まれた光る耳を持つ鼠」「金銭のため人体実験に農薬を摂取する人たち」(56-60)等自然に対する「七つの大罪」として、汚染に関する新聞記事見出しを重ねていく。

▼「修復と復活」──ユタへの帰還

「私が家族を置き去りにしてこの絵を研究することは、パイプラインを建設する父のプラグマティズムに抵抗することだった」で始まる「修復」の章では、多くのものの再建が含意されている。まず第一義的には一九三六年スペイン内乱直前以来行われていなかった『悦楽の園』のはげ落ちた色彩の修復。『悦楽の園』の意味の修復。地獄に墜ちているこの世界の修復。二元論に引き裂かれた世界の修復。そして何よりも「私たちがその一部である世界への愛の復活」(314)である。しかしボッシュのウィルダネス風景の七年間の彷徨いは、塩湖と鳥類保護区のベア川への巡礼や、灼熱のキャニオンランドへの巡礼からのリープ、つまり飛躍であったとともに、絵の修復作業に重ねて述べられるウィリアムスの病んだ心の修復と癒しを経て、家郷ユタへと再びリープしてくる帰還でもあったといえよう。七年は再生のための聖なる数字でもある。『リープ』を読むと、ユタでのウィリアムスの土地への巡礼が、作者が日常的に住む都市空間の対立物として、モルモン社会の中で抑圧したり失ったりしたものの回復と修復の場であったことが一層明らかになるし、絵を毎日観察・瞑想してはマドリッドの町を彷徨う構造により、『鳥と砂漠と湖と』同様町とウィルダネス二つの場所性から相互の意味を照射させる方法も鮮明になる。

本論では『リープ』を構成する無数の複雑なシーンのほんの一部しか考察できなかったが、多くの解釈が行われ、現代にも新たな意味が発見されているこの偉大な絵に対し、ウィリアムスは新しい一貫した解釈を、エコロジーの視点から加えることに成功していることは判明したかと思う。そして『リープ』は、ウィリアムスの目指す「魂の再建のための文学」つまり絵と文学の融合のみならず、詩と散文の融合、小説の技法であった意識の流れの大幅な導入、四七ページに及ぶ注に見られるアカデミック・リサーチ、思い出やエピソードのストーリーテリング、こうした多声的語りを自由に駆使して、眩暈を引き起こす超現実主義的イメージの乱舞による新しい魔術的ジャンルを生みだすことにも成功している。少なくとも自然をテーマ化し前景化することが、かくも壮大な絵画史を紐解く企図を要請することを我々に実感させる。その結果、絵画史上『悦楽の園』が占める謎めいた位置を、今後『リープ』はネイチャーライティング史上でも占めることになるだろう。

＊注

＊ 本論執筆に当たって、エコクリティシズム二〇〇〇年三月研究会での『リープ』研究が大変参考になった。ここに記して当研究会の参加者に謝意を表する。又本論第四節の一部はASLE-J国際大会（二〇〇三年三月六日於琉球大学）で英語で発表された。

1 最近の西部風景論としてはとくに引用文献に書いたコワレウスキー、ノーウッドのものを参照した。

2 『怒れる西部——傷つきやすい大地とその将来』によると、この三十年間、西部は劇的な変化を遂げ、一九八四年ソ連戦艦のペルシャ湾封鎖と共に、西部は米政府にエネルギー提供地と指定され、オイルシェールつまり合成燃料プロジェクトが西部各州で起こり、政府による土地の「蹂躙」が始まった。

3 「女性的新地域主義」という用語はクリスタ・コマーの研究書より得た。
4 『悦楽の園』に関しては様々な解釈が行われているが、ウイリアムも巻末にDixon, Laurinda S. *Alchemical Imagery in Bosch's Garden of Delights*（Ann Arbor, Mich.:UMI Research Press, 1981）他多くを揚げ、参照している。
5 この点は別稿「ウィリアムスの新しい土地の神学」（仮）で論じる。

引用文献

Abrams, David. *The Spell of the Sensuous: Perception and Language in More-Than-Human World*. New York: Pantheon, 1996.

Comer, Krista. *Landscapes of the New West: Gender and Geography in Contemporary Women's Writing*. Chapel Hill: U of North Carolina P, 1999.

Kircher, Cassandra. "Rethinking Dichotomies in Terry Tempest Williams's *Refuge.*" *Ecofeminist Literary Criticism*, Ed. Murphy, Patrick D.（U of Illinois P, 1998）, 158-171.

Kolodny, Annete. *The Lay of the Land: Metaphor and Experience and History in American Life and Letters*. Chapel Hill: U of North Carolina P, 1975.

Kowalewski, Michael. Ed. *Reading the West: New Essays on the Literature of the American West.* Cambridge U P, 1996.

Norwood, Vera & Monk, Janice. Eds. *The Desert is No Lady: Southwestern Landscapes in Women's Writing and Art.* Tucson: U of Arizona P, 1987.

Perterson, Boyd. "Landscape of Seduction: T .T. William's *Desert Quartet* and the Biblical *Song of Songs.*" *ISLE* 9.1: Winter 2002, 91-104.

Yuki, Masami. "Narrating Invisible Landscape: T.T.William's Erotic Correspondence to Nature." *Studies of American Literature of Japan* 34, 1997, 79-95.

Williams, Terry Tempest. *Refuge: An Unnatural History of an Family and Place*. New York: Vintage, 1991.

____."West of Eden." *New Genesis: A Mormon Reader on Land and Community* . Salt Lake City: Gibbs Smith, 1998.

____.*Desert Quartet: An Erotic Landscape*. New York: Pantheon, 1996.

____.*Leap*. New York: Pantheon, 2000.

「美の呪力」http://www.mnet.ne.jp/~emonyama/taro/bosch.html 2000/8/15.

"A Conversation with Terry Tempest Williams" http://www.coyoteclan.com/books/leap.html 2000/8/6.

『悦楽の園』 http://www2p.biglobe.ne.jp/~summy/museum/delight.html、2002/8/31.

神原正明『「快楽の園」を読む』 河出書房新社 二〇〇〇年。

木下 卓「風景とエロティシズム あとがきにかえて」木下 卓、結城正美訳『デザート クァルテット』松柏社 一九九七年。

中野孝次『「快楽の園」を追われて』 小学館 一九九九年。

R・D・ラム&M・マッカーシー、井出義光、青木玲子、小塩和人訳『怒れる西部』多摩川大學出版部 二〇〇〇年。

横田　由理

19　汚染の言説を巡って

――「聖なる水」への回帰

一　有毒性と人間社会

▼有毒物質と環境言説

人類の営為によって作り出された有害物質によって引き起こされる汚染は、環境問題の最重要課題の一つとして、常に激しい討論の場を展開し、環境運動史の中でも最も先鋭的な推進力を提供してきた。しかし、アメリカの環境問題に関して化学的、医学的、政治社会的、歴史的、経済的、倫理的な面に注意が向けられる中で、有毒性は、言説としては殆ど語られてこなかったことをビュエルは指摘し、環境修復への人文学的側面のより大きな影響力によって、それを実践する言説の必要性を説いている（31）。

ビュエルが、環境言説におけるその重要性を強調する「トキシック・ディスコース」は、科学文明の発達によって人類が抱えることになった負の遺産を明らかにする言説であるとも言える。環境危機を語る文学は「覚醒の文学」となるとコンロン（John Conron）も述べているように（xix）、記述的な文学によってその原因や動機、歴史へと導かれた我々は、現在に立ち戻って問題解決の方法及び言説を模索していくことになる。

シンシア・デイタリング（Cynthia Deitering）はハイデガーが「現存する資源」と認識した自然や物質界は、既に使い果たされ、生産の副産物である「廃棄物の貯蔵所」となったばかりでなく、資本主義社会の消費文化のもたらした膨大な量の廃棄物と共に、有害廃棄物による「汚染の受容空間」となったことを指摘する（199-200）。有毒物質による汚染が、時間の経過と共に蓄積され拡大されていく一方であるという現状の中で、今や「聖域」を見つけることは難しく、統合された領域であったパストラルな自然空間は至る所で消失し、汚染が遍在する自然は、もはや「二次的な自然」としてしか存在しなくなり、チュルノブイリのような大災害をサブカルチャーとして受け入れざるをえなくなったとビュエルも述べている（53）。

ポスト・ナチュラルな世界では、こうして「腐朽していく土地」として「有毒物質に対する意識」（toxic consciousness）が不可避なものとなっていく中で、アメリカ最初の大きな投棄物災害として知られる、ラブキャナル[1]における汚染を巡る状況と汚染された共同体の変化が、環境汚染と人と社会との関係の新しい局面を開示するものとなった。

▼汚染された土地と共同体

ラヴキャナルの平穏な住宅地に忍び寄った汚染の現実に突如目覚めさせられた住民達は、汚染をもたらした企業という共通の敵に対して団結し、環境修復という共通の目的に向かって協力し合うという方向に導かれていった。汚染された土地という「地縁」で結ばれた共同体は、「有毒物質による汚染」という負の指標によって、土地と人との関わりを再考させる契機を提供することになる。人とある特定の土地との関係は、「土地の感覚」という環境思想の中で最も中心的な概念の一つを通して重要視され、又、ネイティヴ・アメリカンの伝統社会においては、その自然観の根底を築くものとして、「土地と我々は一つである」という土地に根ざしたアイデンティティを形成してきた。「場所の感覚、特定の空間や場所の重要性の喪失が我々の時代の嘆かわしい特徴である」(Lane 4) と言われるように、その土地からの乖離が現代資本主義社会の問題となってきたが、「有毒性」というネガティヴな要因によって人と土地が再び結びつけられ、「二〇世紀の大きな病」とシルコーが指摘した「分離」(Perry 335)、どこにも何ものにも所属していないという「無所属感」が、有毒性によって人の意識が外界へ、共同体へと結びつけられることで解消されていく。人種・階級・ジェンダーによる差異から生じた社会的分裂も統合へと導かれ、共同体の土地空間を無差別に襲う汚染の害は、ヒエラルキーによって明確化されていた厳格な特権を無効化し、「他者」の消失という結果を招くことになる。しかし、後に検証するように、ネイティヴ・アメリカンの共同体はその抑圧の歴史の延長として、こうした汚染されたボーダレスな共同体の形成と平行して、常にアメリカ資本主義経済の負荷を荷わされる対象であったし、その付帯物となった有毒物質による汚染、特に放射能汚染の集中する場所が彼らの住む保留地を中心としており、「周辺化された」民族としてさらなる犠牲を強いられてきたという現実が存在する。

▼西洋資本主義社会と環境汚染

環境破壊の原因として人間中心の開発促進型の機構が指摘されてきたわけであるが、有毒物質による汚染は、企業利益優先の「非人間的」論理に基づくものであったとも言える。大地、空気、水の破壊や保護は、特に、ヨーロッパ系アメリカの自己利益によって支配されてきたのであり（Wong 1144）、第三世界の住民やネイティヴ・アメリカンなど抑圧された民族集団が常にそうした社会経済システムの犠牲となってきた。植民地主義、帝国主義の論理が、環境汚染、環境破壊を人種的階級的社会的に定義してきたと言える。

資本主義はその現金化、換金性故、場所を越境するダイナミズムを特徴とするが、その資本主義的企業活動の結果として生じた有毒物質が、土地空間をしばることになり、土地と関係のないところに中心を築いてきた近代資本主義社会も、その結果として土地に縛られていることを自覚せざるをえなくなった。ビービス（William W. Bevis）も指摘するように、この現金化に対抗するものが交換不可能なエコシステムであり、固有のアイデンティティを特徴とする「部族主義」であったわけである（21-22）が、有毒性がその両者を無効化してしまったとも言える。

土地からの乖離と合わせて、自然を巨大な機械と捉える科学革命の機械的な視点が、自然の物質化を促進させ、西洋型近代社会の競争志向の個人主義、資本主義的獲得、国家主義者の征服が、消費化と物質化を更に促進させた（Stein 119）。ラーソン（Charles R. Larson）も「自然界から引き離された白人が機械になり、環境を毒で汚染した」（155）と述べているように、そうした自然機械論の地球上のあらゆるものを物質化し、商品化する資本主義論理が、「破壊者たちのテクノロジー」を生み、我々の破壊を招く道具となることも証明されてきたと言える（Salyer 115）。

こうした機械的、人間中心的、科学中心的西洋資本主義社会の価値観に対峙するものとして、ネイティヴ・アメリカンのアニミスティックで生態系中心主義的な自然観を基礎とする、その伝統社会の価値観と教えがある。「人々が大事なことを忘れ、愚行を働くとき、日照りが起こるのだと昔の人たちはよく言ったものだった」（*Ceremony* 46）という言葉からも伺われるように、シルコーはその作品の中で文化と自然が分離不可能なものであり、一方の劣化は他方の劣化につながるという認識を示している。生態系に象徴されるようにあらゆるものは結びついていて、一部の劣化や破壊は全体にその影響を及ぼすのである。

本稿においては、ネイティヴ・アメリカンの伝統社会の価値観を継承するレスリー・マーモン・シルコーの作品を通して、人と水の関係を自然科学的視点を取り入れながら考察し、汚染のマスターイメージの一つである水の汚染を中心に、環境破壊のテーマ化と汚染を巡るディスコースを検証していきたいと思う。

二 『儀式』――人と水の物語

▼『儀式』における雨乞い

「ネイティヴ・アメリカン・ルネッサンス」と呼ばれる現代ネイティヴ・アメリカン文学の代表的な作家の一人で、ラグーナ・プエブロの出身であるシルコーは、既に一九七七年に発表されたその第一作『儀式』

から、重要なテーマの一つとして、汚染されていく自然環境と人類への影響という問題を提示してきた。その汚染の言説を検証する前に、この作品について一つ注目しておきたい点がある。

現代ネイティヴ・アメリカン作家による作品群の多くがそうであるように、この作品『儀式』も、主に、主人公のネイティヴ・アメリカンとしてのアイデンティティと伝統社会への帰属の問題が、前世紀の「近代的自己」という概念との関わりの中で論じられてきた。しかし、表題にも明らかなように、この作品は「儀式」、すなわち、「雨乞いの儀式」の物語であるという視点が見過ごされてきた感がある。同じ混血の戦争帰還兵の自己喪失を扱ったママディ（N. Scott Momaday）の『夜明けの家』（*House Made of Dawn*）と比較すると明らかなように、『夜明けの家』では主人公アベルの自己回復に焦点が絞られており、プエブロの自然も主にアベルの内面性との関わりという点において重要視されている。『儀式』に関しても、主人公タヨの再部族化による自己回復に焦点が絞られた批評が多く、そうした中で「雨乞いの儀式」はその背景に退いているかのように見える。しかし、この作品は、タヨが第二次大戦から帰国したとき日照りに悩んでいたラグーナの共同体が、タヨの手による「儀式」によって恵みの雨を受けるという「雨乞い」の祈願成就の物語でもある。「雨乞いの儀式」を前景化することによって、アメリカ南西部の決して生きやすくはない自然環境の中で、自然を汚染したり破壊したりすることなく生き延びてきたプエブロ社会の在り方が浮かび上がってくる。

アメリカ南西部という降雨量の少ない乾燥した土地においては、雨による水の供給が、時にはまさに生死を分ける死活問題となり、近代テクノロジーと近代的な流通システムの確保されない状況においては、日照りの時は雨を願って祈ること、まさに雨乞いの「儀式」しか生き延びるための方策がなかった。「雨雲を呼び寄せるには祈りと儀式に頼らざるを得なかった」(Silko, *Yellow* 127)のである。シルコーはこの「雨乞いの物語」を通して、水の貴重さを理解させ、さらに日照りなどの自然の脅威の前に人がいかに無力であるかということを自覚させ、自然の力を認識させると共に、「儀式」という手段によってそれらを伝承してきたネイティヴ・アメリカンの伝統社会の知恵を想起させている。

▼有毒物質と妖術による自然破壊

有毒物質による汚染という問題は、まさにそうした「儀式」の重要性を忘れた人間の不遜と無知を元凶としていると言える。『儀式』の中で、シルコーは、アメリカの大地における汚染の問題を、カーソンが『沈黙の春』の中で科学テクノロジーと魔術を結び付けたように、邪悪な力による「妖術」という神話的なコンテクストの中で説明している。すなわち、魔女が語る白人到来後のアメリカの大地に起こった悲劇の一つとして、この環境破壊の問題も語られている。アメリカ大陸に海を越えてやってきた白人は自然の中に「生命を見ることのできない」、自然を「只のものとしてしか見ることのできない」人達であったため、自然界から離れていっただけでなく、自然を恐れるあまり、その「自分の恐れるもの」である自然を破壊していく。「水を汚し、水を掻きだした」ため、日照りがやってきて人々は飢えるようになり、やがて「苦しみと苦悶、死産と、不妊、死者」がもたらされる。しかも、「既に投げ出されたものはもう元に戻すことできない」(133-37)。シルコーはこの物語の中で、白人到来後の環境汚染・環境破壊の責任を白人社会そのものに求めるのではなく、個別的な力を離れたさらに大きな宇宙的な力である「邪悪な力」によるものと捉えるのである。「我々のために働いてくれるべきものたちが妖術を働くようになる」(136)という言葉には、「邪悪な力」

によって人為的にゆがめられていく自然の姿が表明され、様々な疾病及び死をもたらすものとして、この「邪悪な力」が前述の機械論的自然観によってもたらされる非生命的な「死の力」と同類のものであることを示唆する。さらにシルコーは回りだしたものは「もう止めることはできない」(137)という言葉によって、悪も善もそれぞれ宇宙的な力の一部であって、全てがその壮大な循環の中にあるという考えを示している。こうしたマクロ的宇宙観に基づく解釈と対峙して、自然と人とのより現世的な因果関係を見ようとする解釈もある。

▼聖杯伝説としての『儀式』

タヨの帰還後のラグーナの日照りは、タヨが戦地のジャングルで降り続く雨を呪い冒涜の言葉を吐いたこととの因果関係が、作品中に導入された神話物語を原型として解釈されてきたが、アラン・ヴェリー(Alan R. Velie)はラグーナの神話的言説と中世ヨーロッパ伝説の類似を指摘し、「人の健康と行動が土地に大きな影響力を及ぼす」という基本的な概念の共通性から、『儀式』を二〇世紀の聖杯伝説の一つと捉える視点を提示している(107-110)。エリオットからマラムッドにいたるまで、二〇世紀の「聖杯物語」は、荒地という局面に焦点が絞られ、不毛に対する実存的な絶望感がエリオットの『荒地』においても支配的な調子になっていると述べている(Velie 109)。『儀式』においても「時代の文化的な病を写す縮図」(Buell 288)として苦悩するタヨの姿があるが、この聖杯物語を古代ヨーロッパの豊饒信仰につながるものとする解釈に従うなら、日照りに襲われた「荒地」に必要な恵みの雨を降らせ、土地をよみがえらせるためには、主人公タヨの病からの回復が必要となる。呪術師のベトニーは、日照りと同様、タヨの病も妖術によるもので、回復のためには適切な儀式が必要だということを諭す。タヨが儀式によって最終的に大地との再統合を果たすことによって、このラグーナの「聖杯物語」は完結する。この聖杯伝説による解釈は、タヨとラグーナの土地との相互関係が、農耕に必要な水、すなわち、雨を中心として展開していることが重要であり、水（雨）の貴重さの認識が、農耕を通して、ラグーナとヨーロッパ、古代から現代へと、場所と時を超越して人と土地との関係を定義するものとなっている。

三 「水の惑星・地球」

▼水でつながれる大地と人間

この広い銀河系宇宙空間の中でたった一つ、我々の住む地球という惑星だけがその表面に液体の水を持っており、その液体の水は海洋という形で地球表面の三分の二を覆っている。水は液体の雨、河川水、湖沼水、地下水、温鉱泉水、海水として、又、固体の雪や氷として存在する他、生物も土壌も岩石も全て水を含んでいる（北野　34-35）。地球はまさに「水の惑星」であり、その地球に生息する生命体の大部分がその生命維持活動を水に依存しており、人類もその例外ではない。人体の体重の六〇パーセントは水であり、体内では水が激しく循環している。血液は一日あたり約四〇回体内を循環し、我々の体重の五パーセント以上にあたる水量が毎日新しく入れ替わっている（日下　87）。身体を水力機械、血管を導管とみなすデカルトの「人体機械説」においても、パイプがつまると病気になると考えられ、この「循環」の必要性が強調されている。

リンダ・ホーガン（Linda Hogan）が雨によって泥水であふれる川を「我々の生き生きとした世界の動脈であり、静脈である」（100）と表現しているように、大地を身体と捉えるならば、河や小川は大地の血管で、水はその血液であり、その大地を流れる水と同じ水が人間の体を流れて生命活動を支えている。水によってまさに「我々と大地は一つ」につながっているのである。又、レオポルド（Aldo Leopold）が「水は、土壌と同じように、エネルギーの循環の一部である」（233）と指摘するように、地球上の大気中の水蒸気は、「十日に一度の割合で、蒸発と降水の流動の過程を通して置換」（北野 44）を繰り返しており、食物連鎖によってつながれるエネルギーの循環と同様のことが水にも言える。水の循環によって人類は地球上の他の生物体ともつながっている。

水はこのように自立した一つの体系であり、人為的にそれをゆがめることは環境全体に種々の問題をもたらすことになる。「産業は水を汚染させ、ダムで水路の通過を妨げ、エネルギーの循環に必要な動植物を排除する」（Leopold 233）と述べられるように、人間中心、企業利益優先の論理が、水質汚染や水に関する様々な環境破壊を招いており、シルコーもその作品を通してそうした問題を提示している。

飲料水の汚染は深刻で、シルコーの住むトゥーソン市に水を供給するはずの貯水槽も、トリクロロエチレンはじめ、他の産業廃棄物による汚染のため使用不可能となっており、コロラド川から多額の税金を使って塩分を含んだ水がフェニックスまで運ばれてくる（*Sacred* 52）。アメリカでは有害廃棄物の投棄が地下水の最も一般的な汚染源となっているが（ゴールドスミス 266）、「化学的な死の雨」（Carson 22）となって撒布される農薬も、リン酸系肥料などの化学肥料と共に重要な汚染源となっている。地下水が汚染されると汚染物質を分解する微生物はなく、地下水の動きも緩慢なため、希釈、分散しにくくその浄化は困難となる（ゴールドスミス 267)。合成化学物質はカーソンも指摘するように、元々生物が順応してきた自然界の化学物質と異なり、人の手によるもので「自然界とは縁もゆかりもないもの」(Carson 17) であるからだ。

ダム建設による環境破壊については、『死者の暦』に登場する「エコ戦士たち」(eco-warriors) と呼ばれるエコロジカルな思想をもった活動家達が、コロラド河のグレン・キャニオン・ダムを自爆テロで爆破するというエピソード (727-729) の中で、ダム建設という人工的な水の支配に強く抗議する姿勢が表明されている。政府当局が「構造的な欠陥」(727) によるものとしたこのダムの崩壊は、「偉大なコロラド川を開放する」(728) という「緑の報復」(Green Vengeance) に、自分の命をかけても良いと思えるほどの使命感に燃えたエコ戦士たちによる不当な自然支配への反撃でもあった。ダム建設にあたっては、ダムの上流では貯水池に水没した陸の生態系と、水中に没した元の河川の生態系の二つが破壊され、又、ダムの下流では、放流される過剰水が魚に悪影響を及ぼすばかりでなく、降水はいったんダムに貯蔵されるため、放水流が汚染されたり、ダム湖への汚水の流入によって富栄養化が進むなどの副作用も生じる (ピルー 265)。しかも、こうした被害はダム建設による環境の劣化のごく一部に過ぎない。

同じく、『死者の暦』に登場する「二一世紀の都市」(375) と呼ばれる人工の都市ベニスは、科学テクノロジーと権力と富の力によってアリゾナの砂漠の中に築かれる人工の水の都である。その巨大な都市空間の中には、運河が流れ、湖や噴水が築かれる。人々が自分の周りに水があることを求めるから (374) で、その欲望を充たすために多量の水が人為的にこの砂漠の空間に引いてこられることになる。その膨大な計画を成就させるために、設計者のリアはトゥーソンの帯水層から安い水を手に入れることを計画する。その結果、ネヴァダ・インディアンがブルーヘッド・シティの区画に対して水の権利を訴えている裁判は、リア達によって買収された腐敗した判事によって却下されてしまうことになる。水利権にからむ人種的対立が内在するこのエピソードの背景となっているオガララ帯水層は、サウスダコタ州南部からテキサス州北部に広がるアメリカ最大の地下水源であるが、第二次世界大戦に続く三〇年間に灌漑農業が進み、オガララの地下水を多量に汲み上げたため、その貯水量は半減し、この帯水層が枯渇することに強い不安が生まれている（ゴールドスミス 161）。水と人との関係がゆがんだ結果生じたこれらの現象を描くことによって、シルコーはネイティヴ・アメリカンの伝統社会の水との関係を対峙させ、その関係の修復を促している。

▼雨乞いの儀式と水と命の循環

水が人体にとって不可欠であるということから、プエブロ社会において雨雲は「命の源」と捉えられてきた。シルコーの『ストーリーテラー』（*Storyteller*）に収められた「雨雲を送ってくれる男」（"The Man Who Send the Rain"）には、雨水を通して命の循環が象徴的に語られている。テオフィロ老人の葬送に際し、ポール神父が呼ばれ、プエブロの埋葬の習慣に基づいて既に掘られていた墓穴に、聖水が降りかけられる。葬儀を取り仕切ったレオンは、聖水が振りまかれたことを嬉しく思う。老人が「自分達に雷雨をもたらす大きな雨雲を送ってくれることを確信したからだった」（186）。プエブロ社会においては、死んだ人の魂がカチナとなって雨と共に地表に戻って来て、部族共同体に恵みをもたらすと信じられており（Ruppert 84）、シルコー自身も幼い頃、亡くなった祖先が「雨雲となって帰ってきて、自分達を祝福してくれる」（*Sacred* 17）ことを教わったと回想している。人の命も大自然の大きな循環の一部であるという大前提がある。人の死は他の動植物の死と同様、自然の一環であり、全ては大地に帰っていく。その魂が、雨という形で地上に戻ってくるという宗教的な思想は、前述の南西部の自然環境と密接に関連している。南西部の乾燥した大地では、雨の少ない日照りの状態は飢餓を意味し、雨と命は密接につながったものだったからである。水と命に共通する循環する連続性のパターンが基本となり、彼らにとって死も個の消滅という悲劇性を超えて共同体の「人々に対する祝福であり、破滅ではない」（Allen 237）と理解されるものとなる。『儀式』の中で語られる「太陽神（サン・ユース）の物語」（The Story of Sun Youth）は、賭事師のクパタによって盗まれた雨雲による三年間の日照りから人々を救うため、サン・ユースがその雨雲を奪い返すという神話的英雄伝説であるが、こうした神話伝説を通して、水と人の命との関係に象徴される人間社会の自然への依存関係がネイティヴ・アメリカンの教えの一つとして語り告がれてきたのである。

▼命の源としての水と場所

水の湧き出る泉や湖も又、偉大な力を持っているとプエブロの人々に信じられてきた。その下に自分達の祖先がそこからやってきたと信じられている「第四の世界」の入り口があると思われているからだとシルコーは説明している（Sacred 20）。命の源である水の出てくる場所が、「民族起源」という象徴的な神話的言説のトポス的重要性を伴なっているのである。

「イエロー・ウーマン」の物語も、南西部のもう一つの代表的な神話伝説であるが、『ストーリーテラー』に収められた同名の短編「イエロー・ウーマン」（"Yellow Woman"）の中では、主人公の若い女がカチナの化身である男と出会うのが、水を汲みに行った川の岸辺になっており（54）、同じく『ストーリーテラー』に収められた「太陽の家の物語」（Story of Sun House）も同じような状況を詠っている。その一変形である

「バッファローの物語」(Buffalo Story)においては、イエロー・ウーマンがバッファロー・マンと出会うのが泥水の水溜りとなっている(68)。「川」や「水溜り」という水に関係する出会いの場所が、イエロー・ウーマンが象徴する女性のセクシュアリティーと水の持つ生命力とが統合された表象となっている。女性の身体性と水との関連は、西欧文化においても顕著で、前キリスト教時代のギリシャ・ローマ神話やケルトの伝説の中には聖なる泉を護る妖精や女神が頻出し、後のキリスト教会においては聖母マリアや聖女達がそれに代わるものとなった(Westling 87)。世界各地に見られる水神信仰においても、水神は女神の姿をとることが多く、水は生産と豊熟の源泉とみなされている(山折 1849)。

『儀式』の中でタヨがツェと交わるのが池の湖畔であることもこれと呼応している。タヨの雨乞いの儀式の中で重要な役割を果たすのが、ケレス語の「水」とスペイン語の「山」という意味の言葉を合わせ持つ「ツェ・モンターニョ」と呼ばれる女性で、その名が現すように、山の精の化身とされている(Lincoln 240)。プエブロの聖なる山マウント・テーラーは青空を背景にそびえている青い山であるが、雨や雪が降るときには頂上が白くなり、「雲のベールをかけた女」(Stein 134)とも呼ばれている。その山の精とされるツェは、青いショールや青い花といった伝統的に水を象徴する色に取り巻かれている。メディスン・ウーマンとしてハーブや花を集めるツェが、「これは夏の雷雨が降った後の空の色をしているわ。ここから採って別の場所、しばらく雨が降っていない峡谷に植えましょう。」(224)と言いながら雨をもたらす植物の根を抜き取る場面にも示唆されるように、雨を制御する力も保持している。ツェが乾燥した土地に雨をもたらし、生命力を回復させる力の象徴となっていることは、水と生命力の結びつきを如実に表明したものでもある。

四　自然の自浄作用と蘇る水

▼『聖なる水』と汚染されたラグーナ共同体

「春の雨雲が、早朝の突風と突然の気温の低下に続いてやって来る。夜明けまでには、空中に雨の匂いが重く立ち込める。太陽はパールブルーの重なった雲に隠されてしまう」(3)という恵みの雨の匂いが、かすかに漂ってくるような叙情的な描写で始まる『聖なる水』(*Sacred Water*)も、水をめぐる様々な問題を提示した作品となっている。

水が神聖なものだという部族の教えは、「雨雲のかわいい子供」であるカエルを殺してはいけないという警告として、幼い頃のシルコーの思い出の中にある(6)。『儀式』の中でも、雨を待ってカエルが何年も乾いた土の中に埋もれたままでいるという話を叔父ジョサイヤがタヨにする場面にもあったように(95)、雨と結びついたカエルはプエブロの人々にとって神聖な生き物とされている。

「水族」に属していたシルコーの曾祖母のマリー・アナヤにとって、水は特に大切なものであり、「彼女が亡くなった後、水がいっぱいになった大きな陶器の甕がその墓の上部に置かれた」(15)。母系制氏族社会を形成しているラグーナの氏族(clan)の一つとして、「水族」があるということは、ラグーナ社会における水の貴重さを表明しているものと言えよう。このように、水を神聖で貴重なものとして大切に取り扱ってきた南西部の人々の水が、他のどの地域よりも深刻な汚染に見舞われるという皮肉な状況が生まれている。

人体にとって最も強力な有毒物質である放射能汚染物質は、ウラニウム鉱の採掘、その残樵、廃鉱や地下の核実験による汚染によって南西部の地域に広く浸透している。シルコーも『聖なる水』の中で「西部中、ウラニウム鉱山からの廃棄物とネヴァダの地下核実験による汚染が、減少しつつある飲み水の供給に害を与え、汚染化学物質と廃鉱からの重金属が帯水層と川に水銀や鉛を漏出させている」(76) と指摘するように、汚染された飲料水は許容量の二〇〇倍の放射能レベルを示し、癌、先天性欠陥症などの深刻な健康被害をもたらしている (Seyersted 12)。ラグーナをはじめ多くのネイティヴ・アメリカンの保留地を含む「フォーコーナーズ」と呼ばれる、南西部の四州の州境の交わった地域が「世界のウラニウムの首都」(Seyersted 12) と呼ばれるアメリカの核の中心地であるからだ。

一九世紀末以前には存在しなかった人為による放射能障害として、様々な疾病が引き起こされている。放射線による生体分子における傷の発生が白血病、癌等の疾病を誘発するだけでなく、遺伝子をも傷つけることから新生児における奇形や機能不全などの遺伝的障害も発生する。

南西部における放射能汚染は、『沈黙の春』の中で殺虫剤産業と軍事産業との結びつきが指摘されていたのと同様に、それ以上に政治的軍事的な要因によって引き起こされたものと言える。兵器の中でも、驚異的な破壊力と共に、他に例を見ないほどのスケールで、空間的、時間的に最も強力な汚染力を持つのが、原子爆弾の製造と投下による放射能汚染であるが、兵器開発としての核実験による放射能汚染も、大気圏内核実験回数の多い年の直後に人工放射能が食品中に増加するという現象を生み、成層圏に相当な量の放射能物質を残存させ、徐々に地表に落下させ続けているなど、日常的な被害をもたらしている。特に地球全体の核実験による放射能汚染は北半球中緯度が最も高くなっていると言われている (和田 146)。

南西部の土地の多くは、その反パストラルな自然環境のため、保留地としてネイティヴ・アメリカンのものとして残されてきたが、同じ理由によって核実験の格好の場所となってきたとも言える。ラグーナ保留地の近郊にある核製造に利用されたウラニウム鉱山（Jackpile Mine）の被害もそこで働く労働者だけでなく、採掘によって発生する有害物質による大気汚染、その残滓の廃棄による土壌汚染及び水質汚染を通して共同体のより広範な人々に被害をもたらしている。白人中産階級の共同体には起こりえない「不均衡な危機」（Tater 108）であり、ネイティヴ・アメリカンの保留地が危険のあるテクノロジーのターゲットになっているという、この「放射能植民地主義」（Tater 107）と称される問題は、現在のエコクリティシズムが、ウィルダネスの倫理や西部のネイチャー・ライティングの狭いキャノンにとらわれている中ではあまり明確にされてこなかったことが指摘されている（Tarter 108）。

さらに、放射能汚染の問題は、既に日常の一部となってしまった原子力発電において、より深刻でより緊急なものとなっている。一九八四年四月におきたチェルノブイリの原子力発電所の事故は、その汚染の予測外の規模で、一九七九年三月のスリーマイル島原発の加圧水型軽水炉事故に続いて、原子力発電の危険性を世界に知らしめるものとなった。チェルノブイリの放射能汚染は事故の周辺地域だけでなく、風によってヨーロッパ東部からスカンジナビアまで達し予想以上の広範囲を汚染した（和田 127-128, 133, 152-161）。シルコーも自宅の側の池にいたカエルが減少したのは、チェルノブイリ原発事故の影響もあったのではないかと推測している（Sacred 66）。放射能は化学物質のように化学的に無害化処理できるものでないだけに、廃棄や事故、不注意などによる環境中への放射能の放出は長期間にわたる放射能汚染を招くことになる。

例え原子力発電所が安全に運転されたとしても、それによって生じる核分裂生成物や誘起放射性物質は蓄積される一方で、その一部は環境中に放出されていく。合衆国では、一九六〇年代半ばからの原子力発電所建設に反対する環境保護運動の結果、一九八〇年代は原子力産業が大幅に停滞する動きを見せた（ウィンクラー 211-215）が、アメリカ合衆国には現在も他のどの国よりも多くの原子力発電所が稼動しているという状況がある（ゴールドスミス 84）。度重なる原発事故による汚染は原子力発電そのものの安全性を問うものとなったばかりでなく、原子力発電を日常として生きていかざるをえない現在の人類の置かれた状況によって、核戦争の脅威にも匹敵すべき終末論的な汚染が、もはや想像のレベルを超えてしまったことを示唆するものとなった。

▼水の浄化と自然の浄化作用

以上、検証してきたように、化学的有毒物質による地下水の汚染から放射能汚染に至るまで、一度汚染されたものはその浄化が非常に困難であるという事実がようやく認識され始めてきた。『聖なる水』の中でシルコーは自然の自浄能力を具現するものとして、特に水を浄化させる二種類の植物、「ホテイアオイ」[2]と「チョウセンアサガオ」[3]を列挙している。

シルコーはホテイアオイ（図-1）が自宅近くの水溜りに発生した赤ゴケを除去して水を再び澄んだものに変え、悪臭も取り除いたというエピソードを語り、さらにホテイアオイは汚染された水から鉛、カドミウムを除去することができることを指摘し、「ホテイアオイにとっては、汚すぎるものは何一つ無い」（72）という言葉でその浄化能力を称えている。

チョウセンアサガオ（図-2）はプエブロの宗教的指導者の聖なる植物とされているが、この幻覚作用を引き起こす猛毒を持った植物だけが、プルトニウム汚染を浄化させる力を持っているとシルコーは語っている。チョウセンアサガオはプルトニウムで汚染された土地で生き延びるだけでなく、土壌からプルトニウム

図1　ホテイアオイ
出典：『世界有用植物事典』（平凡社、1989）p.407

を浄化するというのである。「チョセンアサガオはプルトニウムで汚染された重い水を新陳代謝させる。チョセンアサガオ にとって全ての水は神聖だからである」（75）。放射能汚染された水でさえ、それに耐えうるチョウセンアサガオにとっては神聖なものとなるが、放射能汚染の中では健康を維持できない人類にとっては、もはやそれは神聖なものであるとは言いがたい。シルコーは『聖なる水』を次のような文で締めくくっている。

化学的汚染物質や、廃鉱の重金属から出た水銀や鉛が帯水層や河川に流入する。しかし、人間は自らを汚すだけなのだ。母なる大地は汚されることはない。我々人類がどうなろうとも、地球にはホテイアオイの紫の花とチョセンアサガオの白い花が咲き誇るであろう。（76）

ウォング（Hertha D. Wong）も指摘するようにこれらの植物は人間にとって有毒なものを浄化してくれる自然の浄化能力を象徴するものである（1153）と共に、汚染後の生存によって人類の限界を超えた存在でもある。『死者の暦』の最終部にも「大地は、焼かれ、放射能で汚染され、全ての人間が命を落としても、まだ神聖なままである。人は大地を汚すほど、重要な存在ではないのである」（762）と同様の見解を記した言葉がある。悠久の時を刻む地球の歴史的時間の中では、有毒物質による汚染も放射能による汚染も一つの循環的な流れの一部にすぎない。自然の再生と浄化はそうした緩慢な循環の流れの中で行われる。人類という地球上に限られた命しか持たないものにとってのみ、それが問題となるのである。人のいなくなった地球、その人類不在のイメージの中に、最も強烈な環境危機への警告を見出すことができる。人類始め高等動物から有機体全ての消滅へ、さらに地球初期の無機質な鉱化された世界へと再び循環の環が戻っていくイメージへとつながっていく汚染の言説は、「進化・進歩のイデオロギー」に対する強力なメタファーを提示していると言える。

五　『聖なる水』への回帰

▼「聖なる水」の伝説と「汚染された水」の言説

水は「祓浄信仰」に見られるように、物心両面にわたる穢れを洗い流す霊威があると信じられ、そこから多種多様の祓浄儀礼が生み出されてきた。「雨雲を運んでくる男」のテオフィロ老人の葬儀で行われたキリスト教の聖水の儀式も、この世の穢れを清めて天国へと送り出すことを目的とされていた。洗礼の儀式も、古くからの水による清めの儀式を取り入れて、入信の典礼として定式化したものである（山折 1849）。清めの役割を果たしてきたその水自体が人為によって汚染されていくことの意

図２　チョウセンアサガオ，b-果実.c-キダチチョウセンアサガオ
出典：『世界有用植物事典』（平凡社、1989）p. 364

味は大きい。又、古今東西を問わず、不老不死及び長寿祈願にまつわる説話や伝承物語は多く、それに関わるものとして「聖なる水」がある。「聖泉崇拝」は水の崇拝と共に多くの民族の間に認められるもので、各地の霊場や聖地では、その地に湧き出る泉を浴びたり飲用したりして、病気の平癒を祈願する風習がある。人類の健康、長寿への渇望は著しい。有毒物質による病と死の言説はこうした「不老長寿の物語」と対峙したものとなる。「聖なる水」を希求してきたはずの人類が、自らの手で汚染させた水によってその健康を蝕まれ命まで奪われていることになる。資本主義社会における利潤追求の元となる幸福追求の結果として、有毒物質による汚染という不幸が舞い戻ってきたのであり、ここに「聖なる水」の物語を脱構築する「汚された水」の言説の仕組みがある。レイチェル・カーソンが殺虫剤の広範囲な散布により「我々が自分自身を殺している」(Carson 14) と化学産業を攻撃した背景に、害虫駆除による生産性の向上という「進歩のイデオロギー」が存在したように、社会的政治的あるいは軍事的な要因による自然と人との関係の歪みが人類の存在そのものをも脅かす状況を生み出してきた。有毒性は自然とテクノロジーを一つの循環的な網の目に統合させ、「生命の網の目」を「死の網の目」へと転化させるからである。地球上のあらゆるものが相関関係にあるという認識を強く持ち、地球全体における自らの位置と責任を自覚することが必要とされている。

水を通して我々は循環の大切さということを学んできた。水も滞っては、淀んでしまい、人間にとっては使いにくい「汚水」となる。自然な流れに乗って流動し、水蒸気となり、雲となり、又、雨となって地上に戻ってくるという循環性の中で水も生き続けていく。そうした自然の自律性を持ったシステムを理解し、水質汚染の浄化を含めた土地の健全さの回復に対する個々の義務と責任を自覚することが重要となる。土地の健全さは、市場論理によるテクノロジーによってもたらされるものではなく、土地の倫理によるものとなることをフレイダーも指摘している（268-270）。「土地共同体の殆どのメンバーは、商業的価値を持たないが、土地の健全な機能のためには必要不可欠なものなのだ」（Leopold 229）ということを認識し、西洋資本主義の論理を超えたパラダイムとそれを支える言説が必要とされている。二一世紀のアメリカ文学は、ポスト「ポストモダン」的な動きとして自然界に向かうだろうと予告されているように（Cairns xiii）、視点を自己を取り巻く外界へと開き、地球上でどのように生き、そして、どのようにして生き残るかを語る言説の一つとして、トキシック・ディスコースの果たす役割が注目されている。

▼トキシック・ディスコースと予見性

有毒性による「負の網の目」をキーコンセプトとするトキシック・ディスコースと、シルコーの水を巡る物語のレトリックの共通点として未来への予見性があげられる。トキシック・ディスコースの最もクラシックな代表作としてあげられるカーソンの『沈黙の春』の序文が「明日への寓話」として、その終末論的予見的なレトリックによって、大衆の環境に対する意識に大きな変化を呼び起こしたように、シルコーは『死者の暦』の中で古いマヤの暦書による予言という設定で、近未来の地球社会の腐敗と荒廃、その中から立ち上がってくるエコロジカルな価値観を共有する新しい民族の力を予見したが、この「予見性」こそ、有毒性をめぐる言説の一つの要と言える。シルコーの第一作『儀式』の中にも、先に検証したように、魔女が語ることによって現実のものとなっていく「予見型言説」の形式がとられた「汚染の物語」があった。環境問題を語る言説の多くが公害、環境破壊といった結果依存型の「既に起こってしまったこと」から語りを展開させるのに対して、有毒性を語る言説は、自然科学のディシプリンを援用した語りによって予見的な物語を提示できる可能性を持つ。その際、エコロジカルな視点を伴った科学への特定のアプローチによるレトリックが必要となる。ビュエルも指摘するように、トキシック・ディスコースは「実際的な環境との係わり合いによる文化的構築」(31)でなければならないし、「言説と物質界の相互構築」(31)を特徴としているからである。アポカリプスの言説が、架空的で恐怖・パニック依存型のものに陥りやすい特徴を持つ中で、有毒性を語る言説は、環境現象の証左的な科学的なデータを利用した説得力のある「予防型」の言説になる可能性を内包している。自然科学の叡智に基づいて未来を予言する科学者は現代の予言者なのである(半谷 313)。こうして、神話的思考からほとんど乖離してしまった科学万能時代の現代人による「聖なる水への回帰」、すなわち地球空間におけるあらゆる「浄化」は、神話的世界への単なる回帰ではなく、人類の叡知があらゆるボーダーを超えて集積され統合された新しい言説の中で志向されるものとなっていく。「聖なる水」への回帰のために、語られるべき多くの物語が待機している。

注

1 ラヴキャナルは、ニューヨーク州ナイアガラ・フォールズ市の投棄場の跡地に作られた共同体で、フッカー・ケミカルズ・アンド・プラスチック社によって投棄された四万三千トンの廃棄物の大部分が発ガン性の物質であったため、廃棄場周辺の大気、土壌、水が広範囲で汚染された。(ゴールドスミス 340)

2 浮遊性の多年生水草。熱帯・亜熱帯アメリカ原産で、現在では世界各地の亜熱帯から熱帯に野生化している。水中の窒素やリンをよく吸収するので、水質浄化に役立てることが考えられている。(堀田『世界有用植物事典・植物編』四〇七頁)

3 熱帯アメリカ原産。葉と種子にアルカロイドのヒヨスチアミンhyoscyamineを含み、鎮痛、鎮痙、鎮咳薬として使用される。花は麻酔作用が強く、中医方で他の生薬と配合して筋肉注射による外科手術用全身麻酔剤とし、また胃痛、リウマチ性関節痛に用いられる。種子も同様に鎮静止通に用いられる。花は単独で喘息を軽減する目的に使われる。（堀田『世界有用植物事典・植物編』三六四頁）

参考引用文献

Allen, Paula Gunn. "The Feminine Landscape of Leslie Marmon Silko's *Ceremony*." *Critical Perspectives on Native American Fiction*. Ed. Richard F. Fleck. Washington D.C.: Three Continents P, 1997. 233-259.

Bevis, William W. "Region, Power, Place," *Reading the West: New Essays on the Literature of the American West*. Ed. Michael Kowalewski. Cambridge: Cambridge UP, 1996. 21-43.

Buell, Lawrence. *Writing for an Endangered World: Literature, Culture, and Environment in the U.S. and Beyond*. Cambridge: Belknap of Harvard UP, 2001.

Cairns, Scott. "Introduction: Regarding the Body." *The Sacred Place: Witnessing the Holy in the Physical World*. Ed. W. Scott Olsen and Scott Cairns. Salt Lake City: U of Utah P, 1996. ix-xiii.

Carson, Rachel. *Silent Spring*. New York: Fawcett, 1962. （邦訳　レイチェル・カーソン　『沈黙の春』　青木　梁一訳　新潮文庫　一九七四年。

Conron, John. Introduction. *The American Landscape: A Critical Anthology of Prose and Poetry*. Ed. John Conron. New York: Oxford U P, 1974. xvii-xxiv.

Deitering, Cynthia. "The Postnatural Novel: Toxic Consciousness in Fiction of the 1980s." Ed. Cheryll Glotfelty and Harold Fromm *Ecocriticism Reader*. Athens: U of Georgia P, 1996. 196-203.

Flader, Susan L. *Thinking Like a Mountain: Aldo Leopold and the Evolution of an Ecological Attitude toward Deer, Wolves, and Forests*. Columbia: U of Missouri P, 1974.

ゴールドスミスE.編　不破敬一郎・小野幹雄監修　『地球環境用語辞典』　東京書籍　一九九〇年。

半谷 高久他編　『人間と自然の事典』　化学同人　一九九一年。

Hogan, Linda. *Dwellings: A Spiritual History of the Living World*. New York: Norton, 1995.

堀田　満他編　『世界有用植物事典・植物編』　平凡社　一九八九年。

北野　康　『地球環境の科学』　裳華房　一九八四年。

日下　譲　『水と人―自然・文化・生活』　思文閣出版　一九八七年。
Lane, Belden C. *Landscapes of the Sacred: Geography and Narrative in American Spirituality*. New York: Paulist, 1988.
Larson, Charles R. *American Indian Fiction*. Albuquerque: U of New Mexico P, 1978.
Leopold, Aldo. *A Sand County Almanac with Other Essays on Conservation from Round River*. New York: Oxford UP, 1966.
Lincoln, Kenneth. *Native American Renaissance*. Berkeley: U of California P, 1983.
Maranto, Gina. "Storyteller: Leslie Marmon Silko Writes Stories of the Land." *The Amicus Journal*. 14. 4（1993）: 16-19.
Momaday, N. Scott. *House Made of Dawn*. New York: Harper, 1968.
Perry, Donna. "Leslie Marmon Silko." *Backtalk: Women Writers Speak Out*. Ed. Donna Perry. New Brunswick, NJ: Rutgers UP, 1993. 314-40.
ピルー、E・C・　古草　秀子訳　『水の自然誌』　河出書房新社　二〇〇一年。
Ruppert, James. *Mediation in Contemporary Native American Fiction*. Norman: U of Oklahoma P, 1995.
Salyer, Gregory. *Leslie Marmon Silko*. New York: Twayne, 1997.
Seyersted, Per. *Leslie Marmon Silko*. Boise, ID: Boise State U, 1980.
Silko, Leslie Marmon. *Almanac of the Dead*. New York: Simon, 1991.
____. *Ceremony*. New York: Viking, 1977.（邦訳　レスリー・マーモン・シルコー　『儀式』　荒このみ訳　講談社　文芸文庫　一九九八年）
____. *Sacred Water: Narratives and Pictures*. Tucson, AZ: Flood Plain, 1993.
____. *Storyteller*. New York: Seaver, 1981.
____. *Yellow Woman and a Beauty of the Spirit: Essays on Native American Life Today*. New York: Simon, 1996.
Stein, Rachel. *Shifting the Ground: American Women Writers' Revisions of Nature, Gender, and Race*. Charlottesville: UP of Virginia, 1997.
Velie, Alan R. *Four American Indian Literary Masters: N. Scott Momaday, James Welch, Leslie Marmon Silko, and Gerald Vizenor*. Norman: U of Oklahoma P, 1982.
Tarter, James. "Locating the Uranium Mine: Place, Multiethnicity, and Environmental Justice in Leslie Marmon Silko's *Ceremony*," *The Greening of Literary Scholarship: Literature, Theory, and the Environment*. Ed. Steven Rosendale. Iowa City: U of Iowa P, 2002. 97-110.
和田　武　『地球環境論―人間と自然との新しい関係』　創元社　一九九〇年。
ウィンクラー、アラン・M　麻田　貞雄監訳／岡田良之助訳　『アメリカ人の核意識―ヒロシマからスミソニアンまで―』　MINERVA　西洋史ライブラリー　33 ミネルヴァ書房　一九九九年。

Wong, Hertha D. "Nature in Native American Literatures." *American Nature Writers* Vol. Ⅱ. Ed. John Elder. New York: Scribner's, 1996. 1141-1156.

山折　哲雄監修　『世界宗教大事典』　平凡社　一九九一年。

吉田　敦彦　『水の神話』　青土社　一九九九年。

吉田　美津

20　「金山《アメリカ》」を越えて

――キングストンの『アメリカの中国人』

一　海の民――移動と越境

マキシーン・ホン・キングストン
出典：*Conversations with Maxine Hong Kingston*, 表紙。

中国系二世作家マキシーン・ホン・キングストン（Maxine Hong Kingston, 1940-）の第二作『アメリカの中国人』（*China Men*,1980）は中国系移民が歩んだ歴史と彼らの歴史が刻まれた場所についての物語である。中国系二世の女性の成長を中国の古典を語りなおすことによって描いた第一作『チャイナタウンの女武者』（*The Woman Warrior*, 1976）はアメリカで存命の作家による作品の中で大学生に最もよく読まれている作品だと言われている。[1]『女武者』はアジア系アメリカ文学がアメリカ文学として認知される道を開いた。この作品も場所という視点で捉えるならカリフォルニアのストックトンについての物語であるかも知れない。キングストンにとって場所が重要なのは、それが彼女が帰属するコミュニティ（チャイナタウン）を指しているからである。したがってキングストンはアメリカの「自然」そのものを観察し、そこに彼女の伝えたいものを託すということはない。彼女の関心は中国系移民も含めた人里の生活であり、特定の場所に生きる人々である。むしろキングストンは、人が人里をさまよい出ることの危うい様を描いている。

▼場所・歴史・物語

一九八四年まで住んでいたハワイについてキングストンは場所がいかに重要であるかを述べる。「ハワイの言葉でアイナという言葉があります。よく使われる言葉で、私たちはアイナを尊重しますという州の標語の一部でもあります。その英語訳は土地です。しかし、アイナについて語る時はそれ以上の意味があります。なぜならアイナについて語るとはそこに住む人々の魂について語ることでもあるのですから、たいへん政治的なことです」（Skenazy 113）。つまり、「アイナ」とは特定の場所に成立するコミュニティを指していると考えられる。ハワイ文学についてスティーヴン・スミダ（Stephen Sumida）は「ハワイの感覚では歴史と場所は二つの別々の要素ではありません。むしろハワイの文化では場所は歴史として認識されるのです。つまり与えられた場に繰り広げられる物語として」（216）と述べている。スミダは七〇年代以来のハワイにおける文学の興隆について語っているのだが、キングストンと同様、植民地化されたハワイの人々にとって場所の記憶は、コミュニティの記憶でもあると暗示している点は同じである。そして、キングストンはハワイの場所の感覚に言及しながら、中国系移民にとってもスミダの言う「物語」が必要であると認識していることは確かである。

『中国人』はキングストンも言うように、まず『女武者』を含めた一冊の本として構想された（Skenazy 35）。しかし、一九世紀は中国人女性たちのアメリカへの入国が厳しく制限されたためアメリカについての記述は当然男たちの物語となる。そこで一冊は女性たちについての物語、『女武者』とし、もう一冊を男たちが中心となる本とした。したがって、『中国人』は歴史的な時間軸にそって中国人の移民史が三人称で語られる。まず主なものは、一九世紀初頭、檀香山（Sandalwood Mountain）、オアフ島の開拓に従事した曾祖父、伯公（Bak Goong）の物語、次に一八六〇年代シエラネヴァダ山脈の大陸横断鉄道工事の人夫として働いた祖父、阿公（Ah Goong）の話、そして二〇世紀初頭ニューヨークのチャイナタウンと、のちにカリフォルニア、ストックトンの洗濯屋で働いた父親エド（Ed）についての話となる。[2] それらの話の間に中国の説話からとられた短い逸話が挿入されている。このように『中国人』では曽祖父たちの移民史が特定の場所と不可分に語られる。そして、彼らの物語を特徴づけているのが、「金山」（Gold Mountain）と移民労働者である彼らと場所との関係である。

▼男たちの歴史／記憶の物語

広東人にとってアメリカとは「彼らが創り上げそして発見した彼らのもの」（43）つまり「金山」であると『中国人』の語り手は言う。中国人移民にとってアメリカはまず「金山」という物語としてたち表れたのである。カリフォルニアに発見された金鉱のうわさは、「金山」の「ゴールド・ドリーム」としてアヘン戦争後西洋から中国へと、特に広東地方に広く流布した（Zhou 19-20）。中国の広東は海外に多くの移民を送り出した地域である。可児弘明編の『華僑華人』によれば、南方の広東は北に住む漢民族にとっては辺境地帯であり、そのため広東は開拓精神の旺盛な移民社会であった（可児 146）。当然この開拓精神は広州を中心とする活発な交易活動をうながし、香港を経て海外に渡った多くの華僑にも受け継がれている。広東は世界に散った華僑の「僑郷」のひとつであると言う（可児 146）。しかし忘れてはならないのは、彼らの開拓精神は家族や一族の繁栄のために発揮される労働倫理に根ざしているという点である（Chan 29）。『中国人』の語り手も広東人としての意識が強い。「常に革命的であり、そして革新的であり、すばらしい想像力をもって金山を創り上げた広東人。彼らを西に向かわせそしてついにはアメリカ人としてしまったものは何なのかを私はつきとめたい」（87）と語り手は言う。アメリカに渡った中国人はカリフォルニアの金鉱で働き、その後大陸横断鉄道の工事に携わることになる。

デンバーでの中国人排斥
（新聞イラスト、1880年）

さらに、中国人移民がアメリカ社会から受けた人種的な排斥が、彼らと土地（場所）の関係を様々に規定していた。『中国人』の「関係法」と題された章には、中国人に対する人種差別的な規制や法が列挙されている。その中のひとつ、一八五〇年代「国籍法の議論においても下院議員たちはアメリカがヨーロッパの北方の白人種を基礎にした国であると宣言した」（153）とある。一八五五年にカリフォルニア州議会はすでに中国人を「アメリカの帰化不能者」とし排斥を目論んでいた（Takaki 82）。中国人移民は「アメリカン・ドリーム」に参加する平等の権利を与えられず、一方でアメリカ文化に同化しないと排斥された。一八六九年、ニューヨークのある新聞は、低賃金で働く中国人労働者は全労働者の敵だと批判し、次のように記事を結んでいる。「中国人は急激にアメリカ化しているが…頭を辮髪にしているように彼らは本質的には彼らの風習習慣や考え方を捨てようとはしない。…カルフォルニアにいるチャイナマンは太平洋の向こう側にいる彼らの兄弟同様、チャイナマンなのである」（Foner 86-87）。中国人移民こそは、その「異様な」いでたちと生活様式によってアメリカの風景に溶け込むことのできない異質な他者であった。

一八九〇年、フロンティアの消滅が宣言されたが、それ以前にアメリカにきた中国人移民も後にきた者も土地を所有する権利は認められていなかった。一九〇三年フレデリック・ジャクソン・ターナー（Frederick Jackson Turner）は、「アルゲーニー山脈から太平洋にいたる西部の荒野は文明人であるわれわれの前に広がる最も豊かな無償のたまものであった」（261）と述べた。しかし、一八六〇年代のカルフォルニアで月三ドルの「外国人鉱夫免許税」や月二ドル五〇セントの「人頭税」（Takaki 82）を支払わねばならなかった中国人鉱夫やその他の中国人にとってターナーの言葉は正確ではなかった。さらにターナーのレトリックの背後にある、「荒野」は民主主義国家アメリカを育んだのだという意味合いも同様に中国人移民の理解の枠を越えていた。とすれば、キングストンはアメリカ文化に深く根ざしている田園主義や「荒野」の概念を用いずアメリカの風景をどのように彼らの歴史・物語として語ることができるのだろうか。男たちの故郷広東、そして彼らが移り住んだハワイ、カリフォルニア、シエラネヴァダ山脈、そしてニューヨークが地理的に隔てられた単なる地名ではなく、中国人移民が生きた場所として、スミダの言葉を借りるなら「物語」として、キングストンはそれらの場所をどのように語ろうとしているのだろうか。

二　「金山」を創る

「檀香山の曽祖父」(“The Great Grandfather of the Sandalwood Mountains”) の曽祖父、伯公と「シエラネヴァダ山脈の祖父」(“The Grandfather of the Sierra Nevada Mountains”) の祖父、阿公は労働を通じて自然と接触する。彼らはハワイやアメリカの自然の雄大さを楽しむこともなく、それらを観察することによって地図制作的な欲望を満たすこともない。キングストンは、語り手や伯公、阿公にオアフ島やシエラネヴァダ山脈の風景を俯瞰する視点を与えていない。その視点とは、『帝国主義的眼差し』(*Imperial Eyes*) でメアリー・ルイーズ・プラットが一八世紀から一九世紀にわたるヨーロッパ人の旅行記や探検記を分析し、そこに見いだされる「私が見渡すすべてのものの君主」(201) と呼んだヨーロッパ人の外界に対する支配的な眼差しである。そのような視点を拒否することによって、キングストンは彼らにとってハワイやアメリカの未開の自然は田園へと開拓できるロマンチックな対象でも、人の住まない不毛の地でもないことを示す。彼らにとって自然は労働し生活する場であった。言うなればコミュニティの基礎となるものであった。

▼曽祖父と「檀香山」の大地

開拓労働者の曽祖父、伯公と開拓されるオアフ島の大地は類似した状況にあるものとして描かれる。伯公と大地には蹂躙され、そして搾取されるもの同士の親近性がある。船から降りた伯公は、島の自然が彼を歓迎しているように感じられた。彼は島の大気を大きく吸って歌を歌った。「彼の歌声は大気と共に高くそして低く舞った。まるで彼の体と山の岩が大気を温かく呼吸しているかのようだった」（97）と。そして彼が開墾に精を出した大地は彼には人間の肉体のように見えた。伯公はその「赤い土地の肉と骨を見た最初の人間」（103）であり、「雨のあと泥はまるで血のように流れた」（103）と言う。さらに自然は伯公の激しい怒りの感情をも受け入れた。監督の「白人鬼」が「黙れ。働け。チャイナマン」（102）と鞭をうならせて叫んだ時、彼は周りの木々がまるで「白人鬼」であるかのようにその「腕や足をたたき切り」（100）そしてなぎ倒したのである。伯公にとってオアフ島の自然は彼の肉体のように身近な存在であった。

さらに、島の自然は伯公を人里につなぎ止める役割を果たしている。彼は中国から持ってきた、ブンタン、金柑、シトロン、生姜、冬瓜、かぼちゃ、水仙、蘭や菊などを植えた。伯公の作った小さな畑は、中国の農業の伝統をハワイの荒野に「植え付ける」という意味を持っている。畑の世話は伯公に生きる力と目的を与えてくれた。なぜならそれらの植物は伯公の「異国」における肉体と同様ハワイの大地でけなげに根を下ろしているからである。「一晩で植物がどれくらい成長したかを見ることで、朝ベッドから起き上がろうとするやる気や理由そして好奇心を彼に与えた」（105）。なによりもささやかな収穫は彼に「秩序の幸せな感覚」（106）をもたらした。畑に対する伯公の態度は、荒野の開拓こそが神の意志だと考えた初期の白人開拓者のものとは違っていた。ロデリック・ナシュは彼らについて次のように言う。「ニュー・イングランドの開拓者たちは、荒野を田園に開拓することは聖書にその前例があることをよく知っていた。創世記第一章二八節、人間に対する神の言葉には、人はこの地に栄え、この地を従わせ、そしてあらゆる生き物を治めよとである。これは荒野の運命を明確なものとした」(Nash 31)。しかし、伯公の労働は自然の征服や支配とは無縁であった。週給一ドルの賃金労働者であった彼は重労働によって肉体を消耗させた。リュウマチ熱や関節炎に彼は苦しんだ。しかしそのことによって地上の「あらゆる生き物を治める」という途方もない妄想を伯公が抱かずにすんだのである。

人里を離れずに正気を保つには、さらに思いのたけを言葉で自由に吐露する必要があった。なぜならこのように「新しい土地にいるといったい何が正常であるのかどうか分かったものではない」(110) からである。だから伯公はアヘンも吸おうとはしなかった。彼はオアフ島の「太陽の力強さ」や「大洋の広大さ」について語りたかった。しかし監督の「白人鬼」は仕事中の会話を禁じ、破った者には減給が課せられた。ある日伯公は病に倒れ、熱にうなされながら家族を思った。そして仲間たちを「お前の妻は寂しがり、家族はお前の稼ぎを待ちわびてお腹をすかせている」(115) と勇気づけ、病の原因は「話さないことからくるうっ血だ」(115) と結論づける。翌日伯公らは地面に大きな丸い穴を掘り、そこに這いつくばって家族への思いのたけが向こうの中国まで届くようにと叫んだ。そして男たちは彼らの言葉を埋めて、それらを「植え付けた」と言う。人里からさまよい出ることなく、正気を保つには記憶を紡ぐ言葉が必要なのである。

▼祖父とシエラネヴァダ山脈

曽祖父伯公と同様、大陸横断鉄道の工事人夫として働いた祖父、阿公にも自然をねじ伏せて支配しようとする力も意図もなかった。むしろ、阿公は人夫として自然と格闘することで死の危険に晒された。一日一ドルで雇われた阿公たち中国人人夫は、切り立つ崖を爆破するのに崖の上から吊るした小さな籠にのり、火薬

1860年代の中国人労働者による大陸横断鉄道工事現場
出典：*An Illustrated History of The Chinese in America*（Design Enterprises of San Francisco, 1979）, p. 30

をしこまねばならなかった。彼は空高く吊るされた籠から身を翻そうとする誘惑にかられる。爆破に失敗した「蟻のような男たち」が声もなく落下していった。「こんなに高く上がっても彼は神々を見ることはできなかった」（131）と語り手は言う。自然を前にしたこの圧倒的な「無」の感覚は、同じ頃ニューイングランドのコンコードで列車の汽笛に牧歌的な夢想をかき乱されたナサニエル・ホーソーンが自然に対して抱いていた感覚とは違う。ホーソーンは言う、「しかし、聞くがいい。汽車の汽笛が聞こえる。長い悲鳴、不快なものの中で最も不快な悲鳴⋯つまりあらゆる混乱そのものだ」（248-49）。この場面はレオ・マークスの著名な研究書『楽園と機会文明』の冒頭でアメリカの田園主義を論じる導入部となっている。しかし、キングストンは阿公の過酷な労働を描くことによって、アメリカの田園主義の文化的系譜とは異なる視点があること、さらに田園主義の自然観は人種や文化的背景の違うすべての者が共有しているわけではないことを暗示する。

さらに、阿公は自然が人間の表象を拒否する圧倒的な「他者性」ともいうべきものを持っていることを会得する。それは彼が実感した「大地の不動性」である。トンネル内の花崗岩と格闘した時、彼は「岩こそ現実なのだ」という認識に至る。彼は、「人は年をとり死ぬ。天候は変化する。しかし山は永劫の時間と同じように不動である」（135）と考えた。阿公のこの冷徹な認識は、同じ頃シエラネヴァダ山脈を調査していた地質学者クラレンス・キング（Clarence King）の感想とは異なる。「観察するのがさらに楽しいのは、花崗岩の形の多様さとそのおもしろさを目にする時である。… これはまさしく純粋にゴシック風であると言っていい」(139-40)。キングは彼の西洋世界の教養によって自然の花崗岩を鑑賞することができたが、阿公はそのようなことを考えたこともなかった。彼は「鼠のように」花崗岩にかじりつき、その征服も支配もできない大地の不動さに挑戦していたのである。それは阿公に自然に対する畏怖の念すら与えた。阿公とキングの違いは、自然を享受する権利がすべての者に与えられているわけではないという証左である。そして阿公が自然を認知する仕方は、外界を俯瞰し風景として認知する特権的な主体のあり方とは異なる主体を彼が持っていることを示す。

特権化された視点を持たない阿公の人夫としての生活に意味と秩序を与えたのは中国の神話である。それは、天の川を挟んで夜空に輝く、こと座の主星ベガとわし座の主星アルタイルの織女と牽牛の物語である。夜空を見ていた阿公は中国と同じ星があることを見つけ、毎夜見ることを楽しみとした。昼間は、天の川に橋をかけて織女が牽牛に会うのを助けたとされたカササギのつがいを見ることを楽しんだ。「彼は荒野でふたつの親しいものたちを見つけたのだ」(130)。阿公は天帝によって引き離された織女と牽牛が太平洋を挟んで引き離された家族と自身に思え、彼らに許された一年に一度の逢瀬は、つらい労働の日々のあと約束された彼の家族との再会と重なった。そしてカササギが織女と牽牛を引き合わせる重要な役目を負っているように、阿公は鉄道を造ることによってこの地をひとつに結び合わせる役目を負っている。「この横断鉄道が西洋と中国を結びつけることになる」(138)かも知れないのだ。阿公の労働は、遠い場所を互いに結びつけ、家族を再会させ、そして他者との新たな出会いを助けるためのものだ。七夕の神話は、古い農耕儀礼に結びついた祖霊祭であるように、阿公は労働を通じて家族や一族、そして他の人々と共存してゆくことに意味を見出す。だから、語り手は阿公が「この鉄道を建設したことでアメリカ人となった」(145)と言うのである。彼は「この地を一つに結びつけ、そして建設した父祖である」(146)。阿公は鉄道を建設したことで「この地を所有し、この地に帰属するアメリカの父祖」(151)となったのである。

三　チャイナタウンからの新しい地勢図

▼アメリカの父親

故郷広東に帰った伯公と阿公と異なり、父親エドは先ずニューヨークで働き、次いでカリフォルニアのストックトンに永住する。それらの地には中国人移民が働くことのできるチャイナタウンがあったからである。ローレンス・ビュエルは、アメリカ文学の都市への関心の低さについて「アメリカ文学は都市化と工業化の日常的な現実にもかかわらず、社会や都市とは相容れない背景や主題として価値を持つものとして、田舎や荒野に大きな関心を払ってきた」(33)と述べる。荒野と文明の中間に位置付けられる田園(田舎)こそは、アメリカ文化の理想とする居住空間であった。現代人にとって田園願望は、荒廃する都市部から離れているが、荒野というほどでもない郊外へとその姿を変えた。しかしエドの生き方は、ビュエルの「自然は長い間、アメリカの国民的自己意識の重要な要素であった」(33)という意見とは異なるあり方が、特にマイノリティの人々にあったことを示す。

アメリカに最初に上陸したニューヨークはエドにとって自由を象徴していた。アメリカに入国しニューヨークの埠頭に立ったエドは初めて自由の女神を見る。それは単なる女神ではなく「ある観念の象徴なのだ」と聞いてエドは喜んだ。「アメリカ人は彫像にしてしまうほど具体的な自由の観念をもっているのだ」(53)と。友人三人と始めた洗濯屋の仕事は長時間労働であったが、独身生活を謳歌する気楽なものだった。「金山は実に自由だ。作法もなければ伝統もない。そして妻たちもいない」(61)。ニューヨークは未開の荒野のようなものだった。

エドのニューヨークでの生活が虚構であることは、章の間に挟まれた中国の逸話「死霊の愛」に明らかである。「死霊の愛」は旅人が人里離れた地で美女に出会い、もてなしを受けて逗留するが、人里に戻ると人は男のやつれた様に驚き、同郷の男が彼を村まで連れ戻すという話である。話は「夢のような恋は永続きはしない」(81)と結ばれる。この話を象徴するように友人三人が彼らだけで洗濯屋の共同出資の契約書を作ったことが発覚する。エドはアメリカに来た妻によって危機を脱し、ニューヨークの生活を後にする。「妻の到着でエドの自由な生活は終わった」(72)のである。ニューヨークはエドに自由の幻想を与えただけだった。

カリフォルニアのストックトンはエドが家族と共に長く住む地となる。しかしその地に帰属していたわけではない。彼には所有する土地も家もなかった。ただエドは机の引出しのような「特別な場所を所有していた」(238)と語り手は言う。それらはアメリカ社会の周辺に位置する父親を象徴して、借家の穴倉であったり屋根裏部屋であったりした。エドのアメリカでの不確かな社会的地位を象徴していたのは彼が働いていた賭博場である。同郷の実業家が経営者であった。繁盛していたが、警官の一団が踏み込み、賭博場は閉鎖された。父親は仕事と居場所を失い失意の人となる。「父はいつも家にいた。…父は突然怒ったかと思うと静かになった」(247)。

　エドがようやく彼の家と洗濯屋の店を持つことができた時、彼は語り手に三つのものを贈る。それらは寡黙な父が娘に伝えたかったことを示す。ひとつは新聞にのったヨセミテ公園のアメリカスギの写真であり、もうひとつはロサンジェルスで起きた中国人虐殺の話であり、そして中国の明の時代の詩人高啓の歌である。アメリカスギの写真は、祖父阿公が鉄道工事のために倒した木であり、阿公がアメリカで成し遂げた事を象徴する。エドは「きれいだ」(255)といって語り手にそれを手渡した。次にエドは一八七一年にロサンジェルスで起きた中国人虐殺事件について娘に話す。父の話は中国人がどのような歴史を生きてきたかを忘れてはならないという教えである。そしてエドは詩人高啓の「青邱子の歌」の一節を歌う。「髪ふりみだした詩人は巨鯨を斬首し、矢をいりて飛ぶ蚤を射る」(255)。高啓は奔放な精神の飛翔を歌にする詩人である。語り手は父親エドが秘められた精神の自由を持っていることを知る。高啓は生活に必要なだけの田畑を耕し、あとは詩作に没頭したと言う。エドも同様に家の庭に葡萄、豆、みかん、りんご、枇杷や梅の木を植えた。曽祖父伯公がマウイ島の開拓地で作った畑が「金山」でも父親エドによってようやく実現したのである。エドは中国の文人が理想とした「晴耕雨読」の生活をなぞっている。

　しかしエドの理想とする「晴耕雨読」の生活は、アメリカ人の田園願望が前提としている社会と自然の二項対立を前提としていない。レオ・マークスは『田園と機械文明』で、田園願望とは「文明の増大する抑圧と複雑さから逃避したいという衝動である。…この衝動は、文明の中心から反対の方向へ、つまり自然に向かう動きであり、洗練された状態を逃れて素朴な状態へと向かう衝動である」(9)と言う。祖父阿公にとって同胞のいない土地はそれがいかに素朴な田舎であっても危険な場所であった。エドにとっても「晴耕雨読」の生活が可能になる場所はおのずと限られていたのである。エドの生活が示すように、「アメリカ人の想像力をつかんではなさい」(3) とレオ・マークスのいう田園願望がアメリカに住むすべての人に共有されていたわけではない。職種も限られ、さらに郊外に家を持つことのできなかったエドにとってストックトンは、彼の中国人移民として歩んできた背景と不可分に関連している。娘である語り手にとっても彼女がどこからやってきたのかを教えてくれるのがストックトンのチャイナタウンである。したがって、ストックトンは語り手にとって先に引用したキングストンの言うハワイの言葉「アイナ」(土地) に近い感覚を喚起させるのである。

▼異境の地で戦う

コミュニティへの志向は、『中国人』と一緒に一冊の本として構想したとキングストンが言う『女武者』にもみられる。伯公から阿公、さらにエドへと引きつがれた「金山」創造の夢は、特に『女武者』の「白虎」("White Tigers") にインターテクスチュアルな意味を与える。キングストンが『女武者』の語り手について「若い女性であり、今彼女自身を創り上げている途中なのです」(Skenazy 36) と言うように、曽祖父から引きついだ「金山」創造の夢は、『女武者』の語り手にコミュニティの一員であることの新たな社会的責務を自覚させるのである。それは漢民族の新たな読み替えである。

中国の絵本『花木蘭』

「白虎」は北朝時代に成立したとされる女武者「木蘭の歌」を基礎に

し、中国の民衆説話「武侠小説」の語りを用いた空想の武勇伝である。古典「木欄の歌」は、成人した息子のいない父親に代わって娘の木蘭が男装して君主に仕え、君主に留まるように請われるがそれを断って親のもとに帰るという娘の親に対する忠孝の精神を歌ったものである。「白虎」では女武者は結婚して子どもを産み、虐げられた漢民族のために戦うという新しい役割を与えられている。語り手は女武者として活躍し、中国の伝統的な女性蔑視に一矢を報いるのである。[3]

それればかりではなく、男装の女武者はアメリカに生きる中国系にとって漢民族の新しい姿を象徴する。「白虎」の漢民族は理不尽な代官に苦しめられる貧しい百姓たちである。女武者は彼らと共に北京に攻め上り、皇帝を討ち、百姓の一人を新皇帝に即位させる。そして纏足の女たちを解放する。ひとりでは歩けない女たちである。解放された女たちはのちに黒と紅の服に身を包んだ傭兵軍団になったと言う。漢民族の誇りに支えられた女武者は、虐げられた人々や差別された女たちと共に戦い彼らを救う。女武者の武勇伝は、平等という視点から「中華思想」を新たに捉えなおしている。女武者の戦いは抑圧された者を解放するという意味において人種や民族の壁を超える可能性が暗示される。語り手は、曽祖父たち中国人移民の背景を歴史的文化的背景としながら新しいアメリカ、「金山」創造に参加しようとしている。

▼チャイナタウンの記憶

中国人移民の歴史的背景は、彼らがどこでどのように住むかを制限していた。それによって伯公や阿公、そしてエドの自然に対す態度は影響を受けた。彼らにはアメリカの「処女地」を開拓し、それを占有するという考え方は馴染まなかった。彼らは田園主義を享受することもなかった。人種による差別と法的規制は、彼らを人里へと誘った。しかし人里はいつも安全であるわけではない。オアフ島の伯公にとって「休日は農園にいるのがもっとも安全だった」（111）。ホノルルの一日の休日で「多くの若い男たちは人生を変えてしまうほどだった」（106）からだ。彼らの多くは家族を忘れ故郷を失った。シエラネヴァダ山脈の阿公には人里も荒野も安全ではなかった。鉄道が完成した後、阿公ら中国人人夫は追放された。そして彼らはアメリカ各地に広がった中国人排斥の暴力から逃れなければならなかった。父親エドがアメリカに来た頃には暴力やリンチを恐れた中国人移民は都市部に集中し、チャイナタウンを形成していた。

したがって『中国人』は見果てぬ夢を見ることや人里を離れてさまよいでることの危うさを繰り返し訴える。曽祖父伯公や祖父阿公の移民生活は一攫千金を可能にするような夢のような生活ではなかった。父親エドも詩人の魂を持ちながら彼の洗濯屋と畑を持つことで彼の人生に折り合いをつけた。『中国人』に挿入された逸話「死について」は不死を手にできない人間の限界についての話である。見るものや感じるものはすべて幻覚だから口をきくなと僧に言われた男は、あらゆる困難に打ち勝つ。最後に口をきけぬ女に生まれ変わった男は子どもを産む。その子どもが殺された時、男は悲しみの叫び声をあげる。そのため人類は不死を手にすることができなかったという話である。「死について」は不死の霊薬を求めるより、子どもや家族そして他の人と共存していく方が人間らしいのだということを示している。特に、中国人移民にとってコミュニティの中で生きることが重要なのである。

父親エドが家と洗濯屋をもったストックトンは、「白虎」の女武者が多民族社会の新しいアメリカ、「金山」の姿として想像した社会に近づいた社会である。語り手の家族は様々な人種的背景を持つ人々と共に暮らしている。洗濯屋から帰宅する家族は、表通りを避けて「賭博師たちがたてる音が開いた窓から聞こえる他は何も聞こえない唐人街を通り、何年も不在になっている日系アメリカ人の家とフィリピン人の下宿屋を通り過ぎた」(12) とある。やがて収容所から戻った日系家族は、どんなに夜遅く洗濯屋から帰ろうと彼らは玄関の明かりをつけて通りを照らしてくれた。「両親は彼らに野菜を分けた。私たち中国人が収容所に入れられることになった時、彼らによくしてもらいたいからだ」(274) と語り手は言う。アメリカ生まれの語り手にとって、経済的豊かさをもとめた父祖たちの「金山」は、隣人たちと協力して創ってゆくコミュニティ「金山」へと変化している。

キングストンのコミュニティ志向は、彼女の生まれ故郷ストックトンがそうであるように、都市のゲットー化とスラム化によりコミュニティが崩壊の危機に瀕している現実に向けられている。彼女は現在のストックトンについて「ストックトンには私の両親がおり、私の文化的根があり、兄弟姉妹もいます。そして私のチャイナタウンもあります。私はいつもストックトンに戻ってきます。しかしそこは活気もなく、美しくもありません。両親の家に向かう時、私は荒廃した町の中を進むのです。… 危険でもあります。… そして私はここからどのようにコミュニティを作ってゆくのかという難しい問題を考えます」(Skenazy 114) と述べる。キングストンがコミュニティに言及するのは、一区画しかなかったストックトンのチャイナタウンが高速道路の建設のために一掃されてしまったからである。

マイケル・ベネットはゲットーやスラムは有色の人々の住む地域であるとの固定観念を生み、人種差別は今や荒野化した都市への嫌悪として表されると言う ("Manufacturing" 173-76)。彼はそれを「人種の空間化」と言う。つまり貧しい有色の人々は荒廃した都市の風景の一部として開発と排除の対象となるからである。ベネットはこのような傾向に対して「私たちの文化に浸透している目に見える形の反都市のイデオロギーに反駁してゆく」（184）必要があると言う。ベネットの言う「反都市」は田園主義と言ってもいいだろう。[4] 現代において田園（田舎）や郊外への希求はその背景に人種差別的な志向が働いているからである。

キングストンはチャイナタウンの住民が広い地域に広がった今でも「コミュニティの魂」があると言う。そして「私たちの仕事は、私たちの想像力と知識と歴史によって私たちのコミュニティを支えてゆくことだ」（Skenazy 115）と述べる。キングストンの言う「仕事」はベネットの言う「反都市のイデオロギーに反駁してゆく」ことになるだろう。ハワイ語の土地を意味する「アイナ」について語ることは、キングストンも言うように「たいへん政治的なこと」なのである。

注

1 『チャイナタウンの女武者』は『女武者』、『アメリカの中国人』は『中国人』と記す。英語表記の中国の地名や人名の日本語表記は、藤本和子による邦訳を利用した。訳についても利用させていただいたが、変えてあるところもある。

2 伯公と阿公はそれぞれ父親の父親の兄、母方の祖父を示す広東語であり、個人名ではない。キングストンは彼らに中国人移民の集約された物語を描こうとしたと考えられる。

3 一九九八年製作のディズニー・アニメーション『ムーラン』（木蘭）は、脱人種化された若い女性の成長物語となっている。

4 マイケル・ベネットは、黒人奴隷作家フレデリック・ダグラスの自然観を論じ、「フレデリック・ダグラス以降の世代の人々が風景を享受するのに平等の利害関係を持つようになれば、支配文化による荒野の長いロマン主義的な歴史はあまり魅力を持たなくなるだろう」（"Anti-Pastoralism" 209）と述べる。

参考・引用文献

Bennett, Michael. "Manufacturing the Ghetto: Anti-urbanism and the Spatialization of Race." *The Nature of Cities: Ecocriticism and Urban Environments*. Eds. Michael Bennett and David W. Teague. Tucson: U of Arizona P, 1999. 169-188.

———. "Anti-Pastralism, Frederick Douglass, and the Nature of Slavery." *Beyond Nature Writing: Expanding the Boundaries of*

Ecocriticism. Ed. Karla Armbruster and Kathleen R. Wallace. Charlottesville: UP of Virginia, 2001. 195-210.

Buell, Lawrence. *The Environmental Imagination: Thoreau, Nature Writing, and the Formation of American Culture*. Cambridge: Harvard U P, 1995.

Chan, Sucheng. *The Bittersweet Soil: The Chinese in California Agriculture, 1860-1910*. Berkeley: U of California P, 1986.

Daniels, Roger. *Asian America: Chinese and Japanese in the United States since 1850*. Seattle: U of Washington P, 1988.

Foner, Philip S. and Daniel Rosenberg, eds. *Racism, Dissent, and Asian Americans from 1850 to the Present*. Westport, Connecticut: Greenwood P, 1993.

Hawthorne, Nathaniel. *The American Notebooks*. Ed. Claude M. Simpson. Columbus: Ohio State U P, 1972.

可児弘明・游仲勲編『華僑華人』　東方書店　一九九五年。

「木蘭の歌」『漢・魏・六朝時代詩集』（中国古典文学大系第十六巻）平凡社　一九七四年。三六九―七一頁。

King, Clarence. "Mountaineering in the Sierra Nevada." *The Wilderness Reader*. Ed. Frank Bergon. Reno: U of Nevada P, 1980. 136-150.

Kingston, Maxine Hong. *China Men*. New York: Vintage, 1989（c1980).（邦訳　マキシーン・ホン・キングストン『アメリカの中国人』藤本和子訳　晶文社　一九八三年）

_____. *The Woman Warrior: Memoirs of a Girlhood among Ghosts*. New York: Vintage, 1989（c1976).（邦訳　マキシーン・ホン・キングストン　『チャイナタウンの女武者』藤本和子訳　晶文社　一九七八年）

Marx, Leo. *The Machine in the Garden: Technology and the Pastoral Ideal in America*. New York: Oxford UP, 1973（c1964).（邦訳　レオ・マークス『楽園と機械文明』榊原胖夫／明石紀夫訳　研究社 一九七二年）

Nash, Roderick. *Wilderness and the American Mind*. New Haven: Yale U P, 1982（c1967).

Pratt, Mary Louise. *Imperial Eyes: Travel Writing and Transculturation*. New York: Routledge, 1992.

Skenazy, Paul and Tera Martin, eds. *Conversations with Maxine Hong Kingston*. Jackson: UP of Mississippi, 1998.

Sumida, Stephen H. "Sense of Place, History, and the Concept of the 'Local' in Hawaii's Asian/Pacific American Literatures." *Reading the Literatures of Asian America*. Ed. Shirley Geok-lin Lim and Amy Ling. Philadelphia: Temple UP, 1992. 215-237.

Takaki, Ronald. *Strangers from a Different Shore: A History of Asian Americans*. New York: Penguin, 1989.　（邦訳　ロナルド・タカキ『もう一つのアメリカン・ドリーム』阿部紀子／石松久幸訳　岩波書店 一九九六年）

Turner, Frederick Jackson. *The Frontier in American History*. New York: Robert E. Krieger, 1976.

Zhou, Min. *Chinatown: The Socioeconomic Potential of an Urban Enclave*. Philadelphia: Temple UP, 1992.

吉川幸次郎　『元明詩概説』（中国詩人選集二集2）　岩波書店　一九六三年。

執筆者紹介（五十音順）

伊藤詔子　いとう　しょうこ
広島大学教授。博士（学術）。著書『アルンハイムへの道―エドガー・アラン・ポーの文学』（桐原書店　一九八六）、『アメリカ文学の自然を読む』（共著　ミネルヴァ書房　一九九六）、『よみがえるソロー―ネイチャーライティングとアメリカ社会』（柏書房　一九九八）、『アメリカの嘆き』（共著　松柏社　一九九九）等。訳書『ニューヒストリシズム』（共訳　英潮社　一九九一）、『森を読む―種子の翼に乗って』（宝島　一九九五）、『野生の果実――ソロー・ニュー・ミレニアム』（共訳　松柏社　二〇〇二）等。

大島由起子　おおしま　ゆきこ
福岡大学教授。著書 *Melville "Among the Nations": Proceedings of an International Conference*, Volos, Greece, July 2-6, 1997.（共著　Kent State UP, 2001）、『ネイティヴ・アメリカンの文学―先住民文化の変容』（共著　ミネルヴァ書房　二〇〇二）。訳書『逃亡者のふり―ネイティヴ・アメリカンの存在と不在の光景』（開文社　二〇〇二）。主要論文「異人種の契りへの見果てぬ夢―『ホープ・レズリー』から『白鯨』へ」（『英語青年』二〇〇二年一月号）等。

城戸光世　きど　みつよ
広島国際学院大学専任講師。著書『アメリカ文学と狂気』（共著　英宝社　二〇〇〇）。訳書『野生の果実――ソロー・ニュー・ミレニアム』（共訳　松柏社　二〇〇二）、『緑の文学批評―エコクリティシズム』（共訳　松柏社　一九九八）。論文「ホーソーンの初期短編小説におけるフロンティア表象」（『中・四国アメリカ文学研究』第三六号　二〇〇〇）等。

熊本早苗　くまもと　さなえ
東北大学大学院博士課程後期在籍。主要論文『まなざしの植民地主義―"The Deer at Providencia"における鹿をめぐる描写を中心に」（東北大学国際文化学会『国際文化研究』第六号　二〇〇〇）「Annie Dillardの〈透けて見える光〉―*Teaching a Stone to Talk*と*Holy the Firm*を中心に」（『東北アメリカ文学研究』（第二十三号　二〇〇一）等。

塩田弘　しおた　ひろし
福岡大学専任講師。博士（学術）。主要論文 "A Comparative Consideration: The Huckleberry in Thoreau, Twain and Snyder" (*Studies in Henry David Thoreau*, 27, 2001)、「ゲーリー・スナイダーとバイオリージョナリズム」（学位論文　広島大学　二〇〇二）、「風景の遠近法――Thoreauの*Walden*からSnyderの*Endless Streams and Mountains*への風景描写の展開」（『九州英文学』第十九号　二〇〇二）等。

新福豊実　しんふく　とよみ
鹿児島大学非常勤講師。広島大学大学院文学研究科博士課程後期在籍。主要論文 "Hemingway's Ambiguity: A Study of Nick-Adams-Heroes"（鹿児島大学英文学会『鹿大英文學』第八号　一九九四）"A Reconsideration of the Nick Adams Hero: Hemingway's Pursuit of Something Lost"（修士論文　二〇〇一）等。

高橋勤　たかはし　つとむ
九州大学助教授。博士（文学）。著書『緑と生命の文学』（共著　松柏社　二〇〇一）、『ロマン派の空間』（共著　松柏社　二〇〇〇）、『楽しく読めるネイチャーライティング』（共著　ミネルヴァ書房　二〇〇〇）。論文 "Conservation Movement and Its Literature in Japan." *Literature of Nature: An International Sourcebook*. Ed. Patrick D. Murphy (Chicago:Fizroy Dearborn, 1998) 等。

辻和彦　つじ　かずひこ
福井大学助教授。博士（学術）。著書『その後のハックルベリー・フィン―マーク・トウェインと十九世紀アメリカ社会』（学位論文　渓水社　二〇〇一）。論文「『インディアンの中のハックとトム』におけるマーク・トウェインの自然観」（ASLE-Japan『文学と環境』第二号　一九九九）、「探偵劇と陰謀劇―*Huckleberry Finn*の続編群と推理小説」（日本アメリカ文学会『アメリカ文学研究』第三六号　二〇〇〇）、「双生の悪夢」（日本マーク・トウェイン協会『マーク・トウェイン―研究と批評』創刊号　二〇〇二）等。

中島美智子　なかしま　みちこ
広島大学大学院文学研究科博士課程後期在籍。

主要論文 “John Steinbeck as a Nature Writer — Foucusing on The Log from *The Sea of Cortez*.（修士論文　二〇〇二）、“*The Ecological* Community of *Cannery Row* reduced from *The Sea of Cortez*.”（*Steinbeck Studies*, 26, 2003）。「*The Red Pony* における「癒し」のプロセス—*Refuge : An Unnatural History of Family and Place* と比較して」（*Phoenix*, NO.59 2003）。

藤江啓子　ふじえ　けいこ

愛媛大学教授。著書『異文化フォーラム—異文化を読む』（共著　音羽書房鶴見書店　二〇〇二）、『アメリカがわかる—アメリカ文化の構図』（共著　松柏社　一九九六）。論文 “Moby Dick as God”（『中・四国アメリカ文学研究』第二五号　一九八九）、「白い幻想—メルヴィルと黒人差別」（『中・四国アメリカ文学研究』第三〇号　一九九四）、“The Americans in Liminality—*The Confidence-Man* and its Social Background”（『中・四国アメリカ文学研究』第三二号　一九九六）等。

松永京子　まつなが　きょうこ

ネブラスカ大学大学院博士課程在籍。フルブライト奨学生。論文 “Cultural Hibridization and the Nuclear Landscape in the Works of Leslie Marmon Silko.”（修士論文　二〇〇一）。発表 “Willa Cather and the American Southwest: Cultural and Environmental Landscape in ‘The Enchanted Bluff’and ‘Tom Outland’s Story’”（Western American Literature Conference アリゾナ州トゥーソン、二〇〇二）、“A Global Vision of the Nuclear Landscape: Comparison of Silko’s *Ceremony* and Oda’s *Hiroshima*”（Native American Literature Symposium ミネソタ州、二〇〇二）等。

Scott Slovic　スコット・スロヴィック

ネヴァダ大学リノ校教授。博士（文学）。環境人文学研究センター所長。ASLE-US初代会長。ASLE-US機関誌ISLE編集長。2001-2年クイーンズランド大学客員教授。主要著書 *Seeking Awareness in American Nature Writing*（U of Utah P, 1992）、*Reading the Earth*（U of Idaho P,1998）共編著 *Being in the World : An Environmental Reader for Writers.*（Macmillan, 1993.）、*The First Decade of Ecocriticism from ISLE: Charting the Edges*（U of Georgia P, 2003）他共編著等六十冊。

水野敦子　みずの　あつこ

山陽女子短期大学助教授。訳書『緑の文学批評—エコクリティシズム』（共訳　松柏社　一九九八）。論文「*A Connecticut Yankee* の曖昧性」（広島大学英文学会『英語英文学研究』第三九巻、一九九四）、「二人のトム—アメリカ文明というフィクション」（『中・四国アメリカ文学研究』第三四号　一九九八）、「ジャンヌ・ダルクと歴史と想像力——Mark Twainとアメリカ的ペシミズム」（『中・四国アメリカ文学研究』第三八号　二〇〇二）等。

横田由理　よこた　ゆり

元広島中央女子短期大学教授。著書『アメリカがわかる—アメリカ文化の構図』（共著　松柏社　一九九六）、『楽しく読めるネイチャーライティング』（共著　ミネルヴァ書房　二〇〇二）、『ネイティヴ・アメリカンの文学—先住民文化の変容』（共著　ミネルヴァ書房　二〇〇〇）。訳書『緑の文学批評—エコクリティシズム』（共訳　松柏社　一九九八）。主要論文「landscapeを中心とする物語」（『環境と文学』第二号　一九九九）、「Leslie Marmon Silkoの作品における蛇の表象」（『中・四国アメリカ文学研究』第三八号　二〇〇二）等。

吉田美津　よしだ　みつ

松山大学教授。著書『フィクションの諸相』（共著　英宝社　一九九九）、『楽しく読めるネイチャーライティング』（共著　ミネルヴァ書房　二〇〇〇）『アジア系アメリカ文学—記憶と創造』（共著　大阪教育図書　二〇〇一）、訳書『緑の文学批評—エコクリティシズム』（共訳　松柏社　一九九八）、主要論文「ベトナム系アメリカ文学とアメリカ社会」（アメリカ学会『アメリカ研究』第三五号　二〇〇一）等。

索　引

ア行
アウィアクタ、マリルー 314, 361, 375-80
アーヴィング、ワシントン 93
『スケッチ・ブック』 84
アコマ 314, 363, 365
アダムソン、ジョニ 323-25, 355, 366
アナヤ、ルドルフォ 314, 318-20, 250
アポカリプス 54, 315, 358-61, 367, 371, 374, 379-80, 427, 456
アポカリプティック・ナラティヴ／終末論 92, 314, 258-60, 371, 379-80
網の目（生命の） 247, 263, 370, 454
アメリカ原住民／先住民／インディアン 43-45, 83, 87-92, 98, 101, 118, 120-21, 128, 131-33, 137, 139, 140-47, 156, 158, 188, 193, 195-96, 199, 205, 207, 209, 212, 215-17, 219, 291, 296, 314-15, 325, 338-55, 358, 361-68, 370-73, 375, 380, 444
アメリカン・ルネッサンス 13, 33, 69, 291, 296
アンダーソン、ベネディクト 140
伊藤詔子 53, 235-36, 247, 251, 324
移民 460, 461-64, 470, 473-75
ウイリアムス、テリー・テンペスト 183, 223, 249-50, 315, 350, 354, 409-33
『白い貝殻』 354
『新創世記』 412, 424, 432
『デザート・クァルテット』 412, 417, 419-21, 423
『鳥と砂漠と湖と』 412-15, 417-22, 426, 432
『リープ』 9-12, 315, 409-12, 416, 418-432
ウィルダネス／荒野 93, 118, 120, 137, 139, 230-31, 315, 332, 383-84, 405-06, 409, 411, 421, 425, 427, 430, 450, 464, 466-71
ウェザリル、リチャード 202-03, 219
ウォールナット・キャニオン 209
ウラニウム 362-65, 367-69, 371, 373, 448-50
ウルフ、トマス 266
ウルマン、ジェームス 309
『炎の日』 309
エイブラム、デーヴィッド 45-46
エコクリティシズム 1-3, 311, 431
エコトーン 236
エコロジー 241, 251-52, 262-65, 328, 360-61, 374, 415, 427, 430-31
越境 315, 365, 407, 409, 412-13, 418, 421, 437
エッジ 235, 251
エマソニアニズム 13-14, 31-3
エマソン、ラルフ・ウォルドー 12-35, 40, 47-51, 57-58, 60-62, 91, 132, 145, 264-65, 290-98
「アメリカの学者」 31, 34, 82
『エッセイ第二集』 30
「詩人論」 40, 62
「自然の方法」 30
『自然論』 12-35, 49-52, 57, 62, 292-97
『ジャーナル』 12-35
「知性の博物誌」 30
透明な眼球 27-8, 109, 116, 290, 292
エリオット、T. S. 100, 477
エロティシズム 417, 420-21, 430
オースティン、メアリー 180, 182-97
『アース・ホライズン』 185, 187
『雨の降らない土地』 180, 182-95
「いかに読み書きを学んだか」 184

『境界の失われた土地』 180, 183, 186, 191-93
オーティーズ、 サイモン 314, 361-64, 366-68, 379-80
『ファイトバックー人々のために、土地のために』 363, 380
オーデン、W. H. 422
汚染、環境汚染 116, 256-57, 314, 359, 364, 367, 373, 434-56
オリエンタリズム 156

カ行
ガーヴィー、 T・グレゴリー 12
カウリー、 マルカム 222
核 259, 358-80, 449
核の風景 314, 362, 368-69
核文学 315, 358, 360-61, 379
核兵器 359-61, 369, 380
カーソン、 レイチェル 154, 181, 244-45, 255-58, 263, 266, 344, 359-60, 376, 440, 444-45
『海辺』 255-57
『沈黙の春』 154, 244-55, 257-58, 261-62, 359, 440, 449, 456
臥遊 271-72, 276, 279-281, 284
カリブ、カリブ海 315, 383, 386-92, 395, 397, 407
カリフォルニア 136, 180, 183-84, 188, 461-62, 464, 470-71
環境危機 245, 249, 435, 453
環境正義 158, 176, 324-25
環境破壊 154-55, 163, 227, 237, 245, 254, 260-62, 305, 328, 364, 386, 388, 437-38, 440, 443-44, 455
環境保護/環境保護運動 156, 236-37, 245, 247, 359, 450
岩窟居住者 180, 199, 202-03, 205, 209, 217
技術革新／テクノロジー 88, 294-96
キャザー、 ウィラ 180, 198-203, 206, 208-16, 218-19
『教授の家』 218-19
「トム・アウトランドの物語」 180, 198, 201, 213, 215-16. 218-19
『雲雀の歌』 180, 198, 201, 208-09, 212, 218
「魅惑の絶壁」 198, 201, 203-04, 206-09, 218
キリスト教 107, 111-14, 117, 119, 121, 147, 264, 361, 447, 453
キング、クラレンス 468-69
キングストン、 マキシーン・ホン 315, 460-78
『アメリカの中国人』 460-78
『チャイナタウンの女武者』 460, 462, 473
銀鉱熱 152,154
金山 315, 460, 462, 471-72, 474-75
偶像崇拝 110-12
クランチ、 クリストファー・P 292-93
クリフ・パレス 120, 202, 213
原子 375-78, 380
原子爆弾／原爆 259, 342, 348, 362-63, 368-70, 449
高貴なる野蛮人 167
コール、トマス 53, 61-65, 73, 75
「オックスボウ」 61-3, 75
「帝国の行方」 63
コミュニティ／共同体 92, 94, 100, 235-36, 315, 362-63, 372, 461, 465, 473, 475-77
コロニアリズム 144, 146, 362-66, 368, 370

サ行
再生神話 156, 175
砂州 204-06
砂漠 107, 180, 182-84, 186-96, 444
崇高（サブライム） 82, 108, 131-34, 147, 152-53, 307
三遠の法 277
産業革命 259

山水画 180, 269-88
三位一体 103, 108-09, 115, 124
シーニー野生動物保護区 241
シェイクスピア、 ウィリアム 28
『テンペスト』 28
シェイック、 ウィリアム 189
シエラネヴァダ山脈 182, 185, 188, 190-91, 462, 464, 467-68, 475
シェル、 ジョナサン 360-61
ジェンダー 96, 129, 148, 331, 333
潮だまり 244, 252-63, 265-66
視覚中心主義 290-94
至高の凝視 55, 57-8, 60, 62, 64-69, 70-74, 329
自然 77, 82, 86, 93, 101, 128, 132-34, 137-39, 143, 145, 180-96, 247-48, 255, 264-65, 294-95, 297, 303, 310, 315-29, 331-33, 359-60, 372-406, 435-54, 465-74
野性の— 87-91, 101, 406
飼い慣らされた— 84
—との共生 137, 143, 246
ジャンルの越境(混淆) 129, 146, 412-13, 417, 431
シュレンズ、 マーク 184
ショショーニ 186, 193, 362
シルコー、 レスリー・マーモン 249, 314-455
「雨雲を送ってくれる男」 445, 453
「イエローウーマン」 446
『儀式』 367-70, 374, 380, 438-41, 446-47, 455
『死者の暦』 367-68, 372, 374, 444, 452, 455
『ストーリーテラー』 445-46
『聖なる水』 448, 451-53
人種 196, 463, 474-77
心的遠近法 272-75
スタインベック、ジョン 181, 244-66
『アメリカとアメリカ人』 246, 254, 259
『コルテスの海』 181, 248-55, 258-66
『チャーリーとの旅』 246, 259, 266
ステグナー、 ウォレス 98, 211, 245
スナイダー、ゲーリー 98, 181, 269, 271-73 275-88, 325, 330, 339-40, 350, 361
『終わりなき山河』 181, 269, 282-85
『亀の島』 340
「渓山無盡」 271, 277-82, 286
「心の中に空間を見つける」 287
「新月の舌」 284
「背中にこぶのある笛吹き」 284
「百万年の船」 284
「古い骨」 284
『野生の実践』 280, 285, 287
「夜のハイウェイ99号線」 283-84
スミダ、 スティーヴン 461
スロヴィック、 スコット 2-3, 245, 247, 314, 316-35, 345, 350, 352-53
西漸運動 98, 100, 136
聖泉崇拝 454
聖杯伝説 441
西部/西部開拓 118-19, 127-28, 131, 135-46
生命(環境/生物)中心主義 73, 163, 173, 175, 327-28
雪舟 270
線遠近法 272-76
戦争 223, 227, 231, 246, 253-54, 258, 262, 318, 320, 359
ソロー、 ヘンリー・デイヴィッド 14-15, 31-33, 36-52, 53-78, 91, 235, 246-47, 291, 324-25, 338, 405
「秋の色合い」 54
『ウォールデン』 46-49, 56-67, 70-1, 246, 330, 338
「ウォチュセットへの歩行」 57
『ケープ・コッド』 53-54, 57, 64, 67, 70-3
『散策』 58
『ジャーナル』 36, 53-34, 64, 67-68
「歩行」 36, 38-39, 44-6, 50, 54, 58, 62,

74-5
『メインの森』 43-45, 53, 65, 67
『森を読む』 56, 78
『野生の果実』 54, 74-76, 78

タ行
ダーウィン、チャールズ 54
他者化 411
ターナー、 フレデリック 81
『場所の精神』 81-2
ターナー、 フレデリック・ジャクソン 168, 464
タール／タール・ベイビー／タール人形 386-87, 393, 400-03, 405-07
大陸横断鉄道 106, 119, 462, 467
旅 80-89, 127-48, 301
タブー 105, 111-12, 117-18
多文化主義／多文化的視点 148, 154, 175, 314, 355
ダム建設 386-87, 444
檀香山 462, 465
チャーチ、 フレデリック 53
チャイナタウン 461-62, 470, 473, 474-77
チェイフィッツ、 エリック 28
チェロキー 12, 33, 314, 375, 380
超絶主義／トランセンデンタリズム 12, 33, 47-48, 54, 61, 109, 128, 130, 146, 263-65, 292
ディアスポラ 405
ディクソン、キャロル 194
『自然と国家』 194
帝国主義 118-19, 134, 138, 148, 156, 158, 172-75, 370, 437
ディラード、 アニー 181, 290-312, 324
『アメリカン・チャイルドフッド』 301
『石に話すことを教える』 301, 304
『ティンカークリークのほとりで』 181, 291, 293-94, 299, 302-03, 305-06
『ホーリー・ザ・ファーム』 308
『ライティング・ライフ』 298, 308
鉄道 55, 82, 135-36, 199-201, 207, 212, 214-15, 224, 363, 373, 462, 467, 470, 475,
デミング、 アリソン・ホーソーン 79, 100-01, 249
デューランド、 アッシャー・ブラウン 54, 73, 76
デリダ、 ジャック 314, 360, 380
田園主義 464, 468, 474, 477
電信 119-20
トウェイン、マーク 93, 119, 151-74
『苦難を忍んで』 152, 164, 172, 174
「暗闇に座する人へ」 174
『ハックルベリー・フィンの冒険』 93, 119, 151-52, 172, 175
『まぬけのウィルスン』 151-52, 169, 171, 174
『ミシシッピ河上の生活』 157
道元 272, 287
『正法眼蔵』 272, 287
同時多発テロ 175, 316-21, 329, 334-35
逃亡／逃亡者／逃亡奴隷 383-85, 397-98, 404-05
透明なまなざし 59, 62, 297-98
トキシック・ディスコース 314, 435, 455-56
都市／都会 87, 89, 92, 103-04, 124, 132, 141, 325, 331, 333, 379, 386, 398, 444
突然変異 253-54, 258-59
ドメスティック・イデオロギー 93
トリックスター物語 341, 345-47

ナ行
ナイアガラ 81, 83-84, 127, 131-35
ナヴァホ 353-54, 362, 364-65, 371
ナッシュ、 ロデリック 31, 62, 466
『ウィルダネスとアメリカ精神』 31
夏目漱石 270-71
『草枕』 270-71
「余が『草枕』」 271

南海 103-04, 107, 114-16, 124, 362, 364, 368-70,439, 446, 448-49
南西部 165, 198-216, 218, 362, 364, 368-70, 411
二項対立 93, 106. 310
ニューヨーク 103, 247, 266, 386, 398-400, 454, 462, 464, 470-71
人間中心主義 73, 164, 247, 255, 258-59, 327-28, 330-33
ネイチャーライティング／ネイチャーライター 98, 100, 129, 145, 235, 244-45, 247-51, 412-14, 417-18
ネブラスカ 199-200, 204-06, 209, 219
ネルソン、リチャード 339, 347
ノヴァック、バーバラ 55-56, 60, 71, 75, 108-09, 351
ノーデンスキョールド、グスタフ 202-03, 207, 214, 219
ノンフィクション 248, 290-91, 293, 325

ハ行
バーク、エドマンド 134
ハイブリッド 129, 410, 413, 424
パウエル、ティモシー 90-91
場所の感覚 62, 79, 93, 97-101, 162, 181,211-12, 229-33, 240, 250, 385, 436, 462
パストラル 145, 152, 435
ハドソンリヴァー派 53-54, 57, 68, 71, 75, 82, 350-51
パラダイス 120, 390, 393
ハワイ 461, 465-66
半透明性 290, 298-302, 308-10
ヒード、マーティン・ジョンソン 53
ピクチャレスク 53, 59, 62, 64-70, 74, 76, 82, 122-24, 132, 134, 137-40, 144, 161, 175
『ピクチャレスク・アメリカ』 68
アンタイ・ピクチャレスク 64, 66, 70
ビュエル、ローレンス 74, 132, 145, 211, 324, 333, 359, 368, 370, 372, 379-80, 434-35, 456, 470
表象 140, 198, 201, 207-08, 211, 218, 310
自然表象 224, 383, 404, 427
南西部表象 199, 203-04, 211-13, 218
場所表象 198, 201, 208, 218
風景 80-86, 88-89, 91, 98, 101, 128, 131-32, 134, 140, 143-47, 180-81, 221-42, 295, 300-01, 303-05, 308, 314-15, 368, 385, 464-65, 469, 476
—とジェンダー 295, 300-01, 303-05, 308, 413-415
—の歴史化 91, 98, 101
プエブロ 199, 216, 362-63, 367-69
フォークロア 389, 404, 406
フラー、マーガレット 91, 127-50
—と「会話」 130-31
『湖上の夏』 127-28, 131-48
『十九世紀の女性』 128
ブライアント、ウィリアム・カレン 56
プライス、マジョリー 183, 185
『境界の失われた土地からの作品群』 183
プラット、メアリー・ルイーズ 14, 465
『帝国主義的眼差し』 145, 465
プラトン 47-48
プリミティヴィズム 340, 347-52
フロンティア（の消滅） 127-28, 131, 139-42, 144-46, 148, 151, 158, 165, 168, 464
ベネット、マイケル 476-77
蛇 117-18, 294, 373, 397
ヘミングウェイ、アーネスト 180, 221-243
「医者とその妻」 222
「インディアンの村」 221
「兵士の故郷」 230
「ビッグ・トゥー・ハーティッド・リバー」 180, 221
「身を横たえて」 228
『われらの時代に』 222

ベリー、ウエンデル 98
ホイットマン、ウォルト 39
ボイム、アルバート 55, 63, 77
ポー、 エドガー・アラン 18, 69-70, 76, 78, 93
「ウイサヒコンの朝」 69
放射能汚染／ 放射能汚染物質 314, 367, 373, 436, 448-50
放浪／放浪者 85, 87, 97, 100, 106, 398-99
ホーガン、 リンダ 443
ホーソーン、 ナサニエル 39, 79-102, 109, 119, 131, 134, 468
「イーサン・ブランド」 94, 96, 100
「ウェイクフィールド」 92-97
「記憶からのスケッチ」 83, 86-87
『緋文字』 92, 94, 99, 100
「本通り」 89-90
『七破風の家』 90
「ヤング・グッドマン・ブラウン」 92-6
ポストモダン 330, 404, 455
ホームコスモグラフィー 338
ポール、 シャーマン 350, 352-53
ボッシュ、ヒエロニムス 315, 410-11, 416-17, 422-30
三幅祭壇画 315, 410, 421
ポピュラーカルチャー 180, 199, 202, 204, 207-08,

マ行

マークス、 レオ 163, 468, 472-73
『楽園と機械文明』 176, 468, 472
マイヤソン、ジョエル　3, 265, 297, 311
マシーセン、 ピーター 339
マドックス、 ルーシー 91, 139, 146
マニフェスト・デスティニー 55, 98, 344, 409
ママデイ、 N・スコット 439
『夜明けの家』 439
曼荼羅 181, 285-86
ミシシッピ川 151-71, 190,
ミューア、 ジョン 238
ミラー、 デイヴィッド・C 71, 74, 76-77, 234
メサヴェルデ 201-02, 207, 213-14, 216, 218-19
メルヴィル、 ハーマン 97, 103-24
『オムー』 106, 112
『タイピー』 103, 113, 118-19, 122
『白鯨』 93, 105-06, 110, 115, 120
モリスン、 トニ 315-408
『タール・ベイビー』 386-87
『ビラヴド』 384-85

ヤ行

ヤング、 フィリップ 222
結城正美 350, 353, 432-3
有毒性／有害物質 325, 434-37, 440, 448, 451-52, 454-56
ユートピア 184, 189-190, 234, 236

ラ行

ラグーナ 362, 365, 367-70, 373, 438-39, 441-42, 448-49
楽園 113, 116-17, 137-38, 145, 224, 394
ラヴキャナル 435-36, 456
ランバーフロンティア 225, 242
ランボー、アルチュール 309
リアリズム 160-61
リパブリカン川 206
リルケ、R. M. 422
リン、ケネス 229
リンカーン、エイブラハム 154, 158
ルイス、イーディス 199, 209
ルーミニスト 54, 71-72, 74,
ルーミニズム 53, 71
レオポルド、アルド 328, 330, 443
ロウ、ジョン・カルロス 13
ロック、ジョン 24
ロペス、バリー 245, 250, 314, 324, 337-

57
『オオカミと人間』343-44
『カラスとイタチ』341-42, 346
『北アメリカ再発見』344, 346, 352
『極北の夢』314, 342, 346-55
「台所にいたニグロ」339-40
「バッファロー」343
『雷鳴を生み娘と寝る』341, 345-46
ロマン主義 87, 97, 100, 108, 124, 477
ロレンス、D. H. 121-22

ワ行
鷲津浩子 23-4
ワーズワス、ウィリアム 108, 134
『プレリュード』108

エコクリティシズム年表

（辻　和彦）

［文学史］

1624　ジョン・スミス『ヴァージニア総史』
1729　ウィリアム・バード『分水嶺の歴史』
1782　クレヴクール『アメリカ農夫の手紙』
1787　トマス・ジェファスン『ヴァージニア覚え書き』
1791　ウィリアム・バートラム『大旅行記』
1799　チャールズ・ブロックデン・ブラウン『エドガー・ハントリー』
1819　ワシントン・アーヴィング『スケッチ・ブック』(-20)
1823　ジェイムズ・フェニモア・クーパー『開拓者』
1836　ラルフ・ウォルドー・エマソン『自然論』
1839　チャールズ・ダーウィン『ビーグル号航海記』
1844　エドガー・アラン・ポー「ウィサヒコンの朝」
1850　スーザン・フェニモア・クーパー『田舎の時間』，
ナサニエル・ホーソーン『緋文字』
1851　ハーマン・メルヴィル『白鯨』
1854　ヘンリー・デイヴィッド・ソロー『森の生活－ウォールデン』
1859　チャールズ・ダーウィン『種の起源』
1863　トマス・ヒギンスン『アウトドア・ペーパーズ』

［環境史］

1607　ヴァージニアに植民地建設
1630　マサチューセッツに植民地建設
1636　ハーヴァード大学設立
1642　清教徒革命（-49）
1681　ウィリアム・ペンがペンシルヴァニアに植民地建設
1773　ボストン茶会事件
1775　独立戦争（-82）
1776　アメリカ独立宣言
1789　フランス革命
1804　ルイスとクラークの西部探検（-06）
1826　アメリカ最初の鉄道建設
1830　インディアン強制移住法，アメリカ最初の蒸気機関車誕生
1833　奴隷制反対協会設立
1841　ブルックファーム設立
1846　メキシコ戦争（-48）
1848　ゴールドラッシュ始まる
1850　逃亡奴隷取締法
1861　南北戦争（-65）
1863　奴隷解放宣言
1865　メンデル「メンデリズム（遺伝の法則）」を発表
1866　大西洋海底電線開通
1869　大陸横断鉄道完成

1864 ヘンリー・デイヴィッド・ソロー『メインの森』
1871 ジョン・バロウズ『ウェイク・ロビン』
1872 クラレンス・キング『シエラネヴァダ山脈の登山』,
マーク・トウェイン『西部放浪記』
1873 イザベラ・バード『ロッキー山脈における ある婦人の生活』
1875 ジョン・ウェズリー・パウエル『西部コロラド川と峡谷の探検』
1882 ウォルト・ホイットマン『自選日記』
1894 ジョン・ミューア『山の博物誌』
1898 アーネスト・トンプソン・シートン『動物記』
1902 チャールズ・G・D・ロバーツ『野生の一族』
1903 メアリー・オースティン『雨の降らない土地』
1911 ジョン・ミューア『はじめてのシエラの夏』
1928 ヘンリー・ベストン『ケープコッドの海辺に暮らして』
1942 ウィリアム・フォークナー「熊」,
マージョリー・キナン・ローリングス『水郷物語』
1949 アルド・レオポルド『野生のうたが聞こえる』
1950 ヘンリー・N・スミス『ヴァージンランド』,
ジョゼフ・W・クルーチ『アメリカン・ネイチャーライティング選集』
1951 レイチェル・カーソン『われらをめぐる海』,
ジョン・スタインベック『コルテスの海』

1872 イエローストーン国立公園制定
1876 アパラチア山岳会発足
1890 フロンティアの消滅(国勢調査による発表)
1891 ヨセミテ国立公園制定
1892 シエラ・クラブ設立
1893 フレデリック・ターナー「アメリカ史におけるフロンティアの意義」講演
1902 アメリカ山岳会設立
1905 アインシュタイン「相対性理論」を提唱,全米オーデュボン協会設立
1908 ヘッチヘッチー・ダム論争
1914 第一次世界大戦(-18)
1922 シカゴで自然保護団体アイザック・ウォルトン・リーグ発足
1924 インディアン市民憲法制定
1929 世界大恐慌
1935 ウィルダネス協会設立
1936 野生生物連盟設立
1939 第二次世界大戦(-45)
1945 広島と長崎に原爆投下
1946 国際捕鯨条約採択
1948 世界人権宣言,国際自然保護連合設立

J・D・サリンジャー『ライ麦畑でつかまえて』
1952 ジョゼフ・W・クルーチ『砂漠の歳月』,
アーネスト・ヘミングウェイ『老人と海』,
ジョゼフ・ウッド・クルーチ『砂漠の歳月』,
ロバート・マクロスキー『海辺のあさ』
1955 アン・モロウ・リンドバーグ『海からの贈物』,
R・W・B・ルイス『アメリカのアダム』
1956 ペリー・ミラー『ウィルダネスへの使命』
1961 ジョン・ヘイ『自然の一年－ケープコッドの四季』,
シオドーラ・クローバー『イシ－北米最後のインディアン』,
チャールズ・サンフォード『楽園の探求』
1962 レイチェル・カーソン『沈黙の春』
1964 レオ・マークス『楽園と機械文明』
1968 エドワード・アビー『砂の楽園』
1967 リチャード・ブローティガン『アメリカの鱒釣り』,
ロデリック・ナッシュ『ウィルダネスとアメリカ精神』
1968 リン・ホワイト『機械と神』
1969 ウェンデル・ベリー『高床式の家』,
N・スコット・ママディ『レイニーマウンテンへの道』,
ウォーレス・ステグナー『山の水音』
1971 ローレン・アイズリー『夜の国』
1972 ルドルフォ・アナヤ『ウルティ

1954 ビキニ環礁で水爆実験
1961 世界野性生物基金（WWF）設立
1962 キューバ危機
1964 原生自然法制定, 公民権法制定
1965 ベトナム北爆（-73）
1968 オーデンが酸性雨原因が飛来した汚染物質であることを検証
1969 国家環境政策法制定，国際環境保護団体「地球の友」設立，アポロ11号月面着陸，ウッドストック・ロックフェスティバル開催
1970 第一回アースデー，マスキー（大気汚染防止）法成立
1971 ラムサール条約採択，ミズーリ州で化学工場廃液による土壌高濃度汚染被害
1972 国連人間環境会議（ストックホルム）開催，人間環境宣言採択，国連環境計画（UNEP）設立，世界遺産条約採択，OECD汚染者負担の原則（PPP）確認，ローマ・クラブ報告書『成長の限界』発表，ミーカー「文学エコロジー」を提唱
1973 ワシントン条約採択, 第四次中東戦争，オイルショック
1974 ワールド・ウォッチ研究所（WWI）設立，モリナとローランド（1995年ノーベル化学賞受賞）がフロンによるオゾン層破壊説を発表，デュボーヌ「エコフェミニズム」を提唱

マ,ぼくに大地の教えを』,ジョゼフ・W・ミーカー『喜劇とエコロジー』
1973 エドワード・ホーグランド『幻のマウンテンライオン』,メイ・サートン『独り居の日記』,リチャード・スロットキン『暴力による再生』
1974 アニー・ディラード『ティンカー・クリークのほとりで』,ゲーリー・スナイダー『亀の島』,ルイス・トマス『細胞の生命—生物観察のノート』
1975 アン・ツウィンガー『流れよ,川よ,流れよ』,アネット・コロドニー『国の実情』
1976 ノーマン・マクリーン『マクリーンの川』
1977 エドワード・アビー『荒野,わが故郷』,ジョン・マクフィー『アラスカ原野行』,レスリー・マーモン・シルコウ『儀式』,ドナルド・オースター『ネイチャーズ・エコノミー』
1978 ピーター・マシーセン『雪豹』
1979 バリー・ロペス『水と砂のうた』
1980 バーバラ・ノヴァック『自然と文化』,キャロリン・マーチャント『自然の死』
1981 ロバート・フィンチ『ケープコッドの潮風』
1982 アニー・ディラード『石に話すことを教える』,ゲーリー・ポール・ナブハン『雨の匂いのする砂漠』
1983 メアリー・オリヴァー『アメリカの始原』
1985 グレテル・アーリック『やすらかな大地』,ジョージ・セッションズ他『デ

1977 国連砂漠化防止計画
1978 海洋汚染防止条約議定書採択,ラブ・キャナル事件,リューカート「エコクリティシズム」を提唱
1979 スリーマイル島原発事故
1980 アラスカ国有地保全法制定
1982 NPO環境政策研究所(EPI)設立,世界自然憲章決議,商業捕鯨全面禁止案可決,世界資源研究所(WRI)設立,国連海洋法条約採択
1983 熱帯木材貿易に関する国際熱帯木材協定採択
1985 オゾン層保護に関するウィーン条約採択,アメリカでヒトゲノム計画始動
1986 チェルノブイリ原発事故
1987 米ソ中距離核戦力全廃(INF)条約調印,オゾン層破壊物質に関するモントリオール議定書採択
1988 気候変動に関する政府間パネル(IPCC)開催,窒素酸化物の排出量に関するソフィア議定書締結
1989 バルディーズ号原油流出事故,市民団体CERES「バルディーズの原則」を発表,ベルリンの壁崩壊,有害廃棄物越境移動と処分の規制に関するバーゼル条約採択,冷戦終結宣言
1990 湾岸戦争(-91),東西ドイツ統一

ィープ・エコロジー』

1986 スー・ハベル『田舎の一年』,バリー・ロペス『極北の夢』, キム・スタフォード『すべてがちょうどよいところ』

1987 リック・バス『心に野生を』
アーシュラ・K・ル・グウィン『バッファローの娘たちと動物の精霊たちの物語』

1989 リチャード・ネルソン『内なる島』, ロデリック・ナッシュ『自然の権利』, ビル・マッキベン『自然の終焉』, アンナ・ブラムウエル『エコロジー』

1990 アン・ラバスティール『絶滅した水鳥の湖』, ジョン・ハンソン・ミッチェル『時の終わりに生きて』,ブレンダ・ピーターソン『水に抱かれて』, ゲーリー・スナイダー『野生の実践』, カレン・テイ・ヤマシタ『熱帯雨林の彼方へ』, P・A・フリッツェル『ネイチャーライティングとアメリカ』, アイリーン・ダイアモンド他『世界を織りなおす』,マレイ・ブクチン『エコロジーと社会』

1991 ダイアン・アッカーマン『月に歌うクジラ』, T・T・ウィリアムス『鳥と砂漠と湖と』

1992 リック・バス『帰ってきたオオカミ』, ジョン・ダニエル『家路』, ゴア・アルバート『地球の掟』

1993 スコット・ラッセル・サンダース『住む－喧噪の世で落ち着くには』, ジョン・オグレイディー『野生への巡礼者たち』

1994 マクシーン・キューミン『女たちと動物と植物』, カール・クローバー『環境文学批評』

1995 リンダ・ホーガン『大地に抱かれて』, デイヴィッド・マス・マスモト『桃への墓碑銘』, ロ

1991 ソ連崩壊, 環境保護に関する南極条約議定書採択, 地球環境ファシリティ（GEF）発足

1992 ボスニア民族紛争激化, 地球環境サミット開催, リオ宣言採択, 生物多様性条約制定, 気候変動に関する枠組み条約採択, 文学・環境学会（ASLE）発足

1993 環境規格作成開始,『ISLE－文学・環境の学際研究』創刊, アメリカ環境保護局「エナジー・スター・コンピューター計画」発表

1994 砂漠化対処条約採択, ASLE-Japan発足

1995 第一回地球温暖化防止会議（COP), 世界貿易機関（WTO）発足

1997 第三回地球温暖化防止会議にて温室効果ガス削減目標に関する京都議定書採択, クローン羊ドリー誕生

1998 IUCN「植物レッドリスト」刊行

1999 世界環境会議開催

ーレンス・ビュエル『環境的想像力』，ウィリアム・クロノン『非共有地』

1996 シュリル・グロットフェルティ他『エコクリティシズム読本』，シーア・コルボーン他『奪われし未来』

1997 デボラ・キャドバリー『メス化する自然－環境ホルモン汚染の恐怖』

1998 グレタ・ガード他『エコフェミニスト文学批評』，マイケル・ネルソン『新ウィルダネス論議』，パトリック・マーフィー『自然の文学』

1999 ジョン・テルボルフ『自然へのレクイエム』

2000 T・T・ウィリアムズ『リープ』

2001 レスター・R・ブラウン『エコ・エコノミー』，ロデリック・ナッシュ『ウィルダネスとアメリカ精神』第四版

2002 ドネル・ドリーゼ『エコクリティシズム—環境インディアン文学における自我と場所の創造』

2000 生物多様性条約特別締結国会議，ヒトゲノム解読に関してクリントン・ブレア共同声明，炭素基金設立

2001 第六回地球温暖化防止会議にて京都議定書批准をめぐりアメリカ孤立，国連食糧農業機関（FAO）漁業計画発表

2001 9.11 同時多発テロ，世界貿易センタービル倒壊，米軍アフガン侵攻

2002 環境開発サミット開催

2003 イラク戦争

新しい風景のアメリカ

二〇〇三年十月三〇日　第一刷発行

編著者　伊藤詔子　吉田美津　横田由理
発行者　南雲一範
装幀者　岡孝治
発行所　株式会社南雲堂
東京都新宿区山吹町三六一　郵便番号一六一-〇八〇一
電話東京（〇三）三二六八-二三七四（営業部）
　　　　（〇三）三二六八-二三八七（編集部）
振替口座　〇〇一六〇-〇-四六八六三
ファクシミリ（〇三）三二六〇-五四二五
印刷所　壮光舎
製本所　長山製本所
乱丁・落丁本は、小社通販係宛御送付下さい。
送料小社負担にて御取替えいたします。
〈IB-282〉〈検印省略〉

ISBN4-523-29282-5 C3098

亀井俊介の仕事/全５巻完結

各巻四六判上製

1＝荒野のアメリカ

アメリカ文化の根源をその荒野性に見出し、人、土地、生活、エンタテインメントの諸局面から、興味津々たる叙述を展開、アメリカ大衆文化の案内書であると同時に、アメリカ人の精神の探求書でもある。

２１２０円

2＝わが古典アメリカ文学

植民地時代から十九世紀末までの「古典」アメリカ文学を「わが」ものとしてうけとめ、幅広い理解と洞察で自在に語る。

２１２０円

3＝西洋が見えてきた頃

幕末漂流民から中村敬宇や福沢諭吉を経て内村鑑三にいたるまでの、明治精神の形成に貢献した群像を描く。比較文学者としての著者が最も愛する分野の仕事である。

２１２０円

4＝マーク・トウェインの世界

ユーモリストにして懐疑主義者、大衆作家にして辛辣な文明批評家。このアメリカ最大の国民文学者の複雑な世界に、著者は楽しい顔をして入っていく。書き下ろしの長篇評論。

４０００円

5＝本めくり東西遊記

本を論じ、本を通して見られる東西の文化を語り、本にまつわる自己の生を綴るエッセイ集。亀井俊介の仕事の中でも、とくに肉声あふれるものといえる。

２３００円